INSTINCT DE SURVIE

Jeffery Deaver, écrivain américain habitué des listes de best-sellers, est l'auteur d'une vingtaine de romans, traduits en plus de vingt-cinq langues. Il a été récompensé par les prix les plus prestigieux de la littérature policière, dont le Steel Dagger pour son roman *Le Rectificateur*. Il est connu pour sa série mettant en scène les personnages de Lincoln Rhyme et Amelia Sachs, réunis pour la première fois dans *Le Désosseur*, adapté au cinéma avec Denzel Washington et Angelina Jolie. La critique salue son talent pour la terreur qu'il distille et pour ses intrigues à rebondissements. Jeffery Deaver partage son temps entre la Virginie et la Californie.

Paru dans Le Livre de Poche :

LA BELLE ENDORMIE

LA CARTE DU PENDU

CLAIR DE LUNE

LE DÉSOSSEUR

DIX-HUIT HEURES POUR MOURIR

L'HOMME QUI DISPARAÎT

INSTINCT DE SURVIE

MEURTRE.COM

LA PLACE DU MORT

LE RECTIFICATEUR

LE SINGE DE PIERRE

SPIRALES INFERNALES

LA VITRE BRISÉE

JEFFERY DEAVER

Instinct de survie

Une enquête de l'inspecteur McKenzie

ROMAN TRADUIT DE L'ANGLAIS (ÉTATS-UNIS)
PAR JEAN ESCH

ÉDITIONS DES DEUX TERRES

Titre original :

THE BODIES LEFT BEHIND
publié par Simon & Schuster, New York.

ISBN : 978-2-253-16266-7 – 1re publication LGF

Pour Robby Burroughs.

Le chemin le plus dégagé pour pénétrer dans l'Univers
traverse une région sauvage et boisée.

John MUIR.

I

AVRIL

Le silence.

Les bois autour du lac Mondac étaient totalement calmes, à mille lieues de la ville grouillante et chaotique où le couple vivait durant la semaine.

Ce silence était brisé uniquement par le *a-hoo-ah* d'un oiseau lointain, le chant caverneux d'une grenouille.

Et soudain : un autre bruit.

Un bruissement de feuilles, deux craquements impatients comme des branches qui se brisent.

Des pas ?

Non, impossible. Les autres résidences secondaires autour du lac étaient vides en ce vendredi après-midi glacial du mois d'avril.

Emma Feldman, la petite trentaine, posa son martini sur la table de la cuisine où elle était assise, face à son mari. Elle coinça une mèche de cheveux noirs bouclés derrière son oreille et s'approcha d'une des fenêtres sales. Elle ne vit que les bouquets denses de cèdres, de genévriers et de sapinettes noires accrochés au flanc d'une colline escarpée, dont les rochers ressemblaient à des os jaunis et lézardés.

— C'était quoi ? demanda son mari.

Elle haussa les épaules et revint s'asseoir.

— Je ne sais pas. Je n'ai rien vu.

Dehors, le silence régnait à nouveau.

Emma, aussi mince que tous les bouleaux nus que l'on apercevait à travers les nombreuses fenêtres de la maison, se débarrassa de sa veste bleue. Elle portait une jupe assortie et un chemisier blanc. Une tenue d'avocate. Ses cheveux étaient relevés en chignon. Une coiffure d'avocate. Elle avait gardé ses collants, mais ôté ses chaussures.

Steven avait ôté sa veste lui aussi, ainsi que sa cravate à rayures froissée. Trente-six ans, doté d'une tignasse rebelle, il portait une chemise bleue, tendue par son ventre qui pendait inexorablement sur la ceinture de son pantalon marine. Emma s'en fichait ; elle le trouvait mignon et ça ne changerait jamais.

— Hé, regarde ce que j'ai apporté, dit-il avec un mouvement de tête en direction de la chambre d'amis du premier.

Il sortit de son sac une bouteille de jus de légumes bio.

Leur amie de Chicago, qui devait venir ce week-end, s'adonnait aux régimes liquides depuis quelque temps et elle buvait des choses absolument écœurantes.

Emma lut la liste des ingrédients sur la bouteille et fit la grimace.

— Je lui laisse volontiers. Je reste à la vodka.

— C'est pour ça que je t'aime.

La maison craqua, comme souvent. Elle avait soixante-seize ans. Presque tout était en bois ; il n'y avait quasiment pas d'acier ni de pierre. Les murs de la cuisine anguleuse, dans laquelle ils se trouvaient, étaient couverts de lambris en pin vernis. Le sol était irrégulier. Cette construction de style colonial était une des trois maisons desservies par ce chemin privé et installées chacune sur un terrain de cinq hectares. On pouvait parler d'une propriété en bord de lac, mais uniquement parce que la rive rocailleuse était à deux cents mètres de la porte.

La maison était posée dans une petite clairière sur le versant est d'une éminence importante. La modestie des gens du Midwest les empêchait de baptiser ces collines « montagnes », ici dans le Wisconsin, même si elle se dressait à au moins deux cents mètres du sol. À cette heure, la grande demeure baignait dans les ombres bleutées de la fin d'après-midi.

Emma contempla la surface ondulée du lac, suffisamment éloigné de la colline pour capter un peu de lumière déclinante. En cette saison, au début du printemps, la végétation environnante ébouriffée ressemblait aux poils mouillés qui se dressent sur le dos d'un chien de garde. Ils n'avaient pas les moyens de posséder une telle maison, mais ils l'avaient achetée après une saisie et dès qu'Emma l'avait vue, elle avait su que c'était la résidence secondaire idéale.

Le silence...

En outre, elle possédait un passé pittoresque.

Le propriétaire d'un gros abattoir de Chicago l'avait fait construire avant la Seconde Guerre. Des années plus tard, on découvrit qu'il avait amassé une partie de sa fortune en vendant de la viande au marché noir et en détournant le système de rationnement mis en place pour nourrir les troupes. En 1956, on avait retrouvé son corps flottant à la surface du lac. Sans doute avait-il été victime d'anciens combattants qui avaient eu vent de sa combine et l'avaient assassiné, avant de fouiller la maison à la recherche du butin honteux qu'il avait caché là.

Aucun fantôme n'apparaissait dans les diverses versions de sa mort, mais Emma et Steven ne pouvaient s'empêcher de broder. Quand ils recevaient des amis, ils s'amusaient à repérer qui, parmi eux, laissait les lumières allumées et qui bravait l'obscurité après avoir entendu ces histoires.

Deux nouveaux craquements dehors. Puis un troisième.

Emma fronça les sourcils.

— Tu as entendu ? Encore ce bruit. Dehors.

Steven jeta un coup d'œil par la fenêtre. Le vent soufflait en bourrasques. Il se retourna.

Son regard dériva vers la mallette de sa femme.

— Vu, dit-il sur un ton de réprimande.

— Quoi donc ?

— Je t'interdis de l'ouvrir.

Elle lâcha un petit rire forcé.

— Un week-end sans bosser, ajouta-t-il. On était d'accord.

— Et qu'est-ce qu'il y a là-dedans ? répliqua-t-elle en montrant d'un mouvement de tête le sac à dos de Steven qui lui servait de porte-documents.

Elle luttait avec le couvercle d'un bocal d'olives.

— Uniquement deux choses dignes d'intérêt, monsieur le juge. Mon roman de Le Carré et une bouteille de merlot. Dois-je produire les pièces à convic…

Sa voix mourut. Il se tourna vers la fenêtre, à travers laquelle ils distinguaient un enchevêtrement de ronces, de feuillage, de branches et de pierres qui avaient la couleur des os de dinosaure.

Emma jeta un coup d'œil à l'extérieur, elle aussi.

— Cette fois, j'ai entendu, dit Steven.

Il remplit le verre de sa femme. Elle déposa une olive dans leurs martinis.

— C'était quoi ?

— Tu te souviens de cet ours ?

— Il ne s'est pas approché de la maison.

Ils trinquèrent et burent une gorgée d'alcool transparent.

— Tu sembles préoccupée, fit remarquer Steven. C'est à cause de l'affaire du syndicat ?

Des recherches effectuées en vue d'une opération de prise de contrôle avaient fait apparaître d'éventuelles malversations au sein d'un syndicat ouvrier de Milwaukee. Le gouvernement s'en était mêlé et l'acquisition avait été reportée, ce qui ne satisfaisait personne.

Mais Emma répondit :

— Non, c'est autre chose. Un de nos clients qui fabrique des pièces automobiles.

— Oui. Kenosha Auto. Tu vois ? Je t'écoute.

Elle lança un regard surpris à son mari.

— Eh bien, il se trouve que le PDG est un connard de première.

Elle lui parla d'un accident mortel mettant en cause des composants d'un moteur hybride, un horrible drame : le passager avait été électrocuté.

— Le chef de leur département Recherches et développement a *exigé* que je restitue tous les dossiers techniques. Rends-toi compte !

— J'aimais mieux l'autre affaire, celle du testament du député… l'histoire de cul.

— Chut ! fit-elle, paniquée. Je ne t'en ai jamais parlé, souviens-toi.

— Je suis muet comme une tombe.

Emma piqua une olive dans le pot et la mangea.

— Et toi, comment s'est passée ta journée ?

— Je t'en prie, répondit Steven en riant. Je ne suis pas assez bien payé pour parler boulot en dehors du travail.

Les Feldman étaient un magnifique exemple d'un rancard arrangé qui avait bien tourné, contre toute attente. Emma, sortie major de sa promotion à la fac de droit du Wisconsin, fille d'une riche famille de Milwaukee-Chicago. Steven, titulaire d'une licence de lettres, désireux de servir la société. Leurs amis leur donnaient six mois, maximum. Le mariage à Door County, auquel ils avaient tous été conviés, avait eu lieu huit mois exactement après leur premier rendez-vous.

Steven sortit une part de brie d'un sac de courses. Puis un paquet de crackers qu'il ouvrit aussitôt.

— Oui, je sais, dit-il. Juste quelques-uns.

Crac, crac...

Il plissa le front. Emma dit :

— Chéri, ça me fait un peu peur. C'était *vraiment* un bruit de pas.

Les trois résidences secondaires se trouvaient à une quinzaine de kilomètres du commerce et de la station-service les plus proches, et à presque deux kilomètres de la route, à laquelle on accédait par un chemin de terre. Le parc national Marquette, le plus grand du Wisconsin, englobait presque toutes les terres du coin. Le lac Mondac et ces maisons constituaient une enclave privée.

Très privée.

Et très isolée.

Steven se rendit dans la buanderie, écarta le rideau beige pour scruter, à travers un lilas des Indes élagué, le jardin situé sur le côté de la maison.

— Rien. Je crois qu'on...

Emma hurla.

— Chérie ! Chérie ! cria son mari.

Un visage les observait à travers la fenêtre de derrière. L'homme avait la tête couverte d'un bas, mais on distinguait sa coupe en brosse, ses cheveux blonds et un tatouage en couleurs dans son cou. Ses yeux semblaient presque surpris de voir des gens si près. Il portait une veste de treillis. Il frappa au carreau. Dans l'autre main, il tenait un fusil, canon dressé. Il souriait de manière sinistre.

— Oh, mon Dieu, chuchota Emma.

Steven sortit son portable de sa poche. Il souleva le clapet et composa un numéro, en disant :

— Je m'en occupe. Va fermer la porte à clé.

Emma se précipita dans l'entrée, en lâchant son verre. Les olives tournoyèrent au milieu des débris et ramassèrent la poussière. Elle hurla en entendant la porte de la cuisine voler en éclats et s'ouvrir vers l'intérieur. En se retournant, elle vit l'homme au fusil arracher le portable de la main de son mari et projeter celui-ci contre le mur. Une vieille photo sépia représentant un paysage se décrocha.

La porte de la maison s'ouvrit à la volée. Un deuxième intrus, la tête couverte d'un bas lui aussi, s'engouffra dans la maison. Il avait de longs cheveux bruns, plaqués sur son visage par le masque de nylon. Plus grand et plus costaud que le premier, il brandissait un pistolet. L'arme en acier noir semblait minuscule dans son poing énorme. Il poussa Emma dans la cuisine, où l'autre type lui lança le portable. Il se raidit, mais il parvint à saisir le téléphone au vol. Le geste de son complice sembla lui arracher une grimace d'agacement. Il laissa tomber le portable dans sa poche.

— Je vous en prie… dit Steven. Qu'est-ce que vous…

Sa voix tremblait.

Emma s'empressa de détourner la tête. Moins elle voyait de choses, pensait-elle, plus ils avaient de chances de survivre.

— Je vous en prie, répéta Steven. Je vous en prie. Prenez ce que vous voulez. Et allez-vous-en. Je vous en prie…

Emma ne quittait pas des yeux le pistolet noir dans la main du grand type. Il portait un blouson et des bottes de cuir noir. Semblables à celles de son complice, des bottes de soldat.

Les deux hommes oublièrent temporairement la présence du couple. Ils regardèrent autour d'eux.

— Écoutez, reprit Steven. Vous pouvez emporter tout ce que vous voulez. On a une Mercedes dehors. Je vais aller chercher les clés. Vous…

— Tais-toi, ordonna le plus grand en agitant son pistolet.

— On a de l'argent. Et des cartes bancaires. Je vous donnerai les codes.

— Qu'est-ce que vous voulez ? demanda Emma en pleurant.

— Chut.

Quelque part dans ses entrailles presque centenaires, la maison craqua de nouveau.

— Un quoi ?

— Une sorte d'appel raccroché.

— À la police ?

— Oui. Quelqu'un a appelé et a dit « C'est… » et il a raccroché.

— Il a dit quoi ?

— « C'est ». Rien d'autre.

— *C apostrophe E. S. T. ?* demanda le shérif Tom Dahl.

Il avait cinquante-trois ans, mais une peau lisse d'adolescent, constellée de taches de rousseur. Et des cheveux roux. Sa chemise d'uniforme, couleur beige, lui allait beaucoup mieux deux ans plus tôt, à l'époque où sa femme la lui avait achetée.

— Oui, shérif, répondit Todd Jackson en se grattant la paupière. Et ensuite, la communication a été coupée.

— Elle a été coupée ou la personne a raccroché ? Ce n'est pas pareil.

— Je ne sais pas. Oh, je vois ce que vous voulez dire.

17 h 52, vendredi 17 avril. Un des moments les plus calmes de la journée dans le comté de Kennesha, Wisconsin. Les gens avaient tendance à se suicider ou à tuer leurs concitoyens, volontairement ou accidentellement, plus tôt ou plus tard. Dahl connaissait le programme comme s'il avait été imprimé : si vous n'étiez pas capable de connaître les habitudes des habitants de votre juridiction après quatorze ans passés à la tête des forces de l'ordre locales, il fallait changer de métier.

Huit adjoints travaillaient pour le Bureau du shérif, situé à côté du palais de justice et de l'hôtel de ville, à l'intérieur d'un vieux bâtiment jouxtant un bâtiment neuf. Le premier datait des années 1870, le second d'un siècle plus tard, très exactement. L'espace alloué à Dahl et à ses agents était un vaste plateau découpé par des cloisons qui séparaient les différents box. C'était la partie moderne. Les officiers présents à cet instant, six hommes et deux femmes, portaient des uniformes dont l'aspect, amidonné et raide comme du bois ou au contraire fripé comme un vieux drap, indiquait à quelle heure ils avaient pris leur service.

— On se renseigne, dit Jackson.

Lui aussi avait une peau d'enfant, mais ce n'était pas aussi remarquable étant donné qu'il était deux fois plus jeune que le shérif.

— « C'est », répéta Dahl, songeur. Que dit le labo ?

— Oh, au fait, l'affaire Wilkins… (Jackson tira sur son col raide.) C'était pas du crack. C'était rien.

Même ici, dans un comté de 34 021 âmes, le crack était un terrible fléau. Les consommateurs étaient des cinglés, impitoyables, prêts à tout pour se procurer leur drogue, et les producteurs tenaient exactement le même raisonnement au sujet des énormes bénéfices qu'ils engrangeaient. On attribuait plus de meurtres au crack qu'à la cocaïne, l'héroïne, la marijuana et l'alcool cumulés. Et les morts accidentelles par ébouillantement, brûlure ou overdose étaient aussi nombreuses que les meurtres liés à la drogue. Une famille de quatre personnes venait de mourir dans l'incendie de leur caravane après que la mère s'était évanouie pendant qu'elle préparait une fournée de crack dans sa cuisine. Elle avait fait une overdose, supposait Dahl, après avoir goûté un échantillon de sa mixture.

La mâchoire du shérif se crispa.

— Merde. Merde de merde. Il en fabrique, on le sait bien qu'il en fabrique. Il joue avec nous. Rien que pour ça, j'aimerais l'arrêter. Il venait d'où, cet appel à la police ? D'un poste fixe ?

— Non. D'un portable. C'est pour ça que ça prend du temps pour le localiser.

Le système E911, dont le comté de Kennesha était doté depuis plusieurs années, indiquait automatiquement au dispatcher l'endroit où se trouvait son correspondant en cas d'urgence. Cela fonctionnait également avec les portables, mais c'était un peu plus compliqué et parfois, en pleine campagne, dans la région des collines, ça ne marchait pas du tout.

C'est...

Une voix féminine résonna d'un bout à l'autre de l'espace cloisonné.

— Todd, le Centre des com' pour toi !

L'adjoint regagna son poste. Dahl se replongea dans la lecture du paquet de rapports d'arrestations qu'il relisait pour corriger les fautes d'orthographe autant que les erreurs de procédure.

Jackson réapparut. Il ne s'assit pas sur une des deux chaises. Il resta planté devant le bureau de son supérieur, comme souvent.

— L'appel venait d'un endroit près du lac Mondac.

Brrrr, pensa Dahl. Il n'avait jamais aimé ce coin. Le lac qui s'étendait au cœur du parc national Marquette lui donnait la chair de poule. Il avait enquêté sur deux viols et deux homicides là-bas, et dans le cas du dernier meurtre, ils n'avaient retrouvé qu'une partie du corps de la victime. Il jeta un coup d'œil à la carte accrochée au mur. La ville la plus proche était Clausen, à une dizaine de kilomètres du lac. Il ne la connaissait pas, mais il supposait qu'elle ressemblait à des milliers d'autres dans le Wisconsin : une station-service, une épicerie qui vendait autant de bière que de lait et un restaurant encore plus difficile à dénicher que le fabricant de crack local.

— Il y a des maisons dans le coin ? demanda-t-il.

— Autour du lac ? Je crois.

Dahl contempla le galet bleu qui représentait le lac Mondac sur la carte. Il était entouré de quelques propriétés privées, cernées elles aussi par l'immensité du parc national.

C'est...

— Et le terrain de camping n'ouvre qu'en mai, ajouta Jackson.

— À qui appartient ce portable ?

— On attend toujours.

Le jeune adjoint avait des cheveux blonds hérissés. Dahl, lui, avait eu une coupe en brosse presque toute sa vie.

Le shérif s'était désintéressé des rapports routiniers et du pot d'anniversaire d'un de ses anciens adjoints qui devait commencer dans une heure au Eagleton Tap ; il l'avait pourtant attendu avec impatience. Il repensait à l'année dernière, quand un type, un délinquant sexuel reconnu, pas très futé, avait embarqué le petit Johnny Ralston à la sortie de l'école. Le gamin avait eu la présence d'esprit d'appuyer sur la touche BIS de son portable et de le glisser dans sa poche pendant qu'ils roulaient et que le détraqué lui demandait quel genre de films il aimait. Huit minutes avaient suffi pour les retrouver.

Miracle de l'électronique. Que Dieu bénisse Edison. Ou Marconi. Ou Nokia.

Dahl s'étira et massa sa jambe près de la plaque de peau parcheminée, là où une balle était entrée, puis ressortie, sans faire trop mal sur le coup, et sans doute tirée par un de ses hommes au cours de l'unique fusillade, consécutive à un braquage de banque, qu'ait connue le comté dans un passé récent.

— Qu'est-ce que vous en pensez, Todd ? Quand on appelle la police, on dit : « C'est pour une urgence »…

— Et on perd connaissance.

— Ou bien on reçoit une balle ou un coup de couteau. La communication a été coupée ?

— Peggy a essayé de rappeler. Mais elle est tombée sur la boîte vocale. Direct. Sans que ça sonne.

— Que disait l'annonce ?

— « Bonjour, c'est Steven. Je ne suis pas disponible. » C'est tout. Pas de nom de famille. Peggy a laissé un message pour qu'il la rappelle.

— Un type en bateau sur le lac ? spécula Dahl. Qui aurait eu un problème ?

— Avec ce temps ?

Dans le Wisconsin, le mois d'avril pouvait être glacial. Les températures prévues pour cette nuit ne dépassaient pas le zéro.

Le shérif haussa les épaules.

— Mes gamins se baignaient dans une eau qui aurait découragé un ours polaire. Et les amateurs de voile sont comme les golfeurs.

— Je ne joue pas au golf.

Un autre adjoint s'exclama :

— J'ai un nom, Todd !

Le jeune homme se saisit d'un crayon et un carnet. Dahl ignorait d'où il les sortait.

— Je t'écoute.

— Steven Feldman. L'adresse de facturation du portable est 2193 Melbourne, Milwaukee.

— C'est donc une résidence secondaire au bord du lac. Un avocat ou un médecin, sûrement pas un clochard. Renseignez-vous, ordonna le shérif. C'est quoi, le numéro de téléphone ?

Jackson le lui donna, avant de regagner son bureau pour chercher des informations sur le dénommé Feldman en interrogeant les diverses banques de données. Les plus importantes : NCIC, VICAP, l'identité judiciaire du Wisconsin et Google.

Derrière la fenêtre, le ciel d'avril était d'un bleu intense, comme la robe de bal d'une jeune fille. Dahl adorait l'air dans cette région du Wisconsin. Humboldt, la plus grande ville du comté, ne possédait que sept mille véhicules, répartis sur des kilomètres. L'usine de ciment rejetait quelques saloperies dans l'atmosphère, mais c'était l'unique industrie du coin, alors personne ne se plaignait, à l'exception d'une poignée de fonctionnaires de l'Agence de protection de l'environnement, et ils ne se plaignaient pas trop bruyamment. On pouvait voir à des kilomètres à la ronde.

17 h 45.

— « C'est… » répéta Dahl.

Jackson était de retour.

— Et voilà, shérif. Steven Feldman travaille pour la municipalité. Il a trente-six ans. Sa femme, Emma, est avocate. Cabinet Hartigan, Reed, Soames et Carson. Trente-quatre ans.

— Ah. Une avocate. J'ai gagné.

— Aucune condamnation ni rien. Ils ont deux voitures : une Mercedes et un Cherokee. Pas d'enfants. Ils possèdent une maison là-bas.

— Où ça ?

— Au lac Mondac. J'ai trouvé le titre de propriété, pas d'hypothèque.

— Des propriétaires sans dettes ? Bravo.

Dahl appuya sur la touche BIS pour la cinquième fois. Il tomba directement sur la boîte vocale, de nouveau. « Bonjour, c'est Steven. Je ne suis pas disponible. »

Il ne laissa pas d'autre message. Il coupa la communication, garda le doigt appuyé sur la touche, puis le retira. Les renseignements n'avaient aucun Feldman à Mondac. Il appela le conseiller juridique local de l'opérateur téléphonique.

— Jerry. J'avais peur que vous soyez déjà parti. Tom Dahl à l'appareil.

— Je m'apprêtais à ouvrir la porte. Vous avez un mandat ? On traque des terroristes ?

— Non. Pouvez-vous juste me dire si une maison du lac Mondac possède une ligne fixe ?

— Où, exactement ?

— À quarante ou quarante-cinq kilomètres au nord d'ici. L'adresse est le 3 Lake View.

— C'est un village, ça ? Lac Mondac ?

— Sans doute un lieu-dit.

Quelques secondes plus tard :

— Non, aucune ligne fixe. Ni chez nous ni ailleurs. De nos jours, tout le monde se sert de son portable.

— Que dirait Ma Bell ?

— Qui ça ?

Après avoir raccroché, Dahl lut le mot que lui avait remis Jackson. Il appela le bureau de Steven Feldman, aux Services sociaux de Milwaukee, mais il tomba sur un répondeur.

— Je vais essayer la femme. Les cabinets d'avocats ne dorment jamais. Du moins, pas ceux à quatre noms.

En effet, une jeune employée, assistante ou secrétaire, répondit et Dahl se présenta.

— Nous cherchons à joindre Mme Feldman.

Un silence, comme toujours, puis :

— Un problème ?

— Non. Simple routine. Nous croyons savoir qu'elle est dans sa résidence secondaire du lac Mondac.

— C'est exact. Emma, son mari et une amie à elle, de Chicago, devaient partir après le travail. Pour le week-end. Que se passe-t-il, s'il vous plaît ? Il y a eu un accident ?

Du ton qu'il employait pour annoncer les drames fatals ou les naissances réussies, Tom Dahl dit :

— Rien de grave à notre connaissance. Je voudrais juste la contacter, voilà tout. Pourriez-vous me communiquer son numéro de portable ?

Nouveau silence.

— Je comprends, dit-il. Vous ne me connaissez pas. Appelez le standard du Centre administratif du comté de Kennesha et demandez à parler au shérif. Si ça peut vous rassurer.

— J'aimerais mieux.

Il raccrocha et le téléphone bourdonna une minute plus tard.

— Je n'étais pas sûr qu'elle rappellerait, confia Dahl à Jackson en décrochant.

L'assistante lui fournit le numéro de portable d'Emma Feldman. Le shérif voulut ensuite savoir le nom et le numéro de l'amie qui devait partir avec eux.

— C'est une ancienne collègue d'Emma. Je ne connais pas son nom.

Dahl pria l'assistante, au cas où Emma l'appellerait, de lui demander de contacter le Bureau du shérif. Puis il raccrocha de nouveau.

Le portable d'Emma Feldman le renvoya immédiatement sur la boîte vocale, lui aussi.

Dahl souffla, comme il le faisait pour cracher la fumée entre ses lèvres autrefois, il y a sept ans et quatre mois très exactement. Il prit une décision.

— Je dormirai mieux… On a quelqu'un en service dans ce coin ?

— Le plus près, c'est Eric. Il est parti enquêter sur un vol de voiture à Hobart. En fait, c'était une fausse alerte. Le genre : « Zut, j'aurais dû appeler ma femme d'abord. »

— Eric ? Hmmm.

— Il a appelé il y a cinq minutes. Il allait dîner à Boswich Falls.

— Eric.

— Il n'y a personne d'autre dans un rayon de trente bornes. C'est souvent le cas là-haut, à cette époque de l'année, vu que le parc est fermé et tout ça.

Dahl regarda, à travers la cloison vitrée, les box de ses adjoints. Jimmy Barnes, qui fêtait son anniversaire le lendemain, était debout dans un coin en compagnie de deux collègues ; ils riaient aux éclats. La plaisanterie devait être particulièrement drôle. Ils la répéteraient encore et encore au cours de la soirée.

Les yeux du shérif se posèrent sur un bureau vide. Il grimaça en massant sa jambe blessée.

— Alors, comment ça s'est passé ?

— Joey va bien, dit-elle. Pas de problème.

Graham était dans la cuisine, où s'exposaient deux de ses talents, remarqua Brynn. Son mari était en train de préparer les pâtes et il avait progressé dans la pose du carrelage. Environ deux mètres carrés de sol étaient protégés par des bandes de plastique jaune qu'utilisait la police.

— Bonjour, Graham ! lança le garçon.

— Salut, jeune homme. Comment tu te sens ?

Le garçon de douze ans, efflanqué, en pantalon de toile à poches, coupe-vent et bonnet noir, leva le bras.

— Super.

Il approchait du mètre soixante de sa mère et son visage rond était constellé de taches de rousseur qui ne lui venaient pas de Brynn, alors qu'ils partageaient les mêmes cheveux châtains raides. (Ceux de Joey dépassaient de sous son bonnet.)

— Pas de bras en écharpe ? Comment vas-tu faire pour apitoyer les filles ?

— Ha, ha, ha.

Le beau-fils de Graham plissa le nez en entendant cette remarque sur le sexe opposé. Il sortit du réfrigérateur une minibrique de jus d'orange, planta une paille dedans et la vida d'un trait.

— Ce soir, spaghetti, annonça Graham.

— Chouette !

Le garçon en oublia immédiatement son accident de skateboard et les filles de l'école. Il courut vers l'escalier et évita les livres qu'il avait empilés sur les marches du bas, avec l'intention de les ranger ultérieurement.

— Le bonnet ! cria Graham. Pas dans la maison…

Joey l'arracha d'un geste et continua à gravir l'escalier en faisant des bonds.

— Vas-y doucement, lui lança Graham. Ton bras…

— Tout va bien, répéta Brynn en accrochant sa veste vert foncé dans la penderie de l'entrée, avant de revenir dans la cuisine.

Une beauté du Midwest. Ses pommettes saillantes lui donnaient un petit côté amérindien, alors qu'elle était exclusivement irlando-norvégienne, dans des proportions qu'indiquait plus ou moins son nom : Kristen Brynn McKenzie. Parfois, les gens pensaient, surtout quand elle tirait en arrière ses cheveux mi-longs, que c'était une ancienne danseuse de ballet qui s'était habituée à une nouvelle vie, non sans regrets, alors qu'elle n'avait jamais pratiqué la danse, en dehors de l'école ou d'un club.

Seule concession à la futilité des apparences : elle épilait et décolorait ses sourcils. D'autres tactiques, à plus long terme, étaient prévues, mais pour l'instant, aucune n'avait encore été mise en œuvre. S'il y avait une imperfection chez elle, c'était sa mâchoire qui, vue de face, était un peu de travers. Graham trouvait cela charmant et sexy, affirmait-il. Brynn détestait ce défaut.

Il demanda :

— Son bras… il n'est pas cassé ?

— Non. Il a juste perdu un peu de peau. À cet âge, ils sont en caoutchouc.

Elle jeta un coup d'œil à la casserole. Son mari faisait d'excellentes pâtes.

— C'est un soulagement.

Il faisait chaud dans la cuisine et Graham Boyd, un mètre quatre-vingt-douze, roula ses manches de chemise sur ses bras puissants, laissant voir deux petites cicatrices. Il portait une vieille montre qui avait perdu presque tout son placage or. Son unique bijou était son alliance, rayée et ternie. Comme celle de Brynn, voisine de la bague de fiançailles qui était apparue à son doigt un mois jour pour jour avant l'alliance.

Graham ouvrit plusieurs conserves de tomates pelées. Entre ses mains épaisses, la lame circulaire de l'ouvre-boîte transperça sans hésitation les couvercles en métal. Il baissa la flamme sous la casserole. Des oignons rissolaient.

— Fatiguée ?

— Un peu.

Elle avait quitté la maison à cinq heures trente. Bien avant le début de son service, mais elle voulait retourner faire un tour sur un terrain aménagé pour les camping-cars, théâtre d'une dispute conjugale l'après-midi précédent. Personne n'avait été arrêté et le couple avait fini par s'étreindre, en larmes, submergé de remords. Toutefois, Brynn voulait s'assurer que le maquillage excessif de la femme ne cachait pas un coquard qu'elle ne souhaitait pas montrer à la police.

Non, avait-elle découvert à six heures du matin. Cette femme abusait du Max Factor, voilà tout.

Ayant débuté sa journée avant l'aube, Brynn espérait rentrer tôt à la maison. Enfin, tôt pour elle : à dix-sept heures. Hélas, elle avait reçu un appel d'une amie qui travaillait aux urgences de l'hôpital. Ses premiers mots avaient été : « Il n'a rien, Brynn. »

Dix minutes plus tard, elle était auprès de son fils.

Elle secoua sa chemise beige d'uniforme.

— Je pue.

Graham balaya du regard les trois étagères de livres de cuisine, soit une cinquantaine d'ouvrages. La plupart appartenaient à Anna qui les avait apportés quand elle avait emménagé ici après son traitement médical, mais dernièrement, depuis qu'il s'acquittait de cette tâche ménagère, Graham s'était mis à les feuilleter. Sa belle-mère se sentait encore trop faible pour cuisiner. Et Brynn ? Disons que cela ne faisait pas partie de ses talents.

— Zut, j'ai oublié le fromage, dit Graham en fouillant inutilement dans le placard. Ça alors !

Il revint vers la casserole pour pulvériser de l'origan entre son pouce et son index.

— Tu as passé une bonne journée ? demanda Brynn.

Il lui parla d'un système d'irrigation devenu fou. Il s'était déclenché prématurément le 1er avril, avant de se fissurer en une dizaine d'endroits, à cause des gelées qui n'avaient surpris personne, sauf le propriétaire de la maison qui, en revenant chez lui, avait découvert un Katrina dans son jardin.

— Tu progresses, dit-elle en montrant le carrelage d'un mouvement de tête.

— Oui, ça avance. Alors ? Le châtiment est à la hauteur du crime ?

Brynn fronça les sourcils, perplexe.

— Joey, expliqua-t-il. Le skateboard.

— Oh. Je lui ai interdit d'en faire pendant trois jours.

Graham ne dit rien, il se concentrait sur sa sauce. Cela signifiait-il qu'il la trouvait trop laxiste ?

— Peut-être plus, ajouta-t-elle. Je lui ai dit qu'on verrait.

— Ils devraient interdire tous ces trucs-là, dit-il. Glisser sur des rambardes. Faire des sauts en l'air. C'est dément.

— Ça s'est passé dans la cour de l'école. Au niveau de l'escalier. Les trois marches qui mènent au parking. Tous les gamins le font, m'a-t-il dit.

— Il doit mettre son casque. Je le vois tout le temps traîner à la maison.

— Tu as raison. Il le mettra. Je lui en ai parlé aussi.

Le regard de Graham suivit le chemin qu'avait emprunté le garçon pour monter dans sa chambre.

— Peut-être que je devrais lui parler. D'homme à homme.

— Ne t'inquiète pas pour ça. Je ne veux pas l'accabler. Il a compris le message.

Brynn s'ouvrit une bière et en but la moitié. Elle goba une poignée de petits crackers.

— Tu vas à ta partie de poker ce soir ?

— Oui, je pensais y aller.

Elle hocha la tête en le regardant façonner des boulettes de viande avec ses grosses mains.

— Ma chérie ! lança une voix. Comment va notre garçon ?

— Bonsoir, maman.

Anna, soixante-quatorze ans, apparut sur le seuil de la cuisine, bien habillée, comme toujours. Aujourd'hui, elle portait un tailleur-pantalon noir. Ses cheveux courts avaient été arrangés par le coiffeur la veille. Le jeudi, c'était le jour où elle se rendait chez Style Cuts.

— Quelques égratignures, rien de plus.

Graham précisa :

— Il faisait du skateboard dans les escaliers.

— Mon Dieu !

— Trois marches, maman. (Brynn but une gorgée de bière.) Tout va bien. Il ne recommencera plus. Rien de grave, franchement. On a tous fait ce genre de choses.

Graham demanda à Anna :

— Et *elle*, qu'est-ce qu'elle a fait comme bêtises quand elle était gamine ?

Il montra sa femme d'un mouvement de tête.

— Oh, j'ai un tas d'histoires.

Mais elle n'en raconta aucune.

— Je l'emmènerai faire du paintball ou un truc dans ce genre, déclara Graham. Pour canaliser un peu cette énergie.

— Bonne idée.

Il arracha les feuilles de laitue avec ses mains.

— Des spaghetti, ça vous va, Anna ?

— Quoi que vous fassiez, ce sera délicieux.

Anna prit le verre de chardonnay que lui avait servi son gendre.

Brynn regarda son mari sortir des assiettes du placard.

— Il y a peut-être de la poussière dessus, dit-elle. À cause du carrelage.

— Non. Je l'avais recouvert de plastique. Je l'ai enlevé après avoir terminé.

Après une brève hésitation, elle les passa quand même sous l'eau.

— Quelqu'un peut-il me conduire chez Rita ce soir ? demanda Anna. Megan doit aller chercher son fils. C'est l'affaire d'une demi-heure. J'ai promis d'assumer la corvée du bain.

— Comment va-t-elle ? demanda Brynn.

— Pas très bien.

La maladie d'Anna et celle de sa meilleure amie avaient été diagnostiquées à peu près en même temps. Le traitement d'Anna s'était bien passé, pas celui de Rita.

— Je t'y emmènerai, maman. À quelle heure ?

— Vers sept heures.

Elle se retourna vers la salle de séjour, le cœur de la petite maison de Brynn située à la périphérie de Humboldt. À la télé, c'étaient les infos du soir.

— Regardez ça ! Encore une bombe. Ah, ces gens !

Le téléphone sonna. Graham alla répondre.

— Bonsoir, Tom. Comment va ?

Brynn reposa sa bière. Elle regarda son mari qui tenait le téléphone dans sa grosse main.

— Oui, j'ai vu ça. Beau match. Vous voulez parler à Brynn, je suppose ?… Ne quittez pas, elle est juste là. Le boss, murmura-t-il en tendant le téléphone à sa femme.

— Tom ?

Le shérif demanda des nouvelles de Joey. Elle crut qu'il allait lui faire un sermon sur les dangers du skate-board, mais non. Il lui parla d'un problème survenu au lac Mondac. Elle écouta attentivement, en hochant la tête.

— J'ai besoin de quelqu'un pour aller jeter un coup d'œil. C'est vous la plus proche, Brynn.

— Et Eric ?

Graham alluma un feu de la cuisinière Kenmore. Des flammes bleues jaillirent.

— J'aimerais mieux ne pas faire appel à lui. Vous savez comment il réagit.

Graham remua le contenu de la casserole. Il s'agissait essentiellement d'aliments en boîte, mais il les touillait comme s'il avait coupé lui-même tous les ingrédients. Dans la salle de séjour, une voix d'homme remplaça celle de Katie Couric, la présentatrice vedette.

Anna déclara :

— J'aime mieux ça. Ils ne devraient donner que des bonnes nouvelles.

Au téléphone, Brynn réfléchissait. Finalement, elle dit :

— Vous me devrez une demi-journée de congé, Tom. Donnez-moi l'adresse.

En entendant cela, Graham tourna la tête.

Dahl mit Brynn en communication avec un autre adjoint, Todd Jackson, qui lui donna les indications. Elle les nota.

Puis elle raccrocha.

— Il y a peut-être un problème au lac Mondac, là-haut.

Son regard se posa sur la bouteille de bière. Elle n'y toucha pas.

— Ah, ma chérie, soupira Graham.

— Désolée. Je me sens obligée d'y aller. J'ai fini tôt aujourd'hui à cause de Joey.

— Tom n'a pas dit ça.

Elle hésita.

— Non. Mais il se trouve que c'est moi la plus proche.

— Je t'ai entendue parler d'Eric.

— Il a un problème. Je t'ai raconté.

Eric Munce lisait *Soldier of Fortune*, le magazine des mercenaires, il portait une deuxième arme, à la cheville, comme s'il arpentait les quartiers chauds de Detroit et il traquait les laboratoires clandestins de crack, alors qu'il aurait dû faire souffler dans le ballon des conducteurs ivres et inciter des gamins à rentrer chez eux avant vingt-deux heures.

Sur le seuil de la cuisine, Anna demanda :

— Dois-je appeler Rita ?

— Je peux vous conduire, dit Graham.

Brynn mit un bouchon hermétique sur sa bouteille de bière.

— Et ta partie de poker ?

Son mari marqua un temps d'arrêt, puis il sourit et dit :

— Elle attendra. De toute façon, vu que Joey est blessé, il vaut mieux que quelqu'un reste ici pour veiller sur lui.

— Mangez sans moi. Et laissez la vaisselle. Je la ferai en rentrant. Je n'en ai pas pour plus de deux heures.

— OK, répondit Graham.

Mais tout le monde savait qu'il ferait la vaisselle.

Brynn enfila son blouson de cuir, plus léger que sa parka d'uniforme.

— J'appellerai en arrivant là-bas. Pour te dire quand je pense rentrer. Désolée pour ton poker, Graham.

— Salut, dit-il sans se retourner, occupé à verser les spaghetti dans l'eau bouillante.

Au nord de Humboldt, le paysage semble divisé en rectangles de pâtures bosselées, séparés par des clôtures symboliques, quelques murets de pierre et des haies. Le soleil qui se couchait au sommet des collines éclairait la vallée, faisant ressembler les vaches et les moutons à de grosses décorations brillantes. Tous les cent mètres environ, des panneaux tentaient d'entraîner les touristes dans telle ou telle direction en leur promettant du fromage, des gâteaux aux noix, du nougat, du sirop d'érable fabriqués artisanalement, des sodas ou des meubles en pin. Un vignoble proposait une visite guidée. Brynn McKenzie, qui aimait bien le vin et avait passé toute sa vie dans le Wisconsin, n'avait jamais goûté les crus locaux.

Et puis, à douze kilomètres de la ville, le livre de contes se refermait brusquement. Les sapins et les chênes se rassemblaient au bord de la route, qui passait de quatre à deux voies. Des collines surgissaient de terre et bientôt, tout n'était plus que forêt. Quelques bourgeons avaient pointé le bout de leur nez, mais les arbres feuillus demeuraient majoritairement gris et noirs. La plupart des sapins étaient d'un vert intense, mais certaines parcelles étaient mortes, tuées par les pluies acides, ou bien la rouille.

Brynn reconnut les sapins baumiers, les genévriers, les ifs, les épicéas, les hickorys, quelques saules noirs noueux et, bien sûr, les chênes, les érables et les bouleaux. Sous les arbres étaient réunies des assemblées de laîche, de chardons, d'ambroisie et de mûriers. Les jonquilles et les crocus s'étaient réveillés, bernés par le dégel qui avait assassiné les plantes dans le jardin du client de Graham.

Bien que mariée à un jardinier-paysagiste, elle n'avait pas appris à connaître la flore locale avec son mari. Ce savoir lui venait de son métier, curieusement. La prolifération des laboratoires de crack clandestins dans les coins les plus reculés de l'Amérique rurale obligeait les policiers, dont la tâche la plus stimulante jusqu'alors consistait à arrêter des conducteurs ivres, à effectuer des descentes en pleine cambrousse.

Brynn était un des rares officiers à suivre le cours de remise à niveau dispensé chaque année par la police de l'État. Celui-ci incluait des techniques d'assaut et d'arrestation, mais aussi l'étude des plantes : celles qui étaient dangereuses, ou qui permettaient de se cacher ou qui pouvaient, éventuellement, vous sauver la vie (même de jeunes bois durs pouvaient arrêter des balles tirées à bout portant).

Le pistolet Glock 9 mm qui cognait contre sa hanche la gênait pour conduire. Si dans sa Crown Victoria de patrouille, il y avait largement assez de place pour les accessoires, le siège baquet et la ceinture de sécurité de sa Honda appuyaient la crosse de l'arme massive contre son os. Demain matin, elle aurait un bleu. Elle changea de position pour la énième fois et alluma la radio. Des infos, de la musique country, du bavardage, puis la météo. Elle l'éteignit.

Des camions et des pick-up venaient en sens inverse. Mais de moins en moins nombreux, et bientôt, elle eut la route pour elle seule. Celle-ci commença à monter et Brynn découvrit l'étoile du berger devant elle. Les collines devinrent plus escarpées, les sommets rocailleux étaient nus ; des signes indiquaient la présence de lacs à proximité : typhas, trèfles d'eau et baldingères fauxroseaux. Un héron se tenait immobile dans un marais ; son bec et son regard étaient pointés droit sur elle.

Elle frissonna. À l'extérieur, il faisait dans les dix degrés, mais le décor était sinistre, glacial.

Brynn alluma les phares de la Honda. Son portable sonna.

— Oui, Tom.

— Merci encore de vous déplacer, Brynn.

— De rien.

— J'ai demandé à Todd de se renseigner.

Dahl expliqua qu'il n'arrivait toujours pas à joindre l'un ou l'autre des deux portables du couple. À sa connaissance, les seules personnes présentes dans la maison étaient les Feldman, Steven et Emma, et une habitante de Chicago, une collègue d'Emma, qui avait fait la route avec eux.

— Ils ne sont que trois ?

— Apparemment. A priori, Feldman est un gars sans histoire. Il travaille pour la municipalité. Sa femme, en revanche, Emma… Écoutez ça. Elle est avocate dans un gros cabinet de Milwaukee. Et elle aurait découvert, semble-t-il, une énorme combine liée à une affaire ou à un marché dont elle s'occupait.

— Quel genre ?

— Je ne connais pas les détails. Je sais juste ce que m'a raconté un ami de la police de Milwaukee.

— Ça voudrait dire qu'elle est peut-être témoin ou bien qu'elle a vendu la mèche ?

— Possible.

— Le coup de téléphone à la police… Cet homme, qu'a-t-il dit, exactement ?

— Juste « C'est ».

Elle attendit la suite.

— Pardon, je n'ai pas entendu. C'était quoi ?

Un petit rire.

— Il a juste dit « C'est. C apostrophe E. S. T. »

— C'est tout ?

— Ouais. Mais ça pourrait être du sérieux, cette affaire avec l'avocate. Todd a contacté le FBI à Milwaukee.

— Le Bureau est sur le coup ? Elle a reçu des menaces ?

— Pas à leur connaissance. Mais mon père disait toujours que ceux qui menacent ne passent jamais à l'acte. Et ceux qui agissent ne menacent pas.

Brynn sentit son estomac se nouer, sous l'effet de l'appréhension, évidemment, mais aussi de l'excitation. Le crime le plus grave auquel elle avait été confrontée depuis un mois, accidents de la route exceptés, c'était un adolescent à problèmes qui avait brisé des vitrines du centre commercial avec une batte de base-ball et terrorisé les clients. Un drame potentiel qu'elle avait désamorcé avec un bref face-à-face, en souriant devant son regard halluciné. À cet instant, son cœur battait à peine plus vite que la normale.

— Soyez prudente, Brynn. Examinez d'abord les lieux de loin. Ne vous jetez pas dans la gueule du loup. Si quelque chose vous semble louche, appelez des renforts et attendez.

— Entendu, répondit-elle.

En pensant : En dernier recours, éventuellement.

Elle referma son téléphone et le posa dans le porte-gobelet.

Ce geste lui rappela qu'elle avait soif… et faim. Elle chassa cette pensée. Les quatre derniers restaurants devant lesquels elle était passée étaient fermés. Après être allée voir de quoi il retournait au lac Mondac, elle rentrerait à la maison pour savourer les spaghetti de Graham.

Sans savoir pourquoi, elle repensa à ses dîners avec Keith. Son premier mari faisait la cuisine, lui aussi. À vrai dire, c'était presque toujours lui qui cuisinait le soir, sauf quand il faisait partie de l'équipe de nuit.

Elle accéléra un peu, en songeant que la différence de reprise entre la Crow Vic et la Honda était aussi flagrante qu'entre une purée maison et une purée en sachet.

Une fois de plus, elle pensait à manger.

— Putain, mec, tu t'es pris une balle.

Dans une chambre située au rez-de-chaussée de la maison des Feldman, rideaux tirés, Hart regardait la manche gauche de sa chemise en flanelle marron, plus sombre entre le poignet et le coude, à cause du sang. Son blouson en cuir traînait par terre. Lui était affalé sur le lit.

— Ouais. Regarde-moi ça !

Lewis le maigrelet cessa enfin d'énoncer des évidences horripilantes en triturant son clou d'oreille vert et il entreprit de relever délicatement la manche de Hart. Les deux hommes avaient ôté les bas qui masquaient leurs visages et leurs gants.

— Fais gaffe à ce que tu touches, dit Hart.

Lewis ignora ostensiblement cette remarque.

— Sacrée surprise, hein ? Cette salope nous a bien eus. J'ai rien vu venir. C'est qui, cette nana ?

— J'en sais rien, Lewis, répondit patiemment Hart en examinant son bras alors que se levait le rideau de sa manche. Comment tu veux que je le sache ?

— Ce sera un jeu d'enfant, Hart. Quasiment aucun risque. Les autres maisons seront vides. Et ils ne seront

que tous les deux, les Feldman. Aucun garde forestier dans le parc et aucun flic des kilomètres à la ronde.

— Ils ont des armes ?

— Vous plaisantez ! Ce sont des citadins. Elle est avocate, lui travailleur social.

Hart avait une petite quarantaine. Et un visage tout en longueur. Maintenant qu'il avait ôté son masque, ses cheveux tombaient bien en dessous de ses oreilles, collés contre son crâne. Il repoussait sans cesse ses mèches noires qui refusaient de rester en place. Il adorait les chapeaux et en possédait toute une collection. En outre, ils présentaient l'intérêt de détourner l'attention de ses traits. Sa peau était grêlée, non pas à cause de problèmes d'acné, mais de nature. Depuis toujours.

Il contemplait son avant-bras, violet et jaune autour du trou noir d'où s'échappait un filet de sang. La balle avait traversé le muscle. Deux centimètres plus à gauche, elle l'aurait loupé ; deux centimètres plus à droite, elle aurait pulvérisé l'os. Chance ou malchance ?

Se parlant à lui-même autant qu'à Lewis, il commenta :

— Ça gicle pas. Ça veut dire que c'est pas une grosse veine.

Puis :

— Tu peux essayer de trouver de l'alcool, du savon et un linge pour faire un bandage ?

— Je vais voir.

Alors que Lewis s'éloignait lentement, d'une démarche élastique, Hart se demanda, une fois de plus, comment on pouvait se faire tatouer une croix celtique rouge et bleu dans le cou.

De la salle de bains, Lewis cria :

— Y a pas d'alcool. Mais j'ai repéré du whisky dans le bar.

— Prends de la vodka. Le whisky, ça sent trop fort. C'est un coup à se faire repérer. Et n'oublie pas de mettre tes gants.

Le maigrelet avait-il poussé un soupir d'exaspération ?

Quelques minutes plus tard, il revint avec une bouteille de vodka. Effectivement, elle sentait moins fort que le whisky, mais Hart devina que Lewis en avait bu une gorgée en douce. Il prit la bouteille dans sa main gantée et versa l'alcool sur la plaie. La douleur fut stupéfiante.

— Ouah, fit-il dans un hoquet, penché en avant.

Il fixa son attention sur un tableau accroché au mur. Un poisson sautait hors de l'eau avec une mouche dans la bouche. Qui pouvait acheter un truc pareil ?

— Hé, tu vas pas t'évanouir, mec, hein ? s'inquiéta Lewis, comme s'il n'avait pas besoin de ce problème supplémentaire.

— C'est bon, c'est bon…

Hart laissa retomber sa tête, sa vision se plissa et s'obscurcit, mais il inspira à fond et parvint à retrouver ses esprits. Il frotta la savonnette Ivory sur la plaie.

— Pourquoi tu fais ça ?

— Pour cautériser. Ça arrête le sang.

— Sans déconner ?

Hart testa son bras. Il pouvait le lever et le baisser sans trop souffrir. Quand il fermait le poing, il manquait de force, mais au moins tout fonctionnait.

— La salope, marmonna Lewis.

Hart ne voulait pas s'abandonner à la colère pour le moment, il était surtout soulagé. Cette balle qu'il avait reçue dans le bras, il avait failli la recevoir dans la tête.

Il se revoyait encore dans la cuisine, en train de se gratter le visage à travers le bas. En relevant la tête, il avait aperçu un mouvement devant lui. En fait, il s'agissait du reflet de la jeune femme qui avançait en silence dans son dos, avec une arme.

Hart avait fait un bond sur le côté au moment même où elle tirait, sans même s'apercevoir qu'il avait été touché, et il avait fait volte-face. Elle s'était enfuie par la porte, pendant qu'il ripostait avec son Glock, à deux reprises. Lewis, qui se tenait à côté de lui, et qui aurait été le prochain à mourir, s'était retourné lui aussi, en lâchant le sachet d'amuse-gueules qu'il avait chapardé dans un placard.

Des coups de feu avaient retenti à l'extérieur et Hart avait compris que la femme tirait dans les pneus de la Ford et de la Mercedes pour les empêcher de la poursuivre.

— On a été imprudents, dit-il.

Lewis regarda son complice comme si on l'accusait, ce qui était le cas. Il aurait dû être dans le salon quand ça s'était produit, pas dans la cuisine. Mais Hart n'insista pas.

— Tu crois que tu l'as touchée ? demanda Lewis.

— Non.

Hart avait la tête qui tournait. Il appuya le Glock contre son front. Le froid du métal lui fit du bien.

— C'est qui, cette nana, bordel ?

Ils eurent la réponse quand ils trouvèrent son sac à main dans le salon, un tout petit truc qui contenait du maquillage, de l'argent liquide et des cartes de crédit.

— Michelle, dit Hart en lisant le nom écrit sur la carte Visa. (Il leva la tête.) Elle s'appelle Michelle.

Il s'était fait tirer dessus par une Michelle.

En grimaçant de douleur, il traversa le tapis brun foncé, élimé, et éteignit les lumières du salon. Il jeta un coup d'œil prudent à l'extérieur, en entrouvrant la porte. Aucune trace de Michelle. Lewis se dirigea vers la cuisine.

— Je vais tout éteindre.

— Non, pas là-bas. Laisse. Y a trop de fenêtres sans rideaux. Elle peut te voir facilement.

— Tu es un dégonflé ou quoi ? Cette salope a foutu le camp depuis longtemps.

Avec un rictus, Hart regarda son bras, comme pour dire : Tu veux courir le risque ? Lewis comprit le message. Ils regardèrent dehors encore une fois, à travers les fenêtres, et ne virent que des bois touffus. Aucune lumière, aucune silhouette se déplaçant dans le crépuscule. Hart entendit des grenouilles et vit deux chauves-souris faire une course d'obstacles dans le ciel dégagé.

Lewis disait :

— J'aurais bien aimé connaître le coup du savon. C'est génial. Un jour, mon frangin et moi, on était à Green Bay. On faisait rien de mal, on glandait juste. Je suis allé pisser près de la voie ferrée et ce connard m'a sauté dessus. Il avait un cutter. Il m'a attaqué par-derrière. Cet enfoiré m'a tailladé jusqu'à l'os. Je saignais comme un porc.

Hart se demandait : Où veut-il en venir ? Il essaya de ne plus l'écouter. Lewis continuait :

— La raclée que je lui ai filée ! Tant pis si je saignais. Il a morflé, ce jour-là. Plus que moi, tu peux me croire.

Hart comprima sa plaie et cessa de prêter attention à la douleur. Elle était toujours là, mais perdue dans un ensemble de sensations. Il prit son arme, sortit et s'accroupit. Aucun coup de feu. Aucun bruissement dans les fourrés. Lewis le rejoignit.

— Je te dis que cette salope s'est tirée. À l'heure qu'il est, elle est déjà à mi-chemin de la nationale.

Hart regarda les voitures en grimaçant.

— Vise un peu ça.

La Mercedes des Feldman et la Ford que Hart avait volée un peu plus tôt dans la journée avaient chacune deux pneus à plat. Et impossible d'utiliser les roues de secours, elles n'avaient pas les mêmes diamètres.

— Ah, putain, cracha Lewis. On devrait commencer à faire du stop, qu'est-ce que tu en penses ?

Hart scruta les bois obscurs qui les entouraient. Il ne pouvait pas imaginer une meilleure cachette sur terre. Nom de Dieu.

— Regarde si tu peux pas colmater l'un des deux, dit-il en désignant les pneus crevés de la Ford.

Lewis ricana.

— Je suis pas mécano, mec.

— Je le ferais volontiers, dit Hart en s'efforçant de rester patient, mais je suis un peu handicapé.

D'un mouvement du menton, il montra son bras.

Le maigrelet tritura la pierre verte qui ornait son oreille et se dirigea vers la voiture, d'un pas nonchalant, mais avec un certain ressentiment.

— Qu'est-ce que tu comptes faire ?

À son avis ? Son Glock à la main, Hart partit dans la direction où Michelle s'était enfuie.

À treize kilomètres du lac Mondac, le paysage oscillait entre l'indifférence et l'hostilité. Aucune ferme par ici ; c'était une zone de forêts et de collines, avec des falaises abruptes formées de roches fendues.

Brynn McKzenzie traversa la petite ville de Clausen, qui se limitait à quelques stations-service, une poignée de commerces – épicerie, alcools et accessoires auto – et une casse. Un panneau indiquait l'existence d'un Subway, mais pas avant cinq kilomètres. Elle remarqua une pancarte qui promettait des hot-dogs, sur la vitrine d'un Quick Mart. Elle fut tentée, malheureusement le magasin était fermé. De l'autre côté de la route se dressait une maison de style Tudor dont toutes les fenêtres étaient brisées et le toit effondré. Elle arborait un trophée qui avait sans doute tenté un grand nombre d'adolescents du coin, mais la plaque *Établissement de filles* était trop haute ou trop solidement fixée au mur pour qu'on la vole.

Puis ce bref aperçu de civilisation disparut et Brynn entama un long périple dans un décor sauvage rempli d'arbres et de rochers, interrompu uniquement par des clairières négligées. Les rares habitations se trouvaient à l'écart de la route, des caravanes ou des maisons basses d'où s'échappait de la fumée grise. Les fenêtres, faiblement éclairées, ressemblaient à des yeux endormis. La terre était trop aride pour accueillir des fermes et les habitants du coin, peu nombreux, partaient travailler ailleurs avec leurs pick-up rouillés. Quand ils allaient travailler.

Pendant plusieurs kilomètres, elle ne croisa que trois voitures et un camion. Il n'y avait aucun véhicule dans sa voie, ni devant ni derrière.

À 18 h 40, elle passa devant un panneau annonçant que le terrain de camping du parc national Marquette se trouvait à quinze kilomètres. *Réouverture le 20 mai.* Le lac Mondac n'était donc plus très loin. Puis elle vit :

LAKE VIEW DRIVE
VOIE PRIVÉE
ENTRÉE INTERDITE
LAC INTERDIT AU PUBLIC
TOUT CONTREVENANT SERA POURSUIVI

Bienvenue à vous aussi…

Elle tourna et ralentit lorsque la Honda tressauta sur le chemin de graviers et de terre, en pensant qu'elle aurait dû prendre le pick-up de Graham. D'après les indications fournies par Todd Jackson, il y avait environ deux kilomètres entre la route et le 3 Lake View, la maison de campagne des Feldman. Leur allée, avait-il précisé, était « longue comme deux terrains de football. Du moins, c'est l'impression qu'on a sur Yahoo ».

À faible allure, Brynn traversa un tunnel d'arbres et de buissons, sur un tapis de feuilles mortes. En gros, le paysage se composait d'aiguilles de pin, de branches nues et d'écorce.

Puis le chemin s'élargit légèrement et les saules, les pins gris et les sapins-ciguë sur sa droite se clairsemèrent ; elle apercevait distinctement le lac désormais. Elle n'avait jamais aimé les étendues d'eau. Bizarrement, elle avait l'impression d'avoir plus de maîtrise sur la terre ferme. Autrefois, Keith et elle allaient souvent sur la Gulf Coast du Mississippi, à la demande de son mari essentiellement. Là-bas, quand elle ne passait pas ses journées à lire, Brynn emmenait Joey dans les parcs d'attractions ou à la plage. Keith, lui, ne quittait quasiment pas le casino. Ce n'était pas l'endroit qu'elle préférait, mais au moins, l'eau beige qui venait lécher le rivage était aussi tranquille et accueillante que les gens du coin. Par ici, les lacs paraissaient profonds et glacés, et la rencontre brutale entre la rive rocailleuse et l'eau noire vous donnait un sentiment d'impuissance ; vous étiez une proie facile pour les serpents et les sangsues.

Brynn repensa à un autre cours qu'elle avait suivi lors du stage de la police de l'État : sécurité et sauvetage en milieu aquatique. Il se déroulait au bord d'un lac comme celui-ci, et même si elle avait réussi l'exercice – nager sous l'eau pour sauver un mannequin en train de « se noyer » à bord d'une barque qui coulait –, elle avait détesté cette expérience.

Elle scruta les alentours, cherchant des plaisanciers en difficulté, des traces d'accidents de voiture, des incendies.

Des intrus.

Il faisait encore assez clair pour rouler sans lumière, alors elle éteignit ses phares pour ne pas annoncer sa présence. Et elle roula encore plus lentement afin de réduire au maximum le crissement des pneus.

Elle passa devant les deux premières maisons de la voie privée. Totalement obscures, elles se dressaient à l'extrémité de longues allées qui serpentaient dans les bois. Anciennes et vastes – au moins quatre ou cinq chambres –, elles étaient impressionnantes. En fait, il y avait quelque chose de lugubre dans ces propriétés. Elles auraient pu servir de décor pour le prologue d'un drame familial : la demeure condamnée par des planches, une histoire construite en flash-backs qui évoquait des jours meilleurs.

La propre maison de Brynn, qu'elle avait achetée quand Keith lui avait racheté sa part de leur ancien domicile conjugal, aurait tenu tout entière à l'intérieur d'une de celles-ci, largement.

Une trouée entre les arbres lui offrit une vision partielle de la maison du 3, celle des Feldman, devant, sur la gauche. Bien que construite dans le même style, elle paraissait plus majestueuse que les autres. De la fumée s'échappait de la cheminée. Presque toutes les fenêtres étaient noires, mais elle apercevait une lueur à travers des stores ou des rideaux, à l'arrière et au premier étage.

Elle continua à rouler en direction de la maison, qui disparut derrière un énorme bosquet de sapins. Instinctivement, pour se rassurer, elle palpa la crosse de son Glock. Ce n'était pas un geste de superstition, mais une précaution qu'on lui avait enseignée il y a longtemps. Vous deviez toujours connaître l'emplacement exact de votre arme au cas où vous seriez amené à dégainer rapidement. Brynn se souvint qu'elle avait chargé son pistolet la semaine dernière : treize balles neuves. Là encore, ce n'était pas de la superstition, mais un nombre plus que suffisant pour les problèmes qu'elle pouvait rencontrer dans le comté de Kennesha. En outre, il fallait avoir énormément de force dans le pouce pour introduire les cylindres de cuivre dans le chargeur.

Tom Dahl exigeait de ses adjoints qu'ils se rendent au stand de tir une fois par mois pour un contrôle, mais Brynn y allait tous les quinze jours. Savoir tirer était une qualité rarement utilisée, mais vitale, selon elle ; c'est pourquoi un mardi sur deux elle vidait deux boîtes de Remington. Elle avait vécu plusieurs fusillades, avec des individus avinés ou suicidaires généralement, et elle avait acquis le sentiment que ces quelques secondes pendant lesquelles vous échangiez des coups de feu avec un autre être humain étaient tellement chaotiques, assourdissantes et terrifiantes que le moindre avantage était appréciable. Et pour cela, il fallait transformer en automatisme l'action de dégainer et de tirer.

Elle avait dû annuler sa dernière séance de tir à cause d'un autre problème avec Joey – une bagarre au lycée –, mais le lendemain matin, elle s'était rendue au stand à six heures et, énervée à cause de son fils, elle avait vidé deux boîtes de cinquante balles. Elle avait eu mal au poignet pendant toute la journée.

Arrivée à une cinquantaine de mètres de l'allée des Feldman, elle s'arrêta sur le bas-côté, provoquant l'envol d'un groupe de grouses affolées. Elle avait l'intention de finir à pied.

Elle tendait la main vers son téléphone, dans le porte-gobelet, pour couper la sonnerie avant d'approcher de la scène de crime éventuelle lorsque celle-ci retentit. Elle regarda qui l'appelait.

— Tom.

— Écoutez, Brynn…

— Ah, ça sent mauvais. Qu'y a-t-il ? Parlez.

Il soupira. Elle était agacée de le voir tergiverser, mais encore plus par la nouvelle qu'elle devinait.

— Désolée, Brynn. Fausse alerte.

Merde.

— Expliquez-vous.

— Feldman a rappelé. Le mari.

— Il a rappelé ?

— Le central téléphonique m'a contacté. Feldman a expliqué qu'il avait enregistré le numéro de la police dans son répertoire et il a appuyé sur la touche sans le vouloir. Quand il s'en est aperçu, il a raccroché. Il pensait avoir réagi à temps.

— Oh, Tom.

Le visage déformé par un rictus, Brynn regardait les grives qui picoraient le sol à côté d'un bouquet de lys des prairies.

— Je sais, je sais.

— Je suis quasiment arrivée. J'aperçois la maison.

— Vous avez fait vite.

— C'était une urgence, je vous le rappelle.

— Je vous accorde une journée *entière* de congé.

Quand aurait-elle l'occasion de la prendre ? Elle poussa un long soupir.

— Pour la peine, vous me payez le restau ce soir. Et pas au Burger King. Le Chili ou chez Bennigan.

— Aucun problème. Régalez-vous.

— Bonsoir, Tom.

Brynn appela Graham, mais elle tomba sur sa boîte vocale après la quatrième sonnerie. Elle laissa un message expliquant qu'il s'agissait d'une fausse alerte. Elle raccrocha. Puis essaya de nouveau. Cette fois, elle tomba directement sur la boîte vocale. Elle ne laissa pas d'autre message. Était-il sorti ?

Et ta partie de poker ?

Elle attendra…

À la réflexion, elle n'était pas trop mécontente de cette fausse alerte. La semaine prochaine, elle devait suivre un cours sur les techniques d'approche en cas de violences conjugales et elle profiterait de son dîner en solitaire pour avancer dans la lecture du manuel qu'elle venait de recevoir. Si elle était restée à la maison, elle n'aurait pas pu l'ouvrir avant de se coucher.

En outre, elle devait bien avouer qu'une soirée sans Anna serait la bienvenue, surtout s'il fallait la conduire chez Rita. C'était étrange de l'avoir à la maison après tant d'années d'indépendance mutuelle. Les émotions du passé remontaient à la surface. Comme le jour où sa mère lui avait lancé un drôle de regard lorsqu'elle était rentrée tard d'une patrouille ; elle avait ressenti la même tension que du temps où, adolescente, absorbée par sa passion pour le saut d'obstacles, elle rentrait bien plus tard que prévu. Jamais de critiques, jamais de sermon. Juste un regard lourd de sens, derrière un sourire imperturbable.

Elles ne se disputaient jamais. Anna n'était ni capricieuse ni grincheuse. C'était une grand-mère parfaite, qui jouait un rôle important. Mais la mère et la fille n'avaient jamais été amies, et durant le premier mariage de Brynn, Anna avait quasiment disparu de sa vie, pour ne réapparaître qu'après la naissance de Joey.

Maintenant qu'elle était divorcée et remariée avec un homme que sa mère semblait apprécier, elles avaient renoué le contact. À tel point que, l'année dernière, Brynn avait pensé qu'elles pourraient enfin se rapprocher. Mais ses espoirs ne s'étaient pas concrétisés. Après tout, elles étaient les mêmes que vingt ans plus tôt et, contrairement à son frère et à sa sœur, Brynn n'avait pas beaucoup de points communs avec sa mère. Elle avait passé sa jeunesse à faire du cheval, à foncer, à chercher quelque chose en dehors d'Eau Claire où elle vivait. Anna, elle, avait consacré sa vie à des métiers tranquilles – directrice d'une agence immobilière quatre jours par semaine, essentiellement – et à l'éducation de ses trois enfants. Le soir, c'était toujours tricot, conversation ou télé.

Parfait pour une mère et une fille vivant chacune de leur côté. Mais quand Anna était venue s'installer chez elle, après son opération, Brynn avait eu l'impression d'être transportée à l'époque de sa jeunesse.

Alors, oui, elle savourait par avance cette soirée de liberté.

Et un dîner à l'œil chez Bennigan. Elle commanderait même un verre de vin, tiens.

Elle ralluma les phares et enclencha la marche arrière pour faire demi-tour. Puis elle s'arrêta. La station-service la plus proche était à Clausen, à vingt minutes de route au moins.

Les Feldman étaient responsables de ce malentendu ; ils pouvaient la laisser utiliser leurs toilettes, c'était la moindre des choses. Elle remit la marche avant et prit la direction de l'allée, curieuse de voir si elle était aussi longue que deux terrains de football.

Accroupi à côté de la Ford qui les avait conduits ici depuis Milwaukee, Lewis aspira le sang qui coulait de la jointure qu'il avait éraflée contre la tôle en essayant de réparer un des pneus crevés ou les deux. Il examina la blessure et cracha.

Super, se dit Hart. Empreintes *et* ADN.

Et c'est moi qui ai choisi ce type pour m'accompagner ce soir.

— Alors, tu l'as repérée ? demanda le maigrelet, penché au-dessus d'une des roues.

Les feuilles craquaient sous les pieds de Hart qui venait d'effectuer le tour de la propriété. Alors qu'il traquait Michelle, aussi discrètement que possible, il avait eu le sentiment désagréable qu'on l'observait. Peut-être qu'elle avait filé. Peut-être pas.

— Le sol est vachement boueux. J'ai repéré des traces de pas, sans doute les siens ; au départ, ils allaient vers la route, mais ensuite, ils semblaient partir par là. (Il montra les bois touffus et la colline escarpée derrière la maison.) Je parie qu'elle se planque quelque part. Tu as entendu quelque chose ?

— Non. Mais ça me fait flipper. J'arrête pas de regarder par-dessus mon épaule. Faut qu'elle crève, je te le dis, mec. Quand on sera rentrés, je vais retrouver cette salope. Je me fous de savoir qui c'est, où elle habite. Elle va crever. Elle a eu tort de déconner avec moi.

C'est moi qui me suis fait tirer dessus, rectifia Hart intérieurement. Il scruta la forêt.

— On a failli avoir un problème.

— Oh, tu crois ? rétorqua Lewis, sarcastique.

— J'ai vérifié son téléphone. Je l'ai rallumé.

— Le quoi ?

— Le portable du mari. (Un mouvement de tête en direction de la maison.) Tu te souviens ? Celui que tu lui as piqué.

Lewis paraissait sur la défensive. Et il avait raison.

— Il a réussi à appeler la police, dit Hart.

— Ça n'a pas duré plus d'une seconde.

— Trois. C'est suffisant.

— Merde.

Lewis se redressa et s'étira.

— J'ai tout arrangé. J'ai rappelé en me faisant passer pour lui. J'ai expliqué que j'avais appelé la police par erreur. Le shérif a dit qu'ils avaient envoyé une bagnole. Il allait lui demander de faire demi-tour.

— La vache, on aurait été mal. Ils t'ont cru ?

— Je pense.

— Tu *penses* ?

Lewis passait à l'offensive maintenant.

Hart ignora la question. Il montra la Ford.

— Tu peux la réparer ?

— Non.

Réponse désinvolte.

Hart observa son complice, son rire méprisant, sa pose pleine de suffisance. Quand il avait accepté de faire ce boulot, il s'était mis en quête d'un acolyte. Il avait interrogé ses contacts à Milwaukee et obtenu le nom de Lewis. Ils s'étaient rencontrés. Le jeune gars lui avait semblé convenir, et en se renseignant sur son passé criminel, il n'avait rien découvert d'inquiétant : quelques petites arrestations pour des histoires de drogue ou de vols. Le maigrelet avec sa grosse boucle d'oreille et son tatouage bicolore dans le cou aurait fait l'affaire pour ce qui devait être un job sans problème. Mais les choses avaient mal tourné. Hart était blessé, ils n'avaient plus de bagnole et un ennemi armé rôdait dans les bois, à proximité. Soudain, il devenait vital de connaître les habitudes, la personnalité et les compétences de Compton Lewis.

La première évaluation n'était pas très encourageante.

Hart devait y aller en douceur. Pour limiter les dégâts, il fit remarquer, d'un ton aussi neutre que possible :

— Tu as oublié de mettre tes gants, je crois.

Lewis lécha son poing de nouveau.

— J'arrivais pas à tenir la clé. Encore une merde fabriquée à Detroit.

— Peut-être qu'il faudrait tout essuyer.

Un petit mouvement de tête en direction du démonte-pneu.

Lewis s'esclaffa, comme si Hart lui avait dit : « Tu sais que l'herbe est verte ? »

Ça se passerait donc comme ça.

Quelle nuit…

— Je vais te dire un truc, mon pote, grommela Lewis. Les bombes pour regonfler les pneus, ça sert à que dalle quand une balle a fait un trou dedans.

Hart découvrit la bombe anticrevaison, là où Lewis l'avait jetée, sous l'effet de la colère sans doute. En laissant ses empreintes dessus, forcément.

Il battit des paupières pour chasser des larmes de douleur. Quatorze ans d'activité dans un domaine où les armes à feu occupaient une bonne place et il ne s'était jamais fait flinguer ; lui-même avait rarement tiré, sauf quand il était engagé pour ça, bien évidemment.

— Il y a d'autres baraques un peu plus loin, dit Lewis. On pourrait tenter le coup. Il y a peut-être une bagnole.

— Ce serait une erreur de laisser une voiture ici. Et puis, va donc essayer de piquer une caisse de nos jours. Faut un ordinateur.

— Je l'ai déjà fait. C'est pas difficile, répondit Lewis d'un ton méprisant. Tu l'as jamais fait ?

Hart ne dit rien ; il continuait à examiner les fourrés.

— Tu as d'autres idées ?

— Appelle l'Automobile Club, dit Hart.

— Ha, ha. Ouais, c'est ça. On ferait mieux de se mettre à crapahuter. Y a environ trois bornes jusqu'à la route. On vide la Ford et on trace.

Hart disparut dans le garage, il revint avec un rouleau d'essuie-tout et du produit pour les vitres.

— C'est pour faire quoi, ça ? lança Lewis avec son petit rire sarcastique.

— Les empreintes, c'est gras. Faut un truc pour les effacer. Si tu les essuies simplement, ça ne fait que les étaler. Très souvent, les flics arrivent à les reconstituer.

— C'est des conneries. J'ai jamais entendu ça.

— C'est la vérité, Lewis. J'ai étudié le problème.

— Étudié ?

Encore ce rire sarcastique.

Hart entreprit d'asperger de produit à vitres tout ce que Lewis avait touché. Lui-même n'avait rien touché à mains nues depuis qu'ils étaient ici, à part son bras.

— Hé, tu laves le linge sale aussi ?

Tout en frottant, Hart jetait des coups d'œil autour de lui, en tendant l'oreille. Il dit :

— On ne peut pas partir tout de suite.

— Qu'est-ce que tu racontes ?

— Il faut la retrouver.

— Mais… fit Lewis, avec un sourire amer, comme si ce simple mot suffisait à démontrer toute la futilité de la mission.

— On n'a pas le choix.

Hart avait fini de tout essuyer. Il sortit sa carte et l'examina. Ils se trouvaient au milieu d'un immense méli-mélo de vert et de marron. Il balaya du regard les environs, reporta son attention sur la carte, puis la replia.

Toujours ce ricanement exaspérant de Lewis.

— Écoute, Hart. Je sais que tu veux lui faire payer ce qu'elle t'a fait. Mais on s'occupera de ça plus tard.

— Il ne s'agit pas de vengeance. La vengeance ne sert à rien.

— Pardonne-moi de pas être d'accord. La vengeance, c'est amusant. Ce connard dont je t'ai parlé, avec son cutter. Lui péter la gueule, c'était plus amusant que d'aller voir jouer les Brewers. Enfin, ça dépend du lanceur.

Hart réprima un soupir.

— Il ne s'agit pas de vengeance, répéta-t-il. Il faut le faire, c'est tout.

— Oh, merde.

— Quoi ?

Hart regarda autour de lui, affolé.

Lewis tirait sur le lobe de son oreille.

— J'ai perdu l'arrière.

Il se mit à inspecter le sol.

— L'arrière ?

— De ma boucle d'oreille.

Il glissa soigneusement l'émeraude ou une pierre quelconque dans la poche de son jean.

Seigneur…

Hart récupéra les lampes et le reste de munitions dans le coffre de la Ford. Il attendit que Lewis ait renfilé ses gants, puis il lui tendit une boîte de balles de 9 mm et une autre de cartouches de 12 pour le fusil.

— Dans une demi-heure, il n'y aura plus du tout de lumière. Ce sera la galère pour la retrouver dans la nuit. Allons-y.

Lewis ne bougeait pas. Il regardait au loin, en jouant avec les boîtes colorées de munitions comme si c'était un Rubik's Cube. Hart se demanda si l'affrontement allait commencer pour de bon. En réalité, l'attention de Lewis était accaparée par autre chose. Il glissa les munitions dans sa poche, coinça le fusil de chasse sur son bras, ôta le cran de sécurité et montra l'allée d'un mouvement de tête.

— On a de la compagnie, Hart.

En approchant de la propriété des Feldman, Brynn McKenzie songea que, malgré la lumière qui filtrait à travers les rideaux ivoire, cet endroit était sinistre. Les deux autres maisons devant lesquelles elle était passée auraient pu être le théâtre de drames familiaux ; celle-ci offrait un décor idéal pour un film adapté d'un roman de Stephen King, comme ceux que son premier mari et elle dévoraient autrefois.

Elle leva les yeux vers la maison de deux étages. On ne voyait pas beaucoup de constructions de ce style, ni de cette taille, dans la région. Le revêtement extérieur, autrefois blanc, avait connu des jours meilleurs. Mais Brynn aimait bien cette véranda qui faisait tout le tour. Il y en avait une dans la maison d'Eau Claire où elle avait grandi et elle adorait s'asseoir dans la balancelle le soir, pendant que son frère chantait en s'accompagnant de sa guitare cabossée, que sa sœur flirtait avec son petit ami du moment et que ses parents parlaient, parlaient… La maison qu'elle avait partagée avec Keith possédait une belle véranda elle aussi. Mais dans sa maison actuelle, elle ne voyait même pas où on pourrait en installer une.

En roulant vers la demeure des Feldman, elle jeta un coup d'œil au terrain, impressionnée. Le jardin paysager était immense, entouré de cornouillers, de troènes et de myrtes, disposés aux endroits stratégiques.

Alors qu'elle s'arrêtait dans l'allée de graviers circulaire, elle perçut un mouvement à l'intérieur de la maison, une ombre derrière le rideau de la fenêtre de devant. Elle sortit dans l'air froid, parfumé par la douce odeur des fleurs et du feu de bois.

Accompagnée par le son réconfortant du chant des grenouilles et des oies, ou des canards, Brynn suivit l'allée et gravit les trois marches de la véranda. Elle eut soudain la vision fugitive de Joey sautant de cette hauteur avec son skateboard, sur le parking de l'école.

Je lui ai fait la leçon.

Tout ira bien...

Ses Oxford noires réglementaires, aussi confortables et disgracieuses que peuvent l'être des chaussures, produisirent un bruit sourd sur le plancher alors qu'elle approchait de la porte d'entrée. Elle sonna.

La sonnette résonna à l'intérieur de la maison, sans provoquer de réaction.

Elle recommença. La porte en bois plein était flanquée de deux fenêtres étroites ornées de rideaux en dentelle, à travers lesquels Brynn apercevait le salon. Elle ne repéra aucun mouvement, aucune présence. Uniquement une agréable flambée dans la cheminée.

Elle frappa à la porte, violemment, faisant vibrer les carreaux.

Encore une ombre, comme précédemment. Brynn s'aperçut qu'elle était due au mouvement des flammes orange dans l'âtre. De la lumière provenait d'une pièce située sur le côté, mais les autres pièces du bas étaient plongées dans l'obscurité ; seule une lampe au sommet de l'escalier projetait les ombres squelettiques des barreaux de la rampe sur le sol du rez-de-chaussée.

Ils étaient peut-être dans les pièces du fond. Imagine un peu, se dit-elle, une maison tellement grande que l'on n'entend pas la sonnette.

Un cri rauque lui fit lever la tête. Le ciel obscur se partageait entre les oiseaux et les mammifères : des colverts en vol d'approche vers le lac et quelques chauves-souris au pelage argenté se livrant à une chasse fantasque et déterminée. Ce spectacle lui arracha un sourire. Lorsqu'elle reporta son attention sur la maison, son œil remarqua un détail insolite : derrière un fauteuil marron imposant, une mallette et un sac à dos étaient ouverts, et leur contenu – des dossiers, des livres, des crayons – était éparpillé par terre, comme si on les avait fouillés pour trouver des objets de valeur.

Son estomac se noua et une pensée la frappa : un coup de téléphone brutalement interrompu. L'intrus s'aperçoit que la victime a appelé la police et il rappelle aussitôt pour dire qu'il s'agit d'une fausse alerte.

Brynn McKenzie dégaina son arme.

Elle regarda derrière elle, rapidement. Ni voix ni bruit de pas. Alors qu'elle revenait vers sa voiture pour prendre son portable, elle aperçut une chose étrange à l'intérieur de la maison.

C'est quoi, ça ?

Ses yeux se fixèrent sur le bord d'un tapis dans la cuisine. Il luisait. Comment un tapis pouvait-il luire ?

Du sang ! Elle contemplait une mare de sang.

OK. Il fallait réfléchir. Comment gérer cette situation ?

Le cœur battant, elle tourna la poignée de la porte. La serrure avait été défoncée à coups de pied.

Le portable dans la voiture ? Ou bien entrer ?

Le sang était encore frais. Trois personnes à l'intérieur. Aucune trace des intrus. Quelqu'un était peut-être blessé, mais vivant.

Le téléphone, plus tard.

Brynn poussa la porte en jetant des coups d'œil à droite et à gauche. Sans dire un mot, sans annoncer sa présence. Elle regardait partout, dans tous les coins, avec la tête qui tourne.

Une chambre était éclairée sur sa gauche. Après une profonde inspiration, elle entra, en collant son pistolet contre elle pour éviter qu'on le lui arrache, ainsi que Keith le lui avait appris dans son cours sur les interventions armées, là où ils s'étaient rencontrés.

La chambre était inoccupée, mais le lit était défait et le contenu d'une trousse à pharmacie répandu sur le sol. Sentant trembler sa mâchoire déformée, elle retourna dans le salon où le feu crépitait. Aussi silencieuse que possible, elle trouva le tapis ensanglanté et contourna prudemment la mallette vide, le sac à dos et les dossiers étalés sur le sol ; les étiquettes permettaient de deviner la profession exercée par la femme : *Haberstrom Inc., Acquisitions, Gibbons contre Kenosha Technologie Automobile. Pascoe Inc., Refinancement. Audience – Redécoupage du comté.*

Elle continua d'avancer dans la cuisine.

Et se figea. Devant les corps du jeune couple qui gisait sur le sol. Ils portaient des tenues de bureau ; la chemise et le chemisier étaient assombris par le sang. Tous les deux avaient reçu une balle dans la tête, et la femme une autre dans le cou : tout le sang venait d'elle. Le mari avait voulu s'enfuir, pris de panique, mais il avait glissé et était tombé, une trace de dérapage écarlate allait de sa chaussure au tapis. La femme s'était retournée pour mourir. Elle était couchée sur le ventre, le bras droit tordu derrière elle, dans un angle impossible, comme si elle essayait de se gratter au milieu du dos.

Où était l'amie ? se demanda Brynn. Avait-elle réussi à s'enfuir ? Ou bien le meurtrier l'avait-il emmenée à l'étage ? Elle repensa à la lumière allumée au premier.

L'intrus était-il reparti ?

La réponse à cette dernière question lui parvint une seconde plus tard.

Au-dehors, quelqu'un murmura :

— Hart ? Les clés sont pas sur la bagnole. Elle les a prises.

La voix venait du devant de la maison, mais Brynn ne pouvait pas dire où précisément.

Elle se plaqua contre le mur. Elle essuya sa paume droite sur son épaule gauche et empoigna solidement son arme.

Au bout d'un moment, une autre voix se fit entendre, celle du dénommé Hart, supposa-t-elle. Avec fermeté. Il ne s'adressait pas à son complice, mais à elle.

— Hé, vous ! La femme à l'intérieur. Amenez-nous vos clés. Tout ce qu'on veut, c'est votre bagnole. On vous fera pas de mal.

Elle leva le canon de son arme. Brynn McKenzie avait tiré à quatre reprises sur un être humain en une quinzaine d'années de service dans la police. Ce n'était pas beaucoup, mais quand même plus que la plupart de ses collègues durant toute leur carrière. Comme effectuer des alcootests et réconforter les femmes battues, cela faisait partie de son métier, et à cet instant Brynn se sentait habitée par un curieux mélange de tension, de terreur et de contentement.

— Parole ! reprit Hart. Faut pas avoir peur. Vous savez quoi ? Vous n'avez qu'à les balancer devant la maison, si vous nous faites pas confiance. Sinon, on vient les chercher. Croyez-moi, on veut juste foutre le camp. Se tirer d'ici.

Brynn éteignit les lumières de la cuisine. Désormais, le seul éclairage provenait de la flambée dans la cheminée et de la chambre qu'elle venait d'inspecter.

Elle perçut un chuchotement, sans pouvoir déterminer sa provenance. Cela voulait dire que les deux hommes s'étaient rejoints.

Mais où ?

Et n'étaient-ils que deux ? Ou plus ? Elle se surprit à regarder fixement les deux cadavres.

Et où était l'amie ?

Hart s'exprima de nouveau, très calmement :

— Vous avez vu ces personnes à l'intérieur. Vous ne voulez pas qu'il vous arrive la même chose, hein ? Alors, balancez-nous les clés. Ne soyez pas idiote, voyons. S'il vous plaît.

Évidemment, si elle se montrait, elle était morte.

Devait-elle leur dire qu'elle était adjointe du shérif ? Et que des renforts allaient arriver ?

Non. Ne te trahis pas.

Le dos collé à la porte du garde-manger, Brynn scruta les fenêtres de derrière. Les carreaux reflétaient la porte d'entrée et elle laissa échapper un petit hoquet de stupeur en voyant un homme se faufiler à l'intérieur de la maison. Avec prudence. Il était grand, robuste, vêtu d'un blouson noir. Il avait des cheveux longs. Des bottes. Il tenait une arme dans la main… – l'image inversée la désorienta un instant – … droite. Son bras gauche pendait le long de son corps et elle eut l'impression qu'il était blessé. Il disparut. Quelque part dans le salon.

Brynn se raidit et serra fermement la crosse de son arme, en position de tir. Les yeux fixés sur le reflet devant la maison.

Tire la première, se dit-elle. Ton seul avantage, c'est l'effet de surprise. Utilise-le. Il est dans le salon. À six ou sept mètres seulement. Avance sur le seuil. Tire une rafale de trois balles et remets-toi à couvert. Tu peux le liquider.

Fais-le.

Maintenant.

Elle avala sa salive, se décolla du mur et se tourna vers le salon. Elle laissa échapper un petit cri lorsqu'une voix retentit derrière elle, dans la salle à manger :

— Allez, madame, faites ce qu'il vous dit !

Un type très maigre portant une veste de treillis, avec des cheveux clairs et courts, un tatouage dans le cou et un regard mauvais, venait d'entrer par la porte-fenêtre. Il tenait un fusil sur son épaule.

Brynn pivota pour lui faire face.

Ils tirèrent en même temps. Sa balle fut plus précise que le tir de chevrotine de l'homme – il esquiva, pas elle – ; elle transperça une des chaises rembourrées, à quelques centimètres de lui seulement, alors que les plombs s'enfonçaient dans le plafond au-dessus d'elle. Le luminaire se décrocha.

L'homme ressortit par la porte-fenêtre plié en deux.

— Hart ! Elle a un flingue !

Elle n'était pas certaine que ce furent ses paroles exactes. Les détonations résonnaient encore dans ses oreilles.

Elle jeta un coup d'œil dans le salon. Pas de Hart en vue. Elle approcha de la porte de derrière dans la cuisine. Puis s'arrêta. Elle ne pouvait pas s'enfuir si l'amie des Feldman se trouvait toujours dans la maison.

— Je suis adjointe du shérif ! cria-t-elle. Hé ho ! Il y a quelqu'un ? Vous êtes en haut ?

Silence.

Aux abois, elle observa les fenêtres, persuadée qu'on était en train de la viser alors qu'elle était accroupie dans la pénombre.

— Hé ho !

Rien.

— Il y a quelqu'un ?

Les vingt secondes les plus longues de toute sa vie.

Fiche le camp, se dit-elle. Va chercher des renforts. Tu ne pourras aider personne en étant morte.

Elle sortit par la porte de derrière, ventre à terre, le souffle coupé par la peur et l'effort. Ses clés de voiture dans la main gauche, elle courut jusque devant la maison. Sans voir âme qui vive.

Le soleil était couché, l'obscurité s'épaississait rapidement. Mais il restait encore un soupçon de lumière dans le ciel, suffisant pour lui permettre d'apercevoir un des intrus qui fonçait vers les fourrés. Il lui tournait le dos. C'était l'homme blessé, le dénommé Hart. Elle le mit en joue, mais il disparut dans un massif d'airelles et de rhododendrons.

Brynn scruta l'espace devant elle. Le deuxième type, celui au visage en lame de couteau, armé d'un fusil de chasse, demeurait invisible. Elle se précipita vers sa voiture. En entendant un bruissement parmi les fourrés, dans son dos, elle se baissa. Le fusil de chasse cracha. Des chevrotines sifflèrent autour d'elle et rebondirent contre la carrosserie de la Ford. Brynn tira à deux reprises dans les fourrés, enfreignant ainsi la règle n° 1 : tirer uniquement sur une cible visible. Elle vit le type maigrelet se réfugier derrière la maison.

Elle se redressa et ouvrit la portière de sa voiture. Mais au lieu de sauter à l'intérieur, elle demeura où elle était, à découvert, le Glock pointé sur les fourrés dans lesquels s'était enfui Hart. Elle faisait appel à toute sa volonté pour maîtriser sa respiration. Et la main qui tenait son arme.

Allez, allez… Je peux juste attendre une seconde ou deux…

Soudain, Hart jaillit des buissons. Si près de Brynn qu'elle le vit écarquiller les yeux de stupeur en découvrant qu'elle l'attendait. Elle aussi fut surprise ; elle le croyait plus à gauche, et le temps qu'elle fasse pivoter le canon de son arme pour tirer, à trois reprises, il avait plongé à couvert. Malgré tout, elle pensait l'avoir touché.

Mais le moment était venu de fuir.

Elle sauta derrière le volant et se concentra pour introduire la clé dans le contact, en s'interdisant de regarder autour d'elle. Le moteur rugit, elle enclencha brutalement la marche arrière et écrasa l'accélérateur trop mou. La voiture recula en dérapant sur les graviers. Brynn jeta un coup d'œil derrière elle et vit les deux hommes se rejoindre dans l'allée, puis se précipiter vers elle. Ce qui lui permit de constater qu'elle avait manqué Hart, finalement.

Le maigrelet s'arrêta pour tirer avec son fusil de chasse. Les chevrotines manquèrent leur cible.

— Seigneur miséricordieux, veillez sur nous, murmura-t-elle, une invocation qu'elle récitait chaque soir au moment du bénédicité, mais jamais avec autant de conviction qu'à cet instant.

Elle avait suivi plusieurs fois les cours de conduite de la police de l'État et s'était souvent servie de ces techniques pour pourchasser un conducteur qui roulait trop vite ou des malfaiteurs en fuite. Mais là, c'était l'inverse : elle devait échapper à des poursuivants, une situation qu'elle n'aurait jamais pu imaginer. Heureusement, ses heures d'entraînement lui revinrent : main gauche sur le volant, bras droit passé autour du siège du passager, la main tenant fermement le pistolet. Deux terrains de football… Elle atteignit l'extrémité de l'allée et hésita entre faire demi-tour pour rouler en marche avant ou suivre Lake View Drive à reculons jusqu'à la route goudronnée. S'arrêter ne serait-ce que cinq secondes pour effectuer un demi-tour pouvait se révéler fatal.

Les hommes continuaient à courir.

Brynn prit une décision : rester en marche arrière. Pour tenter de les distancer.

À l'approche de Lake View Drive, elle comprit qu'elle avait fait le bon choix. Ses poursuivants étaient plus proches qu'elle l'avait cru. Elle n'entendit plus aucun coup de feu, mais des plombs vinrent frapper le pare-brise, qui s'étoila. Elle tourna pour s'engager sur le chemin privé et accéléra autant qu'elle l'osait, en regardant à travers la vitre arrière sale, tout en s'efforçant de maîtriser la voiture qui zigzaguait et menaçait de percuter une pierre ou un arbre, ou bien de basculer dans la pente qui descendait vers le lac, de l'autre côté.

Mais elle parvint, miraculeusement, à garder le contrôle.

Elle relâcha un peu l'accélérateur, mais continua à rouler à cinquante kilomètres à l'heure. La transmission de la Honda protestait bruyamment. Elle craignait de ne pas atteindre la route avant que la boîte de vitesses rende l'âme. Elle allait bientôt devoir faire demi-tour. L'étroitesse du chemin privé l'en empêchait, mais elle pouvait utiliser l'allée du n° 2. Ce n'était pas tout près – encore trois ou quatre cents mètres de chemin sinueux –, mais elle n'avait pas le choix.

À force de tourner la tête, elle avait mal au cou. Ses yeux se posèrent brièvement sur le porte-gobelet. Nom de Dieu ! Le type qui cherchait ses clés de voiture lui avait fauché son téléphone. Elle s'aperçut qu'elle tenait toujours son pistolet dans la main droite, le doigt sur la détente. Les Glock ont un mécanisme très sensible. Par mesure de prudence, elle le posa sur le siège du passager.

Elle jeta un bref coup d'œil en arrière, c'est-à-dire à travers le pare-brise avant. Les deux types avaient disparu. Elle tourna la tête et effectua un virage sur la gauche. La maison du 2 Lake View n'était plus qu'à deux cents mètres.

L'allée se rapprochait. Elle décéléra encore un peu : les râles du moteur s'atténuèrent.

Elle était concentrée sur son objectif : s'engager dans l'allée en marche arrière, puis…

Une décharge de chevrotines atteignit la voiture sur le côté, faisant voler les vitres en une pluie d'éclats de verre qui s'abattit sur Brynn. Un plomb traversa sa joue droite et lui arracha une molaire. Elle se mit à suffoquer, étouffée par la dent et le sang. Ses larmes de douleur l'empêchaient de voir la route.

Tout en séchant ses yeux d'une main, elle parvint à recracher la dent, grâce à une violente quinte de toux provoquée par le sang, qui éclaboussa le volant et le rendit glissant comme de l'huile. Elle lâcha prise et ne put négocier un virage. La voiture, qui roulait presque à cinquante kilomètres à l'heure, quitta le chemin et dévala la pente raide et rocailleuse qui menait au lac.

Sous le choc, Brynn décolla de son siège, et ses pieds perdirent le contact avec le frein, tandis que la Honda descendait le talus en marche arrière. Après une dégringolade d'environ deux mètres, le coffre se planta dans un banc de calcaire et le capot se retrouva dressé vers le ciel. Le Glock cogna contre son oreille.

La voiture demeura ainsi en équilibre pendant quelques instants, avec Brynn affalée sur les dossiers des sièges avant. Puis, comme au ralenti, la Honda continua à basculer à la renverse, dans le lac, ventre en l'air. L'habitacle se remplit immédiatement d'une eau presque noire. Brynn, sonnée, était coincée sous le volant.

Elle hurla lorsque l'eau glacée l'étreignit et ses mains s'agitèrent frénétiquement.

— Joey ! Joey ! appela-t-elle.

Elle inspira une grande bouffée d'air, qui se transforma en eau.

— Ah, putain ! On est niqués, dit Lewis. Elle était flic.

— Pas de panique.

— Qu'est-ce que tu me chantes ? Elle était flic, Hart ! Tu vas te foutre ça dans le crâne ? Si ça se trouve, il y en a une dizaine d'autres dans les bois. Faut se tirer, mon pote. Se tirer !

Essoufflés par leur course, les deux hommes marchaient dans la forêt dense, vers l'endroit où ils avaient vu la voiture quitter la route après que Lewis avait tiré une décharge de chevrotine dans la vitre. Ils se déplaçaient avec prudence, en jetant des coups d'œil de tous les côtés tels des soldats en patrouille. Ils ignoraient si la femme était hors d'état de nuire après l'accident ou si elle les guettait, tapie quelque part.

Pas question d'oublier Michelle non plus. Alertée par ce vacarme, elle était peut-être sortie de sa cachette.

— Elle ne roulait pas dans une bagnole de flic. Et elle ne portait pas d'uniforme.

Une grimace de scepticisme déforma le visage de Lewis.

— J'ai pas vu ce qu'elle portait en dessous. J'étais un peu occupé, à vrai dire.

Toujours ces sarcasmes.

— Et je ne panique pas, ajouta-t-il.

— Je parie qu'elle n'était pas en service, mais elle est venue voir ce qui se passait ici, à cause du coup de téléphone à la police. Elle n'a pas reçu le message comme quoi c'était une fausse alerte.

Lewis ricana.

— C'est *toi* qui dis qu'elle était pas en service, mec. En tout cas, ça l'a pas empêchée d'essayer de te faire sauter la cervelle.

Il dit cela comme s'il avait eu le dernier mot dans une querelle.

La tienne aussi, rectifia Hart en son for intérieur.

— Y a plein de flics qui sont obligés de garder leur arme en permanence. C'est le règlement.

— Oui, je sais. (Lewis contemplait le lac.) J'ai entendu un grand bruit. Comme un fracas de tôle. Mais je suis pas sûr qu'il y a eu un plouf.

— J'ai pas pu l'entendre tomber dans la flotte, dit Hart en désignant le fusil Winchester d'un signe de tête et en tapotant son oreille. Sacré boucan. J'ai pas l'habitude de ces engins-là.

— Tu devrais apprendre, mec. C'est l'arme idéale. Rien ne vaut un fusil de chasse. Ça fout la trouille aux gens.

L'arme idéale.

Ils continuèrent à avancer lentement, accroupis. Au milieu de ce labyrinthe d'arbres et de fourrés enchevêtrés, Hart perdait son sens de l'orientation. Ils apercevaient le chemin, mais ils n'avaient aucune idée de l'endroit où la voiture avait basculé. À chaque pas, ils avaient l'impression que le paysage changeait.

Lewis s'arrêta et se massa la nuque.

Hart l'observa.

— Tu es blessé ?

— Non. T'en fais pas. J'ai esquivé juste à temps. Je sens les balles qui arrivent. Comme dans *Matrix*. Ah, ça c'était un super film. J'ai toute la série. Tu l'as vue ?

Hart ignorait de quoi il parlait.

— Non.

— Bon Dieu. Tu sors pas souvent, hein ?

Un froissement dans les fourrés, tout près.

Lewis pointa le canon du fusil dans cette direction.

Quelque chose se déplaçait rapidement dans l'herbe. Un blaireau ou un coyote. Un chien peut-être. Lewis le mit en joue et ôta le cran de sûreté.

— Non, non… souffla Hart. On va se faire repérer.

Et on ne tue jamais sans y être obligé… que ce soit un être humain ou un animal. D'où sortait ce type, nom de Dieu ?

— On se fout de savoir ce que c'est, on le bute, marmonna Lewis. Il nous fichera plus la trouille.

C'est *toi* qui as la trouille, pas moi, songea Hart. Il ramassa une pierre et la lança devant eux. L'animal, simple ombre indistincte, s'en alla.

Mais sans se presser. Comme si ces hommes ne méritaient pas qu'il s'inquiète.

Toujours accroupi, Hart remarqua des empreintes dans la boue. Sans être d'un naturel superstitieux, il songea malgré lui que ces traces étaient peut-être une sorte d'avertissement. Elles leur faisaient comprendre qu'ils s'étaient aventurés négligemment dans un environnement trop différent de celui auquel ils étaient habitués. Vous êtes dans mon monde, leur disait la créature qui avait laissé ces empreintes. Vous n'avez rien à faire ici. Vous verrez des choses qui n'existent pas et vous manquerez ce qui se trouve juste derrière vous.

Pour la première fois ce soir-là, malgré la fusillade dans la maison, Hart fut parcouru par un frisson d'authentique peur.

— Saloperie de loup-garou, cracha Lewis et il se retourna vers le lac. Elle a coulé, c'est sûr. Moi, je dis qu'il faut se tirer d'ici. Après ce qui s'est passé… (Il montra la maison des Feldman d'un mouvement de tête.) Les jeux sont faits, rien ne va plus. C'est foutu. On arrêtera une bagnole sur la route. On s'occupera du conducteur. Et dans deux ou trois plombes, on est de retour en ville.

Il fit claquer ses doigts.

Hart ne réagit pas. Il montra le chemin.

— Je veux juste voir si elle a piqué une tête ou pas.

Lewis poussa un soupir d'exaspération, comme un adolescent. Mais il s'inclina. À pas feutrés et en silence, ils marchèrent vers la berge rocailleuse, en s'arrêtant fréquemment pour tendre l'oreille.

Le plus jeune des deux scrutait le lac, entièrement assombri par les ombres du crépuscule désormais ; la brise ridait la surface, semblable aux écailles d'un serpent noir. Il déclara :

— Il me plaît pas, ce lac. Il fout la trouille.

Il parle trop fort, il marche trop bruyamment, pensa Hart rageusement. Il décréta qu'il devait reprendre les choses en main. Opération délicate, mais ça s'imposait. À voix basse, il dit :

— Tu sais, Lewis, tu aurais mieux fait de ne rien dire tout à l'heure. Au sujet des clés. J'aurais pu lui sauter dessus par-derrière.

— Ah c'est *moi* qui ai tout fait foirer, c'est ça ? C'est de *ma* faute ?

— Je dis juste qu'on doit être plus prudents. Et quand tu étais dans la salle à manger, tu as commencé à lui parler. Tu aurais dû tirer, c'est tout.

Les yeux de Lewis savaient très bien se montrer sur la défensive et hargneux en même temps.

— Je savais pas qu'elle était flic ! Comment je pouvais le savoir, hein ? Je te rappelle que j'ai failli me prendre du plomb, mec.

Prendre du plomb ? Personne n'employait cette expression.

— Je déteste ce putain d'endroit, grommela Lewis.

Il se frotta le crâne et tira sur son lobe, là où se trouvait sa boucle d'oreille autrefois. Inquiet, il fronça les sourcils, puis il se souvint qu'il l'avait rangée.

— J'ai une idée, Hart. La route est à combien d'ici ? Une borne et demie ?

— Environ.

— On installe la roue de secours de la Ford à l'avant, et on rejoint la route en roulant sur la jante. Tu piges ? C'est une traction avant, ça posera pas de problème. On va jusque sur la route comme ça. Quelqu'un s'arrêtera forcément pour nous aider. On fera signe à un type qui passe. Et dès qu'il baisse sa vitre, *bang*, terminé. Ce connard ne saura même pas ce qui lui est arrivé. On lui pique sa caisse et on rentre à la maison fissa. On ira boire un coup chez Jake. Tu y es déjà allé ?

Les yeux fixés sur le lac, Hart répondit d'un air absent :

— Je connais pas.

— Et tu prétends être un gars de Milwaukee ? C'est le meilleur bar de la ville. (Lewis continuait à scruter la berge.) Je crois que c'était là, dit-il en désignant un point à une cinquantaine de mètres. Je lui ai tiré une décharge dans la tête. Et sa bagnole a fini dans la flotte. Dans un cas comme dans l'autre, chevrotines ou noyade, elle est morte.

Peut-être, pensa Hart.

Mais il ne parvenait pas à oublier l'image de cette femme dans la maison des Feldman, puis debout dans l'allée. Elle ne s'était pas enfuie, elle n'avait pas paniqué. Elle leur avait tenu tête, avec ses cheveux châtains tirés en arrière sur son front. Elle serrait ses clés de voiture – les clés de la sécurité, pourrait-on dire – dans une main, son flingue dans l'autre. Et elle attendait, attendait. Qu'il lui serve de cible.

Bien sûr, cela ne voulait pas dire qu'elle ne s'était pas noyée, coincée à l'intérieur de deux tonnes de ferraille, au fond de ce lac effrayant. Mais ça voulait dire qu'elle n'était pas du genre à se noyer sans se débattre comme une furie.

— Avant d'aller où que ce soit, dit-il, je veux m'en assurer.

Nouveau froncement de sourcils de Lewis.

Hart demeurait patient.

— Quelques minutes, c'est rien. Séparons-nous. Tu prends le côté droit du chemin. Moi, je prends à gauche.

Si tu vois quelqu'un, c'est forcément l'une ou l'autre des deux femmes. Tu vises et tu tires.

Il voulut rappeler à Lewis qu'il ne devait pas parler, uniquement tirer. Mais l'autre avait déjà commencé à faire la grimace.

Alors, il dit simplement :

— OK ?

Hochement de tête.

— Je vise et je tire. À vos ordres, capitaine.

Lewis mima un salut militaire narquois.

Sa tête reposait sur un rocher rendu visqueux par les algues. Son corps était immergé jusqu'au cou dans une eau glaciale à vous couper le souffle.

Elle claquait des dents, sa respiration était saccadée, sa joue enflée semblait vouloir éjecter son œil de son orbite. Des larmes et l'eau saumâtre du lac ruisselaient sur son visage.

Brynn McKenzie cracha un mélange de sang, d'huile et d'essence. Elle secoua la tête pour chasser l'eau de ses oreilles. En vain. Elle avait l'impression d'être sourde. Peut-être qu'un plomb ou un éclat de verre lui avait transpercé le tympan. Mais soudain, son oreille gauche se déboucha avec un petit *pop* et un filet d'eau s'en échappa. Elle entendit alors le clapotis du lac.

Après s'être extirpée de la voiture, enfouie sous sept mètres d'eau opaque, elle avait tenté de nager vers la surface, mais rien à faire : elle était lestée par ses vêtements et ses chaussures. Alors, elle avait rampé sur le fond, jusqu'à la rive et ensuite, elle avait escaladé la pente rocailleuse, en s'accrochant désespérément à toutes les prises possibles et en battant des pieds. Enfin, elle avait crevé la surface et avalé de grandes bouffées d'air.

Maintenant, sors d'ici, se dit-elle. Remue-toi.

Elle rampa en rassemblant toutes ses forces. Mais elle ne parcourut qu'une poignée de centimètres. Aucune partie de son corps ne fonctionnait normalement et ses vêtements trempés l'alourdissaient d'au moins vingt kilos. Ses mains glissèrent sur le rocher visqueux et elle replongea sous l'eau. Elle agrippa un autre rocher. Puis se hissa de nouveau à la surface.

Sa vue se troubla ; elle sentait qu'elle lâchait prise. Elle obligea ses muscles à lui obéir. « Je ne veux pas crever ici. » Il lui sembla qu'elle avait grogné ces paroles à voix haute. Finalement, elle parvint à balancer ses jambes sur le côté et son pied gauche trouva une sorte de corniche. Le pied droit le rejoignit et elle put ainsi se traîner sur la rive. Elle roula au milieu des débris de métal, de verre et de plastique, pour finir dans un tas de feuilles et de branchages en décomposition, entourée de quenouilles et de hautes herbes frémissantes. L'air froid était plus douloureux que l'eau.

Ils vont arriver. Évidemment. Ces deux types étaient à sa recherche. Ils ignoraient à quel endroit la voiture avait coulé, mais ils pourraient le localiser assez facilement.

Il faut que tu bouges.

Brynn se redressa et tenta d'avancer à quatre pattes. Trop lent. Bouge ! Elle se mit debout et retomba aussitôt. Ses jambes refusaient de coopérer. Affolée, elle se demanda si elle avait été blessée et ne sentait pas la douleur à cause du froid. Elle se palpa. A priori, rien de cassé. Elle se releva, prit le temps d'assurer son équilibre et marcha en titubant vers Lake View Drive.

Son visage l'élançait. Elle toucha sa plaie à la joue, et avec sa langue, elle sonda le trou laissé par la molaire arrachée. La douleur la fit grimacer. Elle cracha encore du sang.

Ma pauvre mâchoire. Elle repensa au choc qui l'avait brisée il y a quelques années, et ensuite, l'horrible fil de fer, les repas liquides, la chirurgie réparatrice.

Tout ce travail pour rien ?

Elle avait envie de pleurer.

Le sol était raide, rocailleux. D'étroites tiges de saule, d'érable et de chêne jaillissaient à l'horizontale dans la pente mais, obéissant à la nature, elles se dressaient aussitôt vers le ciel. En s'y agrippant, elle parvint à gravir le talus. La lune, coupée en deux de manière bien nette, éclairait le paysage. Brynn regarda derrière elle, à la recherche de son Glock. Mais s'il avait été éjecté de la voiture avant le plongeon, il était invisible, dissimulé par la nuit sombre.

Elle ramassa un caillou qui avait plus ou moins une forme de tête de hache et observa cette arme improvisée avec un regard de folle.

Puis elle se souvint du jour où elle avait trouvé Joey le visage en sang et suffoquant après que Carl Bedermier, un élève de quatrième, l'avait provoqué à la sortie de l'école. Grâce à sa formation de secouriste, elle avait examiné les blessures de son fils et décrété qu'il n'avait rien. Puis elle lui avait dit : « Mon chéri, parfois il faut se battre, et parfois il faut fuir. La plupart du temps, mieux vaut fuir. »

Alors, qu'est-ce que tu fous ? se dit-elle sèchement en regardant le bloc de granit dans sa main.

Fuis !

Elle lâcha la pierre et continua à gravir la pente menant à la voie privée. Alors qu'elle approchait du sommet, son pied glissa, provoquant une avalanche de schiste et de graviers et un épouvantable vacarme.

Brynn se coucha à plat ventre. L'odeur du compost et de la pierre mouillée envahit ses narines.

Mais contrairement à ce qu'elle redoutait, personne n'accourut. Peut-être que les deux types étaient assourdis par les détonations.

Probablement. Les gens n'imaginent pas qu'un coup de feu puisse être aussi bruyant.

Dépêche-toi de filer pendant que tu as l'avantage.

Encore quelques pas. Dix. Puis vingt. Le sol s'aplanit et Brynn put avancer plus vite. Enfin, elle aperçut Lake View Drive. Personne. Elle traversa rapidement le chemin et roula dans un fossé de l'autre côté, les bras serrés autour de la poitrine, haletante.

Non. Ne t'arrête pas.

Elle repensa à une poursuite qui avait eu lieu l'année dernière. Bart Pinchett au volant de sa Mustang GT, jaune canari.

« Pourquoi vous ne vous êtes pas arrêté ? » lui avait-elle demandé en lui passant les menottes. « Vous saviez bien qu'on vous rattraperait tôt ou tard. »

Il avait haussé un sourcil, surpris. « Tant que je roulais, je restais un homme libre. »

Elle se redressa à genoux, puis se releva. Péniblement, elle escalada la pente en tournant le dos au chemin et s'enfonça au milieu des arbres, en plongeant dans un champ de hautes herbes jaunes et brunes.

Devant elle, à deux ou trois cents mètres, elle apercevait la silhouette de la maison du 2 Lake View. Elle était toujours plongée dans l'obscurité. Le téléphone était-il branché ? Avaient-ils seulement le téléphone ?

Brynn récita une brève prière muette. Puis elle regarda autour d'elle. Aucun signe des deux agresseurs. Elle secoua la tête, de droite à gauche, violemment, jusqu'à ce que la deuxième bulle d'eau éclate.

Le bruit soudain parut encore plus saisissant : des pas couraient dans l'herbe, dans sa direction.

Elle émit un hoquet de stupeur et prit ses jambes à son cou pour échapper à Hart ou à son complice, ou aux deux, mais une branche de forsythia lui attrapa le pied et elle s'affala lourdement, le souffle coupé, dans un enchevêtrement de branchages couverts de bourgeons jaune éclatant, comme sur un papier peint dans une chambre d'enfant.

Ils rentraient de chez Rita, qui habitait à moins de deux kilomètres. Graham avait l'impression qu'à Humboldt, tout était à deux kilomètres de tout.

Il avait emmené Joey, il ne voulait pas le laisser seul, à cause de sa blessure de skateboard, même s'il n'avait rien, et parce qu'au lieu de faire ses devoirs, il aurait joué aux jeux vidéo, il se serait connecté sur sa messagerie ou sur MySpace, et il aurait envoyé des SMS avec son iPhone. Il n'exultait pas à l'idée d'aller chercher sa grand-mère, mais assis à l'arrière, il paraissait de bonne humeur en envoyant un texto à un copain… ou à la moitié de l'école à en juger par la frénésie avec laquelle il tapotait sur l'écran.

Aussitôt arrivé, Joey fila dans sa chambre en gravissant les marches quatre à quatre.

— Tes devoirs ! lui lança Graham.

— OK.

Le téléphone sonna.

Brynn ? se demanda-t-il. Non. Le nom qui s'affichait sur l'appareil ne lui disait rien.

— Allô ?

— Bonsoir. Je suis M. Raditzky, le conseiller d'éducation de Joey.

Le collège avait bien changé depuis son époque, songea Graham. Il n'avait jamais eu de conseillers d'éducation.

— Graham Boyd, le mari de Brynn.

— Enchanté. Comment allez-vous ?

— Bien, merci.

— Mme McKenzie est là ?

— Hélas, elle s'est absentée. Puis-je prendre un message ? À moins que je puisse vous renseigner ?

Graham avait toujours voulu avoir des enfants. Il gagnait sa vie grâce aux plantes, mais il éprouvait le désir intense d'élever d'autres spécimens. Sa première épouse avait décrété, subitement et catégoriquement, qu'elle ne serait jamais mère, alors qu'ils étaient mariés depuis un certain temps déjà. Pour Graham, ce fut une immense déception. Il se targuait de posséder un instinct de père et son radar captait déjà des signaux d'alerte dans le ton de M. Raditzky.

— J'aimerais vous entretenir de quelque chose… Savez-vous que Joey a séché l'école aujourd'hui ? Et qu'il a fait du *phalting* ?

Il avait dit cela d'un air légèrement accusateur.

— Il a séché l'école ? Non, impossible. Je l'ai déposé moi-même au collège. Brynn commençait très tôt.

— Cela ne l'a pas empêché de sécher les cours, monsieur Boyd.

Graham résista à l'envie de le contredire.

— Continuez, je vous prie.

— Joey est venu me voir ce matin et il m'a remis un mot indiquant qu'il avait rendez-vous chez le médecin. Et il est parti à dix heures. Le mot était signé par Mme McKenzie. Quand nous avons appris qu'il s'était blessé, je me suis renseigné au bureau. Ce n'était pas la signature de sa mère. Il l'a imitée.

Graham éprouva alors la même panique que l'été précédent lorsque, en transportant une plante dans le jardin d'un client avec une brouette, il avait roulé sur un nid de guêpes sans s'en apercevoir. Heureux et insouciant, il savourait cette journée, sans savoir que la menace avait déjà été libérée et que des dizaines d'agresseurs étaient en marche.

— Oh.

Par automatisme, il leva les yeux vers la chambre du garçon, d'où lui parvenaient les échos étouffés d'un jeu vidéo.

Les devoirs...

— Vous avez parlé de... *phalting* également ?

— Ça signifie que les gamins s'accrochent derrière un camion arrêté au feu rouge, sur leur planche à roulettes, et ils se font tirer. *Voilà* comment Joey s'est blessé.

— Ce n'était pas sur le parking du collège ?

— Non, monsieur Boyd. Une de nos enseignantes l'a vu dans Elden Street en rentrant chez elle.

— Sur la nationale ?

Dans le centre de Humboldt, Elden Street était une large artère commerciale, mais une fois franchies les limites de la ville, elle retrouvait sa véritable nature : une route empruntée par les camions, entre Eau Claire et Green Bay, où les panneaux de limitation de vitesse servaient de décorations.

— D'après cette enseignante, le camion roulait à plus de soixante quand Joey est tombé. S'il est encore en vie, c'est uniquement parce qu'il n'y avait pas d'autre véhicule derrière lui et qu'il a été projeté dans l'herbe sur le bas-côté. Il aurait pu tout aussi bien percuter un poteau téléphonique ou un bâtiment.

— Bon sang.

— Cette affaire mérite toute votre attention.

Je lui ai parlé...

— En effet, monsieur Raditzky. Je le dirai à Brynn. Et je suis sûr qu'elle voudra vous en toucher mot.

— Merci, monsieur Boyd. Comment va-t-il ?

— Bien. À part quelques égratignures.

Il va bien…

— C'est un jeune garçon chanceux.

La désapprobation perçait dans la voix du conseiller. Et Graham ne pouvait pas lui en vouloir.

Alors qu'il allait raccrocher, une autre pensée lui traversa l'esprit.

— Monsieur Raditzky… (Graham élabora un mensonge crédible.) Nous avons justement eu une discussion hier… au sujet de la bagarre à laquelle a participé Joey. Y a-t-il eu des retombées ?

Un silence au bout du fil.

— Laquelle, au juste ?

Bon sang, combien y en avait-il ? Graham louvoya.

— Je pensais à celle de l'automne dernier.

— Oh. La sérieuse échauffourée. En octobre. L'exclusion.

De nouveau, il marchait gaiement sur un nid de guêpes… Brynn lui avait parlé d'une dispute au cours de la fête de Halloween à l'école, rien de grave. Graham se souvenait que Joey était resté à la maison pendant plusieurs jours… parce qu'il ne se sentait pas bien, avait expliqué sa mère. Apparemment, c'était un mensonge. Il avait été exclu, en vérité.

Le conseiller ajouta :

— Mme McKenzie vous a dit que les parents avaient finalement décidé de ne pas porter plainte, n'est-ce pas ?

Un procès ?… Qu'avait donc fait Joey ?

— Oui, bien sûr, répondit-il. Mais je m'interrogeais surtout au sujet de l'autre élève.

— Oh. Il a changé d'établissement. C'était un garçon à problèmes.

— C'est-à-dire ?

— Il souffrait de troubles affectifs. Il s'était moqué de Joey. Mais cela ne justifie pas qu'il ait failli lui casser le nez.

— Non, bien sûr. Je me renseignais, c'est tout.

— Vous l'avez échappé belle. Cette histoire aurait pu vous coûter très cher.

Encore des critiques.

— Oui, on a eu de la chance.

Graham sentit son estomac se nouer. Y avait-il d'autres choses qu'il ignorait sur sa famille ?

Une petite dispute. Rien de grave. Joey est allé à la fête de Halloween habillé en supporter des Green Bay Packer, et ce garçon était un supporter des Bears... Une idiotie de ce genre. Une petite rivalité. Je vais le garder à la maison quelques jours. De toute façon, il a la grippe.

— Merci encore de m'avoir averti. Il va falloir qu'on lui parle.

Quand il eut raccroché, Graham alla chercher une autre bière. Il la but lentement, puis retourna dans la cuisine pour faire la vaisselle. Cette tâche ménagère lui apporta un certain réconfort. Il détestait passer l'aspirateur et prendre la poussière. Ça l'horripilait. Mais, il ne savait pas pourquoi, il adorait faire la vaisselle. À cause de l'eau, peut-être. Le sang d'un paysagiste.

Tout en nettoyant et en essuyant les couverts, il répéta dans sa tête une demi-douzaine de discours à l'attention de Joey, sur le fait de sécher l'école et les dangers du skateboard. Il les peaufinait. Mais en rangeant la vaisselle, il décréta que les paroles étaient superficielles, artificielles. Ce n'étaient que ça, des discours. Or, Graham estimait que l'on avait besoin de discussions, pas de sermons, dont il savait instinctivement qu'ils n'auraient aucun effet sur un garçon de douze ans. Il essaya de les imaginer, Joey et lui, assis face à face pour parler sérieusement. Impossible. Il renonça à préparer un laïus.

Et puis zut, il laisserait Brynn se débrouiller. De toute façon, elle insisterait pour s'en charger.

Il se sécha les mains et retourna dans la salle de séjour pour s'asseoir dans le canapé vert, près du rocking-chair d'Anna. Qui demanda :

— C'était Brynn ?

— Non. L'école.

— Tout va bien ?

— Oui.

— Désolée de vous avoir fait manquer votre poker, Graham.

— C'est rien.

Anna reprit son tricot et ajouta :

— Je suis bien contente d'être allée voir Rita. Elle n'en a plus pour longtemps. (Un claquement de langue.) Et sa fille… Vous l'avez vue, hein ?

De temps à autre, sa belle-mère à la voix si douce le surprenait en prononçant un jugement implacable de ce type. Il ignorait quel crime avait commis la fille en question, mais il savait qu'Anna avait soigneusement jugé la faute et prononcé un verdict en son âme et conscience.

— Oh que oui.

Ils tirèrent à pile ou face pour choisir la chaîne, il perdit et ils regardèrent une sitcom, ce qui lui convenait très bien. Son équipe était nulle cette saison.

La jeune femme affolée avait dans les vingt-cinq ans, le visage creusé et les yeux rougis par les larmes ; ses cheveux auburn, à l'élégante coupe courte, étaient ébouriffés et parsemés de feuilles. Des égratignures zébraient son front et ses mains étaient saisies de tremblements incontrôlables, mais pas seulement à cause du froid.

C'étaient ses pas précipités, différents de ceux des deux intrus, qui avaient attiré l'attention de Brynn. Elle venait vers elle à travers les fourrés.

— Vous êtes leur amie, chuchota Brynn, avec un immense soulagement en constatant que cette femme n'avait pas subi le triste sort des Feldman. Celle qui vient de Chicago ?

La jeune femme hocha la tête et scruta la pénombre grandissante, comme si les hommes étaient sur ses talons.

— Je ne sais pas quoi faire, bredouilla-t-elle d'une voix apeurée.

On aurait dit une enfant. Sa frayeur était déchirante.

— Pour le moment, on reste ici, dit Brynn.

Il y a un temps pour se battre et un temps pour fuir…

Et un temps pour se cacher.

Brynn observa l'amie du couple assassiné. Elle portait des vêtements chic, des vêtements de citadine : jean de marque et blouson griffé avec un superbe col en fourrure. Le cuir était aussi souple que de la soie. Elle avait trois anneaux dans une oreille, deux dans l'autre, et un clou dans chacune. Un large bracelet en diamants habillait son poignet gauche et une Rolex ornée de pierres précieuses étincelait à son poignet droit. Impossible de paraître plus déplacé dans cette forêt boueuse.

En regardant autour d'elle, Brynn ne distinguait que le balancement des branches et les troupeaux de feuilles qui migraient dans le vent. Ce vent qui était une véritable torture sur sa peau mouillée.

— Par ici, dit-elle finalement en désignant un abri.

Les deux femmes rampèrent jusqu'à une cavité toute proche, à côté d'un chêne châtaignier qui était tombé, dans une zone où la végétation était particulièrement enchevêtrée, à une cinquantaine de mètres de Lake View Drive et environ cent cinquante mètres de la maison du n° 2. Une fois qu'elles furent installées dans un nid de forsythias, d'ambroisie et de laîche, Brynn se retourna vers la route et la demeure des Feldman. Aucun signe des tueurs.

Comme si elle se réveillait soudain, la jeune femme sembla remarquer l'uniforme de Brynn.

— Vous êtes de la police. (Elle reporta son attention sur la route.) Vous êtes avec des collègues ?

— Non. Je suis seule.

La femme accueillit cette nouvelle sans trahir d'émotion. Puis elle s'attarda sur la joue de Brynn.

— Votre visage… j'ai entendu des coups de feu. Ils vous ont tiré dessus, vous aussi. Comme Steve et Emma… (Sa voix s'étrangla.) Vous avez réclamé des renforts ?

Brynn secoua la tête.

— Vous avez un portable ?

— Il est resté là-bas, dans la maison.

Brynn noua ses bras autour de sa poitrine. Cela ne suffit pas à la réchauffer. Son regard se posa sur le blouson en cuir souple de la jeune femme. Elle avait un joli visage. Des ongles longs parfaitement sculptés. Elle aurait pu figurer sur la couverture de ces magazines placés aux caisses des supermarchés pour illustrer un article sur les façons de rester svelte et sexy. Elle plongea la main dans sa poche, d'où elle sortit une paire de gants, moulants et élégants, dont Brynn n'aurait même pas pu deviner le prix.

Celle-ci frissonna de nouveau et songea que si elle ne parvenait pas à se sécher et à se réchauffer rapidement, elle allait défaillir. Jamais elle n'avait eu aussi froid.

La jeune femme désigna d'un mouvement de tête la maison du 2 Lake Drive.

— Je voulais aller chercher de l'aide là-bas, expliqua-t-elle. Allons-y. On appellera la police. Et on pourra se réchauffer. Je suis gelée.

— Pas maintenant, répondit Brynn. (Elle n'avait plus la force de faire de longues phrases.) On ignore où ils sont. Attendons. Ils peuvent avoir la même idée.

La jeune femme grimaça.

— Vous êtes blessée ? demanda Brynn.

— Ma cheville. Je suis tombée.

Souvent appelée pour des traumatismes, Brynn abaissa la fermeture éclair de la botte (fabriquée en Italie, remarqua-t-elle) et examina l'articulation à travers le mi-bas noir. La blessure semblait bénigne. Une simple foulure, sans doute. Dieu merci, ce n'était pas une fracture. Elle vit autour de la cheville une chaîne en or dont le prix équivalait certainement à plusieurs mensualités de leur crédit auto.

La jeune femme ne quittait pas des yeux la maison des Feldman. En se mordillant la lèvre.

— Comment vous vous appelez ?

— Michelle.

— Brynn McKenzie.

— Brynn ?

Hochement de tête. Habituellement, elle n'expliquait pas l'origine de son prénom.

— Je suis adjointe du shérif. (Elle évoqua le coup de téléphone brusquement interrompu.) Vous savez qui sont ces hommes ?

— Non.

Brynn murmurait, sa voix était de plus en plus déformée.

— Il faut décider d'un plan d'action. Racontez-moi ce qui s'est passé.

— J'ai rejoint Emma après son travail, nous sommes allées chercher Steve et nous avons fait la route ensemble.

Nous sommes arrivés ici vers dix-sept heures, dix-sept heures trente. Je suis montée pour prendre une douche, et j'ai entendu des détonations. J'ai cru que la chaudière avait explosé, ou quelque chose comme ça. Ou que quelqu'un avait laissé tomber un objet lourd. Je suis descendue en courant… et j'ai vu ces deux hommes. Mais eux ne m'ont pas vue. L'un d'eux a posé son arme. Sur la table au pied de l'escalier. Je l'ai prise. Ils étaient dans la cuisine devant les… devant les corps, et ils parlaient. Ils regardaient par terre avec cette expression… (Elle ferma les yeux.) Je ne peux même pas la décrire. C'était comme s'ils se disaient : « Bon, OK, on les a tués. On va pas en faire tout un plat. Et maintenant ? » (Sa voix se brisa.) L'un des deux a fouillé dans le frigo.

Pendant que Brynn scrutait les bois, la jeune femme poursuivait son récit.

— Je me suis avancée vers eux. Sans réfléchir. J'étais… sous le choc. Soudain, celui qui avait les cheveux longs s'est retourné et je crois que j'ai tiré, tout simplement. Ça s'est fait comme ça. Il y a eu un grand bruit… je ne pense pas les avoir touchés.

— Si, rectifia Brynn. Il y en a un qui est blessé. Celui dont vous parlez. Avec les cheveux longs.

— Grièvement ?

— Au bras.

— J'aurais dû… J'aurais dû leur ordonner de ne pas bouger, de lever les mains en l'air. Mais ils ont commencé à me tirer dessus. Et j'ai paniqué. J'ai complètement perdu la tête. Je suis sortie en courant. Sans les clés de la voiture. (Elle grimaça, comme si elle se dégoûtait.) J'ai fait un truc totalement idiot… J'avais tellement peur qu'ils me pourchassent que j'ai tiré dans les pneus. Si je n'avais pas fait ça, ils seraient partis. Ils seraient montés dans leur voiture et ils auraient filé… Quelle idiote !

— Non. Vous avez bien fait. Dans un moment pareil, personne ne peut réfléchir calmement. Vous avez toujours l'arme ?

Dites oui, je vous en supplie, pensa Brynn. Je donnerais tout pour avoir une arme.

Hélas, la femme secoua la tête.

— J'ai vidé le chargeur. Et j'ai jeté le pistolet dans une rivière près de la maison pour qu'ils ne le trouvent pas. Et je me suis enfuie. (Elle plissa les yeux.) Mais vous, vous êtes de la police. Vous avez bien une arme, non ?

— J'en avais une. Je l'ai perdue dans le lac.

Soudain, Michelle devint très agitée.

— Un jour, j'ai vu une émission à la télé, sur une chaîne de documentaires. Des gens avaient eu un accident de voiture, très grave, ils avaient perdu énormément de sang et ils sont restés en pleine nature pendant plusieurs jours. Ils auraient dû mourir. Mais il s'est passé quelque chose, comme si leurs corps avaient arrêté l'hémorragie, tout seuls. Les médecins les ont sauvés et…

Brynn avait déjà été témoin de cette réaction, sur les lieux d'un accident de voiture ou d'une crise cardiaque, et elle savait qu'il valait mieux répondre simplement et honnêtement à la question implicite.

— Je suis désolée. Je suis entrée dans la cuisine. J'ai vu les corps. Je crains qu'ils soient morts.

Michelle s'accrocha encore un instant à un fragment d'espoir. Puis elle le laissa s'échapper. Elle hocha et baissa la tête.

Brynn demanda :

— Vous avez une idée de ce qu'ils voulaient ? Ouille ! (Elle s'était mordu la langue.) C'était un cambriolage ?

Les larmes envahirent ses yeux.

— Je ne sais pas.

Les frissons qui ravageaient Brynn s'amplifiaient. Les ongles parfaits de Michelle, constata-t-elle, étaient enduits d'un vernis prune. Les siens, naturels, avaient la même couleur.

— J'ai cru comprendre qu'Emma et vous travailliez ensemble. Vous êtes avocate, vous aussi ?

Elle secoua sa jolie tête.

— Non. J'ai été assistante juridique à Milwaukee pendant quelque temps avant de partir vivre à Chicago. C'est comme ça que nous nous sommes rencontrées. C'était juste un moyen de gagner un peu d'argent. En vérité, je suis actrice.

— Emma vous parlait de ses dossiers ?

— Non, pas trop.

— Ce meurtre pourrait être lié à une affaire dont s'occupait son cabinet. Elle avait peut-être découvert une escroquerie ou un crime quelconque.

Michelle hoqueta.

— Vous voulez dire que ces types seraient venus ici exprès pour la tuer ?

Brynn haussa les épaules.

Un craquement à proximité la fit sursauter. Elle se retourna aussitôt. À six ou sept mètres de là, un blaireau, élégant malgré sa rondeur et sa démarche maladroite, avançait avec méfiance.

Le Wisconsin, l'État du Blaireau.

Brynn demanda :

— Est-ce que quelqu'un va s'inquiéter s'il n'a pas de vos nouvelles ?

— Mon mari. Mais il est en voyage. Nous avions prévu de nous appeler demain matin. C'est pour ça que j'accompagnais Steve et Emma. J'étais libre ce week-end.

— Regardez !

Brynn désigna la maison des Feldman. Les faisceaux de deux torches électriques balayaient le jardin, à environ cinq cents mètres de là.

— Ils y sont retournés. Vite, l'autre maison. Allons-y.

Elle se redressa en position accroupie et les deux femmes s'élancèrent en titubant.

La femme flic avait donc fini dans l'eau pour de bon.

Hart et Lewis avaient découvert des débris et une tache d'huile.

— Elle est sûrement morte, avait commenté Lewis en regardant le lac d'un air dégoûté, comme s'il s'attendait à voir sortir des monstres rampants. Moi, je me tire d'ici. Amène-toi, Hart. On ira chez Jake's. J'ai besoin d'une putain de bière. La première tournée est pour toi, mon pote.

Ils étaient retournés chez les Feldman. Le feu dans la cheminée s'était consumé et Hart avait éteint toutes les lumières. Il avait fourré dans ses poches tous les pansements tachés de sang. Les douilles éparpillées dans la maison et le jardin, il s'en fichait ; il portait des gants pour charger le Glock et il avait veillé à ce que Lewis fasse de même.

Sur ce, il aspergea de détergent et essuya tout ce que Lewis avait touché à mains nues.

Ce dernier ne put s'empêcher de ricaner.

— Prends ça, lui ordonna Hart, agacé, en montrant le petit sac à main de Michelle.

Lewis le glissa dans la poche de sa veste de treillis et prit une bouteille de vodka dans le bar.

— Merde, alors. C'est du premier choix.

Il dévissa le bouchon et but une gorgée au goulot. Il tendit la bouteille à Hart, qui secoua la tête car il ne voulait pas boire d'alcool pour le moment, mais Lewis vit dans ce refus un reproche parce qu'il picolait en plein travail, ce qui était également vrai. Au moins, il portait des gants.

— Tu t'inquiètes pour rien, Hart, dit-il en riant. Je connais la chanson, mec. Je sais comment ils opèrent dans les coins paumés comme ici. Je ferais pas ça à Milwaukee ou à St Paul. Mais dans ce bled, les flics c'est des ploucs. On n'est pas dans *Les Experts*. Ils n'ont pas de super matos. Crois-moi, je sais ce que je fais.

Néanmoins, Hart remarqua qu'il essuya le goulot de la bouteille avec sa manche avant de la remettre dans le bar.

Et il vit dans ce geste infime, si rapide qu'il pouvait facilement vous échapper, un indice. Un indice qui en disait long sur M. Compton Lewis. Il reconnut ce mélange d'insouciance et d'agressivité qu'il avait vu chez d'autres hommes, son frère par exemple. Une attitude due à un simple manque d'assurance, un défaut qui peut vous dominer comme un collier étrangleur domine un chien.

Ils ressortirent. Et Lewis s'attaqua de nouveau à la Ford ; il installa la roue de secours à l'avant, à la place d'une de celles crevées par les balles, afin qu'ils puissent traîner l'autre pneu à plat à l'arrière, ainsi qu'il l'avait suggéré.

Hart songea combien la tragédie survenue à l'intérieur de la maison le rongeait.

Pris au dépourvu...

Il cherchait des indices qui lui avaient échappé. Il détestait l'incompétence, et encore plus quand elle venait de lui. Un jour, il avait annulé un « contrat » à St

Louis quand il s'était avéré que le parc traversé par sa future victime pour rentrer à son domicile après le travail – un décor parfait pour une exécution – servait de terrain de jeux à des dizaines de petits témoins survoltés. Furieux, il avait découvert que les deux fois où il était venu repérer les lieux, c'était dans la matinée, pendant que les enfants étaient à l'école.

Maintenant, il contemplait la maison et le jardin. Peut-être avait-il laissé quelque part des indices compromettants. Mais Lewis avait sans doute raison : les flics du coin ne sortaient pas de cette fameuse série, *Les Experts*. Hart ne regardait pas la télé, mais il connaissait le principe : des enquêtes résolues grâce à un coûteux matériel scientifique.

Non, ce qui le tracassait, c'était une chose plus fondamentale. Il repensait à l'empreinte de patte dans le sol et à la créature qui l'avait laissée, à son mépris pour ces hommes qui avaient envahi son territoire. Ici, les défis ne venaient pas des microscopes et des ordinateurs. Ils étaient plus primitifs.

Une fois de plus, il ressentit le frisson de la peur.

Lewis s'affairait avec le cric et la clé pour échanger les roues de la Ford. Il s'arrêta pour jeter un coup d'œil à sa montre.

— À dix heures et demie, on aura retrouvé la civilisation. Ah, mon pote, je sens déjà le goût de la bière et du hamburger.

Il reprit sa tâche. Il travaillait vite avec ses petites mains habiles.

— Pas d'alarme, murmura Brynn en grimaçant.

— Hein ? fit Michelle qui n'avait pas compris ce grommellement.

Brynn répéta lentement :

— Pas… d'alarme.

Elle observait le vaste chalet du 2 Lake View. De toute évidence, les propriétaires avaient les moyens. Alors, pourquoi n'y avait-il pas de système de sécurité ?

D'un coup de coude, elle brisa un carreau de la porte de derrière et glissa le bras à l'intérieur pour ôter le verrou. Les deux femmes s'engouffrèrent dans la cuisine. Brynn se dirigea aussitôt vers la cuisinière pour allumer un brûleur afin de se réchauffer. Tant pis pour la lumière de la flamme. Rien. Le gaz était coupé à l'extérieur. Pas le temps de chercher la cuve et de l'ouvrir. Je vous en supplie, se dit-elle, faites qu'il y ait des vêtements secs. Le froid régnait dans la maison, mais au moins, elles étaient à l'abri du vent, et les murs avaient conservé un peu de la chaleur de la journée.

Elle palpa sa mâchoire. Par temps froid, ou quand elle était fatiguée, l'endroit de l'opération l'élançait, mais elle se demandait souvent si cette sensation n'était pas imaginaire.

— Dépêchons-nous, dit-elle. D'abord, il nous faut un téléphone ou un ordinateur. Pour envoyer un mail ou un message instantané.

Joey était connecté en permanence. Elle était certaine de réussir à le joindre, mais elle devrait choisir la bonne formulation afin de l'alerter sans l'affoler.

Impossible de compter sur un véhicule pour fuir ; elles avaient déjà inspecté le garage : il était vide.

— Cherchons des armes également, ajouta-t-elle. La chasse n'est pas une activité très répandue par ici, à cause du parc national, et la plupart des terres sont clôturées. Mais ils ont peut-être une arme malgré tout. Un arc, éventuellement.

— Avec des flèches ?

Michelle était paniquée à l'idée de tirer sur un être humain avec un arc.

— Je ne peux pas faire ça. Je ne saurais pas.

Brynn s'était essayée au tir à l'arc, une ou deux fois, dans un camp de vacances, il y avait des années de cela. Mais s'il le fallait, elle s'y remettrait, et vite.

Elle fantasmait sur cette idée quand elle remarqua que Michelle avait disparu. Elle entendit un déclic suivi d'un grondement.

Un bruit de chaudière !

Elle se précipita dans le salon et trouva la jeune femme devant le thermostat.

— Non ! s'exclama Brynn en claquant des dents.

— Je suis gelée. Pourquoi non ?

Brynn coupa la chaudière.

Michelle protesta.

— J'ai tellement froid que c'est douloureux !

Ne m'en parle pas, se dit Brynn.

— Ça va faire de la fumée. Ils risquent de l'apercevoir.

— Il fait nuit. Ils ne verront rien.

— On ne peut pas courir le risque.

La jeune femme haussa les épaules avec ressentiment.

La chaudière n'avait fonctionné qu'une poignée de secondes et d'où ils étaient, les deux hommes n'avaient rien pu voir.

Brynn jeta un coup d'œil à un radioréveil dont les chiffres bleus indiquaient 20 h 21.

— On n'a pas beaucoup de temps. Ils peuvent décider de venir ici. Cherchons vite. Téléphone, ordinateur, armes.

Dehors, l'obscurité était presque totale, et à l'intérieur, la frustration était intense. Leur salut se trouvait peut-être à deux pas de là : un téléphone ou une arme. Mais elles devaient chercher à tâtons. Michelle avançait prudemment, à petits pas.

— Plus vite ! chuchota Brynn.

— Il y a des veuves noires par ici. J'en ai vu une dans ma chambre quand je suis allée chez Steve et Emma l'an dernier.

Des araignées. Le cadet de nos soucis.

Elles poursuivirent leurs recherches pendant dix minutes, dans les tiroirs, les placards, les bricoles personnelles. Brynn sourit en découvrant un Nokia dans un secrétaire. Hélas, c'était un vieux portable, sans batterie, avec une antenne brisée. Elle versa le contenu du meuble sur le tapis, à la recherche d'un chargeur.

Rien.

— Merde.

Elle se releva avec raideur, le visage irradié de douleur.

— Je vais voir en haut. Continuez à chercher en bas.

Michelle hocha timidement la tête ; rester seule ne la réjouissait pas.

Les araignées…

Brynn gravit l'escalier. La fouille du premier étage ne fit apparaître ni arme ni téléphone ni ordinateur. Elle ne prit pas la peine d'inspecter le grenier. Un coup d'œil par la fenêtre lui permit d'apercevoir les lumières des torches électriques autour de la maison des Feldman. Mais il ne fallait pas espérer que les deux hommes s'éternisent là-bas.

Elle brûlait d'envie d'allumer la lumière, mais elle n'osait pas ; elle continua donc à progresser à tâtons d'une chambre à l'autre, en se concentrant sur la plus grande. En ouvrant les commodes et les penderies, elle dénicha enfin des vêtements. Elle ôta son blouson, puis son uniforme trempé, fripé, et enfila les vêtements les plus sombres qu'elle put trouver : deux pantalons de survêtement bleu marine, deux T-shirts d'homme et un épais sweat-shirt. Elle enfila une paire de chaussettes sèches – des cloques étaient déjà apparues sur ses talons, à cause du frottement des chaussures imbibées d'eau –, mais elle dut remettre ses brodequins réglementaires car il n'y avait pas d'autres chaussures. Pour finir, elle mit la main sur un gros anorak de ski noir. Quand elle l'eut enfilé, elle commença à se réchauffer un peu. C'était tellement bon qu'elle avait envie de pleurer.

Dans la salle de bains, elle ouvrit l'armoire à pharmacie et farfouilla jusqu'à ce que ses doigts se referment sur un flacon rectangulaire. Elle renifla le contenu pour s'assurer que c'était bien de l'alcool à 90. Elle en versa sur une boule de papier toilette pour tamponner sa joue blessée. La douleur lui coupa le souffle, ses jambes flageolèrent. Elle désinfecta également l'intérieur de sa bouche, ce qui lui fit dix fois plus mal encore. Elle pencha la tête, sur le point de s'évanouir. Elle inspira profondément.

— OK, murmura-t-elle, alors que la douleur refluait.

Elle fourra le flacon d'alcool dans sa poche et dévala l'escalier.

— Alors ? Vous avez trouvé un téléphone, une arme… quelque chose ? demanda Michelle.

— Non.

— J'ai cherché de mon côté… mais ça fout la trouille. Je n'ai pas pu inspecter la cave. J'avais peur.

Brynn descendit pour jeter un rapide coup d'œil. Comme il n'y avait pas de fenêtre, elle se dit qu'elle pouvait allumer la lumière sans risque. Hélas, elle ne trouva rien d'intéressant, que ce soit pour communiquer ou se défendre, dans ce qui ressemblait à une succession interminable de petites salles et de couloirs.

Quand Brynn revint dans la cuisine, Michelle chuchota :

— J'ai trouvé ça.

D'un mouvement de tête, elle montra le bloc de couteaux de cuisine. Brynn en sortit un, d'une vingtaine de centimètres de long. Elle testa avec son pouce le tranchant de la lame affûtée en usine.

Elle se retourna vers la maison des Feldman et constata que les faisceaux des torches électriques continuaient à balayer le jardin. Une idée lui vint. Elle regarda autour d'elle.

— On n'a pas vu une table de billard quelque part ?

Michelle tendit le bras.

— Là-bas, je crois.

Alors qu'elles se dirigeaient rapidement dans cette direction, Brynn dit :

— Je suis venue de l'est, par la 682. Après Clausen, je n'ai vu que des caravanes et quelques cabanes au loin. Rien pendant plusieurs kilomètres. Si j'avais continué vers l'ouest, serais-je tombée sur des commerces ou une station-service ? Un endroit avec un téléphone ?

— Je ne sais pas. Je ne suis jamais allée par là.

Elles entrèrent dans la salle de jeux, une vaste pièce avec un bar, une table de billard et des milliers de livres sur des étagères encastrées. Sous le téléviseur grand écran, l'horloge du décodeur du câble indiquait l'heure : 20 h 42.

Brynn s'était réchauffée. Curieusement, songea-t-elle, elle n'avait pas de souvenir direct du froid. Certes, elle se souvenait de la douleur, mais elle n'arrivait pas à faire ressurgir cette sensation, pourtant intense.

Elle examina la pièce, les souvenirs sportifs, les bouteilles d'alcool, les photos de famille, les queues de billard alignées dans le râtelier, les boules soigneusement disposées à l'intérieur du triangle sur la table, puis elle entreprit de fouiller les placards sous les étagères.

Ni armes ni téléphones.

— Essayons de trouver une carte des environs au moins.

Elles inspectèrent les rayonnages et les piles de papiers. Brynn sursauta et se retourna prestement quand Michelle poussa un cri.

— Regardez ! Quelqu'un approche !

Les deux femmes se laissèrent tomber à genoux près de la fenêtre. Brynn apercevait, à quelques centaines de mètres de là, des phares qui suivaient lentement Lake View Drive en direction de la route.

— Y a-t-il d'autres maisons après celle des Feldman ? demanda-t-elle.

Elle croyait se souvenir qu'il n'y avait que trois habitations par ici.

— Je ne sais pas. C'est peut-être un voisin. Ou la police ! Peut-être qu'une voiture de patrouille est partie à votre recherche et on l'a loupée. Si on court, on peut encore la rattraper. Allons-y !

Michelle se leva d'un bond pour se précipiter, en boitillant, vers la porte.

— Attendez ! lui ordonna Brynn d'un ton sec.

— Ils vont s'en aller ! répliqua Michelle avec colère. On ne peut pas attendre ! Ne soyez pas bête !

Brynn tendit la main.

— Restez ici, Michelle ! Regardez.

La lune s'était élevée dans le ciel et son éclat dessinait les contours de la voiture. C'était la Ford des meurtriers.

— Oh, non, soupira la jeune femme entre ses dents serrées. Comment peuvent-ils rouler avec les pneus à plat ?

— Vous en avez crevé deux seulement. Ils ont mis la roue de secours à l'avant et ils ont laissée l'autre sur la jante. C'est une traction avant, ils vont traîner la roue arrière. Regardez la poussière qu'ils soulèvent.

— Ils peuvent aller loin comme ça ?

— Plusieurs kilomètres, s'ils roulent lentement.

Les feux arrière baignaient d'une lueur rouge spectrale la poussière soulevée par la jante qui raclait le sol. La Ford serpentait à faible allure sur le chemin de terre qui menait à la route. Soudain, les lumières furent masquées par un bosquet de pins gris, d'ifs et de saules élégants. La voiture disparut.

Michelle noua ses bras autour de sa poitrine et poussa un soupir de soulagement.

— Ils sont partis… Ça va aller maintenant, non ? On n'a qu'à attendre ici. On peut allumer le chauffage, hein ? S'il vous plaît.

— Oui, répondit Brynn en scrutant l'endroit où avait disparu la voiture. Allumons le chauffage.

Au volant de la Ford boiteuse, Lewis suivait Lake View Drive ; il passa devant la maison du n° 2 et continua sur le chemin sinueux en direction de la route goudronnée.

Hart dit :

— Tu as rudement bien visé avec ce fusil de chasse pour atteindre la voiture à cette distance.

Lewis répondit par un petit ricanement méprisant, mais Hart vit que ses paroles avaient atteint leur cible : ce crétin était ravi.

— C'est *elle* que je voulais dégommer. C'est pour ça que j'ai visé en hauteur. En tenant compte du vent. Je voulais pas tirer dans les pneus. Et je les ai pas touchés, tu as vu ?

— J'ai vu.

— Par contre, je pensais pas qu'elle perdrait le contrôle.

— Qui aurait pu le prévoir ?

Quelques secondes passèrent, puis Lewis dit :

— Hé, Hart.

Celui-ci regardait les bois autour d'eux.

— Oui ?

— Bon, OK… J'aurais dû la boucler. Au sujet des clés.

— Les clés ?

— Dans la maison. Avec la femme flic. J'ai merdé… tu avais raison. Je me suis emporté. Mon frère dit toujours que je parle et que j'agis avant de réfléchir. Faut que je fasse gaffe.

— Qui pouvait se douter qu'elle était flic ? répondit Hart. On ne peut pas tout contrôler. Mais bravo pour le tir.

L'odeur de caoutchouc brûlé et de métal brûlant provenant de la roue arrière envahissait l'intérieur de la voiture.

C'est à ce moment-là que Hart jeta un coup d'œil derrière eux.

— Merde !

— Quoi ? Qu'est-ce que tu as vu ?

— Je crois que c'est elle. Oui, c'est bien elle ! La femme flic !

— Sans déconner. Tu es sûr ?

— Oui. À la fenêtre. Je l'ai bien vue.

— J'aperçois même pas la baraque.

— Il y avait une trouée dans les arbres. Elle a dû nous voir passer et elle s'est relevée. En croyant qu'on avait foutu le camp. Ah, la conne.

— Elles sont dans la maison toutes les deux ?

— Je ne sais pas. J'ai juste vu la femme flic.

Hart resta muet un instant, pendant que Lewis continuait à rouler. Finalement, il dit :

— Je sais pas quoi faire. On s'en sort plutôt bien avec le pneu crevé.

— Oui, la caisse tient le coup.

— Dans dix minutes, on aura atteint la route. J'aimerais bien foutre le camp d'ici.

— Amen.

— Mais ça veut dire qu'on laisse passer l'occasion de se venger. Bon Dieu, les bastos sont passées à dix centimètres de ma tête. Je ne suis pas aussi doué que toi pour esquiver le plomb.

— Exact, dit Lewis en riant.

— Ce serait pas une mauvaise idée d'en finir une bonne fois pour toutes, histoire de ne plus avoir à s'inquiéter. Surtout qu'elle connaît mon nom. Mais j'hésite. Qu'est-ce que tu en penses ? On se la fait ou pas ?

Un silence. Lewis leva le pied, il réfléchissait.

— OK. Et peut-être que Michelle est là aussi… J'ai envie de me la sauter, celle-là, voilà ce qui me ferait vraiment plaisir, mon pote.

— Allons-y, alors, dit Hart.

Il indiqua l'allée du 1 Lake View devant eux.

— Éteins les phares et tourne là. On va faire le tour par-derrière. Elle ne s'y attendra pas.

Lewis avait un sourire jusqu'aux oreilles.

— Ah, mon salaud ! Je savais que tu voudrais te venger.

Hart répondit par un petit rire et sortit son pistolet de sa ceinture.

En vérité, il n'avait rien vu à la fenêtre du n° 2. Comme Lewis, il n'apercevait même pas la maison. Mais son instinct lui disait que la femme flic était là. Il savait qu'elle avait survécu à l'accident ; il avait remarqué les empreintes de pas qui partaient du lac. Elle avait dû se diriger vers l'abri le plus proche : la deuxième maison de Lake View. Toutefois, il s'était bien gardé de confier ses réflexions à Lewis. Au cours de ces deux dernières heures, il avait sondé son complice, et il savait que celui-ci n'avait aucune envie de rester ici. Il voulait rentrer à Milwaukee. Certes, il clamait haut et fort son désir de retrouver les deux femmes pour s'occuper d'elles. Mais c'étaient des paroles en l'air. Une fois de retour chez lui, il céderait à la paresse et finirait par oublier, jusqu'à ce qu'on vienne l'arrêter en pleine nuit. Mais si Hart avait insisté pour qu'ils traquent les deux femmes, Lewis se serait braqué et une dispute aurait éclaté.

Or Hart avait déjà suffisamment d'ennemis pour ce soir.

En voyant son complice essuyer le goulot de la bouteille de vodka, chez les Feldberg, il l'avait jaugé et compris qu'il pouvait le persuader de rester s'il savait utiliser ses angoisses, en le complimentant sur son tir et en lui laissant croire que l'idée de liquider la femme flic venait de lui.

Hart était parfois surnommé « L'Homme de métier », en référence à sa passion pour le travail du bois et la fabrication de meubles, mais ce qualificatif était surtout utilisé par les membres de sa profession, celle qui l'avait conduit au lac Mondac ce soir. Règle n° 1 de l'homme de métier : connaître ses outils. Ceux qui étaient en acier, mais également ceux faits de chair et de sang, comme Lewis.

Non, Hart n'avait jamais eu l'intention de retourner en ville sans avoir tué ces deux femmes, même si la traque devait durer toute la nuit. Ou toute la journée de demain. Même si l'endroit grouillait de flics et de sauveteurs.

Oui, il voulait liquider Michelle, bien que ce ne soit pas sa priorité. C'était la femme flic qu'il devait absolument éliminer. C'était elle, la menace. Il ne pouvait pas oublier cette image : debout près de sa voiture, elle l'attendait de pied ferme. Et cette expression sur son visage, ce regard qui semblait dire : Je te tiens. Peut-être était-il victime de son imagination, mais il ne le pensait pas. Elle ressemblait au chasseur qui attend le moment propice pour tirer. Elle ressemblait à Hart lui-même.

Seul un réflexe instantané lui avait sauvé la vie en le faisant plonger à terre. Et le fait qu'elle ait tiré d'une seule main, pour ne pas lâcher ses clés de voiture. Il avait réellement entendu une balle passer tout près de son oreille, un petit bruit sec, pas un sifflement comme dans les films. Hart savait qu'à cet instant il avait frôlé la mort de plus près que lorsque Michelle s'était approchée furtivement dans son dos pour lui tirer dessus.

Lewis remontait maintenant l'allée du 1 Lake View. Sur ordre de Hart, il abandonna la Ford dans un bosquet derrière la maison cachée par les herbes hautes et les broussailles. Ils descendirent de voiture et marchèrent vers l'ouest. Après s'être enfoncés dans les bois d'une dizaine de mètres, ils bifurquèrent vers le nord, parallèlement à la voie privée, pour rejoindre aussi vite qu'ils le pouvaient la propriété voisine.

Hart obligea Lewis à contourner un amas de feuilles mortes bruyantes et ils pressèrent le pas, en demeurant au cœur des bois le plus longtemps possible.

Des branchages craquèrent derrière eux.

Les deux hommes firent volte-face. Lewis leva son arme d'un geste nerveux. Mais l'intrus n'était pas humain ; c'était encore cet animal, celui qui fourrageait dans l'herbe précédemment, ou son semblable. Un chien ou un coyote, supposa-t-il. Ou peut-être un loup. Y avait-il des loups dans le Wisconsin ?

Quoi qu'il en soit, il gardait ses distances. Hart ne voyait en lui aucune menace, hormis le bruit qui risquait d'alerter une personne se trouvant dans la maison. Cette fois, Lewis n'y prêta pas attention.

La créature disparut.

Les deux hommes s'arrêtèrent pour examiner la maison, longuement. Rien ne bougeait à l'intérieur. À un moment, Hart crut entendre quelqu'un parler, mais il décréta que c'était le vent qui, en caressant les feuilles, imitait une voix humaine lugubre.

Aucune lumière, aucun mouvement dans la maison.

S'était-il fourvoyé en supposant que la femme flic s'était réfugiée là ?

Il plissa les yeux et tapota l'épaule de Lewis. Un filet de fumée s'échappait du conduit d'évacuation du système de chauffage à côté de la cheminée. Lewis sourit. Ils se rapprochèrent de la maison, dissimulés par les épais ronciers qui s'étendaient presque jusqu'à la véranda de derrière. Hart pointait son pistolet devant lui, le doigt sur la détente, nonchalamment. Lewis avait les mains crispées sur la crosse et le canon du fusil de chasse.

Arrivés à la porte de derrière, ils s'immobilisèrent en remarquant le carreau cassé. Hart désigna le plancher de la véranda. Deux empreintes de pas, différentes, des pointures féminines.

Lewis dressa le pouce. Il coinça le fusil sous son bras gauche pour glisser la main droite par le trou dans le carreau. Il actionna la serrure et poussa la porte vers l'intérieur.

Hart l'arrêta d'un geste et chuchota :

— Partons du principe que l'une d'elles est armée. Et qu'elles nous attendent.

Lewis répondit par son habituel ricanement pour montrer le peu de cas qu'il faisait de leur ennemi. Mais Hart leva un sourcil d'un air agacé et son complice articula : « OK. »

— Et pas de lampe électrique.

Hochement de tête.

Arme au poing, ils avancèrent dans la maison.

Le clair de lune qui entrait de biais par les grandes fenêtres éclairait partiellement le rez-de-chaussée. Les deux hommes l'inspectèrent rapidement. Dans la cuisine, Hart montra les tiroirs. Une demi-douzaine étaient ouverts. Il tapota le bloc de couteaux. Plusieurs fentes étaient vides.

Il entendit un bruit. Il leva la main, front plissé, la tête inclinée sur le côté.

Oui, c'étaient bien des voix. Des voix de femmes, étouffées.

Il désigna l'escalier, en constatant que son pouls, qui s'était un peu emballé à cause de la marche dans les bois, redevenait normal.

Stanley Mankewitz dînait avec son épouse dans un restaurant italien de Milwaukee qui se targuait de servir le meilleur veau de toute la ville. C'était une viande que les Mankewitz n'appréciaient guère, mais ils étaient les invités du troisième convive, un homme d'affaires, aussi avaient-ils accepté de dîner dans cet établissement.

Le serveur leur recommanda les saltimboccas de veau, le veau au marsala et les fettucine au veau bolognaise.

Mankewitz commanda un steak. Sa femme prit le saumon. Leur hôte opta pour l'escalope de veau.

En attendant les amuse-gueules, ils trinquèrent avec leurs verres de barbaresco, un vin corsé du Piémont. On leur apporta les bruschettas et les salades. L'homme d'affaires coinça sa serviette dans son col de chemise, une technique vulgaire, mais efficace, et Mankewitz ne méprisait jamais l'efficacité.

Il avait faim, mais il était fatigué. Il dirigeait un syndicat local, peut-être le plus important de la rive ouest du lac Michigan, composé de travailleurs coriaces et exigeants, employés dans des sociétés appartenant à des hommes eux aussi coriaces et exigeants.

Deux adjectifs qui décrivaient très bien la personnalité de Mankewitz également.

Leur hôte, un des leaders du syndicat au niveau national, était venu exprès du New Jersey en avion pour discuter avec Mankewitz. Il avait offert à celui-ci un cigare alors qu'ils étaient assis dans la salle de réunion au siège du syndicat – où les lois antitabac n'étaient pas prises au sérieux –, avant de lui annoncer que l'enquête menée conjointement au niveau fédéral et local parvienne à une conclusion rapide et favorable.

— N'ayez crainte, lui avait assuré Mankewitz. C'est garanti.

— Garanti, avait répété l'homme du New Jersey, sèchement, de la même manière qu'il avait arraché l'extrémité de son cigare, d'un coup de dents.

Masquant sa colère en songeant que ce connard était venu exprès de Newark pour transmettre sa mise en garde comme un maître d'école pointilleux, Mankewitz avait souri, affichant une assurance qu'il était loin de ressentir.

Il planta sa fourchette dans les feuilles de romaine de sa salade César. L'assaisonnement était servi à part, mais il n'avait pas prévu la présence d'anchois.

Ce dîner était purement professionnel et la conversation suivit des chemins tortueux. Les deux hommes parlèrent des Packers, des Bears et des Giants, en demeurant dans les limites de la décence, conscients de la présence d'une femme à leur table ; et chacun estima que les vacances à Door County ou aux Caraïbes constituaient un sujet plus acceptable. L'homme du New Jersey proposa ses anchois à Mankewitz, qui déclina son offre avec un sourire, malgré la vague de fureur qui le submergeait. Et de haine. Si leur hôte briguait la direction du syndicat, il décida de faire en sorte de miner sa campagne.

Alors qu'un serveur débarrassait bruyamment les assiettes, Mankewitz vit entrer dans le restaurant un homme seul, qui salua la patronne d'un petit mouvement de tête brusque. Proche de la quarantaine, il avait des cheveux bouclés, courts, et un visage sympathique qui le faisaient ressembler à un Hobbit débonnaire. L'homme balaya du regard le restaurant à l'éclairage tamisé et au décor exagérément italianisant, qui appartenait à des Ukrainiens et où travaillaient des Européens de l'Est et des Arabes. Il s'arrêta finalement sur Mankewitz, facile à repérer avec ses cent dix kilos et une tignasse de cheveux argentés qui faisait des envieux.

Leurs yeux se croisèrent. L'homme battit en retraite dans le couloir. Mankewitz but une gorgée de vin et s'essuya la bouche. Il se leva.

— Je reviens.

Il rejoignit le Hobbit et ensemble ils se dirigèrent vers la salle de banquet, inoccupée ce soir, au bout d'un long couloir où les seules présences étaient les photos de vedettes telles que Dean Martin, Frank Sinatra et James Gandolfini, dont les dédicaces et les commentaires louangeurs, inscrits au feutre noir, offraient des similitudes suspectes.

Las de marcher, Mankewitz s'arrêta. Il demanda :

— Qu'y a-t-il, inspecteur ?

L'homme hésita, comme s'il ne voulait pas que l'on évoque sa fonction dans ces circonstances. Évidemment, songea Mankewitz.

— Nous avons un souci.

— Ça veut dire quoi, « un souci » ? C'est un terme de politicien, un terme de chef d'entreprise.

Mankewitz était irritable depuis quelque temps, ce qui n'avait rien de surprenant, mais sa réplique était dénuée d'agressivité.

Sans trahir la moindre émotion, le Hobbit répondit :

— Dans le comté de Kennesha.

— C'est où, ça ?

— À environ deux heures d'ici, au nord-ouest. (Le policier baissa encore la voix.) Là où l'avocate chargée de l'affaire possède une maison de campagne.

L'Affaire. Avec un grand A.

— L'avocate de…

— J'ai compris.

Craignant les indiscrétions, Mankewitz coupa l'inspecteur d'un geste avant que celui-ci prononce les noms de Hartigan, Reed, Soames & Carson.

— Qu'est-ce qui se passe ?

Il avait laissé tomber son numéro d'homme énervé ; l'agacement avait fait place à une inquiétude, qui elle n'était pas feinte.

— Apparemment, la police locale a reçu un appel provenant du portable du mari. On surveille toutes les communications des personnes impliquées.

Les personnes impliquées. Dans l'Affaire…

— Oui, vous me l'avez déjà dit. Mais j'ignorais que la surveillance s'étendait jusque là-bas.

— Les systèmes ont été regroupés.

Comment faisaient-ils ? se demanda Mankewitz. Avec des ordinateurs certainement. Il n'y avait plus de vie privée. Il le savait bien.

— Un appel à la police. Continuez.

Il regardait le visage souriant de Dean Martin.

— Personne ne sait ce qui a été dit, semble-t-il. L'appel était très bref. Ensuite, il a été rescindé.

Un terme que les flics utilisaient rarement.

— Que voulez-vous dire ?

— Le mari a rappelé pour expliquer que c'était une erreur.

Mankewitz jeta un coup d'œil à l'extrémité du couloir ; il vit sa femme bavarder gaiement avec un grand type dégarni planté devant leur table. Il se demanda si ce type s'était arrêté uniquement parce qu'il avait remarqué son absence.

Bande de connards entreprenants, sournois et coriaces…

Il concentra son attention sur le Hobbit.

— C'était une urgence et ensuite, ce n'en était plus une.

— Exact. C'est pour ça que l'appel n'est pas remonté jusqu'à quelqu'un de la commission spéciale. Je suis le seul à savoir. L'enregistrement existe, mais il a été enterré… Néanmoins, je me sens obligé de vous poser la question, Stan : qu'est-ce que j'ignore ?

Mankewitz soutint son regard.

— Rien, Pat. C'était peut-être un incendie. Comment savoir ? Ou un petit accrochage. Une effraction. Un raton laveur dans la cave.

— Je veux bien prendre des risques pour vous, mais pas jusqu'à mettre ma tête dans la gueule du lion.

Vu ce que Mankewitz versait en douce sur son compte en banque caché, ce flic aurait dû être prêt à mettre sa tête dans la gueule de ce putain de lion et à lui arracher la langue avec les dents.

Il remarqua que sa femme regardait dans leur direction. Les entrées étaient arrivées. Il se retourna vers le flic.

— Je vous ai dit dès le départ que vous n'aviez aucune raison de vous inquiéter. C'était convenu comme ça. Vous êtes totalement protégé.

— Ne faites pas de bêtises, Stan.

— Quel genre ? Dîner ici ?

Le détective grimaça un sourire. D'un mouvement de tête, il montra une photo accrochée au mur.

— Ça ne doit pas être mauvais. C'était le restaurant préféré de Sinatra.

Mankewitz émit un grognement et abandonna le Hobbit dans le couloir pour se diriger vers les toilettes, en sortant de sa poche un portable avec une carte prépayée.

Au premier étage de la maison du 2 Lake View, il y avait cinq portes, toutes fermées. Le tapis d'Orient avait été acheté chez Home Depot et sur les murs étaient accrochées des affiches provenant d'une galerie d'art située dans un centre commercial.

Hart et Lewis avançaient avec un soin infini, lentement, s'arrêtant devant chaque porte. Finalement, ils trouvèrent celle à travers laquelle leur parvenaient des voix féminines. Lewis demeurait concentré. Et muet, Dieu merci.

Les paroles prononcées par les deux femmes étaient inaudibles, mais il était évident qu'elles ignoraient la présence des deux hommes, tout près de là.

De quoi parlaient-elles, nom d'un chien ?

Étranges alliées par une étrange nuit.

Mais Hart ne pensait guère à cela. Le coup de la voiture l'emplissait d'une intense satisfaction. Qu'il soit sur le point de tuer deux êtres humains lui importait peu, tout comme le plaisir qu'il éprouverait à voir mourir Michelle et cette femme flic qui l'une et l'autre lui avaient tiré dessus. Non, cette excitation presque sexuelle qu'il ressentait était due uniquement à la conclusion imminente de la tâche qu'il avait entreprise. Cet achèvement se concrétisait par la mort sanglante de deux femmes, mais pour lui, ce n'était pas très différent de ce bonheur qui l'habitait quand il passait un dernier coup de papier de verre sur la laque d'un meuble qu'il avait fabriqué ou saupoudrait de fines herbes une omelette qu'il avait préparée pour la femme qui avait passé la nuit chez lui.

Évidemment, ces morts entraîneraient des conséquences. Sa vie allait changer, et il le savait. Par exemple, les collègues de cette femme flic allaient tous se mettre en quête du meurtrier. Peut-être même qu'un proche – mari, frère ou père – déciderait de faire justice lui-même, au cas où, comme il le supposait, les enquêteurs du cru ne parviendraient pas à retrouver le coupable.

Si le mari de la femme flic, supposons, le traquait, Hart élaborerait un plan afin de régler ce problème. Et la symétrie de la conclusion lui procurerait une satisfaction comparable à celle qu'il allait éprouver maintenant, quand il tirerait la balle fatale.

Tout doucement, il tourna la poignée. La porte était verrouillée. De l'autre côté, les voix continuaient, insouciantes. Hart montra son épaule valide.

Lewis approcha sa bouche de l'oreille de son complice et chuchota :

— Ton bras ?

— Je m'en remettrai. Dès que je suis entré, je me jette au sol et je tire pour te couvrir. Toi, tu m'enjambes et tu les butes.

— Tu crois qu'elles ont des pétards ?

Un coup d'œil à la porte.

— Pourquoi prendre des couteaux dans ce cas ? Néanmoins, mieux vaut se dire que l'une des deux a un flingue.

Lewis hocha la tête et empoigna le fusil. Il regarda le cran de sécurité : le bouton rouge était visible.

À l'intérieur, la conversation se poursuivait, en toute décontraction.

Hart recula, se tourna vers Lewis, qui pointa le canon du Winchester vers le plafond et fit signe qu'il était prêt. La tête rentrée dans les épaules à la manière d'un joueur de football américain, Hart s'élança ; il grimaça lorsque son épaule droite percuta le panneau de bois. La serrure sauta dans un craquement et la porte pivota vers l'intérieur, mais se trouva bloquée presque aussitôt. Hart eut le souffle coupé quand le battant revint cogner contre son crâne, et il recula en titubant, sonné.

La porte avait heurté un obstacle quelconque.

Dans la pièce, les voix se turent aussitôt.

Hart poussa la porte, qui refusa de bouger.

— Viens m'aider ! cria-t-il à Lewis. Pousse ! C'est bloqué !

Le jeune gars planta ses talons dans la moquette, mais la porte refusait de céder.

— Rien à faire. Y a un truc qui bloque.

Hart regarda autour de lui. Il se précipita dans la chambre voisine. Il l'examina rapidement. Une porte-fenêtre s'ouvrait sur un balcon. Celui-ci mesurait une dizaine de mètres de long et communiquait avec la chambre où s'étaient réfugiées les deux femmes. Aucun escalier ne menait au balcon. Elles n'avaient donc pas pu s'enfuir par là : elles étaient encore à l'intérieur.

Hart cria à Lewis de le rejoindre. Ensemble, ils sortirent sur le balcon. Ils s'approchèrent de la première chambre et s'arrêtèrent juste avant les fenêtres. Les stores étaient baissés ou les rideaux tirés, mais apparemment, d'autres meubles avaient été placés contre les carreaux, en guise de barricades. La porte-fenêtre, un peu plus loin, était masquée par un rideau elle aussi.

Il fallait réfléchir à la meilleure façon de mener l'assaut.

Lewis était impatient d'agir, mais Hart prenait son temps. Finalement, il dit :

— Va à la porte. Moi, je reste ici, je vais défoncer la fenêtre à coups de pied et essayer de pousser la commode, la table ou le truc qui bloque. Elles seront concentrées sur moi. De ton côté, tu balanceras deux ou trois tirs de chevrotine.

— Elles seront prises entre deux feux.

Hart acquiesça.

— On a assez de munitions. On peut en gaspiller. Ensuite, on entrera par la porte. OK ?

Plié en deux, Lewis couvrit la distance qui le séparait de la porte-fenêtre. Il inspira à fond et jeta un coup d'œil en arrière. Hart hocha la tête, enfonça la fenêtre d'un coup de pied, dans un fracas épouvantable, et repoussa une petite commode. Il se jeta en arrière lorsque Lewis brisa un carreau de la porte-fenêtre et tira trois décharges de chevrotine dans la chambre, faisant trembler les rideaux et vibrer les vitres. De son côté, Hart fit feu quatre fois avec son Glock, au hasard. Il n'espérait pas atteindre quoi que ce soit, mais cela obligerait leurs proies à rester au sol et leur permettrait, à Lewis et à lui, d'entrer.

— Go !

Les deux hommes franchirent le seuil, armes à la main.

Ils découvrirent une pièce remplie d'antiquités hétéroclites, de vieilles gravures, de livres et de magazines empilés sur des commodes et dans des paniers. Mais aucun être humain.

Hart crut tout d'abord que les deux femmes avaient profité de ce répit pour s'enfuir par la porte du couloir, mais celle-ci était toujours bloquée par une grosse armoire. Il la montra du doigt. Lewis ouvrit la porte et tira à l'intérieur.

Le bruit fut assourdissant. Hart aurait préféré que Lewis se retienne. Sa surdité soudaine et passagère lui fichait la frousse : si quelqu'un s'était approché dans son dos, il ne l'aurait pas entendu.

Il balaya la pièce du regard encore une fois. Où étaient-elles ? Dans la salle de bains, supposa-t-il. Forcément.

La porte était fermée.

Lewis se planta devant. Hart montra la poche de sa veste de treillis. Le jeune type hocha la tête, posa son fusil et sortit son Sig-Sauer argenté, bruyant, mais moins assourdissant que le Winchester. Il introduisit une balle dans la chambre et ôta la sécurité.

Hart prit son élan. Juste au moment où il allait décocher un coup de pied dans la porte de la salle de bains, il s'arrêta, la tête penchée sur le côté. Il fit signe à Lewis de reculer.

— Attends, articula-t-il.

Il sortit un des tiroirs d'une commode et le lança contre la porte, qui s'ouvrit avec un bruit sec.

De la fumée s'échappa. Elle leur piqua les yeux et les fit tousser.

— Putain, c'est quoi, ce truc ? éructa Lewis.

— De l'ammoniaque.

— On dirait du gaz lacrymogène.

En retenant sa respiration, Hart alluma la lumière de la salle de bains.

Tiens, tiens. Regardez-moi ça.

Elles avaient coincé un seau d'ammoniaque sur le haut de la porte, de façon à ce qu'il se renverse sur la personne qui entre. Ils auraient été aveuglés. Heureusement pour eux, la porte avait dû se refermer toute seule et le seau avait basculé avant qu'ils arrivent.

— Un putain de piège.

Il s'imagina aspergé de produit chimique. La douleur devait être insoutenable.

Il s'essuya les yeux, claqua la porte de la salle de bains et examina la chambre.

— Regarde, soupira-t-il. Ce n'étaient pas elles qui parlaient. *Voilà* ce qu'on a entendu.

Il désigna un téléviseur Sony. Le cordon d'alimentation avait été enroulé autour du pied de la commode. Quand Hart avait tenté de forcer la porte, il avait déplacé la commode, ce qui avait débranché la télé en tirant sur le cordon, donnant ainsi l'impression que les deux femmes s'étaient tues subitement et qu'elles se cachaient quelque part dans la chambre.

Il rebrancha le téléviseur. Il tomba sur une chaîne de téléachat.

— Des femmes qui bavardent, murmura-t-il en secouant la tête. Pas de musique. Uniquement des voix. Elles ont choisi la chaîne, puis elles sont sorties par le balcon et sont passées par la chambre d'à côté. Pour nous retarder et avoir le temps de filer.

— Elle ont attendu dans le bois, elles nous ont vus passer, et maintenant elles sont presque arrivées à la route.

— Possible.

Hart se demandait cependant si elles n'avaient pas voulu donner l'impression qu'elles filaient vers la route, alors qu'en réalité elles se cachaient quelque part dans la maison. Il avait jeté un coup d'œil en bas ; le sous-sol semblait immense.

Oui ou non ? Il devait prendre une décision, encore une fois.

— Il va falloir fouiller partout.

Lewis remit le pistolet dans sa poche de veste de treillis et reprit le fusil.

— OK. Mais sortons de cette putain de chambre.

Il toussait. Ils déplacèrent la commode pour dégager la porte. Soudain, Hart se figea, il avait remarqué quelque chose sous une table. Une pile de vêtements mouillés. Évidemment. La femme flic s'était changée après sa baignade dans le lac glacé. Hart examina les affaires. Les poches étaient vides. Un badge était épinglé sur la chemise d'uniforme, et un nom gravé en lettres blanches sur fond noir : Sgt Brynn McKenzie.

Elle l'avait dupé, assurément, mais Hart se réjouissait. Sans qu'il puisse dire pourquoi, connaître le nom de son ennemi l'avait toujours rassuré.

Des coups de feu étouffés claquèrent à l'intérieur du 2 Lake View, comme des doigts impatients. Après un silence, d'autres détonations leur succédèrent.

Brynn et Michelle approchaient de la maison de Feldman, entièrement plongée dans l'obscurité désormais. Dans l'air flottait l'odeur épaisse du feu de cheminée, de la terre et des feuilles en décomposition. La jeune femme s'était repliée à nouveau sur elle-même, maussade et pleine de ressentiment. Elle avançait lentement, en boitant, s'appuyant sur une queue de billard en guise de canne.

Brynn lui serra le bras.

Aucune réaction.

— Allons, Michelle, il faut accélérer.

Celle-ci s'exécuta, mais elle paraissait hébétée. Totalement éteinte. À croire qu'elle était l'unique victime dans cette histoire. Cette attitude lui rappelait celle de son fils quand elle insistait pour qu'il fasse ses devoirs avant de jouer sur son ordinateur ou d'envoyer des SMS à ses copains.

Alors qu'elles arrivaient devant la maison, Brynn repensa à la dispute qui avait éclaté avec Michelle au 2 Lake View, après qu'elle avait accepté d'allumer la chaudière.

Elle avait fait cela uniquement pour faire croire aux deux types qu'elles se cachaient dans la maison. Elle avait dit à la jeune femme :

— Venez, on retourne chez les Feldman.

— Hein ?

— Vite !

Blessée à la cheville, ébranlée par le meurtre de ses amis, Michelle l'avait suppliée de rester dans la maison du 2, quitte à se cacher dans le sous-sol envahi d'araignées, pour attendre l'arrivée de la police. Se comportant un peu comme une princesse, elle avait refusé de sortir. Elle ne comprenait pas pourquoi Brynn était certaine que les hommes reviendraient sur leurs pas au lieu de continuer jusqu'à la Route 682.

Mais Brynn en était convaincue : leur départ n'était qu'un leurre.

— Mais dans quel but ? avait demandé Michelle, intraitable. Ça ne tient pas debout.

Brynn lui avait expliqué son raisonnement :

— D'après ce que vous m'avez raconté, je pense qu'il ne s'agissait pas d'une effraction commise au hasard. Ces hommes sont des tueurs professionnels. Ça veut dire qu'ils vont nous traquer. Ils n'ont pas le choix. On peut les identifier. Et *ça*, ça veut dire qu'on est un lien avec la personne qui les a engagés. Ils sont donc doublement désireux de nous retrouver. Sinon, leur patron le leur fera payer.

Toutefois, Brynn se garda bien de préciser que son raisonnement reposait sur un autre élément nommé Hart. Celui-ci n'abandonnerait pas. Elle se souvenait avec quelle assurance il s'était adressé à elle dans la maison. Dénué de toute émotion, prêt à la tuer sans la moindre hésitation dès qu'elle se montrerait.

Il lui rappelait ce chirurgien qui, d'un ton parfaitement neutre, lui avait expliqué que son père était décédé au cours d'une exploration chirurgicale.

Plus angoissant encore, il lui rappelait son ex-mari. Hart avait la même expression que Keith le jour où elle l'avait surpris en train de déposer en douce un pistolet qu'elle ne reconnaissait pas dans le coffre de leur chambre. Elle l'avait interrogé, et après avoir hésité, il lui avait avoué que ses collègues officiers subtilisaient parfois des armes récupérées sur des scènes de crime quand il ne s'agissait pas de preuves compromettantes. Ils les mettaient de côté. « Comme ça, au cas où », avait expliqué Keith.

— Tu veux dire… tu veux dire que vous les déposez près du corps d'un criminel ensuite, pour pouvoir affirmer que vous l'avez abattu en état de légitime défense ?

Son mari n'avait pas répondu. Mais il l'avait regardée avec la même expression que Hart au moment où il avait jailli des fourrés, son pistolet à la main, à la recherche d'une cible.

Mais il y avait autre chose dans ce regard, se disait-elle. De l'admiration ?

Peut-être.

Et un défi.

Que le meilleur gagne…

Partant du principe que les deux hommes allaient revenir dans la maison où Michelle et elle se cachaient, Brynn avait allumé la télé, choisi une chaîne de télé-achat, bloqué la porte avec une commode et entouré le fil de la télé autour d'un des pieds. Ensuite, elle avait trouvé une bouteille d'ammoniaque dont elle avait répandu le contenu sur le sol de la salle de bains, à côté d'un seau, pour donner l'impression qu'elle avait confectionné un piège. Désormais, Hart et son complice seraient sur leurs gardes, persuadés qu'elle voulait les aveugler, alors qu'en réalité, Brynn ne voulait pas prendre le risque de blesser les occupants de la maison ou des sauveteurs ultérieurement.

Elles avaient emporté deux ou trois choses avant de partir : des armes. Ainsi, l'une et l'autre tenaient à la main une chaussette dans laquelle elles avaient glissé une boule de billard pour fabriquer une sorte de bola d'Amérique du Sud. Brynn avait découvert cette arme de jet en aidant Joey à préparer un exposé sur l'Argentine. Elles avaient également des couteaux de cuisine dans leurs poches, enveloppés dans des étuis faits de chaussettes, et Brynn tenait une queue de billard à l'extrémité de laquelle elle avait fixé avec du ruban adhésif un couteau à découper de vingt centimètres de long.

Michelle avait pris ces armes improvisées à contrecœur. Mais Brynn avait insisté.

Ainsi équipées, elles s'étaient faufilées dans les bois derrière la maison et avaient bifurqué au nord pour revenir vers la maison des Feldman, en avançant prudemment sur le sol boueux, utilisant des rondins et des pierres pour traverser à gué les ruisseaux qui coulaient vers le lac.

Maintenant, alors qu'elles progressaient à couvert dans le jardin de ses amis, Michelle regardait en direction du sud, là d'où venaient les coups de feu. Dans un souffle, elle demanda à Brynn :

— Pourquoi teniez-vous à revenir ici ? On aurait pu partir dans l'autre sens. Vers la route. Maintenant, on va devoir passer devant eux.

— On n'ira pas par là.

— Hein ? C'est le seul moyen d'atteindre la route.

Brynn secoua la tête.

— J'ai roulé sur la 68 pendant presque une demi-heure et je n'ai vu que trois voitures. Et c'était l'heure de pointe. Nous serions obligées de marcher sur le bas-côté, à découvert, pendant Dieu sait combien de temps. Ils nous retrouveraient à coup sûr.

— Il y avait bien des maisons au bord de la route, non ? On frappera aux portes. Et on appellera la police.

— On ne peut pas aller chez des gens. Je refuse de conduire ces types chez quelqu'un d'autre. Je ne veux pas qu'il y ait de nouvelles victimes.

Michelle ne dit rien, elle regardait la demeure des Feldman.

— C'est de la folie. Il faut filer d'ici.

— On va filer, oui. Mais pas par où nous sommes venues.

— Pourquoi n'y a-t-il pas d'autres policiers dans le coin ? Pourquoi êtes-vous venue seule, nom d'un chien ? À Chicago, la police n'agirait pas de cette façon.

La colère perçait dans la voix de la jeune femme, indubitablement. Brynn maîtrisa son agacement. Elle regarda par-dessus la tête de Michelle en plissant les yeux et tendit le doigt.

Elle avait repéré les lumières de deux lampes électriques dans la maison du 2 Lake View, une au premier étage et une autre au rez-de-chaussée. Les faisceaux exécutaient une danse sinistre. Les hommes les cherchaient.

— Surveillez bien ces lumières, dit-elle. Je vais faire un tour à l'intérieur. Steven avait-il une arme ?

— Aucune idée. Ce n'était pas vraiment leur genre à tous les deux.

— Où est votre portable ?

— Dans mon sac, dans la cuisine.

En courant vers la véranda, Brynn se retourna et aperçut les yeux de la jeune femme, à peine visibles au clair. Elle y voyait une certaine tristesse, due à la disparition de ses amis, mais elle reconnaissait également cet air de martyr que prenait parfois Joey quand il était en colère. Une expression qui semblait dire : Pourquoi moi ? La vie est trop injuste.

— Rien.

Prononcé à voix basse.

Dans la cave du 2 Lake View, Hart hocha la tête pour indiquer qu'il avait enregistré la remarque de Lewis. Celui-ci promenait le faisceau de sa lampe électrique à l'intérieur d'un débarras obscur, une cachette idéale.

C'était leur dernier espoir, plus ou moins, de trouver les deux femmes à l'intérieur de la maison.

Malgré tout, Hart demeurait confiant. Selon toute vraisemblance, elles n'étaient plus armées, une conclusion à laquelle il était parvenu par déduction : sinon, elles se seraient cachées pour les attendre et les abattre. Néanmoins, il avait insisté pour qu'ils utilisent les lampes électriques au lieu d'allumer les plafonniers.

À un moment, Hart avait vu un mouvement ; il s'était retourné et avait tiré. Mais ce n'était qu'un rat qui décampait, accompagné de son ombre grossie dix fois. La bestiole avait filé. Hart s'en voulait d'avoir réagi sous l'effet de la panique. Ce mouvement brusque avait réveillé sa douleur au bras et la détonation les avait rendus sourds de nouveau. Il s'en voulait d'avoir perdu son sang-froid. Certes, c'était logique… Un mouvement soudain, dans sa direction, comme si… Tout naturellement, il avait tiré.

Mais les excuses lui laissaient toujours un sale goût dans la bouche. Vous ne deviez vous en prendre qu'à vous-même si vous coupiez une planche de travers, si le pied d'une chaise était arqué alors qu'il aurait dû être droit ou si vous fendiez un assemblage à queue d'aronde. « On mesure deux fois, on ne coupe qu'une fois », disait son père.

Ils remontèrent dans la cuisine obscure d'un pas décidé. Hart contempla les bois à travers les fenêtres noires, en se demandant s'il regardait les deux femmes sans les voir.

— On a perdu de précieuses minutes. C'est pour ça qu'elles ont organisé cette petite mise en scène dans la chambre. Pour gagner du temps.

Et nous aveugler. Il sentait l'odeur de l'ammoniaque jusqu'en bas, alors que la porte de la chambre était fermée au premier étage.

— Mais où sont-elles ? se demanda-t-il à voix haute. Où irais-je à leur place ?

— Dans les bois ? suggéra Lewis. Pour nous contourner en douce et rejoindre la route ?

Hart était d'accord.

— Oui. C'est ce que je pense. Il n'y a pas d'autre issue. Elles se disent qu'elles pourront arrêter une voiture qui passe, mais il n'y aura pas beaucoup de circulation à cette heure-ci. Il n'y en avait déjà pas beaucoup quand on est arrivés. Et elles seront obligées de rester sur le bas-côté, à découvert. Et le sang sur l'uniforme du sergent Brynn. Elle est blessée. Elle ne doit pas marcher très vite. On les repérera facilement.

Brynn McKenzie fit un tour rapide de la maison des Feldman. Sans allumer les lumières, évidemment. À tâtons, elle cherchait des armes et des téléphones portables. En vain.

Par ailleurs, le sac à main de Michelle avait disparu, cela voulait dire que les tueurs s'en étaient emparés, et qu'ils savaient désormais comment elle s'appelait et où elle habitait.

Brynn entra dans la cuisine, où les corps gisaient, figés dans leur posture de mort. Le sang dessinait un motif cachemire près du mari et un cercle presque parfait autour de la femme. Après une courte hésitation, Brynn s'agenouilla pour inspecter leurs poches. Rien. Elle se releva et contempla les cadavres. Elle aurait aimé avoir le temps de prononcer quelques mots, mais elle n'aurait pas su quoi dire.

Avaient-ils des ordinateurs ? Elle regarda la mallette par terre – c'était celle de la femme – et la pile de dossiers portant tous la mention CONFIDENTIEL. Aucun objet électronique. Apparemment, le mari utilisait un sac à dos, mais celui-ci ne contenait que des magazines, un livre de poche et une bouteille de vin.

La sensation de brûlure commençait à réapparaître dans ses pieds, à cause du frottement ; ses brodequins mouillés avaient imbibé les chaussettes sèches. Elle fit un détour par la buanderie et découvrit deux paires de chaussures de randonnée. Elle enfila des chaussettes sèches et choisit les chaussures les plus grandes. Elle prit la seconde paire pour Michelle. Elle trouva également un allume-bougie, qu'elle glissa dans sa poche.

Y avait-il autre chose que…

Elle laissa échapper un hoquet de stupeur. Dehors, le croassement des grenouilles et le murmure du vent avaient disparu, couverts par le mugissement insistant d'une alarme de voiture.

La voix affolée de Michelle retentit :

— Brynn ! Venez vite ! À l'aide !

Elle se précipita hors de la maison, en agrippant sa lance artisanale, lame en avant.

Michelle se tenait près de la Mercedes, dont une vitre était brisée. Elle était paniquée, hystérique. Et paralysée.

Brynn courut vers la voiture, en jetant un coup d'œil à la maison du 2. Les lampes électriques s'éteignirent.

Ils allaient rappliquer. Génial.

— Je suis désolée ! gémit Michelle. Je n'ai pas réfléchi… je n'ai pas réfléchi…

Brynn ouvrit brutalement la portière du passager, débloqua le capot et revint devant la Mercedes. Elle avait pris soin d'apprendre le plus de choses possibles sur les voitures et les camions, car les véhicules représentaient la majeure partie du travail de la police dans un comté tel que Kennesha, et elle possédait quelques connaissances en mécanique. À l'aide du couteau de cuisine, elle s'acharna sur le câble de la batterie. Enfin, le son perçant s'arrêta.

— Que s'est-il passé ?

— J'ai juste… C'est pas ma faute ! grogna Michelle.

Ah bon ? La faute à qui, alors ?

— J'ai un taux de glycémie faible. Je me sentais bizarre. J'ai apporté des crackers. (Elle montra un paquet de biscuits salés sur le siège arrière.) Si je ne mange pas, je tombe dans les pommes parfois, ajouta-t-elle, sur la défensive.

— OK, fit Brynn qui s'était abstenue de fouiller la Mercedes précisément parce qu'elle se doutait qu'il y avait une alarme.

Elle se pencha à l'intérieur, se saisit du paquet de crackers et le tendit à Michelle ; elle en profita pour inspecter le contenu de la boîte à gants.

— Rien d'utile, murmura-t-elle.

— Vous êtes en colère, dit Michelle d'un ton geignard horripilant. Je suis désolée. Je vous ai dit que j'étais désolée.

— C'est bon. Mais il faut partir d'ici. Et vite. Ils arrivent.

Elle donna à Michelle les chaussures qu'elle avait trouvées dans la buanderie, la paire la plus petite ; elles devraient lui aller. Les bottes de la jeune femme étaient très chic, très élégantes, avec des talons de six centimètres, parfaites pour travailler dans un bureau. Mais inadaptées pour échapper à deux tueurs.

Michelle regardait les chaussures doublées de mouton. Sans bouger.

— Dépêchez-vous !

— Mes bottes sont très bien.

— Non. Vous ne pouvez pas garder ça.

— Je n'aime pas mettre les affaires des autres. C'est… dégoûtant.

Sa voix était un murmure qui sonnait creux.

Peut-être voulait-elle dire « les affaires de personnes mortes ».

Un coup d'œil vers la maison du 2. Aucun signe de leurs poursuivants. Pour l'instant.

— Je suis désolée, Michelle. Je sais que c'est pénible. Mais vous devez enfiler ces chaussures. Et tout de suite.

— Je suis très bien comme ça.

— Non. Surtout avec une cheville foulée.

Nouvelle hésitation. On aurait dit une gamine de huit ans boudeuse. Brynn la prit fermement par les épaules.

— Michelle. Ils vont arriver d'une minute à l'autre. On n'a pas le choix. (Son ton était sévère.) Mettez ces putains de chaussures ! Immédiatement !

Encore une longue hésitation. La mâchoire tremblante, les yeux rougis, Michelle ramassa les chaussures de randonnée et s'appuya contre la Mercedes pour les enfiler. Pendant ce temps, Brynn courut jusqu'au garage et trouva sur le côté ce qu'elle se souvenait d'avoir vu en arrivant : un canoë sous une bâche. Elle le soupesa. L'embarcation en fibre de verre ne pesait pas plus de vingt ou vingt-cinq kilos.

Même si, comme l'indiquait Yahoo, deux cents mètres les séparaient du lac, il y avait à une dizaine de mètres de la maison un ruisseau qui coulait plus ou moins directement vers le lac.

En fouillant, elle dénicha des gilets de sauvetage et des pagaies.

Pendant ce temps, Michelle regardait fixement les chaussures de sa défunte amie, en grimaçant. On aurait dit une riche cliente à qui on avait vendu un article de mauvaise qualité et qui se plaignait au directeur du magasin.

— Venez m'aider ! lui cria Brynn d'un ton sec.

Michelle se tourna brièvement vers la maison du 2. L'air inquiet, elle fourra les crackers dans sa poche et fonça vers le garage. À elles deux, elles traînèrent le canoë jusqu'au ruisseau. Michelle grimpa dedans avec sa queue de billard transformée en canne et Brynn lui passa la lance, les pagaies et les gilets.

Après un dernier regard en direction des bois touffus, que les tueurs devaient certainement traverser ventre à terre, elle monta à son tour dans l'embarcation et la poussa au milieu du ruisseau, une artère sombre qui coulait vers un cœur encore plus sombre.

Les hommes couraient dans la nuit en avalant des bouffées d'air froid et humide, imprégné de l'odeur des feuilles en décomposition.

En entendant les ululements du klaxon, Hart avait compris que, au lieu de fuir en direction de la route, comme il l'avait supposé, les deux femmes étaient revenues en douce à la maison des Feldman. Sans doute avaient-elles ouvert les portières de la Mercedes dans l'espoir de changer la roue, sans penser à l'alarme. Lewis et lui s'étaient aussitôt précipités vers la maison ; très vite ils étaient tombés sur des marécages et de larges ruisseaux. Hart avait tenté d'en traverser un à gué, mais Lewis s'était écrié : « Non, tu vas te geler les pieds. Faut pas les mouiller. »

Hart, qui n'avait jamais été un homme de la campagne, n'avait pas pensé à ça. Ils durent revenir vers le chemin, trottiner jusqu'à Lake View Drive, puis bifurquer au nord pour rejoindre la maison du 2.

— Avançons... prudemment, dit Hart, essoufflé, quand ils approchèrent de l'allée des Feldman. C'est peut-être... un autre... piège.

Cette course avait mis son bras blessé au supplice. En grimaçant, il essaya de le remuer dans différentes positions. Aucune ne soulageait la douleur.

— Un piège ?

— Restons sur nos gardes.

Lewis avait perdu son côté sardonique.

— OK.

Ils ralentirent en atteignant la boîte aux lettres et s'engagèrent dans l'allée. Hart marchait en tête ; l'un et l'autre restaient dans l'ombre. Dieu soit loué, Lewis ne disait rien. Le gamin commençait à piger, si on pouvait appeler « gamin » un type de trente-cinq ans. Une fois de plus, Hart pensa à son frère.

Au bout d'une vingtaine de mètres, ils s'arrêtèrent.

Hart tenta de percer la pénombre. Des chauves-souris tournoyaient à proximité. Et une bestiole quelconque passa devant sa tête comme une flèche, avant de se poser un peu plus loin en trottinant.

Nom de Dieu, un écureuil volant ! Il n'en avait encore jamais vu.

Les yeux plissés, il observa la Mercedes et remarqua la vitre brisée. Aucun signe des deux femmes.

Ce fut Lewis qui les repéra. Par hasard, au moment où il se retournait en direction du chemin privé.

— Hart. Regarde ! C'est quoi, ça ?

Hart se retourna à son tour, s'attendant presque à voir Brynn jaillir des fourrés pour lui tirer dessus avec son putain de flingue de service. Mais il ne vit rien.

— Quoi ?

— Elles sont là-bas ! Sur le lac !

Hart fit pivoter sa tête. En effet, à une cinquantaine de mètres de la rive on distinguait une embarcation basse, un skiff ou un canoë. Elle se dirigeait vers la rive opposée, très lentement. Dans l'obscurité, il croyait apercevoir deux personnes à l'intérieur. Brynn et Michelle avaient vu les deux hommes, elles aussi ; elles avaient cessé de pagayer pour se tapir au fond du canoë. Seul leur élan les emportait vers l'autre rive.

— L'alarme de la bagnole, c'était pas une erreur, dit Lewis. C'était fait exprès pour nous distraire. Pour qu'elles puissent foutre le camp avec ce putain de bateau.

Heureusement qu'il les avait repérées, se dit Hart qui n'avait même pas pensé à regarder en direction du lac. Il enrageait de s'être fourvoyé encore une fois. C'était certainement Brynn qui avait tenté de les duper.

Ils foncèrent vers le lac.

— Elles sont trop loin pour le fusil de chasse, pesta Lewis avec une grimace de dépit. Et je ne suis pas très doué avec un pistolet.

Hart, si. Il se rendait au stand de tir au moins une fois par semaine. Tenant son arme d'une seule main, il se mit à tirer, lentement, en ajustant à chaque fois la hauteur du canon. Les détonations ricochaient à la surface du lac et revenaient sous forme d'échos affaiblis. La première et la deuxième balles firent jaillir des gerbes d'eau devant le canoë ; les suivantes atteignirent leur cible. Un tir toutes les deux ou trois secondes. Les projectiles criblèrent la coque de l'embarcation, projetant des éclats de bois ou de fibre dans les airs. Il dut toucher au moins une des femmes car il la vit basculer vers l'avant et un cri strident envahit l'atmosphère humide.

Il continua à tirer. Les hurlements cessèrent. Le canoë chavira et coula.

Hart rechargea.

— Plus rien ne bouge ! dit Lewis, obligé de crier car il avait les oreilles bouchées. Tu les as eues, mec !

— Il faut s'en assurer. (D'un mouvement de tête, Hart montra un petit skiff abandonné à quelques mètres de là.) Tu peux ramer ?

— Pas de problème.

— Prends des pierres. Pour lester les corps.

— Beau carton, Hart. Sincèrement.

Lewis redressa la petite embarcation.

Mais Hart ne voulait pas s'attarder sur son adresse au tir. Dans son métier, il fallait savoir tirer, voilà tout ; de même qu'on ne pouvait pas être menuisier si on ne savait pas raboter ou poncer. Il préférait en revenir à ses réflexions précédentes. Maintenant que la mission était terminée, il devait se concentrer sur la suite : comment anticiper et préparer les conséquences brutales qui découleraient de la mort de ces deux femmes.

Car, il le savait, il y aurait des conséquences.

Assis sur le canapé vert, penché en avant, le front plissé, Graham Boyd ne regardait pas l'écran du téléviseur, mais la table ancienne à côté, marbrée de taches blanches et dorées, sous laquelle une boîte renfermait l'unique ouvrage de tricot auquel Brynn s'était attaquée à sa connaissance : un pull pour sa nièce. Elle l'avait abandonné depuis des années, après quinze centimètres de manche irrégulière.

Anna leva les yeux de son propre tricot.

— J'arrête un peu.

Son gendre haussa un sourcil.

Elle échangea ses grandes aiguilles bleues contre une télécommande, avec laquelle elle baissa le son de la télé. Une fois de plus, Graham décela en elle un caractère plus solide que le laissaient deviner les cheveux veinés de gris, le doux sourire et le visage poudré.

— Autant me le dire maintenant, Graham. Je finirai bien par vous tirer les vers du nez tôt ou tard.

De quoi parlait-elle, nom d'un chien ? Il reporta son attention sur une émission débile à la télé.

Anna ne le quitta pas des yeux.

— C'est ce coup de téléphone, hein ? De l'école ?

Il voulut dire quelque chose, puis se ravisa. Finalement, il avoua :

— C'est un peu plus grave que je l'ai laissé croire.

— Je m'en doutais.

Il lui rapporta les propos du conseiller d'orientation de Joey, au sujet de l'absentéisme, de la signature contrefaite, du skateboard et même de son renvoi à l'automne dernier.

— Et j'ai appris que Joey avait été impliqué dans d'autres bagarres. Je n'ai pas eu le courage de demander des détails à son conseiller.

— Ah, fit Anna. Je le sentais.

— Vraiment ?

Elle reprit son tricot.

— Qu'allez-vous faire ?

Graham haussa les épaules.

— J'avais l'intention de lui parler. Mais je vais laisser Brynn s'en charger. À elle de gérer ça.

— Ça vous tracasse, je le vois bien. Vous n'avez pas ri du tout pendant Drew Carey.

— Si ça s'est produit une fois, ça s'est déjà produit avant. Je parle de sécher les cours. Vous ne croyez pas ?

— Certainement. Je connais bien les enfants.

La vieille femme parlait par expérience. Brynn avait un frère aîné et une sœur cadette, respectivement enseignant et vendeuse d'ordinateurs. Des personnes agréables et gentilles, drôles. Conformistes. Brynn, elle, avait tendance à nager à contre-courant.

À cet instant, Anna McKenzie abandonna son attitude de grand-mère idéale qu'elle endossait à la manière d'un camouflage quand cela était nécessaire. Son ton changea du tout au tout.

— Ce que je veux dire, c'est que vous ne le punissez *jamais*, Graham.

— Après Keith, je n'ai jamais su quel comportement adopter.

— Vous n'êtes pas Keith. Dieu merci. Ne vous inquiétez pas pour ça.

— Brynn ne me laisse pas faire. C'est le message que je perçois, en tout cas. Et je n'insiste pas. Je ne veux pas saper son autorité. C'est son fils, après tout.

— Pas uniquement, lui rappela-t-elle. C'est aussi le vôtre désormais. Vous avez pris le lot complet, y compris la vieille rouspéteuse à laquelle vous ne vous attendiez pas.

Il rit.

— Je veux être prudent. Joey est… Je sais qu'il en a bavé à cause du divorce.

— Comme tous les enfants. C'est la vie. Vous n'avez aucune raison d'être timide avec lui.

— Oui, possible.

— C'est sûr. Montez le voir. C'est peut-être une excellente chose que Brynn ait été appelée en urgence ce soir. Ça vous donne une occasion de parler tous les deux.

— Pour lui dire quoi ? J'ai déjà essayé. C'était complètement idiot.

— Suivez votre instinct. Si ça vous semble bien, ça l'est certainement. C'est ce que j'ai fait avec mes enfants. Des fois, ça a marché. D'autres fois, ça a échoué. De toute évidence.

Ces derniers mots étaient lourds de sous-entendus.

— Vous croyez ?

— Absolument. Il faut que quelqu'un commande. Et ça ne peut pas être Joey. Quant à Brynn…

La vieille femme n'acheva pas sa phrase.

— Un conseil ?

Elle rit.

— C'est lui, l'enfant. C'est vous, l'adulte.

Graham se dit que c'était à n'en pas douter une remarque perspicace, mais dans l'immédiat ça ne l'aidait pas beaucoup.

Anna vit son air perplexe.

— Improvisez.

Graham soupira et monta l'escalier ; les marches grincèrent sous son imposante carcasse. Il frappa à la porte de Jocy et entra sans attendre la réponse, une chose qu'il n'avait jamais faite.

Penché au-dessus de son bureau, presque entièrement occupé par un grand écran d'ordinateur, Joey leva vers lui son visage rond constellé de taches de rousseur. Il avait remis son bonnet, à la manière d'un rappeur. Apparemment, il était en train de communiquer avec un copain. Par l'intermédiaire d'une webcam. Graham n'aimait pas l'idée que quelqu'un puisse le voir, et puisse voir la chambre.

— Alors, ces devoirs ? Ça avance ?

— J'ai fini.

Joey tapait un message sans regarder son clavier, ni Graham.

Au mur était accrochée une série de photos tirées du film de Gus Van Sant, *Paranoid Park*, sur les skaters de Portland. Joey avait dû les imprimer. C'était un bon film… pour adultes. Graham avait refusé d'emmener Joey le voir, mais c'était devenu une obsession et il avait boudé jusqu'à ce que Brynn cède. En fait, ils avaient quitté précipitamment la salle après une scène particulièrement horrible. Graham avait évité l'incident qu'aurait provoqué une remarque du style « je t'avais prévenu », mais il avait bien failli dire à sa femme qu'elle devrait l'écouter la prochaine fois.

— C'est qui ? demanda-t-il en jetant un coup d'œil à l'écran.

— Qui ?

— Avec qui tu communiques.

— Un gars.

— Réponds-moi.

— Tony.

Joey ne quittait pas l'écran des yeux. La secrétaire de Graham était capable de taper cent vingt mots à la minute, mais le garçon semblait encore plus rapide.

Craignant qu'il soit en relation avec un adulte, il demanda :

— Tony comment ?

— Il est dans ma classe, tu sais bien. Tony Metzer.

Le ton de Joey laissait entendre que Graham l'avait déjà rencontré, mais celui-ci savait bien que non.

— On discute de Turbo Planet. Il est bloqué au niveau six. Moi, j'arrive au niveau huit. Alors, je l'aide.

— Il est tard. Assez de MSN pour ce soir.

Joey continua à taper sur son clavier. Graham se demanda s'il le défiait ou s'il disait simplement au revoir à son copain. Cette discussion allait-elle finir en bagarre ? Il sentait ses paumes devenir moites. Il avait renvoyé des employés qui volaient, affronté un cambrioleur qui s'était introduit dans le bureau, mis fin à des combats au couteau parmi ses employés. Aucun de ces incidents ne l'avait rendu aussi nerveux.

Encore quelques frappes rapides et le bureau réapparut sur l'écran. Joey leva la tête, avec l'air de dire : Et maintenant ?

— Comment va ton bras ?

— Bien.

Le garçon prit sa manette de jeu. Il appuya sur les boutons, si vite qu'on ne voyait même plus ses doigts. Il possédait des dizaines de gadgets électroniques : lecteur MP3, iPod, téléphone portable, ordinateur… Il semblait avoir un tas d'amis également, mais il communiquait davantage avec ses doigts et à distance qu'avec des paroles prononcées face à un être humain.

— Tu veux de l'aspirine ?

— Non, pas la peine.

Le garçon se concentrait sur son jeu, mais Graham voyait bien qu'il était sur ses gardes.

Sa première idée fut de piéger Joey pour le pousser à avouer le *phalting*, mais cela lui semblait aller à l'encontre de l'instinct dont avait parlé Anna. Il repensa à ses réflexions pendant qu'il faisait la vaisselle : le dialogue, pas l'affrontement.

Le garçon ne disait rien. Les seuls bruits étaient les cliquetis de la manette et le rythme de basse électronique qui accompagnait les déplacements d'un personnage de dessin animé dans un paysage fantastique.

OK, allons-y.

— Joey, puis-je te demander pourquoi tu sèches l'école ?

— Sécher l'école ?

— Pourquoi ? Tu as des problèmes avec les profs ? Ou avec d'autres élèves ?

— Je sèche pas.

— Le collège m'a appelé. Tu as séché aujourd'hui.

— Pas du tout.

Il continuait à jouer sur son ordinateur.

— Je crois que si.

— Non, insista le garçon d'un ton crédible. J'ai pas séché.

Graham découvrit alors le défaut majeur de l'approche par le dialogue.

— Tu n'as jamais séché ?

— Je sais pas… Peut-être une fois, le jour où je suis tombé malade sur le chemin de l'école et que je suis rentré à la maison. Maman était au boulot, je pouvais pas la joindre.

— Tu peux toujours m'appeler. Ma société est à cinq minutes d'ici et à un quart d'heure du collège. Je peux rappliquer en moins de deux.

— Mais tu peux pas m'autoriser à manquer les cours.

— Si. Je suis sur la liste. Ta mère m'a mis dessus. (Joey ne le savait pas ?) Écoute-moi, Joey. Éteins ce truc.

— Hein ?

— Tu as entendu. Éteins ça.

— Je suis presque arrivé à…

— Non. Éteins ça.

Il continua à jouer.

— Sinon, je le débranche.

Graham s'approcha de la prise.

Joey le foudroya du regard.

— Non ! Tu vas planter la mémoire. Fais pas ça ! Laisse-moi sauvegarder.

Il joua encore pendant un moment – vingt secondes de tension –, puis il appuya sur différents boutons et l'écran se figea.

Graham s'assit sur le lit, près du garçon.

— Je sais que ta mère et toi avez parlé de ton accident aujourd'hui. Tu lui as avoué que tu avais séché l'école ?

Il se demandait si Brynn le savait mais ne lui avait rien dit.

— J'ai pas séché.

— J'ai discuté avec M. Raditzky. Il affirme que tu as fait un mot en imitant la signature de ta mère.

— Il ment.

Regard fuyant.

— Pourquoi mentirait-il ?

— Il ne m'aime pas.

— Il a pourtant l'air de s'inquiéter pour toi.

— Tu comprends pas.

Visiblement convaincu que c'était là la preuve irréfutable de son innocence, Joey reporta son attention sur l'écran. Une sorte de créature faisait des bonds et courait sur place. Le garçon reluquait la mannette. Sans oser la prendre.

— Joey, une personne du collège t'a vu faire du *phalting* dans Elden Street.

Ses yeux papillotèrent.

— Elle ment, elle aussi. C'est Rad, hein ? Il a tout inventé.

— Je ne crois pas. Je pense au contraire qu'il t'a vu sur son skate. Tu dévalais Elden Street à soixante à l'heure quand tu as perdu l'équilibre.

Joey sauta sur son lit et passa devant son beau-père pour prendre un livre sur l'étagère.

— Tu n'as pas dit à ta mère que tu avais séché l'école et que tu faisais du *phalting*, hein ?

— Je faisais du skate, c'est tout. Je m'amusais à descendre les marches du parking.

— C'est là que tu as eu ton accident aujourd'hui ?

Un silence.

— Non, pas vraiment. Mais je fais pas de *phalting.*

— Tu n'en as jamais fait ?

— Non.

Graham ne savait plus quoi dire. Cette discussion ne menait nulle part.

L'instinct…

— Où est ton skate ?

Joey le regarda, sans répondre. Il plongea le nez dans son livre.

— Où est-il ? insista son beau-père.

— Je sais pas.

Graham ouvrit le placard. Le skate était posé sur une pile de baskets.

— Privé de skate pendant un mois.

— Maman a dit deux jours !

Graham pensa que Brynn avait dit trois.

— Un mois. Et tu dois promettre de ne plus jamais faire du *phalting.*

— J'en fais pas !

— Joey.

— C'est dégueulasse !

— Ne me parle pas comme ça.

— Maman, elle s'en fout.

Était-ce vrai ?

— Eh bien, pas moi.

— Tu peux rien me dire. Tu es pas mon père !

Graham éprouvait l'envie de protester. Il aurait voulu lui parler de l'autorité, de la hiérarchie, de la cellule familiale, de leurs rôles respectifs sous ce toit. Mais il savait que c'était peine perdue.

L'instinct, se rappela-t-il.

OK. Voyons ce que ça donne.

— Es-tu décidé à me dire la vérité ?

— Je dis la vérité ! s'emporta le garçon.

Et il se mit à pleurer.

Le cœur de Graham battait à tout rompre. C'était très difficile. Il s'efforça de contrôler sa voix.

— Joey, ta mère et moi, on t'aime énormément. Quand on a appris que tu t'étais blessé, on était morts d'inquiétude.

— Non, vous m'aimez pas. Personne m'aime !

Les larmes s'arrêtèrent aussi vite qu'elles étaient apparues. Il s'allongea sur le dos et se replongea dans son livre.

Graham se pencha en avant.

— Joey… Si je fais ça, c'est parce que je tiens à toi. Allez, dit-il avec un sourire. Va te laver les dents et mets ton pyjama. C'est l'heure de se coucher.

Le garçon ne bougea pas. Ses yeux parcouraient frénétiquement les mots imprimés qu'il ne voyait même pas.

Graham se leva et quitta la chambre, en emportant le skateboard. Il redescendit en luttant à chaque marche contre l'envie de remonter, de s'excuser, de supplier le garçon d'être heureux et de lui pardonner.

Mais l'instinct l'emporta. Il continua jusqu'au rez-de-chaussée et déposa le skateboard sur l'étagère du haut de l'armoire.

Sous le regard visiblement amusé d'Anna. Lui ne trouvait pas ça drôle.

— Quand Brynn doit-elle rentrer ? s'enquit sa belle-mère.

Graham regarda sa montre.

— Bientôt, je pense. Elle va sûrement manger dans sa voiture, comme toujours.

— Elle ne devrait pas faire ça. Pas sur ces routes, en pleine nuit. Vous baissez les yeux une minute pour prendre votre sandwich, et vous vous retrouvez face à un cerf. Ou un ours. Jamie Henderson a failli en percuter un. Il a surgi devant lui.

— Oui, j'en ai entendu parler. Un gros ?

— Assez. (Elle montra le plafond d'un hochement de tête.) Comment ça s'est passé ?

— Pas très bien.

Elle lui adressa un sourire en coin.

— Quoi ? fit-il, agacé.

— C'est un début.

Graham roula des yeux.

— Non, je ne crois pas.

— Croyez-moi. Parfois, le plus important c'est de faire passer un message. Quel qu'il soit. N'oubliez pas ça.

Graham prit le téléphone pour appeler Brynn, encore une fois. Il tomba directement sur la boîte vocale. Il lança l'appareil sur la table et regarda d'un air absent l'écran de télé. Il repensait aux guêpes. Il faisait son boulot tranquillement, il transportait une grosse plante broussailleuse dans sa brouette, en savourant cet instant, sans savoir qu'il avait marché sur le nid à trois pas de là.

Jusqu'à ce qu'il soit assailli par ces bestioles avec leurs dards ardents.

Et ce soir, il songeait : quelle importance ?

Laisse faire.

Il prit la télécommande. À l'étage, une porte claqua.

Brynn et Michelle se frayaient un chemin au milieu des branches enchevêtrées de la forêt touffue, à environ trois cents mètres au nord de la maison des Feldman. À cet endroit, les arbres, des épicéas luxuriants principalement, étaient plus denses. La vue sur le lac était cachée.

Le déclenchement de l'alarme de la voiture avait été une malencontreuse erreur. Mais Brynn espérait avoir retourné la situation à leur avantage, en faisant croire aux deux hommes qu'elles avaient voulu détourner leur attention pour pouvoir traverser le lac en canoë. En vérité, elles s'étaient servies de cette embarcation uniquement pour descendre une partie du ruisseau et atteindre la berge opposée. Ensuite, elles avaient disposé les gilets de sauvetage de façon à leur donner l'apparence de deux passagers recroquevillés et elles avaient poussé le canoë dans le courant vif, qui l'avait entraîné jusqu'au lac.

Sur ce, elles avaient décampé, aussi vite que possible compte tenu de la cheville de Michelle, en tournant le dos à l'enclave de la maison du lac, vers le parc national Marquette au nord.

Quand les coups de feu avaient éclaté, comme l'avait prévu Brynn, elle se tenait prête ; elle avait poussé un hurlement déchirant et bref, comme si elle était touchée. Les deux hommes seraient rendus à moitié sourds par les détonations et elle comptait sur l'écho provoqué par les collines pour qu'ils ne puissent pas déterminer avec précision la provenance de ce cri. Cette ruse ne les tromperait peut-être pas longtemps, mais elle était certaine de leur avoir offert, à Michelle et à elle, un sursis.

— On peut s'arrêter, maintenant ? demanda cette dernière.

— Votre cheville vous fait mal ?

— Évidemment. Attendons ici. Ils vont bientôt s'en aller.

Elle grignotait ses crackers. Brynn les regarda d'un air envieux. À contrecœur, semble-t-il, Michelle lui tendit le paquet. Elle en mangea goulûment une poignée.

— On ne peut pas s'arrêter. Il faut continuer.

— Pour aller où ?

— Vers le nord.

— Ça veut dire quoi, vers le nord ? Y a-t-il une cabane par là ou autre chose ? Un téléphone ?

— Il faut s'éloigner le plus possible d'eux. Dans le parc national.

Michelle ralentit.

— Regardez cette forêt ! C'est un vrai bordel, tous les arbres sont enchevêtrés. Il n'y a aucun sentier. Et on gèle.

Et toi, avec ton blouson à deux mille dollars… tu te plains, songea Brynn.

— Il y a un poste de rangers à sept ou huit kilomètres d'ici.

— Huit kilomètres !

— Chut !

— Vous délirez. On ne peut pas faire huit kilomètres dans cette jungle.

— Vous m'avez l'air en forme. Vous faites du jogging, non ?

— Oui, sur un tapis dans ma salle de sport. Pas dans ce genre d'endroit. Et d'abord, par où il faut aller ? Je suis déjà perdue.

— Je connais la direction générale.

— Dans les bois ? Je ne peux pas !

— On n'a pas le choix.

— Vous ne comprenez pas… J'ai peur des serpents.

— Ils ont encore plus peur de vous, croyez-moi.

Michelle brandit le paquet de crackers.

— On n'aura pas assez à manger. Vous avez entendu parler de l'hypoglycémie ? Les gens pensent que c'est rien du tout. Mais je risque de tomber dans les pommes.

— Michelle, dit Brynn d'un ton ferme, il y a tout près d'ici deux hommes qui veulent nous tuer. Sur l'échelle de nos problèmes, les serpents et votre glycémie arrivent loin derrière.

— Je ne peux pas.

Cette femme lui rappelait Joey le premier jour d'école primaire : solidement campé sur ses deux pieds, il refusait de bouger. Elle avait mis deux jours à le convaincre d'aller en cours. D'ailleurs, Brynn reconnaissait des signes d'hystérie semblables sur le visage de Michelle. Elle avait cessé d'avancer. Les yeux écarquillés, elle faisait de grands gestes et ses mains tremblaient.

— Je fais mes courses dans des boutiques bio. J'achète mon café au Starbucks. Je ne suis pas dans mon univers ici, ce n'est pas moi. Je ne peux pas !

— Michelle, dit Brynn d'un ton plus doux. Tout ira bien. Ce n'est qu'un parc national. Des milliers de personnes s'y promènent chaque été.

— Sur les sentiers, les pistes.

— On en trouvera.

— Il y a des gens qui se perdent. J'ai vu un reportage à la télé. Un couple s'est perdu, ils sont morts de froid et les bêtes les ont mangés.

— Michelle…

— Non ! Je ne veux pas ! Cachons-nous ici. On trouvera bien un endroit. Je vous en supplie.

On aurait dit qu'elle allait pleurer.

Brynn se souvint que cette pauvre femme avait assisté au meurtre de ses deux amis et elle-même avait failli être tuée. Alors, elle s'efforça d'être patiente.

— Non. Cet homme, Hart, il s'élancera à notre recherche dès qu'il découvrira qu'on l'a berné avec le canoë. Rien n'indique que nous sommes parties dans cette direction, mais il peut le deviner.

La jeune femme lança un regard affolé derrière elle ; elle respirait vite.

— Ça ne va pas ?

Elle mangea une autre poignée de crackers, sans en offrir à Brynn cette fois, et fourra le paquet dans sa poche. Une grimace d'écœurement déforma son visage.

— D'accord. Vous avez gagné.

Après un dernier coup d'œil en arrière, les deux femmes se remirent en route, aussi vite que possible, obligées de zigzaguer entre les fourrés, dont beaucoup auraient été infranchissables même avec des machettes. Heureusement, il y avait de nombreux conifères et il était possible de trouver des passages plats qui n'étaient pas obstrués par des buissons semblables à de la paille de fer.

Elles s'éloignaient des maisons. Michelle parvenait à suivre malgré son boitillement. Brynn tenait fermement sa lance qui lui conférait un sentiment de sécurité et de ridicule tout à la fois.

Très vite, elles eurent parcouru cinq cents mètres, puis presque le double.

Soudain, Brynn sursauta et se retourna. Elle avait entendu une voix.

Mais ce n'était que Michelle qui marmonnait ; son visage ressemblait à un masque mortuaire dans l'éclat bleuté de la lune. Brynn avait l'habitude de parler seule, elle aussi. La maladie lui avait arraché son père et un chauffard ivre avait tué son meilleur ami dans la police.

Elle avait perdu un mari également. Durant ces périodes d'intense chagrin, elle s'était beaucoup parlé à elle-même, pour supplier qu'on lui accorde la force de continuer ou juste pour divaguer. Curieusement, les mots atténuaient la douleur. Elle avait fait de même pas plus tard que cet après-midi, pendant que Joey passait une radio à l'hôpital. Mais elle ne se souvenait plus de ses paroles.

Elles contournèrent de petites mares croupies, envahies de trèfles d'eau et de canneberges. Brynn fut surprise de voir un rayon de lune illuminer un bouquet de sarracènes, une plante carnivore qu'elle avait appris à connaître en aidant Joey à faire un devoir pour l'école. Des grenouilles poussaient des petits cris stridents et des oiseaux lançaient leurs chants lugubres. Dieu soit loué, il n'y avait pas encore de moustiques en cette saison. Brynn les attirait comme un aimant et en été, elle s'aspergeait de citronnelle comme si c'était un parfum.

Pour se rassurer elle-même autant que Michelle, Brynn murmura :

— J'ai participé à deux opérations de recherches et de secours ici.

Elle s'était portée volontaire afin de mettre en pratique ce qu'elle avait appris lors des séminaires de formation tactique, qui incluaient un ministage de survie, facultatif, extrêmement fatigant et douloureux.

À vrai dire, une de ces deux missions de sauvetage s'était transformée en une opération fort désagréable de récupération de corps. Brynn se garda de le préciser.

— Je ne connais pas très bien ce coin, avoua-t-elle, mais j'ai une idée de la topographie générale. La Joliet Trail est quelque part par ici, à deux ou trois kilomètres, pas plus. Vous la connaissez ?

Michelle secoua la tête, les yeux fixés sur le tapis d'aiguilles de pin qui s'étendait à ses pieds. Elle s'essuya le nez avec sa manche.

— Cette piste nous mènera tout droit au poste des rangers. Il n'y aura personne, mais nous pourrons y trouver un téléphone ou une arme.

Ce poste était l'objectif premier de Brynn. Toutefois, expliqua-t-elle, si elles passaient à côté ou n'arrivaient pas à y pénétrer, elles pourraient continuer sur cette piste qui bifurquait ensuite vers le nord-est pour croiser finalement la Snake River.

— On suivra la rivière jusqu'à Point of Rocks. C'est un bourg de taille moyenne situé de l'autre côté du parc. Là, il y aura des boutiques, pour acheter un téléphone, et un poste de police quelconque. Même si c'est fermé à cette heure, on les réveillera. C'est assez loin, une dizaine de kilomètres, mais il suffit de suivre la rivière et c'est tout plat. L'autre option, quand on arrivera à la Snake, c'est de partir vers l'ouest. Et d'escalader les rochers qui bordent la Snake River Gorge. On atteindra la nationale qui passe près du pont. Il y a tout le temps de la circulation. Un camion ou une voiture s'arrêtera pour nous prendre.

— Escalader les rochers ? répéta Michelle. J'ai le vertige.

Brynn aussi, même si cela ne l'avait pas empêchée de descendre en rappel la paroi abrupte d'une falaise afin de récupérer un fût de Old Milwaukee, épreuve traditionnelle pour obtenir son diplôme à l'École de police. En outre, elle savait que l'escalade de la gorge serait difficile et dangereuse. Le pont se dressait à une trentaine de mètres au-dessus de la rivière et la paroi rocheuse était carrément verticale par endroits. En fait, c'était dans ce secteur du parc que les membres de l'équipe de secours avaient retrouvé le corps qu'ils cherchaient. Un jeune homme avait glissé. Après une chute de sept mètres seulement, il s'était empalé sur une branche pointue. D'après le légiste, il avait sans doute agonisé pendant vingt minutes avant de mourir.

Aujourd'hui encore, Brynn McKenzie était hantée par cette image.

Alors qu'elles quittaient la zone de pins pour pénétrer dans la forêt plus ancienne, plus dense et baignée d'obscurité, Brynn essaya de choisir le chemin le plus facile pour la cheville de Michelle. Mais les broussailles, les racines, les jeunes arbres enchevêtrés et le lierre les obligeaient à faire des détours. Parfois, elles n'avaient d'autre choix que se frayer un passage à travers la végétation.

Certaines zones étaient si sombres qu'elles les évitaient, de peur de ne pas voir un à-pic ou un marécage profond.

Des bruits leur rappelaient en permanence qu'elles n'étaient pas seules. Des chauves-souris passaient en sifflant à leurs oreilles, des chouettes ululaient. Brynn laissa échapper un petit cri lorsqu'elle posa le pied sur l'extrémité d'une côte de cerf, qui se dressa et lui cogna le genou. Elle s'écarta prestement de l'os blanchi et rogné. Le crâne de l'animal gisait à proximité.

Michelle regarda le squelette avec des yeux exorbités, sans réagir.

— Allons-y, dit Brynn. Ce ne sont que des os.

Elles continuèrent à progresser tant bien que mal dans cette jungle pendant une centaine de mètres. Soudain, Michelle trébucha, se retint à une branche pour ne pas tomber et grimaça.

— Qu'y a-t-il ?

Elle ôta son gant fin et regarda sa main. Deux épines s'étaient enfoncées et brisées dans sa paume. L'horreur envahit son regard.

— Ce n'est qu'un mûrier. Rien de grave. Laissez-moi voir.

— Non ! N'y touchez pas !

Brynn lui prit la main malgré tout et promena la flamme de l'allume-bougie au-dessus de sa peau pour examiner les deux minuscules blessures.

— Il faut les sortir pour éviter que ça s'infecte. Dans cinq minutes, vous ne sentirez plus rien.

Brynn ôta délicatement les épines pendant que Michelle gémissait et grimaçait, les yeux fixés sur les petites taches de sang qui grossissaient. Ensuite, Brynn prit le flacon d'alcool, imbiba le bout d'une chaussette et nettoya les blessures. Elle ne put s'empêcher de remarquer les ongles artistiquement peints de couleur sombre.

— Je vais le faire, dit Michelle.

Après s'être tamponné la paume, Michelle rendit la chaussette à Brynn et trouva dans sa poche un mouchoir en papier qu'elle appuya sur les deux points rouges. Quand elle le retira, ça ne saignait presque plus.

— Alors, ça va ?

— Oui. Vous avez raison, ça ne fait plus mal.

Elles reprirent leur chemin, dans la direction indiquée par Brynn.

Hart les pourchasserait, sans aucun doute, se disait-elle, et elles devaient demeurer vigilantes. Mais il ne pouvait pas savoir où elles allaient. Elles avaient pu partir dans n'importe quel sens, sauf vers la route au sud car elles auraient dû contourner les deux tueurs.

À chaque mètre parcouru, Brynn devenait plus confiante. Elle connaissait un peu cette forêt et savait où se trouvait la piste. Contrairement à leurs poursuivants. Et même s'ils décidaient de continuer dans cette direction, au hasard, ils se perdraient en moins de dix minutes.

De retour sur la rive du lac, près de la maison des Feldman, Hart consultait le GPS de son BlackBerry. Après quoi, il examina la carte de la région qu'il avait apportée.

— La Joliet Trail, annonça-t-il.

— C'est quoi, ça ?

— C'est là où elles vont.

— Ah, fit Lewis. Tu crois ?

— Oui, dit-il en brandissant la carte. On est ici… (Il indiqua un point sur la carte et fit glisser son doigt vers le nord.) Ce trait marron, c'est la piste. Elle va les conduire tout droit à ce poste de rangers, là.

Lewis avait la tête ailleurs. Il contemplait le lac.

— C'était rusé, ce qu'elles ont fait. Faut l'avouer.

Hart partageait cet avis. Leur brève excursion sur le lac avait révélé que les fugitives avaient disposé des gilets de sauvetage au fond du canoë pour leur donner l'apparence de deux corps recroquevillés, et poussé ensuite l'embarcation vers le large. Le cri après les coups de feu, ça aussi était très astucieux. Était-ce la voix de Brynn ou de Michelle ? se demanda-t-il. Brynn, certainement.

Hart n'était pas habitué à devoir rivaliser d'ingéniosité avec ses adversaires. Si une partie de lui-même appréciait ce défi, une autre partie, plus importante, aimait contrôler la situation. Les duels qu'il préférait étaient ceux dont il était plus ou moins convaincu qu'ils se concluraient à son avantage. C'était comme travailler l'ébène, un bois capricieux, dur et cassant, qui pouvait se fendre aisément et vous faire perdre plusieurs centaines de dollars. Mais si vous preniez votre temps, si vous étiez prudent, si vous saviez deviner les problèmes potentiels, le résultat était magnifique.

Quel genre de défi représentait Brynn McKenzie ?

Il sentait l'odeur de l'ammoniaque.

Il entendait les *bang, bang, bang* de son arme.

De l'ébène, évidemment.

Son bras endolori le poussait vers la même conclusion. Et Michelle, de quel bois était-elle faite ?

Cela restait à déterminer.

— Alors, tu envisages de leur courir après ? demanda Lewis.

Il cracha un long nuage de fumée.

— Ouais.

— Excuse-moi, Hart, mais c'est pas ce que j'avais prévu.

C'était un euphémisme.

— Tout a changé, reprit Lewis. Cette salope qui t'a tiré dessus et qui a essayé de me flinguer moi aussi. Le coup de la salle de bains, le piège avec l'ammoniaque. Si ça avait marché, l'un de nous serait aveugle. Et le coup de feu dans la baraque ? C'est passé tout près.

Je sais esquiver les balles...

Hart ne dit rien. Il n'était pas aussi remonté que Lewis. Ces deux femmes suivaient leur instinct, voilà tout. Comme cet animal qu'il avait aperçu. Elles ripostaient, forcément.

— Je vais te dire ce que je pense, ajouta Lewis. J'ai envie de foutre le camp d'ici. Cette femme est flic, Hart ! Et elle vit dans le coin. Elle connaît cet endroit. Elle va bientôt atteindre ce poste de rangers ou je sais pas quoi. Il y aura un téléphone là-bas. Il faut se tirer. On rentre à Milwaukee. Cette fille, Michelle, je sais pas qui c'est, mais elle va pas nous dénoncer. Elle est pas débile. (Il tapota la poche de son treillis, celle où se trouvait le petit sac à main avec le nom et l'adresse de la jeune femme.) L'autre, la flic, elle ne nous a pas bien vus. Alors, retour au Plan A. On marche jusqu'à la route et on pique une bagnole. Qu'est-ce que tu en dis ?

Hart grimaça.

— Hmmm. C'est tentant, Lewis. Sincèrement. Mais on ne peut pas.

— Eh bien, j'ai tendance à penser le contraire.

Lewis s'exprimait d'un ton moins agressif, plus raisonnable.

— On doit les retrouver.

— On doit ? Pourquoi ? C'est écrit quelque part ? Tu penses que j'ai la trouille, hein ? Absolument pas. Deux gonzesses ? C'est rien du tout. Je vais te raconter une histoire. J'ai braqué une banque à Madison, l'an dernier.

— Une banque ? Je ne me suis jamais fait de banque.

— On a empoché cinquante mille.

— Pas mal.

À l'échelle nationale, le butin moyen d'un braquage de banque s'élevait à trois mille huit cents dollars. Autre statistique connue de Hart : 97 % des braqueurs étaient arrêtés dans la semaine qui suivait.

— Ouais. Bref, y a un vigile qui a voulu jouer les héros. Il avait un deuxième flingue à la cheville.

— Sûrement un flic.

— C'est ce que j'ai pensé. Exactement. Il est sorti en tirant. J'ai couvert les autres. Pour l'obliger à se coucher. Je me suis même pas planqué. (Il rit et secoua la tête.) Un des gars de l'équipe, le chauffeur, flippait tellement qu'il a laissé tomber les clés de la bagnole dans la neige. Il a mis deux minutes à les retrouver. Mais pendant ce temps-là, j'ai tenu le vigile en respect. Je suis resté debout, même pour recharger, alors qu'on entendait des sirènes au loin. Et on a réussi à se tirer.

Il se tut pour laisser à Hart le temps de digérer tout ça.

Puis il reprit :

— Ce que je veux dire, c'est qu'il faut savoir tenir bon quand c'est nécessaire. Et foutre le camp quand il le faut. On s'occupera d'elles plus tard. (Il tapota de nouveau le sac dans sa poche.) Ça va mal finir, cette histoire. La donne a changé, répéta-t-il.

Un cri lugubre emplit l'air humide, un oiseau quelconque, devina Hart. Un gibier d'eau, une chouette ou un faucon ; il n'arrivait jamais à les différencier. Il s'accroupit et repoussa ses cheveux sur son front.

— Lewis, je pense que rien n'a changé, pas véritablement.

— Bien sûr que si. À l'instant même où elle a essayé de te buter, c'est devenu le merdier.

En disant cela, il hocha la tête en direction de la maison, avec un regard sceptique.

— Un merdier prévisible, dit Hart. On *aurait dû* le prévoir. Quand on fait un choix, quand on accepte ce boulot, par exemple, cela peut entraîner toutes sortes de conséquences. Les choses peuvent partir d'un côté ou de l'autre. Ou bien, comme ce soir, elles peuvent te revenir en pleine gueule…

Ou te tirer une balle dans le bras.

— Personne ne m'a obligé à mener ce genre de vie, reprit-il. Toi non plus. Mais on l'a choisie et ça veut dire qu'on doit penser à tout, on doit prévoir ce qui peut se passer et s'y préparer. Chaque fois que je fais un boulot, je planifie tout. Dans les moindres détails. Et je n'ai jamais de surprises. Généralement, le boulot en lui-même m'ennuie, je me suis tellement repassé le film dans ma tête.

On mesure deux fois, on coupe une seule fois.

— Ce soir, par exemple. J'ai prévu à 95 % ce qui pouvait arriver et je m'y suis préparé. Hélas, je ne me suis pas donné la peine de réfléchir aux 5 % restants, je n'ai pas pensé que Michelle allait se servir de moi pour s'entraîner au tir. J'aurais dû.

Le jeune type mince se balançait d'avant en arrière.

— Le Filou.

— Le quoi ? fit Hart.

— Ma grand-mère disait que quand un truc allait de travers, un truc qu'on n'avait pas prévu, c'était la faute du Filou. Elle avait trouvé ça dans un bouquin de mômes ou je sais pas quoi. Je m'en souviens plus. Le Filou cherchait à tout faire foirer. Comme le destin, Dieu, ou ce que tu veux. Sauf que le destin peut faire des trucs bien, parfois. Comme te filer un ticket de loto gagnant. Ou il t'oblige à t'arrêter au feu orange, alors que tu veux passer, et il t'évite d'être écrasé comme une crêpe par un camion-benne. Dieu, lui, il fait ce qui est juste, et tu as ce que tu mérites. Mais le Filou, il est juste là pour foutre le bordel. (Une fois encore, il désigna la maison d'un signe de tête.) Le Filou nous a rendu une petite visite ce soir.

— Le Filou.

Hart aimait bien cette idée.

— C'est comme ça la vie, ajouta Lewis. Pas vrai ? Des fois, tu laisses passer ces 5 %. Et alors ? Le mieux, c'est encore de foutre le camp d'ici, de laisser tout ça derrière nous.

Hart se redressa. Il grimaça lorsqu'il tendit involontairement son bras blessé pour assurer son équilibre. Il regarda le lac.

— À moi de te raconter une histoire, Lewis. Mon frère… plus jeune que moi…

— Tu as un frère ? (Lewis avait détaché son attention de la maison.) Moi, j'en ai deux.

— Nos parents sont morts à peu près en même temps. Quand j'avais vingt-cinq ans, mon frère en avait vingt-deux. J'étais un peu la figure paternelle, du coup. Enfin bref, déjà à l'époque on avait le même genre d'activités, si tu vois ce que je veux dire. Un jour, mon frère a dégoté un boulot, un truc facile. Il servait de coursier pour les loteries clandestines. Il allait chercher du fric et il l'apportait à quelqu'un. Un job normal, quoi. Des milliers de personnes font ça tous les jours, pas vrai ? Dans le monde entier.

— Exact.

Lewis était tout ouïe.

— Comme je n'avais rien sur le feu à ce moment-là, je lui filais un coup de main. Un jour, on passe prendre le fric…

— C'était à Milwaukee ?

— Non. On a grandi à Boston. On passe chercher le fric, donc, mais en fait, c'était un piège. Le type qui tenait la loterie voulait nous buter et faire en sorte que les flics découvrent les corps, des registres et une partie du fric. Comme ça, les enquêteurs penseraient qu'il avait mis la clé sous la porte.

— Vous étiez les dindons de la farce ?

— Ouais. Mais j'ai senti qu'un truc clochait, alors on a fait le tour de la baraque où on devait prendre le fric et là, on a vu les hommes de main. Mon frangin et moi, on a foutu le camp. Quelques jours plus tard, j'ai retrouvé les gars engagés pour nous buter et je me suis occupé d'eux. Mais le boss s'était volatilisé. On racontait qu'il s'était tiré au Mexique.

Lewis sourit.

— Il avait la trouille de toi.

— Au bout de six mois environ, j'ai arrêté de le chercher. Mais en vérité, il n'était jamais parti au Mexique. Il nous pistait depuis tout ce temps. Un jour, il se pointe devant mon frère et il lui explose la tête.

— Putain.

Hart demeura muet un moment.

— Vois-tu, Lewis. C'est pas lui qui a tué mon frère. C'est moi. C'est ma *paresse* qui l'a tué.

— Ta paresse ?

— Oui. Parce que j'ai cessé de rechercher ce fils de pute.

— Six mois, Hart ! C'est vachement long.

— Six mois ou six ans, peu importe. Soit tu fais quelque chose à fond, à 110 %. Soit tu ne fais rien. (Hart secoua la tête.) Bah, laisse tomber. C'est mon problème. C'est moi qu'on a engagé. Toi, tu n'es pas concerné. Certes, si tu venais avec moi, je considérerais cela comme un privilège, mais si tu veux retourner à Milwaukee, vas-y. Sans rancune.

Lewis continuait à se balancer. D'avant en arrière, d'avant en arrière.

— Je peux poser une question, Hart ?

— Bien sûr.

— Qu'est-ce qu'il est devenu, l'enfoiré qui a tué ton frère ?

— Il a profité de la vie pendant trois jours encore.

Lewis réfléchit longuement. Puis il émit un rire qui semblait dire : Et puis merde !

— Traite-moi de cinglé si tu veux, mais je te suis.

— Vrai ?

— Un peu, mon neveu !

— Merci, mec. Je suis très touché.

Ils se serrèrent la main. Puis Hart reporta son attention sur son BlackBerry, il déplaça le curseur sur le point le plus proche de la Joliet Trail et activa la fonction COMMENCER GUIDAGE. Les instructions s'affichèrent presque immédiatement.

— La chasse est ouverte.

Un homme frêle, d'une trentaine d'années, nommé James Jasons, était assis dans sa Lexus grise, légèrement cabossée. Il était garé sur le parking de la société de fret intermodal des Grands Lacs, au bord du lac Michigan à Milwaukee. Il regardait les grues décharger les containers des bateaux. Incroyable. Les grutiers soulevaient ces énormes caisses de métal comme de simples jouets et les déposaient avec précision sur le plateau d'un semi-remorque. Ces containers devaient peser vingt tonnes, peut-être plus.

Jasons était toujours impressionné par les démonstrations de savoir-faire, dans n'importe quel domaine.

Soudain, un grondement emplit la nuit. Une corne mugit et un train de marchandises de la Canadian Pacific passa à faible allure.

La porte du vieux bâtiment de brique s'ouvrit. Un type musclé, vêtu d'un pantalon gris froissé, d'une veste sport et d'une chemise bleue sans cravate, descendit l'escalier et traversa le parking. Jasons avait entendu dire que le responsable du service juridique de la société, Paul Morgan, travaillait souvent très tard.

Morgan continua à avancer sur le parking vers sa Mercedes. Jasons descendit de sa Lexus garée à trois emplacements de là. Il s'approcha de l'homme, les bras le long du corps.

— Monsieur Morgan ?

L'homme se retourna et toisa Jasons, qui faisait presque trente centimètres et cinquante kilos de moins que l'avocat.

— Oui ?

— On ne se connaît pas. Je travaille pour Stanley Mankewitz. Je m'appelle James Jasons.

Il lui tendit une carte de visite à laquelle Morgan jeta un rapide coup d'œil avant de la glisser dans une poche pour la jeter ensuite quand il passerait devant une poubelle.

— Je sais qu'il est tard, ajouta Jasons. Mais j'aimerais que vous m'accordiez une minute.

Le regard de Morgan balaya le parking. Ici ? Maintenant ? Un vendredi soir ? Il appuya sur le bouton de son porte-clés et les portières de la Mercedes se déverrouillèrent. *Clic.*

— Stanley Mankewitz n'a pas eu le cran de venir en personne ? Ça ne m'étonne pas.

Morgan s'assit au volant. La voiture s'affaissa sous son poids. Il ne ferma pas la portière. Il examina Jasons de la tête aux pieds, des chaussures fines au costume taille 36, en passant par le nœud serré de la cravate à rayures.

— Vous êtes avocat ?

— Je travaille au département juridique.

— Ah. C'est différent. Vous êtes allé à la fac de droit ?

— Oui.

— Où ça ?

— Yale. Dites-moi ce que veut votre noble chef et fichez le camp.

— Très bien, répondit Jasons d'un ton léger. Nous savons que votre société n'a pas apporté un très grand soutien à M. Mankewitz et au syndicat durant cette période difficile.

— Il s'agit d'une enquête fédérale, nom d'un chien ! Pourquoi est-ce que je le soutiendrais ?

— Vos employés sont membres de ce syndicat.

— Libre à eux.

— Concernant l'enquête… vous savez qu'aucune charge n'a été retenue. (Un sourire débonnaire apparut sur le visage de Jasons.) Quelqucs fonctionnaires s'intéressent à des allégations, rien de plus.

— Des fonctionnaires ? C'est le FBI ! Écoutez, je ne sais pas ce que vous cherchez. Nous sommes une entreprise honnête. Regardez… (Il tendit le bras vers les grues violemment éclairées.) Nos clients savent que nos ouvriers sont syndiqués et que le chef de ce syndicat, Stanley Mankewitz, fait l'objet d'une enquête. Résultat, ils craignent que *nous* soyons impliqués dans des activités illégales.

— Vous pouvez leur dire la vérité. M. Mankewitz n'a pas été inculpé de quoi que ce soit. Dans l'histoire de ce pays, tous les syndicats ont fait l'objet d'enquêtes à un moment ou un autre.

— Ce qui en dit long sur les syndicats, marmonna Morgan.

— Ou sur ceux qui n'aiment pas que les gens ordinaires se battent pour obtenir des salaires décents en échange d'un travail pénible, rétorqua Jasons, posément, en restant près de Morgan, malgré l'odeur d'ail qui s'échappait de son haleine. En outre, même si M. Mankewitz était reconnu coupable d'un délit quelconque, ce qui est hautement improbable, je suis persuadé que vos clients sauraient faire la différence entre un homme et son organisation. Après tout, Enron était composé à 99 % d'honnêtes employés et de quelques brebis galeuses.

— Écoutez, monsieur Jasons… Jasons ? Avec un *s* ? Je crois que vous ne comprenez pas. Avez-vous déjà entendu parler de la loi sur la Sécurité intérieure ?… Notre métier consiste à transporter des containers. Le moindre soupçon concernant les personnes avec lesquelles nous sommes en relation et, aussitôt, on parlera d'anthrax dans nos entrepôts, d'engins nucléaires ou je ne sais quoi. Nos clients iront voir ailleurs. Et vos chers employés qui travaillent si dur perdront leur putain de boulot. Je répète ma question : qu'est-ce que vous voulez ?

— Juste quelques informations. Rien d'illégal, de top secret ou de sensible. Deux ou trois points techniques, c'est tout. Je les ai notés.

Une feuille de papier apparut dans la main gantée de Jasons. Il la tendit à Morgan.

— Rien de sensible, je vous le répète. Voyez par vous-même.

Morgan laissa la feuille flotter jusqu'à l'asphalte humide.

— Ah.

Morgan observa de près le visage fin et souriant de Jasons. Et il éclata de rire en promenant sa main dans ses cheveux noirs clairsemés.

— On est dans *Les Soprano*, hein ? Mais au lieu d'envoyer Paulie ou Chris pour faire le sale boulot, Mankewitz choisit un petit avorton de votre espèce ? C'est ça, la tactique ? Vous allez pleurnicher jusqu'à ce que je cède ? (Il se pencha en avant, en riant de nouveau.) Je pourrais vous tabasser d'une seule main. D'ailleurs, ça me démange. J'ai bien envie de vous renvoyer à votre patron avec le nez cassé.

— Je suis sûr que je ne ferais pas le poids, monsieur Morgan. Je ne me suis pas battu depuis vingt ans, je crois. Dans la cour du lycée. Et j'ai reçu une sacrée raclée.

— Vous ne méritez pas que je me fatigue. C'est quoi, la prochaine étape ? Les gros bras vont se pointer avec des barres de fer ? Vous pensez que ça me fait peur ?

— Non, non, personne d'autre ne va venir. Juste moi, ici, maintenant. Je viens vous demander de nous aider. Je ne reviendrai pas. Plus personne ne vous embêtera.

— Eh bien, je refuse de vous aider. Maintenant, foutez le camp de notre site.

— Merci de m'avoir accordé un peu de votre temps, monsieur Morgan.

Jasons s'éloigna, puis il fronça les sourcils, comme s'il repensait à quelque chose et il dressa l'index au moment où le juriste allait refermer sa portière.

— Oh, juste une chose. Pour vous rendre service. Vous êtes au courant pour demain matin ?

Paul Morgan mima l'exaspération.

— *Quoi* demain matin ?

— Les travaux publics vont commencer un chantier dans Hanover Street. Un samedi, vous vous rendez compte ? À huit heures et demie ! Je vous conseille de trouver un autre itinéraire si vous voulez être à l'école à dix heures.

— Hein ?

La main sur la poignée de la portière entrouverte, Morgan s'était figé, le regard fixé sur Jasons.

— Pour le concert, dit le petit homme frêle avec un sourire bienveillant. Je trouve ça super que des parents s'intéressent aux activités de leurs enfants. C'est rare. Et je suis sûr que Paul Junior et Alicia s'en réjouissent eux aussi. Je sais qu'ils travaillent beaucoup. Surtout Alicia. Tous les jours après les cours, dans la salle de répétitions, de trois heures à quatre heures et demie… Impressionnant. Voilà pourquoi je voulais vous prévenir au sujet des travaux. Sur ce, je vous souhaite une bonne soirée, monsieur Morgan.

Jasons se retourna et regagna sa Lexus, en estimant à 10 % les risques de se faire tabasser. De fait, il monta dans sa voiture sans incident et démarra.

Quand il jeta un coup d'œil dans le rétroviseur, la Mercedes de Morgan avait disparu.

La feuille de papier aussi.

Sa première mission de la soirée était terminée. La deuxième maintenant. Son estomac grogna encore une fois, mais il se dit qu'il ferait mieux de se mettre en route immédiatement. D'après les indications, il lui faudrait plus de deux heures pour atteindre le lac Mondac.

Autour de Brynn et de Michelle, le sol était détrempé et elles devaient faire attention à ne pas marcher sur ce qui ressemblait à un tapis de feuilles mais n'était en fait qu'une fine couche masquant un marécage profond. Les cris incessants et perçants des grenouilles tapaient sur les nerfs de Brynn car ils pouvaient couvrir des bruits de pas.

Elles marchèrent pendant une vingtaine de minutes dans un silence tendu, en empruntant les passages les plus dégagés, aspirées de plus en plus profondément dans le labyrinthe décourageant de la forêt. Elles descendirent dans un fossé envahi de ronces, de trilliums, d'oignons sauvages et d'une douzaine d'autres plantes qu'elle ne connaissait pas. Au prix d'un effort considérable, elles réussirent à gravir la pente opposée.

C'est là que Brynn s'aperçut qu'elles étaient perdues. Totalement perdues.

Si elles avaient été plus haut, elles auraient eu une meilleure vision de la direction à suivre : droit vers le nord jusqu'à la Joliet Trail. Brynn avait utilisé certains points de repère – un sommet, un ruisseau, des chênes aux formes particulières – mais des parois rocheuses et des blocs de végétation compacts ou épineux les avaient obligées à descendre de plus en plus bas. Et toutes leurs balises avaient disparu. Elle se souvenait des paroles de son instructeur dans les cours de procédure tactique : si l'on plaçait une personne dans un environnement inconnu, sans repères reconnaissables, elle serait totalement désorientée en moins de trente-cinq minutes. Brynn le croyait aisément, mais elle n'imaginait pas que l'abondance de repères pouvait se révéler aussi problématique que leur absence.

— Vous faisiez des balades, par ici, avec vos amis ?

— Je n'aime pas les balades, répondit Michelle avec mauvaise humeur. Et je ne suis allée chez eux qu'une ou deux fois.

Brynn regarda lentement autour d'elle.

— Je croyais que vous saviez où vous étiez, marmonna Michelle.

— Je le croyais aussi, répliqua-t-elle sans parvenir à masquer son irritation.

— Dans ce cas, trouvons de la mousse. Elle pousse sur le côté nord des arbres. On apprend ça à l'école.

— Pas toujours, dit Brynn. Elle pousse là où c'est le plus humide, et c'est *généralement* au nord des arbres et des pierres, en effet. Mais seulement s'il y a suffisamment de soleil pour sécher le côté sud. Dans une forêt profonde comme celle-ci, la mousse pousse partout. (Elle tendit le doigt.) Essayons par là.

Elle se demanda si elle avait choisi cette direction car elle lui paraissait moins intimidante, la végétation moins infranchissable. Michelle lui emboîta le pas sans enthousiasme, en prenant appui sur sa béquille en bois de rose verni.

Peu de temps après, Brynn s'arrêta de nouveau. Elle était encore plus perdue que dix minutes plus tôt, si cela était possible.

On ne peut pas continuer comme ça.

Soudain, une idée lui vint. Elle demanda à Michelle :

— Vous avez une aiguille ?

— Une quoi ?

— Une aiguille ou une épingle. Une épingle à nourrice peut-être.

— Pourquoi aurais-je une aiguille ?

— Vous en avez une, oui ou non ?

La jeune femme tapota son blouson.

— Non. Pour quoi faire ?

Son insigne ! Brynn le sortit de sa poche. *Bureau du shérif du comté de Kennesha.* Chromé. Elle le retourna pour examiner le fermoir.

Est-ce que ça pouvait marcher ?

— Venez.

Elle entraîna Michelle vers un ruisseau tout proche et se mit à genoux. Puis elle entreprit de déblayer un épais matelas de feuilles mortes, en disant :

— Trouvez-moi des pierres. De la taille d'un pamplemousse environ.

— Des pierres ?

— Dépêchez-vous.

Michelle grimaça, mais commença à arpenter la rive pour ramasser des pierres, pendant que Brynn dégageait un espace au sol. La terre était glacée ; elle sentait le froid pénétrer dans ses genoux. La douleur fit son apparition. De sa poche, elle sortit l'alcool à 90, le couteau de cuisine et l'allume-bougie. Elle les déposa par terre devant elle, à côté de l'insigne.

Michelle revint en boitant, avec quatre ou cinq pierres. Brynn n'en avait besoin que de deux. Elle avait oublié de le préciser.

— Qu'est-ce que vous faites ?

— Une boussole.

Cela figurait dans le manuel de survie édité par la police de l'État. Brynn l'avait lu attentivement et pensait s'en souvenir suffisamment bien pour fabriquer cet instrument.

— Comment vous allez faire ?

Le principe était simple. Avec un marteau, vous frappez sur une épingle ou une aiguille, ce qui a pour effet de la magnétiser. Ensuite, vous la posez sur un morceau de liège qui flotte dans une assiette remplie d'eau. L'aiguille s'aligne sur le nord et le sud. Facile. Hélas, elle n'avait pas de marteau sous la main. Elle devrait utiliser la lame du couteau, seul objet métallique en leur possession.

À genoux, Brynn posa une pierre devant elle. Elle essaya de casser l'épingle de son insigne en la tordant. Mais celle-ci refusait de céder, elle était trop épaisse.

— Merde.

— Essayez de la couper avec le couteau, suggéra Michelle. Ou tapez dessus avec une pierre.

Brynn ouvrit l'aiguille au maximum, la posa sur la pierre et appuya la lame à la base. Tenant le couteau dans la main gauche, elle tapota dessus avec une autre pierre. Elle ne parvint même pas à faire une entaille.

— Il faut taper plus fort, dit Michelle, fascinée par ce projet.

Brynn recommença. Cette fois, la lame produisit une légère éraflure, avant de glisser sur le métal chromé. Impossible de tenir le couteau et l'insigne et de taper en même temps.

Elle tendit la pierre à Michelle.

— Allez-y. À deux mains.

La jeune femme prit la deuxième pierre, le « marteau », qui pesait sept ou huit kilos.

Brynn tenait toujours dans sa main gauche le manche en bois du couteau. Elle referma sa paume autour de l'insigne et, avec ses doigts, elle pinça l'extrémité de la lame, près de la pointe.

— Je ne peux pas, dit Michelle. Vos mains me gênent.

Elle disposait d'une surface d'environ quinze centimètres sur le haut de la lame. Si elle loupait son coup, elle risquait de broyer les mains de Brynn. Ou de faire déraper le couteau, qui lui entaillerait la peau.

— On n'a pas le choix.

— Je vais vous casser les doigts.

— Allez-y. Frappez d'un coup sec. Allez !

Michelle inspira profondément. Elle souleva la pierre. Le visage déformé par une grimace, elle souffla et abattit la pierre.

Brynn ne cilla pas.

Clac.

Michelle tapa en plein sur la lame ; celle-ci s'enfonça dans le métal et sectionna un bout d'épingle d'environ cinq centimètres.

Qui s'envola et disparut dans un océan obscur de feuilles mortes près du ruisseau.

— Oh, non ! s'écria Michelle en se précipitant.

— Ne bougez pas, chuchota Brynn.

A priori, leur précieux trophée avait atterri à la surface, mais il suffirait d'un pas pour l'enfoncer au milieu des feuilles, à tout jamais.

— Elle n'a pas pu aller bien loin.

— Il faisait trop nuit. Je ne vois rien. Merde !

— Chut ! fit Brynn.

Elles devaient supposer que Hart et son complice étaient toujours à leurs trousses.

— On a besoin du briquet.

Brynn se pencha vers l'amas de feuilles. Michelle avait raison. Dans l'éclat de la demi-lune, fragmenté par un millier de branches et de feuilles qui s'y accrochaient obstinément, il était impossible de voir l'épingle. Mais la flamme brillerait comme un projecteur au sommet d'un gratte-ciel.

Une fois de plus, le leitmotiv de la soirée s'imposa : pas le choix.

— Tenez. (Brynn donna l'allume-bougie à Michelle.) Faites le tour.

Elle montra l'autre côté du tas de feuilles.

— Éclairez au ras du sol.

Michelle prit place en boitillant.

— Prête ? murmura-t-elle.

— Allez-y.

Un déclic et la flamme jaillit. Bien plus vive que Brynn l'avait imaginé. N'importe qui dans un rayon de cent mètres avait pu la voir.

Penchée en avant, elle examina le sol en avançant à quatre pattes, prudemment.

Là ! Quelque chose brillait. C'était quoi ? Tout doucement, elle tendit la main et ramassa une minuscule brindille couverte de fiente.

L'espoir suivant n'était qu'un éclat de mica à l'intérieur d'une pierre.

Mais finalement, Brynn repéra un scintillement argenté dans l'obscurité, sur une feuille de chêne recourbée. Elle prit soigneusement l'épingle, entre le pouce et l'index.

— Éteignez.

La nuit s'abattit aussitôt, encore plus profonde pour leurs yeux aveuglés par la flamme. Brynn sentit croître son sentiment de vulnérabilité. Les deux hommes pouvaient marcher droit sur elles, elle ne les verrait pas approcher. Seuls le craquement d'une branche ou un bruissement de feuilles pourraient les trahir.

Michelle s'accroupit.

— Je peux vous aider ?

— Pas tout de suite.

La jeune femme s'assit en tailleur et sortit ses crackers. Elle les proposa à Brynn qui en mangea plusieurs. Après quoi, elle entreprit de tapoter sur l'épingle avec le dos de la lame. À deux reprises, elle se tapa sur le doigt et grimaça. Mais elle continua, sans même faire une pause. Comme la flamme de l'allume-bougie, le *tinc tinc tinc* du métal contre le métal semblait annoncer leur position à des kilomètres à la ronde.

Après une éternité de cinq minutes, elle dit :

— Essayons. Il me faut du fil. Quelque chose de fin.

Elles tirèrent sur un fil de la couture de l'anorak de Brynn et s'en servirent pour attacher l'épingle à un bout de brindille.

Brynn vida ensuite le flacon d'alcool à 90 et le remplit d'eau à moitié ; elle introduisit la brindille et l'épingle à l'intérieur et reposa le flacon à plat. Elle actionna la mollette de l'allume-bougie. Les deux femmes regardèrent fixement le flacon. Le bout de bois pivota lentement vers la gauche, puis s'immobilisa.

— Ça marche ! s'exclama Michelle.

Sur son visage apparut son premier véritable sourire.

Brynn la regarda et sourit à son tour. Merde, alors, se dit-elle, c'était vrai. Ça marchait.

— Mais quel bout désigne le nord ? demanda Michelle.

— Par ici, le relief le plus élevé se trouve généralement à l'ouest. À gauche, donc.

Elles éteignirent l'allume-bougie et une fois que leurs yeux se furent de nouveau habitués à l'obscurité, Brynn montra une colline au loin.

— Le nord est par là. Allons-y.

Elle vissa le bouchon du flacon et le glissa dans sa poche, avant de ramasser sa lance. Elles se remirent en marche.

Elles s'arrêtaient régulièrement pour vérifier le cap. Tant qu'elles continuaient vers le nord, elles étaient sûres de traverser la Joliet Trail à un moment ou un autre.

C'était étrange, songeait-elle, de voir à quel point la fabrication de ce petit gadget l'avait réconfortée. Kristen Brynn McKenzie était une femme dont le pire ennemi, la pire crainte, était l'absence de contrôle. Au début de la nuit, elle n'avait rien, ni arme ni téléphone ; elle était ressortie en rampant d'un lac noir, trempée jusqu'aux os, impuissante. Mais maintenant, avec une lance à la main et une boussole dans la poche, elle se sentait aussi invincible qu'un personnage dans une des bandes dessinées de Joey.

La Reine de la Jungle.

La danse.

C'était le mot employé par Hart. Cela faisait partie du boulot et il savait s'y prendre. Après tout, c'était un homme de métier.

Un mois plus tôt. Assis dans une cafétéria – jamais dans un bar, il fallait garder la tête sur les épaules –, il avait levé les yeux en entendant la voix :

— Alors, Hart, comment ça va ?

Une poignée de main ferme.

— Bien. Et vous ?

— Ça peut aller. Écoutez-moi. Je voudrais recruter quelqu'un. Un boulot, ça vous intéresse ?

— Je ne sais pas. Peut-être. Comment vous avez connu Gordon Potts ? Ça fait longtemps ?

— Pas très.

— Comment vous l'avez rencontré ? avait demandé Hart.

— Par un ami commun.

— Qui ça ?

— Freddy Lancaster.

— Oh, Freddy. Comment va sa femme ?

— Difficile à dire, Hart. Vu qu'elle est morte il y a deux ans.

— Ah oui, c'est vrai. J'ai une très mauvaise mémoire. Freddy se plaît à St Paul ?

— St Paul ? Il vit à Milwaukee.

— Toujours cette foutue mémoire.

La Danse. Elle se poursuivait, encore et encore. Il le fallait.

Deux rendez-vous plus tard, les références avaient été vérifiées, le risque de piège réduit au minium, la danse s'arrêtait et ils abordaient les détails.

— C'est une grosse somme.

— En effet, Hart. Alors, ça vous intéresse ?

— Continuez.

— Voici une carte de la région. C'est une voie privée. Lake View Drive. Là, c'est un parc national. Tout ça. Il n'y a quasiment personne dans les environs. Voici un plan de la maison.

— OK... Cette voie privée, elle est pavée ou en terre ?

— En terre... Hart, on me dit que vous êtes un crack. C'est vrai ? Il paraît que vous êtes un homme de métier.

— Qui dit ça ?

— Des gens.

— Oui, je suis un homme de métier.

— Je peux vous poser une question ?

— Oui.

— Je m'interroge. Pourquoi faites-vous ce boulot ?

— Ça me convient, avait-il répondu simplement.

— On dirait.

— Bon. Quel est le niveau de risques ?

— Le quoi ?

— Est-ce un travail dangereux ? Combien y aura-t-il de personnes ? Seront-elles armées ? La police est-elle loin ? C'est une maison au bord d'un lac, les autres maisons de Lake View sont-elles occupées ?

— Ce sera un jeu d'enfant, Hart. Quasiment aucun risque. Les autres maisons seront vides. Et ils ne seront que tous les deux, les Feldman. Aucun garde forestier dans le parc et aucun flic des kilomètres à la ronde.

— Ils ont des armes ?

— Vous plaisantez ? Ce sont des citadins. Elle est avocate, lui travailleur social.

— Uniquement les Feldman, personne d'autre ? Ça change beaucoup de choses.

— D'après mes informations. Et c'est du solide. Ils ne seront que tous les deux.

Hart et Lewis avançaient maintenant au milieu du parc national Marquette. Ils durent contourner un dangereux bosquet d'épineux qui ressemblait à une plante sortie d'un film de science-fiction.

Oui, c'est ça, rien que tous les deux, se répéta Hart avec aigreur. En sentant la douleur dans son bras.

Il était en colère contre lui-même.

Il avait tout prévu à 95 %.

Il aurait dû atteindre 110 %.

Au moins, ils savaient qu'ils suivaient le bon chemin. À environ un kilomètre de là, ils avaient trouvé un bout de mouchoir en papier taché de sang. Il ne devait pas être là depuis plus d'une demi-heure. Hart s'arrêta et regarda autour de lui pour s'orienter.

— On se débrouille bien. C'est beaucoup plus dur sans la lune. Mais on a eu de la chance. Quelqu'un veille sur nous.

Le Filou...

— Quelqu'un... Tu y crois à ça ? demanda Lewis, comme si lui y croyait.

Pas Hart. Mais ce n'était pas le moment de parler théologie.

— J'aimerais qu'on marche un peu plus vite. Quand elles atteindront la piste, elles vont peut-être se mettre à courir. On va devoir en faire autant.

— Courir ?

— Oui. Sur terrain lisse, on aura l'avantage. On ira plus vite.

— Parce que c'est des femmes, tu veux dire ?

— Exact. Et il y en a une qui est blessée. La douleur, ça ralentit les gens.

Il s'arrêta de nouveau et regarda sur leur droite. Puis, penché au-dessus de la carte, il l'étudia attentivement à la lumière de la lampe électrique, dont il avait masqué le verre avec son T-shirt.

Il tendit le doigt.

— C'est une tour de guet ?

— Une quoi ?

— Les rangers s'en servent pour repérer les feux de forêt. C'est un des endroits où je pensais qu'elles pourraient aller.

— Où ça ?

— Sur cette arête.

Ils regardaient une structure située à un peu plus de cinq cents mètres. Il s'agissait d'une sorte de tour, en effet, mais à travers les arbres, ils ne pouvaient pas dire si c'était une antenne radio ou autre chose.

— Possible, dit Lewis.

— Tu les aperçois ?

Maintenant que leurs yeux étaient habitués à l'obscurité, la demi-lune leur apportait un éclairage satisfaisant, mais le ravin qui les séparait de la tour de guet était sombre, et au fond, la voûte des arbres offrait une couverture parfaite.

Il était logique qu'elles se dirigent vers cette tour, plutôt que vers la piste ou le poste des rangers. Après un moment de réflexion, Hart prit le risque de balayer le sol avec la lampe. Même si les deux femmes se trouvaient à proximité, elles avançaient en leur tournant le dos et elles ne verraient pas la lumière.

Soudain, un bruissement de feuilles leur fit dresser l'oreille ; ils se retournèrent prestement en direction du bruit.

Six yeux rougeoyants les regardaient.

Lewis éclata de rire.

— Des ratons laveurs.

Trois gros mammifères raclaient avec leurs pattes un objet qui brillait sur le sol

— C'est quoi, ce truc ?

Lewis trouva une pierre et la lança en directions des ratons laveurs.

Ils décampèrent en poussant des sifflements féroces.

Hart et Lewis s'approchèrent et découvrirent que les animaux se disputaient de la nourriture. On aurait dit un paquet de crackers.

— C'est à elles ?

Hart ramassa un biscuit et le cassa en deux, avec un petit bruit sec. Encore frais. Il examina le sol. Apparemment, les deux fugitives s'étaient arrêtées là : il apercevait des empreintes de genoux et de pieds. Puis elles avaient continué vers le nord.

— Ah, les femmes, railla Lewis. S'arrêter pour pique-niquer !

Hart doutait qu'elles aient voulu se reposer. Ce n'était pas le genre de Brynn. L'une des deux avait peut-être besoin de soins ; il lui semblait sentir une odeur d'alcool à 90. Quoi qu'il en soit, le plus important c'était qu'elles n'avaient pas pris la direction de la tour de guet. Elles se dirigeaient vers la piste.

Il consulta son GPS et pointa le doigt droit devant.

— Par là.

— Mate un peu ce buisson, dit Lewis.

Hart plissa les yeux. Quand la lune était masquée par des branches ou un nuage, la forêt devenait aussi noire qu'une caverne. Il aperçut enfin ce que lui montrait son compagnon.

— C'est quoi ?

— Du sumac vénéneux. Une saloperie. Mais tout le monde n'est pas allergique. Les Indiens, par exemple.

— Ils n'y sont pas sensibles ?

— Non. Que dalle. Peut-être que tu n'es pas allergique, toi non plus, mais je te déconseille de prendre le risque.

Hart ignorait tout ça.

— Tu as été scout, ou quoi ?

Lewis ricana.

— C'est curieux, j'y avais pas repensé depuis des années. Oui, j'ai été scout. Enfin, pas vraiment. Disons que j'ai participé à quelques camps, puis je me suis tiré. Mais je connais le sumac vénéneux parce que mon frangin m'a poussé dans un buisson, une fois. J'ai morflé. Depuis, j'ai jamais oublié à quoi ça ressemble.

— Tu disais que tu en avais deux. Des frères.

— C'était le plus âgé, forcément. J'étais au milieu.

— Il savait que c'était du sumac vénéneux ?

— Je pense pas. Mais je me suis toujours posé la question.

— Tu as dû en baver, Lewis.

— Ouais. Oh, au fait. Mes potes m'appellent Comp. Tu peux en faire autant.

— OK, Comp. Ça vient d'où, ce nom ?

— De la ville où vivaient mes parents quand je suis né. Compton. Dans le Minnesota. Mes parents trouvaient que ça faisait… distingué. (Il ricana.) Comme s'il y avait des gens distingués dans ma famille. Quelle rigolade. Mais mon père a quand même essayé, faut le reconnaître. Les tiens, ils sont morts tous les deux ? Tes parents ?

— Exact.

— Désolé.

— C'était il y a longtemps.

— N'empêche.

Ils continuèrent à avancer au milieu des fourrés denses, en silence, pendant au moins trois kilomètres, leur sembla-t-il, alors qu'en réalité, ils avaient dû parcourir cinq cents mètres au maximum. Hart consulta sa montre. OK, décida-t-il. Le moment était venu.

Il sortit le portable qu'il avait rangé dans sa poche. Il appuya sur la touche ON et l'appareil se livra à l'habituel rituel électronique. Il régla la sonnerie en position vibreur. Puis il fit défiler la liste des appels récents. Le premier venait de « Domicile ». La communication avait duré dix-huit secondes. Juste assez pour laisser un message, pas plus.

Il se demanda combien de temps il faudrait avant que…

Une lumière clignota et l'appareil bourdonna.

Hart tapota le bras de Lewis et lui fit signe de s'arrêter. Puis il posa son index sur ses lèvres.

Lewis hocha la tête.

Hart prit l'appel.

Graham sentit des frissons lui parcourir le cuir chevelu quand le portable de Brynn se mit à sonner, au lieu de le renvoyer immédiatement sur la boîte vocale.

Un déclic. Il entendit le bruissement du vent. Les frissons cessèrent, mais son cœur prit le relais en battant furieusement.

— Brynn ?

— Ici l'officier Billings, dit une voix faible.

Graham fronça les sourcils et se tourna vers Anna.

— Allô ? fit la voix.

— Euh… Je suis Graham Boyd, le mari de Brynn McKenzie.

— Oh, oui, bien sûr. Le sergent McKenzie.

— Elle va bien ?

— Oui, m'sieur. Elle va bien. Elle m'a confié son portable.

Le soulagement submergea Graham.

— J'ai essayé de la joindre toute la soirée.

— La réception est très mauvaise par ici. Ça va, ça vient. À vrai dire, j'ai été surpris quand son téléphone a sonné.

— Elle devrait être rentrée depuis longtemps.

— Oh. (L'homme semblait embêté.) Elle a dit qu'elle allait vous appeler.

— Elle l'a fait. Mais dans son message, elle disait qu'elle rentrait. C'était une fausse alerte, ou quelque chose comme ça.

— Elle devait vous rappeler. Sans doute que ça ne passait pas. En fait, il se trouve que ce n'était pas une fausse alerte. Il s'agissait d'une dispute conjugale, une sale histoire. Le mari a essayé de minimiser la chose au téléphone. C'est fréquent. Le sergent McKenzie est en train de discuter avec l'épouse, pour essayer de lui soutirer des informations sur ce qui s'est passé.

Le soulagement était si intense que Graham sentait son goût dans sa bouche. Il sourit et adressa un hochement de tête à sa belle-mère.

Billings enchaîna :

— Elle m'a laissé son téléphone pour ne pas être dérangée. Elle essaye de calmer la situation. Elle est très douée pour ça. D'ailleurs, c'est pour cette raison que le capitaine tenait à ce qu'elle reste. Oh… attendez un instant, m'sieur… Oui ?… Où est Ralph ?… Oh, OK… (L'officier revint en ligne.) Désolé, m'sieur.

— Savez-vous si elle en a encore pour longtemps ?

— On doit attendre l'arrivée des services de protection de l'enfance.

— Au lac Mondac ?

— À proximité. Ça peut prendre plusieurs heures. On a un problème avec le gamin. Le mari va passer la nuit en prison. Au minimum.

— Plusieurs heures ?

— Oui, m'sieur. Je lui demanderai de vous appeler dès qu'elle aura une minute.

— OK. Merci.

— De rien.

— Bonsoir.

Graham raccrocha.

— Alors ? demanda Anna, et il lui expliqua la situation.

— Une querelle conjugale ?

— Ça semble être du sérieux. Le mari va aller en prison. (Graham s'assit dans le canapé, les yeux fixés sur l'écran de la télé.) Mais pourquoi est-ce que c'est *elle* qui s'occupe de ça ?

Il n'attendait pas de réponse. Mais il avait remarqué que le bruit des aiguilles à tricoter s'était arrêté et qu'Anna avait levé les yeux de son ouvrage, une écharpe dans trois teintes de bleus. Très jolie.

— Graham, vous savez que Brynn a un problème au visage ?

— Sa mâchoire ? Oui, bien sûr, l'accident de voiture.

Il ne comprenait pas où elle voulait en venir.

La vieille femme avait posé ses yeux gris sur lui. C'était une des caractéristiques d'Anna McKenzie. Aussi réservée, polie et bien élevée soit-elle, elle vous regardait toujours droit dans les yeux.

— L'accident, répéta-t-elle à voix basse. Donc, vous ne savez pas.

Encore un nid de guêpes, Graham le sentait.

— Continuez.

— Je pensais qu'elle vous en avait parlé.

Ce mensonge, quel qu'il puisse être, l'inquiétait et lui faisait mal. En même temps, il n'était pas extrêmement surpris.

— Je vous écoute.

— Keith l'a frappée, il lui a fracturé la mâchoire.

— Quoi ?

— Ils la lui ont immobilisée pendant trois semaines.

— Nom de Dieu. À ce point-là ?

— C'était un type costaud… N'en voulez pas à Brynn si elle ne vous a rien dit. Elle était gênée, honteuse. Elle n'en a parlé à personne ou presque.

— Elle disait que Keith était coléreux. Elle ne m'a jamais raconté qu'il la frappait.

— Coléreux ? C'est exact. Son problème, c'était qu'il n'arrivait pas à se contrôler. Pour certains, c'est l'alcool, pour d'autres le jeu. Lui, il ne se contrôlait plus. C'était effrayant. J'ai assisté à ça deux ou trois fois.

— Que s'est-il passé, au juste ?

— Le soir où il a frappé Brynn ? Je suis sûre que c'est parti d'un rien. Comme toujours. C'était ça le plus effrayant. Une panne d'électricité juste avant un match à la télé, l'épicerie du coin qui n'avait plus sa marque de bière préférée, Brynn qui lui annonçait qu'elle allait reprendre son travail à mi-temps quand Joey serait un peu plus grand. Pour une raison quelconque, il s'emportait.

— Je l'ignorais.

— Bref… la violence conjugale, c'est un sujet qui la concerne.

— Elle traite souvent ces problèmes, en effet. Mais j'ai toujours cru que c'était Tom Dahl qui voulait confier ça à une femme.

— Non. Elle se porte volontaire.

— Qu'a-t-elle fait ? Quand Keith l'a frappée ?

— Elle n'a pas porté plainte, si c'est ce que vous voulez savoir. Je crois qu'elle s'inquiétait pour Joey.

— Il a recommencé ?

— Non. Ou alors, elle ne m'a rien dit.

Frapper la personne avec qui vous êtes marié. Il n'arrivait pas à le concevoir. D'ailleurs, frapper qui que ce soit, sauf en cas de légitime défense, lui semblait inimaginable.

Graham rapprochait cette information d'autres incidents survenus dans le passé, de certains propos de sa femme, de son comportement. Des dizaines de fois, il l'avait vue se toucher la mâchoire le matin. Et il lui arrivait de se réveiller, en gémissant, trempée de sueur. Ses sautes d'humeur, sa tendance à être sur la défensive.

Son besoin de garder le contrôle…

Il la revit promenant sa main sur le contour irrégulier de sa mâchoire pendant qu'ils dînaient ou regardaient la télé assis dans le canapé vert.

Il revint s'asseoir et dit :

— Brynn ne savait pas ce qui se passait au lac Mondac avant d'y arriver. Elle est peut-être restée là-bas ce soir à cause d'une dispute conjugale, mais ce n'est pas pour cette raison qu'elle s'est portée volontaire. Voilà ce que je veux savoir.

— Je pense que les réponses sont quasiment les mêmes, Graham.

Le cliquetis des aiguilles à tricoter reprit.

Elles s'arrêtèrent pour consulter la boussole, comme elles le faisaient tous les cinq cents mètres environ.

Elles procédaient toujours de la même façon : elles s'agenouillaient, posaient le flacon d'alcool à plat et attiraient leur embarcation métallique vers le centre de son minuscule océan, où il leur indiquait le nord. Cette boussole pouvait leur sauver la vie. Brynn était stupéfaite de voir avec quelle facilité elles auraient pu s'égarer, en étant convaincues de suivre la bonne direction.

Michelle demanda :

— Comment vous avez appris à fabriquer ce truc ? (D'un petit mouvement du menton elle montra la boussole que Brynn rangeait dans sa poche.) Vous avez des enfants ? C'était pour l'école ?

— J'ai suivi un cours d'orientation. Mais il se trouve que j'ai un fils aussi.

Michelle sembla s'animer tout à coup.

— Quel âge a-t-il ?

— Douze ans.

— J'adore les enfants. Comment s'appelle-t-il ?

— Joseph.

— C'est biblique.

— Oui, je crois. C'est le prénom de l'oncle de son père.

— C'est un gentil garçon ?

— Oh, oui. (Un moment d'hésitation.) Même si parfois, il dépasse les bornes.

Brynn raconta l'incident de skateboard survenu le jour même et évoqua les problèmes de Joey à l'école. Michelle l'écouta avec intérêt… et compassion. Brynn demanda :

— Votre mari et vous avez des enfants ?

— Pas encore. Nous avons des vies assez chargées.

— Vous disiez que vous étiez actrice ?

Sourire timide.

— Je fais des petites choses pour l'instant. Des publicités, du théâtre amateur. Mais je vais entrer chez Second City. La fameuse troupe d'improvisation. J'ai reçu deux ou trois coups de fil. Et je dois auditionner pour participer à la tournée de *Wicked*.

Brynn écouta la jeune femme lui parler de ses objectifs, et elle en conclut que c'était une dilettante. Apparemment, elle passait d'un moyen d'expression à un autre, en espérant tomber sur celui qui lui convenait. Et qui soit plus facile que les autres. Elle ne fut donc pas étonnée d'apprendre que Michelle s'essayait également à la dramaturgie, mais elle avait décidé récemment que la voie du succès passait par les films indépendants. Elle envisageait de trouver un boulot à Los Angeles pour rencontrer des gens dans l'industrie du cinéma.

Elles gravissaient la colline maintenant et, essoufflées, elles durent cesser de parler, tandis qu'elles parcouraient péniblement les cinq cents mètres suivants.

Elles auraient déjà dû tomber sur la Joliet Trail, pensait Brynn. Elle ne pouvait pas être aussi loin. Mais à cause de la densité de la végétation, elle n'aurait su dire à quelle vitesse elles progressaient. C'était comme avancer dans l'eau : il fallait faire beaucoup d'efforts pour parcourir une faible distance.

Au bout d'un quart d'heure environ, elles s'arrêtèrent dans une clairière entourée de bruyère pour consulter à nouveau la boussole. À la flamme de l'allume-bougie, Brynn constata qu'elles étaient sur le bon chemin.

— OK. Éteignez.

Conformément à la routine qu'elles avaient établie, elles restèrent assises un instant, les yeux fermés pour qu'ils se réhabituent plus vite à l'obscurité.

Un craquement se fit entendre dans leurs dos.

Michelle laissa échapper un petit cri.

Les deux femmes se raidirent et se redressèrent en position accroupie. Brynn rangea la boussole et reprit sa lance.

Un nouveau craquement, suivi d'un raclement de pas.

Brynn plissa les yeux, jusqu'à ce que ses joues hurlent de douleur. Mais elle ne voyait rien.

Étaient-ce les tueurs ?

— Vous…

— Chut !

Quelque chose se déplaçait, autour d'elles. Le bruit s'arrêta. Avant de recommencer.

Crac...

Puis le silence.

Quelques secondes plus tard, sur leur droite, un nouveau craquement, un bruissement de feuilles. Elles pivotèrent dans cette direction. Brynn distinguait vaguement une silhouette sombre, qui se balançait d'avant en arrière.

Ce n'étaient pas les deux hommes. En fait, ce n'était même pas un être humain. Brynn crut reconnaître un animal, de la taille d'un berger allemand plus ou moins.

Elle avait l'impression qu'il les regardait fixement, les épaules tendues, le poil du cou hérissé.

Michelle lui saisit le bras en retenant son souffle.

Était-ce un puma ? Le dernier spécimen vivant dans le Wisconsin avait été tué il y a cent ans, paraît-il. Mais chaque année, des personnes affirmaient en avoir vu un. Parfois, on croisait des coyotes. Ils étaient timides, mais enragés, et désorientés ; certains avaient pénétré sous des tentes pour attaquer des campeurs. On entendait parler de lynx aussi.

Mais cet animal semblait trop gros. Elle décida qu'il s'agissait d'un loup gris, une espèce qui avait été réintroduite dans cet État. Elle ignorait s'ils s'en prenaient aux hommes, mais ce regard étrange, scrutateur – presque humain – était inquiétant.

S'étaient-elles approchées de sa tanière sans le savoir ? Voulait-il protéger ses petits ? Il n'y avait pas d'ennemi plus redoutable qu'une mère en colère, lui avait expliqué Keith, chasseur passionné.

Un éclair de rage s'alluma en elle. Elles n'avaient pas besoin d'un ennemi supplémentaire ! Elle serra la lance dans son poing et se leva. Elle avança, entre Michelle et la bête.

— Qu'est-ce que vous faites ? Ne me laissez pas…

Brynn se disait : N'hésite pas. Continue.

L'animal pencha la tête sur le côté et ses yeux captèrent l'éclat du quartier de lune.

Brynn continua à avancer, plus vite, les épaules voûtées.

L'animal recula, sans les quitter des yeux, puis il fit demi-tour et disparut dans la nuit. Brynn s'arrêta et se retourna vers la jeune femme, qui la regardait d'un air hébété.

— Bon sang.

— C'est bon.

— Tout va bien ? demanda Michelle, hésitante.

— Moi ? Oui, pourquoi ?

— Vous… vous faisiez un drôle de bruit. Comme si vous ne pouviez plus respirer.

— Un bruit ?

— Une sorte de grognement. Ça m'a fichu la trouille.

— Un grognement ?

Brynn avait conscience de respirer fort, les dents serrées. Mais elle ignorait qu'elle faisait… un bruit.

La Reine de la Jungle.

Elle laissa échapper un ricanement gêné et les deux femmes se remirent en route. Leur itinéraire les conduisit dans un ravin bordé de rochers et d'arbres ceinturés de plantes grimpantes, tapissé de bosquets de sumac et de pervenches. Et de flaques marécageuses également, entourées de champignons et de moisissure. Épuisées, elles se frayèrent un chemin au milieu de ces obstacles et peinèrent à escalader l'autre versant, en s'accrochant à de jeunes pousses et en prenant appui sur des blocs de grès.

Arrivées au sommet, elles tombèrent sur une piste.

Pas très large – un peu plus d'un mètre –, et inutilisée durant les mois d'hiver, elle était envahie par la végétation, mais c'était un paradis comparé à ce qu'elles traversaient depuis qu'elles avaient fui la maison des Feldman.

— C'est ça ? demanda Michelle.

Elles trouvèrent la réponse dix mètres plus loin, sous la forme d'un grand panneau de bois :

PERKINSTOWN : 103 km
DULUTH, MN : 301 km

SOYEZ DES CAMPEURS RESPONSABLES
VOUS SEULS POUVEZ EMPÊCHER
LES FEUX DE FORÊT

— À ton avis, ça nous a offert un sursis de combien de temps ? demanda Lewis.

Il faisait allusion à la conversation avec Graham Boyd, le mari de la femme flic.

— Difficile à dire.

Ils avaient parcouru plusieurs kilomètres à travers les fourrés, en modifiant leur cap au fur et à mesure, grâce au GPS, à Google Earth et à la carte.

— C'est pour ça que tu as allumé son portable ?

— Exact.

Mais après la conversation avec Boyd, Hart avait ôté la batterie pour que la police ne puisse pas localiser l'appareil.

— J'attendais le bon moment. Je voulais retarder cet instant le plus possible. Maintenant qu'on l'a rassuré, il va aller se coucher et il ne s'inquiétera que sur les coups de trois ou quatre heures du matin, quand il se réveillera dans un lit vide. D'ici là, elles seront toutes les deux mortes et enterrées.

— Il t'a cru ?

— Je pense que oui.

Alors qu'ils continuaient à avancer, Hart songea à cet homme, marié à une femme comme Brynn… À quoi ressemblait-il ? Il parlait d'une voix posée, il semblait intelligent, il s'exprimait bien, il n'était pas ivre. Ses paroles contenaient-elles des indices susceptibles de l'aider à retrouver sa femme pour la tuer plus rapidement ?

Non, pas vraiment.

Malgré tout, il ne cessait de se repasser mentalement leur conversation. Cela le fascinait.

Deux patronymes différents. Il n'était pas surpris que Brynn ait conservé son nom de jeune fille.

Graham… L'homme avec qui elle couchait, l'homme avec qui elle partageait sa vie. Un prénom peu courant. D'où venait-il ? Était-il conservateur ou progressiste ? Croyant ? Que faisait-il dans la vie ? Hart s'intéressait au soulagement qu'il avait perçu dans sa voix. Il y avait quelque chose d'un peu excessif dans sa réaction. Il ne savait pas quoi en penser. Graham était soulagé, évidemment… mais il y avait autre chose.

Il aurait aimé la regarder plus attentivement dans l'allée des Feldman. Il avait gardé le souvenir d'une femme assez mignonne. Cheveux châtains, tirés en arrière. Bien faite. Elle s'entretenait. Il revoyait ses yeux. Son front plissé quand elle avait repéré sa présence dans les fourrés.

Hart avait tué six personnes. Trois d'entre elles l'avaient regardé en face à cet instant. Pour lui, voir leurs yeux ne signifiait rien. En fait, il aimait mieux que ses victimes ne détournent pas la tête. Lui non plus ne détournait pas la tête. La seule qui n'avait pas pleuré était l'unique femme qu'il avait tuée, une dealeuse.

Tu vas vraiment faire ça, mec ?

Il n'avait pas répondu.

On peut s'arranger, toi et moi.

Elle avait volé du fric, ou pas. Elle avait détourné de la came, ou pas. Ce n'était pas le problème de Hart. Il avait passé un accord avec le type qui voulait la tuer. Alors, en homme de métier, il l'avait tuée, en la regardant droit dans les yeux, pour être sûr qu'elle n'allait pas tenter de filer ou sortir une arme cachée.

Brynn, elle aussi, l'avait regardé droit dans les yeux quand elle avait tiré.

Une femme de métier.

— Hart ?

La voix de Lewis l'arracha à ses pensées. Il se raidit et se retourna.

— Ouais ?

— Tu es un gars de Milwaukee. Moi aussi. Comment ça se fait qu'on n'a jamais bossé ensemble ?

— Je sais pas.

— Tu bosses beaucoup en ville ?

— Pas trop, non. C'est plus risqué.

— Tu habites où ?

— Au sud.

— Vers Kenosha ?

— Pas aussi loin.

— Ils construisent vachement dans ce coin-là.

Lewis s'arrêta.

— Regarde là-bas ! Il y a une sorte de poteau. C'est un panneau.

— Où ça ?

— Tu vois pas ? Sur la droite.

Ils avancèrent prudemment. Hart chassa à contrecœur ses réflexions concernant Brynn et s'arrêta devant le panneau.

À l'été 1673, Louis Joliet, un philosophe de 27 ans, et le père Jacques Marquette, un prêtre jésuite de 35 ans, traversèrent le Wisconsin pour rejoindre le fleuve Mississippi. Bien que la piste sur laquelle vous vous trouvez porte son nom, Joliet n'a jamais emprunté cet itinéraire de 737 kilomètres. Marquette et lui ont effectué la majeure partie de leur voyage par voie navigable. La Joliet Trail a été créée bien des années plus tard par des trappeurs et des amoureux de la nature tels que vous.

Hart consulta le GPS de son BlackBerry, puis la carte.

— Elles sont parties par où ?

— Forcément vers la droite. Vers le poste de rangers. À quelques kilomètres.

Lewis parcourut du regard le sentier envahi par les broussailles en cette saison et parsemé d'arbrisseaux obstinés qui transperçaient le tapis de feuilles moisies.

— Un problème ? demanda Hart.

— Si tu veux mon avis, c'est pas une piste, ce truc. C'est juste une forêt un peu moins dense.

Hart sourit. Ce qui fit sourire Lewis également.

Elles offraient le spectacle de deux femmes avançant avec acharnement sur un sentier de randonnée. L'une tenait à la main une canne en bois de rose, l'autre une lance assortie. Elles avaient des bolas et des couteaux dans leurs poches. Leurs visages étaient fermés.

Ce chemin rappelait à Brynn la dernière fois où elle était montée à cheval, il y avait plusieurs années de cela. Elle adorait galoper sur la piste cavalière dans les bois près de Humboldt. Avant de devenir adjointe du shérif, elle avait participé à des compétitions de jumping, un sport dont elle raffolait. En fait, c'était lors d'un concours qu'elle avait assisté à une démonstration de la police montée de Milwaukee. Âgée alors de dix-huit ans, elle avait longuement discuté avec un officier, et de là était née sa fascination, non pas pour l'art du dressage, paradoxalement, mais pour le travail de la police.

Un métier qui, quelques années plus tard, provoqua en elle les mêmes frissons d'excitation qu'elle avait ressentis en sautant des obstacles sur le dos d'une bête de cinq cents kilos.

Maintenant, elle s'apercevait à quel point l'équitation lui manquait et elle se demandait si elle aurait l'occasion de remonter en selle un jour.

En suivant la piste, elles découvraient des preuves poignantes que le parc était habituellement un lieu beaucoup plus innocent que ce soir : des panneaux racontaient des bribes d'histoire ou fournissaient des informations. Les dangers les plus inquiétants concernaient les incendies, les à-pics et les risques écologiques.

AVERTISSEMENT

Le bois de chauffage acheté à Clausen peut contenir des agriles du frêne. Si vous avez acheté du bois de la marque Henderson, veuillez le brûler immédiatement pour ne pas mettre en danger nos arbres à feuilles caduques !

Un arbre, un chêne imposant, avait droit à une pancarte pour lui seul. C'était peut-être le plus gros ou le plus vieux (les touristes raffolaient des superlatifs). Pour Brynn, c'était avant tout un moyen de se cacher. À cet endroit, la piste serpentait à travers des champs nus qui les exposaient aux regards de leurs poursuivants. Mais quitter la piste pour s'enfoncer dans les fourrés les ralentirait beaucoup trop.

Les écureuils volants étaient nombreux et les chauves-souris tournoyaient en silence, plus discrètes que les chouettes. À plusieurs reprises elles avaient entendu un battement d'ailes, suivi d'un ultime couinement, signe que le prédateur avait attrapé sa proie.

Michelle réussissait à suivre malgré son handicap. Néanmoins, Brynn s'inquiétait de plus en plus pour elle. Non pas à cause de sa cheville (de par son métier et les nombreux accidents de Joey, elle savait repérer les blessures graves et quand il fallait faire preuve de compassion ou appeler les secours), mais de l'air résigné de la jeune femme. Elle avançait dans une sorte d'état léthargique. À un moment, elle s'arrêta et leva les yeux vers le haut de la pente en grimaçant.

— Allez, l'encouragea Brynn.

— J'ai besoin de me reposer.

— Avançons encore un peu. (Elle lui sourit.) On aura mérité notre pause.

— C'est maintenant que je suis fatiguée. Je vous l'ai expliqué, c'est à cause de mon taux de glycémie.

Soudain, elle poussa un petit cri et fit un bond en arrière lorsqu'un petit animal fila devant elle.

— C'était quoi, ça ?

— Un campagnol ou une souris. C'est inoffensif.

— Ça peut remonter dans une jambe de pantalon.

Sûrement pas le vôtre, pensa Brynn en regardant le jean moulant de Michelle.

Celle-ci avait perdu son entrain ; on aurait dit une enfant ronchon qui n'a pas fait sa sieste. Patiemment, Brynn dit :

— Allez, Michelle. Plus on marche, plus on se rapproche de la maison. On ne peut pas s'arrêter ici, de toute façon.

Elles se trouvaient dans une clairière, éclairées par la lune.

Ses lèvres pincées formant comme une moue, Michelle obéit et elles reprirent leur ascension. En arrivant au sommet, Brynn sentit une odeur de romarin qui lui donna envie de pleurer ; elle repensa à l'agneau pascal qu'elle avait fait rôtir, non sans mal, pour sa famille, il y a quelques semaines.

Elles franchirent un taillis d'arbres noueux et inquiétants, tout droit sortis du *Seigneur des anneaux*.

Son visage l'élançait à chaque pas. Elle porta sa main à sa joue et retint sa respiration lorsque la douleur irradia dans sa tête et son cou. C'était plus enflé qu'avant. La blessure risquait-elle de s'infecter ? Conserverait-elle une horrible cicatrice ? La pensée d'une opération de chirurgie esthétique lui arracha un sourire. Quelle coquette ! se dit-elle. Tu ferais mieux de te concentrer pour rester en vie, plutôt que d'envisager de passer à la télé.

Un jour, Graham l'avait surprise en train de caresser la fossette de son menton tordu. Elle avait rougi. Alors, il avait souri et murmuré : « C'est sexy. Ne t'en fais pas. »

Elle commençait à en avoir assez de voir toutes ces images du passé qui revenaient sans cesse ce soir. Elle n'avait pas repensé à Keith depuis des années. Quant à Graham et Joey, ils réapparaissaient régulièrement dans son esprit, alors que sa seule préoccupation était de se mettre à l'abri.

On aurait dit ce vieux cliché des souvenirs qui défilent devant vous juste avant votre mort.

Concentre-toi, nom de Dieu !

La piste décrivait un virage sur la gauche. Brynn se retourna. Un panorama dégagé s'étendait derrière elles et elle apercevait, à une centaine de mètres, la crête d'une colline.

Quelque chose s'y déplaçait, d'arbre en arbre.

Elle agrippa le bras de Michelle.

— Qu'est-ce que c'est ?

On aurait dit un sniper prenant position.

— Baissez-vous !

Les deux femmes s'accroupirent. Brynn scruta la crête et la piste. Il n'y avait plus aucun nuage et la demi-lune projetait une lumière blanche suffisante pour éclairer une cible. À cette distance, elles étaient sans doute à l'abri d'un tir de fusil de chasse, mais Hart lui avait tiré dessus avec un Glock. Une balle de 9 mm pouvait aisément les atteindre, et de toute évidence, il savait viser.

Elle plissa les yeux.

Et éclata de rire.

— Ce n'est que notre ami. (Elle se releva en tendant le doigt.) Ou un de *ses* amis.

Le poursuivant à quatre pattes bondissait entre les arbres. Le loup gris, se dit-elle. Habituellement, ils se déplaçaient en meute, croyait-elle savoir, mais celui-ci était un solitaire vraisemblablement. Les suivait-il ? Peut-être ne l'avait-elle pas suffisamment effrayé avec son grognement.

Soudain, l'animal se raidit et tourna la tête. Et il se volatilisa.

— Vous avez vu comment il a… (Le sourire de Brynn s'évanouit.) Oh, non… Non !

Au loin, deux hommes avançaient rapidement et avec détermination sur la piste, et ils venaient vers elles. Ils étaient à un peu moins d'un kilomètre. Aucun doute : il s'agissait de Hart et de son complice ; l'un d'eux tenait un fusil. Ils disparurent là où la piste s'enfonçait au milieu des arbres.

— Non !

— C'est eux, murmura Michelle. Comment ils nous ont trouvées ?

— Pas de chance. Ils auraient pu suivre une dizaine d'autres chemins. Ils ont misé et ils ont gagné. Allez, en route !

Elles repartirent au petit trot, en boitillant, le plus vite possible, déjà essoufflées.

Allez, allez, allez…

— Je ne pensais pas qu'ils nous suivraient pour de bon, gémit Michelle d'une voix éraillée, pathétique. Pourquoi ?

Hart, pensa Brynn. La réponse, c'est Hart.

La piste tournait à droite, vers l'est, et quand elles émergèrent des arbres, elles découvrirent un terrain rocailleux éclairé par la lune. Des falaises se dressaient au-dessus du chemin et de profonds ravins plongeaient en dessous. Des balafres dans la végétation laissaient apparaître des à-pics de grès accidentés.

— Regardez. Là.

Un deuxième chemin, plus étroit que la Joliet Trail, partait sur la gauche et grimpait à flanc de colline pour contourner une falaise avant de s'enfoncer dans une vallée obscure. Brynn fit signe à Michelle de la suivre. Celle-ci s'exécuta, en jetant de temps en temps un coup d'œil derrière elle, la main dans la poche pour sentir à travers le tissu le manche du couteau de cuisine glissé dans sa ceinture. La présence de cette arme semblait la réconforter.

Arrivées à l'intersection, elles s'arrêtèrent. Il y avait un abri avec un banc, mais pas de téléphone, remarqua immédiatement Brynn. Uniquement une poubelle. Vide. La piste se poursuivait dans la nuit noire en descendant vers la droite. L'autre chemin était signalé par un panneau.

LAC D'APEX 2 km
LE BOSQUET DU TRAPPEUR 3 km
POSTE DE RANGERS DE UMSTEAD 4 km

Brynn marcha jusqu'à la palissade qui longeait le bord du ravin et scruta le fond de la vallée. Elle tendit le doigt vers la gauche.

— Là, en bas. Vous voyez cette construction ? C'est le poste des rangers.

— Oh. Tout là-bas. Il n'y a pas de lumière.

— Non. Je suis sûre qu'il est fermé.

Leur objectif se trouvait à un peu plus d'un kilomètre… à vol d'oiseau, au fond d'une vallée encaissée, mais en suivant ce chemin, ce serait beaucoup plus long : quatre kilomètres précisément, d'après le panneau. Son trajet sinueux les conduirait d'abord au lac d'Apex, puis au bosquet, et enfin au poste.

Brynn en avait un vague souvenir car il leur avait servi de lieu de rassemblement au cours d'une des opérations de secours auxquelles elle avait participé. Cette fois-là aussi, il était fermé car ça se passait en hiver.

— Je me souviens qu'il y a des téléphones. Par contre, j'ignore s'ils fonctionnent à cette époque. Il y a aussi un râtelier d'armes. Mais on ne peut pas suivre le chemin, dit-elle en montrant le panneau d'un mouvement de tête. C'est trop long. On n'arrivera pas à temps.

— Peut-être qu'ils n'iront pas par là. Et qu'ils continueront sur la piste.

Brynn réfléchit.

— À mon avis, ils vont penser qu'on se dirige vers le poste.

Les yeux fixés sur le trou noir qui s'ouvrait à ses pieds, elle fit un pas de plus vers le bord. Et s'arrêta devant un panneau *Danger*.

Descendre ou pas ?

Quoi qu'elles décident, elles devaient se décider vite. Leurs poursuivants pouvaient être ici dans dix ou quinze minutes.

— C'est tout droit ? demanda Michelle.

Brynn continuait à scruter le gouffre obscur. Elle aperçut une étroite corniche six ou sept mètres plus bas. En dessous, la paroi plongeait sur quinze ou vingt mètres.

— Je pense que c'est faisable, murmura-t-elle. Ce sera dur, mais on peut y arriver.

Si elles parvenaient à atteindre la forêt, elles n'auraient plus qu'à avancer en ligne droite jusqu'au poste.

Quelles étaient les probabilités pour qu'un téléphone fonctionne et qu'il y ait une arme avec des munitions ?

Impossible à dire. Il fallait s'en remettre à la chance.

Entrer par effraction ne poserait pas de problème, décida-t-elle. Si elles atteignaient le poste, même la serrure la plus solide au monde ne pourrait pas l'empêcher d'y pénétrer.

— J'ai le vertige, murmura Michelle.

Je suis comme toi, petite…

— Vous voulez vraiment essayer ? demanda la jeune femme d'une voix tremblante.

Brynn agrippa un jeune bouleau pour se pencher au-dessus du vide et examiner les rochers en contrebas.

Ils avaient réussi à avancer d'un bon pas, en trottinant parfois.

Lewis rejoignit Hart en se tenant les flancs. Il s'appuya contre un arbre.

— Ça va ?

— Ouais. J'ai arrêté de fumer la semaine dernière. (Il inspira à fond.) Depuis un mois, en fait, mais j'en ai fumé une la semaine dernière. Et après, j'ai arrêté pour de bon. Mais le passé te rattrape. Tu fumes, toi ?

Une décharge de douleur dans le bras fit grimacer Hart. Il ne cessait de regarder à droite et à gauche.

— Non.

Il avait fini par se convaincre que les deux femmes n'étaient pas armées, mais il n'aimait pas cette saleté de chien ou de loup, ou il ne savait pas quoi, qui furetait dans les parages. La nature humaine était prévisible. Il avait étudié les individus en profondeur et il les affrontait sans crainte, aussi dangereux soient-ils. Mais les animaux agissaient selon un mode de pensée différent. Il se souvint de l'empreinte de patte près de la maison des Feldman.

Vous êtes dans mon monde. Vous n'avez rien à faire ici. Vous verrez des choses qui n'existent pas et vous manquerez ce qui se trouve juste derrière vous.

Il inspira à fond encore une fois et s'appuya contre un autre arbre. Les regards des deux hommes se croisèrent et ils échangèrent un sourire.

Hart avoua :

— Je n'ai pas couru comme ça depuis des années. Je croyais être en forme. Ah, la vache.

— Tu t'entraînes ?

Oui, régulièrement. Son métier exigeait force et endurance, mais il soulevait de la fonte surtout, il ne faisait pas de jogging. Cela ne lui aurait servi à rien. Il courait rarement après quelqu'un, et autant qu'il s'en souvienne, il n'avait jamais fui devant quelqu'un, pas une seule fois.

— Je ne cours pas beaucoup, dit-il.

— Moi non plus, dit Lewis. Les clubs de sport, c'est pas trop le genre de la famille Lewis. Mais j'ai bossé dans le bâtiment, à une époque. Je travaillais pour Gaston sur le chantier de la tour près du lac.

— Je ne connais pas.

— Les constructions Gaston ? La grande tour ? De l'autre côté de la voie express. Ils ont monté les panneaux de verre maintenant. Moi, je coulais du béton. Ça te maintient en forme, crois-moi. Tu es bricoleur ?

— Un peu, dit Hart. J'ai fait un peu de plomberie. Mais je n'ai aucune patience pour la peinture. Et l'électricité, j'y touche pas.

— Je te comprends.

— Ce que je préfère, c'est la menuiserie.

— L'encadrement ?

— Les meubles plutôt.

— Tu fabriques des meubles ?

— Des trucs simples.

On mesure deux fois, on coupe une seule fois…

— Genre des tables et des chaises ?

— Oui. Des meubles de rangement. Ça détend.

— Un jour, dit Lewis, j'ai construit un lit pour ma grand-mère.

— Un lit ? Allez, on repart. (Ils se remirent en marche.) Comment ça se fait que tu as fabriqué un lit ?

Lewis lui expliqua :

— Elle commençait à perdre la boule, avec l'âge. C'était peut-être ce truc d'Alzheimer, j'en sais rien. Ou peut-être qu'elle était vieille, simplement. Elle se promenait dans la maison en braillant des chants de Noël, d'un bout de l'année à l'autre. Du matin au soir. Elle foutait des décorations partout, et quand ma mère les enlevait, elle les remettait.

Hart pressa le pas.

— Bref, elle était maboule et elle s'est mise à chercher son lit. Celui dans lequel elle couchait avec mon grand-père. Il avait dû finir à la décharge depuis longtemps. Mais elle était persuadée qu'il était quelque part dans la maison. Elle le cherchait dans tous les coins. Ça me faisait de la peine. Alors, j'ai déniché des photos de son lit et je lui en ai fabriqué un. Il n'était pas aussi solide, mais il lui ressemblait pas mal. Je crois que ça lui a donné deux mois de bonheur. Enfin, je ne sais pas.

— On peut donc dire que tu as fait un lit. Sauf que tu l'as *fait* pour de bon, pas uniquement avec des draps et des couvertures.

Lewis pouffa.

— Ouais, exact.

— Pourquoi tu es dans ce métier, Comp ? Tu pourrais gagner ta vie normalement.

— C'est pour le pognon. Comment tu veux gagner un max à la sueur de ton front ?

— Tu gagnes gros en faisant ça ?

— Je gagne plus gros. Maintenant, ma mère est dans une maison. Et mes frères paient leur part. Je peux pas donner moins qu'eux.

Hart sentait peser sur lui le regard de Lewis, comme si celui-ci voulait l'interroger sur sa famille, mais il se souvenait que son frère et ses parents étaient morts.

— Et puis, ça me plaît, ajouta-t-il. Ce que je fais. Tu as entendu parler de ma réputation, hein ? Tu t'es rencardé, non ? J'ai des contacts partout autour du lac. Et toi, Hart ? Pourquoi tu es dans ce putain de business ?

Hart haussa les épaules.

— Bosser pour les autres, ce n'est pas trop mon truc. Et je n'aime pas rester assis. J'aime agir. Ça me démange.

C'est un métier qui me convient...

Lewis regarda autour de lui.

— Tu penses qu'elles se cachent ?

Hart s'interrogeait. Il avait le sentiment, bizarrement, que Brynn était comme lui. Et lui préférerait agir, avancer, malgré le danger. Tout plutôt que de se cacher. Mais il ne le dit pas à Lewis.

— Non, je ne crois pas, répondit-il. Elles vont continuer. Et puis, j'ai vu des empreintes de pas dans des plaques de boue tout à l'heure.

Lewis laissa échapper un ricanement acerbe. Au début, ce son agaçait Hart. Maintenant, ça ne le gênait plus.

— Tu es le dernier des Mohicans, dit Lewis. Génial, ce film… Tu es chasseur, je parie.

— Non. Je n'ai jamais chassé.

— Sans déconner ? C'est vrai ?

— Vrai. Et toi ?

Lewis répondit qu'il n'avait pas chassé depuis longtemps. Mais avant, il chassait souvent. Il adorait ça.

— Je crois que ça te plairait, dit-il. J'ai l'impression que tu sais bien te repérer, par ici.

— On n'est pas dans les North Woods. Là, ce serait différent. On est dans le Wisconsin. Dans un parc national. Il faut faire appel à la logique, c'est tout.

— Non, je pense que tu as un don.

Hart était sur le point de demander « un don pour quoi ? », mais il se figea. Un cri de femme leur parvint, porté par le vent. Un appel au secours. Il avait l'impression qu'elle essayait de l'étouffer, mais il percevait la panique, le désespoir. Il ne venait pas de très loin, cinq ou six cents mètres peut-être, sur la Joliet Trail, droit devant eux.

Un nouvel appel retentit, indistinct.

— C'est la même voix ? demanda Hart.

— Je sais pas.

— Allons-y.

Ils repartirent, aussi vite qu'ils le pouvaient.

— Ouvre l'œil, souffla Hart. Je me méfie d'elles. Elles nous ont déjà fait le coup du cri, souviens-toi, sur le lac. Elles veulent peut-être nous attirer dans un piège, pour provoquer un affrontement. Si elles n'ont pas de flingue, elles ont des couteaux.

Dix minutes plus tard, les deux hommes s'arrêtèrent pour examiner la végétation qui les entourait. Devant eux, la piste s'élargissait et un deuxième chemin, plus étroit, partait sur la gauche. Un panneau de bois, éclairé par la lune, marquait l'embranchement. Une flèche indiquait le sentier que Hart avait repéré grâce au GPS. Il partait vers le nord-ouest et, après avoir contourné un petit lac, il s'achevait devant le poste des rangers. De là, une route à deux voies menait à la nationale.

Hart scruta les environs.

— Tu vois quelque chose ?

— Que dalle.

Hart tendit l'oreille. Plus aucun cri, plus aucune voix. Uniquement le vent qui sifflait entre les branches et faisait détaler les feuilles sur le sol comme des crabes.

Soudain, Lewis lui tapota le bras et tendit le doigt. À cinq mètres de l'embranchement, se dressait une palissade en bois sombre, sur laquelle était fixée une pancarte *Danger*. Et derrière, un grand vide noir, là où la falaise plongeait dans le ravin.

— Regarde cet arbre.

— Où ?

Hart l'aperçut enfin. Une branche s'était brisée, au bord du précipice. On distinguait la blancheur du bois sous l'écorce.

— C'est peut-être une ruse, chuchota-t-il. Fais le tour par la droite. Au niveau des buissons.

— OK.

— Moi, je vais aller jeter un coup d'œil. En faisant du bruit pour leur permettre de réagir.

— Et si je les vois, je les canarde. Je tire en haut d'abord et en bas ensuite. (Lewis sourit.) Et je la ferme.

Pour la première fois ce soir, il semblait sûr de lui. Hart, enfin à l'aise avec son complice au cours de cette nuit difficile, se dit que Lewis saurait se débrouiller.

— Vas-y. Mais ne t'approche pas des feuilles.

Accroupi, en silence, Lewis traversa le sentier et se faufila derrière un groupe de broussailles. Quand Hart vit qu'il était en position pour couvrir toute la zone, il avança à son tour, plié en deux. Sa tête pivotait dans tous les sens.

Il aperçut au loin, au fond du ravin, ce qui semblait être le poste des rangers.

Son arme pointée devant lui, il marcha jusqu'au panneau. Il examina la branche brisée. Puis il scruta le gouffre. Personne. Il sortit sa lampe et la braqua sur les ténèbres.

Nom de Dieu.

Il se redressa, rangea son arme et appela Lewis.

— Quoi ?

— Regarde. Elles ont essayé de descendre par là. Mais ça n'a pas marché.

Penchés au bord du précipice, ils distinguaient, grâce au clair de lune, une corniche située six ou sept mètres plus bas. Une des femmes était tombée, peut-être même les deux. Sur la corniche était posée une branche d'un peu plus d'un mètre de long, provenant de l'arbre à côté d'eux. Et autour, une large tache de sang écarlate scintillait dans la lumière de la torche électrique.

— La vache, elle a fait une sacrée chute, commenta Lewis. (Il essayait d'apercevoir le fond du ravin.) Elle s'est pété la jambe, je parie. Ça a pissé le sang.

— Elles ont forcément continué à descendre. Elles ne pouvaient pas remonter, avec une telle blessure. À moins qu'il y ait une caverne quelque part. Derrière la corniche. Et elles essayent de se cacher.

— Faut y aller, déclara Lewis. C'est comme à la chasse. Tu suis un animal blessé jusqu'à ce que tu le trouves. Quoi qu'il arrive. Si tu veux, je descends le premier.

Hart haussa un sourcil.

— C'est sacrément raide.

— Je te l'ai dit : j'ai bossé sur un chantier. Au trentième étage, je me baladais sur les poutres comme si je marchais sur le trottoir.

Il y avait un truc qui clochait.

Graham Boyd se leva du canapé et passa devant Anna, qui avait troqué son tricot contre un grand modèle de broderie, et il entra dans la cuisine. Son regard se posa sur une photo de sa femme encore adolescente, montée sur le cheval avec lequel, plus tard, elle remporterait le concours junior de jumping du Wisconsin. Penchée en avant, elle appuyait sa joue contre l'encolure de l'animal et le caressait, mais toute son attention était fixée ailleurs, sur un ou une de ses adversaires sans doute.

Il trouva l'annuaire du comté et consulta la carte. Les deux villes les plus proches du lac Mondac étaient Clausen et Point of Rocks. La première possédait un tribunal d'instance et la seconde une antenne de police. Il essaya d'abord le tribunal. Aucune réponse. Un message enregistré renvoyait les correspondants au standard de la mairie, une simple boîte vocale en l'occurrence. L'antenne de police de Point of Rocks était fermée. En cas d'urgence, disait un message, il fallait appeler le Bureau du shérif du comté ou la police de l'État.

« Merci de votre appel. Et bonne journée. »

Comment est-ce qu'un putain de poste de police pouvait être fermé ?

Il entendit la porte de la chambre de Joey s'ouvrir. Puis la chasse d'eau des toilettes.

Quelques secondes plus tard :

— Elle rentre quand, maman ? demanda le garçon du haut de l'escalier.

Il n'était toujours pas en pyjama.

— Bientôt.

— Tu l'as appelée ?

— Elle est occupée. On ne peut pas la déranger. Mets-toi en pyjama et couche-toi. Extinction des feux.

Joey fit demi-tour. La porte de sa chambre se referma.

Graham crut entendre à nouveau le bruit du jeu vidéo. Sans en être totalement sûr.

Anna demanda :

— Où est-elle ? Je m'inquiète, Graham.

— Je ne sais pas. L'adjoint à qui j'ai parlé m'a dit que c'était une mission banale, mais j'ai trouvé ça bizarre.

— Comment ça ?

— Elle aurait laissé son portable à quelqu'un d'autre ? Jamais de la vie.

Il pouvait se confier à Anna sans craindre de la voir se braquer. Quand il s'agissait de sujets graves, il avait du mal à communiquer avec Brynn et son fils – la scène de ce soir en était la preuve, nom d'un chien –, mais il pouvait discuter avec sa belle-mère.

— Ce n'est pas son genre, elle aime bien tout contrôler.

Le froncement de sourcils d'Anna se mua en sourire.

— Oui, vous avez raison. Je reconnais bien ma fille.

Graham décrocha le poste fixe et composa un numéro.

— Agent Munce, j'écoute.

— Eric ? C'est Graham.

— Salut ! Quoi de neuf ?

— Le shérif est là ?

— À cette heure-ci ? Non. Généralement, il rentre chez lui vers six heures, parfois sept.

— Brynn est partie sur une intervention ce soir. Vers le lac Mondac.

— Oui, il paraît.

— Elle n'est toujours pas rentrée.

Silence au bout du fil.

— Toujours pas ? Il y en a pour trois quarts d'heure de là-bas à chez vous. Vous habitez au nord. Trois quarts d'heure maximum. Moi, je mettrais trente minutes.

— Je l'ai appelée et je suis tombé sur un autre adjoint. Il m'a expliqué qu'il y avait eu une scène de ménage. Et Brynn a pris les choses en main. Avec les services de protection de l'enfance.

Nouveau silence.

— Je trouve ça bizarre, Graham. À qui avez-vous parlé ?

— J'ai oublié son nom. Billings, peut-être.

— Ce n'est pas quelqu'un de chez nous. Attendez…

Un bruit étouffé de conversation.

Graham se frotta les yeux. Brynn s'était levée à cinq heures. Lui, une demi-heure plus tard.

L'adjoint revint en ligne.

— Bon, voilà. Le type qui avait appelé la police a rappelé ensuite pour dire que c'était une erreur. Brynn aurait dû faire demi-tour. Ça, c'était sur les coups de dix-neuf heures, dix-neuf heures trente.

— Oui, je sais. Mais cet adjoint m'a expliqué que ce n'était pas une erreur. Il s'agissait d'une dispute conjugale et ils voulaient que Brynn intervienne. Est-ce qu'elle aurait pu tomber sur des gars de la police de l'État, là-haut ?

— C'est possible, mais généralement ils ne s'occupent pas de ce genre d'affaires.

Graham fut parcouru de frissons glacés.

— Il se passe quelque chose, Eric.

— Je vais contacter le shérif. Il vous rappellera.

Graham raccrocha. Il arpenta la cuisine. Il examina les nouvelles dalles par terre. Il classa une pile de factures. Il traça un trait dans la fine couche de poussière sur la petite télé dotée d'antennes télescopiques. Il écouta les bruits du jeu vidéo au premier.

Nom de Dieu ! Pourquoi est-ce que ce gamin refusait de lui obéir ? Il décida de le priver de skateboard jusqu'à la fin de l'année scolaire.

Colère ou instinct ?

Le téléphone sonna.

— Allô ?

— Graham ? Tom Dahl à l'appareil. Eric vient de m'appeler. On a vérifié avec la police de l'État. Ils n'ont reçu aucun appel venant du lac Mondac, ni de Clausen, de Point of Rocks ou même de Henderson.

Graham répéta ce qu'il avait dit à Eric Munce, agacé que celui-ci n'ait pas mis le shérif au courant de la situation.

— L'agent à qui j'ai parlé s'appelait Billings.

Un silence.

— Billings, c'est le nom d'une route entre Clausen et le parc national.

Un nom qui avait pu venir à l'esprit de quelqu'un qui voulait donner une fausse identité. Graham avait les mains moites.

— Quand j'essaye de joindre Brynn, je tombe de nouveau sur sa boîte vocale. Je suis très inquiet, Tom.

— Qu'est-ce qui se passe ?

C'était Joey.

Graham leva la tête. Le garçon s'était arrêté au milieu de l'escalier. Il avait écouté la conversation.

— Maman a des ennuis ?

— Ce n'est rien. Retourne te coucher. Tout va bien.

— Non. Il se passe quelque chose.

— Joey ! Fais ce que je te dis !

Le regard glacial que lui lança le garçon lui fit dresser les cheveux dans la nuque. Après quelques secondes d'affrontement muet, Joey remonta en tapant du pied.

Anna apparut sur le seuil de la pièce et vit la grimace de Graham.

— Alors ? chuchota-t-elle.

Il secoua la tête et répondit :

— Je suis avec le shérif… Qu'est-ce qu'on fait, Tom ?

— Je vais envoyer des gars là-bas. Détendez-vous. Elle est sûrement tombée en panne en rentrant et son portable ne passe pas.

— Dans ce cas, qui est ce Billings ?

Nouveau silence.

— On fonce sur place, Graham.

Haletante, le visage constellé de gouttes de sueur glacée, Michelle était accroupie, appuyée sur la queue de billard qui lui servait de canne. Brynn se tenait à ses côtés. Elles étaient toujours sur la Joliet Trail, cachées dans un enchevêtrement de genévriers et de buis, qui pour Brynn sentaient l'urine.

Elles avaient parcouru presque un kilomètre depuis l'embranchement au sommet de la falaise, là où se trouvaient l'abri et le panneau *Danger*, en courant autant que cela était possible.

Elles regardaient maintenant le faisceau d'une lampe électrique, qui balayait lentement la corniche et la paroi rocheuse, tandis que Hart et son complice descendaient vers le fond du ravin. Elles repartirent en suivant la piste.

Les deux tueurs avaient gobé la mise en scène de Brynn : les cris, la branche brisée, le sang étalé sur la corniche. Ils allaient continuer jusqu'en bas, soit par cette voie, soit en empruntant le chemin qui contournait le lac Apex, afin d'atteindre le poste des rangers. Ce qui offrirait aux fugitives une heure supplémentaire pour se mettre à l'abri avant qu'ils s'aperçoivent qu'on les avait dupés.

En définitive, ce n'était pas la peur du vide qui avait décidé de leur stratégie. Brynn avait conclu que même en descendant le long de la falaise et en traversant l'enchevêtrement de broussailles au fond du ravin, cela leur prendrait trop de temps. Les hommes les rattraperaient avant qu'elles soient à mi-chemin du poste. En revanche, cette falaise leur donnait une bonne occasion d'égarer leurs poursuivants. Brynn avait brisé la branche pour simuler un accident et elle était descendue, prudemment, jusqu'à la corniche. Là, après avoir inspiré à fond, elle s'était entaillé le cuir chevelu avec le couteau de cuisine. De par sa profession, et aussi grâce à Joey, elle s'y connaissait en matière de blessures à la tête : ça ne faisait pas très mal, mais ça saignait abondamment. Après avoir étalé son sang sur la pierre, elle était remontée au sommet de la falaise et elles avaient dévalé la Joliet Trail.

Elle jeta un coup d'œil en arrière. Les mouvements du faisceau de la lampe étaient encore visibles à travers les squelettes des arbres. Puis le chemin tourna et les deux femmes perdirent de vue leurs poursuivants.

— C'est douloureux ? demanda Michelle en montrant la tête de Brynn.

Elle semblait penser que Brynn avait renoncé à descendre la falaise parce qu'elle lui avait avoué qu'elle était sujette au vertige, et elle débordait de gratitude. Brynn lui répondit que tout allait bien.

Michelle se lança alors dans une longue histoire. Elle raconta que, quand elle était petite, une fille de l'école l'avait frappée à la tête dans la cour de récréation et qu'elle avait saigné sur sa robe toute neuve, ce qui l'avait bouleversée, bien plus que la bagarre.

— Les filles sont pires que les garçons.

Brynn ne pouvait pas dire le contraire. Elle participait à des campagnes d'information sur les gangs, dans les lycées. Des gangs ! Dans la petite ville de Humboldt.

L'image de Joey, essoufflé, le visage en sang après s'être battu une fois de plus, lui traversa l'esprit. Elle s'empressa de la repousser.

Pendant ce temps, Michelle continua à jacasser et Brynn cessa de l'écouter. Elle s'arrêta pour regarder autour d'elle.

— Je pense qu'il faut quitter le chemin maintenant et trouver la rivière.

— C'est obligé ? On avance vite.

Certes, mais ce chemin, expliqua Brynn, ne les conduirait nulle part, si ce n'est au cœur de la forêt. La ville la plus proche dans cette direction se trouvait à vingt-cinq kilomètres.

— J'ai besoin de consulter la boussole.

Elle s'agenouilla au bord du chemin et posa le flacon d'alcool par terre. Après quelques sollicitations, l'aiguille finit par pivoter vers le nord.

— Il faut aller par là. Ce n'est pas très loin. Deux ou trois kilomètres, je dirais. Peut-être moins.

Elle rangea le flacon dans sa poche.

Elles avaient repris de l'altitude et en se retournant, elles apercevaient de nouveau la lumière qui sondait le chemin le long de la falaise. En arrivant au fond de la vallée, les deux tueurs finiraient par découvrir que leurs proies n'avaient pas suivi cette voie, mais chaque minute supplémentaire qu'ils passaient dans cette pente abrupte était une minute de plus offerte à Michelle et à Brynn.

Cette dernière repéra une zone boisée moins dense et elle quitta la piste. Michelle, qui avait retrouvé son air maussade, contempla le sol rocailleux et boueux, avant d'avancer avec une grimace de dégoût, comme une fille qui monte à contrecœur dans la voiture sale de son petit ami.

Ils roulaient à cent trente kilomètres à l'heure, sans gyrophare ni sirène. Ils n'en avaient pas besoin. Il n'y avait quasiment pas de circulation à cette heure tardive. Et aucun de ces gadgets qui équipaient le Dodge n'aurait le moindre effet intimidant sur les animaux sauvages aux tendances suicidaires. Le shérif Tom Dahl avait le sentiment que les cerfs naissaient sans cerveau.

Il était assis à la place du passager et un jeune adjoint, Peter Gibbs, tenait le volant. Une deuxième voiture les suivait, conduite par Eric Munce. À ses côtés se trouvait

Howie Prescott, un adjoint massif au crâne rasé, toujours très respecté par les automobilistes qu'il arrêtait.

Dahl n'avait eu aucun mal à trouver des volontaires pour tenter de découvrir ce qui était arrivé à leur collègue Brynn McKenzie. Ils étaient tous prêts à y aller, mais quatre, c'était suffisant.

Présentement, le shérif s'entretenait au téléphone avec un agent du FBI de Milwaukee, un certain Brindle. Celui-ci s'apprêtait à se mettre au lit, mais il n'hésita pas à apporter son concours. À vrai dire, il paraissait sincèrement préoccupé.

La conversation portait sur l'avocate : Emma Feldman.

— Au départ, shérif, c'était une petite affaire. En potassant le dossier d'un accord commercial, elle découvre qu'un grand nombre de sociétés installées autour du lac emploient plus que leur part d'étrangers en situation régulière. Sur ce, un indic… C'est un…

— Un informateur de la police ? demanda Dahl sur un ton ironique qui échappa à Brindle.

— Exact. D'après lui, Stanley Mankewitz, le chef d'un syndicat local, fournit de fausses cartes vertes aux clandestins.

— Et ça lui rapporte gros, je suppose.

— Non, il ne s'agit pas de ça. Il ne les fait même pas payer. En échange, ils se font embaucher dans des entreprises sans syndicats, dans le but de syndiquer les ouvriers. Comme ça, le syndicat s'élargit. Et Mankewitz s'enrichit.

Hmmm, astucieux, pensa Dahl.

— Voilà sur quoi on enquête en ce moment.

— Et ce Mankewitz ? Il est coupable ?

— Aucune preuve, pour l'instant. C'est un malin. Un gars de la vieille école, il n'engage que des types qui savent la boucler. Mais c'est un salopard. Pardonnez mon langage. Oui, il est coupable. Mais le dossier n'est pas très solide. Il suffit qu'un témoin ait un accident ou se fasse tuer au cours d'un cambriolage, entre guillemets, pour que tout s'écroule.

— Et cette femme, cette avocate, est quelque part en pleine nature. Où un tas d'accidents peuvent survenir.

— Exact. La police de Milwaukee aurait dû la protéger. Ils ont merdé sur ce coup-là.

C'était une accusation un peu rapide, pensa Dahl. Chacun commençait déjà à rejeter la faute sur les autres. Finalement, le travail de la police n'était guère différent à Milwaukee, à Washington ou même dans le comté de Kennesha.

— Plus vite, dit Dahl.

— Pardon ? fit l'agent du FBI.

— Non. Je parle au chauffeur… Quand le mari de mon adjointe l'a appelée sur son portable, un type lui a répondu, en affirmant être un de mes hommes. Or, à notre connaissance, il n'y a aucun agent ni aucun policier sur place. Aucun.

— Je comprends ce qui vous inquiète. Où est-ce que ça se passe ?

— Au lac Mondac.

— Je ne connais pas.

— À côté du parc national Marquette.

— Je vais appeler l'agent qui gère les indics pour savoir s'il a entendu quelqu'un parler d'un tueur à gages.

— Je vous en serais très reconnaissant, agent Brindle.

— Vous voulez qu'on envoie un de nos gars ?

— Pas pour l'instant. Voyons d'abord ce qui se passe.

— OK. Rappelez-moi en cas de besoin. Vous pouvez compter sur nous, shérif. Ce Mankewitz, il trempe dans des histoires de clandestins, de Sécurité intérieure et de terrorisme.

Et il met une pauvre famille en danger, songea Dahl. Mais il s'abstint de le faire remarquer. Il remercia l'agent fédéral et coupa la communication.

— C'est encore loin ? grommela-t-il à son jeune adjoint.

— Une demi-heure.

— Euh… fit Dahl en massant sa jambe blessée.

— Je sais, shérif, dit Gibbs. Mais on roule déjà à cent trente. Si on va plus vite, il suffit qu'un cerf traverse et on est bons. S'il ne nous tue pas en défonçant le pare-brise, c'est Eric qui nous rentrera dedans. D'ailleurs, il ferait bien de lever un peu le pied.

Elles avaient quitté la piste vingt minutes auparavant. Brynn ne déviait de leur itinéraire qu'en cas de nécessité, pour contourner des buissons et des ronciers infranchissables ou des tapis de feuilles susceptibles de cacher des trous. Elles gravissaient des pentes raides, parfois vertigineuses. Le moindre faux pas pouvait se traduire par une dégringolade de plusieurs dizaines de mètres, sur des cailloux tranchants, à travers des buissons épineux.

Les deux hommes avaient dû atteindre le fond du ravin maintenant. Brynn espérait que, n'ayant pas découvert de corps, ils continueraient à avancer jusqu'au poste des rangers. Presque une heure pouvait s'écouler avant qu'ils comprennent qu'ils s'étaient fait rouler et reviennent vers la Joliet Trail pour reprendre la chasse.

Une courte pause pour consulter la boussole. Elles avaient suivi le cap grosso modo : droit vers le nord.

Pour la première fois, Brynn commençait à croire qu'elles avaient une chance de s'en tirer.

Elles atteindraient bientôt la rivière. Là, elles devraient choisir entre marcher vers le sud, sur la rive, jusqu'à Point of Rocks, ou emprunter un chemin plus court, mais plus ardu et dangereux, en escaladant la gorge. Brynn n'arrivait pas à chasser cette image de son esprit : le randonneur qui avait fait une chute et s'était empalé sur une branche.

Les secours avaient dû utiliser une tronçonneuse pour dégager le corps. Avant cela, ils avaient attendu une heure qu'un agent arrive avec l'engin.

Elle plissa les yeux pour observer l'éclat argenté au loin. Était-ce la rivière ?

Non, juste une étroite bande d'herbe qui brillait au clair de lune. De manière irréelle. Elle se demanda de quelle espèce d'herbe il s'agissait. Graham lui aurait fourni la réponse instantanément.

Mais elle ne voulait pas penser à Graham.

Un hurlement dans son dos la fit frissonner. Un animal donnait de la voix. Était-ce ce loup, qui semblait les suivre aussi obstinément que les deux hommes ?

Michelle se retourna en entendant cet aboiement. Elle se figea. Et hurla à son tour.

— Chut ! murmura Brynn. Ce n'est que…

— C'est eux ! C'est eux !

La jeune femme pointait le doigt dans l'obscurité.

Qu'avait-elle vu ? Brynn ne distinguait que des couches superposées d'ombres, mouvantes ou immobiles. Lisses ou granuleuses.

— Où ça ?

— Là ! Lui !

Brynn le vit enfin : à une trentaine de mètres de là, un homme se tenait derrière un buisson.

Oh, non ! Ils n'étaient pas tombés dans le panneau. Brynn serra sa lance dans son poing.

— Baissez-vous !

Toute l'angoisse qui s'était accumulée en Michelle explosa à cet instant, sous forme de fureur et de folie.

— Ordures ! cria-t-elle. Je vous hais !

— Non, Michelle. Je vous en supplie. Taisez-vous. Fuyons !

Mais la jeune femme semblait pétrifiée. C'était comme si Brynn n'existait pas. Elle lança la queue de billard sur laquelle elle s'appuyait et sortit de sa poche la bola confectionnée avec les boules de billard.

Brynn avança et agrippa Michelle par son blouson en cuir. Mais celle-ci la repoussa avec violence, son visage était un masque de rage. Brynn dérapa sur des feuilles glissantes.

La bola dans une main, le couteau dans l'autre, Michelle fondit sur l'homme, rapidement malgré sa blessure.

— Je vous hais ! Je vous hais !

— Non, Michelle ! Ils sont armés !

Elle était sourde à tout appel à la raison. Arrivée à une dizaine de mètres de l'homme, elle lança la chaussette, qui décrivit un arc de cercle féroce et faillit l'atteindre à la tête. Celui-ci demeura immobile, comme Brynn dans l'allée des Feldman.

Nullement découragée, Michelle continua d'avancer.

Brynn s'interrogeait. Devait-elle la suivre ? Ce serait suicidaire…

Oh, et puis merde ! se dit-elle. Elle se releva en grimaçant et s'élança à son tour, en essayant de rester pliée en deux.

— Michelle, stop !

L'homme pouvait tirer à tout moment. Ce devait être Hart ; il ne bougeait pas, il attendait le moment parfait.

Michelle fonçait droit sur lui.

Il ne pouvait pas la manquer.

Mais aucun coup de feu ne retentit.

En ralentissant, Brynn comprit pourquoi. Ce n'était pas du tout un homme. La jeune femme en furie avait attaqué un tronc d'arbre à la forme étrange, sectionné à environ deux mètres du sol, dont les branches et les feuilles lui conféraient l'apparence d'une silhouette humaine. Une sorte d'épouvantail naturel.

— Je vous hais !

La voix stridente de Michelle continuait à déchirer la nuit.

— Michelle !

Arrivée à deux ou trois mètres du tronc, elle sembla s'apercevoir de son erreur. Elle s'arrêta, essoufflée. Elle se laissa tomber à genoux, baissa la tête, enfouit son visage dans ses mains et éclata en sanglots. Une mélopée irréelle s'échappait de sa gorge, lugubre et désespérée.

L'horreur de cette nuit se déversait enfin ; jusqu'à présent ses larmes étaient des larmes de confusion et de douleur. Maintenant, elle laissait éclater tout son désespoir.

Brynn la rejoignit.

— Ce n'est rien, Michelle. Il ne…

Un nouveau gémissement sortit de la bouche de la jeune femme.

— Laissez-moi tranquille !

— Chut, Michelle. Je vous en prie. Calmez-vous… Ça va aller.

— Non ! Ça ne va pas ! Ça ne va pas du tout !

— Il faut continuer. On y est presque.

— Je m'en fous. Allez-y, vous…

— Je ne vais pas vous abandonner.

Michelle se balançait d'avant en arrière, les bras noués autour du corps.

Brynn s'accroupit. Elle devinait qu'il se passait autre chose à l'intérieur de la jeune femme.

— Qu'y a-t-il ?

Michelle regardait le couteau d'un air absent ; elle le remit dans la chaussette qui servait de gaine.

— Il faut que je vous avoue une chose.

— Quoi donc ?

— C'est ma faute s'ils sont morts, murmura-t-elle, ravagée par la tristesse. Steve et Emma. C'est ma faute !

— Pourquoi ?

— Parce que je suis une sale gamine gâtée ! Oh, mon Dieu…

Brynn regarda derrière elles. Quelques minutes. C'était important, elle le sentait. Elles pouvaient s'accorder quelques minutes. Les deux hommes se trouvaient encore à plusieurs kilomètres.

— Racontez-moi.

— Mon mari… (Elle se racla la gorge.) Mon mari fréquente quelqu'un d'autre.

— Hein ?

Un petit sourire douloureux apparut sur son visage et elle parvint à ajouter :

— Il me trompe. Il me dit qu'il part en voyage d'affaires. C'est la vérité, mais il ne part pas seul.

— Je suis navrée.

— J'ai une copine qui travaille pour l'agence de voyages à laquelle fait appel sa société. Je l'ai forcée à tout me dire. Il part avec quelqu'un d'autre.

— Peut-être que c'est juste une collègue ?

— Non. Et ils logent dans la même chambre d'hôtel.

Ah.

— J'étais furieuse et blessée. Je ne pouvais pas rester seule ce week-end ! C'était au-dessus de mes forces.

avant dans l'allée étroite. Il percuta la tôle ondulée avec un grand boum.

En agitant les bras à la manière d'un policier de la route qui arrête un automobiliste, Graham marcha vers la vitre du passager, qui était ouverte. Joey le regarda droit dans les yeux, d'un air farouche.

— Coupe le moteur. Et descends immédiatement, ordonna Graham.

— Non.

— Fais ce que je te dis, Joey.

— Tu peux pas me forcer. Je pars à la recherche de maman.

— Descends ! Tout de suite !

— Non.

— Des gens s'en chargent. Tom Dahl et ses adjoints. Ne t'inquiète pas pour elle.

— Tu n'arrêtes pas de dire ça ! Qu'est-ce que tu en sais ?

C'est juste, pensa Graham.

Il remarqua le regard déterminé du garçon, ses mains crispées sur le volant. Il n'était pas petit – son père mesurait plus d'un mètre quatre-vingts –, mais il était maigre et paraissait minuscule sur ce gros siège.

— J'y vais.

En voulant négocier le virage pour s'engager dans l'allée, il renversa une poubelle. Il recula de nouveau, et cette fois, il s'arrêta juste avant l'abri de jardin. Il braqua et remit la marche avant.

— Arrête, Joey. On ne sait même pas où elle est.

Cette phrase ressemblait à une reddition. Il ne devait pas argumenter d'un point de vue logique. C'était lui qui commandait.

Souviens-toi : l'instinct.

— Au lac Mondac.

— Coupe le moteur. Et descends.

J'ai convaincu Emma et Steve de venir ici et de m'emmener avec eux. Pour pouvoir pleurer sur leurs épaules. Je voulais les entendre dire que je n'y étais pour rien. Que c'était un salaud, qu'ils resteraient mes amis après le divorce et qu'ils ne voudraient plus le voir… Et maintenant, ils sont morts parce que je n'ai pas réussi à me comporter en adulte.

— Vous n'y êtes pour rien, voyons.

Brynn se retourna de nouveau. Aucun signe de leurs poursuivants. Ni de leur mascotte : le loup. Elle prit la jeune femme par les épaules et l'aida à se relever.

— Allons-y. Vous me raconterez tout ça en chemin.

Michelle obéit. Elles allèrent ramasser sa queue de billard et repartirent en direction de la rivière.

— Depuis combien de temps êtes-vous mariée ?

— Six ans, répondit la jeune femme d'une voix étranglée. Michael était un peu mon meilleur ami. Tout semblait parfait. Il était tellement relax et généreux. Il prenait vraiment soin de moi… Vous savez ce qui est horrible ? C'est pour ça que je l'ai perdu… parce que je suis une sale gamine gâtée. (Elle laissa échapper un rire amer.) Il est banquier. Il gagne beaucoup d'argent. Quand on s'est mariés, j'ai quitté mon travail. Pourtant, il ne m'avait rien demandé. L'idée venait de moi. C'était l'occasion de prendre des cours de théâtre.

Elle grimaça en posant le pied un peu trop brutalement sur le sol. Sa cheville, sans doute. Elle reprit :

— Je vous ai dit que j'étais actrice… tu parles ! Je suis une fille de vingt-neuf ans qui prend des cours de théâtre, voilà la vérité. Et je ne suis pas très douée. J'ai fait de la figuration dans une ou deux pubs locales. Et Second City n'a pas voulu de moi. Ma vie se résume à déjeuner avec des copines, jouer au tennis, aller à la salle de sport et au spa. La seule chose que je sais faire, c'est dépenser de l'argent dans les boutiques et entretenir ma forme.

De façon à rentrer dans un petit 36, remarqua Brynn malgré elle.

— À force, je n'étais plus qu'une… une rien du tout. Quand Michael rentrait le soir, je ne pouvais même pas lui parler de l'entretien de la maison, les domestiques s'étaient occupés de tout. Je suis devenue ennuyeuse. Et il a cessé de m'aimer.

Une partie du métier de représentant de l'ordre consistait à identifier les problèmes psychologiques dont souffraient les gens qu'elle rencontrait : les criminels, mais aussi les passants, les témoins et les victimes. Brynn ne pensait pas posséder un talent particulier pour sonder les âmes, mais elle confia à Michelle son point de vue, en toute honnêteté :

— Ce n'est pas entièrement votre faute. Jamais.

— Je suis minable…

— Mais non.

Brynn était sincère. Cette jeune femme était un peu trop gâtée, certes, un peu trop dorlotée, un peu trop amoureuse de l'argent et de la belle vie. Curieusement, peut-être que les événements de cette nuit lui permettaient de découvrir qu'il y avait en elle autre chose qu'une riche oisive.

Quant à l'autre problème, le plus important…

— Vous devez bien comprendre une chose, Michelle. Que vous ayez demandé à Emma et à Steve de venir ici ne change rien. Celui qui les a tués est un professionnel, engagé pour ça. S'il n'avait pas agi ce soir, il aurait agi la semaine prochaine. Ça n'a rien à voir avec vous.

— Vous croyez ?

— Oui.

La jeune femme n'était pas totalement convaincue. Brynn savait que la culpabilité possédait un ADN complexe ; elle n'avait pas besoin d'être pure pour être v… lente. Malgré tout, Michelle semblait réconfortée … ces paroles.

— Si seulement je pouvais revenir en arrière.

N'est-ce pas une prière quotidienne ? songea Brynn. Michelle soupira.

— Pardon d'avoir pété les plombs. J'ai eu tort de brailler comme ça.

— Il n'y a pas de raison de s'inquiéter, je pense. Ils sont loin. Tout au fond du ravin. Ils n'ont pas pu vous entendre.

Graham Boyd fut arraché à ce brouet de pensées concernant sa femme par le bruit caractéristique du moteur de son Ford F-150.

— On est en train de me faucher mon pick-up !

Il regarda sa belle-mère d'un air hébété en palpant instinctivement sa poche de pantalon. Il sentit ses clés à travers le tissu.

Mais comment ? se demanda-t-il. Dans les vieilles séries télé que regardait Anna, *Matlock* ou *Magnum*, tout le monde passait son temps à voler des voitures sans avoir les clés. Il croyait que ce n'était plus possible.

Quand il vit que le verrou de la porte de la cuisine n'était pas fermé et que le double des clés n'était plu… suspendu au crochet, il comprit.

— Nom de Dieu ! Pas ça. Pas maintenant.

— J'appelle le shérif, dit Anna.

— Non, laissez ! cria Graham.

Il se précipita dehors.

Le pick-up reculait vers l'abri de jardin pour… conducteur puisse faire demi-tour et sortir en…

Devait-il tenter d'arracher les clés ? Et si Joey relâchait la pédale de frein par mégarde ? Un des employés de Graham avait été grièvement blessé en glissant le bras à l'intérieur d'un véhicule en mouvement pour remettre le levier de vitesses au point mort. Nos corps ne peuvent lutter contre deux tonnes d'acier et d'essence inflammable.

Son regard se posa sur le siège du passager. Nom de Dieu ! Joey avait un fusil à plombs. À faible distance, ce modèle puissant était aussi précis qu'une 22 long-rifle et aussi mortel pour les écureuils et les rats. Brynn lui avait interdit de posséder une arme. Où s'était-il procuré celle-ci ? L'avait-il volée ?

— Joey ! Obéis ! Tu ne peux rien faire. Ta mère va bientôt rentrer. Et si tu n'es pas là, elle sera furieuse.

Nouvelle entorse au modèle du parent autoritaire.

— Non. Il se passe des choses. Je le sais.

Joey relâcha la pédale de frein et le pick-up avança.

Sans réfléchir, Graham fonça devant le véhicule et resta planté là, les mains sur le capot.

— Graham ! hurla Anna sur le perron. Stop ! N'en faites pas un conflit personnel.

Si, justement, se dit-il. Il était temps que quelqu'un provoque un conflit.

— Descends de là !

— Je veux retrouver maman !

À cet instant, Graham ne devait son salut qu'à la basket délacée d'un gamin de douze ans qui appuyait sur une pédale de frein ayant besoin d'être réparée depuis un an.

— Coupe ce moteur, Joey. Je ne te le répéterai pas.

Quand Graham était enfant, il suffisait que son père prononce cette phrase pour qu'il obéisse aussitôt, même si en ce temps-là, la colère paternelle s'exprimait parce qu'il n'avait pas sorti la poubelle ou avait bâclé ses devoirs.

— J'y vais !

Le pick-up fit un bond en avant.

Graham tressaillit, mais ne bougea pas.

Si tu bouges, se dit-il, tu as perdu.

Simultanément, il se demandait de quel côté il allait sauter si Joey accélérait. Il craignait de ne pas pouvoir réagir suffisamment vite.

— C'est pas *toi* qui vas y aller, hein ? rugit le garçon.

Ce n'est pas notre boulot, fut-il tenté de répondre. Laissons la police faire son travail. Ce sont des spécialistes. Au lieu de cela, il dit calmement :

— Descends de là.

Conscient que son instinct risquait de le tuer.

— Tu vas partir à sa recherche ?

Joey marmonna quelques paroles parmi lesquelles Graham crut reconnaître un seul mot : « lâche ».

— Joey.

— Écarte-toi de mon chemin ! hurla le garçon.

Il avait des yeux de fou.

L'espace d'un instant, qui lui parut durer l'éternité, Graham crut que Joey allait accélérer.

Finalement, le garçon grimaça, baissa les yeux sur le levier de vitesses et revint au point mort. Il descendit de la fourgonnette et prit son fusil.

— Non. Laisse-le.

Graham marcha vers lui et passa ses bras autour de ses épaules.

— Viens, Joey, dit-il gentiment. On va boire un…

Visiblement furieux de sa défaite, Joey se dégagea d'un mouvement brusque et fonça dans la maison en passant devant sa grand-mère. Sans un mot.

Après avoir consulté la boussole une fois de plus, les deux fugitives poursuivirent leur périple à travers une portion de forêt moins dense. Il y avait même des clairières ou des prés. Et, de plus en plus, d'imposantes formations rocheuses repoussées par l'avancée des glaciers, il y a des millions d'années.

Elles marchaient en silence, maintenant.

Au bout de cinq cents mètres environ, Brynn voulut demander à Michelle des nouvelles de sa cheville. Au lieu de ça, elle lâcha :

— Mon mari aussi.

Elle se stupéfia elle-même.

Bon sang, ai-je vraiment prononcé ces paroles ? J'ai dit ça ?

Michelle la regarda en fronçant les sourcils.

— Votre mari ?

— Comme le vôtre. (Elle inspira l'air froid et odorant.) Graham a une liaison.

— Oh. Je suis navrée. Vous êtes séparés ? Vous êtes en plein divorce ?

Après un silence, Brynn dit :

— Non. Il ne sait pas que je l'ai découvert.

Elle regrettait d'avoir parlé de ça. C'était absurde. Ferme-la et continue d'avancer, ma vieille, se dit-elle. Mais elle avait envie de raconter son histoire. Très envie. Sentiment d'autant plus étrange qu'elle n'avait jamais confié ce secret à personne. Ni à sa mère, ni à Katie sa meilleure amie sapeur-pompier, ni à Kim la responsable de l'association des parents d'élèves.

En vérité, songea-t-elle, ce n'était pas un hasard si elle pouvait enfin parler de ce qui la tourmentait depuis des mois, maintenant, dans ces circonstances extrêmes, avec une complète inconnue. Plus ou moins consciemment, elle espérait que Michelle prononcerait quelques paroles compatissantes et qu'une fois cette question évacuée, elles pourraient se concentrer sur leur périple. Mais la jeune femme exprima un intérêt sincère.

— Racontez-moi. S'il vous plaît. Que s'est-il passé ?

Brynn mit de l'ordre dans ses pensées. Finalement, elle se lança :

— J'ai d'abord été mariée à un *state trooper*, Keith Marshall.

Elle regarda discrètement Michelle pour voir si ce nom faisait tilt.

Apparemment, non. Elle poursuivit :

— Nous nous sommes rencontrés lors d'un stage de formation à Madison.

Elle se souvenait encore de la première fois où elle avait vu cet homme grand et baraqué, planté devant la table qui leur servait de bureau.

Le regard appuyé qu'il avait posé sur elle indiquait qu'il appréciait son physique. Toutefois, elle n'avait véritablement éveillé son intérêt qu'au moment où elle avait dû jouer les négociatrices dans le cadre d'une prise d'otages simulée ; un rôle qu'elle avait interprété à la perfection, d'après le psychologue qui dirigeait l'exercice. Mais ce qui avait réellement séduit Keith, semble-t-il, c'était le test de démontage et de remontage du Glock. Brynn avait remis la culasse et rempli le chargeur alors que les autres étaient encore en train de se débattre avec le mécanisme de verrouillage.

— Très romantique, ironisa Michelle.

C'était aussi ce qu'avait pensé Brynn.

Après le stage, ils avaient bu un café et parlé du métier de policier dans une petite ville, mais aussi de la difficulté de faire des rencontres. En le voyant grimacer, elle lui avait demandé ce qui n'allait pas. Il lui avait expliqué qu'il revenait d'une visite médicale ; il avait été blessé au cours d'une véritable prise d'otages, qui s'était bien terminée toutefois, sauf pour les criminels.

— Ils sont sortis les pieds devant.

Elle se souvenait de cette histoire. Un braquage de banque avait mal tourné. Les deux types armés, des camés, s'étaient retranchés dans une succursale de Piny Grove Savings avec des clients et des employés. Les vitres étaient trop épaisses pour permettre l'intervention des tireurs d'élite. Alors, Keith avait contourné les barrières et il était entré par la porte, en tenant son arme le long du corps. Sans même chercher à se protéger, il avait abattu un des types d'une balle dans la tête ; son complice avait riposté et atteint Keith à deux reprises. Keith l'avait tué à son tour, à travers le présentoir derrière lequel il tentait de se cacher.

Ils sont sortis les pieds devant.

Keith s'était vite remis de ses blessures bénignes. Il avait été réprimandé – il le fallait – pour avoir joué les Bruce Willis ou les Clint Eastwood. Mais personne ne lui avait tenu rigueur de cet acte de désobéissance, et évidemment, la presse s'était délectée de cette affaire.

Brynn l'avait obligé à lui raconter l'histoire dans les moindres détails. Elle était fascinée. Un peu trop fascinée, d'ailleurs, avait-elle conclu plus tard ; elle était littéralement subjuguée par cet homme à la force tranquille.

Pour leur première sortie, ils étaient allés voir un film d'horreur et avaient dîné dans un restaurant mexicain, où ils avaient longuement parlé d'armes à feu, de gilets pare-balles et de poursuites en voiture.

Onze mois plus tard, ils s'étaient mariés.

— Vous avez épousé un cow-boy.

Brynn hocha la tête.

— Moi, ajouta Michelle avec une grimace, j'ai épousé mon père, d'après mon psy. Bref, que s'est-il passé ensuite ?

Ensuite ? Brynn s'empêcha de porter sa main à sa mâchoire déformée, mais elle ne put repousser un souvenir compulsif : Keith, dont le visage passait de la fureur à la stupeur en une fraction de seconde et qui reculait en titubant sous l'impact de la balle, tandis que la cuisine, violemment éclairée, était envahie par l'odeur âcre de la poudre s'échappant de l'arme de service de Brynn.

— Brynn ? Que s'est-il passé ? répéta Michelle d'une voix douce.

— Disons que ça n'a pas collé. Et je me suis retrouvée célibataire, à nouveau. J'avais Joey et mon travail, ma mère vivait avec nous. J'avais une baby-sitter à demeure. J'adorais mon métier. Je n'avais pas envisagé de me remarier. Mais il y a deux ans environ, j'ai rencontré Graham. En allant lui acheter des plantes. Il est paysagiste. Comme elles ne poussaient pas très bien, je suis retournée en acheter d'autres. Il m'a expliqué l'erreur que je faisais et il m'a invitée à boire un verre. J'ai accepté. Il était drôle, gentil. Il voulait des enfants, mais sa première femme n'en voulait pas. On est sortis ensemble pendant un moment. Puis je me suis aperçue que la vie avec lui était agréable. Il m'a demandée en mariage. J'ai dit oui.

— Une vie agréable, c'est bien.

— Oh oui, très bien. Jamais de disputes. Il était à la maison tous les soirs.

— Mais…

Cette fois, Brynn caressa sa mâchoire.

— Au bout d'un moment, on m'a confié davantage de missions, des trucs plus dangereux. Beaucoup de querelles conjugales. Je faisais de longues journées, et le reste du temps, je le passais avec Joey… Il avait des ennuis à l'école. C'est un vrai problème, je ne sais pas si vous en avez entendu parler : les enfants des représentants de l'ordre.

Michelle secoua la tête.

— Statistiquement, ils ont plus de troubles du comportement, de difficultés psychologiques. Joey n'arrête pas de s'attirer des ennuis. Et parfois, il est imprudent. Sur son skate, c'est un dingue de la vitesse. Bref, je me focalisais sur mon travail et sur mon fils, et soudain, je me suis aperçue que Graham s'absentait régulièrement pour des soirées poker.

— Sauf que ce n'étaient pas vraiment des soirées poker.

— Généralement, si. Mais parfois, il ne restait pas jusqu'au bout de la partie. Ou bien, il n'y allait carrément pas.

Ce qu'elle n'avoua pas à Michelle, c'est que lorsque Tom Dahl lui avait demandé de se rendre au lac Mondac, sa première pensée avait été : si je m'absente, Graham ne pourra pas sortir ce soir. Il ne pourra pas *la* voir.

À cet instant, elle songea qu'il n'avait pas répondu quand elle l'avait appelé de la voiture. Était-il sorti quand même ?

— Vous êtes sûre ? demanda Michelle.

— J'ai un témoin. Quelqu'un les a vus ensemble.

— Vous avez confiance dans ce témoin ?

— Oh que oui. C'est moi.

Elle revoyait la scène. À la sortie de Humboldt. Alors qu'elle se rendait à une réunion concernant un laboratoire clandestin de crack, dans une voiture de fonction, elle avait aperçu Graham en compagnie d'une grande blonde, devant le Albemarle Motel. Elle hochait la tête et souriait. Un joli sourire dans son souvenir. Il parlait avec cette fille, devant le motel, alors qu'il était censé se rendre à Lancaster, à trente kilomètres de là, pour un boulot. Ce soir-là, au dîner, en la regardant dans les yeux, il lui avait décrit le trajet jusqu'à ce petit lieu de villégiature paradisiaque et raconté sa journée de travail, la bombardant de détails, comme toute personne qui ment. Brynn avait une grande expérience dans ce domaine : elle avait arrêté de nombreux automobilistes.

En les voyant bavarder devant le motel, elle s'était interrogée : était-ce avant qu'ils entrent dans la chambre ou après ?

— Que lui avez-vous dit ? demanda Michelle.

— Rien.

— Ah bon ?

— Je ne sais pas pourquoi. Sans doute que je ne voulais pas tout foutre en l'air, à cause de Joey. Après la séparation d'avec Keith, un nouveau divorce… Je ne pouvais pas lui faire ça. Et puis, Graham est quelqu'un de bien.

— À part qu'il vous trompe.

Brynn esquissa un sourire. Et fit écho à une remarque précédente.

— Ce n'est pas uniquement sa faute. Sincèrement… Je suis un bon flic. Je suis moins douée pour la vie de famille.

— Je pense que les gens ne devraient pas seulement faire une analyse de sang avant de se marier. Ils devraient passer un examen de deux jours. Comme les avocats.

Brynn avait l'impression d'évoluer dans un film, une comédie dans laquelle deux sœurs séparées très jeunes se retrouvent. La première est partie mener la grande vie à la ville, tandis que la seconde a vécu à la campagne. Elles sont amenées à voyager ensemble et découvrent qu'au fond, elles sont pareilles.

Michelle s'arrêta. Elle tendit le doigt devant elle, sur la gauche.

— Attention. Il y a un à-pic à cet endroit.

Elles firent un détour. Brynn s'aperçut que Michelle marchait devant pour la première fois, et elle était heureuse de la laisser faire.

— Elles sont là.

Compton Lewis tapota le bras valide de Hart et désigna une trouée au milieu des arbres. À deux ou trois cents mètres, ils distinguaient, au clair de lune, deux silhouettes vêtues de vêtements sombres. L'une des deux avançait en boitant et prenait appui sur une sorte de bâton.

Hart hocha la tête. Il sentit son cœur s'emballer en découvrant enfin leurs proies, presque à portée de tir. Elles ne se doutaient de rien.

Les deux hommes repartirent vers leurs cibles.

Le Filou avait encore fait des siennes.

Alors qu'ils se tenaient au bord du ravin, au-dessus de la corniche ensanglantée, Hart s'était longuement interrogé : les deux femmes avaient-elles vraiment tenté de descendre cette paroi rocheuse pour atteindre le poste des rangers ?

Ou avaient-elles continué sur la piste ?

Finalement, il avait décidé que Brynn bluffait. Si l'une ou l'autre s'était réellement blessée en tombant, elle aurait fait tout son possible pour dissimuler les taches de sang avec de la boue ou de la poussière. Au contraire, elle avait étalé ce sang pour essayer de les tromper, pour qu'ils prennent la direction du poste.

Mais Hart avait retourné le stratagème contre elles. Il voulait laisser croire à Brynn qu'elle avait réussi son coup, pour qu'elles ralentissent et baissent un peu leur garde. Il n'était pas sûr qu'elles voient la paroi rocheuse d'où elles se trouvaient, mais il avait décidé malgré tout de sacrifier une lampe électrique. Il l'avait suspendue au bout d'une branche, à l'aide d'une corde confectionnée avec le maillot de corps de Lewis découpé en lambeaux. En se balançant au bord du vide sous l'effet du vent, la lampe donnait l'impression qu'ils cherchaient un moyen de descendre au fond du ravin.

L'homme de métier qui était en lui avait apprécié le travail.

Après cela, Lewis et lui étaient repartis sur la piste, en pressant le pas.

Quant à savoir quelle direction avaient prise les deux femmes, il ne pouvait qu'émettre des hypothèses. Il était fort probable qu'elles avaient continué sur la piste qui, d'après le GPS, se poursuivait en direction du nord-est, sur une vingtaine de kilomètres, à travers bois. Au bout d'un moment, elles seraient obligées de prendre une décision : bifurquer à gauche, vers l'ouest, contourner le poste des rangers et dénicher le chemin qui menait à la route. Ou bien partir vers le nord, en visant la Snake River, qui les conduirait vers la nationale à l'ouest ou vers Point of Rocks à l'est.

Mais grâce au hurlement entendu quelques minutes plus tôt, il savait maintenant qu'elles se dirigeaient vers la rivière. Le premier cri, à l'intersection, près de l'abri, était un leurre évidemment, comme sur le lac quand ils avaient tiré sur le canoë. Le second, en revanche, était bien réel puisque les deux femmes étaient convaincues que leurs poursuivants se trouvaient à des kilomètres de là.

Hart et Lewis avaient quitté la piste eux aussi pour suivre la direction générale du bruit, en regardant où ils posaient les pieds pour éviter les feuilles et les branches bruyantes, ainsi que les épines acérées comme des lames de rasoir ou les à-pics.

Impossible, néanmoins, de déterminer si les deux femmes progressaient maintenant dans ce fouillis de végétation au nord de la piste ; ils devaient attendre de découvrir un indice. Soudain, Lewis s'arrêta et montra un objet blanc par terre. Petit, mais éclatant au milieu de cet océan noir.

Ils s'en approchèrent prudemment. Hart ne pensait pas qu'il s'agissait d'un piège – surtout, il ne voyait pas lequel – mais il se méfiait systématiquement de Brynn désormais.

Le Filou.

— Couvre-moi, dit-il. Je vais jeter un coup d'œil. Ne tire que si je suis en danger. Il ne faut pas dévoiler notre position.

Lewis hocha la tête.

Plié en deux, Hart avança jusqu'à ce qu'il ne soit plus qu'à un mètre de l'objet : un tube blanc d'une quarantaine de centimètres de long sur dix de large. Il y avait un renflement à une des extrémités. Il ramassa une branche pour déplacer l'objet. Rien ne se produisit. Il se retourna vers Lewis qui scrutait les environs ; celui-ci lui fit signe avec son pouce.

Hart se pencha pour prendre la chose. Lewis le rejoignit.

— Une chaussette avec une boule de billard à l'intérieur.

— C'était à elles ?

— Forcément. Elle est propre et sèche.

— Merde, alors. Elles voulaient s'en servir pour nous assommer. Un coup à te fracasser le crâne, mec.

Brynn, pensa Hart.

— Hein ? fit Lewis.

Hart le regarda, sourcil dressé.

— Tu disais ? demanda Lewis. J'ai pas entendu.

— Je n'ai rien dit.

Avait-il prononcé le nom de cette femme à voix haute ?

Après cette halte, ils avaient continué tout droit, presque plein nord, et leurs proies venaient d'apparaître.

Ils avançaient juste derrière elles, dans une zone boisée relativement plate, une étendue de chênes, d'érables et de bouleaux qui s'achevait par une clairière, à environ cinq cents mètres de là. Sur leur droite, le sol plongeait brutalement vers une dépression rocailleuse : le lit d'un cours d'eau qui alimentait un petit lac, entouré d'une épaisse forêt de pins. À gauche s'élevait une succession de petites crêtes, certaines couronnées d'arbres, d'autres parsemées de broussailles, d'autres entièrement pelées.

Hart s'accroupit et fit signe à Lewis de l'imiter. Celui-ci s'exécuta aussitôt.

— On va se séparer. Tu prendras à gauche. Tu vois cette crête ?

Hochement de tête.

— Dans l'herbe, tu pourras avancer plus vite. Ensuite, tu repiques vers elle, sur leur flanc gauche. Moi, je continuerai tout droit pour arriver dans leurs dos. Quand elles atteindront cet endroit dégagé là-bas… Tu vois la petite clairière ?

— Ouais.

— J'agiterai la chaussette, dit-il en tapotant la poche dans laquelle il avait glissé la matraque improvisée. À ce moment-là, tu tires. Pour les empêcher de détaler. Moi, j'arrive par-derrière et je les achève.

— Et les corps ? demanda Lewis. On peut pas les laisser là. Les animaux vont disperser des morceaux dans tout le parc. Autant d'indices.

— On les enterrera.

— Il a fait froid ce mois-ci. La terre est encore vachement dure. Et avec quoi tu veux creuser ?

Lewis regarda autour de lui. Il montra le petit lac sur leur droite.

— Là, dit-il. On pourra les lester avec des pierres. Je parie que personne ne vient jamais dans ce coin, juste pour voir ce petit lac merdique.

Hart y jeta un coup d'œil.

— Entendu.

— Je vais viser large, mais si je ne les atteins pas toutes les deux avec la première décharge, l'autre va courir se planquer. Et on sera obligés de la chercher. À ton avis, qui je vise de préférence ? Michelle ou la femme flic ?

Hart suivait des yeux les deux femmes qui traversaient la forêt, tranquillement, comme des touristes.

— Occupe-toi de Michelle. Je me charge de Brynn.

— Avec plaisir, dit Lewis.

Le pick-up blanc quitta Humboldt à toute allure pour s'engager sur la nationale.

Le moteur protestait bruyamment.

Graham Boyd conduisait et ses seuls passagers, à l'arrière, étaient trois pots d'azalées qu'il n'avait pas pris le temps de détacher. Il avait rangé le fusil à plombs dans le placard qui contenait déjà le skateboard de Joey.

Après leur affrontement, il s'était rendu dans la chambre du garçon pour lui parler, mais celui-ci avait fait semblant de dormir. « Joey ? » avait-il murmuré, deux fois. D'une certaine façon, il était soulagé par cette absence de réaction car il ne savait absolument pas ce qu'il allait lui dire. Mais il ne supportait pas de laisser ce conflit en suspens.

Il avait envisagé de confisquer également les jeux, l'ordinateur et la Xbox pour les enfermer dans l'abri de jardin. Mais il ne l'avait pas fait. Il avait l'impression qu'avec les enfants, la décision d'infliger une punition ne devait pas être prise sous l'effet de la colère.

C'est toi l'adulte.

À mettre au compte de l'instinct.

Il était remonté cinq minutes plus tard, il n'y avait toujours pas de lumière sous la porte de Joey.

— Je suis inquiète, Graham, avait dit Anna.

Il avait regardé une fois de plus la photo de sa femme coiffée de sa bombe violette et vêtue de sa tenue d'équitation, avant de sortir par la porte de derrière, avec une bouteille de bière pleine à la main, tellement glacée qu'elle lui brûlait les doigts. Et là, sur la petite véranda qu'il avait construite lui-même, il avait contemplé le clair de lune.

Il avait sorti son portable de sa poche pour essayer de joindre Brynn encore une fois.

Puis s'était ravisé. Et si c'était encore ce type qui répondait ? Graham savait qu'il ne parviendrait pas à garder son calme. S'il laissait paraître que la police avait des soupçons et se rendait sur place, l'homme risquait de faire du mal à Brynn avant de filer. Alors, il avait rangé son portable et versé la bière sur un paillis qui entourait une azalée de Noël derrière la véranda.

De retour dans le salon, il avait sursauté. Joey était redescendu, en pyjama. Il était roulé en boule dans le canapé, la tête posée sur les genoux de sa grand-mère.

Anna lui fredonnait une chanson.

Les yeux de Graham avaient croisé ceux de sa belle-mère. Il s'était montré du doigt, puis avait désigné la porte.

— Vous êtes sûr de vouloir faire ça, Graham ? avait-elle demandé à voix basse.

Non, pensait-il. Mais il avait hoché la tête.

— Je garde la maison, avait dit Anna. Soyez prudent. Je vous en supplie.

Il avait démarré le pick-up capricieux et était sorti de l'allée en faisant crisser les pneus sur le gravier.

Tenant le volant d'une main, il reprit son portable et composa un numéro (Sandra ne figurait pas dans son répertoire, évidemment). Mais il hésita et se ravisa, là encore. Il remit l'appareil dans sa poche. Le protocole n'avait plus cours ; il était tard et il lui avait déjà parlé, brièvement, en douce, pendant qu'Anna était aux toilettes, pour lui annoncer qu'il ne pourrait pas la voir ce soir. Et même si elle répondait maintenant, ce qui était peu probable, que lui dirait-il ?

Il n'en était pas sûr.

En outre, raisonna-t-il, il valait mieux qu'il se concentre sur sa conduite. Il roulait à plus de quatre-vingt-dix dans une zone limitée à soixante, mettant au défi n'importe quel policier de l'arrêter.

Que ferait-il au juste en arrivant au lac Mondac ? Il n'en avait aucune idée.

Quant à savoir pourquoi il faisait cela ? Mystère.

Il aurait voulu être dans son lit, épuisé par son travail, le bras passé autour du ventre de sa femme, qui aurait posé ses lèvres sur son épaule. Ils parleraient de leur journée respective, du dîner de vendredi, de l'appareil dentaire et du bulletin scolaire de Joey, d'une proposition de refinancement de leur crédit immobilier, jusqu'à ce qu'ils s'endorment, l'un après l'autre. Mais apparemment, ce n'était pas au programme de ce soir. Cela se reproduirait-il un jour ? Et si oui, quand ? Demain ? L'année prochaine ?

Au diable, la police ! Il accéléra encore. À l'arrière de la camionnette, les azalées kidnappées tremblaient.

— Là ! chuchota Brynn avec excitation. Vous voyez ?

— Quoi ?

Michelle suivait du regard la main tendue de Brynn. Les deux femmes étaient accroupies derrière un cornouiller aux branches encore nues, sur un épais tapis de pousses de crocus et de compost odorant.

Au loin, un mince ruban scintillant.

— La rivière. La Snake River.

Leur issue de secours.

Elles marchèrent pendant cinq minutes sans revoir l'eau. Brynn jetait des coups d'œil autour d'elle pour s'orienter et s'assurer qu'elles avançaient dans la bonne direction, lorsqu'elle se figea.

— Nom de Dieu.

Elle s'accroupit. La peur bourdonnait dans sa poitrine.

Elle venait d'apercevoir un des hommes, celui avec le fusil. Le complice de Hart. Il se trouvait à moins de deux cents mètres, sur une corniche, sur leur gauche.

— C'est ma faute, dit Michelle. Si je n'avais pas piqué ma crise ! (Son visage reflétait le même dégoût de soi que précédemment.) Ils m'ont entendue, c'est sûr.

Petite fille gâtée...

— Non, murmura Brynn. Ils n'auraient pas pu arriver si vite s'ils avaient gobé la ruse de la falaise. Ils ont bricolé une astuce avec la lampe de poche, je parie. Un coup de Hart. Pour nous tromper.

Comme j'ai essayé de le tromper. Sauf que lui a réussi.

D'ailleurs, où était-il passé ? Elle se souvint d'un stage de formation récent. L'instructeur leur avait fait un cours sur les feux croisés. Il ne fallait jamais se placer face à face, évidemment, pour ne pas risquer une bavure. Hart allait donc arriver par-derrière, et non sur le flanc droit.

Elle ne le voyait pas, mais elle savait qu'il était là, quelque part.

Cela signifiait qu'ils les avaient repérées et s'apprêtaient à porter le coup fatal.

Elles avançaient sur un terrain plat, en direction d'une clairière, que Brynn avait espérée et attendue : plus de murs de broussailles à franchir, juste une vaste étendue d'herbe. Pourtant, elle entraîna Michelle vers une colline escarpée qui descendait jusqu'au lit d'un ruisseau. L'éclat de la lune ne parvenait pas à atteindre le fond et elles trouveraient de quoi se cacher.

— On va descendre par là. Faites de votre mieux. Venez. Vite.

Elles s'engagèrent dans la pente abrupte en demeurant à proximité des bosquets de chênes afin d'être moins facilement repérables. Elles dérapaient autant qu'elles couraient, Michelle devant, Brynn derrière.

Elles se débrouillaient plutôt bien, jusqu'à ce que Brynn se prenne le pied dans une plante grimpante ou une branche. Elle tomba lourdement sur les fesses, glissa sur les feuilles humides et vint percuter Michelle en lui fauchant les jambes. Débuta alors, pour l'une et l'autre, une dégringolade interminable. Brynn tentait désespérément de garder le contrôle de sa lance pour qu'elles ne se retrouvent pas embrochées.

Elles achevèrent leur course dans un étroit ravin.

Le couteau qui était dans la poche de Brynn avait traversé l'anorak, sans la blesser néanmoins. Allongée sur le dos, Michelle se tapotait frénétiquement le ventre. Horrifiée, Brynn craignit qu'elle ait roulé sur son couteau de cuisine.

Le souffle coupé, elle murmura :

— Ça va ?

La main de Michelle se referma sur le manche du couteau à l'intérieur de son blouson. Apparemment, il n'avait causé aucun dégât. Elle hocha la tête.

Brynn se releva lentement, sans lâcher sa lance. En regardant autour d'elle, elle aperçut une dépression dans le lit asséché de la rivière. Elles s'y réfugièrent. Des broussailles et un alignement naturel de gros rochers les protégeaient des regards.

— Regardez, chuchota Michelle en tendant le doigt.

Brynn dressa la tête et découvrit le complice de Hart qui se déplaçait vers l'est, c'est-à-dire vers elles, au petit trot, fusil à la main, prêt à tirer. Le vent agitait les feuilles, mais il avait dû entendre quelque chose. Son regard était braqué sur l'endroit où elles étaient tombées. Après avoir scruté les environs, il disparut à l'intérieur d'un épais taillis au nord.

Brynn serra la lance dans sa main.

— Comment va votre cheville ?

— Ça peut aller. Je suis tombée sur l'autre jambe.

Elle continuait à examiner la colline. Plus aucun signe des deux hommes.

Elle évaluait les distances et spéculait : où avait bien pu aller le complice de Hart ? Michelle murmura quelque chose qu'elle n'entendit pas. Elle était plongée dans ses réflexions. Soudain, elle prit une décision.

— On va se séparer. Vous allez continuer par là, en restant au fond du ravin et en gardant la tête baissée. Vous voyez ce creux un peu plus loin ? Allongez-vous dedans et couvrez-vous de feuilles.

— Et vous, qu'est-ce que vous allez faire ?

— Vous voyez le creux ? demanda Brynn d'un ton ferme.

— Vous allez le poursuivre, hein ?

Il y a un moment pour fuir, un moment pour se battre.

Elle hocha la tête.

— Je veux venir avec vous, dit Michelle. Je pourrai vous aider.

— Vous m'aiderez davantage en restant cachée.

Michelle se renfrogna. Puis elle grimaça un sourire.

— Je n'ai pas peur de me casser un ongle, si c'est ce que vous pensez.

Brynn sourit à son tour.

— C'est mon métier. Laissez-moi l'exercer. Allez vous cacher, couvrez-vous de feuilles. S'ils approchent trop et si vous devez fuir…

Son regard suivit le lit asséché et elle montra le lac, pas plus grand qu'un étang en réalité.

— Ce sera notre point de ralliement. Sur la rive la plus proche, près de ces rochers.

— Le point de ralliement ?

— C'est là que se retrouvent les militaires quand ils ont été séparés. Ce n'est pas un truc de flics. J'ai vu ça dans *Il faut sauver le soldat Ryan.*

Cette remarque arracha un nouveau sourire à Michelle.

Charles Gandy, un homme d'une trentaine d'années, mince et barbu, vêtu d'une parka North Face, se tenait à côté d'un camping-car Winnebago garé dans les bois du parc national Marquette, non loin d'un poste de rangers délabré, abandonné depuis des années. Le camping-car était cabossé à plusieurs endroits et l'arrière accueillait une demi-douzaine d'autocollants qui vantaient les mérites des énergies renouvelables et quelques prouesses sportives comme la traversée du col de Snoqualmie en VTT ou une randonnée sur la piste des Appalaches.

— Tu as entendu autre chose, chéri ? demanda Susan, une femme rondelette aux cheveux châtains raides.

Un peu plus âgée que Gandy, elle portait un collier en forme d'ânkh égyptien, deux bracelets tressés et une alliance.

— Non.

— C'était quoi ?

— Des voix, j'en suis sûr. On aurait presque dit un cri.

— En pleine nuit ? Le parc est fermé.

— Je sais.

— Et Rudy, il revient quand ?

— D'une minute à l'autre.

Il scruta l'obscurité.

— Papa ?

Charles se retourna pour voir sa belle-fille de neuf ans à la porte du camping-car, vêtue d'un T-shirt et d'une jupe en jean, avec une vieille paire de baskets aux pieds.

— Amy, il est l'heure de dormir.

— J'aide maman. Elle me l'a demandé.

— Bon, d'accord. C'est elle qui décide. Mais rentre, il gèle dehors.

La fillette disparut dans un tourbillon de longs cheveux blonds.

Le camping-car possédait deux portes, devant et derrière. Gandy monta à l'arrière pour prendre une vieille carabine de chasse cabossée. Il remplit le chargeur.

— Qu'est-ce que tu fais, chéri ?

— Il faut que j'aille voir.

— Mais les rangers…

— Il n'y a personne par ici, et surtout pas à cette époque. Verrouille les portes, tire les rideaux et n'ouvre à personne, sauf à moi et à Rudy.

— Bien, chéri. Sois prudent.

Susan grimpa à son tour dans le camping-car, puis verrouilla la porte. L'obscurité envahit l'habitacle. Le vent couvrait presque le léger bourdonnement du générateur. Tant mieux.

Après avoir fermé sa parka et enfilé le bonnet gris que Susan lui avait offert pour son anniversaire, Gandy descendit le petit chemin qui conduisait à la Joliet Trail, la carabine sous le bras.

Ils étaient ici depuis quatre jours et il avait passé quasiment tout ce temps à sillonner les environs. Il connaissait bien le coin maintenant, et il avait découvert au milieu de la végétation des passages ouverts par des cerfs – feuilles piétinées, branches brisées et petites crottes – et des humains (mêmes traces, la merde en moins).

Il avançait lentement, avec prudence. Il ne craignait pas de se perdre, il craignait de faire une mauvaise rencontre.

Ce bruit qu'il avait entendu, était-ce un cri ou non ?

Et si oui, un cri d'être humain ou d'animal ?

Il avait déjà parcouru deux ou trois cents mètres dans la direction d'où semblaient provenir les bruits. Il s'agenouilla et examina la forêt éclairée par la lune. Il entendit des craquements, pas très loin, des branches qui tombaient ou se brisaient peut-être. Un cerf. Un ours.

Ou ma putain d'imagination.

Il se raidit.

Là-bas… Oui… Aucun doute. C'était bien quelqu'un qu'il voyait, une femme, qui courait d'arbre en arbre, pliée en deux. Elle tenait quelque chose dans la main. Un long objet fin. Une carabine ? Il serra plus fortement la sienne, une Savage .308.

Qu'est-ce qui se passait ? Des cris dans un parc national désert, et officiellement fermé, en pleine nuit ? Son cœur cognait. Son instinct lui ordonnait de regagner le camping-car et de filer. Mais le vacarme du moteur diesel risquait d'attirer l'attention.

Tapi au sol, il espionnait cette femme en se demandant pourquoi elle se comportait comme un soldat. Elle se déplaçait furtivement et restait à couvert. Elle ne portait pas la toque caractéristique des rangers ni la veste d'uniforme. Ça ressemblait plus à un anorak.

Elle représentait une menace, lui disait son instinct.

La femme disparut derrière un épais mûrier et il ne la vit pas ressortir de l'autre côté. Il se leva, en pointant le canon de son arme devant lui, et avança.

Fous le camp ! lui criait une partie de son cerveau.

Non. L'enjeu est trop important. Continue.

Il s'arrêta au bord d'une pente raide qui descendait vers la forêt. Il assura son équilibre en prenant appui avec sa main gauche sur des jeunes troncs de bouleaux et de chênes, puis, quand le sol s'aplanit, il bifurqua vers le buisson derrière lequel la femme avait disparu.

Il observa les alentours. Personne.

Et soudain, il discerna sa silhouette, à une dizaine de mètres, accroupie, la tête rentrée dans les épaules, telle une lionne qui guette une antilope.

Sans un bruit, il arma sa carabine et continua d'avancer, en prenant soin de ne pas marcher sur les branches et les feuilles, comme s'il traversait un champ de mines.

Lui aussi jouait au soldat. Un rôle dans lequel il ne se sentait pas très à l'aise.

Kristen Brynn McKenzie, accroupie derrière un chêne noir noueux mais imposant, serrait de toutes ses forces la queue de billard et inspirait profondément, la bouche grande ouverte pour ne pas faire de bruit. Elle avait remonté la colline, vers l'endroit où l'homme avait disparu.

Ses paumes étaient moites, malgré le froid qui l'avait saisie de nouveau car elle s'était débarrassée de son anorak et d'un de ses pantalons de survêtement. Ces deux vêtements, bourrés de feuilles, formaient maintenant un tas sous un mûrier, tel un épouvantail qui serait tombé, afin d'attirer l'attention du complice de Hart.

La ruse semblait fonctionner. Il approchait prudemment.

Toujours aucun signe de Hart.

Tant mieux.

Un par un, je peux vous avoir.

Elle avait pris le risque qu'il lui tire dessus de loin en se montrant brièvement au clair de lune, pour disparaître ensuite derrière le mûrier et accomplir son subterfuge.

Après cela, elle était redescendue et avait fait un détour pour rejoindre cet arbre.

En priant pour que le complice de Hart morde à l'hameçon.

Prière exaucée. Arme levée, la silhouette marchait vers le mannequin.

Brynn, recroquevillée derrière le tronc épais, suivait sa progression pas à pas. Son ouïe était aiguisée. Comme tous ses autres sens, d'ailleurs. La lame de la lance se trouvait à quelques centimètres de son visage, protégée de l'éclat de la lune pour éviter les reflets. Quelle ironie, pensa-t-elle. Pour sa première utilisation, ce couteau tout neuf ne servirait pas à découper un morceau de filet de bœuf ou du blanc de poulet, mais à tuer un être humain.

Elle se dit également que cette perspective la laissait indifférente.

Un léger craquement, un bruissement.

Mais des bourrasques se levèrent et elle perdit momentanément la trace sonore de l'homme au milieu des tourbillons de feuilles et du sifflement dans les branchages.

Où est-il ? se demanda-t-elle, paniquée.

Soudain, elle l'entendit de nouveau.

À trois mètres de là. Un léger crissement de pas.

Elle examina les environs, autant que le lui permettait sa position, à la recherche de Hart. Rien.

Deux mètres…

L'homme se retrouva à la hauteur de l'arbre.

Puis il le dépassa.

Brynn regardait son dos. Il avait troqué la veste de treillis qu'il portait chez les Feldman contre une parka North Face, sans doute volée dans la maison ou au 2 Lake View. Et il avait mis un bonnet pour cacher ses cheveux blonds coupés en brosse.

OK, c'est maintenant, se dit-elle.

Une sensation de calme presque euphorique l'avait envahie. Cela lui était déjà arrivé, souvent dans les moments les plus inattendus. Un saut d'obstacles périlleux sur une jument alezane lancée au galop lors d'une compétition. La folle poursuite d'un trafiquant d'armes sur une route de campagne à deux cents kilomètres à l'heure. Ou durant ces vacances à Biloxi, quand Keith et elle avaient désamorcé une dispute qui pouvait dégénérer avec deux adolescents.

Des moments pour se battre…

À cet instant, elle se disait : Assomme-le avec la bola et saute-lui dessus. Plante-lui la lance dans le dos, de toutes tes forces. Récupère le fusil.

Et prépare-toi pour l'arrivée de Hart. Car il allait rappliquer, dès qu'il entendrait le hurlement de son complice.

Brynn s'écarta de l'arbre, jaugea sa cible, fit tournoyer la bola et la lança.

La boule de billard fonça vers l'homme et l'atteignit à l'oreille. Il poussa un cri et laissa échapper son arme.

Ignorant sa propre douleur, Brynn bondit.

Elle n'était plus l'adjointe du shérif. Elle n'était plus ni épouse ni mère.

C'était une louve, une créature primitive qui ne pensait qu'à une seule chose : survivre. Elle courait, courait, le bout de ses bottes s'enfonçaient dans la terre dure ; entre ses mains, la lance pointée sur l'homme brillait maintenant d'une lumière froide. Elle résista à l'envie farouche de pousser un hurlement sauvage.

Elles avaient disparu.

Merde. Pendant dix minutes, Hart avait réduit la distance entre lui et les deux femmes, en marchant vers la clairière – la zone de tir, comme il l'avait baptisée mentalement –, tout en suivant du regard la progression de Lewis.

Celui-ci avait vu ou entendu quelque chose, à l'est, et il avait dévalé la colline vers le replat. Mais apparemment, il s'agissait d'une fausse alerte. Il avait regagné la crête boisée, sur la gauche de Hart. Et ils avaient continué à avancer en scrutant le paysage, à la recherche des proies qui avaient disparu.

Où étaient-elles ?

Les avaient-elles repérés ?

Dans ce cas, quelles options s'offraient à elles ? La clairière se trouvait juste devant, au nord, et de toute évidence, elles n'y étaient pas. Il y avait autour de la clairière une ceinture d'arbres au milieu desquels elles avaient pu se réfugier. À moins qu'elles aient choisi de fuir en descendant un à-pic sur la droite pour se diriger vers l'est, au cœur du parc. D'après le GPS, cet itinéraire les ramènerait à la Joliet Trail, mais avant cela, elles devraient parcourir plusieurs kilomètres à travers une forêt dense.

Que choisirait Brynn ?

Il se dit qu'elle avait opté pour la pente raide qui conduisait au lit asséché et continué vers le nord, vers la Snake River, en prenant soin d'éviter la clairière découverte. Un chemin plus long et plus difficile, mais plus sûr.

Elle était comme un animal à l'instinct de survie affûté ; elle avait toujours une longueur d'avance sur lui.

Hart leva les yeux vers la crête, où Lewis s'était immobilisé pour examiner les alentours. Il se tourna vers lui et leva les bras, comme pour dire : Elles se sont volatilisées.

Hart lui fit signe de ne pas bouger et il entreprit de gravir la colline pour rejoindre son complice.

Où était Michelle ?

La carabine Savage dans une main, la lance dans l'autre, Brynn s'arrêta et regarda autour d'elle. Elle était désorientée. Totalement concentrée sur le complice de Hart, elle n'avait pas fait suffisamment attention à son parcours après avoir ordonné à la jeune femme de se cacher sous une couverture de feuilles.

S'était-elle rendue au point de ralliement ?

Elle espérait que non. Le lac était plus loin qu'elle l'avait cru et elle ne voulait pas être obligée de faire un nouveau détour. À vrai dire, elle commençait à être épuisée.

Soudain, elle repéra une configuration d'arbres qui lui parut familière. Elle s'arrêta pour guetter leurs poursuivants. Personne. Elle descendit une petite colline en trottinant.

Au détour d'un gros rocher, elle se figea.

Surprise, Michelle avait glissé sa main dans sa poche pour sortir son couteau. Elle avait un regard farouche, animal. Elle poussa un soupir de soulagement en reconnaissant Brynn.

— Bon sang, vous m'avez fichu la frousse.

— Chut. Ils sont encore dans les parages.

— Que s'est-il passé ? Comment vous avez eu ça ? chuchota Michelle en montrant la carabine.

— Venez. Vite. J'ai blessé quelqu'un.

— L'un des deux ?

Une lueur d'espoir s'alluma dans les yeux de la jeune femme.

Brynn grimaça.

— Non.

— Hein ?

— Quelqu'un d'autre. Suivez-moi.

Elles remontèrent jusqu'à l'enchevêtrement de mûriers, où le barbu était assis par terre, la tête pendant entre les jambes, une main plaquée sur son oreille à moitié arrachée. Il leva les yeux vers Michelle en battant des paupières.

Brynn expliqua qu'elle l'avait d'abord frappé avec la boule de billard, avant de foncer sur lui pour l'embrocher. Il s'était retourné, alerté par le bruit de ses pas.

Elle s'était arrêtée juste à temps en découvrant son visage barbu et comprenant son erreur. Ne s'attendant pas à trouver quelqu'un d'autre dans les parages, mue par l'adrénaline, Brynn n'avait pas remarqué que cet homme était armé d'une carabine et non pas d'un fusil de chasse, et qu'il était bien plus carré que le complice de Hart.

Elle s'était confondue en excuses. Mais elle restait une représentante de l'ordre, et après lui avoir montré son insigne, elle avait réquisitionné l'arme et demandé à voir ses papiers.

Il se nommait Charles Gandy, il campait dans un Winnebago non loin d'ici avec sa femme et des amis.

— Vous pouvez marcher ? lui demanda-t-elle.

Brynn voulait rejoindre le camping-car le plus vite possible.

— Oui. Ce n'est pas si grave.

Il appuyait la chaussette de la bola contre son oreille. Elle ne saignait presque plus.

Ce qui ne voulait pas dire qu'il s'abstiendrait de porter plainte. Mais Brynn s'en fichait. Elle insisterait même pour que les autorités du comté lui versent la somme qu'il réclamait. Elle ne pouvait décrire l'impression de soulagement qu'elle éprouvait : elle avait trouvé un moyen de quitter le parc… et elle tenait une carabine dans sa main.

Le contrôle…

Pendant qu'elle faisait le guet, Michelle aida Gandy à se relever.

— Vous êtes blessée, vous aussi ? lui demanda-t-il en montrant la queue de billard.

— C'est rien, répondit-elle en jetant des regards inquiets au-delà du mur de broussailles et d'arbres.

— Il faut y aller, les pressa Brynn. Passez devant.

Charles Gandy connaissait bien ces bois, visiblement. Il leur fit franchir le lit asséché et emprunter des sentiers que Brynn n'avait même pas vus. Arrivés en haut d'une pente, ils traversèrent une clairière, sans cesser de prendre de l'altitude. Ils avançaient dans la direction du nord, grosso modo. Michelle suivait tant bien que mal, en se servant maintenant de la lance en guise de canne.

Brynn fermait la marche, avec la carabine, regardant plus souvent derrière que devant.

Ils firent une halte à l'abri d'une avancée de granit de deux ou trois mètres de haut. Gandy tapota le bras de Brynn et tendit le doigt.

Son cœur fit un bond dans sa poitrine.

De l'autre côté d'un ravin se dressait une arête nue, sur laquelle se tenaient Hart et son complice. Leur posture trahissait leur frustration.

— Ce sont les types dont vous me parliez ? demanda Gandy.

Elle hocha la tête.

C'est alors que Michelle murmura :

— Tuez-les.

Brynn se retourna vers elle.

— Allez-y ! Tuez-les, répéta la jeune femme, les yeux exorbités.

Brynn regarda la carabine dans ses mains. Elle ne dit rien, ne bougea pas.

Michelle se tourna vers Gandy.

— Hé ! Comptez pas sur moi. Je travaille dans une épicerie bio.

— Je vais le faire, déclara Michelle. Donnez-moi cette arme.

— Non. Vous êtes une civile. Si vous tuez quelqu'un, ce sera considéré comme un meurtre. Vous serez sans doute relâchée, mais évitez d'en arriver là, croyez-moi.

Brynn prit appui sur une grosse pierre, posa la carabine dessus et pointa le canon sur les deux hommes.

Ils se trouvaient à une centaine de mètres et la carabine de Gandy ne possédait pas de lunette. Mais Brynn connaissait bien les armes à feu, grâce à ses stages de formation, principalement. Elle avait chassé également, plusieurs fois, mais elle avait arrêté depuis un voyage dans le Minnesota. Keith était en train de recharger son arme quand ils avaient été attaqués par un sanglier. Brynn l'avait tué au dernier moment, en tirant deux fois de suite. Après cette expérience, elle avait renoncé à la chasse, non pas à cause de la peur – elle avait éprouvé une excitation secrète, au contraire –, mais parce qu'elle avait tué un animal dont le seul crime était de défendre sa maison face à des intrus.

Quelques minutes plus tôt, elle était prête à embrocher celui qu'elle prenait pour le complice de Hart. Mais là, tuer quelqu'un de sang-froid, à la manière d'un sniper, ce n'était pas la même chose.

Alors, tu le fais ou pas ? se demanda-t-elle. Si oui, c'est maintenant. Ils ne vont pas rester immobiles indéfiniment.

Elle décida de viser cinq centimètres plus haut afin de compenser la courbe de la trajectoire de la balle à cette distance. Et le vent ? Impossible d'en tenir compte : il tournoyait.

Il fallait miser sur la chance.

Brynn aligna le cran de mire sur la cible.

Les deux yeux ouverts. Elle ôta le cran de sûreté. Son doigt se referma sur la détente. Le truc, c'était de viser tout en accentuant la pression de l'index jusqu'à ce que le coup parte ; on n'appuyait jamais sur la détente de manière brusque.

Mais à cet instant, les deux hommes se séparèrent. Là où il y avait une seule cible, il y en avait maintenant deux. Hart avait aperçu quelque chose apparemment, et il s'était avancé. Il tendait le bras.

— Vous voulez vraiment tirer ? demanda Gandy. Vous êtes sûre que c'est eux ?

— Oui, dit Michelle d'un ton sec. C'est eux. Tirez !

Mais sur lequel ? se demanda Brynn. En partant du principe que l'autre se précipitera à l'abri, qui dois-je choisir ?

Choisis. Maintenant !

Elle visa le complice, le type au fusil. Son doigt commença à presser sur la détente.

Soudain, les deux hommes s'élancèrent dans la pente. En l'espace d'une seconde, ils ne furent plus que deux taches sombres qui se déplaçaient entre les buissons.

— Tirez quand même ! cria Michelle.

Il n'y avait plus de cibles. Elles avaient disparu.

Brynn baissa la tête. Pourquoi avait-elle hésité ? Pourquoi ?

— On ferait bien de filer, dit Gandy. Ils viennent vers nous.

Brynn n'osait pas regarder Michelle. Elle se disait que la jeune femme, la princesse gâtée, la dilettante, avait fait preuve d'une plus grande maîtrise qu'elle.

Pourquoi n'ai-je pas tiré ?

Elle remit le cran de sûreté de la carabine, en contemplant l'océan d'obscurité qui avait englouti Hart et son complice. Enfin, elle se retourna pour suivre les deux autres.

— Le camping-car n'est pas très loin, dit Gandy. À cinq cents mètres environ. Mon ami a une fourgonnette et il devrait être revenu maintenant. Il est parti acheter des vivres et de la bière. On va sauter dedans et foutre le camp d'ici.

— Qui est avec vous ? demanda Michelle.

— Ma femme, ma belle-fille et un couple d'amis.

— Votre belle-fille ?

— Amy. Elle a neuf ans.

Gandy palpa son oreille et regarda ses doigts. Elle ne saignait plus.

— Elle est ici, avec vous ? demanda Brynn en fronçant les sourcils.

— C'est les vacances de Pâques. (Il remarqua son air inquiet.) Un problème ?

— J'ignorais que vous étiez avec un enfant.

— Ne vous sentez pas coupable, si c'est ce qui vous tracasse. Imaginez ce qui serait arrivé si je ne vous avais pas trouvée. Ces types auraient pu tomber par hasard sur notre camping-car, et Dieu sait ce qui se serait passé.

— Vous avez un téléphone ? demanda Michelle.

C'était la première question qu'avait posée Brynn, après s'être assurée que Gandy n'était pas grièvement blessé.

— Comme je l'ai expliqué à votre amie, je n'apprécie pas trop les ondes dans le cerveau. Mais on en a un dans le camping-car. (Il se retourna vers Brynn.) Vous disposez d'un hélico ? Vous pourriez faire venir des renforts super vite.

— Il sert uniquement aux évacuations médicales.

Elle pensait à la femme et à la belle-fille de cet homme. Depuis le début de la traque, elle s'efforçait de ne pas entraîner des innocents dans cette horreur… Et voilà qu'elle mettait en danger une famille d'innocents.

En marchant d'un bon pas, essoufflés par la pente raide, ils avaient laissé le ravin loin derrière eux. Pour Brynn, c'était un souvenir honteux, « l'endroit où j'ai refusé l'obstacle », se disait-elle. Elle s'en voulait terriblement.

Gandy l'arracha à ses ruminations :

— Vous m'avez juste dit que ces types vous pourchassaient. Vous ne m'avez pas dit pourquoi.

Ce fut Michelle qui répondit. Alors qu'elle avançait en grimaçant, elle dit :

— Ils ont tué mes amis. J'ai tout vu.

— Oh, non !

— Ils se sont introduits dans une maison près du lac Mondac, ajouta Brynn.

— Vous voulez dire… ce soir ?

Michelle hocha la tête.

— Je suis navré. Je…

Gandy ne savait pas quoi ajouter. Il demanda à Brynn :

— Et vous, vous avez essayé de les arrêter ?

— La police a reçu un appel. On ne savait pas trop ce qui se passait. Je suis arrivée sur les lieux plus tard. J'ai perdu ma voiture et mon arme. On a dû fuir.

— Le lac Mondac, vous dites ? C'est où, ça ?

— À une dizaine de kilomètres au sud. On se dirigeait vers la Snake River quand ils nous ont repérées. On a été obligées de faire un détour. Il est encore loin, votre camping-car ?

— Non, pas très.

Gandy s'arrêta lorsqu'un banc de nuages hauts se glissa entre la lune et la terre, les plongeant dans une obscurité totale. Quand une faible lueur réapparut dans le ciel, il tendit la main vers la droite. Et ils repartirent à travers les bois. Au bout d'un moment, il indiqua un chemin. Ils s'y engagèrent et après quelques mètres, Gandy s'arrêta pour ramasser des branches mortes, avec lesquelles il dissimula le passage.

Brynn l'aida à perfectionner le camouflage. Michelle s'y mit à son tour. Contemplant leur œuvre, elle déclara :

— Parfait. Ils ne le trouveront jamais.

Brynn frissonna. La poussée d'adrénaline provoquée par son attaque manquée, et son tir avorté, était retombée. Elle avait remis l'anorak et le deuxième pantalon de survêtement, mais le froid s'était installé dans ses os.

— Vous êtes sur un terrain de camping ?

La mission de sauvetage à laquelle elle avait participé s'était limitée à la Joliet Trail et à la gorge de la Snake River.

— Non. Près d'un ancien poste de rangers et d'un parking. Abandonnés. Personne n'est venu là depuis des années, apparemment. C'est un peu flippant, d'ailleurs. Stephen King pourrait s'en servir pour un bouquin.

— C'est loin de la route ?

Gandy réfléchit.

— Il faut suivre un chemin de terre pendant un peu plus d'un kilomètre. Et on arrive sur la route principale du parc. Ensuite, il y a environ sept kilomètres jusqu'à l'entrée, sur la 682. (Il regarda les deux femmes.) Détendez-vous. Dans vingt minutes, on sera sur la nationale.

— Où sont-elles ? murmura Hart.

Les deux hommes suivaient le lit asséché, dans lequel ils avaient vu disparaître leurs proies.

— Regarde ça, dit Lewis.

Il s'était arrêté devant une plaque de boue.

— Quoi ? Je ne vois rien.

Lewis ôta sa veste pour faire une sorte de tente, sous laquelle il alluma son briquet. En s'agenouillant, Hart découvrit plusieurs empreintes. Laissées par trois personnes.

— Elles datent de quand, à ton avis ?

— Elles m'ont l'air fraîches. Qui est avec elles, nom de Dieu ? Putain, si c'est un flic, il a un portable ou une radio.

La flamme du briquet s'éteignit. Les deux hommes se redressèrent et regardèrent autour d'eux, pendant que

Lewis remettait sa veste. Il reprit son fusil et secoua la tête.

— Difficile de croire qu'un flic se balade par ici en pleine nuit.

— Exact.

— Mais qui ça peut être d'autre ?

— À cette époque, il n'y a pas de campeurs. Un garde forestier, peut-être. Il faut les retrouver rapidement.

Hart fit quelques pas de plus dans le lit asséché. Il s'accroupit et promena sa main à la surface d'une autre plaque de boue.

— Ils vont par là, dit-il en montrant la colline. C'est un chemin ?

— Ça y ressemble.

Pour se redresser, Hart prit appui avec son bras valide sur un tronc d'arbre couché. Mais le bois pourri céda sous son poids.

En une fraction de seconde, le serpent à sonnette qui nichait à l'intérieur se jeta sur sa main. Avant même que Hart puisse pousser un cri d'horreur, le reptile au corps sombre et brillant avait disparu.

— Lewis !

Hart ôta son gant et découvrit les deux petits trous sur le dos de sa main, près du poignet. Merde. Est-ce qu'il allait mourir ? Un des crochets s'était planté dans une veine. Pris de vertiges, il s'assit par terre.

Lewis, qui avait assisté à l'attaque du serpent, alluma son briquet pour examiner la morsure.

Hart demanda :

— Tu crois que je devrais aspirer le sang ? J'ai vu ça à la télé, dans un film.

— Non, ça va aller. Faut surtout pas aspirer le venin. Une fois sur la langue, il atteint le cœur plus rapidement que dans les veines.

Hart s'aperçut que son souffle s'était accéléré.

— Calme-toi. Plus tu restes calme, mieux c'est. Fais voir.

Lewis examina longuement la blessure.

Les yeux de Hart regardaient danser la flamme du briquet Bic.

— Tu vas la brûler ?

— Non. Détends-toi, mec.

Lewis laissa le briquet s'éteindre. Il sortit une cartouche de fusil de sa poche et, avec son couteau, il l'incisa délicatement. Il jeta les plombs et la bourre.

— Tends ton autre main.

Hart obéit et son compagnon versa de fins cylindres de poudre noire dans sa paume.

— Crache dedans, maintenant. Vas-y.

— Tu veux que je crache ?

— Je sais ce que je fais. Allez.

Hart s'exécuta.

— Encore. Mouille-la bien.

— OK.

Lewis sortit alors de sa poche intérieure un paquet de Camel, en souriant comme un gosse qui chaparde des biscuits.

— Dire que j'avais l'intention d'arrêter de fumer la semaine dernière.

Il entailla trois cigarettes et répandit les brins de tabac dans la paume de Hart.

— Mélange tout.

Hart trouvait cela ridicule, mais il avait la tête qui tournait de plus en plus. Alors, il s'exécuta. Pendant ce temps, Lewis découpa le pan de sa chemise.

— Étale cette saloperie sur les marques de morsures, je vais te faire un pansement.

Hart appliqua le mélange noirâtre sur les deux points rouges, après quoi Lewis noua la bande de tissu autour de sa main et l'aida à remettre son gant.

— Ça va piquer. Mais tu n'as rien à craindre.

— Rien à craindre ? Je viens d'être mordu par un serpent à sonnette !

— C'était une morsure sèche.

— Une quoi ?

— C'était un serpent à sonnette, mais un massasauga. Ces reptiles contrôlent la quantité de venin qu'ils injectent. Comme ils sont relativement petits, ils n'en ont pas beaucoup, alors ils le conservent, ils s'en servent pour tuer les proies qu'ils peuvent manger. Pour se défendre, ils utilisent juste de quoi effrayer une menace.

— Eh bien, on peut dire qu'il m'a foutu la frousse. Mais je ne l'ai pas entendu faire du bruit avec sa queue.

— C'est seulement quand il te sent arriver. En fait, il a été aussi surpris que toi.

— Non, pas tout à fait. Je crois que je vais tourner de l'œil.

— C'est normal. Tu vas te sentir un peu bizarre. Mais s'il avait injecté tout son venin, ta main aurait déjà doublé de volume et tu serais en train de brailler. Ou dans les vapes. Je sais qu'il faut continuer à avancer, mais il vaudrait mieux que tu restes assis cinq ou dix minutes.

Hart s'était battu à mains nues, il avait affronté des types armés alors qu'il n'avait que ses poings et il avait même échangé quelques coups de feu. Mais rien ne l'avait ébranlé autant que ce serpent.

Vous êtes dans mon monde. Vous verrez des choses qui n'existent pas et vous manquerez ce qui se trouve juste derrière vous.

Il inspira à fond et expira lentement.

— Sacré flash, dit-il.

Il n'était pas loin d'apprécier cette sensation de vertiges. Il regarda sa main, qui ne l'élançait plus.

— Comment ça se fait que tu connaisses tout ça, Comp ?

— Mon père et moi, on allait à la chasse. Il lui est arrivé la même chose qu'à toi. Il m'a expliqué ce que je devais faire. Et ensuite, il m'a donné des coups de baguette, cul nu, parce que je ne regardais pas où je mettais les pieds, et j'avais marché sur le nid.

Ils restèrent assis pendant un moment, en silence. Hart regrettait que Lewis n'ait pas emporté la bouteille de vodka. Il aurait eu besoin d'un petit coup de fouet.

Il se souvint tout à coup que la mère de Lewis était dans une maison de retraite.

— Ton père, il est toujours en vie ?

— Ouais.

— Tu le vois souvent ?

— Non, pas vraiment. C'est la vie.

Lewis sourit et détourna la tête. Il voulut ajouter quelque chose, mais se ravisa. Les deux hommes contemplaient la nature sauvage, les feuilles agitées par le vent, les rides à la surface du lac.

— Je pensais à un truc, Hart.

— Quoi ?

— Quand on se sera occupés d'elles et qu'on sera rentrés chez nous… Toi et moi, on pourrait faire un coup ensemble. Je me disais qu'avec mes relations, les gars de ma bande, et ton… Enfin, tu vois, ta façon de tout prévoir, de réfléchir, on ferait une super équipe. Ce soir, on s'est fait prendre en traître. C'est arrivé vite.

— Trop vite, marmonna Hart.

C'était un euphémisme.

— Je connais des gens à Kenosha. Y a du pognon là-bas. Le fric de l'Illinois, de Chicago. Alors, qu'est-ce que t'en dis ? Toi et moi.

— Continue.

— Je pensais à cette boîte à la sortie de la ville. Les plastiques Benton. Tu connais ?

— Non.

— C'est sur Haversham Road. Un truc immense. Ils vendent leurs merdes dans le monde entier. Le jour de la paye, ils font venir un énorme guichet ambulant. Gardé par une espèce de grosse feignasse. On pourrait rafler vingt ou trente mille, facile. Tu en penses quoi ?

Hart hochait la tête.

Lewis enchaîna :

— Je pourrais réunir toutes les infos. Une sorte de mission de reconnaissance, tu vois.

Il tapota sa chemise pour chercher ses cigarettes, mais c'était un automatisme. Il n'allait pas en allumer une maintenant.

— Je suis très doué pour écouter, dit-il. Les gens me parlent, ils me racontent un tas de trucs. Un jour, je bavardais avec un type, et voilà qu'il me dit le nom de son chien et un tas d'autres choses. Je lui ai fauché sa carte de crédit et figure-toi que le code, c'était le nom de son chien. Je l'ai lessivé, le mec. Tout ça rien qu'en parlant.

— Très astucieux.

— Alors, qu'est-ce que t'en dis ?

— Tu sais quoi, Comp ? J'aime bien ton idée.

— C'est vrai ?

— On étudiera les détails. Et on établira un plan. On fera les choses bien, cette fois.

— Prêts à cent pour cent.

— Cent dix. Bon, je me suis assez reposé. On a un boulot à terminer. Si ça se trouve, nos petites chéries sont en train d'appeler la cavalerie.

— Ça va ?

— Non, mon pote, répondit Hart en riant. Je me suis fait tirer dessus. J'ai été mordu par un serpent. Et j'ai failli prendre une douche à l'ammoniaque. Alors non, ça ne va pas du tout. Mais qu'est-ce qu'on y peut, hein ?

Lewis reprit le fusil et ils se remirent en marche dans la direction où semblaient mener les traces de pas.

Hart remua sa main bandée. Impec. Il demanda :

— Ce mélange de tabac et de poudre… ça fait quoi, au juste ?

— Si tu veux mon avis, ça fait que dalle. Mais ça calme.

Hart inspira à fond.

— Rien de tel que le bon air de la campagne. La roue tourne, Comp. Allons par là, je crois apercevoir un chemin. On dirait que le Filou est de notre côté, maintenant.

— Juste là, en bas. Dans le creux.

Gandy les avait conduites sur le sentier sombre, jusqu'au camping-car. Un grand modèle. Le véhicule qui allait leur permettre de fuir, une fourgonnette style Ford Econoline était garée à proximité.

Apparemment, l'ami de Gandy était revenu.

— Je suis gelée, murmura Michelle.

Gandy sourit.

— Vous pourrez vous asseoir devant le chauffage de la fourgonnette, si vous voulez.

— Je veux. La seule fois où j'ai eu aussi froid, c'est en allant skier dans le Colorado. Mais vous pouviez rentrer au chalet quand vous vouliez. Là, c'est un peu différent.

Ils descendaient la pente raide, dernière partie du chemin. Le camping-car se trouvait sur un parking délabré. À côté, une vieille cabane était peu à peu avalée par la forêt.

Ils n'étaient plus qu'à une vingtaine de mètres du parking lorsque Brynn inspira l'air frais de la nuit et s'immobilisa. Elle se retourna, ses yeux remontèrent la pente. Elle leva le canon de la carabine. Les autres s'arrêtèrent à leur tour.

— Qu'y a-t-il ? demanda Michelle.

Gandy avança d'un pas, puis s'arrêta.

— Quoi ? chuchota-t-il.

— Baissez-vous, lui dit Brynn. J'ai entendu un bruit là-bas, sur la droite. Vous voyez quelque chose ?

L'homme s'accroupit, en scrutant les arbres.

Brynn obligea Michelle à s'accroupir elle aussi, de l'autre côté du chemin. Elle se pencha vers son oreille ornée d'un diamant. Elle sentit un mélange de transpiration et de parfum chic.

— On a un problème, lui glissa-t-elle. Ne posez pas de question, ne dites pas un mot. Vous vous souvenez du point de ralliement ?

La jeune femme s'était pétrifiée. Elle parvint néanmoins à hocher la tête.

— Quand je vous le dirai, foncez-y. À fond. Et gardez ça avec vous.

Son regard se posa brièvement sur la lance.

— Mais…

Brynn la fit taire d'un geste. Elle se retourna vers Gandy et demanda, d'une voix normale :

— Alors, vous voyez quelque chose ?

— Non.

Elle ôta le cran de sûreté de la Savage et pointa le canon sur Gandy, qui écarquilla les yeux de stupeur.

— Qu'est-ce qui vous prend ?

— Courez, Michelle ! Maintenant !

L'homme recula d'un pas, mais s'immobilisa en voyant Brynn se crisper.

— Courez ! cria-t-elle. Je vous rejoins à l'endroit convenu.

Michelle n'hésita qu'une seconde, avant de remonter le chemin ventre à terre. Très vite, elle se fondit dans la nuit.

— Qu'est-ce que ça veut dire ? s'exclama Gandy.

— À genoux. Mains sur la tête.

— C'est quoi, ces conneries ?

— Dites-moi qui est dans…

Sa phrase fut interrompue lorsqu'une main agrippa son col par-derrière et tira violemment. Déséquilibrée, elle recula en titubant. Une femme corpulente, aux cheveux raides, les yeux remplis de fureur, se planta devant elle et lui balança dans le ventre un coup de gourdin servant à tuer les poissons. Brynn tomba à genoux et vomit. La carabine lui échappa et la grosse femme s'en saisit. En demandant :

— C'est qui, elle ?

Gandy avança à grandes enjambées pour relever Brynn. Il la fouilla et sortit le couteau qui se trouvait dans sa poche. Il lui décocha un grand coup en plein visage. La blessure provoquée par les plombs se rouvrit. Elle hurla, repoussa Gandy de toutes ses forces et voulut arracher la carabine des mains de la grosse femme. Mais l'homme la fit pivoter et l'immobilisa.

— Ne bouge plus !

Brynn se laissa aller, vaincue. Quand Gandy relâcha son étreinte, elle lui écrasa le pied, rageusement. Il poussa un long cri de douleur.

— Espèce de salope !

La femme pointa la carabine sur Brynn et grogna.

— Ça suffit, ma jolie.

Brynn regarda ses petits yeux porcins.

— Ça va ? demanda la matrone à Gandy.

— Est-ce que j'ai l'air d'aller ? (Il tourna la tête vers le haut du chemin.) Il y en avait une autre. Elle a filé.

— C'est qui ? Elles sont avec Fletcher ?

Il saisit Brynn par les cheveux.

— Comment tu as su ? Hein ? Comment tu as su, nom de Dieu ?

Elle ne lui dit pas que l'odeur caractéristique du crack en train de chauffer – mélange de propane, de chlore et d'ammoniaque – était parvenue jusqu'à ses narines dans l'air humide du soir.

Ce camping-car était un laboratoire portable.

— Rentrons, déclara la femme en regardant autour d'elle. Faut prévenir Rudy. Il va pas être jouasse.

Gandy traîna Brynn sur le chemin.

— Si tu gueules, grommela-t-il, si tu dis un seul mot, t'es morte.

— C'est vous qui avez hurlé, répliqua-t-elle sans pouvoir s'en empêcher.

Ce qui lui valut un autre coup de poing sur le nez.

Le camping-car était sale, rempli d'assiettes incrustées de nourriture séchée, de boîtes de bière vides, de vêtements et de déchets en tout genre.

Et il y faisait très chaud. Une demi-douzaine de casseroles étaient posées sur deux réchauds à gaz. Des bidons d'ammoniaque occupaient presque tout un mur ; dans un coin, un établi servait à décortiquer des batteries au lithium. Il y avait également une énorme quantité de boîtes d'allumettes.

Gandy poussa Brynn à l'intérieur et lança le couteau sur une table.

— C'est qui, elle ? demanda un jeune type décharné et agité de tics nerveux, vêtu d'un T-shirt Aerosmith et d'un jean crasseux.

Il ne s'était pas rasé ni lavé les cheveux depuis longtemps ; ses ongles étaient des croissants noirs. Un deuxième type, plus costaud, en bleu de travail, avec des cheveux roux bouclés, observa Brynn de la tête aux pieds.

La femme obèse qui l'avait frappée dans le ventre avec le gourdin s'adressa à une fillette de neuf ou dix ans qui portait un T-shirt et une jupe en jean tachés :

— Continue ! T'as pas terminé.

La fillette – Amy, la belle-fille, devina Brynn – regarda l'intruse en clignant des yeux. Elle remplissait de grands sachets en plastique avec des plus petits contenant la marchandise.

Le type décharné dit :

— Regardez sa tronche. Elle est tout enflée. Qu'est-ce qui…

— Chut, fit le costaud. C'est quoi, ce bordel ?

Gandy grimaça.

— C'est une adjointe du shérif, Rudy.

— Mon cul. Habillée comme ça ? Tu as vu dans quel état elle est ? Mate-moi ça. Elle fait partie de la bande à Fletcher, c'est sûr.

— J'ai vu son insigne.

Le dénommé Rudy examina Brynn sous toutes les coutures, avec un rictus de dégoût.

— Merde alors. La police ? J'ai pas envie de tout faire cramer encore une fois. Ah, putain ! Après tout ce boulot.

Brynn murmura :

— Des agents vont arriver…

— Ta gueule, dit Gandy, d'un ton las, comme s'il n'avait plus la force de la frapper.

Le maigrelet, obnubilé par le visage de Brynn, grattait les marques de piqûres sur son avant-bras. Gandy, la grosse femme et Rudy semblaient ne pas avoir consommé leur production. Ce qui n'était pas fait pour la rassurer ; cela signifiait qu'ils prendraient des décisions rationnelles pour protéger leur activité illicite. Autrement dit, ils allaient la tuer, puis retrouver Michelle et lui faire subir le même sort. Elle se souvenait avec quelle décontraction Gandy lui avait montré ses papiers : il savait qu'elle serait bientôt morte.

— Maman…

La femme frappa deux fois sur sa cuisse. Apparemment, il s'agissait d'un ordre qui signifiait : silence. Amy se tut aussitôt. Cette réaction provoqua la colère de Brynn… et lui fendit le cœur.

Les doigts de la grosse femme étaient jaunis. Si elle n'était probablement pas une consommatrice de crack, elle avait très envie d'une cigarette, en revanche. Mais fumer dans un labo clandestin, ce serait comme utiliser une allumette pour localiser une poche de gaz dans une mine de charbon.

Ruby demanda :

— Elle était seule ?

— Non. Y avait une autre nana avec elle. Elle a foutu le camp. Elles affirment que deux types les pourchassent. Je les ai vus. Mais j'ignore ce qui se passe. Une histoire de cambriolage au lac Mondac, paraît-il. À environ huit bornes d'ici…

— Je sais où c'est.

Rudy s'approcha pour examiner la blessure de Brynn. Et il déclara :

— C'est un coup monté. C'est Fletcher qui les a envoyées. Il a demandé à sa pute de s'en charger, je parie. La rouquine crado. Il lui a dit qu'on était là. Il a pas eu les couilles de nous affronter directement.

— Je sais pas, dit Gandy. Comment il aurait fait pour nous retrouver ici ? On a effacé toutes nos traces.

Une étincelle de folie s'alluma dans les yeux de Rudy ; il se pencha vers Brynn, à quelques centimètres de son visage.

— Parle, salope ! Dis-nous tout ! Qu'est-ce qui se passe ? Qui tu es, hein ?

Brynn avait déjà été confrontée à des détraqués. Rudy était incontrôlable, il fonctionnait à la colère pure. Elle sentit son cœur s'emballer, à cause de la peur et aussi du souvenir du poing de Keith s'écrasant sur sa mâchoire.

Voyant qu'elle ne disait rien, il hurla :

— Qui tu es ?

Il sortit un pistolet glissé dans la ceinture de son pantalon et appuya le canon contre sa joue.

— Non, chuchota Brynn et elle tourna la tête, comme pour éviter le regard provocateur d'un chien enragé.

Elle parvint à dire, d'une voix posée :

— Des policiers, des hommes du shérif et une équipe d'intervention vont investir tout le secteur d'une minute à l'autre.

La femme lâcha le gourdin sur le comptoir.

— Oh, merde…

Mais Gandy éclata de rire.

— Jamais de la vie. Elle avait fabriqué une putain de lance ! Et elle essayait d'échapper à deux connards qui se sont introduits dans une maison du coin. Ce qu'elle m'a raconté, c'est la vérité. Pas de flics, pas d'agents, rien. Et pas d'hélico non plus. Elle m'a expliqué qu'ils s'en servaient uniquement pour les urgences médicales. Ça répond à une de tes questions. (Il sourit à Brynn.) Merci pour l'info, au fait.

— Je vous assure, dit-elle en conservant un ton calme, alors qu'elle avait encore du mal à respirer après le coup dans le ventre.

La douleur faisait trembler sa mâchoire.

— On ne participait pas à une opération antidrogue, ajouta-t-elle. Mais d'après le protocole, quand un agent ne donne pas signe de vie au bout d'un certain temps, ils envoient des renforts.

Rudy réfléchit. Il mordillait sa lèvre inférieure humide. Finalement, il remit son arme dans sa ceinture.

Brynn enchaîna :

— S'ils ne sont pas encore en route, ça ne devrait pas tarder. N'aggravez pas votre cas. J'aurais dû être rentrée depuis longtemps.

— On est dans un parc national, répliqua la femme. Ils chercheront pas par ici.

Rudy ricana.

— Et pourquoi ça, Susan ? Tu peux me donner une raison ? Non, évidemment. Nom de Dieu ! Ne sois pas stupide… On avait un super plan et maintenant, on est niqués. Tu comprends ça ? Tu comprends qu'on est niqués ?

— Oui, Rudy, je comprends.

Susan détourna la tête. D'un geste rageur, elle fit signe à la fillette de se dépêcher de remplir les sachets.

Gandy intervint :

— Reste la question des deux autres. Les types qui les pourchassent. Un des deux au moins est armé. Je l'ai vu. Ils peuvent pas être avec Fletcher, *eux*.

Rudy interrogea de nouveau Brynn :

— Ces types… Y en a un qu'est hispanique ? Y a un Noir ?

Elle ne répondit pas. Rudy se tourna vers Gandy, qui dit :

— Il faisait nuit. Ils étaient à deux cents mètres environ. Je pourrais pas dire.

— Vous êtes déjà dans le pétrin, dit Brynn. Mais on peut encore…

— La ferme. Tu la crois, Gandy ? Ces types sont juste des cambrioleurs ?

— Je sais pas. Si elle a menti, elle est rudement douée.

— Tu as vu quelqu'un lui tirer dessus ?

— Non. Elle a essayé de les flinguer, avec la Savage… (Il fronça les sourcils.) Mais elle a pas tiré. Elle aurait pu. J'ai trouvé ça un peu louche. Peut-être qu'elle essayait de m'embobiner. Je sais pas.

— Tu lui as filé ta carabine ?

— Qu'est-ce que je pouvais faire ? Refuser en disant que ma famille était en train de fabriquer du crack dans le camping-car ?

— Mais elle a pas tiré ?

— Non. Elle s'est dégonflée.

— Pourquoi ? demanda Rudy en se rapprochant de Brynn.

Je ne sais pas, pensa-t-elle. Et elle plongea son regard dans les yeux chassieux du gros type.

Dans le coin, la fillette blonde scellait les sachets. À son âge, elle aurait dû dormir depuis longtemps.

Rudy lui prit le rouleau de ruban adhésif pour attacher les poignets de Brynn dans son dos, puis il la poussa vers Gandy.

— Je peux pas m'occuper d'elle pour l'instant. On va l'emmener avec nous. Sors-la d'ici. (Il regarda les casseroles.) On arrête tout. On plie bagages. Putain, quel gâchis !

La femme et le jeune type décharné éteignirent les réchauds et remplirent des sachets avec des doses de crack.

— Plus vite, Amy ! gémit la mère. C'est quoi, ton problème ?

— J'ai sommeil.

— Tu dormiras sur la route. Pas d'excuses.

— Où est Chester ? demanda la fillette.

— C'est ta poupée, c'est à toi d'en prendre soin.

Rudy récupéra la carabine et la tendit au jeune type couvert de croûtes.

— Henry, va faire un tour dehors, sur le chemin. Tire seulement si tu es sûr de tous les flinguer. Faut pas qu'ils appellent des renforts. En fait, tire seulement si tu es obligé. Si tu vois quelqu'un, ramène-toi vite fait.

— OK, Rudy. Tu vas pas… Tu vas pas m'abandonner ici, hein ?

Rudy émit un son guttural qui trahissait tout son mépris.

— Grouille !

Gandy prit Brynn par le bras, brutalement. Il l'entraîna au-dehors, jusqu'à la fourgonnette. Il la poussa à l'intérieur. L'habitacle était encombré de vêtements, de valises, de magazines, de jouets, de flacons de produits chimiques. Il passa une corde entre ses bras ligotés et l'attacha à une poignée.

— Il y aura des barrages, dit Brynn. Et la police de l'État a des hélicoptères, elle. Vous ne passerez pas. Et n'espérez pas m'utiliser comme otage, ça ne marche jamais. Ils vous tueront avant que vous m'ayez tuée, ou après. Ils aimeraient mieux la première solution, mais ils se contenteront de la seconde. On est formés pour ça.

Gandy s'esclaffa.

— Même maintenant, tu continues à la ramener.

— Je peux conclure un marché avec vous. Vous personnellement. J'appellerai mon bureau. On s'arrangera.

— Moi personnellement ?

— Oui.

— Pourquoi moi ? Parce que je me lave les mains ? Parce que je ne dis pas de gros mots ? Parce que j'ai des autocollants écolos sur le camping-car et que je me soucie de l'environnement ? Ça veut dire que je suis un gars raisonnable ?

Oui. Exactement.

— Il y a une petite fille à l'intérieur. Faites-le pour elle, au moins.

— Je baise sa mère, c'est tout. C'est pas ma gamine.

Il fit coulisser la portière qui se referma avec un fracas métallique.

James Jasons était encore assez loin du lac Mondac, mais il se dit qu'il ferait mieux de couper son GPS (ce n'était pas aussi facile qu'on pourrait le croire, mais il avait fait installer une commande spéciale). Avec ces satellites et ces serveurs… qui sait quelles informations compromettantes ils pouvaient collecter ?

C'était bien pour la sécurité, mais embêtant pour trouver un restaurant. Heureusement, il avait repéré la fameuse double arche dorée. Sans avoir besoin de descendre de voiture, il commanda deux hamburgers, des pommes tranchées et un Coca Light.

De retour sur la route, il roulait vite, mais juste audessus de la limite autorisée. Il offrait l'image d'un homme d'affaires svelte et agréable. Mais si vous vous faisiez arrêter par la police, ne serait-ce que pour un contrôle d'alcoolémie de routine, et même s'ils laissaient repartir immédiatement les conducteurs sobres comme lui, votre nom et votre numéro d'immatriculation pouvaient se retrouver dans le système.

Mais ce soir, il était pressé. Il était prêt à se faire arrêter pour excès de vitesse, évidemment. Il écoutait du jazz pour le moment, mais si on l'obligeait à se ranger sur le bas-côté, il appuierait sur un bouton de présélection du lecteur de CD pour basculer sur un enregistrement de sermons chrétiens. En outre, il avait collé sur le tableau de bord une figurine de Jésus et un autocollant antiavortement.

Cela ne lui éviterait sans doute pas une amende, mais il échapperait probablement à la fouille de son véhicule.

Or James Jasons ne voulait surtout pas que l'on fouille son véhicule ce soir.

Tout en mangeant un hamburger, il se demanda comment ça se passait à la Société de transport de fret intermodal des Grands Lacs.

Dans 99 % des cas, il suffit de trouver le point sensible et d'appuyer dessus. C'est tout. Pas besoin de frapper, pas besoin d'utiliser une arme.

Une simple pression.

Au lieu d'envoyer Paulie ou Chris pour faire le sale boulot, Mankewitz choisit un petit avorton de votre espèce ? C'est ça, la tactique ?

Jasons ricana. Son téléphone satellitaire gazouilla. Un modèle Iridium personnalisé : le signal était brouillé par un système de camouflage complexe, imperméable à toute tentative d'intrusion, sans doute même à l'infâme programme Echelon du gouvernement.

Il avala la bouchée de hamburger qu'il mâchait soigneusement.

— Oui ? fit-il.

— Votre réunion s'est bien passée, apparemment, dit la voix.

Mankewitz ne s'identifia pas. Le mot clé qui déclenchait le programme Echelon était « probablement ».

— Bien.

— Il y a déjà eu certaines offres de coopération.

Morgan avait donc lu la note et décidé de se montrer raisonnable. Jasons se demanda si les informations qu'il allait livrer à Mankewitz seraient utiles. Il y avait toujours la possibilité qu'elles ne le soient pas, auquel cas il aurait pris un risque pour rien. Mais n'était-ce pas une constante de la vie ?

Le chef du syndicat demanda :

— Concernant l'autre affaire, vous êtes en chemin ?

— Oui.

— J'ai eu des nouvelles par un parent.

Il voulait parler de l'inspecteur rondouillard et frisotté de la police de Milwaukee, que Jasons trouvait mignon. Ce flic ne touchait pas seulement des pots-de-vin ; il faisait quasiment partie du personnel.

— Et ?

— On dirait qu'il va y avoir une fête là-bas.

C'était inquiétant.

— Ah bon ? Sait-il qui sera présent ?

— Aucun parent proche. Des gars du coin principalement, mais je pense que des gens de la côte Est pourraient venir aussi. Ils s'interrogent.

Autrement dit : pas de flics de Milwaukee, uniquement des agents de police locaux. Mais le FBI, la famille de la côte Est, pourrait se déplacer également. C'était très inquiétant.

— Il risque d'y avoir foule, alors.

— Possible.

— Vous savez ce qu'ils fêtent ?

— Non.

Jasons se demanda ce qui se passait là-bas.

— Vous pensez que je devrais y aller quand même ?

Il avait dit « pensez », mais le véritable verbe était « voulez ».

— Bien sûr. Amusez-vous. Vous avez eu une journée chargée. Ça vous fera du bien.

Traduction : Bien sûr que oui. Grouillez-vous d'y aller.

Et réparez les dégâts, coûte que coûte.

Sans hésiter, Jasons dit :

— Bon, je crois que je vais y aller, alors. Pour voir qui est là. D'ailleurs, je ne suis plus très loin.

— Amusez-vous bien, dit Mankewitz, accablé par le poids du monde sur ses épaules.

Fin de la communication.

Jasons sirota son soda, avant de manger un peu de pomme verte. Elle était acide. Ils vous donnaient un yaourt pour la tremper dedans, mais il n'aimait pas ce parfum. Il repensait au ton respectueux employé par Mankewitz ; on avait toujours l'impression qu'il ne savait pas de quelle planète venait Jasons, et qu'il avait presque peur de lui.

Stan Mankewitz, un des hommes les plus puissants dans le secteur du lac, du Minnesota au Michigan, et pourtant il était mal à l'aise devant ce jeune homme svelte qui pesait sûrement deux fois moins lourd que lui et affichait un sourire agréable la plupart du temps. Peut-être parce que Jasons, bien qu'il soit diplômé de Yale et possède un bureau au service juridique du syndicat, ne travaillait pas pour Mankewitz, techniquement parlant. C'était un « spécialiste des relations du travail », un indépendant, doté de ses propres pouvoirs. Il avait toute latitude, plus l'autorité et les moyens qui allaient avec, pour engager qui il voulait. Il pouvait également faire des investissements qui profitaient au syndicat et à Mankewitz, tout en échappant à certaines lois contraignantes.

Et puis, il y avait la différence de style de vie. Mankewitz n'était pas idiot. Personne ne pouvait faire ce que faisait Jasons sans que son dossier complet – au moins verbal – ait été transmis au patron du syndicat. Celui-ci savait donc que Jasons habitait seul dans une jolie maison individuelle près du lac. Que sa mère habitait dans un joli appartement jouxtant la maison de son fils. Que son petit ami depuis plusieurs années, Robert, habitait dans une *incroyable* maison de ville, près du lac également. Et Mankewitz savait certainement que Robert, brillant ingénieur au corps bodybuildé, partageait la passion de Jasons pour le hockey, le vin et la musique, et qu'ils projetaient de contracter une union civile l'an prochain, avant de partir en lune de miel au Mexique.

Mais Jasons appréciait le fait que Mankewitz se soit renseigné sur lui. Car lui-même procédait exactement de la même façon.

Surtout Alicia. Tous les jours après les cours, dans la salle de répétitions, de trois heures à quatre heures et demie... Impressionnant.

Mankewitz se fichait pas mal du style de vie de Jasons, évidemment. Ce qui ne manquait pas de sel si l'on pense que la Cellule 408 était composée d'ouvriers, dont la plupart n'hésiteraient pas à tabasser James Jasons et Robert, sans aucune raison, si l'occasion se présentait et s'ils avaient bu quelques bières de trop.

Bienvenue dans le nouveau millénaire.

Une dernière bouchée de pomme, adoucie par le soda allégé.

Il remit le second hamburger dans le sac, qu'il referma soigneusement.

Un panneau indiquait qu'il était à soixante-dix-neuf kilomètres de la ville de Clausen, dont il savait qu'elle se trouvait à une quinzaine de kilomètres avant l'embranchement du lac Mondac. Comme il n'avait croisé aucune voiture, et encore moins une voiture de police, depuis longtemps, il poussa jusqu'à cent vingt kilomètres à l'heure.

Et il sélectionna le CD de sermons chrétiens, juste pour le plaisir.

Armé de la lourde carabine Savage, Henry suivit le chemin comme le lui avait ordonné Rudy. Il sortit de sa poche un petit sachet, une pipe et un briquet. Après un moment d'hésitation, il les rangea. Il souffla dans ses mains et continua à avancer en grattant les cicatrices qui couvraient ses bras.

Il s'arrêta à l'endroit où le chemin croisait un passage plus large, celui qui menait au lac où ils s'approvisionnaient en eau. Il resta là cinq minutes, à regarder de tous les côtés, les yeux plissés. Il n'y avait pas âme qui vive. Il appuya la carabine contre un arbre. Alors qu'il replongeait la main dans sa poche pour sortir le sachet de crack et le briquet, un homme surgit de l'ombre et lui asséna un coup sur le front avec la crosse d'un fusil de chasse, entourée de caoutchouc, mais suffisamment dure pour expédier Henry au tapis. Sa tête bascula en arrière, ses yeux se révulsèrent. Des gargouillis s'échappèrent de sa gorge, ses mains s'agitèrent et ses genoux furent pris de tressaillements.

Quand la crosse de la carabine, qui elle n'était pas protégée, lui écrasa la trachée, Henry cessa de s'agiter violemment. Au bout d'une minute, il ne bougea plus du tout.

Tenant la carabine contre lui, Hart se raidit en entendant quelqu'un approcher. Ce n'était que Lewis, qui jeta un coup d'œil au corps allongé par terre, émit un grognement et ramassa le fusil de chasse.

Hart se pencha pour appuyer le dos de sa main dans le cou du type décharné.

— Mort. Tu savais qu'ils pouvaient relever des empreintes sur la peau ?

— Non. Je savais pas. C'est vrai ?

— Oui. (Hart remit ses gants.) Alors, quel est le topo ?

— La femme flic est dans la fourgonnette, dit Lewis. J'ai vu un gars la flanquer à l'intérieur. On dirait qu'elle est attachée, les mains dans le dos.

— Elles se sont jetées avec joie dans les bras des fabricants de crack. (Hart laissa échapper un petit rire.) Décidemment, tout le monde subit des revers de fortune, ce soir. Nous, on a droit à la visite de la police au lac Mondac ; et elles, voilà qu'elles se retrouvent dans une caravane remplie de camés. Il n'y en a qu'une dans la fourgonnette ?

— J'ai vu personne d'autre. Mais j'étais assez loin.

— Où est Michelle, alors ?

— Aucune idée.

Hart appuya sur le loquet d'éjection de la culasse, la fit coulisser et la lança au loin. Puis il jeta la carabine elle-même dans la direction opposée. Il tirait beaucoup mieux avec un pistolet. En outre, ce type d'arme manuelle permettait de tirer une balle toutes les deux secondes. Soit le temps qu'il lui fallait pour vider le chargeur du Glock, qui en contenait quinze, et commencer à recharger.

En silence, ils s'approchèrent du camping-car.

— Ils sont combien à l'intérieur ? chuchota Hart.

— J'ai pas bien vu. Il y a un autre type, c'est sûr. Et celui qui a foutu la femme flic dans la fourgonnette. Et une sorte de mégère.

Hart observait attentivement Lewis. Celui-ci regardait fixement le camping-car en pétrissant la crosse du fusil. Il était inquiet.

— Comp ?

Il tourna la tête.

— Ouais ?

— Il faut le faire.

— Bien sûr.

— Je sais ce que tu penses. Tu te dis qu'ils ne nous ont rien fait. Mais c'est des sales camés, Comp. Ils fabriquent du crack. Ils seront morts dans un an, de toute façon. D'une overdose, brûlés vifs ou flingués par un type mécontent qu'ils empiètent sur son territoire. Là, au moins, ce sera plus rapide. C'est préférable pour eux. On récupère Brynn, on retrouve Michelle, on les liquide et c'est terminé.

Lewis regardait la fourgonnette, maintenant.

— Voici comment on va procéder, reprit Hart. Ces gars sont sûrement armés. On a gagné du temps quand j'ai parlé au mari de Brynn, mais ça ne veut pas dire qu'il m'a cru ou que les flics ne vont pas envoyer une bagnole dans le parc, par acquit de conscience. On peut penser qu'il y a déjà des flics dans la maison, et en pleine nuit, avec ce calme, les bruits portent loin. Ils risquent d'entendre les coups de feu. Dès que la fusillade éclatera, il faut en finir rapidement. Très rapidement.

— OK.

— Tu as ton briquet ?

— J'en ai toujours un sur moi. Au cas où je rencontrerais une dame dans un bar qui me demande du feu.

Le tremblement de sa voix nuisit à sa plaisanterie.

— C'est très aimable de ta part, vu que tu ne fumes pas. (Hart sourit et Lewis lâcha un petit rire qui ressemblait à un râle.) Tu prendras par la droite du camping-car, le côté sans porte. Ramasse des feuilles et essaye de trouver un truc en plastique ou en caoutchouc. Pour allumer un feu sous le camping-car. Un petit. Il ne faut pas qu'il se répande, on ne veut pas attirer l'attention. Je veux juste de la fumée. Avec tout l'ammoniaque et le propane qu'il y a à l'intérieur, ils vont flipper et foutre le camp pour foncer vers la fourgonnette. Et quand ils sortiront… Pigé ?

Lewis hocha la tête.

— Je prends la porte de devant, tu prends celle de derrière. Ton fusil est chargé ?

— Oui.

Hart vérifia le chargeur du Glock et s'assura qu'un autre était glissé dans sa ceinture, à l'envers, et à droite, pour qu'il puisse s'en saisir aisément de la main gauche.

— Garde ton Sig à portée de main.

Lewis sortit de sa poche de veste le pistolet chromé et le fourra dans son pantalon.

Hart remarqua que sa suggestion ne provoqua ni sarcasmes ni résistance, comme précédemment.

Lewis émit un ricanement forcé.

— Deux vrais bandits armés jusqu'aux dents.

— Avance lentement et sans bruit. Allume le feu. Puis fais le tour du camping-car. Attends qu'ils soient tous sortis avant de tirer. Il ne faudrait pas qu'on soit obligés d'entrer pour en déloger un. Tu en as compté trois, hein ?

— Ouais. Mais ça me revient maintenant : la bonne femme s'est retournée à un moment pour dire quelque chose, et elle ne s'adressait pas aux deux types. Il y a peut-être quelqu'un d'autre.

— OK. On table sur quatre.

La corde avec laquelle Gandy l'avait attachée à une poignée à l'arrière de la fourgonnette était épaisse et en nylon, solide donc, mais glissante. Brynn parvint enfin à la desserrer. En revanche, le ruban adhésif qui lui liait les poignets dans le dos refusait de céder ; elle réussit à se mettre debout malgré tout. Les boutons commandant l'ouverture de la porte arrière étaient enfoncés, impossible de les soulever. Pliée en deux, elle avança jusqu'à l'avant, trébucha sur le levier de vitesses et se cogna la tête contre le tableau de bord. Elle demeura groggy un instant. Puis elle se redressa tant bien que mal et, en tournant le dos à la boîte à gants, elle l'ouvrit. Vide, à l'exception des papiers.

Elle s'écroula sur le siège avant, le temps de reprendre son souffle. Les muscles de son ventre étaient douloureux, à cause de ces contorsions et du coup de gourdin asséné par la femme de Gandy. Elle essaya d'actionner le bouton de déverrouillage des portières situé sur l'accoudoir, mais ses mains liées ne pouvaient pas l'atteindre. Elle passa en revue tout le bazar qui encombrait la fourgonnette, les cartons et les sacs. Ni couteau ni outils. Elle se rassit sur le siège du passager et ferma les yeux, accablée.

Soudain, dans son dos, une femme hurla.

— Michelle, murmura-t-elle.

Était-elle revenue ? L'avaient-ils retrouvée au bord du lac et traînée jusqu'ici ? Brynn se retourna vivement. Il n'y avait que deux vitres à l'arrière, celles de la porte. Et elles étaient obscurcies par la crasse.

Elle jeta un coup d'œil dans le rétroviseur extérieur. L'obscurité était envahie de fumée. Le camping-car était-il en train de brûler ? Les labos clandestins de crack avaient la réputation de faire griller les apprentis chimistes.

La fillette ! pensa-t-elle, affolée.

La voix retentit de nouveau.

— Non ! Non ! Par pitié !

Ce n'était pas la voix de Michelle. C'était la mère d'Amy.

Soudain, un coup de feu.

Suivi de la déflagration d'un fusil de chasse.

Quatre ou cinq autres tirs. Une pause. Le temps de recharger sans doute. D'autres coups de feu.

Et le silence. Puis une autre voix, rendue stridente par la peur ou le désespoir. Un homme ou un enfant ?… Impossible à dire.

Encore une détonation.

Et de nouveau, le silence.

Je vous en supplie, faites qu'elle n'ait rien. S'il vous plaît… Elle revoyait le visage de la fillette.

Un mouvement traversa le rétroviseur. Un individu armé d'un pistolet faisait le tour du camping-car tout en scrutant les buissons.

Puis il se tourna vers la fourgonnette.

Brynn chercha de quoi libérer ses mains. Elle les glissa de part et d'autre du levier de vitesses et se mit à exercer un mouvement de haut en bas. Tentative futile.

Elle jeta un coup d'œil dans le rétroviseur. L'individu regardait fixement la fourgonnette, désormais.

Le shérif Tom Dahl contemplait les deux cadavres dans la cuisine : une femme d'affaires d'une trentaine d'années, qui semblait avoir envoyé dinguer ses chaussures après le travail, se réjouissant par avance de ce week-end de détente. Le deuxième corps était celui d'un homme robuste, à peu près du même âge, aux cheveux épais et longs. Le genre de gars avec qui on aimerait aller boire une bière dans un bar de Humboldt. Le sang formait d'immenses taches sur le sol.

Bien qu'endurci par le métier, comme la plupart des autres représentants de l'ordre, Dahl était ébranlé par ce double meurtre. Dans le comté de Kennesha, la majorité des décès étaient d'origine accidentelle et se produisaient à l'extérieur. Des sans-abri qui succombaient au froid, des victimes d'accidents de la route, des ouvriers trahis par leur équipement et des sportifs par la nature. Voir ce jeune couple assassiné chez lui, comme dans une grande ville infestée par le crime, c'était difficile à supporter.

Son regard s'attarda sur leurs mains pâles. Par ici, les morts avaient souvent des mains rouges et calleuses.

Pour couronner le tout, sa propre adjointe – celle qu'il préférait en secret, la fille qu'il aurait aimé avoir – avait disparu après s'être introduite dans une maison qui portait les traces d'une fusillade.

Dahl expira lentement.

Des pas descendirent du premier étage.

— Et la copine ? demanda-t-il à Eric Munce, l'homme qu'il avait choisi de ne pas envoyer ici, lui préférant Kristen Brynn McKenzie ; l'homme dont l'existence lui rappellerait cette décision en permanence, quelle que soit l'issue de ce drame.

— Aucun signe, dit l'agent.

Soulagement. Dahl était convaincu qu'ils allaient retrouver son corps dans la chambre du haut. Assassinée, mais pas nécessairement tout de suite.

— Ils l'ont peut-être emmenée, suggéra Munce. Ou alors, elle se cache quelque part, avec Brynn.

Prions pour que ce soit le cas, pensa Dahl. Et c'est ce qu'il fit, brièvement.

Il fut interrompu par un appel. L'agent du FBI, le dénommé Brindle, lui annonça qu'il envoyait plusieurs collègues sur les lieux, maintenant qu'Emma Feldman, témoin dans l'enquête sur Mankewitz, était morte. Un haut-gradé de la police de l'État était en chemin également, et il ne serait pas très content de voir les fédéraux sur place, mais Dahl pensait que plus on est de fous, plus on rit. Aucun criminel n'avait jamais réussi à s'échapper parce que trop de flics expérimentés étaient à ses trousses. Enfin, en général.

Une équipe de la police scientifique allait arriver également. Dahl demanda donc à ses gars de ne toucher à rien, mais de regarder partout pour essayer de comprendre ce qui s'était passé et où pouvaient être Brynn et l'amie des Feldman.

Il ne leur fallut pas longtemps pour dénicher des pièces du puzzle : coups de feu à travers les vitres, coups de feu dans la maison, empreintes de pas suggérant la présence de deux hommes, sans doute les meurtriers. Les chaussures réglementaires de Brynn avaient été abandonnées à l'intérieur, et l'amie du couple avait laissé ses bottes de citadine à côté de la Mercedes des Feldman, sans doute pour les troquer contre des chaussures plus adaptées à la marche. Une des deux femmes était blessée ; elle s'appuyait sur une canne ou une béquille et semblait traîner la patte.

La Mercedes se trouvait devant le garage, deux pneus avaient été crevés par balle, une vitre était brisée et le capot levé, un câble de batterie pendait dans le vide. Une deuxième voiture avait laissé des traces dans le gravier en démarrant. Une troisième avait roulé sur trois roues.

Mais tous ces éléments ne permettaient pas de reconstituer le tableau d'ensemble. Planté devant la cheminée odorante du salon, Dahl résuma mentalement la situation : un vrai merdier.

Et où est passée Brynn, nom de Dieu ?

Eric ?

J'aimerais mieux ne pas faire appel à lui. Vous savez comment il réagit.

Le shérif remarqua quelque chose dans les boiseries.

— Quelqu'un s'est amusé à jouer aux Experts ? demanda-t-il avec aigreur en regardant Munce.

Celui-ci suivit la direction qu'indiquait son doigt. Apparemment, on avait extrait une balle de la moulure.

— Pas moi.

Pourquoi quelqu'un se donnerait-il la peine de récupérer une balle, mais pas les autres ? Parce qu'il y avait son ADN dessus ?

Probablement. Cela voulait dire qu'il était blessé.

Cela voulait dire également que c'était un professionnel. Dans le comté de Kennesha, la plupart des crimes étaient commis par des individus qui ne savaient même pas ce qu'était l'ADN, et qui se fichaient pas mal de laisser des traces.

Un tueur à gages.

OK, réfléchissons. Deux hommes avaient été engagés pour assassiner Emma Feldman. Ils avaient accompli leur mission et tué son mari. Ensuite, peut-être avaient-ils été surpris par l'amie qui accompagnait le couple. Peut-être était-elle partie se promener ou montée prendre une douche quand les tueurs étaient arrivés.

À moins qu'ils aient été surpris par Brynn.

Quelqu'un, Brynn probablement, avait tiré sur l'un des deux et l'avait blessé. Alors, il avait extrait du mur la balle enduite d'ADN.

Mais ensuite ?

Avaient-ils planqué leur bagnole quelque part et emmené Brynn ? L'amie et l'adjointe étaient-elles avec les deux types, prisonnières ? Avaient-elles enfilé des chaussures de randonnée pour fuir dans les bois ?

Étaient-elles mortes ?

Dahl contacta l'adjoint Howie Prescott par radio. Le colosse se trouvait près du lac, entre le 2 et le 3 Lake View, là où ils avaient découvert des empreintes. Il cherchait une piste. Prescott était le meilleur chasseur du service, et tout le monde se demandait par quel miracle il parvenait à s'approcher discrètement de ses proies avec ses cent trente kilos.

— Du nouveau, Howie ?

— Non, chef. Mais il fait noir comme en pleine nuit.

Noir comme en pleine nuit ? C'était la nuit, nom d'un chien !

— Continuez à chercher.

Dahl s'adressa ensuite à Eric Munce, qui frottait la crosse de son pistolet comme un enfant tripote son doudou.

— Je veux faire appel à une équipe de secours. Le plus de personnes possible. Mais uniquement des agents armés. Pas de volontaires.

Munce regagna rapidement sa voiture de patrouille pour réclamer des renforts par radio.

Dahl sortit de la maison et contempla le lac. La lune basse irisait la surface.

La radio du shérif crépita.

— Ici Pete.

— Parlez.

— Je suis dans l'allée du 1. Je n'ai pas encore jeté un coup d'œil à l'intérieur, mais je voulais vous prévenir. (Il était essoufflé.) Une camionnette vient de passer. Un pick-up blanc. Il vient vers vous.

Une camionnette.

— Qui est à bord ?

— Je n'ai pas eu le temps de voir.

— OK. Inspectez la maison. Et tenez-moi au courant.

— Entendu.

Le shérif s'adressa à Munce :

— On a de la visite.

Il contacta Prescott pour lui demander de guetter le véhicule.

Ils le virent approcher lentement et s'engager dans l'allée.

Le shérif et son adjoint avaient la main posée sur la crosse de leurs armes.

Mais il ne s'agissait pas d'une menace.

En revanche, c'était une source de complications.

Graham Boyd descendit du pick-up en laissant ses trois passagers à l'arrière, des sortes d'arbustes, et il marcha droit vers Dahl.

— Brynn n'est pas ici, Graham. On ignore où elle est.

— Je veux voir, dit l'homme d'une voix mal assurée en se dirigeant vers la maison.

— Non. Je ne peux pas vous laisser entrer. Il y a des cadavres. Des gens ont été tués. C'est une scène de crime.

— Où est-elle ?

Le shérif passa son bras autour des épaules larges de Graham pour l'entraîner à l'écart.

— On pense que Brynn et l'amie de ces gens se sont enfuies.

— Ah. Où ça ?

— Pour l'instant, on ne sait pas. On a demandé une équipe de secours.

— Nom de Dieu.

— Laissez-nous faire notre travail, d'accord ? Je sais que c'est dur. Mais je vais vous demander de nous aider en rentrant chez vous. S'il vous plaît.

La radio grésilla de nouveau.

— Shérif, c'est Howie. En inspectant le bord du lac, j'ai découvert quelque chose.

— Je vous écoute.

— Une voiture a quitté la route. Et elle a plongé dans le lac, on dirait.

— On dirait ? Elle a fini dans le lac, oui ou non ?

Un silence.

— Oui.

— À quel endroit ?

— Vous voyez ma lampe ? Je vous envoie des signaux.

À deux ou trois cents mètres de là, un petit point jaune dansait dans l'obscurité.

Graham s'écria :

— Il y a des débris ? De quelle couleur ?

Après une hésitation, Dahl répéta la question dans la radio.

Prescott dit :

— J'ai retrouvé un pare-chocs. Rouge foncé.

— Oh, putain, lâcha Graham.

Il s'élança.

— Merde ! cracha le shérif.

Munce et lui grimpèrent dans sa voiture. L'adjoint prit le volant. Ils s'arrêtèrent à la hauteur de Graham, qui monta à l'arrière, et ils foncèrent vers le lac.

Des traces de dérapage, des débris d'airbag, des éraflures sur les rochers, des morceaux de plastique provenant des lumières, des éclats de verre et une flaque d'huile près du rivage ne laissaient aucune place au doute. La voiture avait quitté la route, heurté la corniche rocailleuse et basculé dans l'eau.

— Nom de Dieu, marmonna Graham.

Comment est-ce que cet accident s'insérait dans le scénario ? Qui conduisait cette voiture ?

Qui se trouvait *encore* dans cette voiture ?

— Ça ne veut pas dire que c'était la sienne, Graham. Ou qu'elle était à bord.

— Brynn ! hurla son mari.

Sa voix résonna à la surface du lac. Il dévala la pente et se précipita dans l'eau.

— Non ! cria Dahl. On ne sait pas où sont les meurtriers. (Il se tourna vers Munce.) Rappelez la police de l'État. On a besoin d'un plongeur et d'un camion avec un treuil. Envoyez-les directement au lac Mondac. Sur la rive ouest. Qu'ils se renseignent sur la profondeur... Graham ! C'est aussi une scène de crime ! On ne peut pas vous laisser tout chambouler !

Graham sortit quelque chose de l'eau et tomba à genoux. Tête baissée. Dahl s'apprêtait à le rappeler à l'ordre encore une fois. Mais il se retint.

— Je vais le chercher ? demanda Munce.

— Non. Fichons-lui la paix.

Dahl descendit jusqu'au bord de l'eau, en posant prudemment les pieds sur les rochers ; sa jambe le faisait souffrir.

Graham se releva lentement et tendit au shérif une carte de la région. Sur la couverture détrempée, on pouvait encore lire, écrit au marqueur : *Sgt. K. B. McKenzie*.

Pendant un instant, Dahl crut que le pauvre homme allait plonger à la recherche de sa femme. Il s'apprêtait à le retenir. Finalement, Graham demeura au bord du lac, le dos voûté, à contempler l'eau noire.

La radio émit un sifflement et des parasites.

— Shérif ? Pete. Je suis au 1 Lake View. La maison est vide et fermée à clé. Mais il y a une voiture abandonnée derrière.

— Abandonnée ?

— Récemment, je veux dire. Je me suis renseigné. D'après le fichier, elle a été volée à Milwaukee il y a quelques jours. Les plaques correspondent au modèle et à l'année, mais pas à la carte grise. En plus, il y a deux impacts de projectile sur le côté et un des pneus arrière a été crevé par balle.

C'était la voiture qui avait quitté l'allée des Feldman en roulant sur la jante.

Le shérif pensa à Graham ; il aurait souhaité de tout son cœur que celui-ci soit ailleurs à cet instant. Mais il n'avait pas de temps à perdre.

— Forcez le coffre. Et dites-moi ce qu'il contient.

— Je l'ai fait, shérif. Il est vide.

Merci, Seigneur.

— Personne ne s'est introduit dans la maison ?

— Non. J'ai fait le tour. À moins qu'ils aient crocheté la serrure et refermé ensuite.

— Non. Allez jeter un coup d'œil au 2.

— Bien, shérif.

— Rejoignez-le, ordonna Dahl à Prescott.

Le colossal adjoint hocha la tête et remonta le chemin de terre.

S'ensuivit un long silence. Graham se frotta les yeux et continua à scruter le lac.

— Je ne crois pas que ce soit très profond, commenta-t-il. Elle a pu ressortir.

— J'en suis sûr.

— Vous n'y croyez pas, hein ? Vous pensez qu'elle est morte. Eh bien, non.

— Ce n'est pas du tout ce que je pense, Graham. Brynn est coriace. C'est une des plus coriaces.

— Vous devez fouiller les environs.

— On va le faire.

— Maintenant ! Faites venir des renforts !

— Ils arrivent. J'ai déjà appelé.

— Et le FBI ? Ils se déplacent pour ce genre de choses, non ?

— Oui. Ils vont venir aussi.

Graham se retourna vers la maison du 2. La voiture de patrouille de Gibbs venait d'arriver.

Malgré toutes ses préoccupations, Dahl prit le temps de réciter une prière muette pour que son adjointe et l'invitée ne soient pas à l'intérieur, aussi mortes que les Feldman.

— Rentrez chez vous. Avec Joey. Il va avoir besoin de vous.

Une voix remplie d'excitation jaillit de la radio au son métallique.

— J'ai quelque chose, shérif !

C'était Pete Gibbs.

— Parlez.

— Il y a eu effraction. Et je crois apercevoir des impacts de balles dans les fenêtres du premier.

— Attendez Eric.

Il adressa un signe de tête au jeune adjoint, qui partit en courant.

— Ça m'a l'air vide, reprit Gibbs.

— Gardez votre position.

— À vos ordres.

— Quand Eric sera là, entrez. En partant du principe qu'ils sont encore à l'intérieur. Et nous savons qu'ils sont armés.

Graham examinait la rive, en tournant le dos à Dahl, qui regardait fixement la maison. Les minutes passèrent, aussi lentement que possible, et le shérif se surprit à retenir son souffle, en redoutant un coup de feu.

Au bout d'un moment, la radio grésilla, comme pour les taquiner.

Aucune liaison.

Dahl ne voulait pas rappeler ses hommes, au risque de faire brailler leurs radios et de signaler leur position.

Toujours rien.

Enfer et damnation.

Enfin, Eric Munce se manifesta :

— La maison est vide, Tom. Mais ils y sont venus. Et il y a même eu une fusillade. Mais pas de cadavres. Par contre, on a trouvé un truc bizarre.

— Bizarre ? Soyez plus précis, Eric.

— À l'étage. Le sol de la salle de bains est inondé d'ammoniaque. Ça schlingue comme une poubelle à couches.

— De l'ammoniaque ?

— Et on a découvert l'uniforme de Brynn dans la chambre voisine. Tous ses vêtements.

Graham se raidit.

— Ils sont trempés et pleins de boue. La penderie et la commode étaient ouvertes. Je pense qu'elle s'est changée avant de foutre le camp.

Dahl se tourna brièvement vers Graham, qui ferma les yeux de soulagement.

— Shérif, c'est Howie. Je suis à l'extérieur. J'ai repéré deux groupes d'empreintes de pas, des chaussures de femmes, je pense, vu la pointure. Elles partent vers le bois derrière la maison et vont jusqu'à une rivière, avant de revenir vers chez les Feldman. Ensuite, je les perds.

— Bien reçu.

Dahl prit Graham par les épaules pour le ramener vers la voiture de patrouille.

— On sait maintenant que votre femme a réussi à sortir de la voiture. Si quelqu'un sait comment survivre, c'est bien elle. Je sais de quoi je parle, Graham. C'est moi qui ai signé les documents pour qu'elle puisse participer à tous ces stages de formation. Elle en a suivi tellement que ses collègues la surnomment « la maîtresse d'école » dans son dos. Ne lui répétez pas, hein ? Venez, je vous accompagne à votre pick-up. Vous et moi, on n'a plus l'âge de courir dans les bois.

Le verrouillage automatique de la fourgonnette se déconnecta.

Brynn tourna la tête vers la portière du passager au moment où celle-ci s'ouvrait.

Hart se figea, arme au poing, à l'affût d'une éventuelle menace. Voyant que Brynn avait les mains ligotées et qu'il n'y avait personne d'autre dans la fourgonnette, il monta à bord.

La portière claqua derrière lui.

Il rangea son arme et entreprit de fouiller parmi les détritus qui jonchaient le plancher, devant et derrière les sièges avant.

Brynn demanda :

— Et la petite fille dans le camping-car ? La petite fille ?

— Elle n'a rien.

— L'incendie ?

— Une diversion. Le camping-car n'a pas brûlé.

Brynn regarda dans le rétroviseur. La fumée s'était dissipée. Il disait la vérité.

Hart trouva un bidon d'eau de Javel. Il l'ouvrit et en aspergea ses gants, puis les clés, couverts de sang. Puis il en versa un peu sur la déchirure de son blouson de cuir, à l'endroit où avait pénétré la balle tirée par Michelle, semblait-il. Il expira lentement pour lutter contre la douleur.

La puanteur du chlore envahit l'habitacle et brûla les yeux de Brynn. Ceux de Hart également. Tous les deux battirent des paupières.

— Des camés… On n'est jamais trop prudent, de nos jours.

C'était comme s'il s'excusait pour l'odeur. Il examina Brynn de la tête aux pieds, puis son regard s'arrêta sur sa joue affreusement enflée. Il grimaça.

— Vous ne mentez pas ? insista-t-elle. Elle est vivante ?

Elle le transperçait du regard.

— La fillette ? Oui. Je vous l'ai dit. Ce n'est pas le cas de sa mère, par contre, si c'était sa mère. Ni des autres… Si ça vous intéresse, ils ont abandonné la gamine dans le camping-car quand ils ont cru qu'il prenait feu. Pour se précipiter dehors. Peut-être qu'ils voulaient riposter. Ou peut-être qu'ils avaient l'intention de la laisser brûler vive.

Brynn l'observa à son tour. Un visage robuste, des yeux gris, des cheveux longs, bruns et secs. Une peau rêche. Quand elle était jeune, Brynn avait fait une poussée d'acné ; elle en avait souffert. Mais le problème avait disparu dès qu'elle était entrée à la fac. Ce type n'était pas beau, pas vraiment, mais il avait de l'assurance à revendre, un charme en soi.

— Brynn, dit-il comme s'il réfléchissait à voix haute.

Comment connaissait-il son nom ? C'était Gandy qui le lui avait dit avant de mourir ? Non. Hart et son complice étaient entrés dans la deuxième maison de Lake View Drive, dans la chambre. Il avait dû voir son badge sur sa chemise d'uniforme.

— Hart.

Il hocha la tête, avec un sourire teinté d'exaspération.

— Mon ami parle trop. Ça lui a échappé.

— C'est quoi son nom, déjà ?

Le sourire s'attarda sur les lèvres de Hart. Il ne répondit pas.

— Dites-moi où est la fillette, demanda Brynn.

— Dans sa chambre, dans le camping-car. Couchée avec une poupée nommée Chester. C'est moi qui l'ai retrouvée. À moins que ce soit un lapin. Je ne sais pas.

— Vous l'avez laissée là-bas ? Si elle regarde dehors, elle va voir le corps de sa mère !

— Non. Mon ami va tous les emporter dans les bois. J'ai dit à la petite de ne pas bouger. À l'aube, il y aura plus de flics au mètre carré dans ce parc qu'à l'École de police. Ils la trouveront.

— Elle est morte, hein ? Vous l'avez tuée, elle aussi.

Le visage de Hart se crispa. Il était agacé de voir qu'elle mettait sa parole en doute.

— Non. Je ne l'ai pas tuée. Je vous le répète : elle est dans son lit avec Chester.

Brynn décida de le croire.

— Alors, qu'est-ce qui s'est passé ? demanda-t-il. Vous avez rencontré ce type dans les bois, il a promis de vous laisser utiliser son téléphone qui était dans le camping-car. Et vous êtes tombées sur un labo clandestin.

— J'avais deviné avant. Mais pas suffisamment tôt.

— Vous avez flairé l'odeur, hein ? L'ammoniaque ?

— Oui. Le chlore également. Et le propane.

— C'est comme ça que je l'ai trouvé moi aussi, confia Hart. J'étais au bord du lac et j'ai senti l'odeur jusque là-bas.

— Le vent a dû tourner. Je l'ai sentie seulement quand on était presque arrivés.

Hart s'étira.

— Pfff. Quelle nuit. Je parie que vous n'en voyez pas souvent des comme ça à… On est dans quel comté déjà ?

— Kennesha.

Il s'attarda de nouveau sur la plaie de Brynn. Elle était infectée ; ce devait être très douloureux. Sans doute, pensa-t-elle, qu'il s'interrogeait pour savoir combien de temps elle pourrait tenir avant de lui révéler où était Michelle.

Éternellement.

Vraiment ?

Comme s'il lisait dans ses pensées, il demanda, d'un ton neutre :

— Où est votre amie Michelle ?

— Je ne sais pas.

Elle se souvint qu'ils avaient trouvé le sac à main de la jeune femme. Ils connaissaient son identité et savaient où elle habitait.

Hart se déplaça légèrement sur son siège et grimaça, à cause d'une douleur au bras apparemment.

— Ça vient d'où, ce nom ? Brynn.

— C'est norvégien.

Il hocha la tête.

— Au sujet de Michelle, vous mentez. Vous savez où elle est.

Il paraissait vexé. Froissé. Au bout d'un moment, il ajouta :

— J'ai parlé à quelqu'un ce soir. Au téléphone.

— Quelqu'un ?

— Votre mari.

Elle ne dit rien ; elle pensa tout d'abord qu'il bluffait. Puis elle se souvint qu'ils lui avaient pris son téléphone. Graham l'avait peut-être appelée, et Hart avait répondu.

— Je me suis fait passer pour un de vos collègues. Je lui ai raconté que vous aviez été retardée. Il a gobé mon histoire. Je l'ai senti. Personne ne va venir à votre secours. Et pour vous éviter de nourrir de faux espoirs, sachez que j'ai ôté la batterie du portable. Impossible de retrouver votre trace. Alors, où est-elle ? Où est Michelle ?

Ils s'affrontèrent du regard. Brynn était étonnée que ce soit aussi facile.

— Vous avez tué ses amis. Pourquoi je vous dirais où elle est ? Pour que vous puissiez la tuer, elle aussi ?

— Michelle était une amie de la famille ? C'est comme ça qu'elle s'est retrouvée embarquée dans cette histoire ? (Éclat de rire.) Voilà ce qu'on appelle être au mauvais endroit au mauvais moment. C'est fréquent, cette nuit.

— Discutons. On peut peut-être s'arranger.

— C'est une première pour vous, je parie. Pour moi, oui.

— Quoi donc ?

— Le jeu auquel vous avez joué. Une sorte de partie de poker. Avec des coups de bluff. Vous m'avez berné, je vous ai bernée.

Une partie de poker...

— Mon ami m'a parlé de ce drôle de personnage… C'est sa mère ou sa grand-mère, je ne me souviens plus, qui lui parlait du Filou. Un récit mythologique, un conte de fées. Il provoque toutes sortes d'embêtements. C'est comme ça que je vous ai surnommée toute la soirée, Brynn.

Le Filou ?

Hart poursuivit sur sa lancée :

— Cette télé dans la maison du 2… vous avez dégoté une émission avec des femmes qui bavardent. Astucieux. Et l'ammoniaque au-dessus de la porte. Maintenant que j'y réfléchis, je me dis que vous n'avez pas placé le seau de façon à ce qu'il tombe, hein ? Vous aviez peur que des secours ou vos collègues soient aveuglés. C'est drôle, le fait de savoir que vous n'avez pas inventé un piège de lâche, ça vous fait remonter dans mon estime.

Brynn réprima un sourire et le priva du plaisir d'une réaction.

— Le canoë ensuite. Et le sang sur la corniche.

— Et vous, dans la voiture à trois roues.

— Mais ça n'a pas marché, hein ?

— Je peux en dire autant. Puisque vous êtes là. Vous m'avez trouvée.

Hart l'observa encore une fois.

— Le sang sur la corniche… vous vous êtes blessée exprès ?

— Je n'ai pas emporté une bouteille de ketchup.

Elle baissa la tête pour qu'il voie le sang coagulé dans ses cheveux. Et ajouta :

— Je me suis laissé avoir par le coup de la lampe sur la falaise. Comment vous avez fait ? Vous avez fabriqué une corde avec un T-shirt ?

— Exact. Celui de mon ami. Ce qui m'a obligé à supporter le spectacle de son corps tatoué. Et je me suis servi d'une branche pour que la lampe pende dans le vide et se balance dans le vent.

— Mais comment vous nous avez retrouvées ?

— Avec mon BlackBerry.

Elle secoua la tête, en grimaçant un sourire. Il a un GPS, se dit-elle. Et moi, une boussole de fortune… Mais ils ont fonctionné aussi bien l'un que l'autre.

— L'administration ne voudra jamais nous en offrir.

— J'ai deviné que vous voudriez atteindre la Joliet Trail. Et que vous iriez vers le nord ensuite. Pour rejoindre la nationale ou Point of Rocks.

— J'avais choisi la nationale. Je savais que l'ascension serait difficile, mais c'était plus près, et le temps qu'on atteigne la route, il y aurait plein de camions qui passeraient.

— Comment vous avez fait pour ne pas vous perdre ?

— J'ai le sens de l'orientation. (Elle le dévisagea.) Pourquoi vous faites tout ça, Hart ? C'est perdu d'avance.

— Ah, Brynn, nous sommes trop intelligents tous les deux pour négocier face à face.

Elle poursuivit malgré tout.

— Moins de 2 % des criminels s'en sortent, et ce sont généralement des histoires de drogués ; tout le monde se fout de la victime ou bien il y a tellement de suspects que ça ne vaut pas la peine d'enquêter. Mais ce soir… Ils continueront jusqu'à ce qu'ils vous trouvent… Vous n'êtes pas idiot, Hart.

Il parut vexé, une fois de plus.

— Pas de condescendance, je vous prie. C'est minable, ce que vous essayez de faire. Moi, je vous traite avec respect.

Il avait raison.

Il s'étira de nouveau et massa son bras blessé. À voir le trou laissé par le projectile dans le blouson, il avait manqué de peu l'os et l'artère.

D'un ton songeur, il ajouta :

— On fait un métier de dingue, vous ne croyez pas ?

— On ne fait pas le même métier.

Elle ne put masquer son mépris.

— Bien sûr que si… Prenez l'exemple de ce soir. Nous sommes venus ici pour accomplir une mission que nous avons acceptée. Et maintenant, nous avons le même objectif. Chacun veut éliminer l'autre et foutre le camp de cette putain de forêt, vivant. Savoir qui rédige votre chèque et qui rédige le mien, c'est un simple détail technique. Peu importe *pourquoi* nous sommes ici, finalement. Ce qui compte, c'est que nous sommes ici.

Elle fut obligée de rire.

Mais il enchaîna, comme si elle lui avait concédé ce point. Il la regarda droit dans les yeux et demanda, avec enthousiasme :

— Vous ne croyez pas que c'est ce qui fait que le jeu en vaut la chandelle ? Même ce qui s'est passé ce soir, tout ce merdier. Moi, si. Je n'échangerais ma vie contre rien d'autre. Regardez le reste de l'humanité, tous ces morts-vivants. Ce sont des cadavres, Brynn. Ils restent assis, énervés, en colère à cause d'un truc qu'ils ont vu à la télé et qui pourtant ne signifie absolument rien pour eux. Ils vont au boulot, ils rentrent chez eux, ils parlent de choses qu'ils ne connaissent pas et dont ils se foutent… Nom de Dieu, comment est-ce qu'ils ne meurent pas d'ennui ? Moi, ça me tuerait. J'ai besoin d'autre chose, Brynn. Pas vous ? (Il se massa la nuque avec son bras valide.) Dites-moi où elle est. S'il vous plaît. Ça va mal finir.

— Si je vous le dis, vous me laisserez la vie sauve ?

Un silence. Puis :

— Non. Je ne peux pas faire ça. Mais j'ai votre numéro de téléphone. Je sais que vous avez un mari et vous avez peut-être des enfants, sans doute. Si vous me le dites, il ne leur arrivera rien.

— C'est quoi, votre nom complet ?

Il secoua la tête et la regarda en fronçant les sourcils.

— Soit, dit-elle. Écoutez-moi… Hart, que ce soit votre prénom ou votre nom : vous êtes en état d'arrestation.

Elle lui récita ses droits, du début à la fin. Elle avait mémorisé ce jargon depuis des années.

— Vous m'arrêtez ?

— Vous avez compris vos droits ?

Amusé, Hart dit :

— Je sais que vous savez où elle est. Vous avez fixé un lieu de rendez-vous, hein ? Je le sais. Car j'aurais fait la même chose.

Il brisa le silence qui suivit :

— C'est curieux la vie, hein ? Tout semble parfait. Le plan, le contexte, les recherches, les détails. Vous avez même réussi à maîtriser le facteur humain. Voie dégagée, fuite facile, vous avez détourné l'attention des éventuels gêneurs, mais il se produit une toute petite chose. Trop de feux rouges, une crevaison, un embouteillage à cause d'un accident. Et le vigile psychopathe, impatient d'utiliser son nouveau Desert Eagle .44, arrive au boulot avec dix minutes d'avance car il s'est réveillé avant que son réveil sonne à cause d'un chien qui a aboyé dans la rue, à cause d'un écureuil…

Sa voix mourut. Il forma une pyramide avec ses doigts gantés, en grimaçant légèrement quand il bougea son bras gauche.

— Et tous vos plans partent en fumée, reprit-il. Des plans qui ne pouvaient pas échouer. Voilà ce qui nous est arrivé ce soir, Brynn. À vous et à moi.

— Détachez-moi et donnez-moi votre arme.

— Vous croyez vraiment que vous allez m'arrêter, comme ça ?

— Vous ne m'avez pas écoutée, c'est déjà fait.

Il s'étira encore une fois.

— Je vieillis, dit-il en se massant le bras gauche. Depuis combien de temps êtes-vous mariée ?

Elle ne répondit pas, mais regarda involontairement la main gantée de Hart.

— Le mariage ne me convient pas. Et vous, Brynn ?… Allons, que représente Michelle pour vous ?

— Mon métier. Voilà ce qu'elle représente.

— C'est si important que ça, un métier ?

Brynn lui fit une grimace ironique, et douloureuse.

— Vous connaissez la réponse.

Il ouvrit la bouche pour dire quelque chose, puis se ravisa. Il baissa la tête, en signe d'assentiment.

— Vous avez peut-être parlé à mon mari au téléphone, mais vous ne le connaissez pas. Il va tout mettre en branle. Il n'est pas du genre à s'endormir après les infos de vingt-deux heures.

La déception apparut de nouveau sur le visage de Hart.

— C'est un mensonge, Brynn.

Elle inspira lentement.

— Peut-être, s'entendit-elle répondre. OK. Plus de mensonges, Hart. Graham s'est peut-être endormi, mais il se réveillera vers quatre heures pour aller aux toilettes. Il est réglé comme une horloge. En voyant que je ne suis pas rentrée, il appellera mon chef, et son premier réflexe sera de mobiliser toute la police de l'État. Alors, il vous reste encore un peu de temps, mais pas beaucoup. Et pas suffisamment pour m'obliger à vous dire où est Michelle. Et ça, ce n'est pas un mensonge.

— Bon. Voici ce qu'on pourrait faire…

Il laissa sa phrase en suspens.

Brynn ricana.

— Vous étiez sur le point de mentir, hein ?

— Oui, avoua-t-il avec un grand sourire.

— Vous alliez me donner de faux espoirs, c'est ça ?

— Oui. Mais je me suis dit que ce n'était pas bien.

Il plongea la main dans sa poche pour prendre une carte de la région. Il la déplia entre eux et alluma le plafonnier. Il repéra le chemin, à peine visible, sur lequel ils se trouvaient.

— Où est-elle, Brynn ?

Elle remarqua le minuscule point bleu représentant le lac où l'attendait Michelle.

— Je ne vous le dirai pas.

Hart secoua la tête.

— Je ne vous ferai pas de mal. Ce serait indigne. Et votre famille n'a rien à craindre.

— Je sais.

Il sortit son arme. Y jeta un bref coup d'œil.

— Mais… vous comprenez.

Il répugne à tirer, pensa-t-elle, surprise. Mais il le fera. Bizarrement, elle avait le sentiment d'avoir remporté cette manche. Toutefois elle devinait aussi, avec un pincement au cœur, qu'elle avait perdu la partie. Non pas parce qu'elle allait mourir. Mais pour une douzaine d'autres raisons qui planaient bien au-delà de cette fourgonnette, de cette forêt, de ce parc.

Le silence était pesant, comme celui qui entoure un couple lorsque s'achève leur premier rendez-vous.

— Hart, c'est votre dernière chance.

Il rit.

— Appelez la police. Je parlais sérieusement. Je demanderai au procureur de se montrer indulgent. Plus de mensonges entre nous, Hart. Sérieusement.

La tête baissée, il caressait le pistolet noir d'un air absent.

— Alors, vous acceptez de vous rendre ? insista-t-elle.

— Vous savez bien que je ne peux pas.

Ils échangèrent un sourire triste.

Un léger froncement de sourcils plissa le visage de Hart au moment où il jetait un coup d'œil par la vitre.

— Qu'est-ce que…

La fourgonnette bougeait ! Elle descendait la pente en prenant de la vitesse.

Juste avant qu'il monte à l'intérieur, Brynn avait ôté le frein à main. Et pendant qu'ils parlaient, elle avait gardé le pied appuyé sur la pédale de frein. Quand il était devenu évident qu'elle ne parviendrait pas à le convaincre de se rendre, elle avait relâché la pression de son pied. Maintenant, la fourgonnette roulait vers le bas de la colline. Elle rebondit par-dessus un des plots du parking et commença à dévaler la pente raide, envahie de buissons et d'arbustes.

— Nom de Dieu, marmonna Hart.

Il voulut s'emparer du volant et du levier de vitesses, mais Brynn se balança violemment sur le côté, contre son bras blessé. Il hurla de douleur.

Le véhicule continuait à prendre de la vitesse. Il percuta des pierres qui le firent bifurquer sur la gauche et, lancé à trente kilomètres à l'heure au moins, il bascula sur le flanc. La vitre du passager explosa sous le choc.

Tandis que Brynn se jetait furieusement sur Hart, le van se mit à dégringoler la pente sans fin.

Le temps que Tom Dahl ramène Graham Boyd chez les Feldman, deux voitures de la police de l'État, roulant à toute allure, gyrophares allumés, cahotaient dans Lake View Drive. Elles négocièrent le virage sur les chapeaux de roues, dans un nuage de poussière, et remontèrent l'allée sans ralentir. Six hommes en descendirent.

Graham serra la main de Dahl de manière solennelle et regagna son pick-up en sortant son téléphone de sa poche. Dahl, de son côté, rejoignit le commandant de la police du Wisconsin, Arlen Tanner, un grand type costaud et moustachu. Ils avaient travaillé ensemble pendant des années. Dahl leur dressa un topo, à lui et à ses agents.

— L'équipe du labo sera là dans une demi-heure, déclara Tanner. C'est une opération de secours ?

— Exact, Arlen. On attend des équipes de Humboldt et une demi-douzaine d'agents de Gardener. Barlow va envoyer des gars aussi.

— J'ai réveillé nos deux plongeurs. Ils arrivent.

— Je ne suis pas sûr qu'on en aura besoin. A priori, notre adjointe a réussi à sortir de la voiture et elle est en cavale avec une amie des victimes. Elles se trouvent quelque part dans ces bois. On est quasiment certains que les deux tueurs sont à leurs trousses.

Dahl reçut un appel. D'après l'indicatif, il provenait de la région de Kenosha. Il fronça les sourcils. Devait-il répondre ou non ?

Et puis, zut.

— Shérif Dahl, j'écoute.

Au bout du fil, une voix sombre dit :

— Shérif, c'est Andrew Sheridan…

Comme si Dahl était censé le connaître.

Hésitant, le shérif répondit :

— Oui, monsieur ?

— Je travaillais avec Emma Feldman. Je viens d'apprendre ce qui s'est passé.

Oh. C'était ça. Après avoir découvert les corps, Dahl avait appelé un des membres du cabinet juridique et obtenu le nom de plusieurs collaborateurs réguliers d'Emma Feldman. Il avait aspiré une grande bouffée d'air avant d'annoncer la nouvelle. Les informations circulaient vite dans ce milieu.

— Je suis navré, monsieur. Toutes mes condoléances.

— Merci.

Ils discutèrent une minute ou deux. Dahl lui révéla tout ce qu'il pouvait, c'est-à-dire pas grand-chose. Puis Sheridan en vint au fait.

— C'est un moment très difficile pour tout le monde, shérif. Mais je suis obligé de vous poser une question. Cela concerne les dossiers d'Emma. Elle en avait emporté quelques-uns avec elle, n'est-ce pas ?

— En effet, monsieur.

— Et vous en aurez besoin comme pièces à conviction ?

— Oui. Il va falloir les étudier. Apparemment, quelqu'un les a déjà feuilletés.

— Hein ? Qui ?

Dahl regarda Arlen Tanner en haussant les sourcils, avec l'air de s'excuser.

— J'en ai pour une minute, murmura-t-il, avant de reprendre sa conversation téléphonique. Nous l'ignorons, monsieur.

— On ne peut donc pas les récupérer ?

— Pas tout de suite.

— Savez-vous quand ce sera possible ?

— À ce stade, je ne peux pas vous le dire.

— Dans ce cas, puis-je vous demander de les mettre dans un endroit sûr ?

— En tant que pièces à conviction, ils seront mis sous clé, monsieur.

Une hésitation.

— N'y voyez aucune critique, mais nous craignons les fuites, ce genre de choses. Vous comprenez ?

Non, il ne comprenait pas. Mais il répondit :

— Nous veillerons à ce que vos dossiers soient en sécurité.

— Merci, shérif. Si je peux faire quelque chose, n'importe quoi, dites-le-moi.

Oui, laissez-moi faire mon boulot.

La radio du shérif grésilla de nouveau. Et une voix dit :

— On a encore de la visite.

— L'équipe de secours ? La remorqueuse ?

— Non, une voiture particulière.

— Vous avez pu voir la plaque ?

— Wisconsin. C'est tout.

— OK.

La berline ralentit et bifurqua vers la maison du 3 Lake Drive, illuminée comme le *Titanic* à ses dernières heures, songea Dahl qui venait de voir le film avec son épouse. À l'aide de sa lampe, il fit signe au conducteur de s'arrêter et le pria de descendre. L'individu d'une trentaine d'années, aux allures d'homme d'affaires, contempla la scène, le visage creusé par l'inquiétude.

— Que se passe-t-il ? Un problème ?

Tanner s'en remit à Dahl, qui demanda :

— Puis-je voir vos papiers, monsieur ? Comment vous appelez-vous ?

— Ari Paskell.

Il tendit son permis de conduire au commandant, qui le confia à un de ses hommes pour vérification.

— Que se passe-t-il, s'il vous plaît ?

— Qu'est-ce qui vous amène par ici ?

— Ce qui m'amène ? Emma et Steve m'ont invité pour le week-end ! Que se passe-t-il, nom d'un chien ? Je les ai appelés toute la soirée, impossible de les joindre.

— Vous les connaissez bien ?

— Steve et moi, on est amis. On a travaillé ensemble. Emma et lui m'ont invité. Ils vont bien ?

Dahl se tourna vers Graham, qui scrutait les bois. Je déteste ce moment, pensa-t-il. Son regard se posa sur l'agent de police assis à l'avant de la voiture de patrouille. Celui-ci hocha la tête pour indiquer que le permis de conduire correspondait à la plaque d'immatriculation. Le shérif baissa la voix :

— Je suis désolé de devoir vous annoncer ça, monsieur. Un crime a été commis. Les Feldman ont été… ils ont été victimes d'un homicide ce soir.

— Oh, mon Dieu ! Non ! Non, ce n'est pas possible… J'ai parlé à Steve pas plus tard que cet après-midi.

— Il n'y a aucun doute, hélas.

— Non… non… Vous vous trompez !

Paskell devint encore plus pâle.

Dahl se demanda s'il allait faire une crise de nerfs. Cela arrivait fréquemment dans ce genre de situations, même chez les personnes les plus robustes, ce qui ne semblait pas être le cas de cet homme.

— Je suis navré.

— Non, ce n'est pas possible… (Il avait les yeux exorbités, ses mains tremblaient.) Je leur ai apporté leur bière préférée. Et j'ai des saucisses fraîches. Celles qu'on prend tout le temps. (Sa voix se brisa.) Je leur ai parlé il y a quelques heures. Je me suis arrêté au…

Il baissa la tête. D'une voix effondrée, il demanda :

— Vous êtes sûrs ?

— Navré, monsieur.

Paskell s'appuya contre sa voiture, muet, en regardant fixement la maison. Il revivait des souvenirs, les plus joyeux, des événements qui ne se reproduiraient plus jamais.

Munce les rejoignit.

— Que s'est-il passé ? murmura Paskell. Qui a fait ça ?

— On l'ignore. Écoutez, monsieur Paskell…

— Ce ne sont pas des gens riches. Qui a voulu les cambrioler ?

— Monsieur Paskell, connaissez-vous l'autre personne invitée ? Nous savons juste qu'il s'agit d'une femme de Chicago qui avait travaillé avec Emma.

Il secoua la tête.

— Non. Ils m'ont dit qu'il y aurait quelqu'un d'autre ce week-end, mais je ne sais pas qui c'est.

— Vous devriez rentrer chez vous, monsieur. Ou prendre une chambre dans un motel si vous n'êtes pas en état de conduire. Vous en trouverez sur la nationale, après Clausen. Ici, vous ne pouvez rien faire.

Paskell était perdu dans ses pensées. Il avait froncé les sourcils et semblait se remémorer un détail.

Comme il le faisait avec tous les témoins, Dahl lui laissa le temps de ramener ce souvenir à la surface.

— C'est certainement idiot… Mais… ça me revient…

Habituellement, les réflexions des civils étaient idiotes, en effet. Mais parfois, elles conduisaient à la porte du meurtrier.

— Je vous écoute, dit le shérif.

— Steven m'a parlé d'un truc… Était-ce à l'automne dernier ?

— Allez-y.

— Il m'a raconté qu'il avait eu une prise de bec avec un type par ici. Dans une boutique. Un gros costaud. Un gars du coin, m'a-t-il précisé. Une histoire débile, à cause d'un accrochage qui avait failli se produire sur le parking. Le type était furieux. Il l'a suivi jusque chez lui et l'a menacé.

— Il vous a donné des détails ?

— Non. Il m'a juste dit que ce type vivait par ici et qu'il était énorme, dans les cent cinquante kilos.

Munce se tourna vers Dahl et secoua la tête.

— A priori, ce n'est pas notre homme. Ils étaient deux, et aucun n'était aussi gros, d'après les empreintes de pas. Votre ami ne vous a pas donné de nom ni fait de description ?

— Non. C'était juste une histoire du genre : faut que je te raconte le truc flippant qui m'est arrivé. Mais il était secoué, ça se voyait. Le type était venu jusque chez lui quand même. S'ils étaient plusieurs, peut-être qu'il a rameuté des copains et… ils s'en sont pris à Steve et à Emma. Pendant que ce salopard attendait dans sa voiture.

Si Dahl avait reçu un dollar pour chaque dispute sur un parking susceptible de dégénérer en acte violent, sans que cela aille jusque-là, il serait riche aujourd'hui.

— Pouvez-vous me laisser votre numéro de téléphone, monsieur Paskell ? Nous aurons peut-être des questions à vous poser.

Paskell regardait sa voiture, dans laquelle se trouvaient les victuailles qu'il apportait à ses amis. Allait-il les balancer sous l'effet de la colère ou du désespoir ? Sous des dehors inoffensifs, cet homme était hargneux, se dit Dahl.

Il ne l'écoutait toujours pas. Le shérif dut réitérer sa demande. Paskell cligna des yeux.

— Mon numéro ? Oh, oui, bien sûr.

Il le récita.

Tanner caressa sa moustache et regarda le shérif avec l'air de dire : C'est toujours aussi pénible, hein ?

— Êtes-vous en état de conduire ? demanda Dahl.

— Laissez-moi quelques minutes. (Paskell contemplait la maison.) Juste quelques minutes.

— Bien sûr. Prenez votre temps.

L'homme d'affaires, le visage figé, sortit son téléphone de sa poche. Il le frotta entre son pouce et son index, retardant le moment d'appeler d'autres amis. Dahl l'abandonna à cette tâche douloureuse.

Prescott et Gibbs étaient en train de tendre des bandes de plastique jaune. Munce indiqua que les trois adjoints s'étaient aventurés dans les bois, « assez loin », mais ils avaient perdu la trace des deux femmes.

— Qu'est-ce que tu penses de l'histoire de ce gros type ? demanda Tanner à Dahl.

— Pas grand-chose, a priori. Mais gardons-le dans un coin. Il me faudrait une carte. Quelqu'un a une carte de la zone ? Et des projecteurs ?

Une carte, oui. Des projecteurs, non. Alors, ils gravirent les marches de la véranda dont la lumière brillait dans la nuit et attirait les premiers moustiques de la saison. Un des adjoints sortit une grande carte des environs et l'étala sur la table basse en bois, en écartant les chaises. Les habitations n'étaient pas représentées sur la carte, mais Lake View Drive si, sous la forme d'un mince trait jaune. Le lac Mondac se trouvait d'un côté, et de l'autre, on voyait une grande masse verte : le parc national Marquette. Figuraient également le relief et les chemins, les postes de rangers, les parkings et quelques points de vue pittoresques : Natural Bridge, Devil's Deep, la Snake River Gorge.

Des dizaines de milliers d'hectares.

Dahl consulta sa vieille Timex cabossée.

— Supposons qu'il se soit écoulé cinq ou six heures depuis les meurtres. Jusqu'où ont pu aller Brynn et la fille ? Dans cette jungle, en pleine nuit… Pas très loin.

Sa jambe lui faisait un mal de chien.

Prescott les rejoignit d'un pas tranquille.

— On a trouvé quelque chose près du garage, shérif.

Les agents de police semblaient impressionnés par la carrure de l'adjoint. Celui-ci les salua d'un signe de tête, sûr de lui comme peut l'être un gars de vingt-sept ans.

— Quoi donc ?

— Une bâche. Du genre de celles qui servent à couvrir les canoës. Et des traces qui conduisent à ce ruisseau, là-bas. Il se jette dans le lac.

— Des empreintes de pas ?

— Difficile à dire. C'est de l'herbe et du gravier. Par contre, les traînées pourraient être récentes. Et j'ai jeté un coup d'œil dans le garage. Il n'y a qu'un seul gilet. Aucune rame. Je parie qu'elles ont pris le canoë.

Dahl reporta son attention sur la carte.

— Aucun cours d'eau ne part du lac. Elles ont pu aller jusqu'à la rive opposée, mais ensuite il a fallu qu'elles continuent à pied.

— Elles ont des chaussures adaptées, souligna Munce.

Dahl remarqua que Graham n'était toujours pas reparti ; il restait dans un coin, les yeux fixés sur les bois obscurs.

— Graham, vous voulez bien venir une minute ?

Il rejoignit le groupe sur la véranda et accepta les paroles de réconfort et de soutien des représentants de l'ordre quand ils apprirent que c'était sa femme qui avait disparu.

Dahl lui parla du canoë.

Graham secoua la tête.

— Je ne pense pas que ce soit Brynn qui l'ait pris.

— Pourquoi ?

— Elle déteste les bateaux. Et l'eau.

— Elle se trouvait dans une situation extrême, fit remarquer Arlen Tanner. Elle a peut-être fait une exception.

— Seulement s'il n'y avait pas d'autre issue.

Dahl demanda :

— Brynn connaît bien le parc national ?

— Un peu. Et avant qu'elle parte, je l'ai vue consulter une carte dans sa voiture. C'est une habitude chez elle. Elle se prépare. Je sais qu'elle est venue ici plusieurs fois avec son ex. Mais on n'est jamais venus tous les deux.

Munce intervint :

— Brynn et moi, on a participé à une opération de secours par ici, il y a quelque temps. (Il était soucieux et tendu, comme si une question le taraudait.) Pardonnez-moi, Tom, mais… Je ne comprends pas pourquoi vous ne m'avez pas demandé de venir voir ce qui se passait ici. Je n'étais même pas à vingt minutes.

— J'ai cru que vous étiez déjà occupé. Par cette histoire de vol qualifié.

— Non, non. Vous n'êtes pas au courant ? C'était une erreur. J'aurais pu venir.

Dahl continua à examiner la carte.

— Nous savons qu'elle a enfilé des vêtements secs et qu'elle fait équipe avec l'amie des Feldman. Elles sont revenues ici, dans la maison, elles ont pris des chaussures de randonnée et sont reparties. Mais par où ?

Tanner aimait bien l'idée du canoë, quoi qu'en dise Graham.

— Elles ont peut-être pagayé jusqu'à la rive opposée et elles se cachent là-bas. Ou alors, si elles n'ont pas pris le canoë, elles pourraient être ici…

Il désigna la colline abrupte derrière la maison, tapissée de végétation.

Un des policiers haussa les épaules.

— Moi, je penche plutôt pour la nationale. Leur but, c'était d'arrêter une voiture ou un camion qui passait, ou bien d'aller frapper à la porte d'une des maisons au bord de la route. Ça représente plusieurs heures de marche, mais elles peuvent y arriver.

Dahl partageait cet avis.

Graham secouait la tête.

— Qu'y a-t-il ? demanda le shérif.

— Je ne la vois pas aller dans cette direction, Tom. Avec ces types dans les parages.

— Pour elles, la route est le plus proche chemin vers la sécurité, dit Dahl.

Il était enclin à penser que les meurtriers étaient dans le secteur et se dirigeaient lentement vers la nationale.

— Jamais Brynn ne les conduirait chez des gens. Elle ne voudrait pas mettre des innocents en danger. Elle continuerait à fuir. Mais sans se cacher.

— Pourquoi donc ? demanda Tanner.

— Elle est comme ça.

— Je suis sceptique, Graham. Admettons qu'elle n'aille pas frapper à une porte, elle pouvait arrêter une voiture.

— Combien en avez-vous croisées en venant ici ? Moi, j'ai vu cent cerfs et une Chevrolet. Elle sait que c'est un coin désert.

— Alors, qu'a-t-elle fait selon vous ? demanda Munce.

— Elle s'est enfoncée dans la forêt. Au cœur du parc.

— Elle sait bien que les postes des rangers sont fermés en cette saison.

— Ils ont le téléphone, non ?

— Ils ne fonctionnent pas quand les postes sont fermés.

— En fait, je ne suis même pas certain qu'elle vise un poste de rangers, ajouta Graham. Peut-être qu'elle a décidé d'atteindre cette autre route, là…

Son index tapota le trait qui symbolisait le pont de la Snake River Gorge.

Arlen Tanner s'était penché au-dessus de la carte.

— Sauf votre respect, monsieur Boyd, ça fait une sacrée distance à parcourir. Et comment feront-elles pour s'orienter ? On a eu des gens qui se sont perdus presque une semaine par ici. Ce parc couvre des milliers et des milliers d'hectares. Et le terrain est accidenté. Il y a des grottes, des à-pics, des marécages.

— C'est exactement ce qu'elle chercherait, répliqua Graham. Plus c'est difficile, mieux c'est. *Si* ces hommes les pourchassent. Ça lui permet de contrôler la situation.

Un des agents, un type obèse sanglé dans son uniforme, intervint :

— Ça fait combien de bornes d'ici ? Dix ? Douze ? À travers la brousse. Et cette gorge est un des endroits les plus dangereux du parc.

— Pardonnez-moi, dit Tanner, mais il y a de fortes chances, selon moi, pour qu'elles se cachent quelque part par ici. Ou qu'elles marchent jusqu'à la nationale. C'est l'hypothèse la plus logique.

— Je suis d'accord avec Arlen, dit Dahl. Moi aussi je connais Brynn, mais personne n'irait dans cette direction. Elle ne pourrait pas s'orienter, même avec un GPS et une carte, en plein jour. Je pense que dans l'immédiat nous devons concentrer nos recherches dans les environs. Et autour de la 682.

— Envoyez au moins quelques hommes dans le parc, à la Snake River Gorge, insista Graham.

— Nous manquons d'effectifs. Et je ne peux pas recruter des volontaires, pas avec ces deux types. Il faut des hommes armés. Allez, rentrez chez vous maintenant. Joey va s'inquiéter. Il a besoin de savoir que vous êtes là pour veiller sur lui. C'est le père qui vous parle, pas le shérif. Je vous le promets, vous êtes le premier que j'appellerai si on trouve quelque chose.

Eric Munce raccompagna Graham à son pick-up.

De la véranda, Dahl contempla le chaos qui s'était répandu dans le jardin : les lumières, les policiers, les voitures, une ambulance qui servait uniquement à transporter deux cadavres. L'ami des deux victimes, Paskell, avait rejoint Graham et Munce. Ils échangèrent une poignée de main en même temps qu'une compassion mutuelle.

Tandis qu'il reportait son attention sur la carte afin d'organiser les recherches, Dahl récita mentalement une courte prière qui s'achevait par ces mots : Et ramenez-nous Brynn, s'il vous plaît.

De la fumée ou de la vapeur, ou bien les deux, s'échappait de la fourgonnette. Mais même si elle avait pris feu, elle n'exploserait pas.

Les véhicules n'explosaient jamais.

Allongée sur le dos, le souffle haletant, Brynn McKenzie essayait de localiser la douleur, en songeant : Dans les films, toutes les voitures qui ont un accident explosent. Dans la vraie vie, ça n'arrive jamais. Elle avait dû voir une centaine d'accidents de la route, dont quatre incendies qui avaient entièrement calciné les véhicules. Ils brûlaient furieusement, mais aucun n'avait jamais explosé.

Ce qui ne l'avait pas empêchée de s'échapper le plus vite possible par le trou qui avait remplacé le pare-brise, en se trémoussant telle une chenille, avec les poignets attachés dans le dos, en rampant douloureusement sur les éclats de verre et les rochers, pour mettre la plus grande distance possible entre elle et la fourgonnette cabossée. Elle avait juste pris le temps de récupérer la carte de Hart, qu'elle avait roulée en boule dans ses mains.

Elle se trouvait maintenant à six ou sept mètres du véhicule, qui gisait sur le flanc, au pied de la pente raide qu'ils avaient dévalée en biais, fort heureusement. S'ils avaient poursuivi leur course en ligne droite, les airbags se seraient déclenchés au premier choc et l'ultime rebond les aurait expédiés à travers le pare-brise, sous la fourgonnette qui dégringolait.

Ironie du sort, c'était peut-être Hart qui lui avait sauvé la vie. Elle se souvenait qu'il avait interrompu sa chute quand elle lui était rentrée dedans. Il sentait l'après-rasage, le tabac et l'eau de Javel.

Elle avait mal en divers endroits, mais tous les membres et les organes importants semblaient intacts. C'était curieux de ne pas pouvoir se servir de ses mains pour évaluer les dégâts. Sa plaie à la joue et sa gencive, là où elle avait perdu sa dent, remportaient toujours la palme de la douleur. Mais celle-ci s'était propagée dans tout ce qui se trouvait au nord des épaules.

Où était Hart ? Elle ne le voyait pas.

Elle leva les yeux vers le sommet de la colline – qui lui parut très lointain –, là où le camping-car émettait une faible lueur. Elle entendait le complice de Hart qui l'appelait. Sans doute avait-il perçu le vacarme de l'accident, mais il ne voyait pas la fourgonnette qui avait roulé dans d'épais et hauts fourrés.

Ils n'avaient pas dégringolé jusqu'au fond du ravin. Le véhicule reposait sur un replat de cinq ou six mètres de large, qui s'achevait par un autre à-pic, au-dessus d'un torrent, dix mètres plus bas.

Tes jambes fonctionnent, se dit-elle. Allez, lève-toi.

Mais elle ne pouvait pas. À cause de ses mains attachées. Elle ne pouvait pas prendre appui.

— Putain !

Un mot qu'elle avait dû utiliser seulement une dizaine de fois dans sa vie.

Finalement, elle parvint à ramener ses genoux contre sa poitrine et à rouler sur elle-même, face contre terre, pour se relever ensuite, en chancelant. Elle glissa la carte dans la ceinture de son pantalon de survêtement, dans le dos, et jeta quelques coups d'œil rapides autour d'elle à la recherche de Hart.

Il était là-bas. Il avait été éjecté. C'était le terme qu'elle employait généralement pour décrire la mort d'une victime d'un accident de la route qui n'avait pas attaché sa ceinture et s'était écrasée contre un arbre ou un panneau. Il gisait sur le dos, de l'autre côté de la fourgonnette. Ses yeux étaient fermés, mais sa jambe remuait et sa tête se balançait légèrement.

Le Glock noir se trouvait à quatre ou cinq mètres de lui.

Brynn décida de donner un grand coup de pied dedans, comme Joey qui shootait dans son ballon de foot, de manière à pouvoir le récupérer ensuite sans prendre de risques.

Mais au moment où elle fonçait vers le pistolet, elle entendit un gémissement. Se retournant brusquement, elle découvrit Amy, la fillette blonde avec son T-shirt blanc et sa jupe en jean sales, qui dévalait la pente, affolée, en serrant sa poupée contre elle. Peut-être que le complice de Hart lui avait fait peur et elle s'était enfuie.

Brynn se tenait entre la fillette et Hart, qui revenait à lui. Il avait toujours les yeux fermés, mais ses doigts s'agitaient. Il poussa un grognement.

Amy avait presque atteint le bas de la pente ; elle courait droit devant sans regarder où elle allait, aveuglée par ses larmes. Dans dix secondes, elle allait basculer au bord du ravin.

— Amy ! Stop !

Elle n'entendit pas les cris de mise en garde, ou bien elle n'y prêta pas attention.

Brynn se retourna brièvement vers Hart. Encore hébété, il essayait de se redresser maintenant, mais il ne l'avait pas encore vue.

Le pistolet ! Elle voulait absolument ce pistolet !

Mais elle n'avait pas le choix. Renonçant à s'emparer du Glock, elle fonça vers la fillette. Elle l'intercepta à environ un mètre du vide en se laissant tomber à genoux, douloureusement, devant l'enfant.

Surprise, Amy stoppa net.

— N'aie pas peur, ma chérie. Tu te souviens de moi ? Tout va bien. Fais attention. Je ne veux pas que tu tombes. On va retourner là-bas plutôt, vers les fourrés.

— Où est ma maman ?

— Je ne sais pas, Amy. Mais moi, je suis là. Tout ira bien.

— J'ai entendu…

— Viens avec moi.

Brynn regarda par-dessus son épaule. Hart peinait à se relever.

— Hart !

La voix venait du haut de la colline. Brynn vit se détacher en ombre chinoise la silhouette du deuxième tueur.

— Viens, Amy. Ne restons pas là. Je n'aime pas cette falaise.

— Où est ma maman ?

L'angoisse perçait dans sa voix.

— Viens. Je vais t'aider à la retrouver.

Brynn s'en voulait de dire ça, mais il le fallait. De fait, l'hystérie retomba.

— D'accord.

Brynn entraîna précipitamment Amy vers le pied de la falaise, pour se cacher dans un épais bosquet de broussailles.

— Je vais t'aider à retrouver ta maman, mais je ne peux pas y arriver avec les mains attachées. Il faut que tu m'aides. Tu te souviens des petits sacs que tu fermais avec du gros scotch ?

Amy hocha la tête.

— Eh bien, j'en ai autour des poignets.

— C'est Rudy qui a fait ça.

— Exact. Pour rigoler.

— Non. C'était pas pour rigoler. Il fait souvent des choses comme ça.

— Ça me fait mal aux mains. Tu peux me l'enlever, Amy ?

— Oui, je veux bien. J'aime pas Rudy. Des fois, il me regarde quand il croit que je dors.

Brynn sentit son sœur se serrer.

— Ne t'inquiète plus à cause de Rudy. Je suis de la police.

— C'est vrai ? Comme les Drôles de Dames ?

— Oui, pareil.

— Vous êtes plus vieille.

Brynn faillit sourire.

Amy tirait lentement sur le ruban adhésif.

— Comment vous connaissez mon prénom ?

— C'est ton papa qui me l'a dit.

— C'est pas mon papa.

— C'est Charlie qui me l'a dit.

Après plusieurs essais ratés, Amy déroulait le ruban adhésif.

— Pourquoi Rudy il vous a attachée ?

— Il voulait me faire du mal. Mais ne dis plus rien, Amy. Il y a d'autres messieurs dans les parages. Il ne faut pas qu'ils nous entendent.

— Je les ai vus. Je crois que l'un d'eux a fait du mal à ma maman.

— N'aie pas peur, je ne laisserai personne te faire du mal. Tais-toi maintenant. Chut.

— D'accord.

Enfin, elle avait les mains libres. Elle se massa les poignets. Elle s'était éraflé le coude, mais l'anorak l'avait un peu protégée et a priori, il n'y avait pas de nouveaux dégâts à déplorer. Elle glissa la précieuse carte à l'intérieur de sa veste.

— Merci, ma chérie. Plus un bruit.

Amy hocha la tête.

En marchant accroupie, Brynn ramena la fillette vers la clairière où était la fourgonnette. Elle risqua un coup d'œil à travers les branchages.

Hart avait disparu.

Le pistolet aussi.

Graham Boyd roulait vite, loin de cet endroit où deux corps gisaient dans une maison de campagne chic, où on avait retrouvé les vêtements de sa femme, dans une autre maison, et où sa voiture reposait au fond d'un lac noir.

Il essayait de laisser ces images derrière lui. Sans y parvenir.

Il avait prévu de voir Sandra, puis de s'arrêter au JJ's et de boire un verre vite fait, pour pouvoir dire à Brynn qu'il était allé jouer au poker, sans mentir.

Mais, nom de Dieu, tout avait changé... Il n'avait jamais vécu une nuit pareille.

En jetant un coup d'œil dans le rétroviseur, il vit la voiture de police qui se rapprochait, à toute allure. Il regarda le compteur : cent trente-cinq kilomètres à l'heure.

Il continua à rouler pendant environ cinq cents mètres, puis s'arrêta. La tête appuyée contre le volant, il serrait convulsivement le plastique entre ses mains puissantes.

Une minute plus tard, un policier en uniforme apparut devant la vitre du conducteur. Graham inspira à fond et descendit de voiture. Il fit un pas vers l'agent et serra la main d'Eric Munce.

— Merci. Du fond du cœur. Je savais que vous seul pouviez comprendre.

— Ce n'est pas très réglo, mais j'ai votre parole, Graham.

Brynn remonta la fermeture éclair de son blouson. Il prit sa lampe et son couteau de chasse dans la boîte à outils à l'arrière du pick-up. En la refermant à clé, il dit :

— Je ne suis pas sûr d'avoir raison. Pas sûr du tout. Mais telle que je la connais, je suis sûr qu'elle est partie dans cette direction.

— Et le canoë ?

— Si elle s'en est effectivement servie, c'était une ruse. Pour tromper ces types. À mon avis, elle l'a poussé vers le milieu du lac et elle a continué à pied. Brynn déteste l'eau. Jamais elle n'aurait essayé de fuir de cette façon si elle pouvait faire autrement.

Les lacs et les océans ne faisaient pas partie de l'environnement de sa femme. Il ne prit pas la peine d'expliquer à Munce son désir obsessionnel de tout contrôler.

— J'espère sincèrement que vous avez raison, Graham… J'aimerais bien me faire ces deux salopards, marmonna l'agent, le regard brillant.

Avec son visage rond, ses yeux étroits et clairs et ses cheveux blonds très courts, il ressemblait davantage à un marine qu'à un adjoint du shérif et Graham se demanda s'il avait fait l'armée. Il lui posa la question.

— Oui, mon commandant, dit-il. Avant d'avouer : Dans la garde nationale. J'ai jamais été au combat.

Il haussa les épaules, grimaça un sourire fataliste et ajouta :

— Il y a un poste de rangers sur la carte. Vous l'avez vu ? Près du lac Apex. Elle a pu y aller ?

— C'est possible. Je ne prétends pas être sûr à cent pour cent. Mais comme je l'ai déjà dit : je pense que Brynn a choisi le chemin le plus difficile. Pour égaliser les chances. Sur un chemin dégagé, ces deux types avanceront plus vite que deux femmes. Dans les bois, en revanche, elle aura l'avantage. Et Brynn ne laissera jamais personne prendre le dessus.

— Ça doit être l'enfer de jouer aux cartes avec elle.

— On ne joue jamais aux cartes, répondit Graham.

Il se retourna vers les bois obscurs. Une voiture passa près d'eux, à toute vitesse. Autrement, la nationale était déserte.

— Vous feriez un bon flic, Graham.

Celui-ci ricana.

— Moi ? Oh, non. (Il montra un point sur la carte.) Voici la Joliet Trail. Brynn quittera la piste à ce niveau-là… Ensuite, elles prendront la direction de la Snake River et elles la suivront jusqu'à la quatre-voies.

Munce regarda la colline abrupte qui disparaissait sous leurs pieds dans un méli-mélo d'arbres.

— Sacrée grimpette, commenta-t-il. Vous êtes déjà venu ?

— Dans le parc ? Oui. Mais pas ici. Je faisais de la rando quand j'étais jeune.

Graham avait demandé plusieurs fois à Joey de l'accompagner. Le garçon avait toujours refusé, avec l'air de dire : Ça ne m'intéresse pas, ton truc. Graham regrettait de ne pas avoir insisté ; il était sûr que Joey aurait apprécié.

J'aurais dû suivre mon instinct, pensa-t-il.

Et puis : Quelle importance ?

Munce lui confia qu'il connaissait bien ce coin. Brynn et lui avaient participé à une opération de recherches et de récupération qui s'était achevée à un peu plus d'un kilomètre d'ici.

Graham nota le terme « récupération », comme on disait « récupérer un corps ». Cette opération n'avait donc pas été couronnée de succès.

— Je me souviens de certains sentiers, ajouta l'adjoint. Tracés par les randonneurs et les grimpeurs. Il y a quelques passages plats, mais on va surtout rencontrer des à-pics, de dix mètres de haut parfois. Même plus. On tombe dessus brusquement. Faut regarder où on met les pieds.

Graham hocha la tête.

— Je suppose, dit-il, qu'elles vont rester près de la rivière, pour s'orienter. Ça veut dire qu'elles se trouveront à l'intérieur d'une bande de cinquante ou cent mètres de large, à partir du bord de la gorge. C'est par là qu'il faudrait descendre. Mais on ne peut pas crier pour les appeler, on risque de se faire repérer. Il faudra s'arrêter souvent pour scruter les environs. On peut quand même chuchoter. Le shérif a dit qu'elles étaient pourchassées par deux hommes, c'est ça ?

— Oui. C'est ce qu'indiquent les traces de pas.

Graham regarda la voiture de police, le fusil à pompe accroché à l'avant.

— Je ne suis pas armé, Eric.

— Je ne peux pas, Graham. C'est un coup à perdre mon boulot.

— Ah.

— Restez près de moi. J'ai fini deuxième au concours de tir régional.

— Il serait peut-être bon que vous preniez au moins deux armes.

Munce réfléchit. Il regagna son véhicule, décrocha le fusil et fourra une demi-douzaine de balles dans ses poches. Il verrouilla la portière et revint près de Graham. Côte à côte, ils marchèrent jusqu'à l'orée de la forêt et toisèrent la pente tapissée d'éboulis et d'arbres. Sur leur gauche, trente mètres plus bas, entre les parois abruptes de la gorge, la rivière se brisait avec fracas sur les roches, les troncs d'arbres et un petit barrage, au pied duquel se formait un entonnoir inquiétant où les feuilles et les débris étaient aspirés par un tourbillon bouillonnant.

— On dirait le fleuve des enfers.

— Merci pour ce que vous faites, Eric. Vous risquez d'avoir des ennuis ?

— Le shérif nous a demandé de fouiller le secteur. Je lui ai dit que j'allais inspecter quelques chemins au nord. Je n'ai pas dit jusqu'où.

— Tom est un chic type, mais j'ai l'impression qu'il se trompe sur ce coup-là. Je connais ma femme.

Pendant plusieurs minutes, ils se frayèrent un chemin, littéralement, à travers les fourrés épais, avant de traverser un tapis d'aiguilles de pin moelleux, un véritable bonheur après les forsythias et autres arbustes hérissés d'épines et les plantes rampantes qui semblaient anormalement attirées par leurs bottes. Le chuintement de la Snake River s'amplifiait.

— C'est le moment de passer aux choses sérieuses, dit Munce.

Il se baissa et cracha dans la terre pour former de la boue, qu'il étala sur son visage. Graham hésita ; il se sentait ridicule. Mais il l'imita.

— OK. C'est parti.

L'adjoint chargea son fusil, mit le cran de sûreté et ouvrit la voie. Ils commencèrent leur descente au milieu d'un enchevêtrement impossible de branchages, de pierres et d'ombres.

Graham murmura :

— Eric, juste pour savoir… C'est Brynn qui vous a battu ?

— Battu ?

— Au concours de tir. Vous disiez avoir fini deuxième.

— Oh, non. C'est Dobbie Masters. Ce gamin est sorti du ventre de sa mère avec un flingue dans la main, je parie. Mais je vais vous dire un truc : Brynn n'est peut-être pas la meilleure gâchette, mais elle vide son chargeur et recharge deux fois plus vite que n'importe lequel d'entre nous. Dans une fusillade, c'est plus important, croyez-moi.

James Jasons termina son deuxième hamburger, froid maintenant, mais il avait besoin de calories. Il suivait la nationale, en jetant de temps à autre un coup d'œil à l'écran du petit boîtier fixé sur le tableau de bord de la Lexus.

Le GPS lui indiquait qu'il se trouvait à un peu plus d'un kilomètre de sa cible, qui avait cessé de bouger et s'était arrêtée au bord de la route pendant une dizaine de minutes.

Jasons jugeait sa performance dans le rôle d'Ari Paskell, l'ami éploré des Feldman, une de ses quatre identités complètes, avec carte grise et permis de conduire. Quand vous travailliez pour quelqu'un comme Stanley Mankewitz, le budget, s'il n'était pas illimité, était assez confortable pour vous permettre de vous offrir les outils nécessaires afin d'opérer avec… efficacité, le mot préféré du patron du syndicat.

Devant chez les Feldman, pendant qu'il faisait semblant de se ressaisir après la terrible nouvelle, il avait appris un tas de choses. Il avait inventé cette histoire du coup de fil de Steven pour savoir vers qui se portaient les soupçons de la police : il s'agissait de deux hommes, apparemment, pas très costauds. Merci, agent Munce.

Ce subterfuge lui avait également permis d'introduire l'idée que le double meurtre avait une origine locale ; ça ne venait pas de Milwaukee. Toutefois, il n'aurait su dire si Dahl l'avait cru ou pas.

En outre, pendant qu'il faisait mine de téléphoner, Jasons avait saisi quelques bribes de conversation entre policiers. Avec un portable collé à l'oreille, vous devenez invisible ; personne ne pense que vous écoutez ce qui se dit autour de vous. Le shérif ne s'était rendu compte de rien, mais Jasons ne le classait pas pour autant dans la catégorie des péquenauds idiots. En cas de problème, les gens intelligents cherchaient toujours l'explication la plus simple, la plus logique, et Jasons en avait proposé une : un ami effondré de chagrin, un permis de conduire et une plaque d'immatriculation en règle sur une belle voiture.

Autre bon point : Jasons avait eu la sagesse de partir peu de temps après, comme on le lui avait demandé, avant que le shérif s'interroge sur sa présence.

En vérité, il n'avait pas besoin de s'éterniser. L'étape suivante n'avait aucun lien avec la façon dont la police menait l'enquête. Il avait décidé de se concentrer sur le mari de cette femme flic qui s'était enfuie dans les bois pour échapper aux assassins d'Emma Feldman. La conversation discrète entre ce type et l'agent Munce n'avait pas échappé à Jasons qui en avait déduit qu'ils projetaient de mener leurs propres recherches, parallèlement au plan du shérif.

Dahl connaissait peut-être ses hommes, il connaissait peut-être la logique, et la nature humaine en général – comme tout bon flic –, mais il ignorait le genre de choses que l'on apprend sur une personne dont on partage la vie et le lit. Jasons n'avait qu'à regarder ses rapports avec Robert pour en avoir la preuve.

C'est pourquoi il misait sur le mari et Munce pour le conduire jusqu'à la prénommée Brynn, et à l'amie des Feldman, témoin du double meurtre.

Ces deux femmes étaient les aimants qui attiraient les hommes que Jasons essayait de maintenir en vie ce soir.

Il revoyait Graham serrant la main de « Paskell » et lui offrant ses condoléances, devant la maison du lac Mondac. Jasons leur avait souhaité bonne chance pour leurs recherches. Graham était parti discuter avec Munce, qui l'écoutait en regardant ses pieds. L'adjoint avait murmuré quelques mots et les deux hommes avaient regardé leurs montres.

Ils auraient pu tout aussi bien crier leurs intentions dans un mégaphone.

Mais tout le monde était concentré sur sa tâche et cet échange était passé inaperçu. Sous prétexte de demander sa direction à un autre agent, Jasons était passé devant le pick-up du mari et avait déposé à l'arrière ce qui ressemblait à un petit éclat de bois, derrière des plantes en pot. Ce bout de bois contenait en réalité un émetteur GPS, initialement conçu pour que les chasseurs puissent retrouver leurs chiens au cas où ceux-ci se laisseraient emporter par leur enthousiasme en allant récupérer un oiseau mort.

Jasons possédait et utilisait souvent des instruments provenant des services de sécurité, dont certains dignes d'un maître espion. Mais ces émetteurs pour chiens, vendus environ cinq cents dollars, étaient bien supérieurs au matériel sophistiqué qui coûtait dix fois plus cher (et même plus quand le client était le gouvernement fédéral, avait-il découvert).

Présentement, alors qu'il approchait d'un panneau annonçant le Snake River Bridge, le traqueur émettait un bourdonnement continu. Soudain, il aperçut le pick-up blanc et une voiture de patrouille garés sur le bas-côté, à demi dissimulés par des buissons, à environ deux cents mètres du pont.

Jasons les dépassa au volant de sa Lexus.

C'était donc dans cette direction que se dirigeaient l'adjointe McKenzie et les deux tueurs, d'après eux.

Il franchit le pont qui traversait une impressionnante gorge éclairée par la lune. Dès qu'il fut sûr d'être seul sur la route, il effectua un demi-tour en franchissant le terre-plein central herbeux et retraversa le pont en sens inverse. Puis, à peu près au niveau où les deux hommes s'étaient garés, il s'engagea dans une zone boisée, avant de s'arrêter.

Il descendit de voiture et s'étira. Il ouvrit le coffre, troqua sa veste sport contre un coupe-vent et ses chaussures de ville contre une paire de bottes. Il sortit ensuite un sac de toile, qu'il balança sur son épaule.

Après le passage d'un imposant semi-remorque Peterbilt, qui laissa dans son sillage un tourbillon de poussière et de graviers, il traversa la chaussée et disparut dans les bois.

Arrivée à l'étang, beaucoup plus petit, mais tout aussi sombre et inquiétant que le lac Mondac, Brynn se tourna vers Amy en souriant et posa son index sur ses lèvres.

La fillette hocha la tête. Elle portait le sweat-shirt sombre de Brynn par-dessus son T-shirt blanc. Ses jambes pâles étaient nues, mais elle ne semblait pas souffrir du froid. Elle avait cessé de poser des questions sur sa maman et marchait sagement à côté de Brynn, en étreignant Chester, une créature en peluche d'une espèce indéterminée.

En scrutant l'étendue de l'étang, leur point de ralliement, Brynn repensait à sa joie quand elle était tombée sur Charlie Gandy. Un allié, une arme et une voiture pour les conduire à l'abri.

Le contrôle.

Tout cela n'avait été qu'une farce cruelle, en réalité. Elle n'avait même plus sa lance. Elle se sentait diminuée. Elle attira la fillette contre elle et continua à observer l'étang.

Un mouvement. Dans les buissons. Brynn se raidit. Amy lui lança un regard inquiet.

Étaient-ce Hart et son complice ?

Le loup qui s'était attaché à elles ?

Non. Brynn poussa un long soupir. C'était Michelle.

La jeune femme était accroupie, comme une chasseresse. La lance dans une main et dans l'autre, le couteau apparemment. Elle attendait les tueurs, tendue, comme si elle les défiait.

Brynn et la fillette marchèrent vers elle. Dans un murmure, Brynn lança :

— Michelle ! C'est moi.

La jeune femme se figea. Brynn continua d'avancer et pénétra dans une flaque de clair de lune azuré.

— Brynn !

Michelle glissa le couteau dans sa poche et se précipita. Elle s'arrêta en découvrant derrière Brynn une Amy hébétée.

Les deux femmes s'étreignirent brièvement et Michelle se laissa tomber à genoux pour serrer la fillette dans ses bras.

— Qui est-ce ?

Amy se libéra de cet enlacement trop sentimental.

— Voici Amy, expliqua Brynn. Elle va rester avec nous.

Elle s'abstint de raconter dans quelles conditions elle avait trouvé leur nouvelle compagne. Et Michelle eut assez de jugeote pour ne pas poser de questions.

— Tu es adorable ! Et lui, qui c'est ?

— Chester.

— Il est aussi mignon que toi.

La fillette conservait son air sombre ; elle percevait l'atmosphère de tragédie qui l'entourait, même si elle n'en saisissait pas la cause. Si elle ignorait le sort réservé à sa mère, peut-être n'avait-elle pas été témoin des autres meurtres.

La lune était plus basse, l'obscurité devenait plus profonde. Curieusement, Amy ne semblait pas angoissée. Peut-être que lorsque vous aviez de tels parents, la peur du noir occupait une place secondaire dans votre vie.

Elle tressaillit néanmoins en voyant passer à toute allure un écureuil volant. Brynn aurait aimé l'entendre rire ou exprimer une réaction de joie en découvrant ce curieux animal. Rien. Son visage était un masque.

— J'ai entendu… des bruits, dit Michelle. (Elle voulait parler des coups de feu.) C'étaient nos amis ?

— Oui, ils sont toujours là. L'un des deux s'est fait un peu mal, mais il peut encore se déplacer.

— Ça veut dire qu'ils peuvent nous rattraper.

— Il faut continuer à avancer. Jusqu'à la Snake River. On va escalader la gorge et on atteindra la nationale dans trois quarts d'heure. Une heure au maximum.

— Vous disiez qu'il existait un chemin plus facile.

— Plus facile, mais plus long. Et Hart est persuadé qu'on va passer par là.

Michelle ouvrit de grands yeux.

— Vous lui avez parlé ?

— Oui.

— C'est vrai ? murmura la jeune femme, stupéfaite. Comment ? Quand ?

Brynn lui raconta brièvement l'épisode de sa captivité dans la fourgonnette.

— Oh, mon Dieu ! Il a failli vous tuer.

Et réciproquement, songea Brynn.

— Qu'est-ce qu'il a dit ?

— Pas grand-chose. Mais je lui ai avoué qu'on voulait atteindre la nationale ; il va donc penser qu'on va vers Point of Rocks.

— C'est psychologique.

— Oui.

Brynn sortit la carte et la déplia.

— Où avez-vous déniché ça ?

— Je l'ai volée… à notre ami M. Hart.

Michelle ne put s'empêcher de pouffer.

Après s'être orientée, Brynn montra du doigt l'endroit où elles se trouvaient. Elle n'avait pas besoin de la boussole. La carte était très détaillée et, grâce aux différents points de repère, il était facile de déterminer le meilleur itinéraire. Elle indiqua la bonne direction.

— Je veux ma maman.

Brynn regarda Michelle en secouant la tête et dit à la fillette :

— Ma chérie, il faut sortir de cette forêt si on veut la retrouver. Ça veut dire qu'il faut marcher. Tu aimes ça ?

— Je crois.

— Ensuite, on va escalader une colline.

— De l'escalade ? Il y a un mur d'escalade près de mon école. Charlie a dit qu'il m'emmènerait, mais il l'a jamais fait.

— Eh bien, ce sera la même chose. En plus aventureux.

— Comme Dora l'Exploratrice, ajouta Michelle. Et Babouche…

Voyant le regard perplexe d'Amy, elle précisa :

— C'est le singe.

— Oui, je sais. Mais ça fait des années que j'ai pas vu Dora. Maman et Charlie, c'est pas ce qu'ils regardent.

Ne souhaitant pas s'attarder sur la nature des programmes télé que l'on regardait dans ce foyer, Brynn lança gaiement :

— En route ! (Elle s'adressa à Michelle.) Gardez la lance. Vous pourrez vous appuyer dessus. Donnez-moi un des couteaux.

Michelle sortit de sa poche un grand couteau de cuisine qu'elle remit à Brynn.

Un outil de contrôle. Ce n'était pas grand-chose, mais c'était mieux que rien.

Un rire étouffé la fit se retourner. Michelle la regardait de la tête aux pieds.

— Je suis dans le même état que vous ? demanda-t-elle.

— Ça m'étonnerait. Je viens de m'offrir mon deuxième accident de voiture de la soirée. C'est moi qui l'emporte. Mais j'avoue que vous n'êtes pas au top, vous non plus. À votre place, je n'irais pas en ville sans me maquiller un peu.

Michelle lui serra le bras.

Elles se mirent en marche.

La Snake River était plus proche qu'elle l'avait estimé. Elles l'atteignirent en une demi-heure, en prenant soin de rester là où la végétation était la plus dense et s'arrêtant fréquemment pour regarder derrière elles.

Aucun signe des deux hommes. C'était rassurant, mais Brynn s'interdisait de penser que Hart était tombé dans le panneau et se dirigeait réellement dans la direction opposée.

Elles firent une halte au milieu d'un cercle d'herbes hautes pour balayer du regard la berge de la rivière large et peu profonde, parsemée de rochers, de troncs brisés et d'îlots.

Personne.

— Attendez ici.

Le couteau à la main, Brynn alla s'agenouiller au bord de la rivière et plongea son visage dans l'eau glacée. Le froid était le bienvenu désormais car il atténuait la douleur dans sa joue et son cou. Ensuite, elle but au moins un litre ; elle ne s'était pas aperçue qu'elle était déshydratée.

Elle scruta de nouveau le paysage extraterrestre et, ne voyant pas âme qui vive, elle fit signe à Michelle et à Amy de la rejoindre. Elles aussi se désaltérèrent.

Brynn leva les yeux vers le sommet de la colline, en direction de la nationale. Celle-ci se trouvait à moins de deux kilomètres.

Mais la pente était raide.

— Oh, la vache, dit Michelle en suivant le regard de Brynn.

À une vingtaine de mètres de là, le sol formait un angle d'au moins trente degrés, voire quarante-cinq par endroits. Avec des passages presque verticaux. Impossible de gravir cette pente, évidemment, mais Brynn savait, grâce à l'opération de secours menée il y a quelques années, que ce ne serait pas nécessaire. Il était possible de grimper en marchant normalement, à condition de choisir soigneusement son itinéraire. Il y avait également plusieurs grands plateaux, recouverts d'une épaisse végétation qui leur permettrait de se cacher.

Laissant sur leur droite l'eau grondante, elles marchèrent vers le pied de la colline, là où commençait la gorge.

Michelle se retourna et montra le sol boueux derrière elles.

— Attendez ! Nos empreintes.

— Elles ne sont pas très visibles.

— Elles le seront pour quelqu'un qui a une lampe.

— Exact.

Michelle revint en courant à l'endroit où elles s'étaient désaltérées. Elle arracha quelques branches à un buisson. Puis elle revint vers la falaise à reculons en raclant furieusement le sol boueux avec ce balai improvisé pour effacer leurs traces de pas. Brynn l'entendait respirer bruyamment. Michelle ignorait sa cheville blessée qui devait pourtant lui faire un mal de chien.

Brynn avait devant les yeux une femme bien différente de la riche oisive du début de soirée qui se vantait de sa gloire future, refusait d'enfiler les chaussures des autres et se plaignait des ronces. Brynn avait connu des gens qui s'effondraient sous la moindre pression et d'autres qui, au contraire, contre toute attente, relevaient des défis impossibles. Elle aurait parié que Michelle entrait dans la première catégorie.

Elle avait tort.

Elle comprit qu'elle avait une alliée, désormais.

La jeune femme les rejoignit.

Amy bâilla :

— Je suis fatiguée.

— Je sais, ma puce, dit Michelle. Tu vas bientôt pouvoir dormir. Tu veux que je mette Chester dans ma poche ?

— Vous la fermerez pour qu'il tombe pas ?

— Évidemment.

— Mais pas entièrement, pour qu'il puisse respirer.

Elle se comporte comme une enfant beaucoup plus jeune, pensa tristement Brynn.

Michelle glissa la peluche dans sa poche et elles commencèrent leur ascension, tandis qu'au loin, sur la nationale, le moteur d'un camion crachotait, comme pour les encourager à avancer.

Graham et Munce descendaient lentement la pente qui bordait la nationale.

Un camion passa au-dessus d'eux ; le bruit fut assourdi par le feuillage et dispersé par le vent lorsque le chauffeur rétrograda ; un crépitement de mitrailleuse envahit la nuit.

Ils atteignirent très vite le chemin, sans parler, le souffle court car l'effort produit pour rester droit, sans basculer dans la pente, était aussi intense que s'ils avaient dû l'escalader. Ils n'entendaient que le grondement de la rivière, trente mètres plus bas, au fond de la gorge.

Graham gagnait sa vie avec la flore et il découvrait combien la végétation qui l'entourait était différente de celle qu'il manipulait quotidiennement : des plantes bien sages dans des pots en céramique ou des paniers de maille. Pendant des années, il avait transformé l'environnement de maisons et de bureaux en installant des camélias ou des rhododendrons dans des massifs tapissés de terre calcaire, avant de les protéger sous une couverture de paillis. Ici, les plantes n'étaient pas des objets de décoration ; elles constituaient l'infrastructure, la population, la vie elle-même. Elles contrôlaient tout. Munce et lui ne comptaient pas, ils étaient plus qu'insignifiants, comme tous les autres animaux. Graham avait l'impression que les croassements, les sifflements et les ululements étaient des suppliques désespérées que les arbres et les plantes ignoraient superbement. Indifférents.

Et dangereux. À un moment donné, tels deux funambules, ils durent avancer sur un tronc d'arbre pour franchir un océan de sumacs, auquel il était allergique. Si une simple feuille avait touché son visage, les démangeaisons, puis le gonflement l'auraient rendu aveugle. La végétation morte elle aussi représentait une menace. Munce posa le pied sur une corniche couverte d'un tapis de feuilles mortes, qui se déroba sous lui, provoquant une petite avalanche de terreau, de graviers et de poussière. Il échappa à une chute de six ou sept mètres en se retenant à une branche qui avait la bonne idée de surplomber le vide.

Alors qu'ils continuaient à descendre, en cherchant l'itinéraire le plus sûr, Graham ne pouvait s'empêcher de penser que lorsqu'ils marchaient sur des branches cassantes ou donnaient sans le vouloir un coup de pied dans un tas de feuilles séchées, ils risquaient d'alerter les deux tueurs.

Ils dénichèrent quelques sentiers dessinés par les pieds des randonneurs, mais ils étaient rares et ne conduisaient jamais très loin, ce qui les obligeait à tracer leurs propres passages. Parfois, un chemin s'achevait brutalement au bord d'un à-pic et les obligeait à faire des acrobaties. Dans ces moments-là, Munce remettait la sécurité du fusil à pompe et le tendait à Graham, qui attendait qu'il soit descendu pour lui rendre son arme, à contrecœur.

Ils se trouvaient maintenant à une centaine de mètres de la nationale ; le dangereux précipice qui surplombait la gorge les guettait non loin de là, sur la gauche.

Pour ne pas briser le silence, Munce donnait des ordres avec les mains. Il indiquait : on s'arrête, à droite, à gauche, regardez ceci ou regardez cela. Graham trouvait ça aussi idiot que la boue sur le visage, mais c'était lui qui avait convaincu Munce de l'accompagner dans cette mission et si le jeune agent voulait jouer au soldat, soit.

Ils s'arrêtèrent de nouveau au bord d'une pente très raide. Ils devraient se servir des arbres et de la végétation pour se retenir. Munce grimaça et tendit la main vers un arbuste, lorsque Graham lui lança, dans un souffle :

— Non ! Eric ! Non !

L'adjoint se retourna précipitamment, les yeux exorbités, en cherchant son arme à tâtons. Il dérapa et tomba lourdement, puis se mit à dévaler la pente, la tête la première, sur le lit d'aiguilles de pin glissant comme de la glacc. Graham plongea et le retint par le poignet.

— Nom de Dieu !

Munce parvint à se retourner et à saisir la main de Graham, et tous les deux rampèrent pour regagner un terrain plus plat.

— Vous avez vu quelque chose ?

— Désolé, dit Graham. Regardez.

Eric fronça les sourcils ; il ne comprenait pas. Puis il vit ce que lui montrait Graham : le tronc fin auquel il avait voulu se retenir était hérissé d'épines de cinq centimètres de long, pointues comme des aiguilles.

— C'est un févier. L'arbre le plus dangereux de la forêt. C'est interdit d'en planter dans la plupart des endroits. Ses épines peuvent vous transpercer la main ; des gens sont morts d'infection.

— La vache. J'ai pas regardé. Il y en a d'autres dans le coin ?

— S'il y en a un, il y en a forcément d'autres. Et vous voyez là-bas ? (Graham désigna un tronc court et épais.) C'est un *Aralia elata*. On ne les voit pas bien dans le noir, mais ils ont des épines eux aussi. Quand une forêt se clairsème, cela signifie plus de soleil et donc plus de mûriers, des ronciers autrement dit, des églantiers. Les épines de mûriers se brisent sous la peau. Si vous ne les retirez pas immédiatement, elles s'infectent. Méchamment.

— C'est comme des putains de mines terrestres, grommela Munce.

Soudain, il se figea. Renonçant aux signaux énigmatiques, il chuchota :

— Tout en bas. Un éclair. Vous voyez ?

Graham hocha la tête. Il apercevait une tache de lumière bleutée. Une lampe électrique, peut-être, ou le reflet de l'éclat de la lune sur du métal ou du verre. À environ un kilomètre.

Munce ôta la lanière qui maintenait son pistolet dans son étui et fit signe à Graham de le suivre.

Hart contemplait le GPS qui avait survécu à l'accident de la fourgonnette, en meilleur état que lui. Certes, il n'avait rien de cassé, mais il avait mal partout et sa blessure au bras s'était remise à saigner.

Merci, Michelle.

Merci, Brynn.

Une vague de fureur l'envahit et pendant un instant, il oublia totalement l'amour du métier ; il ne voulait qu'une chose : se venger. Il voulait leur faire payer ce qu'elles lui avaient fait, avec les intérêts. Une agréable et sanglante vengeance…

Compton Lewis mijotait peut-être quelque chose de son côté.

Les deux hommes se tenaient sur la rive de la Snake River qui émergeait des bois sur leur droite, paisiblement, pour aller se jeter dans l'étroit goulet de la gorge.

Il avait perdu la carte dans l'accident, mais ils avaient réussi à arriver jusqu'ici grâce au GPS, moins précis.

— À mon avis… (Il se tourna vers Lewis et sa voix s'estompa.) Ça va ?

— Oui, oui.

Les bras le long du corps, il tenait le fusil. Exception faite de son avachissement naturel, il ressemblait à un soldat qui monte la garde.

— Ça te chagrine d'avoir tué cette femme, hein ?

— Je pensais pas que ça me ferait ça. Mais… quand j'ai vu son regard…

— Oui, c'est dur, dit Hart.

La première fois peut-être, pensa-t-il. Ensuite, on n'y fait même plus attention.

Il se repassait la scène à l'extérieur du camping-car. Lewis avait allumé le feu sous le Winnebago, avant d'en faire le tour. Deux types s'étaient rués au-dehors, par la porte avant, un gros et un maigre, barbu, muni d'un extincteur. Une femme était sortie précipitamment par-derrière, en jetant des regards affolés autour d'elle et en beuglant. Hart avait abattu les deux hommes rapidement, avant même que le gros puisse brandir son arme. Posté à l'arrière du camping-car, Lewis avait pointé son fusil sur la femme. Mais il n'avait pas tiré tout de suite.

Hart s'apprêtait à lui faire une fleur en abattant également la matrone, mais il entendit soudain la détonation du fusil, comme si le coup était parti tout seul. De fait, Lewis semblait surpris. La femme fut projetée en arrière, la poitrine et le cou déchiquetés. Elle tomba à genoux, en pissant le sang, et se mit à ramper vers son assassin. La deuxième fois, Lewis visa avant de tirer. Elle s'écroula sur le flanc, gigota quelques secondes, puis mourut.

— C'était désagréable, dit Hart.

Lewis hocha la tête.

— Je te le répète, c'étaient des fabricants de crack. Sans doute qu'ils consommaient leur saloperie. Personne ne fabrique du crack sans en prendre. Peut-être pas au début, mais ensuite, ils deviennent accros. Et ça leur bouffe le cerveau.

— Ouais, fit Lewis à voix basse.

Puis il revint sur terre, Hart le vit dans ses yeux.

— À mon avis, reprit-il en montrant le GPS de son BlackBerry, il y a presque dix kilomètres jusqu'à Point of Rocks par là, en remontant la rivière.

Il tendit le bras vers la droite. Puis il montra la gorge sur leur gauche.

— Mais par là, ajouta-t-il, en gravissant la colline, elles atteindront la nationale en quarante minutes, ou une heure. C'est le chemin qu'elles ont pris.

— Tu en es sûr ?

— Certain. Elle me l'a dit. Quand on était dans la fourgonnette. Mais c'est elle le Filou, tu te souviens ? Elle savait qu'il y avait une chance que je survive à l'accident. Par conséquent, elle devait me donner une info qui me conduirait dans la mauvaise direction. Elle a donc dit la nationale, persuadée que je penserais qu'elle allait à Point of Rocks.

— Tu crois qu'elle a joué à ce petit jeu ?

Hart rangea son BlackBerry et se mit à arpenter la rive.

— Hé, Lewis ! Ça ressemble à quoi, à ton avis ?

Il avait braqué le faisceau de sa lampe électrique sur le sol.

— Je sais pas… On dirait quelqu'un qui a balayé pour masquer ses traces.

— Exact, dit-il. C'est parti ! (Il marcha jusqu'au pied de la colline et trouva une branche brisée par terre.) Tiens, voilà le balai. Elles sont bien passées par là. Vise un peu ça… dit-il en montrant de petites empreintes de pas. La gamine. Dans le camping-car. Elle a réussi à filer.

Lewis ne disait plus rien. Il grattait furieusement la croix tatouée dans son cou.

— Rassure-toi, je n'ai pas pour habitude de tuer des enfants, déclara Hart. On s'occupera des deux femmes, mais on ne fera rien à la gamine.

Curieusement, ce n'était pas ça qui tracassait Lewis.

— Je voulais te dire un truc, mec. J'aurais dû t'en parler plus tôt. Mais…

— Je t'écoute, Comp.

— Le braquage dont je t'ai parlé.

— Le braquage ?

— La banque.

Ah oui, dans la neige, Hart s'en souvenait. Quand il avait échangé des coups de feu avec le vigile, un ancien flic.

— Oui. Et alors ?

— J'ai pas été totalement honnête avec toi.

— Ah bon ?

— Y a un truc qui me ronge, Hart.

Finis les « mon pote » sarcastiques. Depuis plusieurs heures déjà.

— Je t'écoute, Comp. Qu'y a-t-il ?

— La vérité c'est que… on n'a pas foutu le camp avec cinquante mille. Ou je ne sais plus combien je t'ai dit. C'était plus près de… trois mille. Deux mille et des poussières, en fait. Et c'était pas vraiment une banque. C'était un type qui remplissait un distributeur de billets. J'ai tiré uniquement pour lui faire peur. Il a lâché son flingue. Et il a pissé dans son froc, je crois. Il n'avait pas de flingue de réserve. Des fois, j'ai tendance à en faire trop, tu vois. J'exagère. C'est à cause de mon frangin. J'avais pas trop le choix quand j'étais môme… on me respectait pas. Alors… Voilà, tu sais.

— C'est ça ta confession ?

— Bah, oui.

— Putain, Comp, je ne voudrais pas bosser avec un type qui n'a pas un ego solide. Dis-toi que tu as empoché deux mille dollars pour… combien ? Deux minutes de boulot ?

— À peu près.

— Ça fait six mille dollars l'heure. Et le type a pissé dans son froc ? Ah, tu peux dire que ça valait la peine, s'esclaffa Hart.

Lewis demanda timidement :

— T'es toujours partant pour faire un coup avec moi ?

— Un peu, mon neveu. Plus vite on en aura terminé ici, plus vite on pourra monter des opérations moins foireuses… Sûres à 110 %.

Lewis réprima un sourire et tapota encore une fois son paquet de cigarettes, comme un bon catholique qui se signe.

L'ascension se révéla bien plus ardue qu'elle l'avait imaginé.

La pente était si raide par endroits qu'une enfant de neuf ans ne pouvait pas la gravir. Brynn devait fréquemment trouver d'autres itinéraires.

— Si on passait par là ?

Brynn suivit du regard la direction qu'indiquait Michelle : on aurait dit un passage plat entre une corniche et un bouquet d'arbres dense. Mais en suivant ce chemin, elles avanceraient totalement à découvert, sans aucune échappatoire. Elles perdirent de précieuses minutes à chercher une autre voie. Brynn n'était pas totalement persuadée que Hart était tombé dans le panneau de Point of Rocks ; elle commençait à sentir un picotement désagréable dans la nuque, comme si les deux hommes se rapprochaient.

Elles continuèrent à monter vers le sommet en faisant le tour d'une formation calcaire de six mètres de haut. Brynn apercevait des traces de grimpeurs. Ils avaient planté des pitons métalliques dans les fissures de la roche. À cet instant, ce hobby lui apparut comme une pure folie. Un truc qui plairait certainement à Joey. Elle s'empressa de chasser son fils de ses pensées. Concentre-toi, se dit-elle.

Elles purent souffler un peu dans un passage relativement plat. Avant de reprendre leur difficile ascension en ahanant.

Le grondement de la rivière qui traversait la gorge sur leur droite faiblissait à mesure qu'elles prenaient de l'altitude. Brynn estima qu'elles étaient maintenant à une vingtaine de mètres au-dessus du lit.

— Oh, non, murmura Michelle.

Brynn s'était arrêtée elle aussi. Le chemin prenait fin brusquement devant une paroi de pierre. Un cul-de-sac. Sur la droite, un à-pic plongeait au fond de la gorge. Brynn s'en approcha à petits pas. Sensible au vertige, elle n'avança pas jusqu'au bord et recula rapidement.

— On ne peut pas passer par là.

Elle poussa un soupir de frustration. Les tueurs ne devaient pas se trouver à plus d'un kilomètre de la nationale, mais l'ascension prenait un temps fou. Rebrousser chemin pour éviter ce mur leur ferait perdre encore dix minutes.

Brynn regarda derrière elle, avant d'examiner la paroi de pierre. Elle mesurait environ sept mètres de haut et n'était pas totalement verticale. L'inclinaison devait être de soixante-dix degrés, mais la surface était fissurée et anguleuse. Elle demanda à Michelle :

— Vous vous en sentez capable ?

— Sans hésiter.

Brynn sourit, puis s'adressa à Amy.

— Toi et moi, on va grimper ensemble. Je vais te porter sur mon dos, comme quand tu étais petite. D'accord ?

— Oui. Rudy il me demande de monter sur son dos, des fois. Moi, j'aime pas ça. Il sent mauvais.

Brynn vit la grimace de dégoût de Michelle.

— J'ai peur de ne pas sentir très bon, moi non plus, dit Brynn. Mais on va bien s'amuser, tu verras. Allez, viens.

Elle se retourna et glissa à Michelle :

— Je vais passer en premier. En cas de problème, si je la lâche, essayez de la rattraper. Ne vous occupez pas de moi.

Michelle hocha la tête et hissa la fillette sur le dos de Brynn.

— Vous allez y arriver ?

— On n'a pas le choix.

Le leitmotiv de la nuit.

Elle fut surprise néanmoins par la légèreté du fardeau. La fillette était maigrelette. Brynn s'interrogea brièvement sur le triste destin qui l'avait conduite à un tel état d'abandon.

Elle s'attaqua à la paroi. Le cœur battant, les jambes en feu, elle grimpa lentement. Alors qu'elles se trouvaient à quatre ou cinq mètres du sol, les muscles de ses cuisses se mirent à trembler. Moins à cause de l'effort que de la peur. Elle ne supportait pas le vide… Elle s'arrêtait fréquemment.

Amy s'accrochait solidement, les bras noués autour de son cou, et Brynn avait du mal à respirer, mais elle préférait que la fillette se tienne de toutes ses forces.

Ses jambes en coton parvinrent malgré tout à lui faire gagner encore un mètre, puis deux. Ses mains empoignaient les prises fermement, plus que nécessaire, et elle commençait à avoir des crampes dans les doigts. Ses orteils se recroquevillaient dans ses chaussures, comme si elle grimpait pieds nus.

Finalement, après une éternité, sa tête dépassa le haut du mur et elle découvrit une sorte de petit plateau. Devant elle se dressait un énorme buisson de forsythias. N'osant pas regarder en bas, elle agrippa avec sa main droite toutes les tiges qui étaient à sa portée et, après avoir inspiré à fond, elle lâcha le rocher. Elle se hissa à la force du poignet et dit :

— Amy, passe par-dessus ma tête. Pose tes genoux sur mes épaules et grimpe. Quand tu seras arrivée en haut, arrête-toi. Et attends.

Brynn s'apprêtait à lui offrir des paroles rassurantes, mais la fillette dit simplement « OK ». Et elle fit ce qu'on lui demandait. Une fois sur le plateau, elle se figea.

Une enfant habituée à obéir au doigt et à l'œil.

Brynn rampa à son tour sur le plateau et demeura assise, le souffle coupé. Elle regarda en bas. Vue d'en haut, la paroi était moins impressionnante. Elle était un peu déçue, comme si tous ces efforts, toute cette peur, avaient été vains. Elle fit signe à Michelle de la rejoindre. La jeune femme grimpa rapidement, malgré sa cheville blessée, grâce à sa jeunesse et à toutes ces séances de gym pour raffermir le cul. Brynn l'aida à franchir le rebord et toutes les trois restèrent assises côte à côte, le temps de reprendre leur souffle.

Brynn tenta de s'orienter. En regardant autour d'elle, elle avisa ce qui ressemblait à un chemin qui montait. Courageusement, elles se remirent en marche.

Michelle se rapprocha de Brynn pour lui glisser :

— Que va-t-elle devenir ?

— Si elle n'a plus de parents, elle ira dans une famille d'accueil.

— C'est triste.

— Le système fonctionne bien à Kennesha. Ils choisissent les familles avec soin.

— Ce serait bien qu'elle puisse être recueillie par quelqu'un qui la désire vraiment. Moi, je saurais l'aimer.

Peut-être que le problème entre Michelle et son mari était lié aux enfants. Si ça se trouve, il n'en voulait pas.

— Une adoption est toujours possible. Je ne sais pas comment ça marche.

Brynn porta la main à la joue. Sa blessure lui faisait un mal de chien. Elle remarqua la façon dont Michelle couvait Amy du regard.

— Vous aimeriez avoir des enfants ?

— Oh, il n'y a rien de mieux dans la vie. Je les adore… On peut les guider, leur apprendre un tas de choses. Et eux aussi, ils vous en apprennent. C'est un défi permanent. Les enfants, ça vous aide à exister pleinement. Quand vous n'en avez pas, il vous manque quelque chose.

— Vous semblez être une spécialiste. Vous ferez une bonne mère.

Michelle lâcha un petit rire.

— J'en ai bien l'intention.

Pendant ce court instant, les maris infidèles et les mariages désastreux furent oubliés et les deux femmes semblèrent envisager un avenir plus radieux.

Et moi, alors ? pensa Brynn.

Continue à avancer, se dit-elle. Continue.

Lewis avait fabriqué une bretelle de fortune pour le fusil de chasse et il le portait maintenant sur son dos. Les deux hommes gravissaient la pente en essayant de suivre le chemin le plus raide possible, Hart se disant que les deux femmes avaient forcément suivi un itinéraire plus facile à cause de la gamine.

Il songeait à ces couples avec enfants qu'il voyait sur les murs d'escalade dans les espaces de loisirs ou les boutiques de sport, près de chez lui. Il s'était demandé si ces parents exerçaient des métiers qui nécessitaient qu'ils sachent grimper de cette façon. Non, bien évidemment. C'étaient des gratte-papier. Ils gagnaient dix fois plus que lui, leurs vies n'étaient jamais en danger, ils ne connaissaient jamais la douleur. Et pourtant, pour rien au monde il n'aurait voulu échanger sa vie contre la leur.

Ce sont des cadavres, Brynn. Ils restent assis, énervés, en colère à cause d'un truc qu'ils ont vu à la télé et qui pourtant ne signifie absolument rien pour eux. Ils vont au boulot, ils rentrent chez eux, ils parlent de choses qu'ils ne connaissent pas et dont ils se foutent...

Arrivés sur un replat, ils firent une pause et scrutèrent les environs. Hart ne risquait pas d'oublier que les deux femmes avaient tenté de le tuer, et il n'avait aucune raison de penser qu'elles avaient renoncé à ce projet. Elles voulaient fuir, coûte que coûte. Malgré cela, il n'arrivait pas à chasser de ses pensées le regard de Brynn. Dans l'allée des Feldman, puis dans la fourgonnette, juste avant qu'elle relâche les freins, n'hésitant pas à risquer sa propre vie pour l'arrêter.

Vous avez le droit de garder le silence... Vous pouvez vous faire assister d'un avocat.

Il ne put s'empêcher de sourire.

Soudain, un cri étouffé résonna au loin, devant eux. Un cri perçant.

— C'était quoi, ça ? demanda Lewis, affolé. On est dans *Le Projet Blair Witch* ou quoi ?

Hart éclata de rire.

— C'est la gamine.

— Elle est aussi utile que ton GPS, Hart.

Ils s'élancèrent.

— Un animal ? demanda Munce dans un murmure.

Graham pencha la tête sur le côté pour écouter le cri lugubre qui avait retenti non loin de là, sur leur gauche apparemment, porté par le vent. Il avait aperçu sur une arête rocheuse un animal – un coyote ou un chien, peut-être un loup –, qui regardait dans leur direction. Était-ce lui qui avait poussé ce hurlement ? Il connaissait les plantes, il connaissait la terre et la pierre. Il ne connaissait pas les animaux ni leurs habitudes.

— Peut-être, répondit-il. Je ne sais pas.

Ça ne ressemblait pas à une voix de femme ; on aurait plutôt dit un enfant. Mais c'était impossible.

— Peut-être le vent, suggéra Munce.

Mais il y avait dans ce cri une note d'affolement, d'angoisse. De la peur plus que de la douleur. Et maintenant, le silence.

Vent, oiseau, animal… Je vous en supplie, faites que ce soit l'un ou l'autre.

— Là, en bas, dit Munce. Juste en dessous.

Graham regarda en fronçant les sourcils la forêt intimidante qui s'étendait devant eux. Ils avaient parcouru environ cinq cents mètres, obligés de se frayer un chemin à travers les bois touffus. Le trajet était beaucoup plus long que prévu, à cause des détours imposés par des buissons aussi denses que des tampons à récurer et des parois abruptes qui ne pouvaient être descendues sans du matériel de rappel ; matériel dont ils ne disposaient pas, au grand regret de Munce, comme il l'avait confié à Graham, et au soulagement de celui-ci.

Ils descendirent à flanc de colline en se retenant aux arbres une fois encore. Pour finalement se retrouver coincés dans un entonnoir de rochers.

— Je crois que c'est notre seule option, commenta Munce en désignant un goulet de deux mètres de large qui plongeait à quarante-cinq degrés, tapissé de schiste argileux, de graviers et de terre.

Si vous perdiez l'équilibre, vous étiez bon pour vingt mètres de glissade, jusqu'à un précipice. Ils ne voyaient pas ce qui se trouvait au-delà.

— Sinon, reprit l'adjoint du shérif, on fait demi-tour pour essayer de contourner l'obstacle.

C'est alors qu'un nouveau gémissement emplit la nuit. Les deux hommes se regardèrent, yeux écarquillés.

Aucun doute, ce son sortait d'une gorge humaine.

— On y va, déclara Graham, partagé entre le besoin impérieux de découvrir la provenance de ces cris et la peur de dégringoler du haut d'une falaise ou de glisser dans un bosquet de féviers mortels.

— Où est ma maman ? cria Amy de sa voix aiguë.

— S'il te plaît, ma chérie, dit Brynn. (Elle appuya son index sur ses lèvres.) Chut.

Épuisée, mentalement vidée, la fillette était en train de craquer.

— Non ! gémit-elle.

Son visage était écarlate, ses yeux et son nez coulaient.

— Nooon !

— Ces hommes vont nous faire du mal, Amy. On ne doit pas faire de bruit.

— Maman !

Elles se trouvaient maintenant sur un terrain relativement plat, dans une forêt épaisse dont les arbres n'étaient éloignés que d'un mètre ou deux. Alors qu'elles avançaient d'un bon pas, Amy était devenue hystérique soudain.

— Où est ma maman ? Je veux retourner avec ma maman !

Plaquant un sourire sur son visage, Brynn s'accroupit pour prendre la fillette par les épaules.

— Je t'en prie, ma chérie, tais-toi. On joue à un jeu, tu te souviens ? Il ne faut pas faire de bruit.

— J'ai pas envie de jouer ! Je veux retourner chez moi ! Je veux ma maman !

Amy avait presque dix ans, mais Brynn se dit, une fois de plus, qu'elle se comportait comme une enfant de cinq ou six ans, peut-être en réaction à cette horrible nuit, à moins que ce soit un aperçu déchirant de la manière dont elle avait été élevée.

— S'il te plaît.

— Nooоon !

La puissance de son cri était étonnante.

— Laissez-moi essayer, dit Michelle en s'accroupissant à son tour devant Amy et en posant la lance.

Elle lui tendit sa peluche. Mais Amy la jeta à terre.

— Bon, je vais jeter un coup d'œil en arrière, dit Brynn. S'ils sont tout près, ils l'ont forcément entendue.

Elle rebroussa chemin au trot et grimpa sur un petit mamelon.

Les hurlements de la fillette résonnaient comme une sirène.

Brynn scruta la nuit.

Oh, non…

Elle fut dépitée, mais nullement surprise, de voir, à deux cents mètres de là, leurs poursuivants avancer dans cette direction. Ils s'arrêtèrent et regardèrent autour d'eux pour essayer de localiser la provenance de ces cris.

Dieu soit loué, à cet instant précis, Amy décida de se taire.

Les hommes se remirent en marche. Bientôt, ils disparurent derrière une paroi de pierre.

Brynn revint auprès de Michelle et d'Amy. Celle-ci avait cessé de pleurer et serrait contre elle sa peluche, d'un air renfrogné.

— Comment vous avez fait ?

Michelle haussa les épaules et grimaça.

— Ce n'était pas une très bonne idée, je crois, chuchota-t-elle. Je lui ai dit qu'on allait voir sa maman. C'est la seule chose que j'ai trouvée.

Bah, ça n'avait pas d'importance. Amy apprendrait la vérité tôt ou tard, mais pour le moment, elles ne pouvaient pas se permettre de la laisser crier.

À voix basse, Brynn dit :

— Ils sont derrière nous.

— Hein ? Hart et son complice ?

Hochement de tête.

— Mais comment ?

— Hart, évidemment. Psychologie inversée *inversée*. Ils sont à environ deux cents mètres. Il faut repartir.

Elles prirent la direction de la gorge car le sol était moins escarpé, puis bifurquèrent de nouveau vers le nord, vers la nationale. Elles pouvaient s'orienter grâce à la rivière qui se trouvait sur leur droite, mais plus elles montaient, plus le terrain était dégagé, ce qui les obligeait à zigzaguer pour rechercher l'abri des fourrés ou des arbres. C'est trop long, se dit Brynn qui sentait se rapprocher Hart.

Soudain, une lumière diffuse transperça les arbres, de gauche à droite : un camion ou une voiture qui passait sur la route. À moins d'un kilomètre. Brynn et Michelle échangèrent un sourire et s'élancèrent.

C'est alors qu'elles entendirent un craquement, quelque part sur leur gauche, au cœur d'un épais massif de pins. Le bruit était tout proche. Brynn regarda la fillette, dont le visage creusé annonçait une nouvelle crise.

Encore un craquement. Plus près. Aucun doute, c'étaient bien des bruits de pas.

Hart et son complice avaient dû progresser plus vite qu'elle l'avait supposé ; ils avaient parcouru les deux cents mètres en moins d'un quart d'heure ! Sans doute avaient-ils trouvé un chemin qu'elles n'avaient pas vu.

Brynn montra le sol. Toutes les trois se couchèrent à plat ventre derrière un tronc d'arbre abattu. Amy se remit à pleurer, mais Michelle l'attira contre elle et accomplit un nouveau miracle. Brynn ramassa une poignée de feuilles mortes et, aussi silencieusement que possible, elle les répandit sur la jeune femme et l'enfant. Après quoi, elle se rallongea et entreprit de se camoufler elle aussi, tant bien que mal.

Les bruits de pas approchèrent encore, avant de se perdre dans le bruissement du vent.

Soudain, Brynn retint son souffle. Elle avait cru entendre quelqu'un murmurer son nom.

Son imagination lui jouait des tours. Ce n'était que le vent qui faisait tournoyer les feuilles et sifflait entre les branches.

Mais elle l'entendit de nouveau. Oui, plus aucun doute. « Brynn », chuchotait une voix.

Sa mâchoire se mit à trembler. Hart !

Il possédait un sixième sens qui lui indiquait qu'elle se trouvait tout près.

Encore une fois. Mais son nom était indistinct, égaré au milieu de tous les bruits de la forêt.

Étourdie par l'épuisement et la douleur, elle crut presque reconnaître la voix de Graham. C'était impossible, évidemment. Son mari était chez eux ; il dormait à cette heure.

Ou peut-être pas.

— Brynn…

Elle colla son index sur sa bouche. Michelle hocha la tête et glissa la main à l'intérieur de son blouson pour prendre le couteau.

Les bruits de pas reprirent, tout proches, semblait-il. Ils se dirigeaient droit vers le tronc derrière lequel elles se cachaient.

Il y a des moments pour se battre et des moments pour fuir.

Et des moments pour se cacher.

En pensant à ces hommes avec leurs terribles armes à feu, elle fut assaillie par un autre souvenir : l'image de son premier mari, les yeux écarquillés par la stupeur et la douleur, reculant en titubant sous l'impact de la balle tirée presque à bout portant, tandis que le pistolet de service de Brynn heurtait avec fracas le sol de la cuisine.

Une sorte de justice était-elle à l'œuvre ici, une vengeance divine ou spirituelle ?

Allait-elle connaître un sort similaire à celui de Keith ?

Les pas continuaient à se rapprocher.

Brynn répandit d'autres feuilles sur leurs corps allongés. Puis elle ferma les yeux. Elle se souvenait que Joey, quand il était plus petit, croyait qu'en fermant les yeux, il devenait invisible.

— Brynn ! appela Graham encore une fois, sans oser crier trop fort.

Et il tendit l'oreille. Rien.

Au moment où ils approchaient de cette partie du bois, les cris avaient cessé. Et ils n'avaient vu personne. Mais tandis qu'ils se remettaient en route, il était convaincu d'avoir entendu une voix de femme qui murmurait et un bruit de feuilles mortes, tout près. Ne parvenant pas à déterminer la provenance de ces bruits, il s'était risqué à prononcer le prénom de sa femme.

Aucune réponse. Si ce n'est de nouveaux bruissements. Ils s'étaient dirigés dans cette direction. Munce tenait son fusil à deux mains, prêt à tirer.

— Brynn ?

Arrêtés à quelques pas du tronc d'un énorme chêne abattu, les deux hommes regardaient dans toutes les directions. Graham fronça les sourcils et montra son oreille. Munce secoua la tête.

Mais soudain, celui-ci se raidit et indiqua une étendue de rochers et de buissons. Graham entrevit, à une centaine de mètres, une silhouette qui se déplaçait de droite à gauche en tenant un fusil ou une carabine.

Les tueurs. Ils étaient là !

Graham désigna la radio accrochée à la ceinture de Munce. L'adjoint secoua la tête et montra lui aussi son oreille, sans doute pour lui faire comprendre que s'il l'allumait, les grésillements les trahiraient.

Et sans prévenir, il s'élança sur un sentier que Graham n'avait pas remarqué. Ce dernier comprit que Munce allait attaquer l'homme par le flanc.

Il pensa alors : Qu'est-ce que je fiche ici ?

Et il se lança corps et âme dans cette folle poursuite.

Les bruits de pas s'éloignèrent du chêne.

Brynn releva la tête, timidement, redoutant le bruit des feuilles.

Mais quand elle risqua un coup d'œil par-dessus le tronc couché, elle vit les silhouettes s'éloigner dans la pénombre sale du petit jour.

Ils étaient passés à quelques mètres seulement de leur cachette. Si Amy avait laissé échapper le moindre gémissement, elles seraient mortes toutes les trois à l'heure qu'il est. Brynn avait les mains qui tremblaient.

Les hommes disparurent derrière un mur d'arbres.

— Venez, chuchota-t-elle. Ils s'éloignent. Apparemment, ils vont redescendre de la colline. Dépêchons-nous. On n'est plus très loin de la route.

Elles se relevèrent en se débarrassant des feuilles, et reprirent leur ascension.

— C'était moins une, commenta Michelle. Pourquoi ils ont continué ?

— Ils ont peut-être entendu quelque chose. Un cerf.

Brynn se demanda si leur ange gardien, le loup, avait fait diversion. Elle se tourna vers Amy.

— Je suis fière de toi, ma chérie. Tu es restée bien immobile et silencieuse.

La fillette serrait Chester contre elle, sans rien dire. Son expression maussade et ses yeux rougis exprimaient très exactement ce que ressentait Brynn.

Elles gravirent plusieurs longues pentes, en zigzaguant. Soudain, Michelle sourit et montra l'horizon. Brynn vit apparaître l'éclat d'une nouvelle paire de phares.

La lumière divine.

Elle jaugea le dernier obstacle : une impressionnante paroi rocheuse à droite de laquelle s'ouvrait un à-pic d'une trentaine de mètres. À gauche, des ronciers enchevêtrés s'étendaient jusqu'à d'autres éperons rocheux.

Impossible d'escalader la paroi qui se dressait à dix ou quinze mètres au-dessus de leurs têtes. Mais juste à gauche, au-dessus des buissons, une étroite corniche semblait mener directement à un replat et à la route au-delà. La pente était raide, mais praticable. De toute évidence, il s'agissait d'un point de départ très prisé des grimpeurs car la roche était hérissée de pitons métalliques.

Néanmoins, Brynn se méfiait de cette corniche pour deux raisons. Premièrement, elles seraient totalement exposées aux regards de leurs poursuivants durant toute la montée. Et deuxièmement, son étroitesse les obligerait à avancer en file indienne. Une chute, même si elle n'était pas très élevée, s'achèverait dans les ronciers, parmi lesquels se trouvaient des berbéris. Elle se souvenait d'en avoir vu dans la pépinière de Graham. Les clients les appréciaient beaucoup pour leurs baies impressionnantes et leur couleur éclatante en automne ; mais l'évolution les avait armés de fines épines cassantes. À la sortie de l'hiver, ces fourrés étaient dépourvus de feuillage et les épines qui couvraient toute la longueur des branches étaient de véritables pointes acérées.

C'était un risque à courir, décida-t-elle. Elles n'avaient pas le temps de chercher d'autres itinéraires.

En outre, se dit-elle, après être passés tout près du tronc derrière lequel elles se cachaient, Hart et son complice avaient poursuivi leur chemin dans la direction opposée, vers le bas de la colline.

— Le moment est venu de rentrer à la maison, murmura-t-elle.

Graham et Munce se rapprochaient, en silence, des buissons où ils avaient vu disparaître l'homme au fusil.

Munce leva le bras et s'arrêta. Il scruta les environs et le canon court de son fusil suivit le déplacement de son regard.

Graham regrettait de ne pas avoir insisté pour prendre une arme. Le couteau de chasse dans sa poche lui semblait inutile. Il faillit demander à Munce son pistolet, mais il n'osait pas faire de bruit. Droit devant, à moins de dix mètres, ils entendirent un bruit de branchages et de feuilles mortes : leur cible invisible se frayait un chemin au milieu des buissons.

Un craquement. Puis un autre.

Le cœur de Graham battait à tout rompre. Il s'obligea à respirer calmement. Sa mâchoire tremblait. Munce, en revanche, semblait totalement dans son élément. Sûr de lui, il économisait chacun de ses gestes. À croire qu'il avait fait ça un millier de fois. Il s'accroupit et désigna la crevasse d'un gros rocher. Graham comprit qu'il lui faisait signe d'attendre. Il hocha la tête. L'adjoint du shérif porta sa main à son pistolet, comme pour enregistrer mentalement son emplacement exact et, tenant solidement son fusil, il continua à avancer, la tête levée pour regarder autour de lui, ce qui ne l'empêchait pas de sentir les feuilles et les branches pour éviter de marcher dessus.

D'autres pas se firent entendre au-delà des buissons. Graham avait beau plisser les yeux, il ne voyait rien. Pourtant, les bruits étaient nets : l'homme marchait furtivement dans les bois et s'arrêtait parfois.

Munce se dirigeait vers le tueur sans faire le moindre bruit.

Arrivé à six ou sept mètres des buissons, il s'immobilisa et dressa l'oreille.

Les tueurs, eux, ne cherchaient pas à être silencieux ; ils ignoraient que de chasseurs, ils étaient devenus proies à leur tour.

Munce se remit à avancer.

C'est alors que l'homme au fusil surgit de derrière un arbre, moins de deux mètres derrière Munce, et lui tira dans le dos.

L'adjoint du shérif poussa un cri et fut projeté sur le ventre ; son arme lui échappa.

Graham, les yeux écarquillés d'effroi, eut le souffle coupé.

Nom de Dieu… Oh, putain.

Le tireur n'avait pas dit un mot. Pas d'avertissement, pas d'ordre de se rendre.

Il était apparu et il avait tiré.

Eric Munce gisait sur le ventre ; le bas de son dos n'était plus qu'une bouillie noire de sang. Ses pieds tressaillaient, un bras s'agitait. Un poing se fermait et s'ouvrait.

— Je l'ai eu, Hart ! lança le meurtrier, à voix basse.

Un deuxième homme arriva en courant, de derrière la haie de buissons, essoufflé, un pistolet à la main. Il toisa Munce, presque inconscient, et le retourna sur le dos. Graham comprit que le nommé Hart s'était caché dans les buissons pour simuler des bruits de pas destinés à tromper l'adjoint du shérif.

Horrifié, il recula dans la crevasse de basalte, le plus possible. Il se trouvait à moins de dix mètres des deux hommes, caché par de jeunes arbres et une haie de fougères brunies.

— Merde, encore un flic, Hart. Il doit y en avoir d'autres dans les parages.

L'homme au fusil regarda autour de lui.

— Tu aperçois quelqu'un ?

— Non. Mais on peut lui poser la question. J'ai visé bas exprès. J'aurais pu le tuer, mais je voulais qu'il reste en vie.

— C'est futé, Comp.

Hart s'agenouilla près de Munce.

— Où sont les autres ?

Graham se plaquait contre le rocher, comme si celui-ci pouvait l'avaler. Ses mains tremblaient et il avait du mal à contrôler sa respiration. Il sentait qu'il allait vomir.

— Où sont les autres ?… Hein ? J'entends rien. Parle plus fort. Réponds et on ira chercher de l'aide.

Munce marmonna.

— Qu'est-ce qu'il a dit, Hart ?

— Qu'il n'y avait personne d'autre. Il est venu jusqu'ici de son propre chef pour rechercher des femmes pourchassées par deux cambrioleurs.

— Tu crois qu'il dit la vérité ?

— Je ne sais pas. Attends, il ajoute un truc…

Hart se pencha en avant pour écouter, puis se redressa. D'une voix dénuée d'émotion, il annonça :

— Il dit qu'on peut aller se faire foutre.

Celui qui se faisait appeler Comp s'adressa alors à Munce :

— C'est vous qui vous êtes fait niquer, monsieur l'agent.

Hart s'accroupit de nouveau. Puis se releva.

— Il est mort.

Graham ne quittait pas des yeux le corps inerte de l'adjoint. Il avait envie de sangloter.

Et soudain, il le vit, à trois mètres de là, le fusil de Munce, à moitié recouvert de feuilles, à l'endroit où il l'avait laissé tomber quand il avait été projeté à terre.

Je vous en supplie, pria-t-il, faites qu'ils ne regardent pas dans cette direction. Laissez-moi ce fusil. Je le veux. Je le veux tellement que j'en salive. Il s'aperçut qu'il pourrait tuer très facilement à cet instant. Il leur tirerait dans le dos, il leur laisserait autant de chances qu'ils en avaient laissé à ce pauvre Munce.

Je vous en supplie…

Pendant que l'homme qui avait tiré faisait le guet, fusil à la main, le dénommé Hart fouilla l'adjoint du shérif et arracha la radio fixée à sa ceinture. Il l'alluma. Graham entendit les grésillements des parasites.

Hart dit à Comp :

— Ils ont organisé des recherches, mais tout le monde est dans le secteur de la 682 et du lac Mondac… Ce gars disait peut-être la vérité. Il a suivi son intuition.

Il pointa sa lampe électrique sur la poitrine de l'adjoint pour lire le nom inscrit sur son badge. Puis il parla dans la radio :

— Ici Eric. À vous.

À cause des parasites, Graham n'entendit pas la réponse.

— La réception est mauvaise. À vous.

Nouveaux grésillements.

— Je n'ai repéré aucune trace par ici. Vous me recevez ? À vous.

— Répétez, Eric. Où êtes-vous ? demanda une voix métallique qui parvint jusqu'aux oreilles de Graham.

— Je répète, la réception est mauvaise. Il n'y a personne ici. À vous.

— Où êtes-vous ?

— Au nord. RAS. Ça donne quoi au niveau du lac ?

— Rien pour l'instant. On continue à chercher. Les plongeurs n'ont découvert aucun corps.

— Tant mieux. Si je trouve quelque chose, je vous tiens au courant. Terminé.

— Terminé.

Graham regardait fixement le fusil, comme s'il essayait de le faire disparaître par la pensée.

Hart demanda :

— Pourquoi est-ce qu'il n'y a personne par ici, à part ce type ? Je ne comprends pas.

— Ils ne sont pas aussi intelligents que toi, Hart. Voilà pourquoi.

— On ferait bien de repartir. Prends son Glock et les chargeurs.

Graham se colla au rocher.

Laissez le fusil. Par pitié, laissez le fusil.

Des pas firent craquer les feuilles séchées.

Venaient-ils vers lui ? Impossible à dire.

Les pas s'arrêtèrent. Les deux hommes étaient tout près.

Hart demanda :

— Tu veux le fusil du flic ?

— Non. Je n'en ai pas besoin de deux.

— Je ne tiens pas à ce que quelqu'un le trouve. Tu veux bien aller le balancer dans la rivière ?

— OK.

Non !

Nouveaux bruits de pas. Puis le grognement de quelqu'un qui lance un objet lourd.

— Et voilà !

Après quelques secondes, Graham entendit un fracas.

Les deux hommes se remirent en marche. Ils s'étaient encore rapprochés de l'endroit où Graham était recroquevillé, entre la terre et la pierre. S'ils partaient vers la gauche, en contournant le gros rocher, ils ne le verraient pas. S'ils prenaient à droite, ils trébucheraient sur lui.

Il ouvrit son couteau. La lame se déplia avec un petit clic. Graham se souvint que la dernière fois qu'il s'en était servi, c'était pour couper un greffon destiné à un rosier.

En entendant la détonation, toute proche, Michelle s'était retournée brusquement, avec un petit cri, et elle avait lâché la main d'Amy.

Celle-ci, prise de panique, dévala la corniche en gémissant.

— Non ! lui cria Brynn. Amy !

Elle passa devant Michelle, en prenant soin de ne pas la bousculer, les yeux fixés sur les ronciers en contrebas, et s'élança à la poursuite de la fillette. Cette dernière la vit arriver, et juste au moment où Brynn la rejoignait, elle se plaqua au sol et recula en rampant. Affolée, elle laissa échapper Chester qui tomba dans le vide.

— Non ! s'écria-t-elle.

En voulant le rattraper, elle bascula à son tour, vers les berbéris. Brynn eut le réflexe de tendre la main et elle parvint à retenir Amy par son sweat-shirt. Coup de chance, la fillette était parallèle au sol. Si elle avait été droite, elle aurait perdu ce vêtement trop large et serait tombée dans la masse de ronces.

Elle braillait de peur, de douleur et de chagrin car elle avait perdu son doudou.

— Tais-toi, s'il te plaît ! lui cria Brynn.

Michelle était redescendue en courant. Elle attrapa la fillette par une jambe, et en conjuguant leurs efforts, les deux femmes parvinrent à la ramener sur la corniche.

Voyant qu'Amy allait se remettre à hurler, Michelle se pencha vers elle et lui murmura quelques mots à l'oreille en lui caressant la tête. L'enfant se calma aussitôt.

Pourquoi est-ce que je ne peux pas en faire autant ? se demanda Brynn.

— Je lui ai promis qu'on reviendrait chercher Chester, murmura Michelle, alors qu'elles reprenaient l'ascension de la corniche.

— Nom de Dieu, si on s'en sort, je reviendrai personnellement le chercher au milieu de ces putains de ronces, déclara Brynn. Merci.

Il leur restait moins de cent mètres à parcourir avant d'atteindre le sommet.

Je vous en supplie, faites qu'il y ait un véhicule quand on arrivera. Je l'obligerai à s'arrêter, quitte à me foutre à poil au milieu de la route.

— C'était quoi, ce coup de feu ? demanda Michelle. Qui a…

— Oh, non, grommela Brynn en regardant derrière elle.

Hart et son complice venaient d'émerger de ce même buisson où Brynn s'était interrogée pour savoir si elles devaient gravir la corniche, cinq minutes plus tôt.

Ils s'arrêtèrent. Hart leva la tête et son regard croisa celui de Brynn. Il avait saisi son complice par le bras et il montrait les femmes tout là-haut.

Le deuxième homme éjecta la cartouche vide de son fusil et en introduisit une autre, après quoi ils s'élancèrent.

— Vas-y, tire ! cria Hart à Lewis.

Ils étaient essoufflés l'un et l'autre. Son cœur battait trop vite pour qu'il puisse se servir du pistolet, mais son complice pourrait peut-être atteindre, avec son fusil, celle qui fermait la marche dans la pente rocailleuse : Michelle.

Parfait.

Tuons cette chienne.

Lewis s'arrêta, inspira à fond, visa et tira.

Presque. Hart vit jaillir la poussière sur la roche, mais les plombs manquèrent leur cible. Juste avant que le trio disparaisse de l'autre côté de la corniche, en sautant dans ce qui ressemblait à un champ.

— Elles vont foncer droit vers la route, à travers la clairière et les bois. La gamine va les ralentir. On peut les rattraper si on veut.

Les deux hommes avaient le souffle coupé, mais Lewis hocha la tête courageusement et ils attaquèrent l'ascension de la corniche.

Graham Boyd sursauta en entendant le coup de feu, à moins de cinq cents mètres de là.

Perché au bord d'une falaise calcaire, au-dessus de la Snake River qui bouillonnait trente mètres plus bas, dans une position précaire, il croyait apercevoir dans la pénombre le fusil que le meurtrier d'Eric Munce avait lancé : sur une avancée rocheuse, à mi-hauteur.

Oh, comme il voulait ce fusil.

Les hommes étaient passés de l'autre côté du rocher, sans le voir, et avaient disparu dans un bosquet touffu. Dès qu'il avait cessé d'entendre leurs pas, Graham s'était redressé, tout doucement, et en restant accroupi, il s'était approché du bord de la gorge.

Pouvait-il descendre pour récupérer l'arme ?

En tout cas, il avait bien l'intention d'essayer. La fureur couvait en lui. Jamais de toute sa vie il n'avait autant désiré une chose que ce fusil.

Les yeux plissés, il examina la paroi et releva un nombre de prises suffisant pour descendre jusqu'à l'avancée rocheuse.

Dépêche-toi. Vas-y.

Le souffle haletant, il tourna le dos à la gorge et rampa à plat ventre vers le vide. Il commença à descendre. Un mètre, deux. Puis trois. Il n'osait pas aller trop vite. Si par malheur il tombait, il rebondirait sur la saillie et dégringolerait le long de la falaise abrupte pour finalement s'écraser dans le lit de la rivière tout en bas, jonché de grosses pierres à en juger par les traînées d'écume blanche emportées par le courant.

Quatre mètres.

Il jeta un coup d'œil en bas.

Oui, c'était bien le fusil. Il reposait en équilibre instable au bord de l'avancée rocheuse. Un sentiment de panique l'incita à s'en saisir avant qu'une rafale de vent le fasse basculer dans le vide. Il continua à descendre pour s'en approcher au maximum. Enfin il arriva à la hauteur du fusil, mais celui-ci se trouvait encore à plus d'un mètre sur sa droite. Graham avait cru qu'il pourrait se déplacer latéralement, mais ce qui ressemblait à des prises dans l'obscurité n'était en fait que l'ombre de la paroi.

S'obligeant à respirer profondément, il plaqua son visage contre la roche froide, lisse et boueuse. Vas-y, nom de Dieu ! Maintenant que tu es venu jusqu'ici.

Il agrippa une fine branche qui sortait d'une anfractuosité et tendit la main vers le fusil. Ses doigts n'étaient plus qu'à quinze centimètres du canon. Le trou noir était pointé sur lui.

En bas, l'eau grondait.

Graham poussa un soupir de frustration. Encore quelques centimètres. Allez !

Tirant au maximum sur la branche, il fit un nouvel essai.

Oui ! Ses doigts se refermèrent sur le canon.

Maintenant, il fallait juste…

La branche se brisa sous son poids et il glissa sur le côté, d'une trentaine de centimètres ; il n'était plus tenu que par quelques fibres de bois et d'écorces mouillés. Il poussa un cri et essaya de garder le fusil. Mais celui-ci glissa entre ses doigts moites et bascula dans le vide. Il heurta une autre saillie rocheuse avant de plonger vers la rivière, vingt mètres plus bas.

— Non !

Effaré, il regarda l'arme disparaître dans l'eau noire.

Il n'eut pas le temps de se lamenter sur son sort. La branche de l'arbuste céda définitivement et Graham eut le réflexe de se raccrocher à la saillie. Mais il réussit à tenir simplement dix petites secondes, avant que ses doigts dérapent sur la pierre. Il chuta à son tour, en suivant presque la même trajectoire que le fusil tant convoité.

Brynn comprit qu'elles n'atteindraient jamais la nationale à temps.

Elle laissa échapper un râle de désespoir. Au moment même où retentissait la détonation du fusil, elles avaient sauté dans le champ, au sommet de la corniche. Hélas, elle avait mal jaugé la distance jusqu'aux arbres. La bande boisée qui bordait la route se trouvait à trois cents mètres au moins. Le terrain était plat, mais envahi de phalaris, de bruyère, d'arbustes et de troncs calcinés. Elle se souvint que cette zone avait été ravagée par un incendie l'an dernier.

Il leur faudrait dix bonnes minutes pour parcourir cette distance et les deux hommes les auraient rejointes bien avant ; sans doute avaient-ils déjà commencé à gravir la corniche.

Brynn observa Amy, son petit visage terrorisé était rougi par les larmes et marbré de boue.

Que peut-on faire ?

Ce fut Michelle, appuyée sur la lance, le souffle coupé, qui fournit la réponse :

— Arrêtons de fuir. Le moment est venu de se battre.

Brynn soutint son regard.

— Ils sont mieux armés que nous.

— Je m'en fous.

— C'est pas gagné.

— Ma vie a toujours été faite de certitudes. Le train-train quotidien, les déjeuners au Ritz et les manucures. J'en ai marre.

Elles échangèrent un sourire. En regardant autour d'elle, Brynn s'aperçut qu'elles pouvaient bifurquer à droite et emprunter une pente abrupte qui menait au sommet de la colline, à l'aplomb de la corniche où se trouvaient maintenant leurs poursuivants.

— Là-haut. Allons-y.

Brynn ouvrit la voie, suivie d'Amy, puis de Michelle. En regardant vers le bas, elles virent les deux hommes qui négociaient prudemment le premier tiers de l'ascension. Hart marchait devant.

Elles passèrent en revue leur maigre arsenal : la lance de fortune et le couteau de cuisine. Mais Brynn voulait les garder jusqu'à la dernière minute. Elle montra les pierres qui jonchaient le sol : certaines étaient trop lourdes pour être déplacées, mais d'autres pouvaient être roulées ou soulevées, non sans mal. En outre, les bûches et les branches ne manquaient pas.

— On va les expédier dans les ronces, grommela Brynn.

Michelle hocha la tête.

Soudain, Brynn eut une idée. Elle sortit de sa poche la boussole improvisée. Avec le couteau, elle découpa une longue bande de son anorak, qu'elle noua autour du flacon d'alcool à 90. Elle serra le briquet dans son poing.

— C'est de l'eau, fit remarquer Michelle.

— Ils ne le savent pas. Ils penseront qu'il contient de l'alcool. Ça devrait les arrêter le temps qu'on les bombarde avec des pierres.

Elle regarda en bas. Les deux tueurs se tenaient presque juste en dessous.

— Prête ? chuchota-t-elle.

— Et comment !

Brynn enflamma la bande de nylon qui produisit une flamme éclatante.

Elle se pencha dans le vide, estima la distance et ouvrit la main pour laisser tomber le flacon. Il atterrit sur la corniche, à moins de deux mètres devant Hart, et rebondit sans se briser.

— Qu'est-ce que… ? hoqueta Hart.

— Putain, de l'alcool à 90 ! Ça va exploser. Recule !

— Où sont-elles ?

— Là-haut, quelque part.

Le fusil cracha une volée de plombs qui vinrent frapper la paroi rocheuse. Amy, recroquevillée non loin de là, hurla. Mais Brynn s'en fichait. Au contraire, les cris lui semblaient bienvenus à cet instant. Il n'y avait plus d'adjointe du shérif et d'actrice dilettante, il n'y avait plus que deux guerrières. Les Reines de la Jungle. Elle avait envie de pousser son hurlement de loup.

À deux, elles firent rouler la plus grosse pierre possible – elle devait peser au moins vingt ou vingt-cinq kilos – vers le bord. Au prix d'un dernier effort, elles la firent basculer dans le vide. Et regardèrent.

La trajectoire était parfaite, malheureusement le sort s'en mêla. Le projectile heurta une petite avancée rocheuse et rebondit, passant à quelques centimètres de la tête de Hart. Toutefois, la pierre fit éclater la saillie dont les débris s'abattirent sur les deux hommes. Ils reculèrent de quelques mètres, vers le bord de la corniche. Le fusil rugit de nouveau, mais les plombs se perdirent dans la nature.

— N'arrêtons pas, dit Brynn dans un souffle. Balançons tout ce qui nous tombe sous la main.

Elles lancèrent une bûche, deux grosses pierres et une douzaine de petites.

Un cri retentit.

— Putain, Hart, ma main ! Elles m'ont pété la main !

Brynn risqua un coup d'œil en bas. Le complice avait laissé tomber son fusil dans les ronciers.

Gagné !

Hart avait levé la tête. Il aperçut Brynn et tira deux fois avec son Glock. Une des balles fit gicler des morceaux de calcaire à quelques centimètres seulement de son visage, mais elle eut le réflexe de se baisser pour éviter les éclats.

Elle entendit Hart s'écrier :

— Comp, la mèche s'est éteinte ! Regarde ! Enlève-moi cette saloperie du passage. Balance-la d'un coup de pied.

— Des clous ! Elles vont nous fendre le crâne.

— Vas-y, je te couvre.

Brynn montra un tronc mort d'environ deux mètres de long et trente centimètres de diamètre, hérissé de quelques courtes branches pointues.

— Ça.

Michelle sourit.

— Oui !

Les deux femmes s'agenouillèrent pour pousser le tronc jusqu'au bord de la falaise. Essoufflées, elles s'écroulèrent dessus.

— À mon signal, murmura Brynn, vous jetterez une pierre derrière eux.

Michelle acquiesça.

Brynn prit la lance.

Elle pensa à Joey. Elle pensa à Graham.

Et curieusement, l'image de son premier mari lui apparut elle aussi.

Elle hocha la tête. Michelle lança une pierre vers le bas.

Brynn se redressa et vit Hart regarder derrière lui, en direction du bruit. Alors, avec un cri inhumain, elle expédia sa lance en visant le dos du complice, qui s'était baissé pour écarter des blocs de pierre bloquant le chemin.

Mais Hart avait levé les yeux au même moment.

— Comp ! brailla-t-il.

L'homme se retourna et exécuta un curieux pas de danse pour éviter la lance, qui le frôla et se planta à ses pieds en faisant jaillir une gerbe d'étincelles. Déséquilibré, il glissa et bascula dans le vide. La seule chose qui l'empêcha de dégringoler jusqu'en bas fut une fissure dans la roche, à laquelle il s'accrocha de la main gauche. Ses pieds se balançaient au-dessus des ronces redoutables.

Hart se précipita vers lui, tout en tirant vers le haut de la falaise. Mais Brynn était sortie de sa ligne de mire ; elle aidait Michelle à pousser le tronc vers le bord.

Elle jeta un dernier coup d'œil : Hart lui tournait le dos, penché au-dessus de son complice qu'il avait agrippé par sa veste pour tenter de le hisser. Ils se trouvaient dix mètres plus bas, en ligne directe, et à cet endroit, la paroi était lisse. L'impact du tronc allait leur briser les os, s'il ne les tuait pas sur-le-champ. Et un des deux, au moins, serait projeté dans cet océan d'épines.

Plus d'hésitation maintenant.

Elle assura sa prise sur le tronc et Michelle en fit autant.

— Poussez ! murmura-t-elle.

Le tronc n'était plus qu'à vingt centimètres du bord.

— Encore !

Quinze centimètres.

C'est à cet instant qu'un claquement sec résonna contre la paroi, moins d'un mètre sous les deux femmes ; une pluie de poussière et d'éclats de pierre envahit l'aube naissante. Une seconde plus tard, la détonation lointaine d'un tir de carabine déchira l'air.

Brynn et Michelle se jetèrent à plat ventre. La première rampa jusqu'à Amy pour plaquer au sol la fillette hystérique et la serrer dans ses bras.

Encore un coup de feu. Et la roche qui explose.

— C'est qui ? demanda Michelle d'une voix étranglée. Ça ne vient pas d'eux. Il y a quelqu'un d'autre là-bas. Et il nous tire dessus !

Brynn scruta la forêt au loin.

Un éclair jaillit d'un canon.

— À terre !

Elle eut juste le temps de se coucher avant qu'une autre balle à haute vélocité s'enfonce dans le tronc qu'elles avaient poussé jusqu'au bord.

Brynn risqua un bref coup d'œil en bas. Hart avait réussi à ramener son complice sur la corniche, mais eux aussi s'étaient accroupis, sans comprendre ce qui se passait. Apparemment, le tireur visait les deux femmes, mais ils se demandaient certainement si ce n'étaient pas eux la cible. Totalement exposés, ils décidèrent de redescendre.

— Ils décampent, dit-elle. Fichons le camp d'ici.

— Mais c'est qui, nom de Dieu ? On a failli les avoir !

— Venez. Vite.

Ne pouvant pas retourner dans la clairière, où elles offriraient des cibles de choix au mystérieux tireur, elles s'approchèrent de la gorge en rampant. Bientôt, elles se retrouvèrent à l'abri, sur l'autre versant de la colline, mais tout près d'un à-pic. Brynn le regardait d'un œil méfiant et en restait éloignée le plus possible.

Elle demanda à Amy :

— Ma chérie, Rudy et ta maman avaient d'autres amis qui logeaient avec vous ? Quelqu'un qui n'était pas dans le camping-car ce soir ?

— Des fois.

C'était sans doute ça : un associé de Gandy et Rudy qui avait découvert le carnage autour du labo clandestin et avait réussi à suivre leurs traces jusqu'ici.

Le silence fut brisé par le bruit attirant d'un semi-remorque qui rétrogradait à l'approche du pont. Le regard de Brynn suivit le bord de la gorge. Elles pouvaient emprunter ce chemin jusqu'à la route en étant protégées.

Le ciel s'éclaircissait, l'aube ne devait plus être très loin, et elles pourraient aisément s'orienter.

Brynn étreignit Michelle.

— On a failli les avoir.

Impassible, la jeune femme répondit :

— La prochaine fois.

Brynn eut un moment d'hésitation.

— Espérons qu'il n'y aura pas de prochaine fois.

À en juger par son expression farouche, Michelle semblait souhaiter le contraire.

— Encore un flic ? demanda Lewis, en parlant du tireur.

Il remuait la main dans tous les sens. Elle n'était pas cassée, mais la pierre lui avait tordu le pouce. Il était surtout furieux d'avoir perdu son fusil dans les ronciers. Et sa colère envers les deux femmes s'en trouvait décuplée.

Ils s'étaient recroquevillés derrière un rocher au pied de la corniche. Hart écoutait ce qui se disait dans la radio de l'adjoint mort. Des messages de routine concernant les opérations de recherches. Personne n'avait entendu les coups de feu. Aucune allusion à la présence de la police dans ce secteur.

— Encore des fabricants de crack, je parie.

Hart brancha son GPS. Il était obligé de dompter sa fureur. Ils étaient tout près de leurs proies. Mais ils ne pouvaient pas les pourchasser : la corniche, unique chemin, était devenue un véritable champ de tir.

— On va passer par la gauche, à travers bois. C'est plus long, mais on sera à couvert jusqu'à la route.

— Il est quelle heure ? demanda Lewis.

— Quelle importance ?

— Juste pour savoir depuis combien de temps on est dans cette galère.

— Beaucoup trop longtemps, dit Hart.

Sa carabine Bushmaster .223 dans les mains, James Jasons scrutait la paroi rocheuse sur laquelle il venait de tirer. Il avait fait de son mieux étant donné l'absence de lumière et la distance qui le séparait de la cible.

Il attendait, en balayant le secteur avec ses jumelles à vision nocturne, mais il ne voyait plus aucun signe des deux hommes ou des deux femmes. Il y aurait eu une histoire à raconter sur la manière dont cette guerre entre habitants des cavernes – les deux hommes obligés d'esquiver des pierres et des troncs – avait éclaté.

Pendant dix minutes, il observa le champ et la forêt qui l'entouraient.

Où étaient-ils ?

Ils avaient dévalé la corniche. Privés de leur voiture apparemment, ils allaient se diriger vers la route pour arrêter un véhicule. Mais pour l'atteindre, ils pouvaient emprunter différents itinéraires depuis la corniche. Selon toute probabilité, ils suivraient cette direction. Le chemin était envahi par la végétation, mais Jasons estimait qu'il avait une chance de les localiser. Néanmoins, ils avaient peut-être choisi de faire le tour de la colline pour rattraper les femmes. L'ascension était plus raide et devrait s'effectuer à découvert, mais qui sait ? Peut-être que rendus furieux par cette agression, ils n'avaient plus qu'une idée en tête : tuer leurs proies.

Quoi qu'il en soit, Jasons ne voulait pas agir dans la précipitation. Il continua à fouiller les fourrés avec ses jumelles. Il les voyait remuer ici et là, mais c'était le vent.

Soudain, il aperçut un mouvement pas très loin. Il sursauta et retint son souffle en faisant le point : dans ses jumelles apparut un animal sauvage, un coyote ou un loup. Le système de vision nocturne lui conférait une couleur gris-vert spectrale. Sa gueule était émaciée, ses babines légèrement retroussées laissaient voir des dents blanches et parfaites. Heureusement que l'animal se trouvait à bonne distance. Il était magnifique, mais féroce.

Il dressa la tête, huma l'air et disparut en un instant.

Je suis loin, très loin de chez moi, pensa James Jason. Il raconterait à Robert une version abrégée de son aventure, dans laquelle figurerait l'animal, mais pas les coups de feu.

Il continua à scruter les environs. Aucune trace des assassins d'Emma Feldman. Mais ils auraient très bien pu être là, dissimulés par la végétation épaisse.

Et les deux autres, Graham et l'adjoint du shérif ?

La détonation qu'il avait entendue avant que les tueurs atteignent la corniche laissait deviner leur sort. C'était triste, mais il ne fallait jamais se laisser emporter. Interdit.

Jasons attendit encore dix minutes et décréta qu'il était temps de regagner la nationale. Il balança le sac de toile sur son épaule et, sans démonter sa carabine, il se fondit dans la forêt.

Elles continuèrent à longer la gorge, en direction de la route. Tout en bas, la Snake River venait frapper les pierres.

Brynn n'osait pas regarder sur sa droite, là où le monde s'achevait brusquement, à moins de trois mètres. Elle tenait Amy par la main et ne quittait pas des yeux le chemin devant elles.

Elle ne s'arrêta qu'une fois pour se retourner. Michelle, bien que visiblement épuisée, les suivait en clopinant. La fillette, elle, semblait proche de la catatonie.

Il était encore très tôt et d'après ce qu'elles entendaient, les véhicules n'étaient pas nombreux sur la route. Mais parfois, il passait un camion ou une voiture. Il suffisait d'un seul.

Soudain, le pont leur apparut, sur la droite. Elles plongèrent dans un bosquet et émergèrent de l'autre côté, dans une étendue herbeuse d'une dizaine de mètres de large. Au-delà se dressait le bas-côté de la nationale et la magnifique bande d'asphalte gris.

Mais Brynn leva la main pour leur faire signe de s'arrêter. Il n'y avait aucun véhicule en vue pour le moment et après être arrivées jusqu'ici, elles ne pouvaient pas se permettre de commettre une erreur.

Elles demeurèrent tapies dans les herbes hautes, telles des auto-stoppeuses timides. Brynn sentit qu'elle tanguait légèrement ; cela faisait presque neuf heures qu'elles n'avaient pas marché sur un sol aussi plat et lisse et le gyroscope de son oreille interne avait du mal à la diriger.

Soudain, elle éclata de rire, en regardant la route.

Une voiture venait d'apparaître dans un virage. C'était un véhicule des services du shérif du comté de Kennesha ! Il roulait lentement, gyrophares allumés. Un automobiliste avait sans doute entendu les coups de feu et appelé la police.

Brynn leva la main pour faire signe au chauffeur, en songeant qu'elle devrait signaler immédiatement la présence du tireur non identifié.

La voiture ralentit et bifurqua vers le bas-côté pour s'arrêter en douceur entre elles et la route.

Les portières s'ouvrirent.

Hart descendit du côté conducteur, son complice du côté passager.

— Oh, non ! fit Michelle d'une voix pantelante.

Brynn laissa échapper un soupir écœuré. Elle jeta un coup d'œil la voiture : c'était celle d'Eric Munce.

— Eh oui, il a raté son coup, dit le type qu'elle avait failli abattre dans la salle à manger des Feldman. Il s'est fait avoir comme un bleu.

Horrifiée, elle ferma brièvement les yeux. Eric Munce... Le cow-boy était parti à son secours. Et il avait foncé vers sa propre mort.

Hart ne disait rien. Son pistolet noir à la main, il observait les fugitives.

Son complice demanda :

— Comment ça va, *Michelle* ?

Il sortit de sa poche un petit sac à main. Et le rangea aussitôt.

— Ravi de faire votre connaissance.

La jeune femme ne répondit pas. Elle attira la fillette contre elle, dans un geste protecteur.

— Alors, mesdames, on a fait une chouette promenade dans les bois ? La conversation était agréable ? Vous vous êtes arrêtées pour prendre le thé ?

Hart concentrait son attention sur Brynn. Celle-ci soutenait sans peine son regard. Il baissa son arme au moment où une voiture passait en sens inverse. Sans ralentir. Dans la faible clarté de l'aube, il était peut-être difficile de voir le drame qui se déroulait sur le bas-côté. La voiture disparut en quelques secondes. La route était à nouveau déserte.

— Comp ? fit Hart, sans quitter Brynn des yeux.

Le type maigrelet tourna la tête, en se pétrissant le lobe de l'oreille.

— Quoi, Hart ?

— Mets-toi bien devant elles.

— Ici ?

— Oui.

— OK, mec, répondit le dénommé Comp. Tu veux que je les surveille ?

Il commença à sortir le pistolet automatique argenté qui se trouvait dans sa veste.

— Non, c'est bon.

Hart vint se placer juste devant lui.

Comp esquissa un sourire.

— Qu'est-ce qui se passe, mec ?

L'hésitation fut brève. Hart leva son arme.

Perplexe, Comp porta la main au tatouage rouge et bleu qui représentait une croix, dans sa nuque, puis à son oreille. Il secoua la tête.

— Hé, qu'est-ce que tu…

Hart lui tira deux balles en plein visage. Le type s'écroula sur le dos, le genou gauche levé.

Amy hurla. Brynn demeura hébétée, pendant que Hart se retournait et, son arme pointée sur les deux femmes et la fillette, reculait jusqu'au corps de son complice.

Le regard de Michelle ne trahissait aucune émotion.

Hart se baissa et prit le Sig-Sauer 9 mm coincé dans la ceinture de Comp. Il le glissa dans la main du mort et referma son poing autour de la crosse.

Voilà donc le scénario, se dit Brynn. En empoignant la main qui tenait le Sig, il allait les tuer toutes les trois, afin de laisser des traces de poudres accablantes sur la peau de son complice. Ensuite, il ferait la même chose avec elle, en utilisant le Glock de Munce probablement, et il tirerait deux ou trois balles en direction des arbres.

La police en conclurait que Comp les avait abattues, et que Brynn avait réussi à l'abattre à son tour avant de mourir.

Et Hart se volatiliserait à tout jamais.

C'est un étrange sentiment de savoir que l'on n'a plus que quelques minutes à vivre. Elle ne voyait pas défiler sa vie, mais elle pensait à des regrets. Elle contemplait la forêt, la bordure lisse des arbres et des fourrés sectionnés par la route, domptés. Elle s'attendait presque à voir leur ami le loup sortir la tête et regarder dans leur direction, avant de disparaître.

Hart avait levé le bras de son complice mort et il le tordait vers la gauche pour viser Brynn avec le Sig-Sauer.

Michelle plaqua Amy devant elle et fouilla dans son blouson de cuir, peut-être pour s'emparer du couteau de cuisine. Et le lancer sur Hart.

Un geste ultime et désespéré. Futile, bien évidemment.

Joey, pensa Brynn, je…

C'est alors qu'un cri les fit tous sursauter.

— Plus un geste ! Lâchez cette arme !

Le souffle coupé et boitillant, Graham Boyd émergea des bois derrière Hart, en tenant un petit revolver.

— Graham ! s'écria Brynn, stupéfaite. Oh, bon sang.

— Lâchez cette arme ! Immédiatement !

Les vêtements de son mari étaient maculés de boue – et aussi de sang, constata-t-elle –, et déchirés. Son visage était tuméfié, et à travers le masque de terre séchée, ses yeux brillaient d'une rage intense. Elle ne l'avait jamais vu comme ça.

Hart hésita. Graham tira dans la terre, à ses pieds. Le meurtrier sursauta, puis soupira. Il déposa le Glock sur le sol.

Brynn reconnut le revolver : c'était l'arme de secours d'Eric Munce, celle qu'il portait autour de la cheville. Elle se souvint d'en avoir parlé à Graham, un jour. Il y avait de nombreux mystères, mais pour l'instant, elle ne cherchait pas à comprendre comment son mari et Munce s'étaient retrouvés ici, dans la gorge de la Snake River. Elle s'avança, reprit le pistolet à Graham, vérifia qu'il était bien chargé et fit signe à Hart d'avancer au bord de la route, où il serait plus visible. Et offrirait une meilleure cible.

Le contrôle…

— À genoux. Mains sur la tête. Si vous en décollez une seule, vous êtes mort.

— Bien sûr, Brynn.

Hart obéit.

D'autres véhicules passaient dans l'obscurité, des ouvriers qui avaient fini leur travail de nuit ou qui se pressaient d'aller pointer. Si quelqu'un vit le drame qui se déroulait sur le bas-côté, personne ne s'arrêta.

— Graham, récupère son Glock et l'autre flingue. (Elle indiqua le Sig-Sauer chromé de Comp.) Il manque encore une arme, celle d'Eric. Fouille-le.

Keith lui avait appris à toujours compter les armes.

Graham s'exécuta et découvrit l'arme de service de l'adjoint. Il déposa le pistolet noir de Hart et le pistolet argenté de Comp dans l'herbe à côté de Brynn.

Mais il garda celui de Munce. Il l'examina attentivement. Ces modèles ne possédaient pas de cran de sûreté. On visait et on tirait, voilà tout. Graham le savait ; Brynn leur avait appris, à Joey et à lui, à charger le sien et à s'en servir. Au cas où. Il tira encore une fois dans la terre, sans doute pour s'assurer qu'il était chargé.

— Graham !

Il ignora l'intervention de sa femme. D'un ton grave et menaçant, il demanda à Hart :

— À qui j'ai parlé quand j'ai téléphoné ? Au mort ou à vous ?

— C'était moi.

Graham pointa l'automatique sur Hart, dont les yeux gris, calmes, regardaient au-delà du canon.

— Graham, chuchota Brynn. Tout va rentrer dans l'ordre maintenant. Aide-moi, mon chéri. Il me faut des bracelets en plastique. Va voir dans la boîte à gants.

Son mari continuait à sonder le regard de Hart. Le pistolet pointé sur sa tête ne tremblait pas. La détente du Glock était très sensible ; une crispation de l'index suffisait pour tirer.

— Graham ? Chéri ?… S'il te plaît.

Le désespoir perçait dans son ton. S'il tuait Hart, ce serait un meurtre.

— S'il te plaît…

Graham inspira à fond. Et baissa son arme. Il demanda :

— Où sont les menottes ?

— Graham, donne-moi cette arme, s'il te plaît.

— Où elles sont ? aboya-t-il.

Brynn vit que Hart la regardait en souriant.

Elle l'ignora.

— Dans la boîte à gants.

Graham se pencha à l'intérieur de la voiture.

— Je n'en vois pas.

— Essaye dans le coffre, alors. Dans un sac en plastique. Ou une boîte. Mais d'abord, lance un appel radio. Elle est sur le tableau de bord. Tu appuies juste le bouton, tu donnes ton nom, tu dis dix-treize et tu indiques l'endroit. Le moteur n'a pas besoin de tourner.

Sans quitter Hart des yeux, Graham décrocha le micro et répéta ce que lui avait dit sa femme. Son appel provoqua les réactions frénétiques d'une demi-douzaine d'adjoints et de policiers présents dans les environs, mais, béni soit-il, il se limita au strict nécessaire : l'emplacement et la situation. Après quoi, il lança le micro sur le siège et ouvrit le coffre.

Hart avait reporté son attention sur Michelle, qui le regardait avec une haine sans mélange. Il sourit.

— Vous y étiez presque, Michelle. Presque.

Elle ne dit rien. Il revint alors sur Brynn et, tout doucement, afin qu'elle seule puisse l'entendre, il dit :

— Quand vous avez provoqué l'accident de la fourgonnette, là-bas… (D'un mouvement de tête, il désigna l'immensité sauvage.) Pendant que j'étais dans les vapes, allongé par terre. Vous m'avez vu, hein ?

— Oui.

— Mon flingue était tout près. Vous l'avez vu aussi ?

— Oui.

— Pourquoi vous ne l'avez pas pris ?

— La petite allait tomber dans le vide. J'ai couru pour la retenir.

— Un choix cornélien. Ils ont la fâcheuse manie de se présenter au pire moment, n'est-ce pas ?

— Ce ne serait pas des choix cornéliens, sinon.

Cette réponse lui arracha un petit rire.

— Supposons que la gamine n'ait pas été là, reprit-il. Auriez-vous ramassé mon arme pour me tuer ? Pendant que j'étais évanoui ? (Il pencha la tête sur le côté.) Dites-moi la vérité. Pas de mensonges entre nous, Brynn. Vous m'auriez tué ?

Elle hésita.

Il sourit.

— Vous y avez pensé, hein ?

— J'y ai pensé.

— Vous auriez dû. Vous auriez dû me tuer. Moi, à votre place, je l'aurais fait. Et vous et moi… on se ressemble comme deux gouttes d'eau.

Brynn se tourna vers Graham qui ne pouvait pas entendre cet échange.

— Il y a forcément quelques différences entre nous, Hart.

— Oui, mais pas celle-ci. Dois-je croire que vous vous seriez contentée de m'arrêter ?

— Vous oubliez que c'était déjà fait.

Nouveau sourire, avec ses lèvres et ses yeux gris.

Un camion passa dans un grondement.

— Je les ai ! s'exclama Graham.

Hart n'en espérait pas plus. Au moment où Brynn tournait la tête, il jaillit. Il était trop loin d'elle pour lui sauter dessus ; elle y avait veillé. Mais ce n'était pas son intention. Il bondit par-dessus le corps de son complice et parcourut à toute allure les quelques mètres qui le séparaient de la route. Le tir de Brynn le manqua d'un cheveu. Elle n'osa pas tirer de nouveau à cause des voitures. Sans même regarder, Hart se précipita sur la chaussée. Un pur acte de foi. Il aurait pu être tué sur le coup.

Parvenu au milieu de la route, il se figea et bondit sur le côté au moment où le conducteur d'un SUV Toyota, pris de panique, faisait une embardée. Le véhicule bascula sur le flanc gauche et, dans une gerbe d'étincelles et un crissement horrible, dérapa vers le bas-côté, manquant de faucher les deux femmes et la fillette. Elles se jetèrent au sol, par réflexe.

Des morceaux de plastique, de verre et de métal jaillirent du SUV, qui s'immobilisa enfin. Le klaxon ululait et des particules d'airbag s'échappaient par les vitres pulvérisées.

Une douzaine d'autres voitures et camions s'arrêtèrent en dérapage. Avant que Brynn puisse le mettre en joue, Hart avait sauté par-dessus le capot d'un des véhicules immobilisés et arraché le conducteur à son siège, un homme en costume, pour s'installer au volant. Il fonça sur le terre-plein central et braqua devant les voitures à l'arrêt pour regagner l'autre voie. Brynn visa avec l'arme de Munce, mais Hart ne fit que traverser son champ de vision, entre deux bons samaritains descendus de leurs véhicules, et elle ne voulait pas risquer de les blesser.

Elle baissa son arme et se précipita vers le Highlander pour aider les occupants.

Témoin du carnage, James Jasons était accroupi dans des buissons odorants, à une centaine de mètres de l'endroit où le SUV gisait sur le flanc.

Des sirènes mugissaient au loin.

Il crut voir Graham Boyd aider des blessés. L'absence de l'adjoint du shérif, Munce, pouvait expliquer le coup de feu qu'il avait entendu un peu plus tôt, au cœur de la forêt.

Les sirènes se rapprochaient pendant qu'il démontait sa carabine et la rangeait dans le sac de toile. Du côté de la nationale où il se trouvait, la circulation était arrêtée. Dans l'autre sens, les véhicules continuaient à rouler, mais au ralenti car les curieux se dévissaient le cou pour voir ce qui s'était passé.

Comme s'il existait une explication à ces événements bizarres.

Apparemment, un des tueurs était mort ; son corps avait été recouvert d'une bâche, et le deuxième s'était enfui. À part ça, il semblait ne pas y avoir de blessés graves.

Jasons avait partiellement réussi. Il ne lui restait plus qu'à s'en aller.

La casquette enfoncée sur le front, il se faufila entre les véhicules immobilisés pour rejoindre le terre-plein central. Il dut exécuter quelques pas de danse, mais les curieux le laissèrent traverser les trois voies sans même l'obliger à courir. Une fois de l'autre côté, il s'enfonça rapidement dans les bois avant qu'un représentant de l'ordre l'aperçoive. Il courut jusqu'à sa Lexus.

Il démarra, revint lentement sur le bas-côté, puis accéléra pour prendre sa place dans le flot de la circulation. Il sortit son téléphone satellitaire du sac posé sur le siège à côté de lui et fit défiler le répertoire. Il passa sur son compagnon, sa mère, et sélectionna le troisième nom de la liste.

Malgré l'heure matinale, Stanley Mankewitz répondit après la deuxième sonnerie.

— Aucune pièce d'identité.

Assise sur le marchepied à l'arrière de l'ambulance, à côté de Graham, Brynn leva la tête.

Tom Dahl parlait du dénommé Comp, l'homme abattu par Hart. Son complice. De toutes les horreurs de la nuit, la pire était peut-être la lueur d'effroi et d'incompréhension dans le regard du jeune type, juste avant que Hart presse la détente.

— On a trouvé de l'argent, quelques boîtes de munitions, des cigarettes, des gants et une montre Seiko. C'est tout.

Ils avaient également le sac à main de Michelle, sur lequel il y avait peut-être les empreintes des deux tueurs. Dahl enverrait des hommes chercher le fusil de Comp dans les fourrés et celui de Munce, qui d'après Graham était dans la rivière.

Ce dernier avait raconté comment, en voulant le récupérer, il était tombé de la falaise. Coup de chance, il avait atterri sur une saillie, couvert d'hématomes et d'éraflures, mais indemne. Il avait escaladé la paroi pour revenir sur le plateau, et en passant devant le corps d'Eric Munce, il s'était souvenu que l'adjoint portait à la cheville un étui contenant une arme de secours. Il s'en était emparé et avait couru en direction du coup de feu.

— Comment s'appelait-il ? demanda le shérif en toisant le corps du jeune type recouvert d'une bâche verte.

— Comp, répondit Brynn. Ou un truc comme ça.

Un membre de l'unité médicale lui avait désinfecté la joue avec de la Bétadine et l'avait enduite de crème anesthésiante ; il s'apprêtait maintenant à la recoudre. Elle refusa. Le fil et l'aiguille laisseraient une plus grande cicatrice encore et elle ne pourrait pas supporter une deuxième difformité faciale.

Alors, il se contenta de lui appliquer un pansement en lui recommandant d'aller voir un médecin dans la journée.

— Et un dentiste aussi, ajouta-t-il. Cette dent cassée ne va pas tarder à martyriser votre langue.

C'était déjà fait.

Brynn promit de suivre ses conseils.

Elle contemplait le corps de Comp, sans réussir à comprendre pourquoi Hart l'avait tué. Il y a une demi-heure seulement, sur la corniche, cet homme avait risqué sa vie, en manquant d'être écrasé par un tronc, pour traîner son futur meurtrier à l'abri.

Hart lui avait demandé de ne plus bouger et il l'avait abattu, avec décontraction.

Elle regarda autour d'elle le ballet des gyrophares ; elle entendait les éclats de voix, les grésillements des radios.

Dahl était accompagné d'autres adjoints du Bureau du shérif du comté de Kennesha et d'une douzaine de policiers. Sans oublier les deux agents du FBI, qui avaient ôté leurs vestes de costume afin de donner un coup de main ici et là, allant jusqu'à dérouler les bandes de plastique jaune pour interdire l'accès au site. Les egos restaient cachés. Ils se montreraient plus tard.

Michelle s'était assise dans l'herbe un peu plus loin, adossée à un arbre, tête baissée ; elle avait enlacé Amy qui dormait, enveloppée dans une couverture. On les avait examinées soigneusement ; ni l'une ni l'autre n'était gravement blessée. La cheville de Michelle était simplement foulée.

Pourtant, elle berçait la fillette d'un air sombre, et Brynn devina qu'elle se lamentait sur leur triste sort : toutes les deux avaient perdu des personnes proches au cours de cette nuit épouvantable, de manière violente ; toutes les deux avaient laissé leur innocence, morte ou agonisante, dans ces bois impénétrables.

Brynn se leva du marchepied de l'ambulance pour se diriger vers Michelle, d'un pas raide.

— Alors, vous avez réussi à les joindre ? demanda-t-elle.

Michelle devait appeler son frère et sa belle-sœur, qui vivaient au nord de Chicago, pour qu'ils viennent la chercher.

— Ils sont en route. (Sa voix faiblit et elle esquissa un sourire fataliste.) Pas un seul message de mon mari.

— Vous l'avez appelé ?

Michelle secoua la tête. Son langage corporel indiquait qu'elle préférait rester seule. Elle caressait tendrement les cheveux d'Amy qui ronflait doucement.

Brynn toucha du bout des doigts son visage meurtri ; elle grimaça, malgré l'anesthésiant. Elle rejoignit Dahl et les agents du FBI. Obligée de lutter contre son esprit embrumé (aussitôt la poursuite terminée, la désorientation s'était engouffrée dans le vide laissé par le stress), elle leur fit le récit de tout ce qui s'était passé depuis son arrivée au lac Mondac : la fuite, le laboratoire clandestin de crack, les coups de feu inattendus quand elles avançaient sur la corniche.

— Un complice de Rudy Hamilton, vous croyez ? dit un agent du FBI en entendant Brynn évoquer le mystérieux tireur embusqué.

Il semblait sceptique.

— Rudy a dit qu'un certain Fletcher se trouvait peut-être dans le secteur.

L'agent fédéral hocha la tête.

— Kevin Fletcher, évidemment. Un gros bonnet du trafic de crack. Mais rien n'indique qu'il opère par ici. Il se cantonne à la région de Green Bay. Il gagne dix fois plus là-bas. Non, je continue à penser que le tireur était un homme de main envoyé par Mankewitz.

— Il serait venu pour protéger ses tueurs ?

— Je suppose.

Bien entendu, les agents du FBI brûlaient d'envie de tout coller sur le dos de Mankewitz, à part l'assassinat de Kennedy. Brynn ne s'opposait pas à cette théorie, d'ailleurs ; ça tenait debout. Le mystérieux tireur avait effectivement évité à Hart et à Comp d'avoir le crâne brisé ou d'être projetés dans les ronciers tranchants comme des barbelés.

— Vous l'avez aperçu ?

— Non. Je ne pourrais même pas vous dire où il était posté.

L'homme du FBI balaya la forêt du regard.

— Ça ne va pas être de la tarte pour ratisser la scène de crime.

Ils se turent lorsqu'une équipe de secouristes revint avec le corps d'Eric Munce. Dans un sac vert foncé. Ils commencèrent par le déposer à côté du cadavre de Comp, mais se ravisèrent, par respect, et allèrent le coucher un peu plus loin, dans l'herbe et non pas sur le bas-côté.

— J'ai vu ces sacs mortuaires des dizaines de fois, glissa Brynn à son chef. Mais jamais avec un des nôtres à l'intérieur.

Le conducteur du SUV et sa petite amie étaient assis par terre, près de l'ambulance, hébétés. Leurs ceintures de sécurité leur avaient permis de s'en tirer avec quelques hématomes seulement. Quant à l'homme extirpé de sa voiture par Hart, il n'avait rien, mais la peur ou son amour-propre l'incitaient à lancer des menaces de procès, jusqu'à ce que quelqu'un lui suggère qu'il pourrait vendre son témoignage à un magazine populaire. Cette remarque sarcastique avait pour but de le faire taire. Mais cette idée sembla le séduire. Et il la boucla.

Brynn rejoignit son mari, qui la prit par les épaules. Elle lança à Dahl :

— Et l'épouse d'Eric ?

Soupir du shérif.

— J'y vais. Je veux lui annoncer la nouvelle personnellement.

Graham posa les yeux sur le sac plastifié qui contenait le corps de l'adjoint. Il ouvrit la bouche pour dire quelque chose, mais se ravisa, comme si le simple fait d'avaler de l'air était douloureux. Brynn appuya sa tête sur son épaule. Elle n'en revenait toujours pas qu'il ait fait tout ça pour essayer de la retrouver. De son côté, Dahl était mécontent que Graham et Munce aient agi seuls, d'autant que cela avait entraîné le décès d'un de ses hommes. Mais s'ils n'avaient pas couru de tels risques, Brynn, Michelle et Amy seraient mortes à l'heure qu'il est. Ils n'auraient pas mis hors d'état de nuire un des tueurs, et réuni des indices susceptibles de les conduire jusqu'à Hart et celui qui les avait engagés.

Les adjoints Pete Gibbs et Howie Prescott le colosse émergèrent de la forêt, essoufflés, accompagnés de plusieurs policiers. Ils portaient des sacs en plastique transparents qui contenaient des douilles et un chargeur vide.

Les effets personnels de Comp, le sac à main de Michelle et la carte de Hart furent emballés séparément.

Brynn regardait toutes ces pièces à conviction en pensant : Hart, où es-tu ?

Elle demanda :

— Tom, le labo a commencé à s'occuper des empreintes dans la maison du lac Mondac ?

— Oui. Ils en ont relevé environ cinq cents. Celles des Feldman essentiellement. Aucune des autres n'a déclenché un signal d'alarme. Il y en avait une soixantaine dans la Ford volée, mais ça n'a rien donné, là non plus. Ces types portaient des gants en permanence. Ils sont plus futés que les criminels de chez nous.

— Et au niveau des balles et des douilles ?

— On en a retrouvé une tonne. Les vôtres, les leurs. On a inspecté toute la maison avec un détecteur de métaux. On en a même repêché dans le petit ruisseau près du garage. Mais aucune empreinte sur aucune balle.

— Aucune ? s'étonna Brynn. Ils portaient des gants même pour charger leurs armes ?

— Apparemment.

Oui, plus futés que nos criminels…

Elle pointa le doigt sur un des sacs contenant les indices.

— Tom, notre chance est là. Il n'y a pas d'empreintes sur les douilles parce que Hart savait qu'il les laisserait sur place. Mais il a démonté son arme pour la nettoyer et la charger. Il y a une empreinte sur un des chargeurs, je peux vous l'assurer. Sur la carte aussi. Et ils ont trimballé le sac à main de Michelle. Ils l'ont forcément ouvert. J'emporterai moi-même les indices au labo à Gardener.

— Vous ? ricana Dahl. Ne soyez pas bête, Brynn. La police peut s'en charger. Reposez-vous.

— Je dormirai dans la voiture sur le trajet du retour. Et après avoir pris une douche, je foncerai là-bas.

Dahl montra les policiers d'un mouvement de tête.

— La moitié de ces types sont stationnés à Gardener. Ils déposeront les indices au labo.

Elle baissa la voix :

— Et ils prendront la poussière dans un coin pendant quinze jours. Je *veux* ce type. (En disant cela, elle se tourna vers l'endroit où, par-dessus le canon de son arme, elle avait vu Hart disparaître au volant de la voiture qu'il venait de pirater.) Je resterai penchée au-dessus du gars du labo comme une maîtresse d'école jusqu'à ce que le fichier des empreintes crache des noms. Je veux ce type et je l'aurai.

Son expression à la fois sombre et déterminée n'échappa pas à son supérieur.

— Bien.

Brynn alla ranger les sacs dans la boîte à gants du pick-up de Graham, qu'il était allé récupérer à cinq cents mètres de là. Elle remarqua les pots d'azalées à l'arrière. Des petites fleurs commençaient à apparaître. Roses et blanches.

De nouveau, elle appuya sa tête sur l'épaule de son mari.

— Oh, mon chéri. Quelle nuit ! Heureusement, tu es parti à ma recherche. Et tu m'as trouvée.

— Oui, dit-il avec un petit sourire distant, visiblement sous le choc.

Et qui ne le serait pas après avoir vécu ce qu'il avait vécu ?

— Rentrons, dit-il. J'ai appelé Anna pour la rassurer, mais Joey et elle t'attendent avec impatience. Joey n'a pas très bien supporté tout ça.

Elle sentit qu'il allait ajouter quelque chose, mais il se ravisa.

Une autre voiture de police arriva sur les lieux. Un agent en uniforme et une petite femme en tailleur, de type hispanique, en descendirent. Elle travaillait pour les services de protection de l'enfance.

Brynn se présenta et leur expliqua ce qui s'était passé. Le policier, un homme solide à la mâchoire carrée, qui ressemblait à un ex-soldat, avait l'air effaré. L'assistante sociale, calme et observatrice, avait déjà entendu ce genre d'histoires. Elle hochait la tête et prenait des notes.

— Mon bureau a sélectionné une famille d'accueil d'urgence. Des gens biens. Je les connais. On va d'abord passer chez le médecin pour la faire examiner et ensuite, je la conduirai là-bas.

— Vous imaginez un peu ? murmura Brynn. Des parents fabricants de crack. Et ils l'obligeaient à les aider ! Regardez son cou.

Elle avait remarqué des marques rouges en forme de doigts, là où sa mère, Gandy, ou le répugnant Rudy, l'avaient saisie, pour la menacer ou la punir. Brynn en frémissait encore de rage. Et l'espace d'un instant, elle se réjouit que Hart les ait liquidés.

Les deux femmes se dirigèrent vers Michelle dont le visage était aussi pâle que le ciel nuageux de l'aube. Elle serrait Amy contre elle, de manière possessive. La fillette s'était réveillée.

L'assistante sociale salua Michelle d'un signe de tête et s'accroupit.

— Bonjour, Amy. Je m'appelle Consuela. Tu peux m'appeler Connie, si tu veux.

L'enfant la regardait avec des yeux écarquillés.

— On va te conduire chez des personnes très gentilles.

— Où est ma maman ?

— Ce sont des gens adorables. Ils te plairont beaucoup.

— J'aime pas les amis de maman.

— Ce ne sont pas ses amis.

— Où est Chester ?

— On ira le rechercher, dit Brynn. Je te le promets.

L'assistante sociale prit la fillette par la taille et l'aida à se remettre debout. Elle resserra la couverture autour de ses épaules.

— Allons-y.

Amy posa un regard absent sur Michelle.

Il y avait tellement d'affection dans les yeux de la jeune femme qu'on aurait pu la prendre pour la mère de la fillette.

Après son départ, il y eut un moment de silence.

— Je sais ce que vous avez subi, dit Brynn. Mais j'ai encore une chose à vous demander.

Michelle tourna la tête vers elle.

— Votre frère ne sera pas ici avant deux bonnes heures, non ?

— Sans doute.

— C'est dur, je sais. Et je sais que vous n'en avez pas envie. Mais acceptez-vous de venir chez moi, juste un instant ? Ce n'est pas très loin. Je vous donnerai des vêtements propres, quelque chose à manger et à boire.

Graham, qui se tenait en retrait, intervint :

— Brynn…

Il secouait la tête.

Elle se retourna vers son mari, mais continua à s'adresser à la jeune femme.

— J'ai besoin que vous me disiez tout ce dont vous vous souvenez. Sur Hart. Tout ce qu'il a pu vous dire, ses tics éventuels. Et tout ce qu'aurait pu vous raconter Emma sur cette affaire. Pendant que c'est encore frais dans votre esprit.

— D'accord.

— Elle a besoin de repos, dit Graham.

— Il faut bien qu'elle attende quelque part.

— Ça va aller, je vous assure, dit Michelle à Graham. Je ne veux pas que ce type puisse faire du mal à quelqu'un d'autre. Je ne vois pas trop en quoi je peux vous aider, mais je veux bien essayer.

Sa voix ne tremblait pas.

La fourgonnette du légiste repartit, avec les deux corps à l'arrière. Brynn remarqua que c'était son mari qui semblait le plus bouleversé en regardant s'éloigner le véhicule en forme de caisse à savon, d'un jaune verdâtre écœurant. Le ciel s'était éclairci et la circulation était plus dense ; les véhicules passaient sur une seule file et les automobilistes ralentissaient pour regarder le SUV renversé et les taches sombres sur le bitume.

Brynn confia à Tom Dahl son souhait d'interroger Michelle.

— Elle peut attendre son frère chez moi. Anna s'occupera d'elle pendant que j'irai au labo.

Le shérif hocha la tête. Et dit :

— Graham, il va falloir qu'on vous interroge vous aussi, au sujet de ce qui s'est passé avec Eric. Vous pouvez venir au poste ?

Graham consulta sa montre.

— Je dois conduire Joey chez son prof d'anglais.

— Il peut rester à la maison aujourd'hui, dit Brynn. On va être très occupés, toi et moi.

— Je pense qu'il devrait y aller quand même.

— Pas aujourd'hui.

Graham haussa les épaules et se retourna vers le shérif pour lui dire qu'il l'appellerait afin de convenir d'un rendez-vous.

Dahl tendit la main à Brynn. Celle-ci fut surprise par ce geste solennel. Elle lui serra la main timidement.

— Je vous dois plus qu'une demi-journée, Brynn. Beaucoup plus.

— Il n'y a pas de quoi.

Elle prit Michelle par le bras et elles suivirent Graham jusqu'à son pick-up.

— Hé, maman, où t'étais passée ? Oh, putain. Tu as vu ton visage ?

— Un petit accident. Surveille ton langage.

— Mon Dieu ! s'exclama Anna.

— Tout va bien.

— Non, ça ne va pas. Tu as le visage entièrement noir et bleu. Et jaune. Et je préfère ne pas voir ce qu'il y a sous le pansement.

Brynn se souvint qu'elle devait prendre rendez-vous chez le dentiste pour remplacer sa molaire. Elle sonda le trou avec sa langue. La douleur avait disparu, mais elle avait une sensation bizarre dans la bouche.

— Qu'est-ce qui t'est arrivé, maman ? demanda Joey, les yeux écarquillés.

Brynn serra son fils dans ses bras.

— Je suis tombée. J'ai trébuché. Tu sais combien je suis maladroite.

Sa mère examina le pansement de plus près, sans faire d'autres commentaires.

Michelle entra à son tour dans le salon. Le bandage à la cheville et les antalgiques avaient fait leur effet : elle ne boitait plus.

— Maman, je te présente Michelle.

— Bonsoir, dit Anna.

La jeune femme répondit par un mouvement de tête.

— Joey, monte dans ta chambre. Je vais appeler ton prof. Graham et moi, on va être très occupés aujourd'hui. Tu restes à la maison.

Graham intervint :

— Je t'assure, je peux le déposer.

— S'il te plaît, mon chéri. C'est mieux comme ça.

— Vous êtes dans un sale état toutes les deux, dit Anna. Que vous est-il arrivé ?

Brynn tourna la tête vers la télé, éteinte pour le moment. Sa mère apprendrait la vérité bien assez tôt.

— Je t'expliquerai plus tard. Joey, tu as pris ton petit déjeuner ?

— Ouais.

— Alors, va faire ton devoir d'histoire.

— OK.

Le garçon remonta dans sa chambre, non sans avoir jeté un regard à Michelle. Graham se rendit dans la cuisine.

D'une voix posée, sa voix de représentante de l'ordre, Brynn dit :

— Maman, les amis de Michelle ont été assassinés. C'est l'affaire pour laquelle j'ai été appelée hier soir.

— Oh, mon Dieu.

Choquée, Anna s'approcha de Michelle pour lui prendre la main.

— Toutes mes condoléances, ma pauvre.

— Merci.

— Son frère doit venir la chercher. Elle va rester ici en attendant qu'il arrive.

— Asseyez-vous donc.

Anna lui indiqua le canapé vert, dans lequel Graham et Brynn s'installaient le soir quand ils avaient décidé de regarder la télé. Il était disposé perpendiculairement au rocking-chair de la vieille dame.

Michelle dit :

— J'aimerais bien prendre une douche, si c'est possible.

— Bien sûr. Il y a une salle de bains au bout du couloir, dit Brynn en tendant le doigt. Je vous apporte des vêtements de rechange. À moins que ça vous gêne.

Elle se souvenait que Michelle avait rechigné à enfiler les bottes d'Emma Feldman.

La jeune femme lui sourit.

— Avec plaisir. Merci. N'importe quoi, ce qui vous tombe sous la main.

— Je les suspendrai à la porte.

Brynn songea qu'elle avait enfin trouvé un usage pour son jean d'adolescente qu'elle n'avait pas porté depuis deux ans, sans avoir le courage de le jeter.

— Il y a des serviettes dans le placard, dit Anna. J'ai fait du café. Vous préférez du thé ? Je vais préparer à manger.

— Merci. Mais je ne veux pas déranger, surtout.

Brynn remarqua que Michelle n'avait pas évoqué son taux de glycémie depuis une éternité.

Anna la conduisit à la salle de bains et revint dans le salon.

— Je te donnerai les détails plus tard, maman. Ils ont essayé de la tuer, elle aussi. Elle a découvert les corps.

La vieille femme plaqua sa main sur sa bouche.

— Oh ! La pauvre… Que va-t-elle devenir ? Devrais-je appeler le révérend Jack ? Il peut être ici dans dix minutes.

— Posons-lui la question d'abord. C'est peut-être une bonne idée. Mais elle a subi tellement d'épreuves. Un de nos hommes a été tué également.

— Non ! Qui ça ?

— Eric.

— Le beau gars ? Le mari de la petite brune ?

Brynn hocha la tête en soupirant.

Oui, la petite brune qui vient d'avoir un bébé.

— On t'a tiré dessus ? demanda Anna, de but en blanc.

— Blessure collatérale. Comme un ricochet.

— Mais on t'a tiré dessus.

Elle confirma.

— Que s'est-il passé, nom d'un chien ?

Le calme de Brynn se brisa, comme un étang gelé qui se lézarde.

— Des choses horribles, maman.

Anna la serra dans ses bras et Brynn sentit trembler le corps frêle de sa mère, comme tremblait le sien.

— Je suis navrée, ma chérie. Je suis navrée. Mais ça va aller maintenant.

La vieille femme s'écarta et se retourna prestement en séchant ses larmes.

— Je vais préparer le petit déjeuner. Pour toi aussi. Il faut que tu manges quelque chose.

Un sourire.

— Merci, maman.

Brynn la regarda disparaître dans la cuisine et lança :

— Où est Graham ?

— Il était là. Il a dû sortir par-derrière.

L'eau se mit à couler dans la salle de bains du rez-de-chaussée. Les tuyauteries couinèrent.

Brynn monta chercher des affaires pour Michelle. Dans le miroir de la chambre, elle regarda ses cheveux emmêlés, les coupures et les hématomes ; le bandage blanc auréolé de jaune et de violet.

Elle se repassa le film de la mort atroce de Comp : le sentiment de pure trahison qui habitait son regard à cet instant.

Puis elle revit Hart qui s'enfuyait à bord de la voiture volée, son visage figé au-dessus du viseur du pistolet qu'elle tenait d'une main ferme.

Vous auriez dû me tuer...

Elle avait très envie de prendre une douche elle aussi, mais d'abord, elle devait trouver des vêtements pour Michelle. Après l'avoir interrogée, elle appellerait Tom Dahl, la police de l'État et le FBI pour leur transmettre les éventuelles informations concernant Emma Feldman, Hart et son complice, tout ce qui était susceptible de les conduire jusqu'à Mankewitz. Ensuite, elle foncerait à Gardner et ferait le forcing auprès du labo pour qu'ils analysent les pièces à conviction.

Elle rassembla un T-shirt, un sweat-shirt, le fameux jean, des chaussettes et une paire de baskets. Elle donnerait à Michelle un sac poubelle pour y déposer ses affaires sales. Les vêtements de marque devraient sans doute être envoyés au pressing. L'odeur aigre de sa propre transpiration la fit grimacer. Elle empestait le sang séché aussi, mélangé au désinfectant.

Dans la cuisine, la bouilloire se mit à siffler, puis s'arrêta.

Brynn appuya son front contre le carreau froid de la fenêtre et contempla le pick-up de Graham en écoutant gémir la tuyauterie de la salle de bains. Elle pensait aux pièces à conviction dans la boîte à gants et se demandait combien de temps elle devrait attendre les réponses du laboratoire de la police scientifique. L'analyse des empreintes s'effectuait rapidement désormais, grâce au système informatisé du FBI. L'examen balistique serait plus long, mais le Wisconsin possédait une bonne base de données qui établirait peut-être un lien entre une des balles tirées par les armes de Hart ou de Comp et des crimes antérieurs. Ce qui pourrait conduire à une identification complète… ou du moins à une personne susceptible, sous la pression, de dénoncer Hart.

Pas une seule empreinte sur les douilles… Elle soupira.

Soudain, une pensée lui traversa l'esprit. Elle s'assit au bord du lit et en massant son ventre d'un air absent comme elle le faisait souvent, elle appela Tom Dahl.

— Comment ça va ? demanda-t-il. Épuisée, je parie.

— Pas encore. J'attends que ça vienne. J'ai une question…

— Allez-y.

— Au sujet de la maison du lac Mondac.

— Je vous écoute.

— Vous disiez que les gars d'Arlen avaient fouillé la maison avec un détecteur de métal et qu'ils avaient retrouvé uniquement des douilles, c'est bien ça ?

— Oui. Ils ont un machin ultrasophistiqué. Pas le truc que les touristes utilisent pour chercher des pointes de flèches.

— Il n'y avait aucune arme ?

— Uniquement des douilles.

— Vous disiez qu'ils avaient inspecté les cours d'eau également ?

— Ouais. Et là aussi ils ont trouvé des douilles. Il y en avait partout. Un vrai tir aux pigeons.

J'en sais quelque chose, pensa-t-elle.

— Michelle affirme qu'elle a récupéré une des armes et tiré sur Hart avec. Puis elle a crevé les pneus. Elle a vidé le chargeur et balancé le flingue dans la flotte.

— Je me demande pourquoi personne ne l'a retrouvé, dans ce cas. C'était peut-être dans une autre rivière.

— J'aimerais bien mettre la main dessus… Et je n'aime pas l'idée qu'il manque une arme dans le décompte. Il y a encore quelqu'un là-bas, dans la maison ?

— Pete Gibbs. Et deux gars d'Arlen. Plus quelqu'un de la police scientifique, peut-être.

— Merci, Tom.

— Reposez-vous.

— Chaque chose en son temps.

Elle raccrocha, enfila un survêtement et appela Gibbs chez les Feldman.

— Pete ? C'est moi.

— Oh, salut Brynn. Comment va ?

— Bof.

— Je vois.

Elle lui demanda si les gars d'Arlen étaient encore là.

— Il en reste deux.

— Rends-moi service. Essaye de savoir si quelqu'un a retrouvé un flingue.

— D'ac. Quitte pas.

Il revint en ligne au bout d'un moment pour lui annoncer qu'ils avaient uniquement découvert d'autres douilles qui leur avaient échappé la veille. Aucune arme.

Elle soupira de nouveau.

— Merci. Comment ça va, toi ?

Pete semblait ébranlé. Sans doute à cause de la mort de Munce, mais pas uniquement.

— Il s'est passé un truc assez moche ici, avoua-t-il tristement. J'ai dû annoncer la triste nouvelle à une amie des Feldman. Elle n'était pas au courant. Ah, putain, je déteste faire ça. Elle était effondrée. Elle est devenue complètement dingue.

— Une amie ?

— Oui. Il lui a fallu presque une heure pour se calmer. Pourtant, c'est une sacrée veinarde, tu peux me croire. Elle était censée passer la soirée d'hier ici, mais elle a eu un problème au boulot. Elle n'a pu prendre la route que ce matin. Imagine un peu s'il n'y avait pas eu ce contretemps.

— Elle venait d'où ?

— Chicago.

— Tu as pris son numéro ?

— Non. J'y ai pas pensé. J'aurais dû ?

— Je te rappelle.

Brynn se rassit sur le lit, pour réfléchir.

Une *deuxième* invitée était attendue hier soir ? Une autre femme, venant de Chicago elle aussi ?

Ce n'était pas impossible. Mais Michelle lui en aurait parlé, non ? Et pourquoi n'auraient-elles pas fait la route ensemble ?

Une pensée absurde commençait à se faire jour…

Absurde et dérangeante.

Pourtant, Brynn ne parvenait pas à s'en débarrasser. Toute la nuit, elle avait supposé que Michelle était l'invitée des Feldman. Mais en y réfléchissant, elle s'apercevait qu'aucune preuve ne venait étayer cette hypothèse.

Et s'il s'agissait d'une étrangère qui avait voulu faire croire qu'elle connaissait les Feldman ? pensa-t-elle. Je lui ai donné toutes les informations nécessaires pour jouer ce rôle. « Vous êtes leur amie de Chicago ? » lui ai-je demandé. « Comment vous vous appelez ? » Ces questions prouvaient que je ne savais rien sur elle. « Vous travaillez avec Emma ? »

Je suis actrice…

Non, non, c'était dément. Quel intérêt avait-elle à mentir ?

Brynn laissa échapper un petit hoquet de stupeur lorsqu'elle fut traversée par une autre pensée qui répondait à cette question avec une clarté terrifiante. Sur la nationale, au niveau du pont de la Snake River, elle avait récupéré les armes des deux tueurs : le Glock de Hart et le Sig-Sauer de Comp. En ajoutant l'arme que Michelle prétendait avoir subtilisée, cela voulait dire qu'ils avaient apporté trois pistolets semi-automatiques et un fusil.

Même pour des professionnels, ça paraissait un peu excessif.

Et pourquoi les agents, en fouillant les lieux, avaient-ils retrouvé toutes les douilles avec leur détecteur de métaux, mais pas le pistolet manquant ?

Nom de Dieu ! Et si cette arme n'était pas celle de Hart ou de Camp, mais celle de Michelle ?

Mais pourquoi aurait-elle une arme ?

Une seule réponse : elle avait été engagée par Stanley Mankewitz pour tuer Emma Feldman, et elle avait fait venir Hart et Comp avec l'intention de les liquider sur les lieux du crime.

Pour laisser derrière elle les corps des deux meurtriers présumés.

Brynn revit Michelle glisser la main à l'intérieur de son blouson sur la nationale. Elle ne cherchait pas le couteau, mais l'arme à feu qui ne l'avait pas quittée de toute la nuit.

Ça voulait dire qu'elle l'avait encore.

Au rez-de-chaussée, les tuyauteries cessèrent de couiner quand Michelle arrêta l'eau.

Après un coup d'œil grimaçant en direction du coffre à armes vide, Brynn jaillit dans le couloir et fit irruption dans la chambre de Joey. Elle le prit par les épaules.

— Qu'est-ce qui se passe, maman ? demanda-t-il, les yeux écarquillés.

— Écoute-moi bien, mon chéri. On a un problème. Tu sais que je t'interdis toujours de fermer ta porte à clé…

— Ouais.

— Aujourd'hui, c'est différent. Je veux que tu t'enfermes dans ta chambre et que tu n'ouvres sous aucun prétexte. Sauf si c'est moi, ton beau-père ou grand-mère.

— Tu es toute bizarre, maman. J'ai peur.

— Ça va aller. Fais ce que je te dis, c'est tout.

— Oui, d'accord. Mais qu'est-ce que…

— Obéis.

Brynn ressortit de la chambre et dévala l'escalier le plus discrètement possible, dans le but de récupérer les seules armes disponibles : celles qui se trouvaient dans la boîte à gants du pick-up de Graham, dans le sac scellé.

En posant le pied sur l'avant-dernière marche, elle se figea. La porte de la salle de bains était ouverte. Aucune trace de Michelle.

Devait-elle tenter d'atteindre le pick-up ?

— Le thé est bientôt prêt ! lança Anna.

Brynn s'avança dans le couloir du rez-de-chaussée.

Au moment où Michelle surgissait, à moins de deux mètres de là. Elle tenait à la main un petit pistolet automatique noir, connu sous le nom de Baby Glock.

Leurs regards se croisèrent.

Brynn décrocha un cadre fixé au mur, une grande photo de famille, et le lança sur la tueuse. Il manqua sa cible, mais pendant que Michelle esquivait, Brynn se jeta sur elle. Les deux femmes se percutèrent en grognant. Brynn agrippa farouchement le poignet droit de son adversaire et enfonça ses ongles courts dans sa peau.

Michelle poussa un cri et frappa l'adjointe au visage avec sa main libre.

Un coup de feu retentit et tandis que Michelle tentait de pointer son arme sur Brynn, elle tira encore trois fois. Toutes les balles passèrent à côté.

Anna hurla et appela Graham.

Brynn écrasa son poing sur le nez de Michelle. Celle-ci tressaillit de douleur et cracha un peu de sang. Le front plissé, la bouche déformée par un rictus, elle décocha un coup de pied dans le bas-ventre de Brynn, suivi d'un coup de coude dans l'estomac. Mais cette dernière refusait de lâcher la main qui tenait l'arme, rien ne pourrait l'y contraindre. La rage accumulée durant cette terrible nuit brûlait en elle, attisée par un sentiment de trahison auquel s'ajoutait l'humiliation de sa propre naïveté. Elle agita furieusement les bras et les jambes, en grognant comme lorsque le loup s'était approché dans les bois.

Accrochées l'une à l'autre, elles renversèrent plusieurs meubles. Michelle luttait avec fougue, ce n'était plus la jeune femme oisive sans défense avec des bottes à mille dollars. C'était une créature enragée qui se battait pour sa survie.

L'arme rugit de nouveau. Plusieurs fois. Brynn comptait les balles. Un Baby Glock en contenait dix.

Encore une détonation, et l'arme fut vide ; le percuteur se bloqua automatiquement, dans l'attente d'un nouveau chargeur. Les deux femmes roulèrent au sol. Brynn rouait son adversaire de coups de poing, en visant la gorge. Mais Michelle ripostait tout aussi farouchement, les muscles tonifiés par la fréquentation de la salle de sport, si cette histoire était vraie, et soutenue par l'énergie du désespoir.

Pourtant, il n'y avait pas le moindre doute dans l'esprit de Brynn : elle allait maîtriser cette femme, quitte à la tuer. Aucun doute. En se servant de ses mains, de ses pieds, de ses dents… Elle n'était qu'une boule de rage pure, animale.

Vous auriez dû me tuer…

Ses doigts trouvèrent la gorge de Michelle.

— Nom de Dieu, Brynn !

Un homme se précipita et pendant une fraction de seconde, elle crut que c'était Hart. Mais le temps qu'elle comprenne qu'il s'agissait de son mari, Michelle avait profité de cette seconde d'inattention pour se libérer, et elle écrasa la crosse de son arme sur la joue blessée de Brynn. La douleur fut si intense que sa vue se troubla et elle eut un haut-le-cœur.

Michelle actionna le cran de sûreté de l'arme et le percuteur se ferma avec un bruit sec. Bien que vide, le Baby Glock paraissait prêt à tirer. Elle le pointa sur Graham.

— Les clés du pick-up.

— Qu'est-ce que vous…

— … ide… ide… marmonna Brynn, une main plaquée sur son visage et essayant vainement d'agripper Michelle.

— Je vais la buter. (Elle enfonça le canon de son arme dans le cou de Brynn.) Filez-moi ces putains de clés !

— Ne faites pas ça ! Tenez, prenez-les ! Je vous en supplie, partez !

— … ide !

Michelle se saisit des clés que lui tendait Graham et sortit en courant.

Graham se laissa tomber à genoux, sortit son portable de sa poche et appela la police. Quand il voulut prendre sa femme dans ses bras, elle le repoussa et se releva. Mais elle tourna de l'œil et bascula contre la rampe de l'escalier.

— … ide…

— Hein ?

Elle dut lutter contre la douleur pour s'exprimer distinctement :

— Vide… L'arme était vide…

— Merde !

Graham fonça vers la porte, tandis que le pick-up tournait au coin de la rue, en dérapage.

Brynn se redressa et entendit une toute petite voix qui disait :

— Est-ce que quelqu'un…

Graham et elle se retournèrent vers la porte de la cuisine, où se tenait Anna, les mains couvertes de sang.

— S'il vous plaît, est-ce que… Regardez… regardez.

Et elle s'écroula.

Des chaises en plastique orange alignées dans le coin de la pièce violemment éclairée. Des murs et un sol éraflé.

Graham était assis en face de Brynn, leurs genoux se touchaient presque. Ils gardaient les yeux fixés sur le linoléum, ne levant la tête que lorsque la porte à double battant s'ouvrait à la volée. Mais les médecins et le personnel soignant qui les franchissaient vaquaient à des occupations qui ne concernaient pas la vie d'Anna McKenzie.

Brynn regarda le gobelet de café auquel elle n'avait pas touché.

Malade d'effroi, malade d'épuisement.

Son portable vibra. Elle jeta un coup d'œil à l'écran et coupa la sonnerie, non pas à cause de l'écriteau *Éteignez votre portable*, mais parce qu'elle n'avait pas envie de répondre.

Un patient entra dans la salle d'attente et s'assit. Il se pinçait le bras en grimaçant. Après avoir regardé Brynn, il replongea dans son hébétude muette.

— Ça fait une heure, dit Graham.

— Presque.

— C'est long. Mais ce n'est pas nécessairement mauvais signe.

— Non.

Nouveau silence, brisé par les annonces sibyllines dans les haut-parleurs de l'hôpital. Le portable de Brynn se remit à vibrer. Cette fois, elle répondit. C'était Tom.

— Comment va votre mère ?

— On ne sait pas encore. Et de votre côté ?

— Euh… Michelle a réussi à échapper aux barrages. Ils n'ont pas retrouvé le pick-up de votre mari.

Brynn se pencha en avant et appuya sur sa joue blessée, comme si la douleur était le prix à payer pour son erreur de jugement.

Dahl poursuivit.

— Vous aviez raison. On a retrouvé, ce matin, l'amie qui venait de Chicago. Elle était la seule invitée du week-end. Les enquêteurs supposent que Michelle est un tueur à gages… ou plutôt, une *tueuse* à gages.

— Engagée par Mankewitz ou un de ses sbires.

— Oui, c'est aussi ce qu'ils pensent.

— Autrement dit, Hart et Comp devaient servir de boucs émissaires.

— Boucs émissaires ?

— Elle voulait faire croire que c'étaient eux les assassins et qu'ils s'étaient disputés après la mort des Feldman. On n'aurait pas pris la peine de chercher plus loin. Mais quelque chose a mal tourné. Hart a réagi trop rapidement ou l'arme de Michelle s'est enrayée. Comment savoir ? Bref, elle a été obligée de fuir. Et je l'ai trouvée dans les bois.

Brynn se pinça l'arête du nez. Après un petit rire amer, elle ajouta :

— Et je l'ai secourue.

Un médecin franchit la porte. Brynn se tut. Mais l'homme, vêtu d'une blouse bleue, poursuivit son chemin.

Brynn repensait au regard qu'avaient échangé Hart et la jeune femme sur la nationale.

Vous y étiez presque, Michelle. Presque…

Les paroles que Hart lui avaient adressées alors prenaient un tout autre sens maintenant que Brynn connaissait la vérité.

Elle se souvenait de la stupeur de Michelle quand Brynn lui avait raconté sa discussion avec Hart dans la fourgonnette. Elle avait sans doute peur que Hart ait mentionné sa véritable identité.

— Un des gars de Mankewitz devait certainement venir la rechercher ensuite, quand tout serait terminé… Ah, nom de Dieu, c'est lui qui nous a canardées sur la falaise !

Brynn sentait le regard de Graham posé sur elle ; il suivait la conversation.

Elle continua à s'adresser au shérif malgré tout :

— Elle avait besoin de récupérer les pièces à conviction que j'avais emportées : les armes et les chargeurs, la carte, les boîtes de munition. Son sac à main. Voilà pourquoi elle tenait à nous accompagner chez nous. Elle avait dû laisser ses empreintes quelque part. Ou un autre indice susceptible de nous mener jusqu'à elle. Elle avait prévu de tout ramasser au lac Mondac après avoir éliminé Hart et son complice… Hé, attendez un peu, Tom ! Ses chaussures ! Il n'y avait pas une paire de bottes de femme dans la maison des Feldman ? Dans le jardin. Avec des empreintes ?

— On a retrouvé les bottes. Mais aucune empreinte.

— Aucune ?

— Visiblement, elles ont été essuyées. Comme l'intérieur de la Ford. Avec du produit à vitres.

Brynn émit un petit rire sans joie.

— Elle en a profité quand je suis allée chercher le canoë… Ah, la vache, on peut dire qu'elle m'a bien eue.

Brynn frotta ses jointures contre une petite bosse sur sa mâchoire rafistolée, comme souvent quand elle était songeuse ou contrariée. Le sentiment d'avoir été trahie la piquait au vif. D'une voix faible, elle ajouta :

— J'aurais dû en faire partie, moi aussi.

— De quoi donc ?

— Des corps abandonnés sur place. Elle s'est servie de moi comme appât. En fait, elle n'avait pas la cheville foulée. Elle marchait lentement pour permettre aux deux types de se rapprocher. Et toute la nuit elle a fait en sorte qu'ils nous suivent à la trace. Elle a brisé la vitre de la Mercedes pour déclencher l'alarme, sans doute au moment où ils repartaient vers la nationale. Elle s'est plainte à cause des chaussures, elle a fait tout un cirque. En fait, elle voulait gagner du temps, pour les laisser se rapprocher. Et Dieu sait quoi encore. Elle avait un paquet de crackers. Je parie qu'elle en a semé en chemin.

Brynn laissa échapper un ricanement amer.

— À un moment, elle s'est mise à hurler comme une furie. C'était pour leur indiquer notre position. Elle attendait qu'ils nous rattrapent. Ensuite, elle les aurait flingués dans les bois. Et moi aussi.

Dahl demanda :

— Dans ce cas, pourquoi est-ce qu'elle ne vous a pas… tuée d'emblée ?

— Peut-être qu'elle avait besoin de moi comme protection, ou pour l'aider à sortir de cette forêt. Ou bien, plus vraisemblablement, pour que je l'aide à les liquider.

Brynn sentait la présence de Graham en face d'elle, mâchoire crispée, mains serrées.

Elle demanda à être tenue au courant s'il y avait du nouveau.

Après avoir raccroché, elle reporta son attention sur son mari pour lui résumer la situation. Il ferma les yeux et se renversa en arrière sur sa chaise.

— C'est bon, dit-il. J'en ai assez entendu.

Quand elle posa sa main sur sa cuisse, il ne réagit pas. Au bout d'un moment, elle ôta sa main et appela leur voisine qui gardait Joey. Elle parla quelques minutes à son fils, sans lui cacher la vérité : les médecins ne savaient pas dans quel état se trouvait sa grand-mère. Elle le laissa s'extasier sur le jeu vidéo auquel il était en train de jouer. Elle lui dit qu'elle l'aimait et raccrocha.

Les deux époux demeurèrent muets. Brynn leva les yeux vers Graham, puis continua à regarder fixement le sol. Finalement, après une éternité, il posa sa main sur son genou et ils restèrent ainsi, immobiles, pendant un long moment, jusqu'à ce qu'un médecin franchisse la porte à double battant. Il jeta un bref coup d'œil à l'homme blessé au bras, puis se dirigea droit vers le couple.

Hart se débarrassa de la voiture dont il s'était emparé sur la nationale.

Pour cela, il utilisa la méthode la plus efficace qu'il connaissait : il gara le véhicule dans le secteur de Avenues West à Milwaukee, avec les portières verrouillées, mais les clés sur le contact. Certains gamins ne remarqueraient rien ; certains si, mais ils croiraient à un piège ; et d'autres, dans ce quartier en pleine rénovation, le remarqueraient et feraient ce qu'il fallait.

La voiture aurait disparu dans une heure. Et elle serait vendue en pièces détachées douze heures plus tard.

Tête baissée, épuisé, souffrant de sa blessure au bras et des autres traumatismes de la nuit, Hart s'éloigna rapidement du véhicule. La matinée était fraîche, le ciel dégagé. La fumée des déchets que l'on faisait brûler sur les chantiers de construction tourmentaient son odorat. Son instinct, toujours aux commandes, l'entraînait vers la clandestinité, le plus vite possible.

En marchant dans les rues presque désertes, il tomba sur le Brewline Hotel, le genre d'établissement qui prospérait en louant des chambres à l'heure ou à la semaine, mais rarement à la journée. Il paya une semaine d'avance, avec un supplément pour une salle de bains individuelle ; on lui remit une télécommande et des draps propres. L'employée obèse à la réception sembla ne pas remarquer son état, ni l'absence de bagages. Hart gravit d'un pas lourd les deux étages et entra dans la chambre 238. Il ferma la porte à clé, se déshabilla et abandonna ses vêtements puants en un tas qui lui rappela l'uniforme trempé de Brynn McKenzie dans la deuxième maison de Lake View Drive.

Il l'imagina en train de se déshabiller.

Cette vision l'excita un instant, jusqu'à ce que les élancements dans son bras prennent le dessus.

Il examina la plaie. Il avait suivi des cours de secourisme, car son métier s'accompagnait souvent de blessures. Il en conclut qu'il n'avait pas besoin d'un médecin. Il connaissait plusieurs toubibs qui avaient perdu le droit d'exercer et qui, en échange d'un millier de dollars, le recoudraient sans poser de questions. Mais l'hémorragie s'était arrêtée, l'os n'avait pas été touché, et même si l'hématome était impressionnant, l'infection était bénigne. Plus tard dans la journée, il se mettrait sous antibiotiques.

Il prit une douche brûlante, en veillant à ne pas mouiller son bras.

Il alla s'allonger sur le lit, nu. Il voulait repenser aux événements de la nuit, essayer de comprendre. Il se projeta plusieurs semaines en arrière, dans un Starbucks de Kenosha, où il avait retrouvé un type avec qui il avait déjà travaillé plusieurs fois dans le Wisconsin. Gordon Potts était un gars imposant, pas très futé, mais digne de confiance. Et il pouvait vous brancher sur des boulots sérieux quand vous en aviez besoin. Potts avait été contacté par une femme de Milwaukee, intelligente, coriace et jolie. Il répondait d'elle. (Hart comprenait maintenant que Michelle avait acheté ces références grâce à une pipe ou deux.)

Hart était intéressé. Entre deux boulots à ce moment-là, il s'ennuyait. Il avait un contrat prévu à Chicago, mais pas avant la mi-mai. Il avait besoin de quelque chose maintenant, il avait besoin d'action, d'adrénaline. De la même façon que le camé qu'il avait tué dans le parc la nuit dernière avait besoin de sa dose de crack.

De plus, ce boulot était du gâteau, d'après Potts.

Quelques jours plus tard, celui-ci lui avait fait rencontrer « Brenda » – le faux nom sous lequel s'était présentée Michelle – dans une cafétéria de Green Bay.

— Alors, Hart, comment ça va ?

Une poignée de main ferme.

— Bien. Et vous ?

— Ça peut aller. Écoutez-moi. Je voudrais recruter quelqu'un. Un boulot, ça vous intéresse ?

— Je ne sais pas. Peut-être. Comment vous avez connu Gordon Potts ? Ça fait longtemps ?

— Pas très.

— Comment vous l'avez rencontré ? avait demandé Hart.

— Par un ami commun.

— Qui ça ?

— Freddy Lancaster.

— Oh, Freddy. Comment va sa femme ?

— Difficile à dire, Hart. Vu qu'elle est morte il y a deux ans.

— Ah oui, c'est vrai. J'ai une très mauvaise mémoire. Freddy se plaît à St Paul ?

— St Paul ? Il vit à Milwaukee.

— Toujours cette foutue mémoire.

La danse...

Suite à cette première entrevue avec Brenda-Michelle, Hart avait appelé Gordon Potts et Freddy Lancaster pour vérifier les dates et les lieux, dans les moindres détails. Après une douzaine d'autres coups de fil, il avait acquis la certitude que personne ne travaillait pour la police. Brenda Jennings était une voleuse de seconde zone qui n'avait jamais dénoncé ses complices. Mais Hart ignorait alors que Michelle avait volé l'identité de cette Brenda Jennings.

Il avait donc organisé un deuxième rendez-vous pour discuter du boulot proprement dit.

Michelle avait appris qu'un certain Steve Feldman s'était renseigné pour échanger de vieux billets de banque, des certificats argent, contre des coupures de la Réserve fédérale plus récentes. En enquêtant, elle avait découvert que dans les années 1950, un responsable des abattoirs avait caché du liquide dans sa maison de campagne. Un million de dollars.

— C'est une grosse somme.

— Exact. Alors, Hart, ça vous intéresse ?

— Continuez.

— Voici une carte de la région. Il s'agit d'un chemin privé. Lake View Drive. Là, c'est un parc national. Tout ça. Il n'y a quasiment personne. Tenez, j'ai aussi un plan de la maison.

— OK. C'est un chemin de terre ou pavé ?

— De terre… Hart, on me dit que vous êtes très fort. C'est vrai ? Il paraît que vous êtes un homme de métier. Voilà ce qu'on raconte.

Tout en étudiant la carte, il avait demandé, d'un ton indifférent :

— Qui ça, « on » ?

— Des gens.

— Oui, je suis un homme de métier.

Il sentait qu'elle l'observait attentivement. Il avait levé la tête pour la regarder droit dans les yeux. Elle avait demandé :

— Je peux vous poser une question ?

Il avait haussé un sourcil.

— Oui.

— Simple curiosité. Pourquoi avoir choisi cette activité ?

— Ça me convient.

Hart était quelqu'un qui ne croyait pas à la psychanalyse et ne perdait pas son temps à sonder votre âme. Pour lui, vous étiez en harmonie ou pas, et si vous négligiez cet aspect des choses, vous commettiez une grave erreur.

Nom de Dieu, comment est-ce qu'ils ne meurent pas d'ennui ? Moi, ça me tuerait. J'ai besoin d'autre chose, Brynn. Pas vous ?

Michelle avait hoché la tête, comme si elle comprenait exactement ce qu'il voulait dire et attendait très précisément cette réponse.

— Oui, j'ai l'impression, avait-elle dit.

Hart en avait assez de parler de lui.

— Bon. Quel est le niveau de risques ?

— Le quoi ?

— Est-ce un travail dangereux ? Combien y aura-t-il de personnes ? Seront-elles armées ? La police est-elle loin ? C'est une maison au bord d'un lac, les autres maisons de Lake View sont-elles occupées ?

— Ce sera un jeu d'enfant, Hart. Quasiment aucun risque. Les autres maisons seront vides. Et ils ne seront que tous les deux, les Feldman. Aucun ranger dans le parc et aucun flic des kilomètres à la ronde.

— Ils ont des armes ?

— Vous plaisantez ? Ce sont des citadins. Elle est avocate, lui travailleur social.

— Uniquement les Feldman, personne d'autre ? Ça change beaucoup de choses.

— D'après mes informations. Et c'est du solide. Ils ne seront que tous les deux.

— Et personne ne sera blessé ?

— Absolument personne. S'il y avait un risque que quelqu'un soit blessé, je ne le ferais pas.

Brenda-Michelle lui avait adressé un sourire rassurant.

Une grosse somme d'argent, pas de blessé. Intéressant. Malgré cela, il avait répondu :

— Je vous recontacterai.

De retour chez lui, Hart avait mené sa propre enquête. Assis devant son ordinateur, il avait éclaté de rire. Tout était exact. Et il était persuadé que jamais aucun flic au monde ne pourrait monter un piège pareil. Ils vous proposaient de la drogue, de la marchandise volée, des faux billets, mais pas un coup qui semblait tiré d'un film de Nicolas Cage.

Puis le grand jour était arrivé. Ils s'étaient rendus ensemble au lac Mondac, à bord de la Ford volée. Lui, Compton Lewis et Michelle. Les deux hommes s'étaient introduits dans la maison et pendant qu'ils menaçaient les Feldman avec leurs armes, Michelle était censée entrer dans la cuisine afin de les ligoter et les interroger pour savoir où était planqué l'argent. Mais à la place du ruban adhésif, elle tenait un Glock 9 mm compact. Elle était passée devant Hart et avait abattu le couple à bout portant.

Dans le silence assourdissant qui avait suivi, elle s'était rendue dans le salon comme si de rien n'était.

Hart la regardait d'un air hébété, essayant de comprendre ce qui s'était passé.

— C'est quoi, ce bordel ? s'était exclamé Lewis, qui cherchait à manger dans le réfrigérateur, au lieu de surveiller l'extérieur de la maison comme il était censé le faire.

— Ne vous inquiétez pas, je sais ce que je fais.

Elle avait entrepris de fouiller la mallette et le sac à dos.

Les deux hommes contemplaient les corps d'un œil horrifié pendant que la femme cherchait – supposaient-ils – la clé d'une pièce secrète, d'un coffre ou autre chose. Hart dressait mentalement, et fiévreusement, la liste des crimes qu'elle leur avait fait commettre. À commencer par le meurtre.

C'est alors qu'il avait vu le reflet de la jeune femme qui avançait derrière eux, en levant son arme.

Instinctivement, il avait bondi sur le côté.

Crac...

L'impression de déchirure dans son bras.

Il avait riposté, alors qu'elle s'enfuyait.

Allongé sur ce lit d'hôtel trop mou, Hart comprenait tout maintenant. Il n'y avait pas de trésor caché. Michelle avait été engagée pour tuer les Feldman ; Brynn l'avait laissé entendre quand ils étaient assis tous les deux dans la fourgonnette.

Son plan consistait à les laisser dans la maison des Feldman, Lewis et lui : les deux coupables.

Il ne put s'empêcher de rire. Il avait recruté Compton Lewis exactement pour la même raison : un contrat d'assurance, un bouc émissaire. Si le cambriolage avait mal tourné, s'il y avait eu des morts, par exemple, il aurait tué Lewis afin de le désigner comme l'unique meurtrier. Voilà pourquoi il avait choisi un minable avec lequel il n'avait jamais eu le moindre contact. D'ailleurs, ce scénario avait failli se dérouler sur la nationale. Michelle, Brynn et la gamine étaient rassemblées, il disposait de la voiture de patrouille pour fuir : il était temps de conclure la soirée. Il avait tué Lewis et s'apprêtait à éliminer les autres avec le Sig lorsque... Qui avait montré le bout de son nez ? Le mari de Brynn !

Je me disais qu'avec mes relations, les gars de ma bande, et ton... Enfin, tu vois, ta façon de tout prévoir, de réfléchir, on ferait une super équipe.

Ah, pauvre connard, pensa Hart. Tu y as vraiment cru, hein ? Pourtant, tu étais déjà mort à 50 % la première fois qu'on s'est vus. Tu triturais ta boucle d'oreille et tu te foutais de moi parce qu'on s'était retrouvés dans « un endroit de tapettes » où on buvait uniquement du café, et non pas dans un vrai bar.

Alors que le sommeil approchait, il revit Michelle. De toutes les personnes dangereuses avec et pour lesquelles il avait travaillé – des trafiquants de drogue jamaïcains, des gangsters du South Side et des chefs de la mafia du Midwest – cette petite rousse était la plus redoutable.

Sous la douceur, la vulnérabilité et l'innocence se cachait un scorpion.

Il imaginait les deux femmes ensemble la nuit dernière. De quoi diable avaient-elles pu parler ? Brynn McKenzie n'était pas du genre à se laisser facilement berner, mais Michelle était une excellente comédienne. Une fois de plus, il revécut ce moment surréaliste dans la fourgonnette avec l'adjointe du shérif.

Michelle était une amie de la famille ? C'est comme ça qu'elle s'est retrouvée embarquée dans cette histoire ? Voilà ce qu'on appelle être au mauvais endroit au mauvais moment. C'est fréquent, cette nuit...

Le Filou.

Chez les Feldman, il avait jeté un rapide coup d'œil à sa carte de crédit dans son sac, et il avait découvert son nom. Michelle S. Kepler, si sa mémoire était bonne. Ou Michelle A. Kepler. Sans doute y avait-il également un permis de conduire, mais sur le coup, il n'avait pas pris la peine de le chercher. Il fallait qu'il la retrouve, avant la police évidemment. Car il savait qu'elle le dénoncerait sans hésiter. Oh, il avait du pain sur la planche au cours de ces prochains jours.

Mais Michelle, comme Compton Lewis, s'effaça dans son esprit et il s'endormit avec une seule image en tête : le regard calme, confiant, de l'adjointe Brynn McKenzie, assise à côté de lui dans la fourgonnette.

Vous avez le droit de garder le silence...

Ils quittèrent l'hôpital à vingt heures.

Après être allés rechercher Joey chez la voisine, ils rentrèrent chez eux. Brynn descendit de voiture la première et se dirigea vers son collègue Jimmy Barnes, dont c'était l'anniversaire aujourd'hui. L'homme dégarni au visage rougeaud stationnait devant leur maison, la mine sombre, comme tout le monde au sein de la brigade du shérif, à cause de Munce.

Et comme beaucoup de gens dans la ville de Humboldt.

— Personne n'est venu, Brynn. (Il salua Graham d'un geste.) J'ai fait plusieurs rondes.

— Merci.

Elle supposait que Michelle, ou quel que soit son nom, avait fichu le camp depuis longtemps. Néanmoins, la jeune femme semblait habitée par une obsession terrifiante.

Et, songea-t-elle, Hart lui aussi connaissait son nom de famille.

— Les types du labo ont tout ce qu'il leur faut. J'ai fermé la porte à clé derrière eux.

— Ils ont dit quelque chose ?

— Non. Tu les connais.

Si les cartouches et les douilles du lac Mondac ne correspondaient pas à celles retrouvées chez elle, cela irait à l'encontre des lois de la nature.

Barnes demanda :

— Ces gens n'étaient pas ses amis ? Elle a tout inventé ?

— Exact.

— Et ta mère ? Il paraît qu'elle va s'en tirer.

— Elle survivra.

— Où a-t-elle été touchée ?

— À la cuisse. Encore un jour ou deux d'hôpital. Et ensuite, de la rééducation.

— Désolé.

Brynn haussa les épaules.

— Pour beaucoup de gens, le chemin s'arrête avant la rééducation.

— Oui, elle a de la chance.

Façon de parler quand on a une fille qui ramène à la maison une meurtrière armée, pensa-t-elle.

— Pour cette nuit, on va instaurer des rondes.

— Merci, Jimmy. À demain.

— Tu vas venir bosser ?

— Ouais. Tu n'as pas un paquet pour moi ?

— Oh, si !

Barnes glissa le bras à l'arrière de son véhicule et lui tendit un gros sac en papier. À l'intérieur se trouvaient un Glock de la police, fatigué, deux chargeurs supplémentaires et une boîte de balles Winchester à têtes creuses .9 mm.

Il lui tendit une planchette à pince. Elle signa un reçu en échange de l'arme.

— Le chargeur est plein. Treize balles. Aucune dans la chambre.

— Merci.

— Repose-toi.

— Bonne soirée. Et joyeux anniversaire.

Tandis que Barnes repartait, elle vérifia le chargeur malgré tout et introduisit une balle dans la chambre.

Toute la famille rentra dans la maison.

Brynn monta au premier pour déposer l'arme dans le coffre.

Joey avait déjà mangé une pizza chez la voisine. Il fit le tour de l'entrée pour examiner tous les impacts de balles, jusqu'à ce que Graham lui ordonne d'arrêter.

Brynn prit une longue douche, aussi chaude que possible, et attacha ses cheveux en arrière après les avoir enveloppés dans une serviette ; elle n'avait pas envie d'entendre le bruit du sèche-cheveux. Elle changea le pansement sur son visage, enfila un survêtement et retourna dans la cuisine, où Graham était en train de manger des spaghetti de la veille. Elle n'avait pas faim, mais elle sentait qu'elle avait suffisamment abusé de son organisme au cours des dernières vingt-quatre heures, et elle craignait qu'il se mette en grève si elle ne le bichonnait pas un peu.

Ils émigrèrent vers la salle à manger, où ils dînèrent en silence. Renversée contre le dossier de son siège, elle contemplait l'étiquette de sa bouteille de bière, intriguée par le terme houblon.

Soudain, elle s'adressa à Graham :

— Qu'est-ce qu'il y a ?

— Hmm ?

— Tu voulais me dire quelque chose à l'hôpital.

— Je ne m'en souviens pas.

— Tu es sûr ? Ça m'étonnerait.

— Pas maintenant. Il est tard.

— Je trouve que le moment est bien choisi.

Joey était affalé dans le canapé vert du salon, devant la télé.

Graham glissa la tête par la porte entrouverte.

— Joey, monte lire dans ta chambre.

— Juste dix…

Brynn voulut intervenir, mais Graham disparut dans le salon et dit à Joey une chose qu'elle n'entendit pas.

La télé s'arrêta et elle vit son fils monter l'escalier en faisant la tête.

Que s'était-il passé ?

Son mari revint s'asseoir à table.

— Allez, Graham. (Ils s'appelaient rarement par leurs prénoms.) Je t'écoute.

Il se pencha en avant et elle vit qu'il était en proie à un dilemme. Finalement, il demanda :

— Tu sais que Joey s'est blessé hier ?

— Avec son skate ? À l'école ?

— Ce n'était pas à l'école. Et il n'a pas juste sauté trois marches sur le parking. Il faisait du *phalting*. Tu sais ce que ça veut dire ?

— Oui, évidemment. Mais jamais Joey ne ferait une chose pareille.

— Pourquoi ? Qu'est-ce que tu en sais ? Tu parles sans savoir.

Brynn fronça les sourcils.

— Joey roulait à plus de soixante derrière un camion, dans Elden Street.

— La voie rapide ?

— Oui. Et il s'est amusé à ça toute la journée.

— Impossible.

— Ah oui ? Un prof l'a vu, figure-toi. Et il a appelé. M. Raditzky. Joey a séché les cours. Et il a imité ta signature pour faire un mot d'absence.

Maintenant que les horreurs de la veille semblaient moins présentes, cette nouvelle ébranla Brynn.

— Imité ?

— Il est allé au collège le matin. Puis il a filé et il n'est pas revenu.

Était-ce vrai ? Elle regarda le plafond. Une balle avait laissé un petit trou noir dans le coin. De la taille d'une mouche.

— Je l'ignorais. Je lui parlerai.

— J'ai essayé. Il refuse d'écouter.

— Il est renfermé.

Graham s'emporta.

— Il n'a pas le droit d'être renfermé ! Ce n'est pas une excuse. Comme il n'arrêtait pas de me mentir, je l'ai privé de skateboard pendant un mois.

— Tu es sûr que…

Elle se tut. Son premier réflexe était de défendre son fils, de mettre en doute la crédibilité de M. Raditzky, de demander qui était ce témoin, de réclamer une confrontation.

Graham semblait crispé.

Ce n'était pas terminé.

Mais elle l'avait cherché, se dit-elle.

— Et la fameuse bagarre ? reprit-il. L'année dernière. Tu m'as dit que c'était une simple bousculade. M. Raditzky m'a raconté ce qui s'est réellement passé.

— L'autre garçon était une brute. Il…

— Il se moquait de Joey, c'est tout. Avec des mots. Mais Joey lui a fait très mal. On a failli avoir un procès. Tu ne me l'as jamais dit.

Après un long silence, elle répondit :

— Je ne voulais pas que ça se sache. Alors, j'ai fait jouer mes relations. Ce n'était pas très honnête, je l'avoue. Mais je voulais le protéger.

— Il n'obéira jamais, Brynn. Tu le pourris. Sa chambre ressemble à un grand magasin.

— Tout ce que je lui achète, c'est avec mon argent.

Elle regretta aussitôt ces paroles cinglantes en voyant la grimace de Graham. Ce n'était pas une question d'argent, évidemment.

— Je pense que ce n'est pas bon de tout lui passer. Tu n'es pas forcée d'être méchante, mais tu dois savoir dire non parfois. Et le punir s'il ne t'obéit pas.

— C'est ce que je fais.

— Non. C'est comme si tu lui étais redevable, comme si tu étais coupable de quelque chose et que tu essayes de te racheter. C'est quoi, le problème, Brynn ?

— N'en fais pas tout un plat.

Elle émit un petit rire, mais elle sentit son cœur se glacer, comme sa peau quand l'eau noire et glacée du lac s'était engouffrée dans la voiture.

— La bagarre à l'école… c'est une histoire entre Joey et moi.

— Oh, Brynn. C'est justement ça, le problème. Tu ne comprends pas ? Ce n'est jamais *nous*. C'est toujours toi et Joey. Moi, je ne compte pas.

— C'est faux.

— Ah bon ? Et tout ça, alors ? (Il montra la maison d'un large geste.) C'est nous ? Nous trois ? Comme une famille ? Ou bien est-ce uniquement *vous* ? Ton fils et toi ?

— C'est nous trois, Graham, sincèrement.

Elle essaya de soutenir son regard, en vain.

Pas de mensonges entre nous, Brynn...

Mais ça, c'était Hart. C'était Keith... Graham était différent. Ce n'est pas bien, se dit-elle. Jouer franc-jeu avec les salauds et réserver aux types bien les mensonges et l'indifférence.

Il s'étira. Elle remarqua que leurs bouteilles de bière étaient encore aux trois quarts pleines.

— Laisse tomber, dit-il. Allons nous coucher. On a besoin de dormir.

— Quand ? demanda-t-elle.

— Quand quoi ?

— Quand vas-tu partir ?

— Brynn. C'est suffisant pour ce soir. (Un petit rire.) On ne parle jamais. De choses sérieuses, je veux dire. Et là, on ne peut plus s'arrêter. Alors qu'on est épuisés. Allons nous reposer.

— Quand ? répéta-t-elle.

Il se frotta les yeux. L'un après l'autre d'abord, puis les deux. Il baissa les mains et regarda une profonde égratignure qui datait de la nuit précédente, dans les bois. Une épine ou une pierre.

— Je ne sais pas, dit-il. Un mois. Une semaine. Je ne sais pas.

Elle soupira.

— Je l'ai senti.

— Tu l'as senti ? Comment ? Moi-même je l'ignorais avant-hier soir.

Que voulait-il dire par là ?

Elle demanda :

— C'est qui ?

— Qui donc ?

— Tu sais bien. La femme que tu fréquentes.

— Je ne fréquente personne.

Il semblait contrarié, comme si elle l'avait insulté de manière mesquine.

Perplexe, Brynn poursuivit sur sa lancée malgré tout. D'un ton cassant, elle dit :

— Les soirées poker au JJ's. Des fois, tu y vas. Des fois, tu n'y vas pas.

— Tu m'espionnes ?

— Tu m'as menti. Je l'ai bien senti. C'est mon métier, je te le rappelle.

Il n'est pas doué pour la comédie, pensa-t-elle.

Pas comme moi.

Graham était en colère, maintenant. Mais, plus troublant, il paraissait écœuré.

— Qu'est-ce que tu as fait ? Tu as placé des micros dans ma bagnole ? Tu as demandé à un collègue de me suivre ?

— Je t'ai vu un jour. Par hasard. Devant le motel dans Albemarle. Et ensuite, je t'ai suivi, oui. Quand tu disais que tu allais jouer au poker. Alors que tu retournais là-bas… Qu'est-ce qui te fait rire, bordel ? Tu m'as brisé le cœur, Graham !

— Pour cela, il faudrait que tu m'en aies donné un bout. Et ce n'est pas le cas. Je n'ai pas une once de ton cœur.

— C'est faux ! Il n'y a aucune excuse quand on trompe quelqu'un.

Il hochait lentement la tête.

— Est-ce que tu m'as posé la question ? Est-ce que tu as pris le temps de dire : « Chéri, on a un problème. Je m'inquiète. Si on en parlait tous les deux ? Pour essayer d'arranger les choses ? »

— Je…

— Ta mère m'a raconté ce qu'avait fait Keith. À ton visage. Quelle a été ma première réaction ? Oh, bon sang, ça explique tant de choses. Comment pouvais-je être en colère contre toi ? Mais ensuite, j'ai compris. Bon Dieu, oui ! Je pouvais être en colère. Je *devais* être en colère. Et tu aurais dû me le dire. Je méritais que tu me le dises.

Cent fois Brynn avait envisagé de tout lui avouer. Malgré cela, elle avait inventé cette histoire débile d'accident de voiture. Et maintenant, elle se disait : mais comment pouvais-je lui avouer que quelqu'un avait piqué une colère et m'avait frappée ? Que j'avais pleuré pendant des mois ? Que je tremblais en entendant sa voix ? Que j'avais honte de ne pas le quitter, en emmenant Joey et en claquant la porte ?

Comment lui avouer que j'avais peur ? Que j'étais faible ?

En sachant que mon silence aurait des conséquences plus horribles encore.

Keith...

Mais aujourd'hui encore, elle ne pouvait pas lui raconter exactement ce qui s'était passé.

Elle comprit qu'il y avait là une piste pour expliquer le crime qu'elle avait commis contre Graham, contre eux deux : son silence, son incapacité à parler. Néanmoins, elle sentait que, même si elle parvenait à démêler tous ces fils, la solution arriverait trop tard. C'était comme dénicher la preuve irréfutable de la culpabilité d'un meurtrier et découvrir que celui-ci était mort de cause naturelle.

— Je suis désolée, dit-elle. Mais tu…

Sa voix mourut quand elle le vit sortir son portefeuille de sa poche de pantalon et chercher à l'intérieur.

Elle le regardait faire en touchant compulsivement son pansement sur la joue.

Nom de Dieu. Il cherchait la photo de sa maîtresse ou quoi ?

Graham lui tendit une carte de visite blanche.

Brynn plissa les yeux ; sa blessure l'empêchait de lire correctement avec son œil droit, le plus fort.

Elle regardait fixement les petits caractères en relief : *Dr Sandra Weinstein, 2942 Albemarle Avenue, Ste. 302 Humboldt, Wisconsin.* En dessous, écrit à la main : *Vendredi 17 avril, 19 h 30.*

— C'est une…

— Une psychiatre, oui.

— Tu…

— Tu nous as vus *près* du motel, Brynn. Mais pas *au* motel. Elle travaille dans l'immeuble de bureaux juste à côté. Généralement, je suis son dernier client de la journée. Et parfois, on part en même temps. C'est certainement à ce moment-là que tu nous as vus.

Brynn repoussa la carte d'une chiquenaude.

— Appelle-la, dit Graham. Va la voir. Je lui donnerai l'autorisation de tout te dire. Va lui parler, s'il te plaît. Aide-moi à comprendre pourquoi tu aimes ton boulot plus que moi. Pourquoi tu préfères être dans ta voiture de patrouille qu'à la maison. Aide-moi à comprendre comment je peux être le père d'un fils que tu tiens à l'écart de moi. Et pourquoi tu m'as épousé. Peut-être qu'à vous deux, vous comprendrez. Moi, je n'y arrive pas.

Brynn répondit maladroitement :

— Pourquoi tu ne m'en as jamais parlé ? Pourquoi tu ne m'as pas demandé de t'accompagner ? Je l'aurais fait !

Elle était sincère.

Graham baissa la tête. Elle s'aperçut alors qu'elle avait touché un point sensible… comme quand sa langue agaçait sa gencive à l'endroit où elle avait perdu une molaire.

— J'aurais dû. Sandra n'arrête pas de me le suggérer. J'ai failli te le demander une dizaine de fois. Mais je n'y arrivais pas.

— Pourquoi ?

— Par peur de ta réaction. Peur que tu tires un trait sur nous, que tu me trouves trop exigeant et que tu fiches le camp. Ou que tu prennes le dessus et que je me retrouve aux oubliettes. Je ne voulais pas que tu donnes l'impression qu'il n'y avait pas de problème. (Il haussa les épaules.) J'aurais dû te le demander, oui. Mais je n'y arrivais pas. De toute façon, c'est trop tard. Tu es toi. Je suis moi. On est trop différents. C'est préférable pour tous les deux.

— Non, ce n'est pas trop tard. Ne juge pas d'après la nuit dernière. C'était… un cauchemar.

Soudain, au grand étonnement de Brynn, Graham explosa. Il repoussa sa chaise violemment et se leva. Sa bouteille de bière se renversa, projetant de la mousse dans les assiettes. L'homme toujours si doux devenait enragé. Brynn se figea ; elle revoyait les soirées avec Keith. Instinctivement, elle porta sa main à sa mâchoire. Elle savait que Graham ne lui ferait aucun mal, mais elle ne put s'empêcher d'esquisser ce geste de défense. En levant les yeux vers lui, elle revit le loup qui rôdait dans la forêt.

Toutefois, elle sentait que cette fureur n'était pas dirigée contre elle. Mais contre lui-même, uniquement.

— C'est la nuit dernière qui a fait déborder le vase, Brynn.

Qu'avait-il dit tout à l'heure ? Avant hier, il n'avait jamais eu l'intention de partir.

— Je ne comprends pas.

Il inspira à fond.

— Eric.

— Eric Munce ?

— Il est mort à cause de moi.

— De toi ? Non, non, on sait tous qu'il était imprudent. Ce qui lui est arrivé n'a rien à voir avec toi.

— Si ! C'est entièrement ma faute.

— Qu'est-ce que tu racontes ?

— Je me suis servi de lui ! Je savais qu'il avait la réputation d'être un cow-boy. La nuit dernière, personne ne voulait partir à votre recherche au niveau de la nationale. Mais moi, je savais que tu irais dans cette direction. Alors, j'ai expliqué à Eric que s'il voulait de l'action, s'il voulait trouver les meurtriers, il devait m'accompagner. Je lui ai lancé ça comme on appâte un chien de chasse avec une gâterie… Et il est mort à cause de moi. Parce que je suis allé dans un endroit où je n'avais rien à faire. Et maintenant, je vais devoir vivre avec ces remords.

Elle se pencha vers lui. Il recula devant sa main tendue. Elle se rassit et demanda :

— Pourquoi, Graham ? Pourquoi y es-tu allé, alors ?

Il ricana.

— Oh, Brynn. Je gagne ma vie en plantant des arbres et des fleurs. Toi, tu portes une arme et tu participes à des poursuites en voiture. Moi, j'ai envie de regarder la télé le soir, et toi, tu préfères étudier les derniers tests de dépistage antidrogues. Je ne peux pas rivaliser. Certainement pas aux yeux de Joey… Hier soir, je ne sais pas ce qui m'est passé par la tête. Peut-être qu'il y avait un guerrier en moi, finalement. Peut-être que je pourrais faire mes preuves. Mais c'était du bidon. J'ai juste réussi à faire tuer un homme… Je n'avais rien à foutre là-bas. Et je n'ai rien à foutre ici. Tu ne veux pas de moi, Brynn. Du moins, tu n'as pas besoin de moi.

— Non, mon chéri, ne…

— Si, murmura-t-il.

Il leva la main. Son geste signifiait : Assez, ça suffit. Il lui prit le bras et le pinça délicatement.

— Allons dormir.

Pendant que Graham montait dans la chambre, Brynn épongea la bière renversée, d'un air absent, jusqu'à ce que les serviettes en papier partent en lambeaux. Elle en prit une autre pour essayer d'étancher ses larmes.

Elle entendit son mari redescendre. Avec un oreiller et une couverture. Sans lui adresser un regard, il se dirigea vers le canapé vert dans le salon, se fit un lit sommaire et ferma la porte.

— Terminé, ma petite dame !

Brynn se retourna vers le peintre, qui montrait fièrement le plafond et les murs du salon.

— Combien je vous dois ?

— Sam vous enverra la facture. On vous fait confiance.

En disant cela, il montra l'uniforme de Brynn. Puis son sourire se figea.

— C'est demain l'enterrement, hein ? L'adjoint Munce.

— Exact.

— Je suis désolé pour ce qui s'est passé. Mon fils a peint son garage. Votre collègue a été très poli avec lui.

C'est pas toujours le cas. Ils lui ont offert du thé glacé et… Désolé.

Elle hocha la tête.

Une fois le peintre parti, Brynn continua à contempler les murs vides. Plus aucune trace des impacts de .9 mm. Elle se disait qu'elle devrait remettre les cadres. Mais elle n'en avait pas la force. La maison était totalement silencieuse.

Elle dressa mentalement la liste des choses à faire : répondre aux appels, suivre les différentes pistes, mener des interrogatoires. Un nommé Andrew Sheridan avait appelé deux fois ; il entretenait des relations professionnelles avec Emma Feldman et s'inquiétait au sujet des dossiers retrouvés dans la maison du lac Mondac. Elle se demandait ce que ça signifiait. Un employé du bureau du procureur avait été contacté par le couple blessé dans l'accident de leur SUV sur la nationale. Ils intentaient un procès. Le propriétaire de la maison du 2 Lake View avait porté plainte lui aussi car l'ammoniaque avait détruit son sol. Sans parler des impacts de balles. Elle devait rédiger un rapport. Elle ferait traîner au maximum.

Soudain, elle entendit des pas sur la véranda.

Graham ?

On frappa à la porte. Elle se leva.

— La sonnette ne marche plus, je crois, dit Tom Dahl.

— Entrez !

Le shérif pénétra dans la maison. Il remarqua les murs repeints. Sans faire de commentaire.

— Comment va votre mère ?

— Elle va s'en tirer. Elle s'accroche. (Elle inclina la tête vers la porte close du salon.) On lui a installé une chambre en bas. Elle dort.

— Oh. Je vais parler tout bas, alors.

— Avec tous les médicaments qu'elle prend, elle dormirait dans une boîte de nuit.

Le shérif s'assit et massa sa jambe.

— J'aime bien l'expression que vous avez utilisée, au sujet de ces deux tueurs : les boucs émissaires. C'est tout à fait ça.

— Du nouveau ?

— Je vais être franc : presque rien. Le type qui s'est fait descendre se nommait Compton Lewis. Il vivait à Milwaukee.

— Compton, c'était son prénom ?

— Demandez à sa mère ou à son père. C'était un petit voyou, un raté. Il avait bossé sur des chantiers autour du lac et fait quelques coups, des braquages de stations-service ou d'épiceries. Son plus grand exploit, c'est quand il a essayé, avec d'autres gars, d'attaquer un type qui remplissait un distributeur de billets à la sortie de Madison, l'année dernière. On pense que Lewis conduisait la bagnole avec laquelle ils devaient filer, mais il a laissé tomber les clés dans la neige. Ses potes ont foutu le camp en courant et lui s'est fait pincer. (Dahl secoua la tête.) L'unique parent que j'ai pu retrouver, c'est son frère aîné. C'est le seul qui vive encore dans le coin. La nouvelle lui a fichu un coup, croyez-moi. Il s'est mis à chialer comme un bébé. Il a été obligé de raccrocher pour me rappeler une demi-heure plus tard… Il n'avait pas grand-chose à dire, mais voici son numéro, si vous voulez lui parler.

Il lui tendit un Post-it.

— Et au sujet de Hart ? demanda-t-elle.

Elle avait interrogé toutes les bases de données, de cinq États, en essayant tous les surnoms et en épluchant les photos de tous les individus nommés Hart, Heart, Harte, Hartman, Harting… rien.

— Aucune piste, dit Dahl. Ce type est très fort. Prenez les empreintes, par exemple. Il n'en a pas laissé une seule. Et le fait de récupérer la balle portant son ADN ? Il connaît son métier.

— Et Michelle ? Elle a sans doute donné un faux nom à Hart et à Lewis, mais je pense qu'elle s'appelle vraiment Michelle. Les deux types ont trouvé son sac et ils ont certainement fouillé dedans. Quant à moi, elle m'a dit la vérité… car elle savait qu'au matin je serais morte.

— Elle inquiète davantage le FBI car ils sont persuadés que c'est Mankewitz ou l'un de ses gars qui l'a engagée, et ils veulent pouvoir le prouver. Mais pour l'instant, leurs indics n'ont rien fourni de concret.

— Ont-ils pensé à montrer dans les cours de théâtre et les salles de sport le portrait-robot que j'ai fait d'elle ?

Brynn était quasiment convaincue que l'histoire que lui avait racontée Michelle au cours de la nuit était un tissu de mensonges destiné à provoquer sa compassion, mais elle paraissait si crédible en même temps que ça valait la peine de vérifier.

— Je crois qu'ils commencent plutôt par le haut ; ils cherchent d'abord à établir un lien avec Mankewitz.

Dahl expliqua qu'il avait ouvert des dossiers concernant les quatre fabricants de crack abattus par Hart et Lewis. Pour meurtres. Que cela nous plaise ou non, les dealers avaient le droit de ne pas se faire tuer, eux aussi.

Quant au mystérieux tireur posté près de la corniche du parc national à l'aube du 18 avril, s'il avait des liens avec le trafic de crack dans le Wisconsin ou avec Mankewitz, personne n'avait réussi à les établir. Les forces de police avaient probablement localisé son nid, mais ils n'avaient découvert aucun indice matériel. Il avait ramassé toutes ses douilles et effacé ses empreintes de pas.

— On a affaire à une bande de pros, marmonna le shérif. Comment va la petite ?

— Amy ? Les services de protection de l'enfance n'ont pas trouvé trace d'autres parents.

— C'est triste.

— Si on veut. Au moins, elle a une chance de mener une vie correcte maintenant. Avec Gandy et sa femme, elle n'aurait pas survécu… Et je dois avouer qu'elle semble aller bien. Elle est heureuse.

— Vous l'avez vue ?

— Ce matin. Je lui ai apporté un nouveau Chester.

— Un nouveau quoi ?

— Une peluche. Un âne-lapin ou je ne sais quoi. J'avais prévu de retourner chercher le vrai dans le parc. Mais le courage m'a manqué.

— Il ne faut pas exagérer, Brynn. Physiquement, elle va bien ?

— Personne n'a abusé d'elle.

— Dieu soit loué.

— Mais les marques dans son cou… (Brynn grimaça de colère.) Le médecin qui l'a examinée sur place a déclaré qu'elles avaient été faites quelques heures plus tôt.

— Quelques heures ? Vous voulez dire que ce serait Michelle ?

— Oui, soupira Brynn. Amy faisait du bruit et nos deux poursuivants se trouvaient à proximité. Michelle l'a entraînée à l'écart pour lui parler. Ensuite, Amy n'a plus rien dit. Je parie qu'elle a à moitié étranglé cette pauvre gamine.

— Bon sang, une vraie sorcière.

— À partir de ce moment-là, Amy a semblé terrorisée. Je n'ai pas fait le rapprochement.

— La pauvre. C'est bien d'être allée la voir.

Elle demanda :

— Cet agent du FBI qui enquête sur Mankewitz, il va nous appeler ? Ou bien ils nous prennent pour des péquenauds ?

— Je me suis toujours demandé d'où venait ce mot.

Brynn haussa un sourcil. Il n'avait pas répondu.

— Ils nous prennent pour des péquenauds, mais ils ont promis de nous tenir au courant, dit Dahl.

— Donnez-moi quand même son numéro. Je lui passerai le bonjour.

Dahl fouilla dans son portefeuille en ricanant. Il en sortit une carte de visite qu'il montra à Brynn. Celle-ci recopia le numéro.

— Vous semblez épuisée. Je vous dois des jours de repos. Et je tiens à ce que vous les preniez. Ordre de votre supérieur. Détendez-vous. Laissez Graham s'occuper de tout pendant quelque temps. Un homme doit savoir faire la cuisine, les courses et la lessive. Comme moi ! Carole m'a bien dressé.

Le shérif ne perçut pas la tristesse dans le rire de son adjointe.

— Promis. Mais pas tout de suite. On a des meurtres non élucidés, et même si Mankewitz se cache derrière, même si le procureur réussit à le faire inculper pour association de malfaiteurs ou autre chose, des meurtres ont été commis dans notre comté.

— Qu'allez-vous faire ? demanda Dahl.

— Suivre les pistes. Ici, à Milwaukee, et n'importe où ailleurs.

Elle avait l'intention d'exploiter le filon des cours de théâtre et des salles de sport, et tout le reste. Les clubs de tir, peut-être. Cette femme savait se servir d'une arme, ça ne faisait aucun doute.

— Inutile de vouloir vous en empêcher, je suppose ?

— Vous pouvez me renvoyer.

Dahl ricana.

Brynn soupira.

— Qu'est-ce que vous avez prévu ce week-end, avec Carole ?

— On ira peut-être au ciné. Si sa mère peut venir faire la baby-sitter. Ces ados, ils vous prennent dix dollars de l'heure et il faut les nourrir en plus. Avec un plat chaud ! Vous payez combien, vous ?

— Graham et moi, on ne sort pas beaucoup.

— C'est aussi bien. Rester chez soi, préparer le dîner. Pas la peine de sortir. Surtout avec le câble. Bon, j'y vais.

— Saluez Carole de ma part.

— Je n'y manquerai pas. Bonjour à votre mère. Souhaitez-lui un prompt rétablissement.

Brynn se leva et le regarda partir. Elle pensait au premier élément de sa liste.

II

MAI

Assis dans un petit restaurant du centre de Milwaukee, Stanley Mankewitz aperçut son reflet, grand et large, dans la vitre, souligné par la lumière gris anthracite de l'après-midi. On était le 1er mai, mais le temps avait été emprunté au mois de mars.

C'était une date importante dans la vie de Mankewitz. La journée internationale des Travailleurs, instaurée par les mouvements syndicaux du monde entier à la fin des années 1880 pour célébrer les simples ouvriers. Ce jour avait été choisi plus particulièrement afin de rendre hommage aux martyrs du massacre de Haymarket, en mai 1886 à Chicago, au cours duquel des policiers et des travailleurs trouvèrent la mort suite à des rassemblements organisés par les syndicats en faveur de la journée de travail de huit heures.

Le 1er mai signifiait deux choses pour Mankewitz. Premièrement, il honorait les travailleurs, dont il avait fait partie et qu'il représentait maintenant avec tout son cœur. Deuxièmement, c'était la preuve qu'il fallait parfois consentir des sacrifices pour l'intérêt commun.

Au-dessus de son bureau, il avait accroché une citation : les dernières paroles d'un des hommes condamnés à la pendaison pour son rôle dans le massacre de Haymarket, August Spies (qui, comme tous les accusés, estimaient les chercheurs, était probablement innocent). Spies avait déclaré : « Un jour viendra où notre silence sera plus puissant que les voix que vous étranglez aujourd'hui. »

Les sacrifices…

Mankewitz repensait à ce jour capital en contemplant son reflet dans la vitre, non pas son physique rondelet, qui l'horripilait parfois, mais son allure avachie. Il ne distinguait pas clairement ses traits, mais sans doute auraient-ils ajouté à l'impression d'ensemble.

Il mordit dans son club sandwich, remarquant la présence de fromage américain à la place de l'emmental. Et trop de mayonnaise dans le coleslaw. Toujours pareil, pesta-t-il. Pourquoi est-ce que je déjeune ici ?

L'inspecteur Hobbit se faisait rare ces temps-ci ; c'était bien le signe, comme l'avait dit Mankewitz à James Jasons, qu'il avait la trouille.

La vie était devenue un cauchemar après la mort d'Emma Feldman. Il avait été « convié » dans les locaux du FBI et au bureau du procureur. Il s'y était rendu avec son avocat, avait répondu à certaines questions, pas à d'autres, et ils étaient repartis sans recevoir autre chose qu'un au revoir glacial. Son avocat n'avait pas été capable de déchiffrer les signes.

Puis il avait appris que le cabinet où travaillait cette Feldman envisageait de l'attaquer en justice pour homicide… et préjudice financier. Son avocat lui disait que c'était une accusation bidon car il n'existait aucune base légale pour ce genre d'actions.

Encore ce putain de harcèlement.

Mankewitz s'emporta :

— C'est peut-être aussi du bidon parce que personne n'a apporté la preuve que je l'avais tuée.

— Oui, évidemment, Stan. Cela va sans dire.

Sans dire.

Il leva les yeux de son sandwich branlant et vit approcher James Jasons. Le type mince comme un clou s'assit. Quand la serveuse se présenta, il commanda un Coca Light.

— Vous ne mangez pas ? demanda Mankewitz.

— Ça dépend.

Ce qui veut dire ? s'interrogea Mankewitz.

— J'ai du nouveau.

— Je vous écoute.

— Tout d'abord, j'ai appelé le shérif là-bas, Tom Dahl. Ou plutôt, je l'ai appelé en me faisant passer pour l'ami des Feldman, l'ami inconsolable : Ari Paskell. Je lui ai mis la pression. Genre : comment se fait-il que vous n'ayez pas encore retrouvé les meurtriers ? Etc.

— OK.

— Je suis persuadé qu'il a gobé mon histoire.

— Et au sujet de l'enquête, il a dit quoi ?

— Rien, en fait. Mais c'est normal. Je voulais juste m'assurer que ma visite sur place n'avait pas éveillé ses soupçons.

Mankewitz hocha la tête ; il se fiait au jugement de Jasons.

— On en est où avec notre petite amie ?

Il parlait de l'adjointe du shérif, Kristen Brynn McKenzie. Juste après les événements des 17 et 18 avril, Jasons s'était renseigné pour savoir qui dirigeait l'enquête sur la mort des Feldman. Il y avait ce connard du FBI, l'agent Brindle, et deux flics de Milwaukee, mais c'était surtout cette bonne femme, là-bas dans cette petite ville, qui faisait le forcing.

— Rien ne peut l'arrêter. Elle est têtue comme un bulldog.

Mankewitz n'était pas persuadé que les bulldogs soient têtus, mais il ne fit aucun commentaire.

— Elle est plus redoutable que le FBI et la police de Milwaukee réunis.

— J'en doute.

— En tout cas, elle travaille plus qu'eux. Elle s'est rendue quatre fois à Milwaukee depuis les meurtres, pour suivre différentes pistes.

— Ça rentre dans ses attributions ?

— Je crois que personne ne s'en soucie. Avec toute cette merde qui a éclaboussé le comté de Kennesha. Et la mort de l'avocate.

— Pourquoi est-ce que je me retrouve sur le gril ?

James Jasons n'avait pas la réponse à cette question, et ce n'était pas à lui de la fournir, songea le patron du syndicat. D'ailleurs, la réponse était évidente : C'est parce que j'estime que les immigrés qui travaillent dur devraient être autorisés à rester dans ce pays pour prendre le boulot de ceux qui sont trop fainéants pour travailler.

Oh, et aussi parce que je l'ai déclaré publiquement.

— Donc, cette McKenzie ne lâchera pas prise tant qu'elle n'aura pas découvert le fond de l'affaire.

— Elle ne lâchera pas prise, répéta Jasons.

— Elle veut se faire un nom ?

Son homme de main réfléchit à cette hypothèse, en fronçant les sourcils.

— Elle ne veut pas ajouter une encoche sur son revolver ni obtenir une promotion ou un truc comme ça.

— C'est quoi son but alors ?

— Envoyer les méchants en prison.

Jasons rappela à Mankewitz, une fois encore, qu'il se trouvait dans la forêt lui aussi en cette nuit d'avril : il avait vu une Brynn McKenzie sans arme lancer du haut d'une falaise des pierres et des bûches sur les hommes qui la pourchassaient, alors qu'ils la canardaient avec un fusil de chasse et un pistolet automatique. Elle s'était enfuie seulement lorsque Jasons avait ouvert le feu à son tour avec le Bushmaster.

Mankewitz savait, sans le moindre doute, qu'il n'aimerait pas l'adjointe McKenzie. Mais il ne pouvait que la respecter.

— Qu'est-ce qu'elle a découvert, au juste ?

— Je ne sais pas. Elle est allée traîner autour du lac Michigan, à Avenues West, la Brewline, Madison, Kenosha. Elle a même passé une journée à Minneapolis. Elle ne s'arrêtera pas.

Le bulldog têtu.

— Il n'y a rien qui pourrait me servir ? Rien du tout ?

De mémoire (il semblait ne jamais prendre de notes), Jasons répondit :

— Juste une chose.

— Allez-y.

— Elle a un secret.

— Je vous écoute.

— Il y a six ou sept ans, elle était mariée avec son premier mari. Un *state trooper*, décoré, très populaire. Mais un sale caractère. Il l'avait déjà frappée par le passé.

— Le salopard. Frapper une femme.

— Il s'est fait tirer dessus.

— Quoi ?

— Dans sa cuisine. Il y a eu une enquête. Coup de feu accidentel. Accident regrettable.

— Où vous voulez en venir ?

— Ce n'était pas du tout un accident. Tir intentionnel. L'affaire a été étouffée. C'est peut-être remonté jusqu'à Madison.

— Le genre d'affaires dans lesquelles les gens perdent leur boulot si ça s'ébruite ?

— Ils perdent leur boulot et se retrouvent en prison.

— C'est juste des rumeurs ?

Jasons ouvrit sa mallette. Il en sortit un fin dossier tout mou.

— Voici la preuve.

Pour un avorton, il assurait.

— J'espère que ça pourra vous aider.

Mankewitz ouvrit la chemise. Il lut en haussant un sourcil.

— Je crois que ce sera très utile.

Il leva les yeux et déclara en toute sincérité :

— Merci. Oh, au fait, bon 1er Mai.

Il aimait cette ville.

Du moins, comme lieu de résidence temporaire.

Green Bay et ses alentours étaient plus plats que le parc national qui entourait le lac Mondac, moins pittoresque en ce sens, mais la baie était idyllique, et la Fox River impressionnante par son aspect rude, industriel, qui avait toujours séduit Hart. Autrefois, son père l'emmenait à l'aciérie où il travaillait, au bureau du personnel, et il était tout excité d'enfiler un casque pour faire le tour de l'usine qui empestait la fumée, le charbon, le métal en fusion et le caoutchouc.

La maison qu'il louait était dans une de ces rues ouvrières pas très riantes. Mais elle était fonctionnelle et pas chère. Son gros problème se nommait l'ennui.

Patienter n'avait jamais été son fort, mais il était obligé d'attendre. Il n'avait pas le choix.

Quand il s'ennuyait trop, il prenait sa voiture pour aller faire un tour dans la forêt, un endroit qu'il trouvait réconfortant, d'autant plus que pour s'y rendre, il empruntait Lakeview Drive, une route qui portait le même nom que la voie privée du lac Mondac. Une fois là-bas, il partait se promener ou bien il restait assis dans sa voiture et il travaillait. Grâce à plusieurs portables prépayés, il passait des coups de fil pour préparer ses futurs boulots.

Aujourd'hui, il achevait une de ses promenades en forêt quand il remarqua un arbre de mai planté dans une clairière. Des enfants couraient tout autour pour l'entourer de rubans. Ensuite, ils s'installèrent pour pique-niquer. Un car scolaire garé à proximité dessinait une tache jaune dans le beau décor vert.

Hart regagna sa location et effectua le tour du pâté de maisons, par acquit de conscience, avant d'entrer. Il consulta ses messages et passa quelques appels. Sur ce, il se rendit dans le garage, où il avait installé un petit atelier de menuiserie, minuscule. Il travaillait sur une création. Au début, il y consacrait juste une heure ou deux par jour. Désormais, c'était presque quatre heures. Rien ne le détendait autant que le travail du bois.

Pendant qu'il ponçait à la main, il repensait à cette nuit dans la forêt ; il se remémorait tous ces arbres : les chênes, les frênes, les érables, les noyers, toutes ces essences qui constituaient la matière première de son artisanat. Ce qu'il achetait sous la forme de planches lisses, découpées avec précision, aux angles parfaits, était initialement une immense et imposante créature, presque menaçante, qui se dressait à une trentaine de mètres du sol. Quelque part, ça le dérangeait que l'on coupe des arbres. D'un autre côté, il avait le sentiment d'honorer le bois en le transformant pour en faire un objet, une chose que l'on pouvait apprécier.

Il contempla sa réalisation : une boîte en marqueterie. Il était satisfait. Ce pourrait devenir un cadeau. Il ne savait pas encore.

Ce soir-là, à vingt heures, il se rendit à Green Bay, dans un bar sombre, tout en bois, où on servait un excellent chili, qu'il mangea avec une bière, assis au comptoir. Quand il eut fini sa première bière, il en commanda une seconde, qu'il emporta vers le fond de la salle où une télé diffusait un match de basket. Il le regarda en sirotant sa bière. Le match se déroulait sur la côte Ouest, où il était moins tard. Au bout d'un moment, les clients commencèrent à regarder leurs montres et à se lever pour rentrer chez eux. Le score était maintenant de 92 à 60 et le peu de suspens qui existait encore avant la mi-temps s'était volatilisé.

Et puis, ce n'était que du basket. Ce n'étaient pas les Packers.

Il regarda les murs. Ils étaient couverts de vieilles publicités pour des brasseries du Wisconsin, célèbres sans doute, supposa-t-il, bien qu'il n'en ait jamais entendu parler. Loaf and Stein, Heileman, Foxhead. Un sanglier doté de deux défenses menaçantes le toisait sur le logo de la Hibernia Brewing. Une autre affiche représentait un écran de téléviseur sur lequel deux femmes regardaient les spectateurs. Dessous, on pouvait lire : *Vous avez le bonjour de Laverne et Shirley*.

Hart réclama l'addition à la serveuse qui passait. Elle était polie, mais distante ; elle avait renoncé à flirter avec lui dès la première fois, une semaine auparavant environ, en voyant que ça ne marchait pas. Il paya et se rendit dans un autre bar, pas très loin, dans le quartier de Broadway. Il descendit de voiture pour s'enfoncer dans l'obscurité d'une ruelle.

Quand l'homme sortit du bar à une heure du matin, comme quasiment tous les soirs, Hart se jeta sur lui, enfonça le canon de son arme dans son dos et l'entraîna vers le fond de la ruelle.

Il fallut environ quinze secondes à Freddy Lancaster pour décider que la menace représentée par Hart était plus grave encore que celle, tout aussi dangereuse, mais moins immédiate, incarnée par Michelle Kepler. Alors, il lui raconta tout ce qu'il savait sur elle.

Après un coup d'œil à l'extérieur de la ruelle et un unique coup de feu étouffé par un silencieux, Hart regagna sa voiture.

Il roula jusque chez lui en pensant aux étapes suivantes. Il avait cru Freddy quand celui-ci lui avait dit que ni lui ni Gordon Potts ne savaient exactement où vivait Michelle, mais Freddy avait craché suffisamment de renseignements malgré tout pour permettre à Hart de resserrer son étau.

Ce qu'il ferait bientôt.

Dans l'immédiat, il allait pouvoir faire ce qui l'obsédait depuis plusieurs semaines. Il bâilla et songea à la bonne nuit de sommeil qui l'attendait. Il n'avait pas besoin de se lever tôt. Humboldt n'était qu'à trois heures de route.

Le lundi 4 mai à 14 h 30, Kristen Brynn McKenzie était assise au bar d'un restaurant de Milwaukee, devant une soupe au poulet et un soda light. Elle sortait de deux rendez-vous avec un inspecteur de police et un agent du FBI, au cours desquels ils avaient comparé leurs notes sur leurs enquêtes respectives concernant les meurtres des époux Feldman et des fabricants de crack dans le comté de Kennesha, en avril dernier.

Ces rendez-vous s'étaient révélés inutiles. L'objectif de la police et du Bureau était apparemment d'établir un lien avec Mankewitz, plutôt que de capturer les individus qui avaient massacré un couple innocent et abandonné leurs corps de manière ignoble sur le sol froid de la cuisine.

Une réalité que Brynn avait rappelée à l'inspecteur et à l'agent fédéral, nullement émus et qui s'étaient contentés d'un petit rictus de compassion. Teinté d'agacement.

Elle avait quitté le deuxième rendez-vous de mauvaise humeur et décidé d'aller déjeuner tardivement avant de rentrer.

Au cours de ces dernières semaines, elle avait parcouru trois mille sept cents kilomètres pour les besoins de son enquête. Elle conduisait maintenant une Toyota Camry fatiguée, très fatiguée. La Honda était morte noyée dans l'exercice de son devoir, d'après la compagnie d'assurance, et cela n'entrait pas dans le cadre de son contrat individuel. Elle avait donc acheté cette voiture avec ses économies, et c'était un sacrifice, d'autant que sa situation financière s'annonçait incertaine.

Graham avait quitté la maison.

Ils avaient évoqué la situation à plusieurs reprises après le 18 avril. Mais Graham restait profondément affecté par la mort d'Eric Munce, dont il s'estimait encore responsable, sans en tenir rigueur à Brynn (quelle différence entre lui et Keith !).

Il était parti depuis quelques jours seulement, pour s'installer dans une location, à vingt minutes de leur maison. Brynn s'apercevait qu'elle était triste et perdue… mais soulagée aussi, d'une certaine façon. Sans oublier l'importance du facteur torpeur. Les problèmes domestiques étaient sa spécialité, évidemment, et elle savait qu'il était beaucoup trop tôt pour déterminer quelles directions allaient prendre leurs vies respectives.

Graham continuait à participer aux dépenses ; il payait même plus que sa part étant donné qu'il assumait les frais médicaux d'Anna qui n'étaient pas pris en charge par l'assurance. Mais jusqu'alors leur mode de vie reposait sur deux revenus et Brynn devenait beaucoup plus sensible tout à coup à l'aspect financier des choses.

Elle mangea encore un peu de soupe, presque froide maintenant. Son portable sonna. C'était Joey. Elle répondit immédiatement. Il appelait juste pour dire que tout allait bien et Brynn fit quelques remarques enjouées quand il lui raconta des anecdotes concernant la gym et les sciences, avant de filer pour son dernier cours de la journée.

Après avoir admis que Graham avait peut-être raison au sujet de Joey, et de la façon dont elle l'élevait, elle avait enquêté et découvert que les accusations de *phalting* étaient fondées ; il avait pris l'habitude de s'accrocher à des camions avec son skate. C'était un miracle qu'il n'ait pas été grièvement blessé. Ses absences à l'école étaient également une réalité.

Elle avait eu plusieurs discussions délicates avec son fils, sous la pression de sa mère principalement, ce qui l'avait surprise.

Brynn avait fait irruption dans la vie de Joey à la manière d'un commando qui saute d'un hélicoptère. Désormais, il ne pouvait faire du skate que dans l'enceinte d'un parc aménagé, et seulement quand elle était avec lui. Et il devait porter un casque, à la place de son bonnet.

— Arrête, maman ! Tu plaisantes ou quoi ?

— C'est à prendre ou à laisser. Et je garderai ton skate dans ma chambre.

Il avait poussé un soupir théâtral. Et s'était résigné.

Par ailleurs, elle exigeait qu'il l'appelle régulièrement et qu'il soit rentré à la maison vingt minutes après la fin des cours. Elle avait souri intérieurement en voyant sa réaction quand elle lui avait annoncé que la police avait conclu un accord avec la compagnie de téléphone locale pour pouvoir localiser les portables, même éteints. (C'était exact, mais elle s'était gardée de préciser que toute utilisation du système pour surveiller son fils électroniquement serait illégale.)

Si elle avait réussi à maîtriser le comportement rebelle de Joey, elle ne parvenait pas, apparemment, à apaiser le ressentiment provoqué par le départ de son beau-père. Même si Graham restait en contact avec lui, Joey n'appréciait pas cette séparation, et Brynn ne voyait pas ce qu'elle pouvait faire. Après tout, ce n'était pas elle qui avait fichu le camp.

Elle repoussa son bol de soupe, en songeant à tous les changements survenus depuis cette nuit-là.

« Cette nuit-là. » L'expression était devenue un emblème dans sa vie. Elle symbolisait beaucoup plus qu'une référence chronologique.

Brynn était de nouveau seule, obligée de s'occuper d'une mère blessée et de surveiller un fils perturbé. Malgré tout, rien ne pourrait l'empêcher de retrouver Michelle et Hart et de les arrêter.

En fait, elle se demandait s'il y avait quelque chose à tirer de ses rendez-vous avec l'inspecteur de police et l'agent du FBI quand elle s'aperçut qu'un silence de mort régnait dans le bar.

Il était désert. Le serveur et le barman étaient partis.

Et soudain, une image lui revint : elle avait vu un homme très mince marcher derrière elle dans la rue, entre le poste de police et le restaurant. Elle n'y avait pas prêté attention, mais elle se souvenait maintenant que lorsqu'elle s'était arrêtée pour regarder une vitrine, il s'était arrêté également, pour téléphoner. Ou faire semblant.

Inquiète, elle voulut se lever, mais sentit un souffle d'air quand une porte s'ouvrit, puis une présence dans son dos, au moins deux personnes.

Elle se figea. Son arme était sous sa veste et son imperméable. Elle serait morte avant d'avoir défait deux boutons.

Elle n'avait pas d'autre choix que de se retourner.

Ce qu'elle fit, en s'attendant à découvrir les yeux gris de Hart, tenant dans la main le pistolet avec lequel il allait la tuer.

Le plus imposant des deux, un homme d'une soixantaine d'années, dit :

— Shérif ? Je suis Stanley Mankewitz.

— Adjointe, rectifia-t-elle.

Le deuxième homme, maigre, au visage juvénile, était celui qu'elle avait repéré dans la rue. Son léger sourire ne devait rien à la bonne humeur. Il resta muet.

Mankewitz s'assit sur le tabouret voisin du sien.

— Vous permettez ?

— On frôle l'enlèvement, là.

Il parut surpris.

— Oh, vous pouvez partir quand bon vous semble, agent McKenzie. Un enlèvement ? Voyons !

Il adressa un signe de tête à son associé, qui alla s'asseoir à une table toute proche.

Le barman était revenu. Il regarda Mankewitz.

— Juste un café. Et un Coca Light pour mon ami, là-bas.

Il indiqua la table d'un mouvement du menton.

Le barman déposa le café sur le comptoir et le soda sur la table.

— Autre chose ? demanda-t-il en s'adressant à Brynn, comme s'il lui disait : Vous voulez un cheesecake pour votre dernier repas ?

— Non. L'addition.

Mankewitz prépara son café avec soin : la parfaite quantité de lait, un sachet de sucre et une sucrette. Il dit :

— Il paraît que vous avez vécu une sacrée nuit, il y a quelques semaines.

Cette nuit-là...

— Comment le savez-vous ?

— Je regarde les infos.

Cet homme dégageait une impression de confiance en soi qu'elle trouvait rassurante – cela voulait dire qu'elle ne courait aucun danger physique dans l'immédiat –, mais aussi inquiétante. Comme s'il possédait une arme cachée, comme s'il savait une chose qui pouvait détruire sa vie sans qu'il ait recours à la violence. Il semblait totalement maître de la situation.

À cet égard, il lui rappelait Hart.

Le patron du syndicat enchaîna :

— Il est important de se tenir informé. Quand j'étais jeune, bien avant que vous soyez née, on avait une heure d'infos locales, à dix-sept heures, puis ensuite les nouvelles nationales et internationales. Walter Cronkite, Huntley et Brinkley… Juste une demi-heure. Moi, ça ne me suffisait pas. J'aime avoir le maximum d'informations. Je raffole de CNN. C'est la page d'accueil de mon BlackBerry.

— Ça n'explique pas ce que vous faites ici… À moins que vous ayez su que j'avais rendez-vous avec la police de Milwaukee.

Il n'hésita pas longtemps ; de toute évidence, elle n'était pas tombée loin.

— Ou peut-être que je vous suis.

— Lui, c'est sûr, répliqua Brynn en désignant d'un mouvement de tête l'associé svelte.

Mankewitz sourit, but une gorgée de café et regarda avec regret le plateau tournant des desserts.

— Nous avons un objectif commun, agent McKenzie.

— Ah oui ? Lequel ?

— Retrouver l'assassin d'Emma Feldman.

— N'est-il pas en train de boire un mauvais café à cinquante centimètres de moi ?

— C'est un mauvais café, en effet. Comment vous le savez ?

— À l'odeur.

Il montra la boîte de soda à côté de son bol de soupe.

— C'est *ça* qui est mauvais pour vous, comme pour mon ami. Et vous vous trompez, vous n'êtes pas en compagnie de l'assassin.

Elle regarda derrière elle. L'autre type sirotait son soda en consultant son propre BlackBerry.

Quelle était sa page d'accueil ?

— Je suppose que vous n'enquêtez pas souvent sur des meurtres dans le comté de Kennesha, reprit Mankewitz. Pas comme celui-là, du moins.

— Pas comme *ceux*-là, rectifia-t-elle. Plusieurs personnes ont été tuées.

Voyant qu'elle était toujours vivante et que le barman était un témoin potentiel, même s'il pouvait être soudoyé, elle commençait à se montrer effrontée, voire agressive.

— Oui, bien sûr.

— De quel genre d'affaires on s'occupe habituellement ? reprit Brynn comme si elle réfléchissait à voix haute. Une bagarre au couteau. Un coup de feu qui part accidentellement lors du braquage d'une épicerie ou d'une station-service. Un deal de drogue qui tourne mal.

— C'est mauvais, toute cette drogue. Très mauvais.

À qui le dites-vous.

— Si vous avez vu *COPS* à la télé, vous savez ce qu'on fait.

— Le 17 avril, c'était une autre paire de manches. (Il buvait quand même son mauvais café.) Vous faites partie d'un syndicat ? Un syndicat de la police ?

— Non, il n'y en a pas à Kennesha.

— Je crois aux syndicats, moi madame. Je crois au travail et je crois qu'il faut donner à chacun une chance de s'élever dans l'échelle sociale. Par le biais de l'éducation. L'école équilibre les chances ; un syndicat, c'est pareil. Quand vous entrez dans un syndicat, on vous donne l'essentiel. Vous pouvez vous contenter de ce que vous avez, toucher votre salaire et salut la compagnie. Mais vous pouvez vous en servir comme d'un plongeoir, si vous voulez aller plus loin dans la vie.

— Un plongeoir ?

— L'image est peut-être mal choisie. Je n'ai pas beaucoup d'imagination. Vous savez de quoi on m'accuse ?

— Pas dans le détail. Une escroquerie impliquant des travailleurs clandestins.

— On m'accuse d'avoir donné à des gens des faux documents mieux imités que ceux qu'ils peuvent acheter dans la rue. Et ensuite, ils se font engager dans des entreprises sans syndicat pour créer des cellules.

— C'est la vérité ?

— Non. (Il sourit.) Ce sont les accusations. Et vous savez comment les autorités ont été informées de mes prétendus crimes ? Cette avocate, Emma Feldman, s'occupait d'un contrat pour un client et elle a découvert qu'un grand nombre d'immigrés en règle étaient syndiqués ; beaucoup plus, proportionnellement, que dans la plupart des autres sections du pays. À partir de là, quelqu'un a lancé la rumeur disant je leur vendais de faux papiers. En revanche, leurs cartes vertes étaient authentiques, elles. Distribuées par le gouvernement américain.

Brynn réfléchit. Mankewitz semblait crédible. Mais comment savoir ?

— Pourquoi ?

— Pour briser le syndicat, voilà pourquoi. Purement et simplement. D'autres rumeurs ont commencé à circuler, comme quoi j'étais corrompu. La Section 408 sert de couverture aux terroristes. J'encourage des étrangers à venir voler nos emplois… Bang ! Tout le monde quitte le syndicat ! (Il était remonté.) Laissez-moi vous expliquer, précisément, pour quelle raison je suis persécuté. Pourquoi certaines personnes veulent expédier Stanley Mankewitz sur la touche. Parce que je ne hais pas les immigrés ! Je les soutiens, au contraire. Je préfère employer une dizaine de Mexicains, de Chinois ou de Bulgares venus dans ce pays, légalement je le précise, pour travailler dur plutôt que cent citoyens américains fainéants. Résultat, je me retrouve pris entre deux feux. Les patrons me détestent parce que je représente le syndicat. Et mes propres membres me détestent parce que j'aide des types qui ne sont pas de vrais Américaaaains. (Il prononça ce mot en prenant un accent huppé.) D'où ce complot pour me piéger.

Brynn soupira ; elle n'avait plus envie de toucher à sa soupe ni à son soda, qui était déjà éventé au départ, et sans doute aussi mauvais que le café, même s'il ne puait pas.

Mankewitz baissa la voix.

— Vous saviez que je vous avais sauvé la vie le 17 avril ?

Cette fois, elle lui accorda toute son attention. Avec un froncement de sourcils. Elle ne voulait trahir aucune émotion, mais c'était plus fort qu'elle.

Mankewitz ajouta :

— J'ai envoyé sur place M. Jasons, ici présent, pour protéger mes intérêts. Je savais que ce n'était pas moi qui avais tué Emma Feldman et son mari. Je voulais donc savoir qui c'était. Cela pouvait peut-être me conduire jusqu'à la personne qui essaye de me piéger.

— Allons, je vous en prie… dit-elle en lui jetant un regard sceptique.

Le patron du syndicat se retourna.

— James ?

Celui-ci les rejoignit au bar, avec une mallette et son soda. Il dit :

— Je me trouvais dans la forêt, près de cette corniche que vous escaladiez avec cette femme et cette gamine. J'avais une carabine. Vous avez jeté des pierres et des bûches sur ces deux types.

Dans un murmure, elle demanda :

— C'était vous ? (Ce type semblait incapable de tenir un simple pistolet.) Vous nous avez tiré dessus ?

— À côté. Uniquement pour mettre fin à l'affrontement. (Il but une gorgée de soda.) Je me suis rendu à la maison au bord du lac. J'ai raconté à vos collègues que j'étais un ami de Steve Feldman. Puis j'ai suivi votre mari et votre collègue dans les bois. Je n'étais pas là pour tuer qui que ce soit. Au contraire. Mes ordres étaient de protéger tout le monde. Et découvrir qui étaient ces types. J'ai mis fin à votre affrontement, mais je n'ai pas réussi à les rattraper pour les interroger.

Mankewitz intervint :

— Nous avons des raisons de penser que les rumeurs concernant mes prétendues activités illégales viennent d'une personne travaillant pour la Société de transport de fret intermodal des Grands Lacs. M. Jasons a découvert certains documents…

— Découvert ?

— … Des documents laissant entendre que le président de cette société avait de gros soucis financiers et essayait désespérément de virer le syndicat pour pouvoir baisser les salaires et les primes. Le responsable de leur service juridique nous a fourni des documents prouvant que le PDG est à l'origine de ces rumeurs.

— Vous l'avez dit au procureur ?

— Hélas, ces documents…

— Sont des documents volés.

— Disons qu'ils ne sont pas recevables comme preuves. Voilà où nous en sommes. Étant donné que je n'ai jamais vendu de faux papiers, personne ne peut prouver que je l'ai fait. Les poursuites finiront donc par être abandonnées. Mais les rumeurs peuvent causer autant de dégâts que des condamnations. C'est ce qu'espèrent la société de fret des Grands Lacs et d'autres entreprises sans syndicat : me détruire en détruisant ma réputation et briser ma Section. Je dois donc mettre fin à toutes ces rumeurs. Mais ma priorité n° 1, c'est de vous convaincre que je n'ai pas tué Emma Feldman.

— À l'École de police, on nous apprend à ne pas renoncer parce qu'un suspect dit : « Je vous assure, ce n'est pas moi. »

Mankewitz repoussa sa tasse de café.

— Agent McKenzie. Je sais ce qui s'est passé il y a sept ans. Le coup de feu.

Brynn se figea.

— Votre mari…

Il se tourna vers Jasons, qui précisa :

— Keith Marshall.

Mankewitz reprit :

— Le rapport officiel a conclu à un tir accidentel, mais tout le monde était persuadé que vous lui aviez tiré dessus parce qu'il vous avait frappée, une fois de plus. Comme le jour où il vous a brisé la mâchoire. Mais il portait son gilet pare-balles, alors il a survécu et il a pu déclarer que c'était un accident.

— Écoutez…

— Mais je connais la vérité. Je sais que c'est votre fils, et non pas vous, qui a tiré sur son père, pour vous défendre.

— Non, non…

Les mains de Brynn tremblaient.

Nouveau mouvement de tête en direction de Jasons. Un dossier fit son apparition. La chemise était vieille, molle. Brynn vit ce qui était écrit dessus : Archives du rectorat du comté de Kennesha.

— Qu'est-ce que c'est ? demanda-t-elle d'une voix étranglée.

Mankewitz montra le nom inscrit en haut. Dr R. Germain.

Elle mit plusieurs secondes à le reconnaître. C'était le psychologue qui suivait Joey au cours élémentaire. Joey avait eu des problèmes à l'école ; il se battait, refusait de faire ses devoirs ; il allait voir le Dr Germain plusieurs fois par semaine. Il avait été traumatisé quand celui-ci était mort d'une crise cardiaque, un soir après une séance.

— Comment vous l'avez eu ?

Sans attendre la réponse, elle ouvrit brutalement le dossier avec ses mains moites.

Oh, bon sang…

Keith et elle avaient cru que Joey, âgé de cinq ans seulement au moment du drame, avait oublié, ou occulté, cette terrible nuit au cours de laquelle ses parents en étaient venus aux mains sur le sol de la cuisine. Il s'était précipité vers eux, en hurlant. Keith l'avait repoussé, avant de frapper Brynn au visage encore une fois.

Joey avait sorti l'arme de l'étui fixé à la ceinture de sa mère et tiré sur son père, en pleine poitrine.

Ils avaient fait jouer toutes leurs relations et Brynn avait assumé l'accusation de tir accidentel, ce qui avait bien failli mettre fin à sa carrière. Tout le monde pensait qu'elle avait délibérément tiré sur Keith, connu pour son caractère violent, mais personne n'avait jamais soupçonné Joey.

En lisant ce rapport aujourd'hui, elle découvrait que le garçonnet avait fait au Dr Germain un récit détaillé et cohérent de ce qui s'était passé ce soir-là. Elle ignorait que son fils se souvenait de la scène avec une telle précision. Apparemment, s'il n'avait pas été envoyé dans une famille d'accueil – et si une chasse aux sorcières s'était déclenchée, Brynn et Keith ayant été l'objet d'une enquête pour mise en danger de la vie d'un enfant –, c'était uniquement grâce au décès du Dr Germain, à la suite duquel le dossier avait été englouti dans les archives de l'école, sans que personne le lise.

Mankewitz dit :

— Le FBI et la police de Milwaukee ont bien failli mettre la main dessus.

— Hein ? Pourquoi ?

— Parce qu'ils veulent vous écarter de l'affaire. Leur enquête a pour but de m'épingler. Alors que vous cherchez à découvrir ce qui s'est réellement passé au lac Mondac.

Le dénommé Jasons ajouta :

— Ils se sont intéressés à tous les aspects de votre vie. Ils voulaient se servir de cette affaire pour vous discréditer. (Il jeta un bref coup d'œil au dossier.) Et peut-être même vous poursuivre en justice, avec toutes les personnes qui vous ont aidée à couvrir votre geste.

Sa mâchoire tremblait aussi violemment que cette nuit où elle était remontée des profondeurs mordantes du lac.

Ils lui prendraient son fils… Sa carrière serait terminée. Ils enquêteraient sur Tom Dahl, soupçonné d'avoir aidé à étouffer l'affaire. Plusieurs agents de la police de l'État seraient inquiétés, eux aussi.

Mankewitz la regarda droit dans les yeux, ils étaient mouillés de larmes.

— Hé, détendez-vous. (Il tapota la chemise avec son doigt épais.) M. Jasons m'assure qu'il n'existe pas d'autre dossier. Aucune copie n'a été faite. Personne à part vous, Keith et votre fils ne sait ce qui s'est passé ce soir-là.

— Vous, vous savez, marmonna-t-elle.

— Ce dossier, je vais vous le donner.

— Quoi ?

— Déchirez-le. Non, mieux encore. Faites comme moi : déchirez-le, puis *brûlez*-le.

— Vous ne…

— Agent McKenzie, je ne suis pas ici pour vous faire chanter. Je ne suis pas ici pour vous forcer à abandonner votre enquête. Je vous remets ce dossier en gage de bonne volonté. Je suis innocent. Je ne veux pas qu'on vous retire l'affaire. Je veux que vous continuiez à investiguer jusqu'à ce que vous découvriez qui a réellement tué ces gens là-bas.

Brynn empoigna le dossier ; il semblait dégager des radiations. Elle le fourra dans son sac à dos.

— Merci.

D'une main tremblante, elle porta le verre de soda à ses lèvres. Elle repensait à tout ce que venait de dire le patron du syndicat.

— Dans ce cas, qui souhaitait la mort d'Emma Feldman ? Pour quelle raison ? Personne d'autre n'avait de mobile, visiblement.

— Est-ce que quelqu'un a cherché ?

C'est vrai, admit-elle intérieurement. Depuis le début, tout le monde supposait que Mankewitz se cachait derrière ces meurtres.

Celui-ci détourna le regard. Ses épaules s'affaissèrent.

— On a fait chou blanc, nous aussi. Mais Emma travaillait sur d'autres dossiers suffisamment sensibles pour motiver un assassinat. Je pense en particulier à une affaire concernant un membre de la Chambre des représentants, celui qui s'est suicidé.

Brynn se souvenait de cette histoire. L'homme en question avait tenté de rayer son épouse et ses enfants de son testament pour laisser tout son argent à un jeune prostitué homosexuel de vingt-deux ans. Les médias avaient tout dévoilé et le politicien avait mis fin à ses jours.

— Mais elle s'occupait également d'une autre affaire curieuse, ajouta le patron du syndicat.

Un coup d'œil en direction de Jasons, spécialiste des informations et des documents, visiblement.

Celui-ci s'exécuta :

— Une affaire de responsabilité du fabricant concernant une nouvelle voiture hybride, expliqua-t-il. Un conducteur a été électrocuté. Sa famille a attaqué en justice le client d'Emma Feldman, une société de Kenosha. C'est elle qui a fabriqué le système électrique ou je ne sais quoi. L'avocate a travaillé dur sur cette affaire, mais ensuite, tout a été stoppé et plus personne n'en a jamais entendu parler.

Un véhicule hybride défectueux et dangereux ? Le genre d'information qui n'apparaissait pas souvent dans la presse. Jamais, à vrai dire. Il y avait certainement des sommes considérables en jeu. Emma Feldman avait-elle fait une découverte gênante ?

Peut-être.

Et le nom de Kenosha ne lui était pas inconnu… Il faudrait qu'elle consulte ses notes des dernières semaines. Une personne à rappeler. Une personne qui s'intéressait à des dossiers d'Emma Feldman. Un certain Sheridan.

Mankewitz poursuivait :

— Hélas, on n'a découvert aucune piste. Vous voilà livrée à vous-même, désormais.

Il fit signe qu'on lui apporte l'addition, paya et montra la soupe de Brynn d'un mouvement de tête.

— Je n'ai pas payé pour ce truc. Ça me semble inconvenant.

Il enfila son manteau.

Son associé sortit une carte de visite de sa poche. Celle-ci portait uniquement un nom et un numéro de téléphone. Brynn se demanda si le nom était vrai.

— Si vous avez besoin de quoi que ce soit, dit-il, si je peux encore vous aider, appelez-moi. C'est une boîte vocale, mais je vous rappellerai.

Elle hocha la tête.

— Merci, répéta-t-elle en tapotant son sac à dos.

— Pensez à ce que je vous ai dit, ajouta Mankewitz. Le FBI, vous et tout le monde, vous ne cherchez pas au bon endroit, apparemment.

— Ou alors, renchérit le type maigre en sirotant son soda comme s'il s'agissait d'un grand vin, vous ne cherchez pas la bonne personne.

La bande de plastique jaune attachée par la police autour de la véranda s'était défaite ; elle flottait au vent tel un doigt décharné.

Brynn n'était pas retournée à la maison de campagne des Feldman à Lake View Drive depuis cette fameuse nuit, il y avait presque trois semaines de cela. Curieusement, dans la lumière de l'après-midi, elle paraissait plus austère. La peinture s'écaillait en de nombreux endroits, les angles étaient tranchants, les volets et les moulures d'un noir déplaisant.

Elle marcha jusqu'à l'endroit où elle s'était postée, près de sa voiture, suffoquant de terreur, en position de tir, attendant que Hart émerge des buissons pour servir de cible.

À partir de ce souvenir, ses pensées dérivèrent naturellement vers le rapport du psychologue scolaire que lui avait remis Mankewitz, maintenant déchiqueté et brûlé dans le barbecue du jardin. Le Dr Germain avait transcrit le drame exactement comme il s'était déroulé, ou presque.

Curieusement, c'était aussi une soirée du mois d'avril. Elle se revoyait, pétrifiée d'effroi face à la colère de Keith qui enflait lentement. De retour d'une longue journée de patrouille, il était assis à la table de la cuisine. Elle ignorait la cause de cette explosion ; très souvent, elle ne s'en souvenait pas. Une histoire d'impôts et d'argent. Peut-être qu'elle avait égaré des factures.

Une peccadille. C'étaient toujours des peccadilles.

L'incident avait vite dégénéré. Keith avait son regard de fou, ce regard qui la terrorisait. Il était comme possédé. Sa voix, calme tout d'abord, se brisait et se transformait en hurlement. Brynn eut le malheur de dire :

— Calme-toi. Ce n'est pas bien grave.

— C'est moi qui ai bossé toute la journée ! Et toi, tu étais où ? Tu distribuais des PV ?

— Calme-toi, répéta-t-elle, le cœur battant à tout rompre et se protégeant la mâchoire instinctivement.

C'est à ce moment-là qu'il disjoncta. Il se leva d'un bond, renversant la table, faisant voler les déclarations d'impôts et les factures, et il se précipita vers elle, une bouteille de bière à la main. Elle le repoussa brutalement, alors il la saisit par les cheveux pour la coucher par terre. Là, ils luttèrent au corps à corps, en bousculant les chaises. Keith leva le poing.

Elle hurlait, elle pleurait.

— Non ! Non ! Non !

En voyant son poing énorme se lever.

Et Joey se jeta sur eux, en pleurant lui aussi.

— Recule, Joey !

Enragé, ivre, non pas d'alcool mais de colère comme toujours, Keith était devenu incontrôlable. Il continuait à brandir son poing énorme.

Brynn essaya de se dégager pour que le coup ne lui fracasse pas la mâchoire encore une fois. Et pour protéger Joey, qui était coincé entre eux deux et hurlait en même temps que sa mère.

— Fais pas mal à maman !

Et soudain : Bang !

La balle atteignit Keith en pleine poitrine.

Et le garçon de cinq ans se remit à brailler. Il avait sorti le Glock de sa mère de son étui, sans doute pour menacer son père, simplement. Mais cette arme ne possède pas de cran de sécurité et une simple pression sur la détente peut faire partir le coup.

Le pistolet était tombé sur le sol de la cuisine, pendant que la mère, le père et le fils pétrifiés formaient un tableau effroyable.

Keith recula en titubant, hébété. Il tomba à genoux et vomit. Avant de perdre connaissance. Brynn s'empressa d'arracher les boutons de sa chemise, et elle vit le disque de cuivre et de plomb se détacher du gilet en Kevlar.

Ambulance, déclarations, négociations…

Et bien sûr, l'horreur de l'incident lui-même, indélébile.

Mais Mankewitz et son compère décharné ne connaissaient pas le pire aspect de cette histoire. La partie qu'elle regrettait à chaque instant de sa vie.

Après cette soirée tragique, la vie s'améliora. À vrai dire, elle devint même idéale.

Keith trouva un bon psychiatre et participa à un programme de maîtrise des pulsions colériques. Ils suivirent une thérapie de couple. Et Joey consulta un psychologue, lui aussi.

Plus jamais il n'y eut la moindre parole agressive entre eux, pas un seul geste qui ne soit motivé par la tendresse ou la passion. Ils formaient le plus normal des couples désormais. Ils assistaient aux activités de Joey et se rendaient à l'église. Anna et son mari firent leur retour, avec méfiance, dans la vie de leur fille, dont ils s'étaient éloignés à cause de Keith.

Plus de scènes, plus d'insultes. C'était un mari modèle.

Pourtant, neuf mois plus tard, elle avait demandé le divorce. Et il avait accepté, à contrecœur.

Pourquoi avait-elle fait ce choix ?

Elle avait passé des heures, des jours, à se le demander. Était-ce l'onde de choc de cette épouvantable soirée ? L'accumulation de toutes les crises ? Ou bien n'était-elle pas faite pour mener une vie calme et normale ?

Je n'échangerais ma vie contre rien d'autre. Regardez le reste de l'humanité, tous ces morts-vivants. Ce sont des cadavres, Brynn. Ils restent assis, énervés, en colère à cause d'un truc qu'ils ont vu à la télé et qui pourtant ne signifie absolument rien pour eux...

Elle repensa, une fois encore, à cette soirée où Graham et elle étaient rentrés de l'hôpital. À ce qu'il lui avait dit.

Oh, Graham, tu as raison. Totalement raison. J'ai une dette envers mon fils. Une dette énorme. Je l'ai obligé à utiliser une arme à feu pour essayer de sauver sa mère, alors que j'aurais dû l'emmener loin de cette maison depuis longtemps.

Et je suis partie quand tout allait mieux, j'ai arraché Joey à un homme qui déplaçait ciel et terre pour changer de comportement.

Comment pourrais-je ne pas gâter mon fils, le protéger ? Et espérer qu'il me pardonne ?

En touchant inconsciemment sa mâchoire, elle monta sur la véranda de la maison des Feldman. La police avait évacué les lieux en laissant la clé sur la porte. L'intérieur sentait le détergent et le feu de cheminée, une odeur accentuée par l'humidité.

Elle vit les impacts de balles, tirées par Hart, par Lewis, par Michelle et par sa propre arme. Dans la cuisine, le sol avait été lessivé. Il n'y avait plus aucune trace de sang. Il existait des sociétés qui effectuaient ce genre de travail ; elles nettoyaient tout après les meurtres et les morts accidentelles. Brynn avait toujours pensé que cela ferait un bon sujet de roman policier : un tueur employé par une de ces sociétés et qui nettoie si bien les scènes de crime que la police ne découvre aucun indice.

Son regard se posa sur une demi-douzaine de livres de cuisine écornés, dont certains qu'elle possédait. Elle prit un vieil exemplaire du *Plaisir de cuisiner* et l'ouvrit à la page marquée par un ruban rouge. Fricassée de poulet. Elle rit. Elle avait réalisé ce plat. Dans un coin, quelqu'un avait écrit, au crayon : *2 heures*. Et : *Vermouth à la place.*

Elle remit le livre à sa place.

Elle se demanda ce qu'allait devenir cette maison.

Abandonnée pendant encore une génération, sans doute. Qui voudrait vivre ici ? Une demeure imposante, au milieu des bois austères, sans épicerie ni restaurant à proximité, et ce lac froid et sombre, semblable à un vieux trou de projectile.

Mais elle laissa filer toutes ses réflexions, elle les repoussa, de la même manière que Michelle et elle avaient poussé le canoë dans le ruisseau noir pour se sauver.

Après un dernier regard à l'endroit où étaient tombés les corps, et où elle avait bien failli les rejoindre, elle retourna dans le salon.

— Il faut y aller.

— OK, répondit Joey à sa mère.

Il dévala l'escalier, vêtu d'un déguisement de cowboy que lui avait confectionné Anna. Bon sang, cette femme savait se servir d'une machine à coudre ! pensa Brynn. Depuis toujours. Certaines personnes naissaient avec ce don.

Elle avait passé les derniers jours à Milwaukee et à Kenosha, pour suivre des pistes, certaines prometteuses, d'autres non. Mais ce soir, elle avait pris soin de rentrer à temps pour assister au spectacle de Joey.

— Tout va bien, maman ? lança-t-elle.

La voix de la vieille femme lui parvint du petit salon :

— Oui. J'aurais bien aimé venir, Joey. Mais je te promets que j'assisterai à la fête de la fin de l'école. D'ici là, je serai rétablie. Tu joues quel rôle ?

— Un éclaireur. Je guide les gens dans les montagnes.

Anna apparut sur le seuil en boitillant.

— Tourne-toi, dit-elle… Tu es superbe ! Tu ressembles à Alan Ladd.

— Qui ça ?

— Un célèbre acteur.

— Comme Johnny Depp ?

— Que Dieu nous garde.

Joey fit la grimace.

— Je veux pas mettre ce maquillage. C'est tout gras.

— Sur scène, c'est obligé, dit sa mère. Les gens te verront mieux. Et puis, ça te rend encore plus beau.

Il poussa un soupir exagéré.

Anna dit :

— Ma chérie, je crois que Graham aimerait assister au spectacle.

— Oh, oui ! s'exclama le garçon. Il peut venir, maman ?

— Je ne sais pas.

Brynn en voulait à sa mère d'avoir, délibérément sans aucun doute, évoqué le sujet devant Joey.

Anna soutint son regard et lui adressa un de ses fameux sourires inflexibles.

— Appelle-le donc. Quel mal y a-t-il ?

Brynn n'avait pas la réponse à cette question. Par conséquent, elle ne voulait pas l'appeler.

— Ça lui plaira, maman. Allez !

— C'est un peu tard pour l'inviter.

— Dans ce cas, il te répondra qu'il a déjà quelque chose de prévu. Merci de m'avoir invité. Ou bien, il dira oui.

Brynn observa sa mère. Celle-ci l'avait soutenue après la séparation, sans toutefois proposer la moindre option. Fidèle à son désir de ne jamais s'impliquer. Mais Brynn se demandait maintenant si ce sourire éclatant ne cachait pas une stratégie soigneusement élaborée.

— Je ne préfère pas, dit-elle.

— Ah.

Le sourire s'effaça.

— Allez, maman !

Joey était fâché.

Le regard d'Anna glissa, pendant une fraction de seconde, vers son petit-fils. Mais elle ne dit rien.

— Je sais même pas pourquoi il est parti, marmonna Joey. Là-bas dans les Hendricks Hills.

— Comment sais-tu où il vit ?

Graham avait emménagé la veille dans une nouvelle location.

— Il me l'a dit.

— Tu lui as parlé ?

— Il a appelé.

— Tu ne me l'as pas dit.

— C'est *moi* qu'il a appelé, rétorqua le garçon d'un air de défi. Pour me dire bonjour.

Brynn ne savait pas comment réagir.

— Il n'a pas laissé de message ?

— Non. (Joey tirait sur le revers de son costume.) Pourquoi il est parti là-bas ?

— C'est un joli coin.

— Je veux dire : pourquoi il est parti, tout simplement ?

— Je t'ai déjà expliqué. On ne voyait pas les choses de la même façon.

Joey ne savait pas ce que ça voulait dire, mais Brynn non plus.

— Il peut pas assister au spectacle ?

— Non, mon chéri. (Elle sourit.) Pas aujourd'hui. Une autre fois, peut-être.

Le garçon s'approcha de la fenêtre pour regarder dehors. Il paraissait déçu. Brynn fronça les sourcils.

— Qu'y a-t-il ?

— Je pensais qu'il était peut-être là.

— Pourquoi ?

— Il vient parfois.

— Ah bon ? Pour te voir ?

— Non. Il reste dehors dans sa voiture, puis il repart. Je l'ai vu à l'école aussi. Il était garé devant l'entrée, après les cours.

Brynn s'efforça de garder une voix calme pour demander :

— Tu es sûr que c'était Graham ?

— Oui, je crois. Je l'ai pas bien vu. Il avait des lunettes noires. Mais c'était forcément lui. Qui veux-tu que ce soit ?

Elle se tourna vers sa mère, visiblement surprise par ce qu'elle entendait.

— Ça pouvait aussi ne pas être lui.

Joey haussa les épaules.

— Il avait des cheveux bruns. Et il était grand, comme Graham.

— Il avait quoi, comme voiture ?

— J'en sais rien. Elle était bleue. Assez chouette. Genre voiture de sport. Bleu foncé. Je l'ai pas bien vue. Quand il m'a appelé, il m'a expliqué qu'ils n'avaient jamais retrouvé son pick-up ; alors il a acheté une autre voiture. J'ai pensé que c'était celle-là. Qu'est-ce qui se passe, maman ?

— Rien.

— Allez, maman, appelle-le !

— Pas aujourd'hui, mon chéri. Plus tard.

Elle observa la rue déserte, puis se retourna en s'obligeant à sourire. C'était le sourire stoïque de sa mère. Et elle dit :

— Tu sembles aller beaucoup mieux, maman. Peut-être que tu devrais venir voir le spectacle, finalement.

Anna s'apprêtait à rouspéter – elle avait harcelé sa fille pour que celle-ci la laisse venir –, puis elle comprit.

— Avec plaisir.

— Ensuite, dit Brynn, on ira manger au T.G.I. Friday. Je vais t'aider à enfiler quelque chose, maman. Je reviens tout de suite, Joey.

Elle alla verrouiller la porte d'entrée et monta au premier.

Elle ouvrit le coffre des armes, accrocha l'étui contenant le Glock à la ceinture de sa jupe, dans son dos, et mit une veste par-dessus.

Tout en observant par la fenêtre la rue déserte qui passait devant la maison, elle appela Tom Dahl.

— J'ai besoin d'un service. Rapidement.

— Pas de problème, Brynn. Tout va bien ?

— Je ne sais pas.

— Je vous écoute.

— J'ai besoin de savoir quels véhicules sont enregistrés au nom de Graham. Tous. Même les véhicules de société.

— Il vous fait des ennuis ?

— Non, non. Ce n'est pas à cause de lui que je m'inquiète.

— Ne quittez pas. Je vais interroger le fichier des immatriculations.

Moins d'une minute plus tard, la voix décontractée du shérif résonna de nouveau :

— Sa société de jardinage possède trois semi-remorques à plateau, deux pick-up F150 et un F250. À titre personnel, Graham possède une Taurus achetée en leasing, à cause de cette bonne femme qui lui a fauché son pick-up le mois dernier, je suppose.

— La Taurus, elle est bleu foncé ?

— Non, blanche.

— OK…

Elle repensait à « cette nuit-là ».

Vous auriez dû... Vous auriez dû me tuer.

— Tom, j'ai encore besoin de quelqu'un pour surveiller la maison.

— Que se passe-t-il, Bryan ?

— Un type s'est arrêté devant chez moi. Pour observer la maison. Joey l'a vu. Vous connaissez les enfants, c'est peut-être rien. Mais je ne veux prendre aucun risque.

— On s'en charge, Brynn.

En ce jeudi 7 mai, assise dans son box au travail, Brynn serrait entre ses mains une tasse de chocolat chaud, très chaud. C'était devenu, depuis peu, une véritable drogue. Pour compenser les excès de calories, elle avait renoncé aux crackers et aux sandwiches au fromage qu'elle adorait. Elle était capable de boire trois tasses de chocolat par jour. Était-ce parce qu'elle avait eu si froid cette nuit-là ?

Elle songea que Graham et elle avaient siroté un chocolat chaud au Humboldt Diner lors de leur premier rendez-vous. Les boissons faisaient presque cent degrés quand ils avaient commencé à bavarder, à la fin de leur conversation les tasses étaient froides.

Elle relisait ses notes, des centaines de phrases griffonnées, pour ordonner les éléments qu'elle avait réunis après sa rencontre avec Stanley Mankewitz. Jamais elle n'avait travaillé avec un tel acharnement.

Vous cherchez la mauvaise personne...

Son poste fixe sonna. Elle but une dernière gorgée de chocolat et décrocha.

— Agent McKenzie.

— Allô ? fit une voix de femme à l'accent hispanique, avec cette réserve qu'affichent la plupart des gens quand ils appellent la police.

Sa correspondante lui expliqua qu'elle était la gérante du Harborside Inn à Milwaukee.

— Que puis-je pour vous ?

En entendant le mot Milwaukee, Brynn se redressa dans son siège et se raidit. Si une habitante de cette ville la contactait, c'était certainement au sujet de l'affaire Feldman.

Effectivement. Et Brynn sentit croître son intérêt au fur et à mesure qu'elle écoutait cette femme.

Celle-ci disait avoir vu à la télé un portrait-robot de l'homme recherché dans le cadre de l'enquête sur les meurtres du lac Mondac, un individu répondant au nom de Hart ou Harte. Un homme qui lui ressemblait énormément avait pris une chambre dans son établissement le 16 avril. Elle avait appelé le poste de police local qui l'avait aiguillée vers les services du shérif du comté de Kennesha.

Le client en question se nommait William Harding.

Harding… Hart…

— Dites, c'est vraiment un meurtrier ? demanda la femme d'un ton inquiet.

— Nous le supposons… Quelle adresse a-t-il notée dans le registre ?

Elle claqua des doigts pour appeler Todd Jackson qui la rejoignit aussitôt dans son box.

Pendant que la gérante de l'hôtel récitait une adresse à Minneapolis, Brynn l'inscrivit sur une feuille et dit au jeune adjoint :

— Vérifie-moi ça. Rapidement.

Elle voulut savoir ensuite si l'homme avait reçu des appels ou des visites. D'après la gérante de l'hôtel, le dénommé Harding n'avait passé aucun coup de fil de sa chambre, mais il avait rencontré à la cafétéria un homme très maigre avec une coupe en brosse, qu'elle avait trouvé malpoli, et une jolie jeune femme d'une vingtaine d'années avec des cheveux roux très courts. Elle ressemblait un peu à la fille sur l'autre portrait-robot qu'elle avait vu.

De mieux en mieux…

Puis la gérante ajouta :

— En fait, il n'a pas rendu sa chambre.

— Il est toujours là ?

— Non. Il a loué la chambre pour trois jours. Il est sorti dans l'après-midi du 17 et il n'est jamais revenu. J'ai essayé de le contacter, mais les renseignements n'ont personne sous ce nom et à cette adresse, ni à Minneapolis ni à St Paul.

Brynn ne fut pas étonnée quand Jackson lui glissa sous les yeux une feuille sur laquelle était écrit : Faux nom. Adresse parking. Rien dans MN ni WI.

Elle hocha la tête et chuchota :

— Va dire à Tom qu'on a du nouveau.

Jackson repartit, pendant que Brynn farfouillait dans ses notes.

— Il avait une carte de crédit ? demanda-t-elle à la gérante de l'hôtel.

— Non. Il a payé en liquide. Mais si je vous ai appelés, c'est parce qu'il a laissé une mallette. Si vous voulez la récupérer, elle vous attend.

— Ah oui ? Vous savez quoi ? J'aimerais me déplacer pour y jeter un coup d'œil personnellement. Laissez-moi arranger deux ou trois choses et je vous rappelle.

Après avoir raccroché, Brynn s'affala sur son siège. Tom Dahl pénétra dans son box.

— Ça va ? s'inquiéta-t-il en voyant son regard qui devait refléter, supposait-elle, une certaine lueur d'excitation.

— Ça va très bien. On a une piste.

Michelle Alison Kepler – brune désormais et gonflée au collagène – était assise dans la chambre d'une maison clinquante dans un quartier clinquant de Milwaukee. Elle peignait ses ongles avec un vernis prune, la même couleur qu'en cette terrible nuit d'avril.

Elle songeait à une vérité qu'elle avait apprise au fil des ans : les gens entendaient ce qu'ils voulaient entendre, ils voyaient ce qu'ils voulaient voir et croyaient ce qu'ils voulaient croire. Mais pour exploiter cette faiblesse, il fallait avoir l'esprit vif, il fallait identifier leurs désirs et leurs attentes, puis leur donner, subtilement et habilement, assez de miettes pour leur laisser croire qu'ils étaient rassasiés. Pas facile. Mais pour des personnes comme Michelle, c'était un savoir-faire nécessaire, vital.

Elle pensait plus particulièrement à cette femme qui l'avait accompagnée cette nuit-là : l'adjointe Brynn McKenzie.

Vous êtes leur amie... De Chicago ??... Vous travailliez avec Emma... Vous êtes avocate, vous aussi ??

Bon sang, quel faire-valoir tu as été, Brynn.

Michelle s'était retrouvée dans une situation délicate, là-bas dans la maison. Les Feldman étaient morts. Elle avait récupéré et détruit les dossiers qu'elle cherchait, ce qui voulait dire qu'elle n'avait plus besoin de Hart et de Lewis. Hélas, Hart avait réagi comme un félin… et la soirée avait viré au cauchemar.

La fuite dans les bois…

Avant qu'elle tombe sur l'adjointe Brynn McKenzie. Instinctivement, elle avait su quel rôle elle devait jouer ; un rôle que cette flic de la cambrousse pouvait comprendre : la petite fille riche gâtée, pas très sympathique, mais avec juste ce qu'il faut de doutes et d'angoisses, une femme larguée par son mari qui lui reprochait d'être exactement ce qu'il l'avait poussée à devenir.

Elle savait que Brynn serait agacée tout d'abord, mais remplie de compassion ; un sentiment que nous inspirent la plupart des gens que nous rencontrons dans des circonstances difficiles. Nous n'aimons pas les victimes, jusqu'à ce que nous apprenions à les connaître et découvrions quelque chose d'elles en nous.

En outre, ce rôle empêcherait Brynn de se demander pourquoi elle ne ressemblait pas tout à fait à l'invitée qui pleure la mort de ses hôtes, des hôtes qu'elle venait de tuer.

Je ne mentais pas en disant que j'étais comédienne, Brynn. Simplement, je ne joue pas sur scène ni devant une caméra.

Mais trois semaines s'étaient écoulées. Et le vent tournait. Pas trop tôt. Elle l'avait bien mérité. Après toutes les merdes, scandaleuses et injustes, qu'elle avait subies le 17 avril, et par la suite, elle avait le droit d'avoir un peu de chance.

Elle glissa des boules de coton entre les orteils de son pied gauche et continua à se vernir les ongles.

Oui, Dieu ou le destin était de nouveau de son côté. Elle avait enfin réussi à retrouver le nom complet et l'adresse de Hart. Il vivait à Chicago, en fait. Mais elle avait appris qu'il n'y était pas souvent ces derniers temps ; il était davantage dans le Wisconsin. Rien d'étonnant, évidemment. Il la cherchait avec le même acharnement qu'elle mettait à le traquer.

Il cherchait d'autres personnes également, et il en avait déjà trouvé une, a priori. Freddy Lancaster ne répondait plus à ses appels ni à ses textos. Gordon Potts devait figurer lui aussi sur la liste de Hart, mais il était parti se cacher à Eau Claire.

Michelle se montrait prudente, sans toutefois céder à la panique. Elle avait coupé presque tous les ponts entre elle et les événements du 17 avril. Hart connaissait son véritable nom car il avait fouillé dans son sac cette nuit-là, mais localiser Michelle Kepler ne serait pas chose aisée ; elle y avait veillé, comme toujours.

Depuis l'adolescence, elle était passée maître dans l'art de s'introduire dans la vie des autres ; elle se débrouillait pour qu'ils prennent soin d'elle. En jouant la fille aux abois, perdue ou sexy (avec les hommes essentiellement, mais avec les femmes aussi, en cas de besoin). Actuellement, elle vivait aux côtés de Sam Rolfe, un riche homme d'affaires de Milwaukee (personne mieux que Sam ne voyait, n'entendait et ne croyait que ce qu'il voulait). Sur son permis de conduire figurait une vieille adresse et son courrier arrivait dans une poste restante, qu'elle avait supprimée dès le 18 avril, à la première heure, sans consignes de réexpédition.

Quant aux indices qui pouvaient l'impliquer dans les meurtres du lac Mondac, ils n'étaient pas nombreux. Elle avait récupéré dans le pick-up de ce pauvre Graham tout ce qui portait ses empreintes : la carte qu'elle avait donnée à Hart et son sac à main. Et quand elle avait troqué ses bottes contre celles de sa pauvre « amie » morte, elle avait nettoyé ses Ferragamo au produit à vitre. (Du cuir d'Italie à mille sept cents dollars la paire ? Brynn, je te hais.)

Les indices du lac Mondac ne représentaient plus une menace, donc. Mais un risque bien réel demeurait. Il fallait le supprimer.

Et cela se ferait aujourd'hui.

Elle sécha ses orteils avec un sèche-cheveux, satisfaite du résultat, mais agacée de ne pas avoir pu se rendre chez l'esthéticienne. Tant que Hart rôdait dans les parages, elle devait limiter ses déplacements.

Elle quitta la chambre luxueuse pour pénétrer dans le salon où Rolfe était assis dans le canapé avec Tory, cinq ans, et Bradford, un garçon de sept ans filiforme, qui ne souriait pas souvent, mais qui possédait une touffe de cheveux blonds qu'on ne pouvait s'empêcher d'ébouriffer. Chaque fois qu'elle regardait ses enfants, elle sentait une bouffée d'amour maternel gonfler son cœur.

Rolfe avait un visage agréable et des lèvres pas trop écœurantes. En revanche, il avait besoin de perdre vingt kilos et ses cheveux sentaient le lilas, c'était dégueulasse. Et elle détestait son tatouage. Elle n'avait rien contre les tatouages en général, mais lui arborait une étoile à l'aine. Une grosse étoile sur laquelle poussaient les poils et que son ventre masquait en partie, selon la façon dont il s'asseyait.

Oh, par pitié…

Mais Michelle n'était pas du genre à se plaindre quand le scénario ne l'exigeait pas. Rolfe gagnait beaucoup d'argent avec sa société de transport routier et elle pouvait supporter de lui offrir fréquemment son corps sculptural en échange de… à peu près tout ce qu'elle désirait.

Michelle savait repérer les Sam Rolfe du monde entier. Si Dieu vous a dotée d'un tempérament paresseux, d'un esprit inadapté aux études et au commerce, de goûts de luxe, d'un joli visage et d'un corps encore plus irrésistible, vous aviez sacrément intérêt à savoir flairer ce genre d'hommes, comme un serpent sent la souris désorientée.

Évidemment, il fallait rester prudent. Toujours.

En voyant son fils et Rolfe rire devant la télé, comme un père avec son fils, Michelle enrageait de jalousie. Pendant un instant, elle éprouva l'envie d'envoyer Rolfe se faire foutre et de quitter cette maison en emmenant ses enfants.

Mais elle se retint. Même quand la colère s'emparait d'elle, une colère noire généralement, elle réussissait à se contrôler. L'instinct de survie. Comme maintenant. Et elle sourit, tout en songeant avec une certaine délectation : pas de pipe ce soir, mon chéri.

Elle se demandait s'il avait parlé d'elle aux enfants. Elle sentait que oui. Elle interrogerait son fils plus tard.

— Un problème ? lui lança Rolfe.

— Non, non.

Elle chassa le garçon du canapé et lui ordonna d'aller chercher un soda dans la cuisine.

Elle regarda Brad s'éloigner et, en une fraction de seconde, la jalousie se transforma en amour sans fin.

Incapable d'avoir des enfants, bien qu'elle ait essayé depuis l'âge de seize ans, Michelle Kepler avait eu la chance de sympathiser avec une mère célibataire dans les bas-fonds de Milwaukee, sous prétexte de travailler bénévolement pour une association caritative qui venait en aide aux plus démunis.

Séropositive à cause du sexe ou de la drogue, ou les deux, Blanche était souvent malade et elle confiait son fils et sa fille à Michelle. En dépit d'un cocktail thérapeutique destiné à combattre le sida, l'état de la pauvre femme se dégradait rapidement. Mais elle trouvait du soulagement dans le document qu'elle avait rédigé et qui faisait de Michelle la tutrice légale des enfants s'il lui arrivait quelque chose.

Heureusement, car elle était morte beaucoup plus tôt que prévu.

Quelle tristesse.

Peu de temps après que Michelle avait jeté dans les toilettes six mois de médicaments qu'elle avait remplacés par du paracétamol, des pansements gastriques et des vitamines (qu'elle donnait également aux enfants, avec parcimonie).

Maintenant, ces deux enfants lui appartenaient. Elle les aimait de tout son cœur. Ils lui obéissaient, ils la vénéraient et – comme le lui avait dit le psychologue au cours d'une thérapie imposée par le tribunal, des années auparavant – ils donnaient un sens à une existence par ailleurs quelconque. Au diable, les psys. Michelle savait ce qu'elle voulait. Elle l'avait toujours su.

En vérité, une des tragédies de cette nuit d'avril – à cause de l'apparition inattendue du mari de Brynn – était la perte de la petite Amy, une autre enfant qu'elle aurait pu accueillir dans sa famille. Après avoir tué Brynn et Hart (et Lewis, si Hart ne s'en était chargé à sa place), elle aurait pu filer avec sa nouvelle fille.

Mais ça n'avait pas marché.

Encore un délit à ajouter au procès-verbal de Brynn McKenzie.

Michelle se tourna vers Tory, qui montrait à Rolfe un dessin qu'elle venait de faire. Ce gros porc n'est pas ton père, pensa-t-elle. Ne t'avise jamais de croire ça.

C'est alors que son portable sonna. Elle regarda qui l'appelait et dit à Rolfe :

— Il faut que je réponde.

Il hocha la tête avec indifférence, complimenta la fillette pour son dessin et reporta son attention sur la télé.

Brad revint avec le soda, qu'il tendit à sa mère.

— Tu ne vois pas que je suis au téléphone ? dit-elle d'un ton cassant et elle retourna dans la chambre.

Elle prit un accent hispanique :

— Harborside Inn. Vous désirez ?

— Rebonjour. C'est l'agent McKenzie. Du comté de Kennesha. Vous m'avez appelée il y a une demi-heure.

— Oh, oui. Au sujet de ce client. L'homme à la valise.

— Exact. Je me suis organisée, je peux être à Milwaukee sur les coups de dix-sept heures.

— Voyons… Si on disait plutôt dix-sept heures trente ? On a une réunion du personnel à dix-sept heures.

Michelle était enchantée de sa prestation.

Je suis vraiment une comédienne.

Elle donna l'adresse à Brynn.

— À plus tard.

Elle raccrocha. Et ferma les yeux. Dieu ou le destin… merci.

Elle alla chercher dans la penderie une valise fermée à clé. Elle l'ouvrit. Elle prit son Glock compact et le glissa dans son sac Coach. Puis elle regarda par la fenêtre, à la fois nerveuse et exaltée. Elle retourna dans le salon. Et dit à Rolfe :

— C'était la maison de retraite. Ma tante ne va pas bien. Ah, la pauvre femme. Quand je pense à ce qu'elle endure…

— Je suis navré, ma chérie, dit Rolfe en se retournant vers le visage ravagé de Michelle.

Elle détestait ce petit terme affectueux. Elle grimaça.

— Il faut que j'aille la voir.

— Oui, évidemment… (Il fronça les sourcils.) C'est qui, déjà ?

Elle posa sur lui son regard froid. Avec l'air de dire : Tu m'accuses de quelque chose ou tu as oublié les membres de ma famille ? Dans les deux cas, tu as perdu.

— Désolé, dit-il car il avait vraisemblablement déchiffré son expression. Haddie, hein ? C'est bien ça ? Je vais t'emmener.

Elle sourit.

— Pas la peine. Je préfère y aller juste avec Brad. C'est un truc familial, tu comprends ?

— Ouais, bien sûr. Mais tu crois que c'est bien pour Brad ?

Elle se tourna vers le garçon.

— Tu veux aller voir ta tata, hein ?

Il n'avait pas intérêt à dire qu'il n'avait pas de tata. Elle le regarda droit dans les yeux pendant qu'elle prenait la boîte de soda qu'il tenait dans sa petite main et la portait à sa bouche.

Le garçonnet hocha la tête.

— Je le savais, dit-elle. Très bien.

Brynn McKenzie récupéra son sac à dos et finit d'un trait son deuxième chocolat chaud de la journée.

De nouveau, elle repensa à son premier rendez-vous avec Graham. Puis à la dernière fois où ils étaient sortis en amoureux. Dans un club au bord de la Route 32, où ils avaient dansé jusqu'à minuit. Une semaine avant qu'elle découvre qu'il la « trompait ».

Pourquoi tu ne m'as pas demandé de t'accompagner ??...

Et pourquoi ne l'avait-il pas invitée à une séance de thérapie ?

Une voix de femme interrompit le fil de ses pensées :

— Hé, B ! Ça te dit de faire un saut chez Benningan plus tard ?

Jane Styles, une autre adjointe, ajouta :

— J'ai rendez-vous avec Reggie. Et le beau mec de State Farm sera là. Celui dont je t'ai parlé.

Brynn répondit à voix basse :

— Je n'ai pas divorcé, Jane.

Les mots « pas encore » flottaient autour de sa phrase.

— Hé, j'ai juste dit qu'il était beau mec. À titre informatif. Je n'ai pas appelé le traiteur.

— Il vend des assurances.

— On a tous besoin d'assurances. Je ne vois pas où est le mal.

— Merci, mais j'ai un truc sur le feu. Souscris une police de ma part.

— Très drôle.

L'esprit occupé par Hart et le Harborside Inn de Milwaukee, Brynn McKenzie parcourut le couloir qu'elle avait arpenté si souvent qu'elle avait tendance à ne plus le voir. Sur les murs étaient exposées les photos des agents morts en accomplissant leur devoir.

Quatre en quatre-vingt-sept ans. Mais le portrait de Munce n'avait pas encore été accroché. Les autorités faisaient encadrer les photos à grands frais. La première victime était un homme avec des moustaches en guidon de vélo, abattu par un bandit ayant participé à une attaque de train à Northfield dans le Minnesota.

En passant devant une immense carte du comté, elle s'arrêta brièvement pour jeter un coup d'œil à la tache azur du lac Mondac et se demanda : Ce que je m'apprête à faire, est-ce une bonne ou une mauvaise idée ?

Et elle éclata de rire. À quoi bon se poser la question ? Ça n'a pas d'importance. J'ai déjà pris ma décision.

Elle sortit sous un beau soleil.

C'est vraiment un meurtrier ?

Nous le supposons.

Tandis qu'elle roulait dans un quartier sordide de Milwaukee, en direction du lac Michigan, Michelle Kepler disait à son fils :

— Voici ce que tu vas faire : tu vas aller voir cette femme et tu lui diras que tu es perdu. Quand elle descendra de voiture, tu iras vers elle et tu lui diras : « Je suis perdu. » Répète.

— Je suis perdu.

— Bien. Je te la montrerai. Et surtout, prends bien l'air triste. Tu sais prendre l'air triste ?

— Euh… oui, fit Brad.

— Ne dis pas que tu sais si tu ne sais pas ! Alors, est-ce que tu sais avoir l'air triste ?

— Non.

— Triste, c'est comme moi quand tu as fait une bêtise et que je suis déçue. Tu vois ?

Il hocha la tête. Ça, il comprenait.

— Bien.

Elle sourit.

Arrivée dans le centre de Milwaukee, Michelle passa devant le Harborside Inn et fit le tour du pâté de maisons. Pour revenir devant l'hôtel. Le parking était à moitié rempli. Il était dix-sept heures. Brynn ne serait pas ici avant une demi-heure.

— Faut que ça marche.

— Quoi, maman ?

— Chut.

Elle refit un tour, puis se gara le long du trottoir, à moins de dix mètres du parking.

— Quand cette femme va arriver, elle va se garer par ici. Tu vois ?... Bien. Toi et moi, on descendra de voiture. Moi, je partirai dans cette direction, par-derrière. Et toi, tu iras frapper à sa vitre. Pour lui dire que tu es perdu. Et que tu as peur. Elle descendra de voiture elle aussi. Alors, qu'est-ce que tu dois lui dire ?

— Je suis perdu.

— Et ?

— J'ai peur.

— Et ?

— Je dois avoir l'air triste.

— Bien. (Elle le récompensa d'un grand sourire en lui ébouriffant les cheveux.) Ensuite, maman vous rejoindra et... je lui parlerai une minute et on retournera à la voiture en courant pour rentrer à la maison et retrouver Sam. Tu aimes bien Sam ?

— Oui, il est rigolo.

— Tu l'aimes plus que maman ?

L'hésitation de l'enfant était comme un fer chaud appuyé sur sa peau.

— Non.

Michelle repoussa la jalousie le plus loin possible. Elle devait se concentrer.

Elle observa les environs. Quelques voitures passaient de temps à autre, un client sortait du bar d'en face ou un vieil habitant du coin traînait la patte sur le trottoir. Mais dans l'ensemble, le quartier était désert.

— Maintenant, silence. Éteins la radio.

Son portable sonna. Elle fronça les sourcils. Un ami de Milwaukee lui envoyait un texto. Ça faisait réfléchir. Il venait d'apprendre que Gordon Potts avait trouvé la mort à Eau Claire.

Accident de la circulation.

Le visage de Michelle se crispa. Accident, mon œil. C'était l'œuvre de Hart. Mais en un sens, c'était une bonne nouvelle. Elle hésitait à se montrer en public, ici à Milwaukee, alors que Hart rôdait. Là, au moins, elle savait qu'il n'était pas en ville pour le moment.

Dieu ou le destin lui souriait.

Soudain, à l'heure tapante, elle vit une voiture de patrouille du comté de Kennesha pénétrer sur le parking. Ses paumes devinrent moites.

Dieu ou le destin…

— OK, Brad.

Elle déverrouilla les portières et descendit. Son fils l'imita.

— Maman va faire le tour, chuchota-t-elle. Et j'arriverai dans le dos de cette femme. Ne me regarde pas, surtout. Fais comme si je n'étais pas là. Tu as compris ?

Le garçon hocha la tête.

— Tu ne dois pas me regarder quand j'avancerai vers la voiture. Dis-le.

— Je te regarderai pas.

— Si tu me regardes, cette femme t'emmènera pour te jeter en prison. Elle est méchante. Je t'aime tellement que je ne veux pas que ça arrive. C'est pour toi que je fais tout ça. Tu sais tout le mal que je me donne pour toi et pour ta sœur, hein ?

— Oui.

Elle le serra dans ses bras.

— Allez, va lui répéter ce que je t'ai dit. Et n'oublie pas : aie l'air triste.

Alors que le garçon se dirigeait vers la voiture de patrouille, Michelle, accroupie, longea une rangée de voitures en stationnement. Elle sortit le Glock de la poche de son blouson en cuir, offert par Sam Rolfe, pour remplacer son préféré, un magnifique article de chez Neiman Marcus, irrécupérable après leur périple dans les bois en cette froide nuit d'avril.

En roulant vers la maison de Brynn McKenzie, le shérif Tom Dahl repensait à la carrière de son adjointe.

Ce métier ne l'avait pas ménagée, d'autant qu'elle se portait volontaire pour les missions les plus difficiles : les enfants maltraités et les violences conjugales. L'attitude de ses collègues ne lui avait pas facilité la tâche non plus, parce qu'elle était surdouée, depuis toujours. C'était la fille du premier rang qui levait la main car elle connaissait toutes les réponses. Personne n'aimait ça.

Mais, bon sang, elle avait obtenu des résultats. Regardez un peu ce qu'elle avait fait cette nuit-là au lac Mondac. Il ne connaissait pas un seul agent qui aurait réagi de cette façon.

Il n'en connaissait pas un seul qui aurait survécu.

Dahl massa sa jambe douloureuse.

Il s'arrêta devant la petite maison, semblable à toutes celles de Kendall Road. Mais elle était bien entretenue, propre, douillette. Et grâce à Graham, le jardin était magnifique. Rien à voir avec ceux qui l'entouraient.

Il descendit de voiture, se redressa et s'étira. Une de ses articulations craqua. Il avait renoncé à s'inquiéter à cause de l'origine ou de la signification de ces bruits.

Il tira sur le bord de son chapeau, un tic, franchit lentement le portail et remonta l'allée bordée d'innombrables plantes dont il ignorait même l'existence.

Arrivé devant la porte, il n'hésita pas longtemps avant de sonner. Un double carillon retentit.

La porte s'ouvrit.

— Bonjour, shérif.

Le fils de Brynn semblait avoir encore grandi de quinze centimètres depuis la dernière fois qu'il l'avait vu, à Noël.

— Salut, Joey.

Derrière lui, dans le salon, Anna McKenzie se dirigeait vers la cuisine en prenant appui sur une canne.

— Bonjour, Anna !

Elle répondit par un petit hochement de tête.

Tout au fond, dans la cuisine, Brynn était en train de découper un poulet rôti. Il croyait qu'elle ne cuisinait jamais. Pourtant, le poulet semblait appétissant.

Elle se retourna et lui lança un regard interrogateur.

— On l'a eue, Brynn. On l'a eue.

Le shérif et son adjointe étaient assis dans le salon.

Anna avait préparé du thé glacé.

Brynn dit :

— Ça a pris plus de temps que prévu. Je rongeais mon frein.

Un euphémisme pour décrire son anxiété, son impatience.

— Il y a eu des complications, expliqua Dahl. Les équipes étaient en place autour de chez Rolfe. Mais quand elle est sortie, elle était accompagnée de son fils. Elle l'a emmené à l'Harborside Inn.

— Hein ?

— Elle l'a même envoyé vers la voiture pour faire diversion pendant qu'elle passait par-derrière… pour vous abattre.

— Oh, bon sang.

— Le commando ne voulait pas intervenir tant que Michelle était avec le gamin. Ils avaient peur qu'elle le prenne en otage. Ils ont attendu qu'ils se séparent sur le parking. Le garçon n'a rien ; il a été recueilli par les services sociaux, avec sa sœur.

Merci, mon Dieu, dit Brynn en silence. Merci.

— Elle voulait se servir de son fils comme appât pour pouvoir m'abattre, devant lui ?

Elle n'arrivait pas à y croire.

— Oui, on dirait bien.

— Et le petit ami, qu'est-ce qu'il dit ?

— Rolfe ? Ils sont en train de l'interroger, mais apparemment, il n'était au courant de rien. S'il fallait l'inculper, ce serait pour son manque de perspicacité avec les femmes.

Son portable sonna. Il regarda qui l'appelait.

— C'est le maire, dit-il. Je dois préparer une conférence de presse.

Il se leva et quitta la maison pour regagner sa voiture d'une démarche raide.

Après son départ, Brynn revint s'asseoir dans le canapé et contempla le plafond, en remerciant Stanley

Mankewitz et son assistant, le dénommé James Jasons, de l'avoir menée jusqu'à Michelle Kepler.

Peut-être que vous cherchez la mauvaise personne.

Après leur entrevue dans ce restaurant qui servait du mauvais café, elle avait réfléchi aux autres raisons d'assassiner Emma Feldman, et plus précisément celles suggérées par Mankewitz : le suicide d'un politicien et cette société de Kenosha qui fabriquait des éléments de voitures hydrides dangereux. Elle s'était intéressée également à d'autres affaires dont s'occupait Emma. Mais ça n'avait rien donné.

Alors, elle s'était interrogée sur la remarque de Jasons. Et si la « mauvaise personne » ne désignait pas celui ou celle qui voulait la tuer, mais la véritable victime visée ?

Dès que Brynn était partie du principe que Michelle ne voulait pas tuer Emma, mais *Steven* Feldman, toutes les pièces s'étaient imbriquées. Steven travaillait pour les services sociaux, et une partie de son travail consistait à enquêter sur les affaires de maltraitance d'enfants et, dans les cas extrêmes, à les placer dans des familles d'accueil.

En repensant à la façon dont Michelle avait fait taire la pauvre Amy cette nuit-là dans le parc national, Brynn en était venue à se demander si Steven n'enquêtait pas sur elle, avec l'intention de lui retirer ses enfants.

Il n'existait aucune trace d'un dossier concernant une certaine Michelle, mais Brynn se souvenait que ce soir-là, dans la maison au bord du lac, le sac à dos de Steven était vide, alors que plusieurs dossiers de sa femme étaient éparpillés sur le sol. Michelle avait-elle jeté dans la cheminée les dossiers de Steven, dont celui de ses propres enfants ?

Quand elle était retournée au lac Mondac, Brynn avait prélevé un échantillon de cendres dans la cheminée. Elle avait fait pression sur le laboratoire de Gardener pour qu'ils l'analysent le plus vite possible et elle avait appris que ces cendres étaient identiques à celles produites par la combustion des chemises cartonnées utilisées par les fonctionnaires municipaux. Par ailleurs, elle avait retrouvé des spirales provenant des blocs de sténo dans lesquels Steven Feldman prenait des notes durant ses entretiens.

Finalement, en discutant avec des collègues et des amis, en relisant des monceaux de notes et en épluchant des registres d'appels téléphoniques, Brynn avait découvert que les voisins d'un homme d'affaires nommé Samuel Rolfe s'étaient plaints des mauvais traitements que sa nouvelle petit amie infligeait à ses enfants.

La petite amie en question s'appelait Michelle Kepler.

Bingo.

La police de Milwaukee avait installé une surveillance autour de la maison de Rolfe, mais avant qu'ils puissent obtenir un mandat pour intervenir, Brynn avait reçu cet appel de la prétendue gérante du Harborside Inn. Elle avait trouvé ça louche, et après avoir raccroché, elle avait vérifié la provenance de l'appel. Un portable prépayé.

Elle était convaincue que « la gérante » n'était autre que Michelle qui lui tendait un piège pour l'éliminer.

Tom Dahl avait contacté alors la police de Milwaukee et, ensemble, ils avaient monté une opération afin d'arrêter cette femme dès qu'elle sortirait de l'élégante maison de Rolfe.

Une seule question demeurait : Brynn voulait-elle arrêter Michelle elle-même ?

Le débat avait fait rage. Elle en mourait d'envie. Mais elle avait finalement décidé de laisser sa place.

Une inspectrice de la police de Milwaukee avait endossé l'uniforme des services du shérif du comté de Kennesha et pris une voiture de patrouille pour se rendre au rendez-vous.

Pendant que Brynn McKenzie rentrait chez elle.

On sonna de nouveau à la porte. Joey alla ouvrir. C'était encore Tom Dahl. Il s'arrêta sur le seuil du salon avec un sourire jusqu'aux oreilles.

— Tenez-vous bien. Il y avait des journalistes partout ! Fox, CBS, et je ne parle pas des chaînes locales. Il y a même CNN ! D'ailleurs, le maire s'est demandé si tous ceux qui y travaillaient étaient blonds.

Brynn rit.

— C'est comme ça qu'ils les cultivent à Atlanta.

Le shérif reprit :

— Ils vont nous amener Michelle dès ce soir. Je suppose que vous voudrez l'interroger.

— Et comment ! Mais pas ce soir. Je vous l'ai dit, j'ai d'autres projets.

Est-ce une bonne ou une mauvaise idée ? À quoi bon se poser la question ? Ça n'a pas d'importance. J'ai déjà pris ma décision.

Elle avait fait ce qui devait être fait pour capturer l'assassin des Feldman ; il était temps qu'elle commence à rassembler les morceaux de sa vie. Essayer, du moins.

Elle se leva et raccompagna le shérif jusqu'à la porte. Au moment de sortir, il demanda :

— Qu'avez-vous prévu de si important ?

— Je prépare un dîner pour Anna et Joey. Et ensuite, on regardera *La Nouvelle Star*.

Dahl émit un petit rire.

— C'est une redif. Je peux vous dire qui a gagné.

En ce vendredi matin, par une journée orageuse, Michelle Alison Kepler était assise dans une des deux salles d'interrogatoire des services du shérif du comté de Kennesha. Conçues initialement pour servir de débarras, ces pièces avaient été vidées de leurs étagères et de leurs cartons pour laisser place à des tables en fibre de verre et à des chaises en plastique, et à un caméscope Sony. Un adjoint avait installé sur un des murs une grande glace qu'il avait lui-même achetée chez Home Depot, mais c'était uniquement pour faire illusion. N'importe quel suspect un peu expérimenté voyait que ce n'était pas un miroir sans tain. Mais pour les forces de police du comté de Kennesha, il n'y avait pas de petites économies.

Armée uniquement d'un stylo et d'un papier, Brynn s'assit en face de Michelle. Étrangement calme, elle dévisagea cette femme qui lui avait menti si effrontément. Elle avait éprouvé un douloureux sentiment de trahison face à cette duperie, car si au début de la nuit elles étaient deux survivantes, elles étaient devenues des alliées par la suite, puis des amies.

Mais Kristen Brynn McKenzie était aussi flic, et elle avait l'habitude des mensonges. Elle avait un but : rassembler des informations. Il était temps de se mettre au travail.

Michelle, toujours aussi sûre d'elle, demanda :

— Où sont mon fils et ma fille ?

— On prend soin d'eux.

— Brynn, s'il vous plaît… Ils ont besoin de moi. Ils vont devenir fous sans moi.

— Vous avez emmené votre fils à Milwaukee pour qu'il vous aide à me tuer ?

Brynn ne parvenait pas à masquer sa stupéfaction.
L'horreur s'épanouit sur le visage de Michelle.

— Non, non ! On voulait juste vous parler. Je tenais à m'excuser.

— Il n'a que sept ans. Et vous l'avez emmené. Alors que vous étiez armée.

— C'était pour nous protéger. Milwaukee est une ville dangereuse. J'ai un permis de port d'arme, mais je l'ai perdu.

Brynn hocha la tête en conservant une expression neutre.

— Je peux voir Brad ? Il est malheureux sans moi. Il risque d'être malade. Il a hérité de mon faible taux de glycémie.

— Il n'a pas été adopté ?

Michelle tressaillit.

— Il a besoin de moi.

— On s'occupe de lui. Il va bien. Vous avez été arrêtée pour meurtre, tentative de meurtre et agression. On vous a lu vos droits. Vous pouvez mettre fin à cet interrogatoire à tout moment et exiger un avocat. Comprenez-vous ce que je dis ?

Michelle jeta un coup d'œil à la petite lumière rouge qui clignotait sur le caméscope.

— Oui.

— Souhaitez-vous être assistée d'un avocat ?

— Non. Je veux vous parler à vous. (Elle lâcha un petit rire.) Après tout ce qu'on a subi ensemble… On est comme des sœurs, vous ne trouvez pas ? Je me suis confiée à vous, vous m'avez parlé de vos problèmes domestiques.

Elle esquissa une grimace compatissante face à la caméra. Et reprit :

— Votre fils, votre mari… Nous sommes des âmes sœurs. C'est très rare, Brynn. Vraiment.

— Vous renoncez donc à vous faire assister d'un avocat ?

— Absolument. Il s'agit d'un malentendu. Je peux tout vous expliquer.

Sa petite voix reflétait tout le poids de l'injustice qui s'était abattue sur elle.

— Si nous sommes ici, reprit Brynn, c'est pour recueillir votre déposition. Je vous conseille de nous dire la vérité sur ce qui s'est passé au lac Mondac cette nuit-là. Ce sera beaucoup mieux pour vous et votre famille.

— Que vient faire ma famille là-dedans ? s'emporta Michelle. Vous n'êtes pas allés les voir, hein ? Mes parents ?

— Si.

— Vous n'aviez pas le droit. (Elle retrouva son calme et son rictus laissa place à un sourire meurtri.) Pourquoi avez-vous fait ça ? Ils me détestent. Quoi qu'ils vous aient dit, c'est des mensonges. Ils sont jaloux de moi. Je me suis toujours débrouillée seule. J'ai réussi ma vie. Eux, ce sont des ratés.

Les recherches de Brynn lui avaient permis de découvrir que cette femme venait d'un milieu apparemment normal et stable, contrairement à sa personnalité. Elle avait grandi dans une famille des classes moyennes, à Madison dans le Wisconsin. Ses parents vivaient toujours là-bas, sa mère avait cinquante-sept ans, son père dix de plus. D'après eux, ils avaient fait tout ce qu'ils pouvaient, avant de baisser les bras devant ce que la mère de Michelle appelait « cette petite chose vindicative ». Son père, lui, la qualifiait de « dangereuse ».

Le couple, horrifié par les accusations pesant sur leur fille, mais pas totalement surpris, avait expliqué que Michelle avait fait son chemin de la vie en séduisant les hommes, et même les femmes en deux occasions ; elle vivait à leurs crochets, puis elle provoquait des disputes et fichait la frousse à ses conquêtes avec son comportement enragé, si bien qu'elles étaient soulagées de la voir partir. Elle jetait alors son dévolu sur quelqu'un d'autre, qu'elle avait dans le collimateur depuis un certain temps. Elle avait été arrêtée à deux reprises pour agression, contre des amants qui l'avaient larguée. Accusée de harcèlement, elle avait été frappée de trois ordonnances restrictives.

— On ne peut pas se fier à ce que disent mes parents. J'ai été violée, vous savez.

— Cela n'apparaît nulle part.

— Comment voulez-vous que ça apparaisse ? Vous croyez que mon père va le clamer sur les toits ? Les juges ont rejeté ma plainte. Mon père et le chef de la police étaient de mèche. J'ai été obligée de fuir. J'ai dû me battre toute seule. J'en ai bavé, c'était dur. Personne ne m'a jamais aidée.

— Ce serait plus facile si vous coopériez, répondit Brynn pour esquiver l'histoire larmoyante de Michelle. Il y a encore certaines choses que j'aimerais éclaircir.

— Je n'avais pas l'intention de vous faire du mal, gémit-elle. Je voulais juste vous parler.

— Vous vous êtes fait passer pour la gérante de l'hôtel. Vous avez pris un accent hispanique.

— Parce que vous ne vouliez pas comprendre ! Personne ne me comprend. Si j'avais donné mon nom, quelqu'un serait venu m'arrêter et je n'aurais jamais eu l'occasion de m'expliquer. J'ai besoin que vous compreniez, Brynn. C'est important pour moi.

— Vous aviez une arme.

— Ces hommes dans la maison… ils ont essayé de me tuer ! J'ai eu peur. J'ai déjà été attaquée. Par mon père ou des amants. La preuve, j'ai obtenu des ordonnances restrictives.

Michelle avait déposé plusieurs plaintes contre différents amants pour violences conjugales, mais les juges les avaient rejetées quand la police avait établi que ces hommes avaient tous de solides alibis et ils en avaient conclu que Michelle avait agi par dépit.

— Trois ordonnances ont été prononcées *contre* vous.

Elle sourit.

— C'est le système qui veut ça. On croit toujours l'agresseur. Jamais la victime.

— Parlons de la nuit du 17 avril.

— Oh, je peux tout expliquer.

— Allez-y.

— J'avais rendez-vous avec Steven Feldman, le travailleur social. Je soupçonnais que Brad avait été violenté par un de ses professeurs.

— Cela apparaît quelque part ?

— C'est pour ça que je devais rencontrer M. Feldman. J'avais pris mon après-midi pour aller le voir, mais il y a eu un problème de bus et quand je suis arrivée à son bureau, il était déjà parti. C'était important et j'avais appris qu'il se rendait dans sa maison du lac Mondac. Il m'avait dit que je pouvais passer quand je voulais pour parler de Brad. Il m'avait donné son adresse. Alors, j'ai demandé à ce type que je connaissais, Hart, de m'y emmener. C'est l'erreur que j'ai commise.

Elle secoua la tête.

— Quel est son nom complet ?

— Hart, c'est tout. Tout le monde l'appelle comme ça. Bref, il est venu avec son copain, Compton Lewis. Un type écœurant… vulgaire. J'aurais dû refuser à ce moment-là. Mais je voulais absolument voir Steven.

Pendant le trajet, ils sont devenus de plus en plus bizarres. Ils disaient des choses du genre : « Je parie qu'il y a de la belle camelote dans cette baraque », ou « Y a des rupins dans ce coin ». Et quand ils ont vu la Mercedes devant la maison, ils ont sorti des armes à feu ! Et moi, je me disais : « Oh, bon Dieu, non, non ! » Ils sont entrés et ils ont commencé à tirer. J'ai voulu les en empêcher. Je me suis emparée d'un pistolet…

— Le Glock retrouvé en votre possession a été volé au cours d'une foire aux armes à un kilomètre de chez Sam Rolfe.

— C'était à eux !

Michelle enfouit son visage dans ses mains en pleurant, ou en faisant semblant.

— Voulez-vous un café ? Un soda ?

Des crackers pour votre taux de glycémie… comme ceux que vous avez semés derrière nous pour conduire Hart et son complice sur nos traces ?

Brynn demeurait impassible.

Michelle releva la tête. Les yeux rougis, les joues sèches. Brynn crut la revoir telle qu'elle était au cours de cette nuit d'avril.

Je suis comédienne…

Bon sang, tout ce que j'ai gobé.

Michelle reprit son récit :

— J'étais anéantie, je ne pouvais même plus respirer. C'était ma faute ! J'avais conduit ces hommes jusqu'ici. Vous ne pouvez pas savoir comme je me sentais mal… J'ai paniqué. D'accord, j'ai menti un peu. Mais qui n'en aurait pas fait autant ? J'avais peur. Et puis, je vous ai vue dans la forêt. D'accord, j'avais une arme, c'est vrai. Mais je ne vous connaissais pas. Si ça se trouve, vous étiez avec eux. Vous portiez un uniforme, mais ça faisait peut-être partie du plan. Je ne savais pas ce qui se passait. J'avais peur, voilà tout. J'étais obligée de mentir. Ma vie a toujours été une question de survie.

» … Ce qui me rend le plus malade… Je ne peux même pas croire que j'ai fait ça… chez vous. J'ai été prise de panique. J'avais tellement peur… C'était le stress posttraumatique. J'ai toujours souffert de ça. J'ai cru que Hart était dans la maison ! Vous m'avez fait peur. Le coup est parti tout seul. C'était un accident ! Je vivrai avec ce souvenir toute ma vie ! J'ai blessé votre mère sans le vouloir.

Brynn croisa les jambes et observa cette jolie femme-enfant, dont les yeux s'emplissaient de larmes maintenant.

Un numéro qui méritait un oscar.

— Les indices et les témoins racontent une tout autre histoire, Michelle.

Elle lui expliqua, à grands traits, comment ils avaient découvert son identité et une partie de ses plans. L'analyse balistique, l'examen des cendres de la cheminée, la liste des appels de Steven Feldman, les rapports concernant les maltraitances infligées à ses enfants.

— J'ai moi-même interrogé les services sociaux, Michelle. J'ai parlé au supérieur de Steven Feldman, à vos voisins et au professeur de votre fils. Brad avait fréquemment des bleus sur les bras et les jambes. Idem pour votre fille, Tory.

— Oh, ils ont eu quelques petits accidents. Dès que vous emmenez votre enfant aux urgences, vous êtes un tortionnaire ! Je ne l'ai jamais battu… Oh, dans quel monde politiquement correct on vit ! Tout le monde file une raclée à ses gamins. Pas vous ?

— Non.

— Eh bien, vous devriez, répliqua-t-elle avec un petit sourire cruel. Peut-être que vous auriez moins d'ennuis avec Joey, comme vous me l'avez raconté. Vous ne l'avez même pas puni. Ce n'est pas mon fils qui se fera écraser par une voiture ou qui se brisera le cou en faisant du skate. Les enfants ont besoin de règles. Si vous n'êtes pas assez ferme, ils ne vous respectent pas. Et ils veulent respecter leurs parents.

— Michelle, laissez-moi vous présenter les accusations retenues contre vous.

Brynn résuma les témoignages d'experts, les dépositions des témoins et les rapports criminalistiques. C'était accablant.

La jeune femme éclata en sanglots.

— C'est pas ma faute !

Brynn se pencha pour éteindre le caméscope.

Michelle redressa la tête prudemment. Elle sécha ses larmes.

— Je vous explique la situation, reprit Brynn d'une voix douce. Vous avez entendu les faits qui vous sont reprochés. Vous allez être inculpée. Cela ne fait aucun doute, pour personne. Si vous refusez de coopérer, vous vous retrouverez dans une cellule de trois mètres sur deux, en isolement, pour toujours. Mais si vous coopérez, vous éviterez la prison de haute sécurité. Peut-être même que vous aurez la chance d'être remise en liberté avant d'être trop vieille pour en profiter.

— Je peux voir mes enfants ? Je coopérerai si je peux voir mes enfants.

— Non. Ce n'est pas dans leur intérêt.

Cette réponse désarçonna Michelle un instant, puis elle demanda d'un ton enjoué :

— J'aurai une plus jolie cellule ?

— Oui.

— Et pour ça, il suffit que j'avoue ?

— En partie, oui, répondit Brynn, tandis que Michelle regardait fixement la caméra, là où ne clignotait plus la petite lumière rouge.

Brynn McKenzie était assise à la cafétéria, face à Tom Dahl occupé à lire la transcription de l'interrogatoire. Les chaises étaient ridiculement petites, elles ressemblaient à celles de l'école de Joey, et avec sa grande carcasse, le shérif avait presque les genoux sous le menton. Le problème de Brynn n'était pas la taille, mais le ventre.

Dahl la fit sursauter en tapant du plat de la main sur la liasse de feuilles.

— Vous avez obtenu des aveux. Joli travail. Et ça ne nous coûtera pas trop cher en termes d'accord. Elle sera envoyée à Sanford ?

— Mais sans permissions de sortie. Elle ne pourra voir ses enfants que si les services sociaux donnent leur accord. Vingt-cinq ans minimum. Sans remise de peine.

Dahl mangea quelques macaronis.

— Vous n'avez pas faim ?

— Non.

— Et Hart ? Elle a parlé de lui ?

— Presque pas.

— Peut-être qu'il a fichu le camp.

Elle rit.

— Je crois que ce n'est pas son genre. Les types comme lui peuvent se cacher un moment, mais ils ne quittent pas la planète par téléportation comme dans *La Guerre des étoiles*.

— C'est dans *Star Trek.* La série télé. Avant votre naissance.

— Dommage que ce ne soit pas possible, en tout cas. Il faut que quelqu'un le retrouve rapidement, le FBI ou la police de Minneapolis. Dans son intérêt.

— Pourquoi donc ?

— Apparemment, il figure sur plusieurs listes. Il a travaillé pour pas mal de gens qui ne veulent pas qu'il se fasse arrêter : exécutions, cambriolages, extorsions. Maintenant que la rumeur circule qu'il pourrait se faire coffrer pour l'affaire du lac Mondac, ces gens ont peur qu'il se mette à table. Quant à la famille de Compton Lewis, elle n'apprécie pas trop ce qui lui est arrivé.

Dahl reporta son attention sur les notes de Brynn. Pendant qu'elle observait la peau de bébé du shérif. Son visage paraît plus jeune que le mien, pensa-t-elle, même sans ma mâchoire brisée et les traces de plombs.

Où est la justice sur cette terre ?

— Comment un pro tel que Hart peut-il être impliqué dans une affaire aussi minable, avec Kepler ? demanda Dahl. L'argent ? Le sexe ? Cette femme n'est pas vilaine.

— Vous trouvez ?

Il rit.

— Je pense qu'aucune de ces deux raisons n'aurait pu le convaincre, dit Brynn. Vous voulez mon avis ? Il s'ennuyait.

— Ah.

— Il était entre deux coups. Celui-ci s'est présenté. Il recherchait l'excitation.

Dahl hocha la tête et il ne souriait pas quand il pointa le doigt sur elle de manière théâtrale.

— Vous aussi.

Brynn ouvrit de grands yeux.

— Quoi, moi ?

— C'est comme vous. Vous ne faites pas vraiment ça pour l'argent, dit-il en englobant le décor d'un large geste. Vous aimez l'excitation, n'est-ce pas ?

— Je fais ça parce que j'aime mon patron.

— Hmmm. Quelle est la prochaine étape ? Vous allez traquer Hart, je suppose. Dois-je réclamer une rallonge budgétaire ?

— Non. Je laisse la police de l'État boucler cette affaire.

— Vraiment ?

— On a suffisamment de pain sur la planche ici.

— J'ai bien entendu ?

— Quand ils auront trouvé Hart, je l'interrogerai, vous pouvez en être sûr. Mais j'ai fait ma part. Et puis, il faut quelqu'un qui évolue sur le territoire du suspect.

— Soit. Balancez le dossier aux gars de la police. Vous êtes sûre ?

— Oui.

Un adjoint glissa la tête à l'intérieur de la cafétéria.

— Hé, Brynn. Pardon d'interrompre ton déjeuner.

— Ouais ?

— On vient d'amener le type qui traîne autour des écoles. Tu voulais lui parler, je crois ?

— Exact. Vous l'avez arrêté pour quel motif ?

— Il avait la braguette ouverte.

— Il a renoncé à un avocat ?

— Oui. Il dit qu'il a une explication.

Dahl éclata de rire.

— Bien sûr qu'il a unc cxplication : c'est un sale pervers !

— J'arrive, dit Brynn.

L'homme, grand et carré, avec une coupe de cheveux en brosse, était juché sur l'échelle appuyée contre la vieille maison de style colonial, bien entretenue, dans un joli quartier au sud de Humboldt. En ce samedi matin frais et clair, la même scène se répétait dans des milliers et des milliers de maisons à travers le pays.

L'homme peignait les volets en vert foncé. C'est drôle, se dit Brynn. Pendant les dix ans où elle avait vécu ici, elle avait toujours pensé que le vert serait une belle couleur pour les boiseries, sans se demander pourquoi. Mais aujourd'hui, elle comprenait. La maison se dressait sur la toile de fond d'une forêt de sapins verdoyants. Elle avait vu ces arbres tous les jours, sans jamais y prêter véritablement attention.

L'homme jeta un coup d'œil par-dessus son épaule en entendant approcher la Camry et se figea, le pinceau à la main, puis il descendit lentement de l'échelle. Il posa le pot sur l'établi qu'il avait installé et enveloppa son pinceau dans du plastique pour empêcher que la peinture laquée au latex ne durcisse les poils. Keith Marshall était toujours très précautionneux.

Brynn s'arrêta devant le garage. Joey récupéra sa valise sur le siège arrière.

— Bonjour, papa !

Keith étreignit son fils, qui accepta cette démonstration d'affection et fonça dans la maison.

— Salut, maman !

— Je viendrai te chercher lundi après l'école !

— N'oublie pas les cookies !

Son ex-mari voulut dire quelque chose, mais il sembla oublier ce que c'était. Brynn coupa le moteur et descendit de voiture à son tour. Au cours de ces deux dernières années, elle n'était jamais restée plus d'une minute quand elle venait déposer Joey.

— Salut, dit-elle.

Keith hocha la tête. Ses cheveux étaient veinés de quelques mèches grises, mais il n'avait pas pris un kilo en dix ans. Quel métabolisme ! Et puis, il y avait le sport aussi.

Il marcha vers elle à grandes enjambées et l'étreignit brièvement. Pas trop fort, pas trop mollement. Et Brynn se souvint de ses bons côtés. C'était un cowboy, évidemment, mais au sens classique du héros de western, pas comme ce pauvre Eric Munce pour qui la devise du métier de policier n'était pas confiance et calme, mais flingues et drame.

— Comment ça va ? demanda-t-elle.

— Pas mal. Débordé. Tu veux boire quelque chose ?

Elle secoua la tête. Et leva les yeux vers le côté de la maison.

— Jolie couleur.

— Il y avait une promo chez Home Depot.

— Qu'est-ce que vous allez faire ce week-end ?

— Pêcher. Et ce soir, on ira au barbecue des Bogles. Joey aime bien Clay.

— C'est un gentil garçon.

— Oui. Son père a acheté du matériel pour jouer à la crosse. On va l'essayer.

— Y a-t-il un sport que ce garçon n'aime pas ? (Brynn sourit.) Tu joues aussi ?

— Je vais peut-être essayer.

— J'ai recommencé à monter.

— Ah oui ?

— Quand je peux. Une fois par semaine.

Keith et elle s'étaient rendus dans un haras voisin autrefois. Mais il n'était pas très doué pour l'équitation.

— J'ai emmené Joey. Il se débrouille bien. Mais il ne supporte pas de mettre la bombe.

— C'est tout Joey. Je veillerai à ce qu'il mette un casque, avec une visière, pour jouer à la crosse. (Il détourna le regard.) On y va tous les deux simplement. Entre hommes.

Après toutes ces années, le divorce, et le passé enterré, à défaut d'être totalement réduit en poussière, Keith semblait avoir encore honte de fréquenter quelqu'un. Brynn trouvait cela amusant. Et adorable.

— Quoi de neuf chez les flics ? demanda-t-elle.

— Toujours pareil. J'ai entendu dire qu'ils avaient arrêté cette femme. Celle que tu as sauvée, cette fameuse nuit.

Celle que j'ai sauvée…

— C'est une façon de voir les choses. Elle a plaidé coupable.

— C'était aussi moche qu'on le dit ?

Dès qu'il avait eu vent des événements survenus au lac Mondac, Keith avait appelé Brynn pour savoir si tout allait bien. C'était Graham qui avait répondu car elle était sortie, et si les deux hommes avaient toujours été courtois l'un envers l'autre, Keith avait abrégé la conversation, soulagé de savoir que Brynn était saine et sauve. Le reste, il l'avait appris en regardant les infos ou par des collègues.

Adossée à la balustrade de la véranda, elle lui donna les détails. Certains, du moins. Curieusement, il semblait moins intéressé par les échanges de coups de feu, les bolas ou la lance que par la boussole.

— C'est toi qui l'as fabriquée ?

— Oui.

Il la gratifia d'un de ses rares sourires et exigea d'en savoir plus.

Il s'ensuivit un silence pesant et étouffant. Quand il devint évident qu'elle allait remonter en voiture et repartir, comme toujours, Keith dit :

— J'ai installé un nouveau deck pour la piscine.

— Joey me l'a dit.

— Tu veux voir ?

— OK.

Il la conduisit derrière la maison.

Le dernier week-end de mai, Hart pénétra dans un bar d'Old Town à Chicago. Le quartier avait changé depuis l'époque où il s'y était installé, dans les années 1970. Il était devenu plus sûr, mais beaucoup moins pittoresque. Les professions libérales avaient chassé les vieux habitants, les clients des hôtels, les chanteurs de folk et les musiciens de jazz, les poivrots et les prostituées. Des cavistes, des fromageries et des épiceries bio avaient remplacé les vieux commerces. Le Earl of Old Town, le super club de country, avait disparu, mais le Second City, le café-théâtre, était toujours là, sans doute pour l'éternité.

Le bar dans lequel Hart entrait maintenant d'un pas décidé était né après l'époque du folk, ce qui ne l'empêchait pas d'être une antiquité datant de l'engouement pour le disco. Il était un peu plus de deux heures et demie en ce samedi après-midi et il n'y avait que cinq personnes, dont trois assises au bar, toutes séparées par un tabouret. Le protocole entre les clients qui ne se connaissent pas. Les deux autres, un couple d'une soixantaine d'années, étaient assis à une table. La femme portait un chapeau rouge et il lui manquait une dent sur le devant.

Après un mois et demi de clandestinité, Hart se languissait de son quartier et de sa ville. Son travail aussi lui manquait. Mais depuis que Michelle Kepler était en prison et que, d'après son contact, elle avait renoncé à le faire tuer, il osait refaire surface et reprendre sa vie d'avant. Apparemment, à son grand étonnement, elle ne l'avait pas dénoncé durant ses interrogatoires.

Il se laissa tomber sur un tabouret.

— Nom de Dieu, Terry Hart ! (Le barman rondouillard lui serra la main.) Ça fait un paquet de samedis qu'on t'a pas vu !

— J'étais absent pour le boulot.

— Dans quel coin ? Qu'est-ce que je te sers ?

— Vodka-pamplemousse. Et un hamburger, à point. Sans frites.

— Ça marche. Alors, où t'étais ?

— En Nouvelle-Angleterre. Puis en Floride.

Le barman lui servit son verre et se dirigea vers le passe-plat de la cuisine avec le bout de papier vert et gras sur lequel figurait sa commande ; il l'épingla au mur et fit tinter une clochette. Une main à la peau marron foncé apparut, arracha le bon et disparut. Le barman revint vers Hart.

— Ah, la Floride. La dernière fois que j'y suis allé, avec ma femme, on est restés assis au bord de la piscine tout le temps. On est allés à la plage que le dernier jour. J'aimais mieux la piscine. Par contre, on allait bouffer dehors. Du crabe. J'adore ça. Tu étais où, au juste ?

— Dans un endroit près de Miami.

— Ouais, nous aussi. Miami Beach. T'es pas très bronzé, Terry.

— Jamais. C'est mauvais pour la santé.

Il vida sa vodka-pamplemousse d'un trait.

— Exact.

— Sers-m'en une autre.

Il poussa son verre vers le barman et balaya la salle du regard. Le deuxième cocktail, il le but plus lentement. C'était fort. Dans l'après-midi, les doses étaient plus généreuses. Quelques minutes plus tard, la sonnette retentit et son hamburger apparut. Il en mangea une partie, lentement.

— Dis-moi, Ben, tout se passe bien par ici ?

— Ouais, ça va.

— Quelqu'un a demandé après moi ?

— Ha !

— Quoi, « Ha ! » ?

— On dirait une réplique d'un film. Avec James Garner. Ou un détective quelconque. Un privé.

Hart sourit et but une gorgée de vodka-pamplemousse. Puis il se remit à manger, de la main gauche. Il se servait de ce bras, celui qui était blessé, pour que tout le monde le voie bien. Le muscle s'était atrophié, mais la force revenait. Aujourd'hui même il avait fini de poncer à la laine de verre triple zéro la boîte qu'il avait commencée dans le Wisconsin, en se servant principalement de sa main gauche. Le résultat était magnifique, il en était très fier.

— Personne pendant que j'étais là, répondit le barman. Tu attends quelqu'un ?

— Je ne sais jamais à quoi m'attendre. (Un sourire.) Pas mal comme réplique pour un privé, non ?

— Tu t'es coupé les cheveux.

Ils étaient beaucoup plus courts, en effet. Une coupe d'homme d'affaires.

— Ça te va bien.

Hart émit un grognement.

Le barman partit remplir le verre d'un autre client. Hart pensa : Si quelqu'un boit de l'alcool dans la journée, c'est généralement de la vodka. Mélangée à autre chose. Sucré ou amer. Personne ne boit des martinis dans l'après-midi. Pourquoi donc ?

Il se demanda si Brynn McKenzie était en train de déjeuner à cette heure-ci. Déjeunait-elle habituellement ? Ou bien attendait-elle le dîner, en famille ?

Ce qui l'amena à penser à son mari. Graham Boyd.

Avaient-ils envisagé de se remettre ensemble ? Il en doutait. La jolie maison dans laquelle il avait emménagé, à environ sept kilomètres de chez Brynn, ne ressemblait pas à un logement temporaire. Contrairement à son appartement quand lui-même s'était séparé de sa femme. Il avait posé ses valises et n'avait commencé à s'installer qu'après plusieurs mois. Il se revit en compagnie de Brynn dans la fourgonnette, près du camping-car des fabricants de crack. Il n'avait pas répondu à la question implicite qu'elle avait posée en regardant sa main : Êtes-vous marié ? Il n'avait pas répondu franchement. Et ça le gênait, bizarrement.

Pas de mensonges entre nous…

Le barman avait dit quelque chose.

— Hein ?

— Ça va, Terry ? C'est bon ?

— Oui. Merci.

— De rien.

La télé était branchée sur ESPN. Les meilleurs moments du sport. Hart finit son repas.

Le barman récupéra son assiette et ses couverts.

— Alors, tu as quelqu'un en ce moment, Terry ?

De la conversation de barman.

Sans détacher les yeux du téléviseur, Hart répondit :

— Oui.

Se surprenant lui-même.

— Sans dec ? Qui ça ?

— Cette femme que j'ai rencontrée en avril.

Il ne savait pas pourquoi il disait cela. Sans doute parce que ça lui faisait du bien.

— Amène-la un de ces jours.

— Je crois qu'on va se séparer.

— Pourquoi ?

— Elle n'habite pas ici.

Le barman fit la grimace.

— Oui, je comprends. La distance. J'ai dû me taper une période avec les réservistes ; Ellie et moi, on a été séparés pendant six mois. C'était dur. On venait juste de sortir ensemble. Et voilà que cet enfoiré de gouverneur me rappelle. Quand tu es marié, c'est autre chose, tu peux être loin. Mais quand tu sors juste avec quelqu'un… les allers et retours, ça fait chier.

— Exact.

— Elle habite où ?

— Dans le Wisconsin.

Le barman eut un moment d'hésitation ; il sentait venir une plaisanterie.

— C'est vrai ?

Hochement de tête.

— Hé, Terry, c'est pas comme si tu me disais Los Angeles ou les Samoa !

— Il y a d'autres problèmes.

— Entre hommes et femmes, y a toujours d'autres problèmes.

Hart réfléchissait. Pourquoi tant de barmen s'expriment comme s'ils prononçaient des paroles définitives sur tel ou tel sujet ?

— On est comme Roméo et Juliette.

Le barman baissa la voix. Il avait saisi.

— Elle est juive, c'est ça ?

Hart éclata de rire.

— Non. C'est pas une question de religion. C'est plus son métier.

— Elle est trop occupée ? Elle n'est jamais chez elle ? Si tu veux mon avis, c'est de la connerie. Les femmes devraient rester à la maison. Quand les gamins sont grands, je dis pas ; elles peuvent reprendre un boulot à mi-temps. Dieu a voulu que ce soit comme ça.

— Oui, dit Hart en imaginant la réaction de Brynn McKenzie si elle entendait cela.

— Alors, c'est fini entre vous deux ?

Il sentit un pincement dans la poitrine.

— Oui, sans doute.

Le barman détourna le regard, comme s'il avait vu quelque chose de troublant dans les yeux de Hart, quelque chose d'effrayant ou de triste. Lequel des deux ? se demanda Hart.

— Bah, tu rencontreras quelqu'un d'autre, Terry.

Il leva son verre de soda, dans lequel il avait versé « accidentellement » un peu de rhum.

Hart offrit son propre barmanisme :

— D'une manière ou d'une autre, la vie continue, hein ?

— Je…

— Il n'y a rien à répondre, Ben. (Il lui adressa un grand sourire.) Bon, faut que j'aille finir ma valise. Combien je te dois ?

Le barman fit l'addition. Hart paya.

— Si quelqu'un me demande, préviens-moi. Tiens, voici mon numéro.

Il nota le numéro du portable prépayé qui lui servait uniquement de boîte vocale.

En empochant les vingt dollars de pourboire, Ben dit :

— Tu joues les privés, hein ?

Hart sourit de nouveau, regarda autour de lui et sortit.

La porte se referma en douceur dans son dos pendant qu'il avançait sur le trottoir, sous le ciel brillant de la fin mai. Habituellement, le vent ne venait pas du lac Michigan, mais Hart sentait l'odeur âcre de l'eau dans la brise fraîche.

Il chaussa ses lunettes de soleil en repensant à cette nuit d'avril, à l'absence de lumière dans le parc national Marquette. Il avait appris là-bas qu'il n'existait pas une obscurité unique ; il y avait des centaines de nuances, de textures, de formes. Il n'y avait même pas de mots pour décrire ces gris et ces noirs. L'obscurité était aussi abondante que les essences de bois ; elle possédait autant de grains différents. Il supposait que si…

La première balle l'atteignit dans le dos, en haut et à droite. En ressortant, elle lui aspergea la joue de sang et de chair. Il hoqueta, d'étonnement plus que de douleur, et regarda cette bouillie sur sa poitrine. La deuxième balle pénétra dans l'arrière de son crâne. La troisième passa plusieurs centimètres au-dessus de sa tête, au moment où il s'effondrait, et s'enfonça en biais dans la vitre du bar. Une pluie de verre martela le trottoir.

Hart avait heurté brutalement, mais sans bruit, le bitume. Des éclats de vitre s'abattaient sur lui. Un des plus gros morceaux lui trancha presque l'oreille. Un autre lui entailla le cou et le sang gicla pour de bon.

— Bonjour ! lança Tom Dahl.

Il pénétra dans le box de Brynn avec sa tasse de café dans une main et deux donuts dans l'autre. C'était Cheryl, à l'accueil, qui les avait apportés. Ils procédaient par roulement. Tous les lundis, quelqu'un achetait des pâtisseries. Pour rendre la reprise moins pénible peut-être. À moins qu'il s'agisse d'une tradition née sans raison particulière et qui perdurait car il n'y avait pas davantage de raison de la supprimer.

Elle répondit par un hochement de tête.

— Alors, comment s'est passé ce week-end ? demanda le shérif.

— Bien. Joey était chez son père. Maman et moi, on a rejoint Rita et Megan pour le brunch après l'église. On est allées au Brighton.

— Le buffet ?

— Ouais.

— C'est copieux, dit Dahl avec déférence.

— Oui, pas mal.

— Celui du Marriott est bien aussi. Ils ont un cygne sculpté dans la glace. Mais faut arriver tôt. À deux heures, ce n'est plus qu'un canard.

— Je m'en souviendrai. Et vous, vous avez passé du bon temps ?

— Pas vraiment. On a eu les beaux-parents. Le père de Carole… ce type est mince comme un clou, mais il a pris trois fois du poulet et avant même qu'on ait fini, il trempait son pain dans la soupe aux champignons au fond du plat de haricots verts. Franchement !

— C'est un plat excellent, dit Brynn qui y avait goûté plusieurs fois.

— Si Dieu a inventé les couverts, ce n'est pas pour rien. (Il regarda le donut posé dans une assiette en carton, en équilibre sur sa tasse de café.) Aujourd'hui, c'est des Krispy Kreme. Personnellement, j'ai un faible pour ceux que vous apportez.

— Des Dunkin' Donuts.

— Oui. Mais ils ne font plus ceux avec le petit téton dessus, si ?

— Je ne sais pas, Tom. J'en demande trois douzaines et ils me font un mélange.

Elle attendait toujours.

Finalement, il dit :

— Vous êtes au courant, hein ?

— Au courant ?

Il grimaça.

— La police de Milwaukee a appelé. L'inspecteur qui s'occupait de l'affaire du lac Mondac.

— Personne ne m'a appelée.

Elle haussa un sourcil interrogateur.

— Hart a été tué, dit Dahl.

— Quoi ?

— Un règlement de comptes, a priori. Une balle derrière la tête. Dans le nord de Chicago. C'est là qu'il vivait, soit dit en passant.

— Ouah. Ça alors.

Brynn se renversa dans son siège, les yeux fixés sur sa tasse de café. Elle avait vu les donuts, mais n'avait pas cédé.

— Vous aviez raison, ajouta le shérif. Ce type avait des ennemis.

— Des pistes ?

— Pas beaucoup.

— Ils ont découvert des choses sur lui ?

Dahl lui rapporta ce que les policiers de Chicago avaient transmis à leurs collègues de Milwaukee : Terrance Hart était consultant en matière de sécurité, il avait un bureau à Chicago. L'an dernier, il avait gagné 93 043 dollars. Il évaluait les risques pour des industries manufacturières et fournissait des équipes de vigiles. Il n'avait jamais été arrêté, il n'avait jamais fait l'objet d'une enquête criminelle, il payait ses impôts en temps et en heure.

— Mais il voyageait énormément. Énormément, précisa le shérif comme si cela suffisait à éveiller les soupçons.

Il ajouta qu'il avait été marié, brièvement, et n'avait pas d'enfants.

Le mariage ne me convient pas. Et vous, Brynn ?

Ses parents vivaient en Pennsylvanie. Il avait un frère plus jeune, médecin.

— Un médecin ? s'étonna Brynn.

— Oui. C'était une famille tout à fait normale. Bizarrement. Toutefois, Hart avait toujours vécu en marge. Il avait eu beaucoup d'ennuis à l'école. Mais comme je vous le disais, il n'a jamais été arrêté. Il donnait le change. Sa boîte marchait bien. Figurez-vous qu'il était menuisier également. Et il ne se contentait pas de faire des étagères. Il fabriquait des meubles. Au-dessus de son établi, il avait mis une petite pancarte avec une phrase que me répétait un de mes profs dans le temps : « On mesure deux fois, on coupe une seule fois. » Drôle de tueur à gages.

— Comment a-t-il été abattu ?

— C'est très simple. Il avait quitté Green Bay, où il se cachait, pour revenir dans sa ville natale. Michelle étant derrière les barreaux, il n'avait plus aucune raison de ne pas rentrer. Samedi après-midi, il est allé déjeuner dans un endroit qu'il fréquentait et quand il est ressorti, quelqu'un lui a tiré dans le dos.

— Il y a des témoins ?

— Pas vraiment. Dans le bar, tout le monde s'est jeté à terre dès que les coups de feu ont éclaté. On était à Chicago. Personne n'a pu fournir d'informations concrètes à la police. Et la rue était déserte. Plusieurs voitures ont filé sur les chapeaux de roues. Aucun numéro de plaque.

Après une pause, Dahl ajouta :

— Il y a un lien avec ici.

— Ici ?

Brynn regarda le shérif mordre dans la pâte frite du donut et vit les miettes dégringoler sur la moquette décolorée.

— Le Wisconsin, je veux dire. L'analyse balistique des balles correspond à une arme qui aurait pu être utilisée au cours d'une fusillade survenue dans une station-service, à Smith, il y a environ six mois. Une station Exxon. L'employé a failli être tué.

— Je ne m'en souviens pas.

— C'est la police qui s'est occupée de l'affaire. Personne de chez nous n'a été impliqué.

— Ce serait la même arme ?

— C'est ce qu'ils pensent. Mais comment savoir ? La balistique, c'est pas aussi simple qu'ils veulent nous le faire croire dans *Les Experts*.

— Donc, résuma Brynn, le gars qui a fait le coup de la station-service a balancé son arme, quelqu'un l'a ramassée et elle a été revendue dans la rue.

— Je suppose.

— L'autre versant du recyclage.

— Amen.

Brynn forma un pont sur le dessus de sa tasse de café avec un agitateur en bois.

— Quoi d'autre, Tom ? J'ai l'impression qu'il y a autre chose.

Le shérif hésita.

— Bah, autant que je vous le dise. Hart avait noté votre nom dans un carnet qu'on a trouvé dans sa poche. Et votre adresse aussi. Et chez lui, ils ont découvert d'autres choses : des photos.

— Des photos ?

— Des clichés numériques qu'il avait imprimés. De l'extérieur de votre maison. Pris récemment. On voit les bourgeons sur les plantes. Les photos étaient rangées dans une boîte en bois, très jolie. Apparemment, il l'avait réalisée de ses mains.

— Ah.

Un long soupir, puis :

— Je dois vous dire qu'il y avait également des photos de l'école de Joey.

— Non ! De Joey aussi ?

— Uniquement l'école. J'ai pensé qu'il planquait pour connaître votre emploi du temps. Dans son appartement, il avait également une valise prête. Elle contenait une arme avec un silencieux. Je n'ai jamais vu un truc pareil. Sauf dans les films.

Brynn hochait lentement la tête. Elle remuait son café qui n'en avait pas besoin.

— Si ça ne vous embête pas, reprit Dahl, on va retirer votre maison des itinéraires de patrouille.

— Entendu. Visiblement, tout est rentré dans l'ordre, Tom.

— Exact. Affaire classée. Je crois que je n'ai jamais prononcé cette expression, en quatorze ans.

Tenant soigneusement son donut, il regagna son bureau.

Concession à une vague de chaleur inattendue dans le Wisconsin, Kristen Brynn McKenzie avait relevé et attaché ses cheveux châtains. La transpiration prenait naissance sous ses aisselles et coulait dans son dos sous son uniforme beige, alors qu'elle passait devant une douzaine de pins, ronds, d'un vert intense. Tout en marchant, elle laissait courir sa main sur les longues aiguilles, qui pliaient sans la piquer.

Elle s'arrêta pour les examiner.

Elle repensait au mois d'avril, évidemment. Elle repensait très souvent à ces douze heures passées dans le parc national Marquette ; elle se souvenait avec une étonnante précision de l'image, de l'odeur et du contact de ces arbres et de ces plantes qui lui avaient sauvé la vie. Et avaient bien failli y mettre fin.

Pourquoi, se demandait-elle, face aux pins, avaient-ils évolué de cette façon, pris ces formes et ces teintes ? Certains verts avaient la couleur de la jelly, d'autres ressemblaient aux volets de son ancienne maison. Pourquoi ces aiguilles étaient-elles longues et molles, et pourquoi les ronciers sauvages, là où Chester, la peluche d'Amy, était probablement toujours enseveli, avaient-ils développé ces redoutables épines ?

Elle pensait au feuillage, aux arbres, aux feuilles. Au bois vivant et au bois mort, en décomposition.

En poursuivant son chemin, Brynn se retrouva devant des camélias géants, dont les fleurs sorties de leurs cosses se déployaient largement, enveloppées de feuilles vertes à l'aspect cireux. Les pétales étaient rouges comme du sang et les voyant, elle sentit son cœur s'accélérer. Elle continua à avancer. Elle passa devant des azalées et des troènes, des fougères, des hibiscus, des glycines.

Elle tourna au bout de l'allée. Un homme de petite taille au teint mat, tenant un tuyau d'arrosage, la regarda d'un air surpris.

— *Buenos días*, Mme McKenzie.

— Bonjour, Juan. Où est-il ? J'ai vu sa camionnette.

— Dans la cabane.

Elle passa devant plusieurs tas de paillis de cinq mètres de haut. Un employé juché sur une chargeuse les remuait pour éviter les phénomènes de combustion spontanée. L'odeur puissante l'entourait. Elle marcha vers la cabane, une petite grange en vérité, et franchit la porte ouverte.

— Je suis à vous tout de suite, dit Graham Boyd penché au-dessus d'un établi.

Il portait des lunettes de protection et Brynn comprit qu'il ne distinguait qu'une vague silhouette. Il devait croire qu'il s'agissait d'un client. Il reprit son travail. Les travaux de menuiserie faisaient partie d'un projet d'agrandissement et apparemment, il avait décidé de s'y atteler tout seul. Du Graham tout craché. Même après avoir emporté ses dernières affaires de la maison, il y était retourné pour finir le carrelage de la cuisine. Et il avait fait du sacrément bon boulot.

Il leva les yeux de son établi. Et cette fois, il la reconnut. Il reposa la planche et ôta ses lunettes.

— Salut.

Elle répondit d'un petit signe de tête.

Il fronça les sourcils.

— Tout se passe bien avec Joey ?

— Oh, oui. Très bien.

Il la rejoignit. Ils ne s'embrassèrent pas. Il examina sa joue en plissant les yeux.

— Tu t'es fait opérer ?

— Vanité.

— On ne voit plus rien. Comment tu te sens ?

— C'est encore sensible à l'intérieur. Je dois faire attention à ce que je mange. (Elle regarda autour d'elle.) Tu t'agrandis ?

— Je fais ce que j'aurais dû faire depuis longtemps. Anna me dit qu'elle va mieux. J'ai téléphoné.

— Oui, elle me l'a dit. Mais elle reste clouée à la maison, plus que nécessaire. Les médecins aimeraient qu'elle marche davantage. Moi aussi j'aimerais qu'elle sorte un peu plus.

Elle rit.

— Et Joey n'a plus le droit de faire du skate sans être surveillé par la police ? Ta mère m'a fait un rapport.

— C'est devenu un crime capital dans la maison. Et j'ai des espions. On me dit qu'il se tient à carreau. En fait, il est à fond dans la crosse maintenant.

— J'ai vu le reportage. Sur Michelle Kepler et les meurtres.

— Sur WKSP ? Oui.

— Des flics de Milwaukee étaient interviewés. Ils disaient que c'étaient *eux* qui l'avaient arrêtée. Ton nom n'était même pas cité.

— Je n'ai pas assisté à la petite sauterie. J'étais de congé ce soir-là.

— Toi ?

Elle hocha la tête.

— Les journalistes ne sont même pas venus t'interviewer ?

— Je n'ai pas besoin de publicité.

Brynn se sentait gênée tout à coup ; elle avait le visage en feu, comme une collégienne seule dans une boum. Elle repensa à la première fois où elle avait arrêté un automobiliste. Elle était tellement nerveuse qu'elle avait regagné sa voiture de patrouille sans remettre au conducteur le double de la contravention. Il l'avait rappelée poliment pour le lui réclamer.

Elle était nerveuse comme elle l'avait été toute la nuit, après que sa mère lui avait dit qu'elle était « tombée par hasard » sur Graham au centre commercial. Brynn l'avait arrêtée aussitôt.

— Allons, maman, je t'en prie. Tu mènes une campagne pour qu'on se remette ensemble ?

— Parfaitement ! Et j'ai bien l'intention d'atteindre mon but.

— Ce n'est pas si simple, ce n'est pas facile.

— *Depuis quand tu cherches la facilité ? Ton frère et ta sœur, oui. Pas toi.*

— *OK. J'envisageais d'aller le voir.*

— *Demain.*

— *Je ne suis pas prête.*

— *Demain.*

Un jardinier glissa la tête à l'intérieur de la cabane pour poser une question à Graham. Il lui répondit en espagnol. Brynn ne saisit que les mots qui voulaient dire « au milieu ».

Il se retourna, sans rien dire.

OK. Maintenant.

— Je me disais que… Je suis de repos. Et je parie que tu es debout depuis six heures. Moi aussi. Alors, je me demandais si tu voulais aller boire un café. Par exemple.

Et parler un peu, songeait-elle.

Elle pourrait lui raconter exactement ce qui s'était passé cette nuit-là, en avril.

Et un tas d'autres choses. Tout ce qu'il était prêt à écouter.

Quelques semaines plus tôt, quand elle était assise dans le jardin avec Keith, derrière son ancienne maison, elle avait fait la même chose. Mélange de confessions, d'excuses et de discussion, tout simplement. Son ex-mari, bien que méfiant au départ, avait été heureux de l'écouter. Son mari actuel réagirait-il de la même façon ? Elle l'espérait.

Il y eut un silence de plusieurs secondes.

— OK, dit-il. Le temps de finir avec cette planche.

— Je t'attends à la cafétéria.

Graham s'éloigna. Puis s'arrêta. Il se retourna vers elle et secoua la tête en plissant le front.

Brynn grimaça. Elle comprenait. Elle comprenait parfaitement.

Graham avait été troublé de la voir surgir. Il avait accepté son invitation par réflexe, ne sachant pas quoi dire. Mais la réalité s'imposait de nouveau. Il se souvenait de sa propre colère et de sa douleur, nées de cette nuit d'avril. Et des mois qui l'avaient précédée.

Quelle que soit la raison qui l'avait poussée à venir ici, ça ne l'intéressait pas.

Et elle ne pouvait pas lui en vouloir. L'instant propice à la conversation qu'elle avait prévue était passé depuis longtemps.

La mâchoire crispée, Brynn esquissa un sourire sans joie. Mais avant qu'il puisse dire « pas de problème », Graham expliqua :

— Je ne vais plus trop à la cafétéria. Il y a un autre endroit qui s'est ouvert dans le centre commercial. Le café est bien meilleur. Ils font un excellent chocolat aussi.

Brynn tressaillit.

— C'est où ?

— Au rez-de-chaussée. À côté de chez Sears. Je te rejoins dans dix minutes.

Du même auteur :

Dix-huit heures pour mourir
Calmann-Lévy, 1996
Le Livre de Poche, 1998

Le Désosseur
Calmann-Lévy, 1998
Le Livre de Poche, 1999

Tir à l'aveugle
Calmann-Lévy, 2000
Le Livre de Poche, 2002

Épitaphe pour une star du porno
Le Livre de Poche, 2002

La Place du mort
Calmann-Lévy, 2002
Le Livre de Poche, 2004

Meurtre.com
Calmann-Lévy, 2003
Le Livre de Poche, 2005

New York City Blues
L'Archipel, 2004
Archipoche, 2007

Le Singe de pierre
Calmann-Lévy, 2004
Le Livre de Poche, 2006

L'Homme qui disparaît
Calmann-Lévy, 2006
Le Livre de Poche, 2007

Le Rectificateur
Éditions des Deux Terres, 2006
Le Livre de Poche, 2007

Spirales infernales
Éditions des Deux Terres, 2007

Sangs innocents
L'Archipel, 2007

Les Trottoirs de Manhattan
Calmann-Lévy, 2007

La Carte du pendu
Éditions des Deux Terres, 2007
Le Livre de Poche, 2008

Clair de lune
Éditions des Deux Terres, 2008
Le Livre de Poche, 2009

La Belle Endormie
Éditions des Deux Terres, 2009
Le Livre de Poche, 2010

La Vitre brisée
Éditions des Deux Terres, 2010
Le Livre de Poche, 2011

Priez pour mourir
Éditions des Deux Terres, 2011

Carte blanche
Flammarion, 2011
J'ai lu, 2012

Des croix sur la route
Éditions des Deux Terres, 2012

Composition réalisée par NORD COMPO

Achevé d'imprimer en décembre 2012 en France par
CPI BRODARD ET TAUPIN
La Flèche (Sarthe)
N° d'impression : 71387
Dépôt légal 1re publication : novembre 2012
Édition 02 - décembre 2012
LIBRAIRIE GÉNÉRALE FRANÇAISE
31, rue de Fleurus – 75278 Paris Cedex 06

31/6266/6